CLIVE CUSSLER
Um Haaresbreite

Roman

Aus dem Amerikanischen
von Helmut Kossodo

GOLDMANN

In Dankbarkeit Jerry Brown, Teresa Burkert, Charlie Davis, Derek und Susan Goodwin, Clyde Jones, Don Mercier, Valerie Pallai-Petty, Billy Shea und Ed Wardwell gewidmet, die mich nicht vom Wege abkommen ließen.

Umwelthinweis:
Alle bedruckten Materialien dieses Taschenbuches
sind chlorfrei und umweltschonend.
Das Papier enthält Recycling-Anteile.

Der Goldmann Verlag
ist ein Unternehmen der Verlagsgruppe Bertelsmann

Genehmigte Taschenbuchausgabe 4/90
Copyright © 1981 der unter dem Titel »Night Probe«
erschienenen Originalausgabe bei Clive Cussler Enterprises, Inc.
Copyright © 1982 der deutschsprachigen Ausgabe
bei Hestia Verlag GmbH, Rastatt
Umschlagentwurf: Design Team München
Umschlagfoto: TSI/Stuart Westmorland
Druck: Elsnerdruck, Berlin
Verlagsnummer: 9555
MV · Herstellung: Ludwig Weidenbeck/sc
Made in Germany
ISBN 3-442-09555-7

13 15 17 19 20 18 16 14 12

Prolog

DER TAG DES TODES

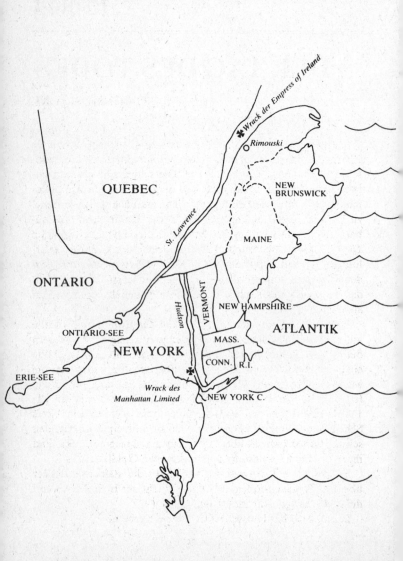

1

MAI 1914
UPSTATE NEW YORK

Wetterleuchten kündete ein Gewitter an, als der »*Manhattan Limited*« mit Getöse auf dem hohen Bahndamm durch die Landschaft des Staates New York raste. Die schwarze Kohlenrauchfahne stieg wie ein Staubwedel aus dem Schornstein der Lokomotive auf und schien die Sterntupfen vom nächtlichen Himmel zu wischen. Der Lokomotivführer in der Kabine zog eine silberne Waltham-Uhr aus der Tasche seines Overalls, ließ den Deckel aufschnappen und blickte im Lichte der Glut im Feuerloch auf das Zifferblatt. Seine Sorge galt nicht dem heraufziehenden Unwetter, sondern dem unerbittlichen Vorrücken der Zeit, das ihn von seinem sonst stets pünktlich eingehaltenen Fahrplan abzubringen drohte.

Er lehnte sich aus der Seitenöffnung der Kabine und blickte auf die Gleisschwellen, die unter den acht riesigen Triebrädern der 2-8-0-Lokomotive des Consolidationtyps hinwegglitten. Wie ein Schiffskapitän mit langer Befehlserfahrung kannte er die Maschine, die er seit drei Jahren bediente, in- und auswendig. Er war stolz auf seine »Galoppierende Lena«, wie er die 118 000 Kilo Eisen und Stahl zärtlich nannte. 1911 in den Alco's Schenectady-Werken hergestellt, war sie mit einer glänzenden schwarzen Lackschicht überzogen, trug einen roten Streifen, und ihre Nummer 88 erstrahlte in handgemalten Goldlettern.

Er lauschte auf den raschen Rhythmus der stählernen Räder über den Schienenstößen, fühlte die Wucht der Lokomotive und der sieben Wagen, die ihr folgten.

Dann zog er das Drosselventil um eine Kerbe höher.

Richard Essex saß an einem Schreibtisch im Bibliotheksraum des privaten Pullmanwagens am Ende des Zuges. Da er zu müde zum Schlafen war und sich auf der Reise langweilte, schrieb er einen Brief an seine Frau, um sich die Zeit zu vertreiben.

Er beschrieb die prunkvolle Einrichtung des Wagens mit den feingeschnitzten Möbeln aus Walnußholz, die hübschen elektrischen Messinglampen, die mit Samt überzogenen Drehstühle. Er erwähnte sogar die schrägkantigen Spiegel und die Keramikfußböden in den Toiletten der vier großen Schlafabteile.

Hinter ihm, in einem Aussichtsabteil, saßen fünf Leibwächter der Armee in Zivil beim Kartenspiel. Der Rauch ihrer Zigarren stieg in einer blauen Wolke zur Decke auf; ihre Gewehre lagen auf den Sitzen herum. Gelegentlich beugte sich einer der Spieler über einen der Messingspucknäpfe auf dem Perserteppich. Wahrscheinlich hatte keiner von ihnen je einen solchen Luxus genossen. Diese Beförderung mußte die Regierung etwa fünfundsiebzig Dollar pro Tag gekostet haben, und das alles für den Transport eines Stück Papiers.

Essex seufzte und beendete seinen Brief. Dann schob er ihn in einen Umschlag, klebte ihn zu und steckte ihn in seine Brusttasche. Er fand immer noch keinen Schlaf, blickte durch die großen Fenster auf die nächtliche Landschaft, lauschte auf die heulenden Pfiffe der Lokomotive, wenn sie an einem Dorf vorbeikamen oder eine Überführung passierten. Schließlich erhob er sich, streckte die Glieder und ging in das elegant eingerichtete Speiseabteil, wo er sich an einen Mahagonitisch mit schneeweißer Tischdecke, Silberbestecken und Kristallgläsern setzte. Er blickte auf seine Uhr. Es war kurz vor zwei Uhr morgens.

»Haben Mister Essex einen Wunsch?« Ein schwarzer Kellner stand wie hingezaubert vor ihm.

Essex blickte lächelnd auf. »Ich weiß, daß es sehr spät ist, aber ich würde gerne noch eine Kleinigkeit essen.«

»Aber mit Vergnügen, Sir. Was darf es sein?«

»Etwas, das mir helfen könnte, die Augen zuzumachen.«

Der Kellner grinste breit. »Wie wäre es mit einer kleinen Flasche Pommard und einem Teller heißer Muschelbouillon?«

»Danke, das dürfte das richtige sein.«

Später, als Essex an seinem Wein nippte, fragte er sich, ob Harvey Shields auch keinen Schlaf fand.

2

Harvey Shields erlebte einen Alptraum.

Sein Verstand verweigerte jede andere Erklärung. Das Kreischen des Stahls und die Todes- und Schreckensschreie in der Finsternis waren zu höllisch, um Wirklichkeit zu sein. Er wandte alle Mühe auf, die fürchterliche Szene zu vergessen und sich wieder in den friedlichen Schlaf zurückzuziehen. Aber dann fühlte er einen durchdringenden Schmerz und wußte, daß es kein Traum war.

Irgendwo unter sich hörte er rauschendes Wasser, das wie durch einen Tunnel zu dringen schien, gefolgt von einem Windstoß, der ihm die Luft aus den Lungen drückte. Er versuchte, die Augen zu öffnen, aber die Lider waren wie zugeklebt. Er wußte nicht, daß sein Kopf und sein Gesicht von Blut verschmiert waren. Harvey Shields hatte sich instinktiv zusammengerollt, um sich vor Kälte und Metallsplittern zu schützen, und er war eingeklemmt. Ein beizender Geruch von Elektrizität drang ihm in die Nase, und da, die Schmerzen wurden immer stärker.

Er versuchte, Arme und Beine zu bewegen, aber sie verweigerten ihm den Dienst. Eine seltsame Stille umgab ihn, nur hier und da von dem leisen Geräusch plätschernden Wassers unterbrochen. Er machte einen weiteren Versuch, sich aus seiner Lage zu befreien, atmete tief und strengte jeden Muskel an.

Plötzlich bekam er einen Arm frei, ließ ihn hochschnellen, stöhnte auf, als ein scharfer Metallsplitter ihm in den Unterarm drang. Dieser Schmerz brachte ihn zu vollem Bewußtsein. Er wischte sich die klebrige Kruste von den Augen und warf einen ersten Blick auf das, was einmal seine Kabine an Bord des nach England fahrenden kanadischen Luxusdampfers gewesen war.

Die große Mahagonikommode war verschwunden, ebenso der Schreibtisch und der Nachttisch. Wo das Längs- und Querschott hätte sein sollen, klaffte ein großes Loch, durch dessen verbogene

9

Ränder man nur den nächtlichen Nebel und das schwarze Wasser des St.-Lawrence-Stroms sah. Es war ihm, als blickte er in bodenlose Leere. Dann gewöhnten sich seine Augen an das Dunkel, nahmen einen weißen Schimmer wahr, und er wußte, daß er nicht allein war.

Fast in Reichweite von ihm lag ein junges Mädchen aus der Kabine nebenan unter den Trümmern; nur der Kopf und eine bleiche Schulter ragten unter der eingestürzten Decke hervor. Ihr gelöstes langes Haar war goldblond. Ihr Kopf hing in einem grotesken Winkel, Blut lief von den Lippen und über das Gesicht und begann, das wallende Haar zu verfärben.

Shields erholte sich von seinem Schock; ein Gefühl von Übelkeit stieg in ihm auf. Bisher war ihm das Gespenst des Todes nicht erschienen, aber jetzt, beim Anblick dieses leblosen Mädchenkörpers, begann er, seine eigene schrumpfende Zukunft zu sehen. Dann kam ihm plötzlich ein Gedanke.

Verzweifelt blickte er sich in den Trümmern nach dem Handkoffer um, den er nie aus den Augen gelassen hatte. Er war fort, verschwunden, verloren. Der Schweiß brach ihm aus allen Poren, als er sich aus seinem Gefängnis freizukämpfen versuchte. Aber die Bemühungen waren fruchtlos; er hatte kein Gefühl unterhalb der Brust, und es wurde ihm klar, daß sein Rückgrat gebrochen war.

Der große Überseedampfer bekam immer mehr Schlagseite und versank im kalten Wasser, das für immer sein Grab sein sollte. Passagiere, einige in Abendkleidern, die meisten in Nachthemden, drängten sich auf den immer schrägeren Decks, bemühten sich, in die wenigen Rettungsboote zu klettern, die man heruntergelassen hatte, oder sprangen in das kalte Wasser, klammerten sich an alles, was schwamm. Es war nur noch eine Frage von Minuten, bis das Schiff, kaum zwei Meilen von der Küste entfernt, völlig in den Fluten versinken würde.

»Martha?«

Shields zuckte zusammen, drehte den Kopf der schwachen Stimme zu, die von außerhalb der zerstörten Trennwand zum inneren Korridor zu kommen schien. Er lauschte gespannt, und dann kam es wieder.

»Martha?«

»Hier«, rief Shields. »Bitte, helfen Sie mir.«

Keine Antwort. Aber er hörte, wie sich jemand durch den Trümmerhaufen bewegte. Bald darauf wurde ein Stück der eingefallenen Decke beiseite geschoben, und ein Gesicht mit grauem Bart blickte hindurch.

»Meine Martha, haben Sie meine Martha gesehen?«

Der Mann hatte einen Schock, und seine Worte klangen hohl und ohne Betonung. Seine Stirn war blutig und zerschrammt, und in seinen Augen stand Verzweiflung.

»Ein junges Mädchen mit blondem Haar?«

»Ja, ja, meine Tochter.«

Shields wies mit dem Arm auf die Leiche des Mädchens. »Es tut mir leid, aber sie lebt nicht mehr.«

Der bärtige Mann grub sich fieberhaft eine größere Öffnung und kroch hindurch. Er gelangte bis zu dem Mädchen, hob den blutigen Kopf an, strich das Haar zurück. Er war benommen und fassungslos. Eine Weile gab er keinen Ton von sich.

»Sie hat nicht gelitten«, versuchte Shields ihn zu trösten.

Der Fremde antwortete nicht.

»Es tut mir leid«, murmelte Shields. Er fühlte, wie sich das Schiff hart nach Steuerbord neigte. Das Wasser stieg rascher, und es blieb ihnen nur noch wenig Zeit. Er mußte den Vater von seinem Kummer abbringen und ihn irgendwie überreden, den Handkoffer zu retten.

»Wissen Sie, was passiert ist?« begann er.

»Kollision. Ich war an Deck. Ein Schiff kam plötzlich aus dem Nebel auf uns zu. Fuhr uns direkt mit dem Bug in die Seite.« Der Vater hielt inne, nahm ein Taschentuch aus der Jacke, wischte das Blut vom Gesicht des toten Mädchens. »Martha hat mich angebettelt, sie nach England mitzunehmen. Ihre Mutter war dagegen, aber ich habe nachgegeben. O mein Gott, wenn ich es nur geahnt hätte . . .« Seine Stimme brach ab.

»Sie können nichts mehr tun«, sagte Shields. »Sie müssen sich retten.«

Der Vater drehte sich langsam um, blickte ihn an, ohne ihn zu sehen. »Ich habe sie getötet«, flüsterte er heiser.

Shields kam nicht durch. Wut stieg in ihm auf und machte ihn noch verzweifelter.

»Hören Sie!« rief er. »Irgendwo in den Trümmern ist ein Handkoffer mit einem Dokument, das unbedingt zum Foreign

11

Office in London gelangen muß!« Er schrie jetzt. »Bitte, suchen Sie ihn!« Das Wasser quirlte in kleinen Strudeln, nur noch ein paar Meter entfernt von ihnen. Ölflecken und Kohlenstaub bildeten sich auf der Wasseroberfläche, während die Schreie Tausender Sterbender die Stille der Nacht zerrissen.

»Bitte, hören Sie mir zu, bevor es zu spät ist«, flehte Shields. »Ihre Tochter ist tot.« Er schlug mit geballter Faust auf die Stahlkante, kümmerte sich nicht um den Schmerz, als seine Haut in Fetzen aufsprang. »Gehen Sie, solange noch Zeit ist. Finden Sie meinen Handkoffer und nehmen Sie ihn mit. Geben Sie ihn dem Kapitän; er weiß, was er zu tun hat.«

Der Mann öffnete zitternd den Mund. »Ich kann Martha nicht allein lassen . . . sie fürchtet sich im Dunkel . . .« Er murmelte es wie ein Gebet.

Das war das Ende. Es gab keine Möglichkeit mehr, den von Kummer überwältigten Vater zum Gehen zu bewegen, denn er hörte nichts mehr, beugte sich über seine Tochter und küßte sie auf die Stirn. Dann brach er schluchzend zusammen.

Seltsamerweise wichen nun alle Wut und Verzweiflung von Shields. Jetzt, da er sich mit dem Tod und seinem Versagen abfand, hatten Angst und Schrecken ihren Sinn verloren. In der kurzen Lebensspanne, die ihm noch blieb, erhob er sich über die Grenzen der Wirklichkeit hinaus und sah die Dinge mit außergewöhnlicher Klarheit.

Eine dumpfe Explosion ertönte aus dem tiefen Inneren des Ozeanriesen, als die Dampfkessel zerbarsten. Der Rumpf neigte sich immer weiter zur Steuerbordseite, und dann glitt das Schiff, mit dem Heck voran, in die Fluten des Flußbettes. Zwischen dem Augenblick des Zusammenstoßes und dem Versinken vor den Augen der im eisigen Wasser um ihr Leben kämpfenden Menschen waren weniger als fünfzehn Minuten vergangen.

Es war zwei Uhr zehn.

Shields machte keinen Versuch, sich gegen das Unvermeidliche zu wehren, den Atem anzuhalten, um das Ende noch für ein paar Sekunden hinauszuschieben. Er öffnete den Mund, schluckte das faulig schmeckende Wasser, würgte, als es ihm die Kehle hinunterlief. So sank er in das luftlose Grab. Das Ersticken und Leiden ging rasch vorüber, und sein Bewußtsein verlosch. Und dann war nichts mehr.

3

Eine wahre Höllennacht, sagte sich Sam Harding, der Bahnhofsvorsteher der *New York & Quebec Northern Railroad,* als er auf dem Bahnsteig stand und die zu beiden Seiten der Gleise stehenden Pappeln betrachtete, die sich unter dem Anprall der heftigen Windstöße fast in die Waagerechte bogen.

Es war das Ende der Hitzewelle, die die Staaten von New England heimgesucht hatte. Der heißeste Mai seit 1880, wie die Wochenzeitung von Wacketshire in roten Schlagzeilen verkündete. Blitze zuckten durch den schwarzen Nachthimmel, und die Temperatur war innerhalb einer Stunde um achtzehn Grad gesunken. Harding stellte erstaunt fest, daß er fröstelte, als der Wind sein verschwitztes Baumwollhemd peitschte.

Unten auf dem Fluß sah er die Lichter einer Reihe von Schleppkähnen, die ihren Weg stromabwärts tuckerten. Er sah die Lichter nacheinander verschwinden und dann wieder auftauchen, während sie an den Pfeilern der breiten Brücke vorbeifuhren.

Hardings Bahnhof lag außerhalb der Stadt, die in Wirklichkeit ein Dorf war, und zwar dort, wo die Schienenstränge in einem Kreuz voneinander abzweigten. Die Hauptstrecke lief in nördlicher Richtung auf Albany zu, während die Abzweigung nach Osten führte, den Hudson auf der Deauville-Brücke überquerte, bis nach Columbiaville, um dann in Richtung Süden nach New York City abzubiegen.

Noch war kein einziger Tropfen gefallen, doch die Luft roch nach Regen. Er ging zum Autoschuppen, band eine Anzahl Schnüre unter dem Dach los, rollte die Kunstledervorhänge herunter, befestigte sie unten an den Bodenhaken und kehrte zum Bahnhof zurück.

Hiram Meechum, der Nachttelegrafist der Western Union, saß über ein Schachbrett gebeugt und gab sich seiner Lieblingsbeschäftigung hin, gegen einen Kollegen über den Draht zu spielen. Die Fensterscheiben klapperten unter den Windstößen, schlugen im Takt zum Stakkato des Telegrafenschlüssels auf dem Tisch vor Meechum. Harding griff nach der Kaffeekanne auf dem Benzinkocher und goß sich eine Tasse ein.

»Wer gewinnt?«

Meechum blickte auf. »Ich spiele gegen Standish in Germantown. Ein verdammt zäher Bursche.« Der Schlüssel tanzte, und Meechum bewegte eine seiner Schachfiguren. »Die Dame bedroht mein Pferd«, brummte er. »Es sieht nicht gerade ermutigend aus.«

Harding zog eine Uhr aus der Westentasche, blickte auf das Zifferblatt, runzelte nachdenklich die Stirn. »Der *Manhattan Limited* hat sich noch nie so verspätet.«

»Wahrscheinlich hat ihn der Sturm aufgehalten«, sagte Meechum. Er klopfte seinen nächsten Zug über den Draht, legte die Füße auf den Tisch, lehnte sich mit dem Stuhl zurück und wippte, während er die Antwort seines Gegners erwartete.

Das ganze Bahnhofsgebäude erzitterte, als ein Blitz durch den Nebel zuckte und in einen Baum auf einer Wiese in der Nähe einschlug. Harding nippte von seinem dampfenden Kaffee, warf einen leicht besorgten Blick zur Decke und fragte sich, ob der Blitzableiter auf dem Dach in gutem Zustand war. Das laute Schrillen der Telefonklingel über seinem Rollpult schreckte ihn aus seinen Gedanken auf.

»Bestimmt eine Meldung über den *Limited*«, sagte Meechum gleichgültig.

Harding bog den verstellbaren Hebel mit der Sprechmuschel nach oben in Standhöhe und drückte den kleinen runden Hörer an sein Ohr. »Wacketshire«, antwortete er.

Durch die knisternden, vom Sturm hervorgerufenen Nebengeräusche auf der Linie war die Stimme des Beamten in Albany kaum hörbar. »Die Brücke . . . können Sie die Brücke sehen?«

Harding wandte sich dem Ostfenster zu. Sein Blick reichte nicht weiter als bis zum Ende des Bahnsteigs in der Dunkelheit. »Kann nichts sehen. Muß auf den nächsten Blitz warten.«

»Steht sie noch?«

»Warum sollte sie nicht mehr stehen?« erwiderte Harding gereizt.

»Eben hat der Kapitän eines Schleppdampfers aus Catskill angerufen und uns die Hölle heißgemacht«, knisterte die Stimme zurück. »Er behauptet, ein Brückenträger sei eingestürzt und habe einen seiner Kähne beschädigt. Wir sind hier alle in großer Panik. Der Bahnhofsvorstand in Columbiaville meldet, daß der *Limited* schon lange überfällig ist.«

»Sagen Sie ihnen, sie können ganz beruhigt sein. Der Zug ist noch nicht in Wacketshire gewesen.«

»Sind Sie sicher?«

Harding schüttelte den Kopf über diese blöde Frage. »Verdammt noch mal! Glauben Sie vielleicht, ich wüßte nicht, ob ein Zug durch meinen Bahnhof kommt?«

»Dann haben wir ja Gott sei Dank noch gerade Zeit.« Die Erleichterung in der Stimme war trotz der starken Nebengeräusche vernehmbar. »Der *Limited* hat neunzig Passagiere an Bord, abgesehen vom Zugpersonal und einem Sonderwagen der Regierung, mit dem irgendein hoher Beamter nach Washington fährt. Stoppen Sie den Zug, und sehen Sie bei der ersten Möglichkeit mal nach, was mit der Brücke los ist.«

Harding bestätigte und hängte auf. Er nahm eine Schirmlaterne mit roter Linse von einem Haken an der Wand, schüttelte sie, um zu sehen, ob genug Petroleum im Tank war, zündete den Docht an. Meechum blickte ihn fragend über seine Schachfiguren an.

»Sie stoppen den *Limited*?«

Harding nickte. »Albany meldet, ein Brückenpfeiler sei eingestürzt. Wir sollen uns erst mal den Schaden ansehen, bevor wir einen Zug rüberlassen.«

»Soll ich die Signallaterne für Sie anzünden?«

Ein hoher Pfiff drang von draußen durch den Wind zu ihnen. Harding horchte auf, versuchte, die Entfernung abzuschätzen. Ein weiterer Pfiff ertönte, diesmal etwas lauter.

»Keine Zeit. Ich stoppe ihn mit dieser . . .«

Plötzlich ging die Tür auf, und ein Fremder stand auf der Schwelle, blickte sich wieselartig um. Er war wie ein Jockei gewachsen, drahtig schlank und klein. Ein blonder Schnurrbart und ebenso blondes Haar schauten unter dem lässig getragenen Strohhut hervor. Äußerst gepflegte Kleidung: ein nach der letzten englischen Mode geschnittener Anzug mit Seidenfutter, ra-

siermesserscharf gebügelte Hosen, zweifarbige Schuhe aus Leder
mit Wildlederbesatz. Was an ihm jedoch am meisten auffiel, war
eine automatische Mauserpistole, die er in seiner schlanken,
weiblich-weichen Hand hielt.

»Was, zum Teufel, soll denn das?« knurrte Meechum überrascht.

»Ein Raubüberfall, meine Herren«, sagte der Mann mit leicht
spöttischem Lächeln. »Ich dachte, das wäre deutlich genug.«

»Sie sind wahnsinnig«, fuhr Harding ihn an. »Wir haben
nichts, was Sie rauben können.«

»Ihr Bahnhof hat einen Safe«, sagte der Fremde und nickte zu
der Stahlkiste hin, die auf einem Tisch in einer Ecke des Büro-
raums stand. »Und Safes enthalten wertvolle Dinge, beispiels-
weise Lohntüten.«

»Mister, die Beraubung einer Eisenbahngesellschaft ist ein
Verbrechen auf Bundesebene. Außerdem ist Wacketshire eine
rein landwirtschaftliche Siedlung. Hier gibt es keine Lohntrans-
porte. Verdammt noch mal, wir haben ja noch nicht einmal eine
Bank.«

»Ich bin nicht gewillt, mich über die Wirtschaftslage von
Wacketshire zu unterhalten.« Er zog den Sicherungshebel der
Mauser zurück. »Öffnen Sie den Safe.«

Der Pfiff heulte wieder auf, viel näher jetzt, und Harding
wußte aus Erfahrung, daß der Zug nur noch eine Viertelmeile
entfernt war. »Bitte sehr, wie Sie wollen, aber zuerst muß ich
noch den *Limited* stoppen.«

Der Schuß ging los, und Meechums Schachbrett flog in Stük-
ken durch den Raum, verteilte die Figuren auf dem Linoleum-
fußboden. »Keine blöden Reden mehr über das Stoppen von
Zügen! Nun machen Sie schon.«

Harding starrte den Räuber mit schreckgeweiteten Augen an.
»Sie verstehen mich nicht. Die Brücke könnte einstürzen!«

»Ich verstehe nur, daß Sie den Schlaumeier spielen wollen.«

»Ich schwöre bei Gott . . .«

»Er sagt die Wahrheit«, fiel Meechum ein. »Wir wurden eben
telefonisch aus Albany wegen der Brücke gewarnt.«

»Bitte, hören Sie uns an!« flehte Harding. »Das Leben von
hundert Menschen steht auf dem Spiel. Wollen Sie das auf dem
Gewissen haben?« Er hielt inne, wurde totenbleich, als das

Scheinwerferlicht der sich nähernden Lokomotive durch das Fenster drang. Dem Pfiff nach konnte sie höchstens noch zweihundert Meter entfernt sein. »Um Gottes willen . . .«

Meechum riß Harding die Laterne aus der Hand und sprang auf die offene Tür zu. Ein weiterer Schuß knallte. Die Kugel drang in seine Hüfte, und er stürzte kurz vor der Schwelle zu Boden. Er rollte sich auf die Knie, schwang den Arm, wollte die Laterne auf die Schienen hinauswerfen. Der Mann mit dem Strohhut packte sein Handgelenk, hielt Meechum den Lauf der Pistole an die Schläfe und trat mit dem Fuß die Tür zu.

Dann wirbelte er zu Harding herum und zischte: »Öffnen Sie den verdammten Safe!«

Beim Anblick der Blutlache, die sich vor Meechum auf dem Boden ausbreitete, drehte sich Hardings Magen um, und dann tat er, was man ihm befohlen hatte. Er stellte die Kombination am Safe ein, blickte verzweifelt und hilflos dem vorbeidonnernden Zug nach, sah, wie die Lichter der Pullmanwagen sich in den Bahnhofsfenstern spiegelten. Kaum eine Minute später verklang das Rattern des letzten Wagens auf den Schienen, und der Zug war fort, bewegte sich der Brücke zu.

Das Schloß sprang auf, und Harding drückte den Hebel auf, öffnete die schwere Tür und trat beiseite. Der Inhalt bestand aus einigen nicht abgeholten Paketen, alten Logbüchern, Tages- und Wochenberichten und einer Bargeldkasse. Der Räuber nahm die Kasse und zählte den Inhalt.

»Achtzehn Dollar und vierzehn Cents«, sagte er mit gleichgültiger Miene. »Nicht gerade viel, aber für ein paar Tage Essen dürfte es reichen.«

Er faltete die Scheine, steckte sie in seine Brieftasche, ließ die Münzen in seine Hosentasche gleiten. Dann warf er die leere Kasse lässig auf den Schreibtisch, trat über den am Boden liegenden Meechum und verschwand in der stürmischen Nacht.

Meechum stöhnte und wälzte sich herum. Harding kniete und hob ihm den Kopf hoch. »Der Zug . . .?« lallte Meechum.

»Sie bluten ziemlich stark«, sagte Harding. Er zog ein rotes Halstuch aus seiner Gesäßtasche und drückte es auf die Wunde.

Meechum biß die Zähne zusammen und blickte Harding mit glasigen Augen an. »Rufen Sie am Ostufer an . . . Fragen Sie nach . . . ob der Zug in Sicherheit ist.«

17

Harding ließ den Kopf seines Freundes wieder auf den Boden sinken. Er griff nach dem Telefon, schob den Hebel zurück, öffnete die Sprechanlage. Er schrie in das Mundstück, bekam nur Schweigen zur Antwort. Er schloß die Augen, betete, versuchte es noch einmal. Die Verbindung zum anderen Flußufer war tot. Fieberhaft drehte er die Wählscheibe, stellte auf den Cummings-Wray-Sender ein und verlangte den Telefonisten in Albany. Er hörte nur Nebengeräusche.

»Ich komme nicht durch.« Er verspürte einen bitteren Geschmack im Mund. »Der Sturm hat die Verbindungen unterbrochen.«

Der Telegrafenschlüssel begann zu ticken. »Die Telegrafenlinien sind noch offen«, stammelte Meechum. »Das ist Standish mit seinem nächsten Schachzug.«

Mühsam und unter Schmerzen schleppte er sich bis zum Tisch, griff hinauf, unterbrach die eintreffende Meldung und tippte einen Notruf. Dann warteten die beiden Männer schweigend. Der Wind blies durch die Tür, ließ lose Papierfetzen auffliegen, fuhr ihnen durch das Haar.

»Ich werde Albany benachrichtigen«, sagte Meechum schließlich. »Gehen Sie zur Brücke.«

Wie im Traum sprang Harding auf den Bahndamm, rannte atemlos über die unebenen Gleisschwellen, fühlte Panik in sich aufsteigen. Bald geriet er ins Keuchen und hatte ein Gefühl, als wolle sein wild pochendes Herz ihm aus den Rippen springen. Er erreichte die Höhe des Hangs und eilte unter den Brückenträgern der Böschung am westlichen Ufer entlang der Mitte der Deauville-Hudson-Brücke zu. Er stolperte, schlug hin, stieß sich das Knie an einer Schienenschraube auf. Er erhob sich taumelnd und lief weiter. Am äußeren Rand der Mittelspanne blieb er stehen.

Sein Körper verkrampfte sich vor Übelkeit, und ein eisiger Schauer durchrann ihn. Wie betäubt stand Harding da und starrte ungläubig vor sich hin.

Wo die Mitte der Brücke gewesen war, klaffte gähnende Leere. Der ganze Streckenteil war in den kalten, grauen Fluten des Hudson fünfzig Meter tiefer versunken. Und mit ihm der Passagierzug und hundert Männer, Frauen und Kinder.

»Tot . . . alle tot!« schrie Harding in hilfloser Wut aus. »Und das alles wegen achtzehn Dollar und vierzehn Cents.«

Erster Teil

ROUBAIX' WÜRGESCHNUR

4

FEBRUAR 1989
WASHINGTON D. C.

Der lässig im Fond eines Ford Sedan sitzende Mann fiel niemandem auf, als der Wagen langsam durch die Straßen von Washington fuhr. Die Fußgänger, die an den Verkehrsampeln der Kreuzungen an ihm vorübereilten, hätten ihn für einen Zeitungsverkäufer halten können, der von seinem Neffen zur Arbeit gefahren wurde. Niemand nahm auch nur die leiseste Notiz vom Kennzeichen des Weißen Hauses auf dem Nummernschild.

Alan Mercier war plump, fast kahlköpfig und hatte ein joviales Falstaffgesicht, hinter dem sich ein scharfsichtiger, analytischer Verstand verbarg. Er legte keinen Wert auf gute Kleidung, trug stets verbeulte und zerknitterte billige Konfektionsanzüge, in deren äußerer Brusttasche ein schlecht gefaltetes weißes Leinentaschentuch steckte. Das war ein Erkennungszeichen, das die Karikaturisten mit heller Begeisterung zu übertreiben pflegten.

Mercier war kein Zeitungsverkäufer. Erst vor kurzem zum Sicherheitsberater des neuen Präsidenten der Vereinigten Staaten ernannt, war er in der Öffentlichkeit noch nicht bekannt. Nur in akademischen Kreisen hatte er sich durch seine scharfsinnige Gabe, internationale Ereignisse vorauszusehen, einen gewissen Ruf aufgebaut. Zur Zeit, als der Präsident auf ihn aufmerksam wurde, war er der Direktor der Planungskommission für die Weltkrise gewesen.

Er setzte sich seine Drahtbrille auf die Knollennase, nahm eine Aktenmappe auf die Knie und öffnete sie. Die untere Klappe mit einem Displaygerät und einer Tastaturkonsole zwischen zwei Reihen farbiger Lichtknöpfe hing herab. Mercier tippte eine Zahlenkombination, wartete einen Augenblick, während das Signal durch Satelliten zu seinem Büro im Weißen Haus zurückgestrahlt wurde. Dort setzte sich ein von seinen Mitarbeitern programmierter Computer in Bewegung und begann, ihm seinen Arbeitsplan für den Tag zu übertragen.

Die nun eintreffenden Daten kamen im Code an, wurden in Tausendstelsekunden von dem mit Batterie betriebenen Mikroprozessor auf seinem Schoß elektronisch entschlüsselt, und dann erschien der Endtext in grüner Schrift auf dem Bildschirm.

Zuerst kam die Korrespondenz, gefolgt von einer Reihe von Memoranden seiner Mitarbeiter. Dann kamen die Tagesberichte verschiedener Regierungsstellen, der vereinigten Generalstäbe und des Direktors der CIA. Er nahm sie rasch in sein Gedächtnis auf, bevor er sie wieder von der Mikroprozessoreinheit löschte.

Alle, außer zwei.

Bei ihnen verweilte er noch, als sein Wagen durch die westliche Einfahrt zum Weißen Haus einbog. In seinen Augen spiegelte sich bestürztes Erstaunen. Dann seufzte er, drückte auf den Ausschalteknopf und schloß die Mappe wieder.

Kaum war er in seinem Büro und hinter seinem Schreibtisch, da wählte er eine Privatnummer beim Departement für Energie. Eine Männerstimme antwortete beim ersten Klingelzeichen.

»Büro Dr. Klein.«

»Hier spricht Alan Mercier. Ist Ron da?«

Eine kurze Pause, und dann ließ sich die Stimme Dr. Ronald Kleins, des Departementsdirektors, vernehmen.

»Guten Morgen, Alan. Was kann ich für Sie tun?«

»Kann ich Sie heute für ein paar Minuten sprechen?«

»Mein Zeitplan ist ziemlich ausgelastet . . .«

»Es ist wichtig, Ron. Sagen Sie mir, wann.«

Klein war es nicht gewohnt, gedrängt zu werden, aber der Ton in Merciers Stimme machte deutlich, daß der Sicherheitsberater sich nicht abweisen lassen würde. Klein legte die Hand auf die Sprechmuschel und beriet sich mit seinem Mitarbeiter.

»Wie wäre es zwischen halb drei und drei?«

»In Ordnung«, antwortete Mercier. »Ich habe eine Verabredung zum Lunch und komme auf dem Rückweg zu Ihnen.«

»Sie sagten, es sei wichtig?«

»Ich kann es auch anders ausdrücken«, erwiderte Mercier und hielt einen Augenblick inne, um seinen Worten die volle Wirkung zu geben. »Nachdem ich dem Präsidenten den Tag verdorben habe, werde ich auch den Ihren durcheinanderbringen.«

Der Präsident lehnte sich von seinem Schreibtisch im ovalen Zimmer des Weißen Hauses zurück und schloß die Augen. Auf diese Weise gestattete er seinen Gedanken, sich für ein oder zwei Minuten von den Dringlichkeiten des Tages abzuwenden. Für einen Mann, der erst vor wenigen Wochen das höchste Amt der Nation angetreten hatte, sah er übermäßig abgespannt und müde aus. Die Wahlkampagne war lang und anstrengend gewesen, und er hatte sich noch nicht davon erholt.

Er war klein von Gestalt, und sein etwas schütteres braunes Haar zeigte weiße Strähnen. Sein gewöhnlich von Lachfalten durchzogenes joviales Gesicht wirkte jetzt aufgesetzt und feierlich. Er öffnete wieder die Augen, als ein plötzlicher Winterregen gegen die großen Fenster schlug. Draußen auf der Pennsylvania Avenue verlangsamte sich der Verkehr zum Schneckentempo, als der Straßenbelag vereiste. Der Präsident sehnte sich nach dem warmen Klima seines heimatlichen New Mexico zurück. Wie schön wäre es, jetzt einen Campingsausflug in die Sangre de Cristo-Berge bei Santa Fé zu machen.

Dieser Mann hatte sich nie erträumt, einmal Präsident zu sein. Er war nicht von blindem Ehrgeiz besessen, hatte zwanzig Jahre lang gewissenhaft im Senat gedient, und seine bisherigen Leistungen hatten kaum dazu beigetragen, ihm in der Öffentlichkeit einen Namen zu verschaffen.

Der Kongreß seiner Partei hatte ihn zum Präsidentschaftskandidaten ernannt, weil man sich auf keinen anderen Namen einigen konnte; und er war dann mit überwältigender Mehrheit gewählt worden, nachdem ein Zeitungsreporter eine Reihe dunkler finanzieller Machenschaften aus der Vergangenheit seines Gegners ausgegraben hatte.

»Herr Präsident?«

Er blickte aus seinen Träumereien auf und wandte sich dem Sekretär zu.

»Ja?«

»Mr. Mercier ist hier, um Ihnen über die Sicherheitslage zu berichten.«

»Gut, schicken Sie ihn herein.«

Mercier trat ein und setzte sich an die andere Seite des Schreibtischs. Er schob dem Präsidenten ein schweres Aktenbündel zu.

»Wie geht es der Welt heute?« fragte der Präsident mit schmalem Lächeln.

»Ziemlich schlecht, wie immer«, erwiderte Mercier. »Mein Stab hat den Bericht über die Energiereserven des Landes abgeschlossen. Die letzte Zeile ist nicht gerade ermutigend.«

»Da sagen Sie mir nichts, was ich nicht bereits wüßte. Wie sind denn heute die Aussichten?«

»Der CIA gibt dem Mittleren Osten noch etwa zwei Jahre, bis dort die Reserven erschöpft sind. Damit wäre dann die Weltnachfrage für Erdöl zu weniger als fünfzig Prozent gedeckt. Die Russen horten ihre Reserven, und die Ölvorkommen an der mexikanischen Küste entsprechen nicht den Erwartungen. Was unsere eigenen Chancen anbetrifft . . .«

»Ich habe die Zahlen gesehen«, unterbrach ihn der Präsident. »Die hektische Suche vor ein paar Jahren hat uns bestenfalls ein paar kleine Felder eingebracht.«

Mercier blätterte in einer Akte. »Sonnenenergie, elektrisch betriebene Autos, Windmühlen und so weiter sind eigentlich nur Teillösungen. Leider sind diese Technologien etwa noch im gleichen Stadium, wie es das Fernsehen in den vierziger Jahren war.«

»Und schade, daß das synthetische Treibstoffprogramm sich so langsam anläßt.«

»Es wird bestimmt noch vier Jahre dauern, bis die Ölschieferraffinerien in der Lage sind, genügend zu liefern.«

»Aber gewiß zeichnet sich doch irgendein Hoffnungsschimmer am Horizont ab?«

»Da wäre James Bay.«

»Das kanadische Energieprojekt?«

Mercier nickte und leierte die statistischen Daten herunter. »Achtzehn Dämme, zwölf Kraftwerke, ein Arbeitseinsatz von fast neunzigtausend Menschen und die Umleitung zweier Flüsse von der Größe des Colorados. Wie es in den Veröffentlichungen der kanadischen Regierung heißt, ist es das größte und teuerste hydroelektrische Energieprojekt in der Geschichte der Menschheit.«

»Wer ist für den Bau zuständig?«

»Die Quebec Hydro, die provinzielle Energiebehörde. Sie haben Neunzehnhundertvierundsiebzig mit den Arbeiten an dem

Projekt begonnen. Die Rechnung ist auch entsprechend hoch. Sechsundzwanzig Milliarden Dollar, deren größter Anteil aus New Yorker Geldhäusern kommt.«

»Wie hoch ist die Leistung?«

»Mehr als eine Million Kilowatt, und das wird sich im Laufe der nächsten zwanzig Jahre noch verdoppeln.«

»Wieviel davon fließt über unsere Grenzen?«

»Genug, um fünfzehn Staaten mit Strom zu versorgen.«

Das Gesicht des Präsidenten verfinsterte sich. »Es gefällt mir nicht, mit der Stromversorgung in eine so große Abhängigkeit von Quebec zu geraten. Ich würde mich sicherer fühlen, wenn wir unsere Energie aus eigenen Atomkraftwerken beziehen könnten.«

Mercier schüttelte den Kopf. »Wir müssen uns mit der Tatsache abfinden, daß unsere Kernkraftwerke nicht einmal in der Lage sind, auch nur einem Drittel des Bedarfs nachzukommen.«

»Wie gewöhnlich haben wir das wieder einmal verbummelt«, bemerkte der Präsident.

»Die Verzögerung ist zum Teil den ständig steigenden Baukosten und den aufwendigen Veränderungsarbeiten zuzuschreiben«, erklärte Mercier. »Zum Teil auch, weil das Uran in Anbetracht der starken Nachfrage knapp geworden ist. Und dann gab es natürlich noch die Umweltschützer.«

Der Präsident versank in nachdenkliches Schweigen.

»Wir hatten mit unerschöpflichen Reserven gerechnet, die es nicht gibt«, fuhr Mercier fort. »Und während unser Staat sich mit der Hoffnung auf diese Reserven zufriedengab, haben unsere Nachbarn im Norden sich an die Arbeit gemacht und eine Lösung gefunden. Da blieb uns keine andere Wahl, als ihr Angebot anzunehmen.«

»Sind die Preise annehmbar?«

Mercier nickte. »Die Kanadier haben Gott sei Dank ihre Tarife denen unserer Energieversorgungsindustrie angepaßt.«

»Also doch ein kleiner Hoffnungsschimmer.«

»Nur hat die Sache einen Haken.«

Der Präsident seufzte.

»Wir müssen uns mit der unangenehmen Tatsache abfinden«, fuhr Mercier fort, »daß die Provinz Quebec sich für den Sommer auf eine Abstimmung über volle Unabhängigkeit vorbereitet.«

»Premierminister Sarveux hat schon einmal den Separatisten in Quebec die Tür vor der Nase zugeschlagen. Glauben Sie nicht, daß er es noch einmal tun kann?«

»Nein, Sir, das glaube ich nicht. Nach unseren Geheimdienstberichten hat Guerrier von der Unabhängigkeitspartei dieses Mal genügend Stimmen, um damit durchzukommen.«

»Sie werden einen hohen Preis zahlen müssen, um von Kanada loszukommen«, sagte der Präsident. »Ihre Wirtschaftslage ist bereits heute katastrophal.«

»Ihre Strategie läuft darauf hinaus, sich von den Vereinigten Staaten die nötige Unterstützung zu verschaffen.«

»Und wenn wir ihnen die nicht geben?«

»Dann können sie entweder die Elektrizitätstarife ganz drastisch erhöhen oder uns den Stecker einfach aus der Dose ziehen«, antwortete Mercier.

»Guerrier wäre ja wahnsinnig, uns den Strom abzustellen. Er weiß genau, daß wir mit massiven wirtschaftlichen Sanktionen zurückschlagen würden.«

Mercier schüttelte den Kopf. »Es könnte Wochen, sogar Monate dauern, bevor die Quebecer das zu spüren bekämen. Und inzwischen wäre unsere lebenswichtige Industrie gelähmt.«

»Ist das nicht Schwarzmalerei?«

»Es ist noch lange nicht alles. Die FQS ist Ihnen doch wohl ein Begriff?«

Der Präsident zuckte zusammen. Die sogenannte *Free Quebec Society* war eine terroristische Untergrundbewegung, die für die Morde an einer Reihe kanadischer Beamter verantwortlich war. »Was ist mit denen?«

»In einem kürzlich eingegangenen Bericht des CIA wird behauptet, daß sie nach Moskau orientiert ist. Falls es ihnen irgendwie gelingen sollte, die Regierung unter ihre Kontrolle zu bringen, hätten wir es mit einem zweiten Kuba zu tun.«

»Ein zweites Kuba«, wiederholte der Präsident mit ausdrucksloser Stimme.

»Und eins, das in der Lage wäre, Amerika in die Knie zu zwingen.«

Der Präsident erhob sich aus seinem Sessel, trat ans Fenster, starrte auf die mit nassem Schnee bedeckte Wiese vor dem Weißen Haus hinaus. Er schwieg fast eine halbe Minute. Schließlich sagte er: »Wir können uns kein Machtspiel mit Quebec leisten. Besonders nicht in den kommenden Monaten.« Er drehte sich um, blickte Mercier traurig an. »Dieses Land ist pleite und steckt bis über die Ohren in Schulden, Alan, und, ganz unter uns gesagt, ist es nur noch eine Frage von wenigen Jahren, bis uns keine andere Wahl mehr bleibt, als alles hinzuschmeißen und den nationalen Bankrott zu erklären.«

Mercier ließ sich in die Kissen seines Sessels zurücksinken. Für einen schwergewichtigen Mann sah er seltsam gebeugt und eingeschrumpft aus. »Ich kann nur hoffen, daß es nicht während Ihrer Amtszeit dazu kommt, Herr Präsident.«

Der Präsident zuckte resigniert die Schulter. »Von Franklin Roosevelt an haben alle meine Vorgänger ein Versteckspiel getrieben und dem Verwaltungsapparat ihres Nachfolgers eine immer größer werdende finanzielle Last aufgebürdet. Und nun ist das Spiel so gut wie zu Ende, und ich bin derjenige, der alles auslöffeln muß. Falls wir auch nur zwanzig Tage in den nordöstlichen Staaten ohne Stromversorgung sind, kommt es zu einer Tragödie. Dann müßte ich den Termin für die Ankündigung einer neuen Währungsabwertung ganz drastisch vorverlegen. Ich brauche Zeit, Alan, Zeit, um die Öffentlichkeit und die Geschäftswelt auf das Kommende vorzubereiten. Zeit, um den Übergang zu einem neuen Geldstandard so schmerzlos wie möglich zu machen. Zeit, bis unsere Ölschieferraffinerien uns Unabhängigkeit von ausländischem Öl gewährleisten können.«

»Und wie können wir Quebec dazu bringen, inzwischen keine Dummheiten zu machen?«

»Das weiß ich nicht. Unsere Wahl ist sehr beschränkt.«

»Es bleiben zwei Möglichkeiten, wenn alles fehlgeschlagen ist«, sagte Mercier, und sein Gesicht wirkte angespannt. »Zwei Möglichkeiten, die seit Urzeiten dazu gedient haben, eine hoffnungslose Wirtschaftslage zu retten. Die eine ist, für ein Wunder zu beten.«

»Und die zweite?«

»Einen Krieg vom Zaun zu brechen.«

Um Punkt zwei Uhr dreißig nachmittags trat Mercier in das Forrestal-Gebäude auf der Independence Avenue und nahm den

Fahrstuhl bis zur siebenten Etage. Er wurde sogleich in das prunkvolle Büro des Staatssekretärs für Energiefragen Ronald Klein geführt.

Klein, ein gelehrtenhaft aussehender Mann, schlank, einen Meter fünfundneunzig groß, mit langem weißem Haar und einer Adlernase, saß am hintersten Ende des mit Papieren übersäten Konferenztisches. Er erhob sich und kam auf Mercier zu, um ihm die Hand zu schütteln.

»Was ist denn nun die Angelegenheit von so großer Wichtigkeit?« fragte er, ohne sich auf Begrüßungsplaudereien einzulassen.

»Es handelt sich um eine recht seltsame Sache«, erwiderte Mercier. »Ich habe gerade eine Anfrage vom Amt für Buchhaltung und Finanzen erhalten, mit der Bitte um Angabe der Daten bezüglich einer Ausgabe von sechshundertachtzig Millionen Dollar aus dem Bundesschatzfonds für die Entwicklung einer Kriechwanze.«

»Einer was?«

»Kriechwanze«, wiederholte Mercier in beiläufigem Ton. »Mit diesem Spitznamen bezeichnen unsere Geologen jene abwegigen Instrumente, die dazu dienen sollen, Mineralvorkommen unter der Erde festzustellen.«

»Und was hat das mit mir zu tun?«

»Der Betrag wurde vor drei Jahren als Ausgabe für das Energiedepartement vermerkt. Seitdem hat man nichts mehr davon gehört. Ich würde Ihnen raten, Ihre Leute auf Nachforschungen über den Verbleib dieses Betrages ansetzen zu lassen. Wir sind hier in Washington. Und Fehler der Vergangenheit haben die lästige Gewohnheit, den gerade waltenden Amtsinhabern auf den Kopf zu fallen. Falls Ihr Vorgänger eine so enorme Summe für einen weißen Elefanten verschleuderte, sollten Sie die Tatsachen lieber gleich ins Auge fassen, bevor ein neugebackener Kongreßabgeordneter sich einmischt und eine Untersuchung einleitet, um sich Schlagzeilen zu verschaffen.«

»Ich bin Ihnen für die Warnung dankbar«, sagte Klein. »Ich werde meine Leute anhalten, alle Schränke zu durchsuchen.«

Mercier erhob sich und reichte ihm die Hand. »Nichts ist einfach.«

»Nein«, sagte Klein lächelnd. »Einfach ist es nie.«

Als Mercier gegangen war, trat Klein zum Kamin, blickte lässig auf das neue Holzscheit im rußigen Feuergitter, beugte den Kopf, vergrub die Hände in den Seitentaschen seiner Jacke und versank in Nachdenken.

»Unglaublich«, murmelte er den vier Wänden zu, »daß jemand es fertigbringt, sechshundertachtzig Millionen Dollar einfach aus den Augen zu verlieren.«

5

Charles Sarveux stand im Generatorenraum des hydroelektrischen Kraftwerks von James Bay und blickte über die hundertzwanzig Meter unter der Erde aus dem Granit gemeißelte Fläche von achtundvierzigtausend Quadratmetern. Drei Reihen riesiger Generatoren, fünf Stockwerke hoch und von Wasserturbinen angetrieben, summten mit Millionen Kilowatt von Elektrizität. Sarveux war sehr beeindruckt und tat es den erfreuten Direktoren der *Quebec Hydro Power* kund.

Es war sein erster Besuch in diesem Kraftwerk seit seiner Wahl zum Premierminister von Kanada, und er stellte all die Fragen, die man von ihm erwartete.

»Wieviel elektrische Energie produziert jeder dieser Generatoren?«

Der Generaldirektor Percival Stuckey trat hervor. »Fünfhunderttausend Kilowatt, Herr Premierminister.«

Sarveux nickte und gab seinem Gesicht einen leicht anerkennenden Ausdruck. Das gehörte zu jenen Verhaltensweisen, die er sich im Laufe seiner Wahlkampagne angeeignet hatte.

Sarveux galt sowohl bei Männern wie bei Frauen als ein äußerst gutaussehender Mann, und er hätte in einem Schönheitswettbewerb mit John F. Kennedy oder Anthony Eden wahrscheinlich den ersten Platz erobert. Seine hellblauen Augen besaßen große Anziehungskraft, und sein scharfgeschnittenes Gesicht wirkte besonders energisch unter der dichten und locker gekämmten Haarmähne, die ihm ein lässig elegantes Aussehen verlieh. Seine schlanke, mittelgroße Figur war geradezu der Traum eines Schneiders, aber er zog es vor, sich seine Anzüge von der Stange in einem Warenhaus zu kaufen. Das gehörte zu jenen charakteristischen Eigenschaften, die es den kanadischen Wählern ermöglichten, sich mit ihm zu identifizieren.

Als Kompromißkandidat zwischen den Liberalen, der Partei für ein Unabhängiges Kanada und der französischsprechenden Partei der Québéquois hatte er in den ersten drei Jahren seiner Amtszeit einen ständigen politischen Balanceakt ausgeführt und alles getan, um seinem Land die Einheit zu bewahren. Sarveux betrachtete sich als kanadischer Lincoln, der für Einigkeit und gegen den Zerfall seines Hauses kämpft. Seine Drohung mit Waffengewalt hatte bisher die radikalen Separatisten in Schach gehalten. Aber sein Werben für eine starke Zentralregierung stieß fast überall auf taube Ohren.

»Möchten Sie sich vielleicht die Kontrollzentrale anschauen?« schlug Direktor Stuckey vor.

Sarveux wandte sich an seinen Sekretär. »Wie steht es mit unserer Zeit?«

Ian Jeffrey, ein Mann von Ende Zwanzig mit einem ernsthaften Gesicht, blickte auf seine Uhr. »Knapp, Herr Premierminister. Wir sollten in dreißig Minuten auf dem Flugplatz sein.«

»Ach, wir können uns ruhig noch ein bißchen Zeit nehmen«, sagte Sarveux lächelnd. »Es wäre doch schade, etwas Interessantes zu verpassen.«

Stuckey nickte und zeigte auf eine Fahrstuhltür. Zehn Stockwerke über dem Generatorenraum stiegen Sarveux und seine Begleiter vor einer Tür aus, auf der zu lesen stand: NUR FÜR PERSONAL MIT SICHERHEITSAUSWEIS. Stuckey nahm eine Plastikkarte, die ihm an einer Schnur um den Hals hing, und steckte sie in einen Schlitz unterhalb der Türklinke. Dann drehte er sich um und sagte: »Es tut mir leid, meine Herren, aber in Anbetracht der Enge des Kontrollzentrums dürfen nur der Herr Premierminister und ich diesen Raum betreten.«

Sarveux' Sicherheitsbeamte wollten protestieren, aber er winkte ihnen ab und folgte Stuckey durch die Tür und einen langen, schmalen Korridor entlang, wo die Kartenprozedur noch einmal wiederholt werden mußte.

Die Kontrollzentrale des Kraftwerks war wirklich sehr klein und dazu noch von spartanischer Nüchternheit. Vier Ingenieure saßen vor einer mit unzähligen Schaltern und Lichtknöpfen übersäten Konsole, gegenüber einer Wand, in die Zähluhren und Meßgeräte eingebaut waren. Außer einer Reihe von Bildkontrollempfängern, die von der Decke hingen, bestand die ganze Einrichtung sonst nur noch aus den Stühlen, auf denen die Ingenieure saßen.

Sarveux blickte sich beeindruckt um. »Ich finde es unglaublich, daß eine so riesige Energieproduktion von nur vier Mann und einem so bescheidenen Geräteaufwand kontrolliert werden kann.«

»Das gesamte Kraftwerk und das Stromverteilungsnetz werden zwei Stock unter uns von Computern bedient«, erklärte Stuckey. »Das Projekt ist zu neunundneunzig Prozent automatisiert. Was Sie hier sehen, Mr. Sarveux, ist das manuelle Überwachungssystem auf vierter Ebene, das die Computer im Falle eines Versagens ausschalten oder ersetzen kann.«

»So ist also immerhin noch eine menschliche Kontrolle möglich.« Sarveux lächelte.

»Ja, wir sind noch nicht ganz aus der Mode gekommen«, lächelte Stuckey zurück. »Es gibt noch einige Gebiete, wo wir der elektronischen Wissenschaft kein volles Vertrauen schenken können.«

»Und bis wohin erstreckt sich dieser Energiereichtum?«

»In einigen Tagen, wenn das Projekt voll und ganz operationsfähig ist, versorgen wir ganz Ontario, Quebec und die nordöstlichen Vereinigten Staaten.«

Ein plötzlicher Gedanke kam Sarveux in den Sinn. »Und falls das Unerwartete geschehen sollte?«

Stuckey sah ihn überrascht an. »Wie bitte, Sir?«

»Ein Zusammenbruch, eine Naturkatastrophe, Sabotage?«

»Nur ein sehr gewaltiges Erdbeben könnte die Stromversorgung völlig zum Erliegen bringen. Teilschäden oder Pannen können jederzeit durch zwei Ersatzsysteme ausgeglichen werden. Und sollten die versagen, so haben wir immer noch die manuelle Kontrolle hier in der Zentrale.«

»Und bei einem Terroristenüberfall?«

»Auch das haben wir bereits eingeplant«, erklärte Stuckey zuversichtlich. »Unser elektronisches Sicherheitssystem ist ein wahres Wunder an fortgeschrittener Technologie, und wir haben eine Schutztruppe von fünfhundert Mann zur Bewachung. Selbst eine Elitedivision der besten Kampfeinheit würde Monate brauchen, um in diesen Raum zu gelangen.«

»Dann könnte jemand hier den Strom ausschalten.«

»Das ist einem einzelnen nicht möglich.« Stuckey schüttelte entschlossen den Kopf. »Zur Ausschaltung des Stroms bedarf es aller hier Anwesenden, einschließlich meiner selbst. Zwei oder drei Leute können es nicht. Jeder von uns folgt einer eigenen, in das System eingebauten Prozedur, die den anderen unbekannt ist. Wir haben wirklich nichts übersehen.«

Sarveux war sich dessen nicht so sicher.

Er schüttelte Stuckey die Hand. »Es war sehr beeindruckend. Ich danke Ihnen.«

Foss Gly war bei seiner Wahl der Mittel und des Ortes für den Mord an Charles Sarveux äußerst genau gewesen. Jedes mögliche Hindernis war einkalkuliert und mit der entsprechenden Gegenmaßnahme bedacht worden. Der Anflugwinkel des Flugzeugs und die Geschwindigkeit waren genau ausgerechnet. Gly hatte viele Stunde geprobt, bis er sich ganz sicher war, den Plan mit höchster Genauigkeit ausführen zu können.

Der gewählte Ort war ein Golfplatz, eine Meile hinter dem südwestlichen Ende der Startpiste des Flugplatzes von James Bay. Hier würde, gemäß den Berechnungen Glys, die Maschine des Premierministers eine Höhe von 450 Metern und eine Geschwindigkeit von 350 Stundenkilometern erreicht haben. Für den Angriff beabsichtigte Gly, in England hergestellte und aus dem Arsenal von Val Jalbert gestohlene Argo-Boden-Luft-Raketen zu benutzen. Diese Handfeuerwaffen waren kompakt, wogen einschließlich der Ladung je dreißig Pfund und ließen sich, auseinandergenommen, leicht in einem Rucksack verstecken.

Der gesamte Plan konnte geradezu als klassisch gelten. Man brauchte nur fünf Mann dazu: drei warteten, als Skilangläufer verkleidet, auf dem Golfplatz; einer bezog seinen Beobachtungsposten auf der Terrasse des Flughafengebäudes mit einem kleinen versteckten Sendegerät; und nachdem die infrarotgesteuerten, wärmesuchenden Raketen auf das Ziel abgeschossen waren, begab sich die Angriffsgruppe auf ihren Skiern gemächlich zum verlassenen Clubhaus, um von dort in einem Kombi mit Vierradantrieb zu entkommen, den der fünfte Mann auf dem Parkplatz bereitgestellt hatte.

Gly suchte den Himmel mit einem Fernglas ab, während seine Mittäter die Raketen zusammensetzten. Der fallende Schnee beschränkte seine Sicht auf etwa dreihundert Meter.

Das hatte seine Vor- und Nachteile.

Der weiße Schleier verhüllte zwar ihre Tätigkeit, ließ ihnen jedoch nur wenige kostbare Sekunden, um ihre Raketen abzufeuern, wenn das Flugzeug sichtbar wurde. Ein Jet der British Airways flog vorbei, und Gly stoppte genau die Zeitspanne, bis er in den Wolken verschwand. Kaum sechs Sekunden. Zu schnell, stellte er grimmig fest. Ihre Chancen, zwei Treffer zu landen, waren hauchdünn.

Er wischte sich den Schnee von seiner sandblonden Mähne und ließ das Fernglas sinken. Auf den ersten Blick wirkte sein kantiges, rötliches Gesicht anziehend und fast knabenhaft. Sympathische braune Augen und ein markantes Kinn; aber bei näherem Hinsehen beherrschte die Nase alles übrige. Sie war breit und entstellt von zahlreichen Brüchen, die sie in brutalen Straßenschlachten erlitten hatte, und sie war so häßlich, daß sie fast wiederum schön wirkte. Aus einem unerklärlichen Grund fanden Frauen sie sogar anziehend und sexy.

Das kleine Empfangsgerät in der Tasche seiner Daunenjacke begann zu piepsen. »Zentrale ruft Werkmeister.«

Er drückte auf den Sendeknopf. »Ich höre, Zentrale.«

Claude Moran, ein hagerer, pockennarbiger Marxist, der als Sekretär für den Generalgouverneur arbeitete, steckte sich den Hörerknopf ins Ohr und begann langsam in das Mikrofon an seinem Rockaufschlag zu sprechen, während er von der Beobachtungsterrasse auf die startbereiten Flugzeuge blickte.

»Ich habe eine Ladung Leitungsrohre, Werkmeister. Sind Sie bereit, sie in Empfang zu nehmen?«

»Sagen Sie mir, wann«, antwortete Gly.

»Der Lastwagen kommt gleich, sowie das Dockerteam die Fracht aus den Staaten abgeladen hat.«

Das harmlos klingende Gespräch sollte dazu dienen, etwaige

Mithörer, die auf die gleiche Frequenz eingeschaltet waren, in die Irre zu führen. Gly entnahm Morans doppelsinnigen Worten, daß das Flugzeug des Premierministers auf der Startpiste war und nur noch abwarten mußte, bis ein Jet der American Airlines abgeflogen war.

»Okay, Zentrale. Melden Sie sich wieder, wenn der Lastwagen vom Dock abfährt.«

Persönlich hatte Gly nichts gegen Charles Sarveux. Für ihn war der Premierminister nur ein Name in den Zeitungen. Gly war nicht einmal Kanadier.

Er hatte in Flagstaff, Arizona, das Licht der Welt erblickt, als Folge einer betrunkenen Paarung zwischen einem Profiring-kämpfer und der minderjährigen Tochter des County Sheriffs. Seine Kindheit war ein Alptraum des Leidens gewesen, weil sein Großvater ihn bei jeder Gelegenheit auspeitschte. Gly war sehr stark und hart geworden. Dann kam der Tag, an dem er den Sheriff zu Tode prügelte und aus Arizona floh. Danach hatte er ständig um sein Leben kämpfen müssen. Er hatte Betrunkene in Denver ausgenommen, eine Bande von Autodieben in Los Angeles angeführt, Benzinlastwagen in Texas geraubt.

Gly betrachtete sich nicht als einen gewöhnlichen Mörder. Er zog es vor, sich als Organisator zu bezeichnen. Er war derjenige, an den man sich wandte, wenn alle anderen versagt hatten, ein führender Spezialist; und er stand im Ruf, kaltblütig und wirkungsvoll zu handeln.

Moran blickte über die Balustrade der Beobachtungsterrasse. Sarveux' Flugzeug schien sich im fallenden Schnee auf der zur Startpiste führenden Bahn aufzulösen.

»Werkmeister.«

»Jawohl, Zentrale.«

»Tut mir leid, aber ich kann aus meinen Papieren nicht klar ersehen, wann genau die Leitungsrohre ankommen.«

»Verstanden«, antwortete Gly. »Melden Sie sich wieder nach dem Lunch.«

Moran erwiderte nichts. Er nahm die Rolltreppe bis zur Haupthalle hinunter, ging hinaus, rief ein Taxi. Auf dem Rück-sitz gestattete er sich den Luxus, eine Zigarette zu rauchen, und fragte sich, welche hohe Stellung er für sich in der neuen Regierung von Quebec verlangen sollte.

Gly wandte sich auf dem Golfplatz den Männern mit den Raketen zu. Sie hockten mit einem Knie im Schnee und hatten die Augen an die Visierlinsen gedrückt.

»Unser Ziel ist der übernächste Abflug«, ermahnte er sie.

Nahezu fünf Minuten schleppten sich vorbei, bevor Gly das ferne Dröhnen von Jetmotoren vernahm. Er starrte angestrengt durch den weißen Schleier, denn jeden Augenblick mußte jetzt die amerikanische Maschine mit ihrem rot-blauen Abzeichen sichtbar werden.

Zu spät fiel ihm ein, daß die Maschine eines Staatsoberhauptes Vorrechte genoß und vor dem amerikanischen Linienflugzeug starten würde. Zu spät sah er, wie das rot-weiße kanadische Ahornblatt für einen kurzen Augenblick am Himmel auftauchte.

»Es ist Sarveux!« rief er. »Feuer, zum Donnerwetter, Feuer!«

Die beiden Männer drückten fast gleichzeitig auf ihre Abzugsknöpfe. Der erste zielte in die Richtung des Flugzeugs, aber seine Rakete beschrieb einen zu weiten Bogen hinter dem Heck, so daß der wärmesuchende Mechanismus nicht wirksam werden konnte. Der zweite feuerte mit mehr Entschlossenheit. Er drückte erst ab, nachdem er sich der genauen Flugrichtung versichert hatte.

Der Raketenkopf schoß gezielt auf den Auspuff des äußeren Steuerbordtriebwerks zu, schlug achtern in die Turbine ein. Den Männern auf dem Boden schien es, als habe die dumpfe Explosion erst stattgefunden, nachdem das Flugzeug schon längst aus ihrer Sicht verschwunden war. Sie warteten auf die Geräusche eines Absturzes, aber das immer schwächer werdende Heulen der Triebwerke blieb ununterbrochen. Rasch montierten sie ihre Raketenwerfer ab, packten sie ein und eilten auf ihren Skiern dem Parkplatz zu. Bald darauf hatten sie sich in den nach Süden gehenden Verkehr auf dem James Bay–Ottawa Highway eingeschleust.

Das äußere Triebwerk explodierte, die Turbinenbeschaufelung zersplitterte, flog durch die Verkleidung, schlug wie ein Schrapnellregen gegen das innere Triebwerk, durchbrach die Treibstoffzufuhr und zertrümmerte den zweitstufigen Kompressor.

Im Cockpit ertönte Feueralarm, und der Pilot Ray Emmett schloß die Drosselung und drückte auf den Knopf, der die Feuerlöscher in Betrieb setzte. Sein Copilot Jack May ging die Liste der Notmaßnahmen durch.

»James-Bay-Kontrollturm, hier ist Kanada Eins. Wir haben ein Problem und kehren um«, sagte Emmett mit ruhiger und eintöniger Stimme.

»Ist das eine Notmeldung?« fragte der Fluglotse.

»Jawohl.«

»Wir machen die Piste vierundzwanzig frei. Können Sie eine Normallandung vornehmen?«

»Die Antwort ist nein, James Bay«, erwiderte Emmett. »Ich habe zwei Triebwerke außer Betrieb, und eins davon brennt. Ich schlage vor, Sie lassen Notstandsausrüstung kommen.«

»Löschwagen und Rettungsausrüstung rollt an, Kanada Eins. Sie haben freie Landung. Viel Glück.«

Die Männer im Kontrollturm wußten, daß der Pilot von Kanada Eins unter schwerem Druck stand und wollten ihn deshalb nicht durch weitere Gespräche ablenken. Sie konnten nur noch dasitzen und hoffen.

Das Flugzeug zog eine Schleife, Emmett senkte den Bug, beschleunigte die Geschwindigkeit auf vierhundert Stundenkilometer, beschrieb einen weiten Bogen. Zum Glück schneite es jetzt etwas weniger, er hatte eine Sichtweite von etwa zwei Meilen, konnte die Felder sehen und dahinter das Ende der Landepiste.

Hinten in der Kabine des Premierministers machten sich die beiden Leibwächter der *Royal Canadian Mounted Police,* die Sarveux rund um die Uhr bewachten, sofort an die Arbeit, als sie den Aufprall der Rakete vernahmen. Sie schnallten Sarveux in seinen Sitz und türmten um ihn herum einen Berg lockerer Kissen auf. Weiter vorn starrten seine Sekretäre und die stets anwesenden Pressereporter nervös auf das schwelende Triebwerk, das ganz so aussah, als würde es die Tragfläche durchschmelzen.

Die Hydraulikanlage war tot. Copilot May schaltete auf Handbetrieb um. Selbst bei Vollgas hatten die beiden noch laufenden Triebwerke alle Mühe, die riesige Maschine in der Luft zu halten. Sie sank jetzt rasch, war nur noch hundertachtzig Meter hoch, doch Emmett fuhr das Fahrgestell noch nicht aus, wollte bis zum allerletzten Augenblick die so kostbare Fluggeschwindigkeit einhalten, die ihm noch blieb.

Die Maschine überflog die Grünanlagen der Umgebung des Flugplatzes. Es sollte sehr knapp werden. Bei sechzig Meter Höhe ließ Emmett das Fahrgestell heraus. Die Maschine näherte sich dem drei Kilometer langen Band der Landungspiste vierundzwanzig wie im Zeitlupentempo. Jetzt schwebten sie über dem ersten Asphaltstück, und die Räder waren nur noch eineinhalb Meter über dem Boden. Emmett und May zogen mit aller Kraft das Kontrolljoch zurück. Eine sanfte Landung wäre ein Wunder gewesen, jede Art von Landung war fast ein Wunder. Der Aufprall war hart, ließ den ganzen Rumpf erzittern und drei Reifen platzen.

Das zerschmetterte Steuerbordtriebwerk brach ab, stürzte wild herumwirbelnd zu Boden, prallte wieder auf, schlug an die Tragfläche und riß die äußere Treibstoffzufuhr auf. Zwanzigtausend Liter Turbinentreibstoff flammten an der rechten Seite des Flugzeugs in einer riesigen Feuerkugel auf.

Emmett ließ die beiden noch funktionierenden Motoren im Rückwärtsgang aufheulen und versuchte verzweifelt, die Maschine an einer Linksabschwenkung zu hindern. Gummifetzen von den zerplatzten Reifen stoben hoch in die Luft. Riesige Stücke der brennenden Tragfläche brachen ab, schwirrten auf eine Wartepiste zu, knapp an einem dort parkenden Flugzeug vorbei. Mit heulenden Sirenen und Blinklichtern rasten die Feuerwehrwagen der Maschine des Präsidenten nach.

Das sterbende Flugzeug schoß dahin wie ein feuriger Meteor, hinterließ einen Schweif brennender Trümmer.

Die Flammen drangen in das Rumpfwerk, das dahinzuschmelzen begann. Im Inneren wurde die Hitze höllisch. Die Isolierung brach ein, und Rauchwolken drangen in die Kabine. Einer der *Mounties* riß die dem Feuer gegenüberliegende Notbehelfstür auf, während der andere den Gurt des Premierministers löste und ihn dann ziemlich unsanft aus dem Sitz riß.

Weiter vorn, im großen Raum oberhalb der Tragfläche, starben die Menschen in ihren schwelenden Kleidern, als die Hitze ihre Lungen zerriß. Ian Jeffery taumelte schreiend ins Cockpit und sank dann bewußtlos zu Boden. Emmett und May nahmen keine Notiz von ihm. Sie waren vollauf damit beschäftigt, das sich in seine Bestandteile auflösende Flugzeug auf geradem Kurs zu halten, während es dem Ende der Piste zudonnerte.

Die *Mounties* ließen die Notrutsche herausschnellen, die aber kläglich zusammenbrach, als ein rotglühendes Trümmerstück ihr entgegenflog und die Luftblase zum Platzen brachte. Sie drehten sich um und sahen mit Schrecken, daß die vordere Trennwand der Kabine bereits in Flammen stand. Da nichts anderes mehr übrig blieb, griff einer von ihnen nach einer Decke und wickelte sie Sarveux um den Kopf.

»Halten Sie sich daran fest!« schrie er ihm zu.

Und dann stieß er den Premierminister hinaus.

Die Decke rettete Sarveux das Leben. Er landete auf einer Schulter, rollte wie ein Rad über die rauhe Piste, konnte jedoch dank der Decke seinen Kopf schützen. Seine Beine schlugen aus, das linke Schienbein brach. Der Premier rollte noch etwa dreißig Meter weiter, blieb dann liegen, der Anzug völlig in Fetzen zerrissen, die infolge der vielen Hautabschürfungen allmählich eine rote Farbe annahmen.

Emmett und May kamen im Cockpit um. Sie starben mit zweiundvierzig anderen Männern und drei Frauen, als die zweitausend Tonnen des Flugzeugs in einem rotorangenen Flammenmeer aufgingen. Brennende Trümmer waren über ein Viertel der Piste verteilt, die Feuerwehrleute kämpften noch verbissen gegen die Flammenglut, aber die Tragödie war beendet. Bald war das schwarze Gerippe des Flugzeugs unter einem Berg von weißem Schaum begraben. Männer in Asbestanzügen durchsuchten das schwelende Wrack, und manchem wurde schlecht, als er die verkohlten Körper sah, die kaum noch als Menschen zu erkennen waren.

Sarveux starrte mit weitaufgerissenen Augen auf die Katastrophe. Zuerst erkannten ihn die Sanitäter nicht. Dann kniete sich einer vor ihn und sah sich das Gesicht genauer an.

»Ach, du heilige Mutter Gottes!« rief er aus. »Es ist der Premierminister!«

Sarveux versuchte zu antworten, wollte irgend etwas Sinnvolles sagen. Aber die Worte kamen nicht. Er schloß die Augen und gab sich dankbar dem Dunkel hin, das ihn einschloß.

6

Blitzlichter flammten auf, und Fernsehkameras richteten ihre Linsen auf die anmutig zarte Gestalt der Gemahlin des Premierministers, die sich mit der stillen Grazie einer Galionsfigur durch ein Meer von Reportern bewegte.

Danielle Sarveux blieb vor der Tür der Empfangshalle des Krankenhauses stehen, nicht aus Schüchternheit, sondern der Wirkung wegen. Denn Danielle Sarveux betrat nicht einfach einen Raum; sie erfüllte ihn. Sie strahlte einen unbeschreiblichen Zauber aus, der Frauen in offener Bewunderung oder Neid erstarren ließ. Auf Männer wirkte sie überwältigend. Selbst ältere Staatsmänner führten sich in ihrer Gegenwart oft wie schüchterne Schuljungen auf.

Wer Danielle näher kannte, empfand ihre kalten Posen und ihr granithartes Selbstbewußtsein als ärgerlich. Aber für die große Masse der Menschen war sie ein Symbol, ein Musterbeispiel sozusagen, mit dem man beweisen konnte, daß Kanada kein Land von primitiven Holzfällern war.

Ob sie bei gesellschaftlichen Anlässen erschien oder zum Krankenbett ihres schwerverletzten Gemahls eilte, immer kleidete sie sich mit erlesener und unauffälliger Eleganz. So schritt sie nun an den Reportern in einem hochgeschlossenen, an der Seite leicht geschlitzten Kleid aus beigem Crêpe de Chine vorbei, über dem sie eine naturgraue Breitschwanzjacke trug. Ihr rabenschwarzes Haar hing nach vorn über die rechte Schulter.

Hunderte von Fragen tönten ihr entgegen, ein ganzer Wald von Mikrofonen wurde ihr entgegengestreckt, aber sie ignorierte es. Vier hünenhafte *Mounties* bahnten ihr den Weg zum Fahrstuhl. Im vierten Stock trat der Chefarzt auf sie zu und stellte sich als Dr. Ericsson vor.

Sie blickte ihn an, hielt sich zurück, die gefürchtete Frage zu stellen. Ericsson griff ihrer Besorgnis voraus und setzte sein bestes ärztliches Zuversichtslächeln auf. »Der Zustand Ihres Gemahls ist zwar ernst, aber sein Leben ist nicht in Gefahr. Er hat schwere Hautabschürfungen erlitten, die fast fünfzig Prozent seines Körpers bedecken, aber es hat keine weiteren Komplikationen gegeben. Wir werden Hautverpflanzungen vornehmen müssen, vor allem an den Händen, wo die Gewebeverluste besonders schwer sind. Was die Knochenbrüche anbetrifft, so war unser orthopädisches Spezialistenteam sehr erfolgreich. Allerdings wird es vielleicht noch Monate dauern, bis er aufstehen und sich richtig bewegen kann.«

Sie sah, daß er Ausflüchte machte. »Können Sie mir versprechen, daß Charles zu gegebener Zeit wieder völlig hergestellt ist?«

Jetzt war Ericsson in die Ecke getrieben. »Ich muß Ihnen leider gestehen, daß der Herr Premierminister ein leichtes Hinken beibehalten wird.«

»Und das nennen Sie eine geringfügige Komplikation?«

Der Arzt hielt ihrem Blick stand. »Jawohl, Madame, das tue ich. Der Herr Premierminister hat ein unglaubliches Glück gehabt. Keine komplizierten inneren Verletzungen, keine Beeinträchtigung seiner geistigen und körperlichen Funktionen, und die Narben werden mit der Zeit verheilen. Schlimmstenfalls wird er am Stock gehen müssen.«

Zu seiner Überraschung verzog sich ihr Mund zu einem zynischen Lächeln. »Charles am Stock! Mein Gott, das ist ja unbezahlbar.«

»Wie bitte, Madame?«

Das Hinken wird ihm mindestens zwanzigtausend Wahlstimmen einbringen, war die Antwort, die ihr durch den Kopf ging, aber so mühelos, wie ein Chamäleon die Farbe wechselt, gab sie ihrem Gesicht wieder den Ausdruck der besorgten Ehefrau. »Kann ich ihn sehen?«

Ericsson nickte und führte sie zu einer Tür am Ende des Korridors. »Die Wirkung der Narkose ist noch nicht ganz vorüber, und Sie werden ihn vielleicht noch ein bißchen benommen finden. Außerdem hat er starke Schmerzen, und ich muß Sie bitten, Ihren Besuch möglichst kurz zu machen. Das Personal hat ein anschließendes Zimmer zur Verfügung gestellt, falls Sie wünschen, in seiner Nähe zu bleiben, während er sich erholt.«

40

Danielle schüttelte den Kopf. »Die Berater meines Mannes halten es für besser, wenn ich in der offiziellen Residenz bleibe, wo ich bei der Erledigung seiner laufenden Amtspflichten behilflich sein kann.«

»Ich verstehe.« Er öffnete die Tür und trat zur Seite. Um das Krankenbett standen mehrere Ärzte und Krankenschwestern und ein wachsamer *Mountie*. Sie verließen das Zimmer, als sie eintrat.

Der Geruch der Antiseptika und der Anblick des unbandagierten rohen Fleisches auf den Armen ließen Übelkeit in ihr aufsteigen. Sie zögerte einen Augenblick. Dann erkannte er sie durch halbgeöffnete Augen, und seine Lippen verzogen sich zu einem leichten Lächeln. »Danielle«, sagte er mit schleppender Stimme. »Verzeih mir, daß ich dich nicht küsse.«

Zum ersten Mal sah sie Sarveux ohne seinen Panzer von Stolz. Er war ihr bisher noch nie wehrlos und verletzlich erschienen, und sie vermochte kaum, diesen gebrochenen und unbeweglichen Körper auf dem Krankenhausbett mit dem eitlen Mann in Verbindung zu bringen, mit dem sie seit zehn Jahren zusammenlebte. Das bleiche, schmerzverzerrte Gesicht war nicht das Gesicht, das sie kannte. Es war ihr, als schaute sie einen Fremden an.

Zögernd beugte sie sich über ihn und küßte ihn sanft auf die Wangen. Dann strich sie ihm das graue Haar aus der Stirn, wußte nicht, was sie sagen sollte.

»Dein Geburtstag«, sagte er plötzlich. »Ich hatte deinen Geburtstag ganz vergessen.«

Sie sah ihn verwirrt an. »Aber mein Geburtstag ist doch noch lange nicht fällig, Liebster.«

»Ich wollte dir ein Geschenk kaufen.«

Sie wandte sich an den Arzt. »Er scheint zu phantasieren.«

Ericsson schüttelte den Kopf. »Die Nachwirkungen der Narkose.«

»Gott sei Dank wurde nur ich verletzt, und nicht du«, redete Sarveux weiter. »Meine Schuld.«

»Nein, nein, es war nicht deine Schuld«, sagte Danielle mit ruhiger Stimme.

»Die Straße war voller Eis, und die Windschutzscheibe ganz eingeschneit, und ich konnte nichts sehen. Habe die Kurve zu rasch genommen und auf die Bremse getreten. Ein Fehler. Die Kontrolle verloren . . .«

Jetzt verstand sie. »Vor vielen Jahren hatte er einen Autounfall«, erklärte sie Ericsson. »Seine Mutter kam dabei um.«

»Unter Drogeneinfluß verliert man oft jedes Zeitgefühl«, erläuterte der Arzt.

»Charles«, sagte sie, »du mußt dich jetzt ausruhen. Ich komme morgen früh wieder.«

»Nein, gehe noch nicht.« Sarveux blickte über ihre Schulter zu Ericsson. »Ich muß mit Danielle allein sprechen.«

Ericsson überlegte einen Augenblick, zuckte dann die Schulter. »Wenn Sie darauf bestehen . . .« Er wandte sich an Danielle. »Aber bitte, Madame, nicht länger als zwei Minuten.«

Als sie allein waren, wollte Sarveux etwas sagen, aber sein Körper bäumte sich auf vor Schmerzen.

»Laß mich den Arzt holen«, sagte sie erschrocken.

»Warte!« stöhnte er mit zusammengebissenen Zähnen. »Ich habe Instruktionen.«

»Nicht jetzt, Liebster. Später, wenn du wieder bei Kräften bist.«

»Das James-Bay-Projekt.«

»Ja, Charles«, erwiderte sie willfährig. »Das James-Bay-Projekt.«

»Die Kontrollkabine über dem Generatorenraum . . . verstärkte Sicherheitsmaßnahmen . . . Sag' es Henri.«

»Wem?«

»Henri Villon. Er weiß, was zu tun ist.«

»Ich verspreche es dir, Charles.«

»Kanada ist in großer Gefahr . . . falls die falschen Leute herausfinden . . .« Plötzlich verkrampfte sich sein Gesicht, und er drückte stöhnend den Kopf tief in die Kissen.

Danielle hatte nicht die Kraft, seinem Leiden zuzusehen. Das Zimmer drehte sich vor ihren Augen. Sie hielt sich die Hände vor das Gesicht und trat einen Schritt zurück.

»Max Roubaix.« Sein Atem kam in kurzen Stößen. »Sage Henri, er soll sich an Max Roubaix wenden.«

Danielle hielt es nicht länger aus. Sie drehte sich um und floh in den Korridor.

Dr. Ericsson saß an seinem Schreibtisch und las die Berichte über Sarveux durch, als die Oberschwester hereinkam. Sie stellte eine Tasse Kaffee und einen Teller mit Gebäck neben ihn.

»Sie haben noch zehn Minuten bis zu Ihrem Auftritt, Herr Doktor.«

Ericsson rieb sich die Augen und schaute auf seine Uhr. »Ich nehme an, die Reporter sind schon ungeduldig.«

»Mordlustig wäre das passendere Wort«, erwiderte die Schwester. »Sie würden das ganze Gebäude niederreißen, wenn die Küche sie nicht ständig mit Essen versorgte.« Sie hielt inne, zog den Reißverschluß eines Kleidersacks auf. »Ihre Frau hat Ihnen einen sauberen Anzug und ein Hemd gebracht. Sie besteht darauf, daß Sie eine gute Figur machen, wenn Sie vor die Fernsehkameras treten, um über den Gesundheitszustand des Premierministers zu berichten.«

»Irgendwelche Veränderungen?«

»Er schläft ruhig. Dr. Munson hat ihm eine Spritze gegeben, nachdem Madame Sarveux gegangen war. Eine schöne Frau, aber keine Nerven.«

Ericsson nahm einen Krapfen vom Teller und drehte ihn in seiner Hand. »Ich muß wahnsinnig gewesen sein, als ich mich vom Premierminister überreden ließ, ihm gleich nach der Operation ein Aufputschmittel zu geben.«

»Was bezweckte er wohl damit?«

»Ich weiß es nicht.« Ericsson stand auf und zog sich seinen Kittel aus. »Was es auch immer gewesen sein mag, jedenfalls wirkte sein Delirium sehr überzeugend.«

7

Danielle stieg aus dem Rolls-Royce mit Chauffeur und warf einen Blick auf das Residenzgebäude des kanadischen Premierministers. Sie fand das Äußere des Hauses kalt und düster, und es erschien ihr wie der Schauplatz eines Romans von Emily Bronte. Sie durchschritt das lange Foyer mit der hohen Decke und der traditionellen Einrichtung, stieg dann die breite Wendeltreppe empor und trat in ihr Schlafzimmer.

Das war ihr sicherer Hafen, das einzige Zimmer im Haus, das sie nach ihrem Geschmack hatte möblieren dürfen. Im Licht, das durch die Badezimmertür drang, sah sie die Umrisse einer Gestalt auf dem Bett. Sie schloß die Tür zum Flur, lehnte sich dagegen, empfand zugleich Furcht und ein plötzlich aufsteigendes Wärmegefühl.

»Du bist wahnsinnig, hierher gekommen zu sein«, flüsterte sie.

Zähne blitzten lächelnd im schwachen Lichtschein auf. »Ich frage mich, wie viele andere Ehefrauen im Lande heute abend genau das zu ihren Liebhabern sagen.«

»Die *Mounties* stehen Wache vor der Residenz . . .«

»Loyale Franzosen, die plötzlich blind und taub geworden sind.«

»Du mußt gehen.«

Die Gestalt erhob sich, und es war ein nackter Mann, der vor ihr stand und die Hände nach ihr ausstreckte. »Komm zu mir, *ma nymphe.*«

»Nein . . . nicht hier.« Der kehlige Ton in ihrer Stimme verriet die aufsteigende Leidenschaft.

»Wir haben nichts zu befürchten.«

»Aber Charles lebt!« rief sie plötzlich aus. »Verstehst du das denn nicht? Charles lebt immer noch!«

»Ich weiß«, sagte er völlig ungerührt.

Er hatte einen gewaltigen Körper. Riesige, schwellende Muskeln, die sich im Laufe von Jahren disziplinierten Trainings gebildet hatten und sich nun unter seiner Haut strafften. Er griff sich an den Kopf, fuhr sich durch das Haar, nahm es ab. Sein Schädel war völlig glatt rasiert, wie auch sein ganzer Körper. Beine, Brust und Schamgegend glänzten glatt und weich. Er nahm ihr Gesicht in seine eisenharten Hände und drückte es an seine Brust. Sie atmete den Moschusduft des Öls, mit dem er sich stets einzureiben pflegte, bevor er liebte.

»Denke nicht an Charles«, befahl er. »Er existiert nicht mehr für dich.« Sie fühlte die tierische Gewalt, die ihm aus allen Poren drang. Sie war wie betäubt vor brennender Begierde, von diesem haarlosen Tier in Besitz genommen zu werden. Die Hitze zwischen ihren Beinen flammte auf, und sie sank in seine Arme.

Das Sonnenlicht sickerte durch die halboffenen Vorhänge und kroch über die beiden auf dem Bett ineinander verschlungenen Körper. Danielle hatte den kahlen Kopf zwischen ihre Brüste gepreßt, während ihr schwarzes Haar sich wie ein Fächer über den Kissen ausbreitete. Sie küßte den Schädel mehrere Male, ließ ihn dann los.

»Du mußt jetzt gehen«, sagte sie.

Er streckte den Arm über ihren Bauch aus und drehte die Nachttischuhr zum Licht. »Es ist erst acht. Zu früh. Ich gehe gegen zehn.«

Ihr Blick war von Angst erfüllt. »Die Reporter schwärmen überall herum. Du hättest schon vor Stunden gehen sollen, als es noch dunkel war.«

Er gähnte und setzte sich auf. »Zehn Uhr morgens ist gerade die richtige Zeit, zu der sich ein alter Freund der Familie in der offiziellen Residenz sehen lassen kann. Außerdem wird mich niemand bemerken. Ich werde in der Menge der beflissenen Parlamentsabgeordneten verschwinden, die schon jetzt nach hier unterwegs sind, um der Gemahlin des Premierministers in dieser schweren Stunde beizustehen.«

»Du bist ein launischer Kerl«, sagte sie und zog sich das zerknitterte Laken über die Schultern. »Eben noch zärtlich und liebevoll, und gleich darauf kalt und berechnend.«

»Frauen sind auch recht launisch am Morgen danach. Ich frage mich, ob du auch so boshaft wärst, wenn Charles bei dem Flugzeugabsturz umgekommen wäre.«

»Die Arbeit wurde verpatzt«, fuhr sie ihn wütend an.

»Ja, die Arbeit wurde verpatzt.« Er zuckte die Schultern.

Ihr Gesicht nahm einen kalten und entschlossenen Ausdruck an. »Nur wenn Charles im Grab liegt, wird Quebec ein unabhängiger und sozialistischer Staat werden.«

»Du willst also, daß dein Mann für eine Sache stirbt?« fragte er skeptisch. »Hat sich deine Liebe in einen solchen Haß verwandelt, daß er nur noch ein Symbol für dich ist, das beseitigt werden muß?«

»Wir haben Liebe nie gekannt.« Sie nahm eine Zigarette vom Nachttisch und zündete sie an. »Von Anfang an war ich für Charles nur als ein Mittel zu einem politischen Zweck interessant. Durch das hohe Ansehen meiner Familie verschaffte er sich seinen Eintritt in die Gesellschaft. Ich habe seiner Karriere Glanz und Stil gegeben. Aber ich bin für Charles nie etwas anderes als ein Werkzeug gewesen, mit dem er sein Image aufpolieren konnte.«

»Und warum hast du ihn geheiratet?«

Sie sog an der Zigarette. »Er sagte, er würde eines Tages Premierminister werden, und ich glaubte ihm.«

»Und dann?«

»Dann entdeckte ich zu spät, daß Charles keiner wirklichen Zuneigung fähig ist. Einst war ich bemüht, Leidenschaft in ihm zu erwecken. Heute krümme ich mich jedesmal vor Ekel, wenn er mich anfaßt.«

»Ich habe mir im Fernsehen die Pressekonferenz im Krankenhaus angeschaut. Der Arzt erzählte, wie gerührt alle von deiner Besorgnis für Charles waren.«

»Reines Theater.« Sie lachte. »Ich bin eine gute Schauspielerin. Aber schließlich habe ich ja auch zehn Jahre lang geprobt.«

»Hat Charles während deines Besuches irgend etwas Interessantes gesagt?«

»Nichts, was einen Sinn ergab. Sie hatten ihn gerade erst aus dem Operationssaal gebracht. Er war immer noch benommen von der Narkose und redete meist nur wirres Zeug. Von einem Autounfall, der schon lange her ist, und bei dem seine Mutter umkam.«

Danielles Liebhaber stieg aus dem Bett und ging ins Badezimmer. »Wenigstens hat er keine Staatsgeheimnisse ausgeplaudert.«

Sie nahm einen Zug aus ihrer Zigarette und stieß den Rauch langsam durch die Nase aus. »Vielleicht doch.«

»Schieß nur los, ich höre dich«, sagte er aus dem Badezimmer.

»Charles beauftragte mich, dir zu sagen, daß die Sicherheitsmaßnahmen in James Bay verstärkt werden müssen.«

»So ein Quatsch!« Er lachte. »Wir haben bereits doppelt soviel Wachleute dort, wie wir brauchen.«

»Er meinte ja nicht das ganze Gebiet. Nur die Kontrollkabine.«

Er kam an die Tür, wischte sich den kahlen Schädel mit einem Badetuch ab. »Welche Kontrollkabine?«

»Die über dem Generatorenraum, hat er gesagt, wenn ich mich recht erinnere.«

Er war überrascht. »Hat er es näher erklärt?«

»Er faselte dann nur noch, daß Kanada in großer Gefahr schwebe, falls die falschen Leute es entdeckten . . .«

»Was entdeckten?«

Sie zuckte die Schultern. »Er brach mitten im Satz ab, weil er zu starke Schmerzen hatte.«

»Ist das alles?«

»Nein, er wollte, daß du dich mit einem Max Roubaix in Verbindung setzt.«

»Max Roubaix?« Er machte ein skeptisches Gesicht. »Bist du sicher, daß er diesen Namen nannte?«

Sie blickte zur Decke, überlegte, und dann nickte sie. »Ja, ich bin mir ganz sicher.«

»Seltsam.«

Ohne weitere Erklärung zog er sich wieder ins Badezimmer zurück, stellte sich vor einen großen Spiegel und nahm die Positur ein, die man im Jargon des Bodybuilding ein Vakuum nennt. Er atmete tief aus und ein, weitete den Brustkorb mit einer solchen Anstrengung, daß die Blutgefäße unter der Hautoberfläche fast zu platzen schienen. Dann packte er das rechte Armgelenk mit der linken Hand, schwenkte den Arm gegen die Brust.

Henri Villon betrachtete sein Spiegelbild mit kritischem Blick. Körperlich war er in idealer Verfassung, da gab es nicht das geringste auszusetzen. Dann prüfte er die Meißelung seines Gesichts, die römische Nase, die teilnahmslosen grauen Augen, und als er allen Ausdruck verschwinden ließ, verhärteten sich die Züge, und sein Mund zuckte satanisch. Es war, als lauere ein wildes Tier unter der Marmorschicht einer Statue.

Seine Frau und seine Tochter, seine Kollegen von der liberalen Partei und die halbe Bevölkerung Kanadas hätten sich in ihren wildesten Träumen nicht vorgestellt, daß Henri Villon ein Doppelleben führte. Für die Öffentlichkeit war er ein angesehenes Parlamentsmitglied und der Innenminister, insgeheim das Oberhaupt der Free Quebec Society, der radikalen Bewegung, die für die volle Unabhängigkeit des französischsprachigen Quebec kämpfte.

Danielle kam herein und stellte sich hinter ihn, ein Badetuch wie eine Toga um ihren Körper geschlungen, und sie strich ihm zärtlich über die Armmuskeln. »Kennst du ihn?«

Er entspannte sich, stieß langsam den Atem aus. »Roubaix?«
Sie nickte.

»Nur dem Ruf nach.«

»Wer ist er?«

»Wer war er, solltest du lieber fragen.« Er nahm die braune Perücke mit den grauen Schläfen und setzte sie sich behutsam auf den Kopf. »Wenn meine Erinnerung mich nicht täuscht, war Max Roubaix ein Massenmörder, der vor über hundert Jahren an einem Galgen aufgeknüpft wurde.«

8

FEBRUAR 1989
PRINCETON, NEW JERSEY

Unter den Studenten an den Tischen des Lesesaals im Universitätsarchiv von Princeton schien Heidi Milligan fehl am Platze. Sie trug die nach Maß geschnittene Uniform eines Korvettenkapitäns der Kriegsmarine, und sie maß, von den manikürten Fußnägeln bis zum Ansatz ihres aschblonden Haars gerechnet, einen Meter achtzig. Und sie war sehr schlank und hübsch.

Für die jungen Männer im Saal war sie eine willkommene Ablenkung von ihren Studien. Sie wußte instinktiv, daß viele sie in ihrer Phantasie bis auf die Haut auszogen. Aber da sie über dreißig war, machte ihr das nicht mehr viel aus, wenn sie es auch nicht ganz gleichgültig hinnahm.

»Sie scheinen mal wieder übernachten zu wollen, Kapitän.«

Heidi blickte auf und sah die stets lächelnde Mildred Gardner, die mütterliche Archivarin der Universität. »Übernachten?«

»Noch spät arbeiten. In meiner Zeit nannte man es ›Mitternachtsöl brennen‹.«

Heidi lehnte sich zurück. »Ich muß mir jede mögliche Zeit stehlen, um an meiner Dissertation arbeiten zu können.«

Mildred blies sich die Strähnen ihrer Pagenfrisur aus den Augen und setzte sich. »Ein attraktives Mädchen wie Sie sollte nicht die ganze Nacht studieren. Warum suchen Sie sich nicht einen netten Mann und genießen das Leben ein bißchen?«

»Zuerst mache ich meine Doktorarbeit in Geschichte, und dann kann ich immer noch das Leben genießen.«

»Ein Stück Papier, welches besagt, daß Sie sich Doktor nennen dürfen, verdient keine so leidenschaftliche Hingabe.«

»Vielleicht erregt es mich, einmal Dr. Milligan zu heißen.« Heidi lachte. »Wenn ich bei der Marine vorwärtskommen will, brauche ich einen akademischen Titel.«

»Klingt ganz so, als wollten Sie es mit den Männern aufnehmen.«

»Ach was, die Männer sind mir ganz egal. Meine ganze Liebe gilt der Kriegsmarine. Ist denn das so schlimm?«

Mildred zuckte resigniert die Schultern. »Es ist zwecklos, sich mit einem starrköpfigen Mädchen und hartgesottenen Seebären zu streiten.« Sie erhob sich und blickte auf die über den Tisch verstreuten Dokumente. »Kann ich Ihnen irgend etwas aus den Archiven holen?«

»Meine Nachforschungen beziehen sich auf die Papiere von Woodrow Wilson, die mit den Marineangelegenheiten während seiner Amtsperiode zu tun haben.«

»Wie langweilig! Warum ausgerechnet dieses Thema?«

»Weil es mich interessiert, ein bisher unerforschtes Gebiet der Geschichte aufzudecken.«

»Sie meinen wohl etwas, was bisher den männlichen Geschichtsforschern entgangen ist?«

»Das haben Sie gesagt, nicht ich.«

»Ich beneide nicht den Mann, der Sie einmal heiraten wird«, sagte Mildred. »Wenn der von der Arbeit nach Hause kommt, muß er zuerst einmal hakeln, und wenn er verliert, muß er kochen und die Teller waschen.«

»Ich war schon einmal verheiratet. Sechs Jahre lang. Mit einem Offizier der Marine. Ich habe noch die Narben.«

»In körperlicher oder in psychischer Hinsicht?«

»Beides.«

Mildred ließ das Thema fallen, nahm die Liste der Dokumente, prüfte die Nummern nach. »Sie sind hier richtig. Dieser

49

Ordner hier enthält die gesamte Korrespondenz Wilsons mit den Marinebehörden.«

»Ich habe mir schon fast alles angesehen«, sagte Heidi. »Fällt Ihnen nicht irgend etwas ein, was ich vielleicht vergessen haben könnte?«

Mildred überlegte einen Augenblick. »Ich muß mal nachsehen. Geben Sie mir zehn Minuten.«

Nach fünf Minuten kam sie zurück, brachte einen neuen Ordner. »Unveröffentlichtes Material, das noch nicht katalogisiert worden ist«, bemerkte sie mit gönnerhaftem Grinsen. »Das könnte etwas sein.«

Heidi warf einen Blick auf die vergilbten Briefe. Die meisten waren in der Handschrift des Präsidenten. Ratschläge für seine drei Töchter, Erklärungen über seine Haltung auf dem Kongreß der demokratischen Partei von 1912, als er bei William Jennings Bryan gegen die Machenschaften von Tammany Hall Einspruch erhob, persönliche Briefe an seine erste Frau Ellen Louise Axson und an seine zweite Frau Edith Bolling Galt.

Fünfzehn Minuten vor der Schließung fand Heidi ein Schreiben an Herbert Henry Asquith, den britischen Premierminister. Das Papier wies viele unregelmäßige Falten auf und schien einmal zerknüllt worden zu sein. Der Brief war vom 14. Juni 1914, trug jedoch keinen Stempel, der darauf hinwies, daß er abgeschickt worden war.

Sie begann zu lesen.

»Lieber Herbert,
da die offiziell unterschriebenen Exemplare unseres Vertrages verlorengegangen zu sein scheinen, und in Anbetracht der heftigen Kritik, der Sie von seiten einiger Ihrer Kabinettsmitglieder ausgesetzt sind, sieht es wohl nun so aus, als hätte unser Plan nie in Betracht gezogen werden sollen. Und da nichts über den offiziellen Austausch durchgesickert ist, habe ich meinem Sekretär Anweisung gegeben, alle Hinweise auf unseren Pakt zu vernichten. Zu diesem ungewöhnlichen Schritt habe ich mich nur mit einem gewissen Widerwillen entschlossen, zumal meine Landsleute sehr auf Besitz bedacht sind und sich nie und nimmer damit abfinden würden, daß . . .«

Die nächste Zeile war so zerknüllt, daß die Schrift nicht mehr zu lesen war. Es folgte ein neuer Absatz.

»Im Auftrag Sir Edwards und mit der Zustimmung Bryans habe ich die von unserem Schatzamt Ihrer Regierung zur Verfügung gestellten Gelder als Darlehen eintragen lassen.

Ihr Freund Woodrow Wilson«

Heidi schickte sich an, den Brief beiseite zu legen, da er nichts über Marineangelegenheiten enthielt, aber dann wurde sie neugierig und las noch einmal die Worte »alle Hinweise auf unseren Pakt zu vernichten«.

Sie grübelte darüber nach. Im Laufe ihres zweijährigen Studiums hatte sie Woodrow Wilson so gut kennengelernt, daß sie ihn fast als einen Lieblingsonkel betrachtete, und sie hatte bisher nichts an ihm entdeckt, das auf eine Watergate-Mentalität bei ihm hinweisen könnte.

Die Warnglocke ertönte, und es blieben ihr noch zehn Minuten bis zur Schließung des Archivs. Sie schrieb den Brief rasch auf ihren Notizblock ab. Dann brachte sie die beiden Ordner zum Tisch der Archivarin zurück.

»Sind Sie auf etwas Nützliches gestoßen?« fragte Mildred.

»Nur ein kleiner Hinweis, den ich nicht erwartet hätte«, antwortete Heidi ausweichend.

»Und wo treiben Sie Ihre nächsten Studien?«

»In Washington, im Nationalarchiv.«

»Viel Glück. Hoffentlich finden Sie einen Knüller.«

»Einen Knüller?«

»Vielleicht entdecken Sie einen bisher übersehenen Schatz von Informationen.«

Heidi zuckte die Schultern. »Man kann nie wissen.«

Sie hatte nicht geplant, der Bedeutung des seltsamen Briefes Wilsons weiter nachzugehen.

Aber jetzt hatte sie das Gefühl, daß es sich lohnte, etwas Genaueres zu erfahren.

9

Der Historiker des Senats lehnte sich in seinen Stuhl zurück. »Ich bedaure, Kapitän, aber wir haben hier im Capitol leider keine Bodenkammer, in der wir Dokumente des Kongresses aufbewahren.«

»Ich verstehe«, sagte Heidi. »Aber Sie sind auf alte Fotografien spezialisiert.«

Jack Murphy nickte. »Ja, wir verfügen über eine ziemlich ausgiebige Sammlung von offiziellen Fotos, die bis in die vierziger Jahre des neunzehnten Jahrhunderts zurückgeht.« Er spielte mit dem Briefbeschwerer auf seinem Schreibtisch. »Haben Sie es im Nationalarchiv versucht? Dort finden Sie ein ganzes Warenlager an Material.«

»Es war vergebliche Mühe«, erwiderte Heidi. »Ich habe nichts gefunden, das sich auf mein Forschungsgebiet bezieht.«

»Wie kann ich Ihnen helfen?«

»Mich interessiert ein Abkommen zwischen England und Amerika. Ich dachte mir, daß man bei der Unterzeichnungszeremonie vielleicht ein Foto gemacht hat.«

»Davon haben wir jede Menge. Ein Präsident, der sich beim Unterschreiben eines Vertrages nicht zeichnen oder fotografieren läßt, müßte erst noch geboren werden.«

»Der einzige Hinweis, den ich Ihnen geben kann, ist das ungefähre Datum. Es muß in den ersten sechs Monaten des Jahres neunzehnhundertvierzehn gewesen sein.«

»Auf Anhieb kann ich mich an ein solches Ereignis nicht erinnern«, sagte Murphy nachdenklich. »Aber ich will der Sache gern für Sie nachgehen. Es könnte ein paar Tage in Anspruch nehmen. Ich habe vorher noch einige andere Gesuche zu erledigen.«

»Ich verstehe. Vielen Dank.«

Murphy zögerte, blickte sie dann forschend an. »Ich finde es immerhin höchst seltsam, daß Sie in den offiziellen Archiven keinen Hinweis auf einen englisch-amerikanischen Vertrag finden konnten. Haben Sie irgendeine Referenz?«

»Ich fand nur einen von Präsident Wilson an Premierminister Asquith geschriebenen Brief, in dem er einen offiziell unterzeichneten Vertrag erwähnt.«

Murphy erhob sich von seinem Schreibtisch und begleitete Heidi zur Tür. »Wir werden es mal versuchen, Kapitän Milligan. Falls ein solches Foto existiert, finden wir es.«

Heidi saß in ihrem Zimmer im Jefferson-Hotel und betrachtete sich im Spiegel des Kosmetikköfferchens. Abgesehen von ein paar kleinen Runzeln in den Augenwinkeln hatte sie ein jugendliches Gesicht bewahrt, und ihre Figur war immer noch tadellos.

Im Laufe der letzten drei Jahre hatte sie eine Gebärmutteroperation, eine Scheidung und eine halbjährige Liebesaffäre mit einem dreißig Jahre älteren Admiral durchgemacht, der vor kurzem an einem Herzanfall gestorben war. Und doch wirkte sie immer noch so frisch und lebhaft wie zur Zeit, als sie in Annapolis ihre Reifeprüfung bestanden hatte.

Sie neigte sich näher dem Spiegel zu, warf einen prüfenden Blick auf ihre braunen Augen. Das rechte hatte einen kleinen Fehler in Form eines ovalen grauen Flecks auf der unteren Iris. Heterochromia iridis hatte der Augenarzt festgestellt, als sie zehn Jahre alt war, und ihre Schulkameradinnen hatten sie oft wegen ihres »bösen Blicks« gehänselt. Von da an hatte sie es sich zum Stolz gemacht, anders zu sein, besonders später, als die Jungen sich für sie zu interessieren begannen.

Seit dem Tod des Admirals Walter Bass hatte sie nicht mehr das Bedürfnis empfunden, sich ernsthaft mit einem Mann einzulassen. Aber heute hing die blaue Uniform im Schrank, und Heidi betrat den Fahrstuhl in einem enggeschnittenen, kupferfarbenen Seidenkleid mit tiefem Ausschnitt vorne und hinten und einer Seidenblume an der Brust. Neben der dazu passenden Handtasche trug sie einen langen, bis auf die Schulter hängenden Ohrring in Federform mit Juwelenbesatz, und um sich vor der kalten Winterluft Washingtons zu schützen, war sie in einen Mantel aus braunschwarzem synthetischem Fuchs gehüllt.

Der Türsteher starrte sie bewundernd an und öffnete ihr den Schlag zu einem Taxi.

»Wohin?« fragte der Fahrer, ohne sich umzudrehen.

Die einfache Frage überraschte sie. Sie hatte sich nur entschlossen, ein bißchen auszugehen, wußte jedoch noch gar nicht, wohin sie wollte. Sie zögerte, und dann knurrte ihr zum Glück der Magen.

»Ein Restaurant«, platzte sie heraus. »Können Sie mir ein nettes Restaurant empfehlen?«

»Was möchten Sie denn essen, junge Frau?«

»Ich weiß nicht.«

»Steak, Chinesisch, Fisch und Meeresfrüchte?«

»Fisch und Meeresfrüchte.«

»Da habe ich gerade das Richtige«, sagte der Fahrer und drückte die Zähluhr herunter. »Ein sehr gutes Restaurant mit Blick auf den Fluß. Sehr romantisch.«

»Genau das, was ich brauche.« Heidi lachte und sagte entschlossen: »Fahren Sie mich hin.«

Der Abend sah ganz nach einem Reinfall aus. Da saß sie mutterseelenallein bei Kerzenlicht, nippte an ihrem Wein, sah die Lichter des Kapitols auf dem Wasser des Potomac flimmern und fühlte sich einsamer als je zuvor. Der Anblick einer allein an einem Tisch sitzenden Frau schien für manche Leute noch immer etwas Ungewöhnliches zu sein. Sie wurde die diskreten Blicke der anderen Gäste gewahr und konnte leicht deren Gedanken erraten. Hat jemand sie sitzengelassen? Ist sie eine Ehefrau auf Abwegen? Oder eine Nutte, die gerade Essenspause macht? Diese Vermutung bereitete ihr besonderes Vergnügen.

Ein Mann kam herein und wurde an den übernächsten Tisch hinter ihr gewiesen. Das Restaurant war schwach beleuchtet, und sie sah nur, daß er hochgewachsen war, als er an ihr vorbeikam. Sie war versucht, sich umzudrehen, um ihn sich genauer anzusehen, konnte jedoch ihre anerzogene Schüchternheit nicht überwinden.

Plötzlich spürte sie seine Gegenwart in ihrer Nähe, und ihre Nase nahm den Duft männlichen Rasierwassers wahr.

»Ich bitte um Verzeihung, schöne Frau«, flüsterte ihr eine

Stimme ins Ohr, »hätten Sie das Herz, einem armen und heruntergekommenen Säufer ein Glas Muscatel zu spendieren?«

Sie zuckte zusammen und blickte auf.

Das Gesicht des Eindringlings war im Dunkel nicht gleich zu erkennen. Dann ging er um den Tisch und setzte sich ihr gegenüber. Sein Haar war dicht und schwarz, das Kerzenlicht ließ zwei warme, meergrüne Augen aufleuchten. Die Züge waren wetterhart und von der Sonne gebräunt. Er blickte sie an, schien eine Begrüßung zu erwarten, schaute kühl und gleichgültig drein, und dann lächelte er – und im Nu schien der ganze Raum sich aufzuhellen.

»Aber, aber, Heidi Milligan, erkennst du mich nicht mehr?«

Die Freude der Überraschung ließ sie erzittern.

»Pitt! Oh, mein Gott, Dirk Pitt!«

Sie streckte spontan die Hände aus, nahm ihn bei den Schläfen, zog ihn zu sich, bis ihre Lippen sich berührten. Pitt machte ein erstauntes Gesicht, und als Heidi ihn wieder losließ, schüttelte er den Kopf.

»Toll, wie ein Mann sich in einer Frau irren kann. Ich hatte nur einen Händedruck erwartet.«

Heidi errötete. »Du hast mich in einem schwachen Augenblick erwischt. Ich saß hier und bemitleidete mich, und als ich plötzlich einen Freund erblickte . . . habe ich mich halt gehenlassen.«

Er nahm ihre Hände, und sein Lächeln verschwand. »Es hat mich sehr betrübt, als ich hörte, daß Admiral Bass gestorben ist. Er war ein guter Mann.«

Ihre Augen wurden dunkel. »Das Ende war schmerzlos. Als er im Koma lag, ging alles sehr rasch.«

»Gott weiß, was aus der Vixen-Affäre geworden wäre, wenn er nicht freiwillig seine Dienste angeboten hätte.«

»Erinnerst du dich noch, wie wir uns kennenlernten?«

»Ich kam, um den Admiral in seinem Gästehaus in der Nähe von Lexington, Virginia, zu interviewen, als er schon im Ruhestand war.«

»Und ich hielt dich für einen Regierungsbeamten, der ihn belästigen wollte. Ich habe dich schändlich behandelt.«

Pitt blickte sie an. »Ihr beide wart euch sehr nahe.«

Sie nickte. »Wir haben fast achtzehn Monate zusammengelebt. Er war von der alten Schule, aber er wollte nicht heiraten.

Er meinte, es wäre eine Dummheit, wenn eine junge Frau sich an einen Mann bindet, der bereits mit einem Fuß im Grabe steht.«

Pitt sah, wie ihr die Tränen in die Augen traten, und er wechselte rasch das Thema. »Nimm es mir nicht übel, aber ich finde, du siehst ganz wie ein Schulmädchen bei seinem ersten Ausgang nach der Reifeprüfung aus.«

»Das richtige Kompliment im richtigen Augenblick.« Heidi faßte sich und blickte sich im Saal um. »Ich möchte dich nicht länger aufhalten. Du hast sicher eine Verabredung.«

»Nein, ich bin frei.« Seine Augen lächelten. »Ich arbeite an mehreren Projekten und habe heute beschlossen, mich ein bißchen zu entspannen und in Ruhe zu essen.«

»Es freut mich, daß wir uns getroffen haben«, sagte sie leise.

»Du brauchst nur zu befehlen, und ich bin dein Sklave bis morgen früh.«

Sie blickte ihn an, und der ganze Speisesaal existierte nicht mehr für sie. Dann senkte sie nachdenklich den Kopf. »Das würde mir sehr gefallen.«

Als sie in Heidis Hotelzimmer traten, hob Pitt sie sanft empor und trug sie zum Bett. »Bleibe ganz still«, sagte er. »Ich tue alles.«

Er begann, sie ganz langsam auszuziehen. Sie konnte sich nicht erinnern, je von einem Mann so völlig ausgezogen worden zu sein, von den Ohrringen bis zu den Schuhen. Er berührte sie dabei so wenig wie möglich, und die Vorfreude stieg wie ein süßer Schmerz in ihr auf.

Pitt ließ sich nicht zur Eile antreiben. Sie fragte sich, wie viele Frauen er schon auf diese Weise bis zur Weißglut erregt hatte, zumal sie die Leidenschaft in seinen Augen aufflammen sah.

Plötzlich legten sich seine Lippen auf die ihren. Sie waren warm und feucht. Sie ging mit, als seine Arme sich immer fester um ihre Hüften schlangen und er sie zu sich zog. Sie war wie aufgelöst, und ein Stöhnen entrang sich ihrer Kehle.

Im Augenblick, da sie innerlich zu zerspringen glaubte und ihre Muskeln unbeherrscht zuckten, öffnete sie den Mund und schrie auf. Pitt drang in sie ein, und sie kam und kam in einem alles überflutenden Lustrausch, der kein Ende zu nehmen schien.

10

Die genüßlichste Stunde des Schlafs ist nicht die des Einschlummerns oder der tiefen Versunkenheit, sondern die kurz vor dem Erwachen. Erst dann überlagern sich die Träume wie in einem Kaleidoskop bunter Phantasien. In diesem Augenblick vom Klingeln des Telefons unterbrochen zu werden, ist ebenso unerträglich störend wie das Kratzen von Fingernägeln auf einer Schiefertafel.

Was es für Heidi schlimmer machte, war das gleichzeitige Klopfen an ihrer Hotelzimmertür. Noch vom Schlaf benebelt, nahm sie den Hörer ab und murmelte: »Einen Augenblick bitte.« Dann schlüpfte sie aus dem Bett, taumelte auf die Tür zu und plötzlich fiel ihr ein, daß sie splitternackt war.

Sie griff nach dem Morgenrock in ihrem Koffer, warf ihn sich über die Schultern und machte die Tür einen Spalt auf. Ein Boy schlängelte sich wie ein Aal durch die Öffnung und stellte eine große Vase mit weißen Rosen auf den Tisch. Immer noch benommen, gab ihm Heidi ein Trinkgeld und ging zum Telefon zurück.

»Es tut mir leid, daß ich Sie warten ließ. Hier ist Korvettenkapitän Milligan.«

»Ach, Kapitän«, sagte die Stimme Jack Murphys, des Historikers vom Senat, »habe ich Sie aufgeweckt?«

»Ich mußte sowieso aufstehen«, erwiderte sie und hatte alle Mühe, sich ihre Wut nicht anmerken zu lassen.

»Ich dachte mir, Sie würden vielleicht gern hören, daß Ihr Anliegen eine Erinnerung in mir ausgelöst hat. Deshalb habe ich gestern nach Feierabend noch ein paar Nachforschungen angestellt und bin auf etwas höchst Interessantes gestoßen.«

Heidi rieb sich die Augen. »Ich höre.«

»Wir haben in unseren Akten keine Fotografien von einer Vertragsunterzeichnung im Jahre neunzehnhundertundvierzehn«, sagte Murphy. »Ich habe jedoch eine alte Aufnahme von William Jennings Bryan gefunden, der damals Wilsons Staatssekretär war. Auf dem Bild ist auch der Untersekretär Richard Essex zu sehen, und Harvey Shields, der im Bildtext als ein Vertreter der Regierung Seiner Majestät bezeichnet wird, und der gerade in einen Wagen steigt.«

»Ich sehe da keinen Zusammenhang«, sagte Heidi.

»Verzeihung, ich wollte Sie nicht in die Irre führen. Natürlich sagt das Foto sehr wenig. Aber auf der Rückseite stehen einige mit Bleistift geschriebene Worte in der unteren linken Ecke, die kaum zu lesen sind. Sie geben das Datum an, den zwanzigsten Mai neunzehnhundertundvierzehn, und darunter steht: ›Bryan beim Verlassen des Weißen Hauses mit dem Nordamerikanischen Vertrag.‹«

Heidi griff den Hörer fester. »Dann hat es ihn also wirklich gegeben.«

»Ich würde eher annehmen, daß es nur ein Vertragsvorschlag war.« Murphys Stolz, der Herausforderung erfolgreich begegnet zu sein, klang deutlich in seiner Stimme mit. »Falls Sie eine Kopie des Fotos haben wollen, müssen wir Ihnen einen kleinen Betrag in Rechnung stellen.«

»Ja . . . ja, bitte. Könnten Sie mir auch eine Vergrößerung der Notiz auf der Rückseite anfertigen lassen?«

»Kein Problem. Sie können sich die Abzüge jederzeit nach drei Uhr abholen.«

»Das ist ja großartig. Ich danke Ihnen.«

Heidi legte den Hörer auf, ließ sich wieder ins Bett sinken, genoß die Freude, endlich etwas erreicht zu haben. Es gab also doch einen Zusammenhang. Dann erinnerte sie sich an die Blumen. Ein Briefchen war an eine der weißen Rosen angeheftet.

»Ohne Uniform siehst Du ganz entzückend aus. Verzeih mir, nicht bei Dir gewesen zu sein, als Du erwachtest.

Dirk.«

Heidi drückte die Rose an die Wange und lächelte. Die mit Pitt verbrachten Stunden kehrten verschwommen, wie durch eine Mattscheibe gesehen, zurück. Er war jetzt wie eine Traumfigur, die ihr im Schlaf erschienen war. Nur die Berührung seines Körpers blieb eine klare Erinnerung, denn sie verspürte noch seine Glut.

Widerwillig löste sie sich aus ihren Träumereien und griff nach dem Telefonbuch von Washington auf dem Nachttisch. Sie hielt den Fingernagel auf einer kleingedruckten Nummer, wählte und wartete. Beim dritten Klingelzeichen antwortete eine Stimme.

»Staatsdepartement, wen wünschen Sie zu sprechen?«

11

Kurz vor vierzehn Uhr zog John Essex den Mantelkragen hoch, um dem kalten Nordwind zu trotzen, und begann seinen Rundgang über die Flöße seines Austernparks. Essex betrieb eine mit allen Raffinessen eingerichtete Schalentierzucht in Coles Point in Virginia, mit Brutstätten in Teichen längs des Potomacs.

Der alte Mann war gerade dabei, eine Wasserprobe vorzunehmen, als er hörte, wie jemand seinen Namen rief. Eine Frau im blauen Mantel eines Marineoffiziers stand auf dem Steg zwischen den Teichen, und falls seine fünfundsiebzig Jahre alten Augen ihn nicht trogen, war es eine sehr hübsche Frau. Er packte sein Prüfgerät ein und ging langsam auf sie zu.

»Mr. Essex?« Sie hatte ein warmes Lächeln. »Ich hatte angerufen. Mein Name ist Heidi Milligan.«

»Sie hatten nur Ihren Rang nicht angegeben, Frau Korvettenkapitän«, sagte er mit Kennerblick. Dann lächelte er freundlich. »Aber es ist mir ein Vergnügen, denn ich bin ein alter Freund der Kriegsmarine. Wollen Sie nicht auf eine Tasse Tee ins Haus kommen?«

»Das ist sehr liebenswürdig«, antwortete sie. »Hoffentlich unterbreche ich Sie nicht bei der Arbeit.«

»Ach, die kann warten, bis das Wetter wärmer ist. Ich bin Ihnen sogar dankbar, denn vielleicht bewahren Sie mich vor einer Lungenentzündung.«

Sie streckte die Nase in die Luft. »Es riecht hier wie auf einem Fischmarkt.«

»Lieben Sie Austern, Frau Korvettenkapitän?«

»Natürlich. Sie produzieren doch Perlen, nicht wahr?«

Er lachte. »Typisch Frau. Ein Mann hätte ihre gastronomischen Eigenschaften gepriesen.«

»Meinen Sie nicht eher ihre aphrodisischen Eigenschaften?«

»Das ist ein Ammenmärchen.«

Sie machte ein saures Gesicht. »Ich muß gestehen, daß ich mich nie für den Geschmack von rohen Austern begeistern konnte.«

»Zu meinem Glück tun es aber viele. Im letzten Jahr haben diese Teiche hier zweieinhalbtausend Tonnen pro Acre enthalten, und das war nach der Ernte.«

Heidi bemühte sich, ein interessiertes Gesicht zu machen, als Essex fortfuhr, ihr von der Austernzucht zu erzählen, während sie über einen Kiespfad zu dem inmitten eines blühenden Apfelgartens liegenden Ziegelhaus im Kolonialstil hinanstiegen. Nachdem er ihr einen Platz auf dem bequemen Ledersofa seines Arbeitszimmers angeboten hatte, brachte er den Tee herein. Heidi beobachtete ihn aufmerksam, als er einschenkte.

John Essex hatte leuchtend blaue Augen und hohe Backenknochen, und der untere Teil seines Gesichts verbarg sich hinter einem prächtigen weißen Bart. Sein Körper hatte keinen Altersspeck angesetzt. Selbst jetzt, in seinem alten Overall, der Wolltuchjacke und den Schaftstiefeln wirkte er noch ebenso elegant, wie er es einst als amerikanischer Gesandter in London gewesen sein mußte.

»Ist es ein offizieller Besuch, Kapitän?« fragte er, während er ihr die Tasse reichte.

»Nein, Sir, es handelt sich um ein persönliches Anliegen.«

Essex hob die Brauen. »Meine liebe junge Dame, vor dreißig Jahren wäre mir das vielleicht wie eine Einladung zum Flirt erschienen. Jetzt jedoch muß ich mit Betrübnis gestehen, daß Sie nur die Neugierde eines verlassenen alten Mannes geweckt haben.«

»Ich würde einen der geschätztesten Diplomaten unseres Landes wohl kaum als einen verlassenen alten Mann bezeichnen.«

»Das war einmal.« Essex lächelte. »Womit kann ich Ihnen dienen?«

»Im Laufe der Recherchen für meine Doktorarbeit stieß ich auf einen von Präsident Wilson an Herbert Asquith geschriebenen Brief.« Sie hielt inne, zog die Abschrift aus ihrer Handtasche und reichte sie ihm. »Und in diesem Brief bezieht er sich auf einen zwischen England und Amerika geschlossenen Vertrag.«

Essex setzte sich seine Brille auf und las den Brief zweimal. Dann blickte er auf. »Wie können Sie sicher sein, daß er echt ist?«

Statt einer Antwort gab ihm Heidi die beiden vergrößerten Abzüge des Fotos und wartete auf seine Reaktion.

William Jennings Bryan, dickbäuchig und grinsend, bückte sich, um in eine Limousine einzusteigen. Hinter ihm standen zwei Männer in offenbar herzlichem Gespräch. Richard Essex, elegant und vornehm, lächelte breit, während Harvey Shields mit zurückgeworfenem Kopf aus voller Kehle lachte und dabei ein paar hervorstehende Zähne zeigte. Der Chauffeur, der den Schlag offenhielt, stand steif und teilnahmslos dabei.

Essex' Gesicht blieb ausdruckslos, als er die Vergrößerungen betrachtete. Nach einer Weile blickte er auf. »Was suchen Sie eigentlich, Kapitän?«

»Den Nordamerikanischen Vertrag«, antwortete sie. »In den Archiven des Staatsdepartements befindet sich kein Hinweis darauf. Ich finde es unglaublich, daß jede Spur eines so wichtigen Dokuments völlig verschwunden sein kann.«

»Und Sie glauben, ich könnte es Ihnen erklären?«

»Der Mann auf dem Bild mit William Jennings Bryan ist Ihr Großvater Richard Essex. Ich bin Ihrer Familiengeschichte nachgegangen, weil ich hoffte, er habe Ihnen vielleicht einige Papiere oder Korrespondenzen hinterlassen, die mir eine Tür öffnen würden.«

Essex bot ihr Sahne und Zucker an. Heidi nahm zwei Würfel. »Da haben Sie leider Ihre Zeit verschwendet. All seine Papiere wurden nach seinem Tod der *Kongreßbücherei* vermacht. Jedes Stück. Sind Sie in der Bibliothek gewesen?«

»Ich habe heute vormittag vier Stunden dort verbracht. Ihr Großvater war ein produktiver Mann. Der Band mit seinen hinterlassenen Schriften ist überwältigend.«

»Haben Sie auch die Schriften Bryans durchgesehen?«

»Da habe ich ebenfalls eine Niete gezogen«, gestand Heidi. »Bryan war trotz seiner bedeutenden Rednergabe als Staatssekretär kein sehr ergiebiger Verfasser von Memoranden.«

Essex nippte nachdenklich an seinem Tee. »Richard Essex war äußerst umsichtig und genau, und Bryan verließ sich voll und ganz auf ihn, wenn es darum ging, politische Memoranden oder diplomatische Korrespondenz auszuarbeiten. Im Staatsdepartement ist kaum etwas geschehen, das nicht seinen Stempel trägt.«

»Ich fand ihn sehr undurchsichtig.« Die Worte waren Heidi entschlüpft, bevor sie wußte, was sie sagte.

Essex' Blick verfinsterte sich. »Warum sagen Sie das?«

»Seine Rolle als Unterstaatssekretär für politische Angelegenheiten ist gut dokumentiert. Aber über den Menschen Richard Essex gibt es nichts. Natürlich fand ich die übliche zusammengefaßte Biographie im Stil des *Who's Who* mit Angaben über seinen Geburtsort, seine Eltern und Schulen. Aber nirgends stieß ich auf eine Beschreibung seiner Persönlichkeit, seiner Charaktereigenschaften, seiner Neigungen und Abneigungen. Selbst seine Papiere sind immer in der dritten Person singularis geschrieben. Er ist wie ein Porträtmodell, bei dem der Maler vergessen hat, die Konturen auszufüllen.«

»Wollen Sie damit andeuten, daß er nicht existiert hat?« fragte Essex sarkastisch.

»Natürlich nicht«, erwiderte Heidi treuherzig. »Sie sind ja schließlich der lebende Beweis.«

Essex starrte auf den Boden seiner Teetasse. »Sie haben recht«, sagte er nach einer Weile. »Außer seinen täglichen Aufzeichnungen über seine Arbeit im State Department und ein paar Fotos im Album hat mein Großvater kein Andenken hinterlassen.«

»Können Sie sich an ihn erinnern?«

Essex schüttelte den Kopf. »Nein, er starb im Alter von zweiundvierzig Jahren, im gleichen Jahr, als ich geboren wurde.«

»Neunzehnhundertvierzehn.«

»Am achtundzwanzigsten Mai, um es genau zu sagen.«

Heidi blickte ihn verblüfft an. »Acht Tage nach der Unterzeichnung des Vertrags im Weißen Haus.«

»Glauben Sie, was Sie wollen, Kapitän«, sagte Essex mit Geduld. »Es hat keinen Vertrag gegeben.«

»Aber Sie können doch die Beweise nicht einfach außer acht lassen.«

»Bryan und mein Großvater waren unzählige Male im Weißen Haus. Das Gekritzel auf der Rückseite des Fotos ist zweifellos ein Irrtum. Und was den Brief anbetrifft, so haben Sie ihn einfach falsch gedeutet.«

»Die Tatsachen sprechen immerhin für sich«, beharrte Heidi. »Der Sir Edward, den Wilson in seinem Brief erwähnt, war Sir Edward Grey, der britische Außenminister. Und das vor dem Datum des Briefes an Großbritannien gegebene Darlehen von einhundertundfünfzig Millionen Dollar ist eine Tatsache.«

»Es war gewiß damals eine große Summe Geld«, gab Essex zu. »Aber vor dem Ersten Weltkrieg führte England ein Programm von Sozialreformen durch, während es andererseits im Hinblick auf den sich anbahnenden Konflikt große Mengen von Waffen kaufen mußte. Ganz einfach gesagt, brauchte England Geld, um über die Runden zu kommen, bis die Gesetze für höhere Steuern im Parlament durchkamen. Das Darlehen ist also nichts Außergewöhnliches. An den heutigen internationalen Gepflogenheiten gemessen, könnte man es als völlig normal bezeichnen.«

Heidi stand auf. »Es tut mir leid, Ihre Zeit in Anspruch genommen zu haben, Mr. Essex. Ich will Sie heute nachmittag nicht länger stören.«

Seine blauen Augen zwinkerten verschmitzt. »Sie können mich jederzeit stören.«

An der Tür wandte sich Heidi noch einmal um. »Da ist noch etwas. Die Bibliothek hat die vollständige Sammlung der Schreibtischnotizen Ihres Großvaters in den Monatskalendern, außer den letzten für Mai. Sie scheinen abhanden gekommen zu sein.«

Essex zuckte die Schultern. »Kein großes Geheimnis. Er starb, bevor er sie beendet hatte. Sie gingen wahrscheinlich verloren, als man sein Büro ausräumte.«

Essex stand am Fenster, bis Heidis Wagen hinter den Bäumen verschwunden war. Seine Schultern sanken herab. Er fühlte sich sehr müde und sehr alt. Er trat an eine alte geschnitzte Kommode und drehte den Kopf einer der Engelsfiguren an der Seite

nach rechts. Eine kleine flache Schublade sprang wenige Zentimeter über dem Teppich auf. Sie enthielt ein in Leder gebunde-
nes dünnes Buch, dessen gravierter Deckel vom Alter brüchig
war.

Er ließ sich in einen Polstersessel sinken, setzte die Brille auf
und begann zu lesen. Es war ein Ritus, der ihm im Laufe der
Jahre und zu verschiedenen Zeiten zur Gewohnheit geworden
war. Seine Augen sahen nicht mehr die Worte auf den Seiten; er
hatte sie seit langem auswendig gelernt.

Er saß immer noch da, als die Sonne verschwand und die
Schatten das Zimmer mit Dunkelheit erfüllten. Er preßte das
Buch an die Brust, fühlte Angst und Unentschlossenheit.

Die Vergangenheit hatte einen einsamen alten Mann in einem
dunklen Zimmer eingeholt.

12

Leutnant Ewen Burton-Angus fuhr seinen Wagen auf den Parkplatz des Glen-Echo-Racquet-Clubs, nahm seine Tragtasche vom
Beifahrersitz und streckte die Schultern der Kälte entgegen. Er
eilte am leeren Swimmingpool und den verschneiten Tennisplät-
zen vorbei, die Wärme des Clubhauses suchend.

Der Geschäftsführer des Clubs saß an einem Tisch hinter
einem mit Pokalen gefüllten Glasschrank und blickte auf.

»Kann ich Ihnen behilflich sein?«

»Ja, mein Name ist Burton-Angus. Ich bin ein Gast von Henry
Argus.«

Der Geschäftsführer warf einen Blick auf sein Notizbrett.
»Richtig, Leutnant Burton-Angus. Es tut mir leid, Sir, aber Mr.
Argus hat mitgeteilt, daß er nicht kommen könne. Er wollte Sie
in der Gesandtschaft erreichen, aber Sie waren bereits fort.«

»Schade«, sagte Burton-Angus. »Aber da ich nun einmal hier
bin, haben Sie vielleicht einen Racquetballplatz frei, wo ich mich
üben kann?«

»Ich mußte die Reservierungen umstellen, als Mr. Argus absagte. Aber wir haben hier noch einen Herrn, der allein spielt. Vielleicht könnten Sie sich ihm anschließen.«

»Wo finde ich ihn?«

»Er sitzt in der Bar. Sein Platz ist erst in einer halben Stunde frei. Sein Name ist Jack Murphy.«

Burton-Angus fand Murphy bei einem Drink am großen Fenster, das auf den Chesapeake Canal hinausging. Er stellte sich vor.

»Würde es Sie sehr stören, einen Gegner zu haben?«

»Nicht im geringsten«, sagte Murphy mit ansteckendem Lächeln. »Besser als allein zu spielen, es sei denn, sie machen mich zur Schnecke.«

»Das dürfte mir kaum möglich sein.«

»Spielen Sie viel Racquetball?«

»Eigentlich spiele ich eher Squash.«

»Das hatte ich bei Ihrem britischen Akzent bereits angenommen.« Murphy wies auf einen Stuhl. »Trinken Sie etwas. Wir haben noch viel Zeit, bis der Platz frei ist.«

Burton-Angus nahm gern die Gelegenheit wahr, sich ein bißchen zu entspannen, und er bestellte einen Gin. »Hübsche Landschaft. Der Kanal erinnert mich an einen in meiner Heimat in Devon.«

»Fließt durch Georgetown und in den Potomac«, erklärte Murphy in bester Fremdenführerart. »Wenn er im Winter zugefroren ist, benutzen ihn die Einwohner zum Schlittschuhlaufen und Eisfischen.«

»Arbeiten Sie in Washington?« fragte Burton-Angus.

»Ja, ich bin der Historiker des Senats. Und Sie?«

»Adjutant des Marineattachés bei der Britischen Gesandschaft.«

Murphys Gesicht nahm einen abwesenden Ausdruck an, und es schien Burton-Angus, als ob der Amerikaner durch ihn hindurch starrte.

»Stimmt etwas nicht?«

Murphy schüttelte den Kopf. »Ach bewahre. Aber da Sie Engländer und bei der Marine sind, erinnerte ich mich plötzlich an eine junge Frau im Rang eines Korvettenkapitäns der amerikanischen Marine, die vor kurzem zu mir kam und Näheres über

65

einen zwischen unseren beiden Ländern abgeschlossenen Vertrag wissen möchte.«

»Wahrscheinlich ein Handelsabkommen.«

»Das weiß ich nicht. Das seltsame ist nur, daß außer einem alten Foto nichts darüber in den Archiven des Senats vorhanden ist.«

»Ein Foto?«

»Ja, mit einer Notiz über einen Nordamerikanischen Vertrag.«

»Ich kann gerne jemanden bei der Gesandtschaft beauftragen, der Sache in den Akten nachzugehen.«

»Machen Sie sich bitte nicht die Mühe. So wichtig ist es nicht.«

»Es macht mir durchaus keine Mühe«, erbot sich Burton-Angus. »Haben Sie ein Datum?«

»Um den zwanzigsten Mai herum, im Jahre neunzehnhundertvierzehn.«

»Alte Geschichte.«

»Wahrscheinlich nur ein Vertragsentwurf, der dann abgelehnt wurde.«

»Ich werde trotzdem mal nachsehen,« sagte Burton-Angus, als sein Drink kam. Er hob das Glas. »Auf Ihr Wohl.«

Alexander Moffat saß an seinem Schreibtisch in der Britischen Gesandtschaft auf der Massachusetts Avenue. Nach Erscheinung und Benehmen war er ein typischer Regierungsbeamter. Kurzes Haar mit makellos gezogenem linkem Scheitel, kerzengerade Haltung, korrekt und präzise in Rede und Gesten . . . kurz, er schien aus der gleichen Form gegossen zu sein wie Tausende seiner Kollegen aus dem Foreign Office. Nichts lag auf der polierten Schreibtischplatte herum, außer seinen gefalteten Händen.

»Tut mir furchtbar leid, Herr Leutnant, aber ich finde nichts in unseren Akten, was sich irgendwie auf einen englisch-amerikanischen Vertrag im Mai neunzehnhundertvierzehn bezieht.«

»Höchst seltsam«, sagte Burton-Angus. »Der Amerikaner, der mir die Information gab, schien sich ziemlich sicher, daß ein solcher Vertrag entweder existierte oder zumindest im Verhandlungsstadium war.«

»Hat sich wahrscheinlich im Jahr geirrt.«

»Das glaube ich nicht. Er ist der Historiker des Senats. Nicht jemand, der Daten und Fakten durcheinanderbringt.«

»Möchten Sie die Sache weiterverfolgen?« fragte Moffat in amtlichem Ton.

Burton-Angus legte nachdenklich die Hände aneinander. »Es könnte sich lohnen, beim Foreign Office in London nachzufragen, um den Nebel zu lüften.«

Moffat zuckte verächtlich die Schultern. »Ein vager Hinweis auf ein fragliches Ereignis, das sich vor einem Dreivierteljahrhundert abgespielt haben soll, könnte für die Gegenwart doch kaum von Bedeutung sein.«

»Vielleicht nicht. Aber ich habe es dem Mann nun mal versprochen. Soll ich ein schriftliches Gesuch für eine Nachforschung einreichen?«

»Nicht nötig. Ich werde einen alten Schulkameraden anrufen, der für die Archive verantwortlich ist, und ihn bitten, sich die alten Berichte anzusehen. Er ist mir eine Gefälligkeit schuldig. Bis morgen sollten wir eine Antwort haben. Aber seien Sie nicht enttäuscht, wenn nichts dabei herauskommt.«

»Macht nichts«, sagte Burton-Angus. »Andererseits kann man jedoch nie wissen, was nicht alles in den Archiven des Foreign Office begraben liegt.«

13

Peter Beaseley kannte sich besser als irgend jemand sonst im Foreign Office aus. Er war seit über dreißig Jahren Chefbibliothekar des Archivs und betrachtete die gesamte Geschichte der britischen Außenpolitik als sein privates Jagdgebiet. Er hatte sich darauf spezialisiert, politische Schnitzer und Skandalintrigen von Diplomaten der Vergangenheit und Gegenwart aufzuspüren, die man diskret unter den Teppich der Verschwiegenheit gekehrt hatte.

Beaseley fuhr sich mit der Hand durch ein paar Strähnen

seines weißen Haares und griff nach einer der Pfeifen in dem runden Pfeifenständer. Er beschnupperte das vor ihm liegende amtliche Papier wie eine Katze, die ihrer Mahlzeit mißtraut.

»Nordamerikanischer Vertrag«, sagte er ins leere Zimmer. »Nie davon gehört.«

Für seine Mitarbeiter wäre das ein Gottesurteil gewesen. Ein Vertrag, von dem Peter Beaseley noch nie gehört hatte, konnte gar nicht existieren.

Er zündete die Pfeife an, blickte versonnen in den aufsteigenden Rauch. Das Jahr 1914 war das Ende der klassischen Diplomatie, überlegte er. Nach dem Ersten Weltkrieg wurde die aristokratische Eleganz internationaler Verhandlungen durch mechanische Manöver ersetzt. Von da an war es in der Welt seicht geworden.

Seine Sekretärin klopfte an und steckte den Kopf durch die Tür. »Mr. Beaseley.«

»Ja, Miß Gosset?« Er blickte auf, ohne sie anzusehen.

»Ich gehe jetzt zum Mittagessen.«

»Mittagessen?« Er zog eine Uhr aus der Westentasche und schaute nach der Zeit. »Ach ja, das hatte ich ganz vergessen. Wo werden Sie essen? Haben Sie eine Verabredung?«

Die beiden unerwarteten Fragen überraschten Miß Gosset. »Aber nein, ich esse allein. Ich wollte es einmal in diesem neuen indischen Restaurant am Glendower Place versuchen.«

»Gut, das paßt mir«, verkündete Beaseley großzügig. »Ich lade Sie zum Essen ein.«

Miß Gosset war über diese seltene Ehre sehr erstaunt.

Beaseley bemerkte es und lächelte. »Ganz uneigennützig ist meine Einladung nicht, Miß Gosset. Sie können es als einen Bestechungsversuch betrachten. Ich brauche nämlich Ihre Hilfe, um nach einem alten Vertrag zu suchen. Vier Augen sehen rascher als zwei, und ich möchte nicht zuviel Zeit auf diese Sache verschwenden.«

Sie hatte kaum Zeit, in ihren Mantel zu schlüpfen, als er sie schon hinausbugsierte und mit dem Regenschirm ein Taxi heranwinkte.

»Sanctuary Building, Great Smith Street«, rief Beaseley dem Fahrer zu.

»Die alten Foreign-Office-Papiere sind über fünf Gebäude in

London verstreut«, sagte sie, während sie ihr Halstuch zurechtrückte, »und da ist es mir ein Rästel, wie Sie da etwas finden wollen.«

»Die während des Jahres neunzehnhundertvierzehn geführte Korrespondenz mit den Staaten Amerikas befindet sich im zweiten Stockwerk des Ostflügels des Sanctuary Buildings«, erklärte er gelassen.

Miß Gosset war beeindruckt und schwieg, bis sie ihren Bestimmungsort erreichten. Beaseley bezahlte das Taxi, und sie traten in die Halle, wiesen ihre offiziellen Ausweise vor, trugen sich im Besucherbuch ein. Ein klappriger alter Fahrstuhl brachte sie zum zweiten Stock. Beaseley schritt ohne Zögern auf die richtige Tür zu.

»Sie nehmen sich April vor, und ich Mai.«

»Sie haben mir noch gar nicht gesagt, was Sie suchen«, bemerkte sie.

»Alle Hinweise auf einen Nordamerikanischen Vertrag.«

Sie hatte das Gefühl, daß sie eigentlich mehr wissen sollte, aber Beaseley hatte ihr bereits den Rücken zugekehrt und blätterte in einer riesigen Ledermappe, die vergilbte offizielle Dokumente und Memoranden enthielt. Sie schickte sich ins Unvermeidliche und nahm sich den ersten Band vom April 1914 vor, rümpfte die Nase, als ihr der muffige Geruch entgegenschlug.

Sie blieben vier Stunden, und Miß Gosset hatte entsetzliches Magenknurren, aber sie fanden nichts. Beaseley stellte die Mappen an ihren Platz zurück und blickte nachdenklich drein.

»Ich bitte um Verzeihung, Mr. Beaseley, aber wie steht es mit dem Mittagessen?«

Er blickte auf seine Uhr. »Tut mir furchtbar leid. Ich habe nicht auf die Zeit geachtet. Darf ich Sie dafür zum Abendessen einladen?«

»Das nehme ich dankbar an«, seufzte Miß Gosset.

Als sie sich ins Kontrollbuch eintrugen, wandte sich Beaseley plötzlich dem Portier zu.

»Ich möchte mich noch im Kellergewölbe der offiziellen Geheimdokumente umschauen«, sagte er. »Mein Ausweis befugt mich dazu.«

»Aber nicht die junge Dame«, sagte der uniformierte Portier mit höflichem Lächeln. »Ihr Ausweis gilt nur für die Bibliothek.«

Beaseley klopfte Miß Gosset auf die Schulter. »Gedulden Sie sich bitte noch ein bißchen. Es wird nur ein paar Minuten dauern.«

Er folgte dem Portier drei Treppen hinunter bis zum Kellergewölbe, wo sie an eine große Eisentür in einer Betonmauer gelangten. Er sah zu, wie sich zwei schwere Messingschlüssel in den geölten Öffnungen zweier riesiger Sicherheitsschlösser drehten, ohne das geringste Geräusch zu machen. Der Portier stieß die Tür auf und trat beiseite.

»Ich muß Sie einschließen, Sir«, sagte er vorschriftsgemäß. »An der Wand ist ein Telefon. Wählen Sie einfach drei–zwei, wenn Sie wieder gehen wollen.«

»Ich kenne die Vorschriften. Vielen Dank.«

Die Akte der Geheimdokumente des Frühjahrs 1914 war nur vierzig Seiten dick und enthielt keine welterschütternden Enthüllungen. Beaseley wollte die Mappe gerade wieder ins Regal stellen, als ihm etwas Seltsames auffiel.

Mehrere Mappen standen um einige Zentimeter aus der Reihe hervor und ließen sich nicht weiter hineinschieben. Er zog sie heraus.

Irgendwie war eine andere Mappe dahintergeschoben worden, und die nahm er sich jetzt vor. Er schlug den Deckel auf. Auf der Titelseite eines Heftes, das wie ein Bericht aussah, las er die Worte »Nordamerikanischer Vertrag«.

Er setzte sich an einen großen, leeren Metalltisch und begann aufmerksam zu lesen.

Zehn Minuten später sah Beaseley wie jemand aus, auf dessen Schulter sich um Mitternacht auf dem Friedhof eine kalte Hand gelegt hat. Die Finger zitterten ihm so, daß er kaum fähig war, die Rufnummer auf dem Telefon zu wählen.

Gleich darauf öffnete der Portier die Eisentür und schaute verwundert auf Beaseley, der wortlos an ihm vorbeiging.

14

Heidi nahm ihre Abflugkarte entgegen und blickte auf den Bildschirm, wo die Flugzeiten angegeben waren.

»Ich habe noch vierzig Minuten totzuschlagen«, sagte sie.

»Zeit genug für einen Abschiedstrunk«, erwiderte Pitt.

Er führte sie durch die gedrängt volle Halle des Flughafens zur Cocktailbar. Geschäftsreisende mit gelösten Kragen und zerknitterten Anzügen hockten in allen Ecken herum. Pitt eroberte einen kleinen runden Tisch und bestellte bei einer vorübereilenden Kellnerin. »Ich wäre gerne geblieben«, sagte sie traurig.

»Was hindert dich daran?«

»Die Navy sieht es nicht gern, wenn Offiziere das Schiff verlassen.«

»Wann hast du wieder Urlaub?«

»Ich muß mich bis morgen mittag beim Marineamt in San Diego melden, und dann geht es zum Dienst auf See.«

Er blickte ihr in die Augen. »Unsere Affäre scheint an der Geographie zugrunde zu gehen.«

»Wir haben ihr auch keine große Chance gegeben, nicht wahr?«

»Es sieht so aus, als hätte es nie sein sollen«, sagte Pitt.

Heidi starrte ihn an. »Genau das hat er gesagt!«

»Wer?«

»Präsident Wilson in einem Brief.«

Pitt lachte. »Und mich hast du schon ganz vergessen?«

»Verzeih mir.« Sie verscheuchte den Gedanken. »Es war nichts.«

»Deine Forschungsarbeit scheint dich sehr zu beschäftigen.«

»Ein paar Komplikationen«, sagte sie. »Ich wurde abgelenkt. Das passiert manchmal. Man vergräbt sich in ein Thema, und plötzlich stößt man auf eine interessante Information, die einen in eine völlig andere Richtung verschlägt.«

Die Getränke kamen, und Pitt bezahlte der Kellnerin. »Bist du sicher, daß du keine Urlaubsverlängerung beantragen kannst?«

Sie schüttelte den Kopf. »Wenn ich nur könnte! Aber ich habe alle meine Urlaubstage aufgebraucht, und es wird sechs Monate dauern, bis ich wieder dran bin.« Plötzlich wurden ihre Augen lebhaft. »Warum kommst du nicht mit? Wir könnten ein paar Tage gemeinsam verbringen, bevor ich auf See gehe.«

Pitt nahm ihre Hand. »Tut mir leid, Liebste, das geht wirklich nicht. Ich muß nämlich nach Labrador, wegen eines Projektes.«

»Wie lange wirst du fortbleiben?«

»Einen Monat, vielleicht sechs Wochen.«

»Werden wir uns wiedersehen?« Ihre Stimme wurde schwach.

»Ich glaube fest daran, daß gute Erinnerungen wiederholt werden sollten.«

Zwanzig Minuten später, nachdem sie ihren zweiten Drink genommen hatten, begleitete Pitt Heidi zum Abflugschalter. Die meisten Passagiere warteten bereits auf den Einstieg, und im Lautsprecher ertönte der letzte Aufruf.

Sie stellte ihre Handtasche und ihren Kosmetikkoffer auf einen leeren Stuhl und blickte Pitt erwartungsvoll an. Er nahm sie in die Arme und küßte sie. Dann warf er grinsend den Kopf zurück. »Jetzt ist es um meinen Ruf als Macho geschehen.«

»Wieso?«

»Sobald es sich herumgesprochen hat, daß ich gesehen wurde, als ich einen Matrosen küßte, ist es aus mit mir.«

»Du Clown.« Sie zog seinen Kopf zu sich herunter und küßte ihn lange und hart. Endlich ließ sie ihn los und hielt mit Mühe die Tränen zurück. »Lebewohl, Dirk Pitt.«

»Lebewohl, Heidi Milligan.«

Sie nahm ihre Sachen und ging zur Einstiegrampe. Dann blieb sie stehen, schien sich plötzlich an etwas zu erinnern, kam noch einmal zurück. Sie kramte in ihrer Handtasche, zog einen Umschlag heraus, legte ihn in seine Hand.

»Höre! Lies dir diese Papiere durch«, sagte sie hastig. »Sie erklären, was mich abgelenkt hat. Und . . . Dirk . . . es könnte etwas sein. Etwas sehr Wichtiges. Schau, was du davon denkst. Wenn du glaubst, daß es sich lohnt, der Sache nachzugehen, rufe mich in San Diego an.« Bevor Pitt antworten konnte, hatte sie sich umgedreht und war verschwunden.

15

Man sagt, es gäbe keinen idyllischeren Ort, um die Ewigkeit abzuwarten, als einen englischen Dorffriedhof. In zeitloser Ruhe
um die Kirche geschart, stehen die Grabsteine moosbewachsen
und stumm, und die eingravierten Namen und Daten sind meist
verwaschen und kaum noch lesbar.

In dem abgelegenen Dörfchen Manuden, nicht sehr weit von
London entfernt, rief eine einsame Glocke zum Begräbnis. Es
war ein kalter, aber schöner Tag, und die Sonne schien durch
eine Masse perlgrauer Wolken.

Fünfzig bis sechzig Menschen standen um einen mit einer
Flagge bedeckten Sarg, während der Ortspfarrer die Totenrede
hielt.

Eine königlich aussehende Frau von Anfang Sechzig hörte
nichts davon. Ihre ganze Aufmerksamkeit galt einem Mann, der
einige Schritte von den Trauernden entfernt ganz allein stand.

Er muß sechsundsechzig sein, sagte sie sich. Sein schwarzes,
nachlässig gekämmtes Haar war von grauen Strähnen durchsetzt
und trat auf der Stirn zurück. Das Gesicht war immer noch
schön, aber der unbarmherzige Blick war weicher geworden. Mit
einem leichten Anflug von Neid bemerkte sie, daß er sich seine
schlanke und fesche Figur erhalten hatte, während sie zur Fülle
neigte. Seine Augen waren auf den Kirchturm gerichtet, seine
Gedanken schienen in der Ferne zu sein.

Erst nachdem der Sarg ins Grab gesenkt und die Menge aus-
einandergegangen war, trat er ein paar Schritte vor und starrte in
die Grube wie in ein Fenster zur Vergangenheit.

»Du hast die Jahre gut überstanden«, sagte sie, als sie hinter
ihn trat.

Er drehte sich um und wurde erst jetzt ihrer Gegenwart
gewahr. Dann blickte er sie mit jenem einnehmenden Lächeln
an, das sie so gut kannte, und küßte sie auf die Wange.

73

»Unglaublich, du siehst noch sinnlicher aus, als ich dich in Erinnerung hatte.«

»Du hast dich nicht geändert.« Sie lachte, fuhr sich befangen mit der Hand über das graue Haar. »Immer noch der gleiche alte Schmeichler.«

»Wie lange ist es her?«

»Du hast den Dienst vor fünfundzwanzig Jahren quittiert.«

»Mein Gott, mir scheinen es zwei Jahrhunderte zu sein.«

»Dein Name ist jetzt Brian Shaw.«

»Ja.« Shaw nickte dem Sarg zu. »Er bestand darauf, daß ich eine neue Identität annahm, als ich in den Ruhestand trat.«

»Eine weise Vorsichtsmaßnahme. Du hattest mehr Feinde als der Hunnenkönig Attila. Der SMERSH-Agent, der dich ermordet hätte, wäre ein sowjetischer Nationalheld geworden.«

»Darum brauche ich mich nicht mehr zu sorgen.« Er lächelte. »Ich bezweifle, daß meine alten Gegner noch am Leben sind. Außerdem habe ich schon lange ausgespielt. Mein Kopf ist keinen Liter Benzin mehr wert.«

»Du hast nie geheiratet.« Es war eine Feststellung und keine Frage.

Er schüttelte den Kopf. »Nur kurz, aber sie wurde umgebracht. Du erinnerst dich doch noch.«

Sie errötete leicht. »Ich hatte es wohl nie richtig akzeptiert, daß du eine Frau hattest.«

»Und du?«

»Ein Jahr nach deinem Ausscheiden. Mein Mann arbeitete in der Abteilung für Geheimschriftanalyse. Sein Name ist Graham Huston. Wir leben in London und kommen ganz gut mit unserer Pension und den Einkünften unseres Antiquitätenladens aus.«

»Es ist nicht mehr wie in den alten Zeiten.«

»Lebst du immer noch in Westindien?«

»Es wurde dort ziemlich ungesund, und so kehrte ich heim. Ich habe mir eine kleine Farm auf der Insel Wight gekauft.«

»Als Gentleman-Farmer kann ich mir dich nicht vorstellen.«

»Und ich mir dich nicht als Antiquitätenhändlerin.«

Die Totengräber kamen aus dem Pub von der Straße gegenüber und nahmen ihre Spaten und Schaufeln auf. Bald hörte man die Erdklumpen auf den hölzernen Sargdeckel fallen.

»Ich liebte den Alten«, sagte Shaw wehmütig. »Es hat Zeiten

gegeben, wo ich ihn am liebsten umgebracht hätte, und dann wieder welche, wo ich ihn wie einen Vater verehrte.«

»Er hatte auch eine besondere Zuneigung zu dir«, sagte sie. »Er hat sich immer Sorgen gemacht, wenn du im Einsatz warst. Die anderen Agenten hat er eher wie Schachfiguren behandelt.«

»Du kanntest ihn besser als jeder andere«, sagte er leise. »Für eine Frau, die zwanzig Jahre lang seine Sekretärin war, hat ein Mann keine Geheimnisse mehr.«

Sie nickte. »Es ging ihm manchmal auf die Nerven. Denn oft durchschaute ich seine Gedanken . . .«

Ihre Stimme versagte, und sie konnte das Grab nicht mehr ansehen. Shaw nahm ihren Arm und führte sie vom Friedhof.

»Hast du Zeit für einen Drink?«

Sie öffnete ihre Handtasche, nahm ein Papiertüchlein heraus und schneuzte sich. »Ich muß wirklich nach London zurück.«

»Dann ist es also Lebewohl, Mrs. Huston.«

»Brian.« Es schien ihr in der Kehle zu stecken, aber sie hielt sich zurück und sprach seinen wahren Namen nicht aus. »Ich werde mich nie daran gewöhnen, an dich als Brian Shaw zu denken.«

»Die Leute, die wir einmal waren, starben längst vor unserem alten Chef«, sagte Shaw tröstend.

Sie drückte seine Hand, und ihre Augen waren feucht. »Schade, daß die Vergangenheit tot ist.«

Bevor er antworten konnte, zog sie einen Umschlag aus ihrer Handtasche und steckte ihn ihm in die Manteltasche. Er sagte nichts, ließ sich nicht anmerken, daß er es gesehen hatte.

»Adieu, Mr. Shaw«, sagte sie mit kaum vernehmlicher Stimme. »Paß gut auf dich auf.«

Ein kalter Schneeregen ging an diesem Abend über London nieder, als der Dieselmotor eines schwarzen Austin-Taxis im Leerlauf vor einem Gebäude am Hyde-Park ratterte. Shaw bezahlte den Fahrer und stieg aus. Er stand eine Weile da, achtete nicht auf den Wind und die eisigen Tropfen, die ihm ins Gesicht peitschten, starrte auf den häßlichen Bau, in dem er einst gearbeitet hatte.

Die Fenster waren schmutzig und verschmiert, die Mauern

vom Ruß und Dreck eines halben Jahrhunderts überzogen. Shaw fand es seltsam, daß die Fassaden des Gebäudes nie wie so viele andere in der Stadt gesäubert worden waren.

Er ging die Stufen empor und trat in die Halle ein. Ein Wachmann verlangte gleichgültig seinen Ausweis und suchte seinen Namen auf der Liste der eingetragenen Verabredungen.

»Nehmen Sie bitte den Fahrstuhl bis zum zehnten Stock«, sagte der Wachmann. »Dort wird Sie jemand abholen.«

Der Lift zitterte und ratterte wie immer, aber den Fahrstuhlführer hatte man durch ein Knopfbrett ersetzt. Shaw fuhr zuerst bis zum neunten Stock und ging den Korridor entlang. Er fand sein altes Büro, öffnete die Tür, erwartete, eine Sekretärin eifrig im Vorderraum tippen zu sehen und einen Mann am Schreibtisch im Hintergrund.

Aber alles war leer, und nur ein paar verstaubte Papierfetzen lagen auf dem Boden herum.

Er schüttelte traurig den Kopf. Wer hatte einmal gesagt, daß es keine Wiederkehr gibt?

Jedenfalls war die Treppe noch da, wo sie sein sollte, wenn auch der Wachmann fehlte. Er ging zum zehnten Stock hinauf und trat auf ein blondes Mädchen in einem locker hängenden Strickkleid zu, das vor dem Fahrstuhl stand.

»Ich glaube, Sie erwarten mich«, sagte er.

Sie drehte sich überrascht um. »Mr. Shaw?«

»Ja, entschuldigen Sie die Verspätung, aber da ich schon so lange nicht mehr hier war, habe ich mich ein bißchen umschauen wollen, um mich an die guten alten Zeiten zu erinnern.«

Das Mädchen blickte ihn mit schlecht verhohlener Neugier an. »Der Herr General erwartet Sie. Wenn Sie mir bitte folgen wollen.«

Sie klopfte an die bekannte Tür und öffnete sie.

»Mr. Shaw, Sir.«

Außer dem neuen Schreibtisch und dem Mann, der sich hinter ihm erhob, war alles noch wie früher. Endlich fühlte er sich wieder zu Hause.

»Mr. Shaw, kommen Sie herein.«

Brigadegeneral Morris V. Simms streckte ihm eine kräftige und trockene Hand entgegen. Die pfauenblauen Augen wirkten freundlich, aber Shaw ließ sich nichts vormachen. Er fühlte, daß sie ihn computerhaft und kalt einer gründlichen Prüfung unterzogen. »Bitte nehmen Sie Platz.«

Shaw setzte sich in einen großen Armstuhl, der so hart wie Marmor war. Eine ziemlich phantasielose Methode, stellte er fest, mit der der General bezweckte, seine Besucher durch ein Gefühl der Unbehaglichkeit einzuschüchtern. Sein ehemaliger Chef hätte solche amateurhaften Mätzchen nicht geduldet.

Er bemerkte die Unordnung auf dem Schreibtisch. Nachlässig aufgestapelte Akten, zum Teil mit der Titelseite nach unten. Und deutliche Spuren von Staub. Nicht regelmäßig über die Schreibtischplatte verteilt, sondern an Orten, wo kein Staub sein soll. Die oberen Kanten der Körbe für die ein- und ausgehende Post unter dem Telefon ragten zwischen Aktendeckeln hervor.

Plötzlich wurde sich Shaw der Täuschung bewußt.

Erstens das Fehlen des Fahrstuhlführers, der sich zu versichern pflegte, daß die Besucher nur dort ausstiegen, wohin man sie schickte. Dann das Fehlen der Wachmänner, die an den Treppen standen und auf jedem Stockwerk als Empfangsbeamte dienten. Und dann sein verlassenes Büro.

Seine ehemalige Abteilung des British Intelligence Service war nicht mehr in diesem Gebäude.

Das Ganze war ein Possenspiel, eine Bühne, auf der man ein Stück für ihn inszeniert hatte.

Brigadegeneral Simms ließ sich steif in seinen Stuhl sinken und starrte Shaw an. Sein Gesicht war undurchdringlich und so unerforschlich wie das einer Buddhastatue.

»Ich nehme an, Sie sind zum ersten Mal wieder im alten Bau, seit Sie in den Ruhestand traten.«

Shaw nickte. »Ja.« Er fand es seltsam, in diesem Raum einem jüngeren Mann gegenüberzusitzen.

»Es sieht wohl immer noch so aus wie früher.«

»Einiges hat sich geändert.«

Simms linke Braue zuckte leicht. »Sie meinen wahrscheinlich, was das Personal anbetrifft.«

»Die Zeit vernebelt die Erinnerung«, erwiderte Shaw philosophisch.

Die Braue zuckte nicht mehr. »Sie fragen sich gewiß, warum ich Sie hierher gebeten habe?«

»Daß man mir bei einer Beerdigung eine Einladung in die

Manteltasche steckte, fand ich ein bißchen theatralisch«, sagte Shaw. »Sie hätten mir doch einfach schreiben oder mich anrufen können.«

Simms lächelte eisig. »Ich habe meine Gründe, und zwar sehr gute Gründe.«

Shaw beschloß, distanziert zu bleiben. Er mochte Simms nicht und sah keinen Grund, mehr als höflich zu sein. »Offenbar haben Sie mich nicht zu einem Altherrenabend eingeladen.«

»Nein«, sagte Simms, zog eine Schublade heraus und stützte seinen hochpolierten Schuh darauf. »Ich hatte eigentlich vor, Sie wieder in den Dienst zu stellen.«

Shaw war verblüfft. Was, zum Teufel, ging hier vor? Eine Welle der Erregung überflutete ihn plötzlich. »Ich kann mir nicht vorstellen, daß der Geheimdienst es nötig hat, auf abgetakelte alte Agenten aus der Müllkiste zurückzugreifen.«

»Sie beurteilen sich zu hart, Mr. Shaw. Sie waren vielleicht der beste Mann, den der Dienst je angeworben hat. In Ihrer Zeit sind Sie geradezu zu einer Legende geworden.«

»Und zu einem Krebsgeschwür. Deshalb hat man mich zwangsweise in den Ruhestand versetzt.«

»Wie dem auch sei, ich habe einen Auftrag, der genau Ihren Begabungen entspricht. Er erfordert einen reifen Mann mit Köpfchen. Wir muten Ihnen keine körperlichen Anstrengungen oder gar einen Aderlaß zu. Hier geht es einzig und allein um die Fähigkeit, einer Sache mit Scharfsinn und Verstand nachzugehen. Trotz Ihrer Einwände wegen Ihres Alters bin ich überzeugt, daß Sie mit Ihrer Erfahrung genau der richtige Mann sind.«

Shaw war verwirrt. Er hatte Mühe, Simms Worten einen Sinn abzugewinnen. »Warum ich? Sie haben bestimmt eine ganze Armee anderer Agenten, die besser qualifiziert sind. Und dann die Russen. Die schließen ihre Akten nie. Das KGB nagelt mich fest, sowie ich wieder auftauche.«

»Wir leben jetzt in der Zeit der elektronischen Gehirne, Mr. Shaw. Abteilungsleiter sitzen nicht mehr in muffigen alten Büros und treffen eigenwillige Entschlüsse. Heute werden alle Daten für laufende Aufträge in Computer gefüttert. Und wir überlassen es ihren Gedächtnisspeichern, uns anzugeben, welcher Agent am besten qualifiziert ist. Es scheint nun, daß die Computer nicht viel von unseren gegenwärtigen Leuten halten. Und so haben wir eine Liste von pensionierten Agenten einprogrammiert. Ihr Name kam ganz oben raus. Was die Russen anbetrifft, so können Sie beruhigt sein. Sie werden mit ihnen nichts zu tun haben.«

»Können Sie mir sagen, wofür ich so ideal qualifiziert bin?«

»Als Spürhund.«

»Und auf wen soll ich angesetzt werden, wenn nicht auf die Russen?«

»Auf die Amerikaner.«

Shaw schwieg, glaubte, nicht richtig gehört zu haben. Schließlich sagte er: »Es tut mir leid, Herr General, aber Ihre Roboter haben einen Fehler gemacht. Zugegeben, ich hielt die Amerikaner nie für ganz so zivilisiert wie die Engländer, aber sie sind ein gutes Volk. Während meiner Dienstjahre habe ich viele herzliche Beziehungen zu ihnen angeknüpft. Ich habe mit dem CIA eng zusammengearbeitet, und ich weigere mich, sie auszuspionieren. Sie sollten sich lieber an jemand anders wenden.«

Simms Gesicht wurde rot. »Regen Sie sich nur nicht auf, Mr. Shaw, und hören Sie sich die Tatsachen an. Ich verlange nicht von Ihnen, daß Sie geheime Informationen von den Yankees stehlen. Sie sollen sie nur ein paar Wochen lang im Auge behalten. Ich will nicht übertreiben, aber es handelt sich um eine Angelegenheit, die die Regierung Ihrer Majestät sehr wohl bedrohen könnte.«

»Dann bitte ich um Verzeihung«, sagte Shaw. »Fahren Sie fort.«

»Vielen Dank«, erwiderte Simms hochnäsig. »Es geht uns um Nachforschungen in einer Sache, die den Namen Nordamerikanischer Vertrag trägt, eine rostige Kiste voller Würmer, die die Amerikaner ausgegraben haben. Sie sollen in Erfahrung bringen, was sie wissen und ob sie beabsichtigen, etwas in dieser Sache zu unternehmen.«

»Das klingt sehr vage. Um was geht es denn in diesem Vertrag?«

»Ich halte es für besser, Sie vorläufig noch nicht in die Einzelheiten einzuweihen«, sagte Simms ohne Umschweife.

»Ich verstehe.«

»Nein, Sie verstehen es nicht, aber das spielt jetzt keine Rolle. Wollen Sie es versuchen?«

Shaw war unschlüssig. Seine Reflexe waren geschwächt, seine

79

Kräfte hatten stark nachgelassen. Er konnte nicht mehr ohne Brille lesen. Natürlich konnte er immer noch ein Rebhuhn mit einer Flinte auf eine Distanz von fünfzig Metern erlegen, aber er hatte seit zwanzig Jahren keine Pistole mehr abgefeuert. Shaw verhehlte sich nicht, daß er ein alter Mann war.

»Und meine Farm . . .?«

»Wird in Ihrer Abwesenheit von einem Professor für Agrarwissenschaften betrieben.« Simms lächelte. »Sie werden feststellen, daß wir in bezug auf Geld großzügiger geworden sind als zu Ihrer Zeit. Ich darf hinzufügen, daß die zweihundertvierzig Acres Farmland, um die Sie sich seit Jahren bemühen, nach Durchführung Ihres Auftrags vom Geheimdienst in Ihrem Namen erworben und Ihnen zur Verfügung gestellt werden.«

Die Zeiten hatten sich geändert, nicht aber die Wirksamkeit der Methoden des Geheimdienstes. Shaw hatte nie gewußt, daß er überwacht wurde. Er war wirklich alt geworden.

»Sie machen es mir wirklich schwer, nein zu sagen, Herr General.«

»Dann sagen Sie ja.«

Das alte Wort »mit Geld schafft man alles« kam Shaw in den Sinn. Er zuckte die Schulter und sagte: »Ich werde es versuchen.«

Simms schlug mit der Faust auf den Tisch. »Großartig!« Er zog eine Schublade heraus und gab Shaw einen Umschlag. »Ihr Flugbillett, Reiseschecks und Hotelreservierungen. Sie reisen natürlich unter Ihrer neuen Identität. Ist Ihr Paß in Ordnung?«

»Ja«, antwortete Shaw. »Ich brauche höchstens zwei Wochen, um meine Angelegenheiten zu regeln.«

Simms winkte ab. »Sie fliegen in zwei Tagen. Wir kümmern uns um alles. Also, Weidmannsheil.«

Shaws Gesicht spannte sich. »Sie waren sich meiner aber verdammt sicher.«

Simms verzog den Mund zu einem breiten Lächeln. »Ich habe auf ein altes Kriegsroß gesetzt, das gerne noch einmal in die Schlacht ziehen möchte.«

Jetzt war es an Shaw, zu lächeln. Er wollte nicht fortgehen und sich für dumm verkaufen lassen. »Warum dann die ganze Geheimnistuerei?«

Simms zuckte zusammen, er sah betroffen aus. Er sagte nichts.

»Die ganze Maskerade«, fuhr Shaw ihn an. »Dieses Gebäude

wurde seit Jahren nicht mehr benutzt. Wir hätten uns ebensogut auf einer Parkbank treffen können.«

»War es wirklich so auffällig?« fragte Simms.

»Als wenn Sie es öffentlich angeschlagen hätten.«

Simms zuckte die Schulter. »Vielleicht bin ich ein bißchen zu weit gegangen, aber die Amerikaner haben nun einmal ein unheimliches Talent, herauszufinden, was in den Kreisen des britischen Geheimdienstes vorgeht. Außerdem mußte ich mich überzeugen, daß Sie immer noch Ihren alten Scharfsinn besitzen.«

»Ein Test?«

»Nennen Sie es, wie Sie wollen.« Simms erhob sich, kam um den Schreibtisch herum, schüttelte Shaw die Hand. »Es tut mir ehrlich leid, Ihren Zeitplan durcheinandergebracht zu haben. Es widerstrebt mir, einem Mann in Ihrem Alter eine solche Verantwortung zu übertragen, aber ich bin wie ein Blinder im Nebel, und Sie sind meine einzige Hoffnung, da wieder herauszukommen.«

Zehn Minuten später standen Brigadegeneral Simms und seine Sekretärin im Fahrstuhl, der sie ratternd und klappernd in die Halle hinunterbrachte. Sie rückte sich ihre Regenkappe zurecht, während Simms in Gedanken versunken zu sein schien.

»Ein seltsamer Mensch«, sagte sie.

Simms blickte auf. »Wie bitte?«

»Mr. Shaw. Er bewegt sich wie eine Katze. Er hat mich ganz schön erschreckt, als er sich von hinten an mich heranschlich, während ich an der Fahrstuhltür auf ihn wartete.«

»Er kam die Treppe herauf?«

»Von der neunten Etage. Ich sah es am Zeiger des Fahrstuhls.«

»Ich hatte gehofft, daß er das tun würde«, sagte Simms. »Es ist immerhin beruhigend zu wissen, daß er nichts von seinem alten Spürsinn verloren hat.«

»Er scheint ein freundlicher alter Herr zu sein.«

Simms lächelte. »Dieser freundliche alte Herr hat mehr als zwanzig Leute umgebracht.«

»Wie man sich täuschen kann.«

»Er wird noch eine Menge Leute täuschen müssen«, murmelte Simms, als die Fahrstuhltür sich öffnete. »Er hat keine Ahnung, was er sich da aufgebürdet hat. Es könnte sein, daß wir den armen Kerl den Haifischen zum Fraß vorgeworfen haben.«

16

Ein Offizier in der Uniform der Royal Navy trat an ihn heran, als Brian Shaw aus dem Zoll des Flughafens kam. »Mr. Shaw?«

»Ja, ich bin Shaw.«

»Leutnant Burton-Angus, Britische Gesandtschaft. Es tut mir leid, daß ich Sie nicht durch den Zoll bringen konnte. Ich wurde im Verkehr aufgehalten. Willkommen in Washington.«

Während sie einander die Hände schüttelten, warf Shaw einen mißbilligenden Blick auf die Uniform. »Ist das nicht ein bißchen zu offenkundig?«

»Durchaus nicht.« Burton-Angus lächelte. »Wäre ich plötzlich in Zivil im Flughafen aufgetaucht, so hätte jemand denken können, ich sei auf finstere Machenschaften aus. Es ist besser, sich ganz offen zu zeigen.«

»Wo ist die Gepäckausgabe?«

»Nicht nötig. Ihr Aufenthalt in der Landeshauptstadt wird leider sehr kurz sein.«

Shaw war gleich im Bilde. »Wann fliege ich wieder ab, und wohin?«

»In vierzig Minuten nehmen Sie das Flugzeug nach Los Angeles. Hier sind Ihre Flugkarte und die Bordkarte.«

»Haben wir etwas zu besprechen?«

»Natürlich.« Burton-Angus nahm Shaw beim Arm. »Ich schlage vor, wir unterhalten uns, während wir uns unter die Menge mischen. Das erschwert das Mithören Unbefugter oder elektronischer Geräte.«

Shaw nickte verständnisvoll. »Schon lange im Dienst?«

»General Simms warb mich vor sechs Jahren an.« Burton-Angus führte ihn in die Bücherabteilung eines Geschenkladens. »Sie wissen, was ich mit Ihrem Auftrag zu tun habe?«

»Ich habe den Bericht gelesen. Sie sind derjenige, der dem Vertrag auf die Spur gekommen ist.«

»Ja, durch den Historiker des Senats.«

»Jack Murphy.«

Burton-Angus nickte.

»Haben Sie noch mehr von ihm erfahren können?« fragte Shaw.

»General Simms hielt es für besser, ihn nicht zu bedrängen. Ich habe Murphy gesagt, in London befände sich nichts über den Vertrag.«

»Das hat er Ihnen abgenommen?«

»Er hatte keinen Grund, es nicht zu tun.«

»Also schreiben wir Murphy ab und fangen anderswo an«, sagte Shaw.

»Deshalb fliegen Sie nach Los Angeles«, erklärte Burton-Angus. »Murphy kam an den Vertrag, weil ein weiblicher Marineoffizier sich danach bei ihm erkundigte. Er fand ein altes Foto und gab ihr einen Abzug davon. Einer unserer Leute hat in seinem Büro eingebrochen und sich die Akte der Forschungsnachfragen angesehen. Der einzige weibliche Marineoffizier, dessen Name erschien, ist ein Korvettenkapitän Heidi Milligan.«

»Wie kommt man an sie heran?«

»Korvettenkapitän Milligan ist Verbindungsoffizier an Bord eines amphibischen Truppentransportschiffs auf dem Weg zum Indischen Ozean. Es hat vor zwei Stunden den Hafen von San Diego verlassen.«

Shaw stutzte. »Wenn Milligan außer Reichweite ist, wo bleiben wir dann?«

»Zum Glück hat ihr Schiff, die U. S. S. *Arvada*, Befehl, drei Tage im Hafen von Los Angeles zu ankern. Es hat irgend etwas mit dem automatisierten Steuerungssystem zu tun.«

Sie gingen weiter. Shaw blickte den Leutnant mit wachsendem Respekt an. »Sie sind sehr gut informiert.«

»Das gehört zu meiner Arbeit«, erwiderte Burton-Angus bescheiden. »Die Amerikaner halten vor den Engländern fast nichts geheim.«

»Das ist tröstlich.«

Burton-Angus errötete leicht. »Wir sollten jetzt lieber aufbrechen. Sie müssen durch Ausgang zweiundzwanzig.«

»Da die Pläne sich geändert haben«, sagte Shaw, »würde es mich interessieren, wie meine neuen Instruktionen lauten.«

»Das dürfte nicht schwer zu erraten sein«, erwiderte Burton-Angus. »Sie haben etwa zweiundsiebzig Stunden, um herauszufinden, was Korvettenkapitän Milligan weiß.«

»Ich werde Hilfe brauchen.«

»Wenn Sie in Ihrem Hotel abgestiegen sind, wird sich ein Mr. Graham Humberly, ein ziemlich betuchter Vertreter von Rolls-Royce, mit Ihnen in Verbindung setzen. Er wird Sie mit Frau Milligan zusammenbringen.«

»Er wird mich mit Frau Milligan zusammenbringen«, wiederholte Shaw in sarkastischem Ton.

»Nun ja doch«, sagte Burton-Angus, den Shaws Skepsis überraschte. »Humberly ist ein ehemaliger britischer Staatsbürger. Er verfügt über viele wichtige Kontakte, besonders in der U. S. Navy.«

»Und er und ich marschieren die Laufplanke eines amerikanischen Kriegsschiffs empor, schwingen den Union Jack, pfeifen *Britania rules the waves* und fordern, einen Schiffsoffizier verhören zu dürfen.«

»Wenn irgendwer es tun kann, ist es Humberly«, sagte Burton-Angus entschlossen.

Shaw nahm einen tiefen Zug aus seiner Zigarette und blickte den Leutnant an. »Warum ausgerechnet ich?«

»Wie ich es verstehe, Mr. Shaw, waren Sie einmal der fähigste Agent im Dienst. Sie kennen sich mit den Amerikanern gut aus. Humberly wird Sie als einen englischen Geschäftsmann vorstellen, einen alten Freund aus seiner Zeit in der Royal Navy, der es zum gleichen Rang wie er gebracht hat. Natürlich sind Sie im richtigen Alter.«

»Klingt logisch.«

»General Simms erwartet keine Wunder. Aber wir müssen der Sache so weit wie möglich nachgehen. Das Beste, das wir uns von Milligan erhoffen können, ist ein Hinweis, der uns zu jemand anderem führt.«

»Noch einmal«, sagte Shaw. »Warum ausgerechnet ich?«

Burton-Angus blickte auf die Abfahrtszeiten auf dem Bildschirm. »Ihr Flug hat keine Verspätung. Hier sind Ihre Karten. Keine Sorge wegen des Gepäcks. Wir haben uns darum gekümmert.«

»Das habe ich angenommen.«

»Um auf Ihre Frage zurückzukommen, so war es wohl vor allem ... äh ... sagen wir Ihrem Ruf als erfolgreichem Frauenheld zuzuschreiben. General Simms hielt es für einen Vorteil. Natürlich sprach auch die Tatsache zu Ihren Gunsten, daß Korvettenkapitän Milligan vor kurzem eine intime Affäre mit einem Admiral hatte, der doppelt so alt war wie sie.«

Shaw warf ihm einen vernichtenden Blick zu. »Da sieht man mal wieder, worauf man eines Tages gefaßt sein muß, junger Mann.«

»Ich habe es nicht persönlich gemeint.« Burton-Angus lächelte verlegen.

»Sie sagen, Sie seien seit sechs Jahren im Dienst?«

»Sechs Jahre und vier Monate, um genau zu sein.«

»Hat man Sie gelehrt, wie man einen Überwachungshinterhalt erkennt?«

Burton-Angus kniff die Augen fragend zusammen. »Der Kurs war obligatorisch. Warum fragen Sie?«

»Weil Sie völlig versagt haben.« Shaw wartete die Wirkung seiner Worte ab und neigte dann den Kopf nach links. »Der Mann mit dem metallischen Attachécase, der so unschuldig auf seine Uhr starrt. Er klebt uns an den Fersen, seit wir aus dem Zoll kamen. Und auch die Stewardeß in der Uniform der Pan American, die etwa zwanzig Schritt hinter uns steht. Ihre Fluglinie ist in einem anderen Flügel des Gebäudes. Sie gibt ihm Rückendeckung. Sie haben bestimmt noch einen dritten, der vor uns lauert. Ihn habe ich noch nicht ausgemacht.«

Burton-Angus wurde bleich. »Das ist doch nicht möglich«, stammelte er. »Sie können nicht hinter uns her sein.«

Shaw drehte sich um, zeigte seinen Flugschein, gab dem Mädchen am Abflugschalter seine Einstiegkarte. Dann wandte er sich wieder dem Leutnant zu.

»Es scheint mir«, sagte er in spöttischem Ton, »daß die Engländer auch vor den Amerikanern fast nichts geheimhalten.«

Er verließ Burton-Angus, der wie ein Ertrinkender hinter ihm hersah.

Shaw lehnte sich in seinen Sitz zurück, fühlte sich entspannt und bestellte Champagner. Die Stewardeß brachte ihm zwei kleine

Flaschen mit Plastikgläsern. Auf dem Etikett stand Kalifornien.
Er hätte einen Taittinger Brut mit Qualitätsjahrgang vorgezogen.
Kalifornischer Schaumwein und Plastikgläser! Er lächelte.
Werden die Amerikaner je einmal zivilisiert sein?

Nachdem er eine Flasche ausgetrunken hatte, überdachte er
die Lage. Der CIA hatte vom Augenblick an, als er in London
das Flugzeug bestieg, den Finger auf ihn angesetzt. Das wußte er,
und er wußte auch, daß General Simms es wußte.

Shaw war durchaus nicht besorgt. Er arbeitete besser, wenn die
Dinge offen lagen. Das Sichherumdrücken in finsteren Gängen
war nie sein Geschmack gewesen. Es machte ihm Freude, das zu
tun, was er einst so gut getan hatte. Seine Sinne hatten ihn nicht
verlassen – vielleicht reagierten sie einen Deut langsamer, aber
sie waren noch scharf genug.

Er spielte sein Spiel, und er genoß es.

17

Die schmutzige Tankstelle lag an einer Straßenecke einer der
Fabrikvorstädte von Ottawa. Kurz nach dem Zweiten Weltkrieg
erbaut, bestand sie aus einer viereckigen Stahlkonstruktion, in
deren Vorhof sich drei arg mitgenommene Benzinpumpen befanden, die dringend einen neuen Anstrich benötigten. Im sogenannten Büro standen Ölkannen inmitten ganzer Haufen toter
Fliegen auf staubigen Regalen, während an den verschmierten
Fenstern einige Fetzen einer längst vergessenen Reklame für
einen Sonderverkauf von Reifen klebten.

Henri Villon steuerte seinen Mercedes in die Einfahrt und hielt
vor den Pumpen. Ein Tankwart in ölfleckigem Overall kam unter
einem Wagen auf dem Abschmiergestell hervor, näherte sich und
wischte seine Hände an einem Lappen ab.

»Was soll es sein?« fragte er mit gelangweilter Miene.

»Füllen Sie mir bitte den Tank«, antwortete Villon.

Der Tankwart blickte zu einem alten Paar, das auf einer Bank in der Nähe saß, und dann sagte er mit einer so lauten Stimme, daß sie es nicht überhören konnten: »Ich kann Ihnen höchstens zwanzig Liter geben, das ist nun mal die staatliche Vorschrift, wegen der Benzinknappheit. Sie wissen ja, wie das ist.«

Villon nickte schweigend, und der Tankwart stellte die Pumpe ein. Als er fertig war, trat er vor den Wagen, zeigte auf die Haube, und Villon zog den Hebel, der den Verschluß löste. Der Tankwart machte sie auf.

»Sie sollten sich mal den Treibriemen am Kühler anschauen. Sieht mir ziemlich abgenutzt aus.«

Villon stieg aus dem Wagen, lehnte sich dem Tankwart gegenüber auf den Kotflügel. Er sprach mit leiser Stimme: »Sind Sie sich eigentlich darüber im klaren, was Sie mit Ihrer verdammten Patzerei angestellt haben?«

Foss Gly blickte über den Motor zu ihm hin. »Was getan ist, ist getan. Der Schnee hat uns im letzten Augenblick die Sicht verdorben, und die erste Rakete ist am Ziel vorbeigeschossen. So einfach ist es.«

»Es ist nicht so einfach!« zischte Villon zurück. »Fast fünfzig Menschen sind für nichts und wieder nichts umgekommen. Wenn die Inspektoren der Luftsicherheit die wahre Ursache des Absturzes entdecken, wird es im Parlament einen schönen Wirbel geben, und man wird Untersuchungen bei allen Organisationen fordern, bis zu den Pfadfindern. Die Nachrichtenmedien werden nach Blutrache schreien, sowie sie hören, daß zwanzig der prominentesten politischen Journalisten die Opfer eines Mordanschlags geworden sind. Und das Schlimmste ist, daß alle die *Free Quebec Society* verdächtigen werden.«

»Niemand wird der FQS etwas nachweisen können.« Glys Stimme war kalt und entschlossen.

»Verdammt noch mal!« Villon schlug mit der Faust auf den Kotflügel. »Wenn Sarveux wenigstens umgekommen wäre! Dann wäre die Regierung kopflos, und wir hätten in Quebec die Macht übernehmen können.«

»Das hätte Ihren Kumpeln im Kreml gefallen.«

»Ich kann nicht mehr mit ihrer Unterstützung rechnen, wenn wir noch eine Schlappe von diesen Ausmaßen erleiden.«

Gly beugte sich über den Motor, als ob er sich daran zu schaffen machte. »Warum biedern Sie sich ausgerechnet bei den

Roten an? Wenn die Sie mal in der Zange haben, lassen sie nicht mehr los.«

»Es geht Sie zwar nichts an, aber eine kommunistisch orientierte Regierung ist Quebecs einzige Hoffnung, auf eigenen Füßen zu stehen.«

Gly zuckte gleichgültig die Schultern und fuhr fort, sich scheinbar mit dem Motor zu beschäftigen. »Was wollen Sie von mir?«

Villon überlegte. »Zunächst einmal keine Panik. Ich halte es für das beste, wenn Sie und Ihr Spezialistenteam, wie Sie es nennen, weiterhin Ihre geheime Tätigkeit fortsetzen. Da keiner von euch Franzose ist, wird man euch höchstwahrscheinlich nicht verdächtigen.«

»Ich sehe nicht ein, warum wir hier herumsitzen sollen, bis man uns schnappt.«

»Sie scheinen zu vergessen, daß ich Innenminister bin, und daß alle Sicherheitsmaßnahmen durch meine Hände gehen. Alle Spuren, die auf Sie hinweisen, werden ganz einfach aus den Akten verschwinden.«

»Ich würde mich trotzdem sicherer fühlen, wenn wir das Land verließen.«

»Sie unterschätzen die Ereignisse, Mr. Gly. Meine Regierung kracht in den Nähten. Die Provinzen liegen sich in den Haaren. Bleibt nur noch die Frage: Wann wird Kanada zusammenbrechen? Ich weiß, daß es kommt. Sarveux weiß es, und die halsstarrigen Engländer, die in der alten Quasselkiste an der Themse um die Wette schwatzen, wissen es auch. Bald, sehr bald, wird es ein Kanada, wie die Welt es bisher kannte, nicht mehr geben. Glauben Sie mir, Sie werden in dem Chaos untergehen.«

»Untergehen und arbeitslos werden.«

»Nur vorübergehend«, sagte Villon, und sein Ton wurde zynisch. »Solange es Regierungen gibt, Finanzkorporationen und Einzelmenschen, die es sich leisten können, Sie und Ihre schmutzige Trickkiste zu ihren Zwecken zu benutzen, Mr. Gly, werden Leute Ihres Schlages nie gezwungen sein, sich ihren Lebensunterhalt als Staubsaugervertreter zu verdienen.«

Gly schüttelte lässig den Kopf und wechselte das Thema. »Wie kann ich mich mit Ihnen in Verbindung setzen, falls es ein Problem gibt?«

Villon trat auf Gly zu und packte ihn mit eisernem Griff am Oberarm. »Merken Sie sich ein für allemal, was ich Ihnen sage. Erstens wird es keine Probleme mehr geben. Und zweitens werden Sie sich unter keinen Umständen mit mir in Verbindung setzen. Ich kann mir nicht das geringste Risiko erlauben, mit der FQS in Zusammenhang gebracht zu werden.«

Glys Gesicht verzerrte sich einen Augenblick vor Überraschung und Schmerz. Er nahm einen tiefen Atemzug und spannte den Armmuskel, als Villon den Druck verstärkte. So standen die beiden Männer eine Weile, und keiner gab nach. Dann verzog sich Glys Mund ganz langsam zu einem zufriedenen Grinsen, und er blickte Villon in die Augen.

Villon löste den Griff und lächelte grimmig. »Mein Kompliment. Sie könnten es beinahe an Kraft mit mir aufnehmen.«

Gly kämpfte mit dem Wunsch, sich den stark schmerzenden Arm zu massieren. »Das Gewichtheben ist halt ein nutzbringender Zeitvertreib, wenn man nichts Besseres zu tun hat.«

»Man könnte fast eine leichte Ähnlichkeit in unseren Gesichtszügen feststellen«, sagte Villon und setzte sich ans Steuer des Mercedes. »Wenn Sie nicht eine so abstoßende Nase hätten, könnte man uns für Brüder halten.«

»Lecken Sie mich am Arsch, Villon!« Doch dann blickte Gly auf das alte Ehepaar, das immer noch auf der Bank auf den Bus wartete, und er faßte sich. Er schaute auf die Zapfsäule. »Das macht achtzehn sechzig.«

»Schreiben Sie's auf!« rief Villon ihm zu und fuhr ab.

18

Villon strich Butter auf den Frühstückstoast und las die Überschrift auf der zweiten Seite der Morgenzeitung.

TERRORISTENANGRIFF AUF FLUGZEUG DES
PREMIERMINISTERS: BISHER KEINE HINWEISE.

Foss Gly hatte seine Spuren gut verwischt. Villon hatte die Untersuchung in der Hand und wußte, daß die Fährte mit jedem Tag kälter werden würde. Er machte geschickt den Einfluß seines Ministeriums geltend, um jede Verbindung zwischen den Mördern und der FQS herunterzuspielen, solange keine eindeutigen Beweise vorlagen. Bisher war alles glattgegangen.

Seine Zuversicht schwand allerdings, als er an Gly dachte. Dieser Mann war ein verantwortungsloser Söldner, der nur einen Gott kannte: einen fetten Preis. Mit einem tollwütigen Hund wie Gly mußte man sich auf das Schlimmste gefaßt machen, wenn man ihn nicht kurz an der Leine hielt.

Villons Frau kam an die Tür des Frühstückszimmers. »Du wirst am Telefon verlangt«, sagte sie.

Er ging ins Arbeitszimmer, schloß die Tür hinter sich, nahm den Hörer ab. »Villon.«

»Polizeiinspektor McComb, Sir«, sagte eine tiefe Stimme. »Hoffentlich störe ich Sie nicht beim Frühstück.«

»Nicht im geringsten«, log Villon. »Sie sind der Beamte des Aktenarchivs der *Mounted Police*?«

»Jawohl, Sir«, antwortete McComb. »Die von Ihnen angeforderte Akte über Max Roubaix liegt vor mir auf dem Schreibtisch. Soll ich eine Kopie anfertigen lassen und sie Ihnen ins Büro schicken?«

»Nicht nötig«, sagte Villon. »Geben Sie mir nur eine kurze Zusammenfassung, da Sie schon mal am Apparat sind.«

»Es ist eine ziemlich dicke Akte«, bemerkte McComb zögernd.

»Ich habe fünf Minuten. Erzählen Sie mir nur das Wichtigste.« Villon lächelte selbstzufrieden. Er konnte sich denken, wie McComb zumute war. Wahrscheinlich ein Familienvater, der sich furchtbar ärgerte, aus seinem Sonntagsschlaf, seinem warmen Bett und von seiner warmen Frau gerissen worden zu sein, um in ein paar verstaubten Akten herumzuwühlen, weil es einem Minister so gefiel.

»Die Blätter sind über hundert Jahre alt und mit der Hand geschrieben, aber ich werde mein Bestes tun. Also fangen wir an: Über Herkunft und Jugend ist nur wenig bekannt. Kein Geburtsdatum. Ist als Waisenkind gemeldet, das von Familie zu Familie zog. Erstes polizeiliches Verhör im Alter von zwölf Jahren. Es handelte sich um das Töten von Hühnern.«

»Hühner haben Sie gesagt?«

»Hat ihnen massenweise die Köpfe mit einer Drahtschere abgeschnitten. Er hat dann den Schaden durch Arbeit bei dem Bauer ersetzt, dessen Federvieh er abgeschlachtet hatte. Dann zog er in die nächste Stadt und befaßte sich mit Pferden. Hat einer halben Herde die Kehlen durchgeschnitten, bevor man ihn schnappte.«

»Ein jugendlicher Psychopath mit blutrünstigen Gelüsten.«

»Damals bezeichnete man ihn schlicht als einen Dorftrottel«, sagte McComb. »Psychotische Motivation gab es zu dieser Zeit im Wörterbuch nicht. Man begriff nicht, daß ein Junge, der einfach zum Spaß Tiere abschlachtet, nicht mehr weit davon entfernt ist, es auch bei Menschen zu versuchen. Roubaix wurde für das Blutbad an den Pferden zu zwei Jahren Gefängnis verurteilt, aber in Anbetracht seines Alters – er war vierzehn – durfte er im Haus des Gefängniswärters leben, der ihn als Gärtner und Hausburschen beschäftigte. Nicht lange nach seiner Freilassung begann man in den umliegenden Ländereien die Leichen erwürgter Landstreicher und Betrunkener zu finden.«

»Wo hat sich das alles abgespielt?«

»Im Umkreis von fünfzig Meilen um die jetzige Stadt Moose Jaw in Alberta.«

»Hat man Roubaix nicht sofort als Verdächtigen verhaftet?«

»Im neunzehnten Jahrhundert waren die *Mounties* noch nicht so rasch, wie wir es heute sind«, sagte McComb. »Als Roubaix mit diesen Verbrechen in Verbindung gebracht wurde, war er bereits in die Wälder des Nordwestens geflohen und tauchte erst wieder zur Zeit der Rielschen Revolte im Jahre achtzehnhundertfünfundachtzig auf.«

»Der Aufstand der Nachkommen der französischen Kaufleute und der Indianer«, sagte Villon, der seine Geschichte gelernt hatte.

»Man nannte sie Métis. Louis Riel war ihr Anführer. Roubaix schloß sich Riels Streitkräften an und ging in die Legende ein als der größte Massenmörder Kanadas.«

»Wie lange war er verschwunden?«

»Sechs Jahre«, antwortete McComb. »Für diese Zeit liegt nichts Bestimmtes vor. Es gab zwar eine Reihe ungelöster Mordfälle, die ihm zugeschrieben wurden, aber man hatte keine einschlägigen Beweise oder Zeugenaussagen. Nur eine Methode, die auf Roubaix' Machart hinwies.«

»Eine Methode?«

»Ja, alle Opfer hatten starke Verletzungen an der Kehle«, sagte McComb. »Meist durch Erwürgen. Roubaix hatte sich von der schmutzigen Arbeit mit dem Messer abgewandt. Damals machte man von diesen Morden nicht viel Aufhebens. Die Leute hatten andere Moralbegriffe. Sie betrachteten sogar die Beseitigung unerwünschter Elemente als eine Wohltat für die Gesellschaft.«

»Ich glaube mich zu erinnern, daß er während des Rielschen Aufstands eine unglaubliche Anzahl von *Mounties* umgebracht hat.«

»Dreizehn, um es genau zu sagen.«

»Roubaix muß ein sehr starker Mann gewesen sein.«

»Eigentlich nicht«, erwiderte McComb. »Er wird sogar als schmächtig und anfällig beschrieben. Ein Arzt, der sich vor der Hinrichtung um ihn kümmerte, sagte aus, daß Roubaix schwindsüchtig war, das heißt, daß er an Tuberkulose litt.«

»Wie war es einem solchen Schwächling möglich, Männer zu überwältigen, die für den Nahkampf geschult waren?« fragte Villon.

»Roubaix bediente sich einer Würgeschnur aus Rohleder, die nicht dicker als ein Stück Draht war. Ein ziemlich scheußliches Ding, das seinen Opfern in die Kehle einschnitt. Er überraschte sie meist im Schlaf. Sehen Sie, Mr. Villon, Sie zum Beispiel genießen einen hohen Ruf in den Kreisen des Bodybuilding, aber ich wage zu behaupten, daß Ihre Frau Sie mit Leichtigkeit erwürgen könnte, wenn sie Ihnen eines Nachts im Bett Roubaix' Würgeschnur um den Hals legen würde.«

»Nur gibt es ja Gott sei Dank keine solche Würgeschnüre.«

»Doch«, sagte McComb. »Wir haben sie in der kriminalistischen Abteilung des *Mountie*-Museums ausgestellt, falls Sie sich überzeugen wollen. Wie viele andere Massenmörder, die ihr Lieblingsmordinstrument mit großer Sorgfalt pflegen, hat Roubaix seine Würgeschnur mit wahrhaft rührender Liebe verziert. Die hölzernen Handgriffe, die an den geflochtenen Riemen befestigt sind, weisen feine Schnitzarbeiten in Form von Wolfsköpfen auf. Es ist wirklich ein Meisterstück der Handwerkskunst.«

»Das werde ich mir vielleicht einmal ansehen, wenn mein Zeitplan es gestattet«, sagte Villon ohne Begeisterung. Er überlegte eine Weile, versuchte, das Gehörte mit den Instruktionen Sarveux' an Danielle im Krankenhaus in Zusammenhang zu bringen. Es ergab keinen Sinn. Vielleicht mußte er seine Frage anders formulieren. »Falls Sie den Fall Roubaix beschreiben sollten, wie würden Sie ihn in einem einzigen Satz zusammenfassen?«

»Ich weiß nicht, worauf Sie hinauswollen«, sagte McComb.

»Nehmen wir es einmal so: Was war Max Roubaix?«

Eine Weile herrschte Schweigen. Villon konnte fast hören, wie es in McCombs Kopf rumorte. Schließlich sagte der *Mountie*: »Man könnte ihn als einen manischen Mörder bezeichnen, der seine Würgeschnur wie einen Fetisch verehrt hat.«

Villon hörte gespannt zu, atmete dann auf. »Ich danke Ihnen, Herr Inspektor.«

»Haben Sie sonst noch einen Wunsch . . .?«

»Nein, Sie haben mir sehr geholfen, und ich bin Ihnen dankbar.«

Villon legte langsam den Hörer auf. Er blickte ins Leere, stellte sich einen schmächtigen Mann vor, der die Würgeschnur in seinen Händen drehte, dann den verblüfften Ausdruck des Unverständnisses auf dem Gesicht des Opfers – und dann das letzte Aufblitzen der aus den Höhlen tretenden Augen, bevor der Blick erstarb.

Sarveux' delirische, an Danielle gerichtete Worte begannen einen Sinn zu bekommen.

19

Sarveux lag im Krankenhausbett und nickte, als der stellvertretende Premierminister Malcolm Hunt ins Zimmer geführt wurde. Er lächelte. »Nett, daß Sie gekommen sind, Malcolm. Ich weiß, daß Ihnen im Unterhaus die Hölle heißgemacht wird.«

Aus Gewohnheit streckte Hunt ihm die Hand entgegen, zog sie

aber rasch zurück, als er die mit Salbe beschmierten Arme des Premierministers sah.

»Ziehen Sie sich einen Stuhl heran, und machen Sie sich's bequem«, sagte Sarveux einladend. »Sie können ruhig rauchen, wenn Sie wollen.«

»Das Pfeiferauchen könnte mich die Wahlstimmen der Ärzteschaft kosten«, gab Hunt lächelnd zurück. »Vielen Dank, aber ich lasse es lieber bleiben.«

Sarveux kam gleich zur Sache. »Ich habe mit dem Direktor der Flugsicherheitsbehörde gesprochen. Er versicherte mir, daß die Tragödie in James Bay kein Unfall war.«

Hunt wurde plötzlich bleich. »Wie kann er dessen so gewiß sein?«

»Ein Stück der Motorverkleidung wurde eine halbe Meile hinter der Abflugpiste gefunden«, erklärte Sarveux. »Die Analyse zeigte Einschlagstellen, die dem von der Armee benutzten Argo-Boden-Luft-Raketentyp entsprechen. Eine Inventaraufnahme im Arsenal von Val Jalbert ergab, daß zwei dieser Raketen und mehrere Sprengkörper fehlen.«

»Großer Gott.« Hunts Stimme zitterte. »Das bedeutet, daß all die Leute in Ihrem Flugzeug ermordet wurden.«

»Die Indizien weisen in diese Richtung«, sagte Sarveux ruhig.

»Die *Free Quebec Society*!« Hunt wurde wütend. »Sie ist bestimmt dafür verantwortlich.«

»Ganz meine Meinung, aber man wird es ihr vielleicht nie nachweisen können.«

»Warum nicht? Die FQS ist entweder wahnsinnig oder völlig verblödet, wenn sie sich einbildet, damit davonzukommen. Die *Mounties* werden es nie zulassen, daß die für ein Verbrechen von solchen Ausmaßen verantwortlichen Terroristen straffrei ausgehen. Als extremistische Bewegung sind sie erledigt.«

»Seien Sie nicht zu optimistisch, alter Freund. Der Mordanschlag auf mich fällt nicht in die gleiche Kategorie wie die Bombenattentate, Entführungen und Morde der letzten vierzig Jahre. Die wurden von politischen Amateuren ausgeführt, die, soweit sie den Zellen der FQS angehörten, verhaftet und verurteilt wurden. Das Blutbad von James Bay wurde von Profis geplant und geleitet. Das ergibt sich schon allein aus der Tatsache, daß sie keinerlei Spuren hinterließen. Der Oberkommissar der *Moun-*

ted Police nimmt an, daß sie von Personen aus dem Ausland angeworben worden sind.«

Hunt starrte Sarveux an. »Die FQS-Terroristen könnten uns den Bürgerkrieg aufzwingen.«

»Dazu darf es nicht kommen«, erwiderte Sarveux ruhig und entschlossen. »Ich werde es nicht erlauben.«

»Aber Sie haben doch mit Truppeneinsatz gedroht, um die Separatisten im Zaum zu halten.«

Sarveux lächelte. »Das war ein Bluff. Sie sollen es als erster wissen. Ich habe nie eine militärische Besetzung von Quebec erwogen. Mit Gewaltanwendung macht man sich nur zusätzliche Feinde und erreicht letzten Endes nichts.«

Hunt griff in seine Tasche. »Ich glaube, ich werde jetzt doch meine Pfeife rauchen.«

»Bitte sehr.«

Die beiden Männer schwiegen, während der stellvertretende Premierminister seine Pfeife anzündete. Endlich blies er eine blaue Wolke zur Decke.

»Und was geschieht nun?« fragte Hunt.

»Das Kanada, wie wir es kennen, wird sich in seine Bestandteile auflösen, ohne daß wir etwas dagegen tun können«, antwortete Sarveux betrübt. »Ein völlig unabhängiges Quebec war von Anfang an unvermeidlich. Die Souveränitätsgemeinschaft war nur eine halbe Maßnahme. Jetzt will auch Alberta auf eigenen Füßen stehen, und in Ontario und Britisch-Columbia werden nationalistische Stimmen laut.«

»Sie haben einen guten Kampf geführt, um uns zusammenzuhalten, Charles. Das kann Ihnen niemand streitig machen.«

»Es war ein Fehler«, sagte Sarveux. »Anstatt die Dinge hinauszuzögern, hätten Sie und ich und die Partei und die Nation entsprechend vorausplanen sollen. Jetzt ist es zu spät. Wir müssen uns damit abfinden, daß Kanada für immer auseinanderfällt.«

»Ich kann mich diesen unheilvollen Voraussagen nicht anschließen«, sagte Hunt, aber das Leben war aus seiner Stimme gewichen.

»Die Kluft zwischen Ihren englischsprechenden Provinzen und meinem französischen Quebec ist zu tief geworden, um mit patriotischen Worten überbrückt werden zu können«, sagte Sarveux, Hunt in die Augen blickend. »Sie sind britischer Abstam-

95

mung, und Sie haben in Oxford studiert. Sie gehören der Elite an, die bisher stets die politischen und wirtschaftlichen Strukturen dieses Landes beherrscht hat. Sie sind das Establishment. Ihre Kinder sitzen in Klassenzimmern, in denen ein Bild der Königin an der Wand hängt. Andererseits lernen die Kinder des französischen Quebec unter dem strengen Blick Charles de Gaulles. Und, wie Sie wissen, haben sie nur wenig Chancen, es einmal zu einer hohen Stellung in der Gesellschaft zu bringen.«

»Aber wir sind alle Kanadier«, protestierte Hunt.

»Nein, nicht alle. Wir haben einen unter uns, der sich an Moskau verkauft hat.«

Hunt nahm verblüfft die Pfeife aus dem Mund. »Wer?« fragte er ungläubig. »Von wem reden Sie?«

»Vom Führer der FQS«, antwortete Sarveux. »Ich habe vor meiner Reise nach James Bay erfahren, daß er mit der Sowjetunion ein Abkommen getroffen hat, welches nach dem Ausscheiden Quebecs aus der Konföderation in Kraft treten wird. Und was noch schlimmer ist, er hat das Ohr von Jules Guerrier.«

Hunt schien ratlos. »Der Premierminister von Quebec? Das kann ich nicht glauben. Jules ist durch und durch französischer Kanadier. Er hat keine Sympathien für den Kommunismus und macht keinen Hehl aus seinem Haß auf die FQS.«

»Aber Jules hat genau wie wir bisher immer angenommen, daß wir es mit einem ganz gewöhnlichen, dahergelaufenen Terroristen zu tun hatten. Das war ein Fehler. Der Mann ist keinesfalls ein in die Irre geführter radikaler Hitzkopf. Ich habe erfahren, daß er eine hohe Stellung in unserer Regierung einnimmt.«

»Wer ist er? Wie sind Sie an diese Information gelangt?«

Sarveux schüttelte den Kopf. »Ich kann nur sagen, daß sie aus dem Ausland kommt, aber ich kann selbst Ihnen meine Informationsquelle nicht preisgeben. Was den Namen des Verräters anbelangt, so bin ich mir noch ungewiß. Die Russen erwähnen ihn unter verschiedenen Decknamen. Seine wahre Identität ist ein wohlgehütetes Geheimnis.«

»Mein Gott, und was geschieht, wenn Jules etwas zustößt?«

»Dann wird die Quebec-Partei zusammenbrechen, und die FQS kann an ihre Stelle treten.«

»Sie nehmen also an, daß Rußland sich anschickt, mitten in Nordamerika Fuß zu fassen?« Sarveux nickte finster.

20

Henri Villon blickte durch die Scheiben der Kontrollkabine von James Bay, und sein teuflisch zufriedenes Lächeln spiegelte sich in der blanken Glasfläche.

Das Rätsel der Würgeschnur Roubaix' lag eine Etage tiefer im großen Generatorenraum.

Percival Stuckey stand hinter ihm, und sein Gesicht drückte höchste Verwirrung aus. »Ich protestiere gegen dieses Vorgehen«, sagte er. »Es übersteigt alle Schicklichkeit.«

Villon drehte sich um und blickte Stuckey mit kalten Augen an. »Als Mitglied des Parlaments und Mr. Sarveux' Innenminister kann ich Ihnen versichern, daß dieser Test von höchster Wichtigkeit für die Interessen des Landes ist, und Schicklichkeit hat überhaupt nichts damit zu tun.«

»Es verstößt gegen alle Vorschriften«, wehrte sich Stuckey hartnäckig.

»So redet nur ein wahrer Beamter«, sagte Villon zynisch. »Wollen Sie nun bitte endlich tun, was Ihre Regierung von Ihnen verlangt?«

Stuckey dachte einen Augenblick nach. »Die Abzweigung von Millionen Kilowatt ist ziemlich kompliziert und erfordert schwierige Leitungs- und Frequenzkontrollen mit genauer Zeiteinstellung. Obgleich der größte Teil des Starkstromüberschusses geerdet sein wird, werden wir unser System immer noch einer schweren Belastung aussetzen.«

»Können Sie es tun?« bedrängte in Villon.

»Ja.« Stuckey gab sich geschlagen. »Nur sehe ich immer noch nicht ein, zu welchem Zweck wir allen Städten zwischen Minneapolis und New York den Strom abstellen sollen.«

»Ein Test – fünf Sekunden«, sagte Villon, ohne auf Stuckeys Bemerkung weiter einzugehen. »Sie brauchen den für die Vereinigten Staaten bestimmten Strom nur fünf Sekunden lang auszuschalten.«

Stuckey blickte noch einmal trotzig auf, beugte sich dann zwischen die Ingenieure am Schalttisch und drehte mehrere Knöpfe. Die Bildschirme über ihnen wurden hell und zeigten verschiedene Stadtsilhouetten.

»Der Bildkontrast scheint sich zu erhellen, wenn man von links nach rechts schaut«, bemerkte Villon.

»Die dunkleren Städte sind Boston, New York und Philadelphia.« Stuckey blickte auf seine Uhr. »In Chicago ist es schon fast dunkel, und in Minneapolis ist die Sonne noch nicht untergegangen.«

»Wie können wir den Stromausfall feststellen, wenn die Stadt noch im Tageslicht ist?«

Stuckey betätigte ein Einstellgerät, und der Monitor von Minneapolis zeigte eine verkehrsreiche Straßenkreuzung. Das Bild war so klar, daß Villon die Straßenschilder an der Ecke der Third Street und der Hennepin Avenue erkennen konnte.

»Die Verkehrsampeln. Wir sehen es, wenn sie verlöschen.«

»Wird auch Kanada vom Stromausfall betroffen?«

»Nur die Orte an der Grenze unterhalb unserer Umleitungszentralen.«

Die Ingenieure saßen noch eine Weile geschäftig über den Schalttisch gebeugt, und dann hielten sie inne. Stuckey drehte sich um und blickte Villon scharf in die Augen. »Ich übernehme keine Verantwortung für die Folgen.«

»Ihre Einwände werden ordnungsgemäß zur Kenntnis genommen«, erwiderte Villon.

Er starrte auf die Bildschirme, fühlte plötzlich Unschlüssigkeit und Zweifel in sich aufsteigen. Die Verantwortung für das, was er jetzt zu tun im Begriff stand, lastete schwer auf seinen Schultern. Fünf Sekunden. Eine Warnung, die man nicht außer acht lassen konnte. Schließlich überwand er alle Furcht und nickte.

»Bitte fahren Sie fort.«

Dann sah er zu, wie ein Viertel der Vereinigten Staaten lahmgelegt wurde.

Zweiter Teil

DIE KRIECHWANZE

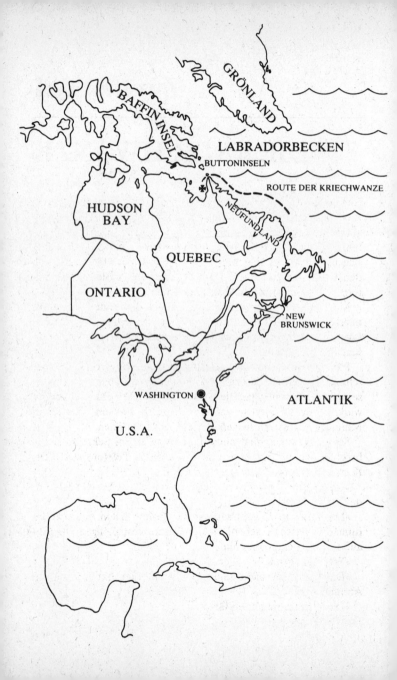

21

MÄRZ 1989
WASHINGTON D. C.

Ein Gefühl der Hilflosigkeit, fast der Angst, bemächtigte sich
Alan Merciers, als er bis spät in die Nacht arbeitete, sich durch
einen ganzen Stapel von militärischen Anweisungen und Emp-
fehlungen bezüglich der nationalen Sicherheit büffelte. Er mußte
sich immer wieder fragen, ob der neue Präsident fähig war, sich
den Realitäten zu stellen. Die Erklärung des nationalen Bank-
rotts kam einer Bitte um Absetzung gleich.

Mercier lehnte sich zurück und rieb sich die müden Augen. Es
handelte sich nicht mehr um abstrakte Vorschläge und Voraussagen. Jetzt ging es um Entscheidungen, die Millionen von Menschenleben betrafen.

Plötzlich fühlte er sich machtlos. Dinge von großer Folgen-
schwere kamen auf ihn zu, wurden unüberschaubar, überstiegen
sein Begriffsvermögen. Die Welt und die Regierungsgeschäfte
waren zu kompliziert geworden, um noch von einer Handvoll
Männer unter Kontrolle gehalten werden zu können.

Seine Niedergeschlagenheit wurde von einem Sekretär unterbrochen, der in sein Büro trat und auf das Telefon wies. »Dr.
Klein möchte mit Ihnen sprechen, Sir.«

»Hallo, Ron, ich nehme an, daß auch Sie bis über den Kopf in
der Arbeit stecken.«

»Das kann man wohl sagen«, antwortete Klein. »Ich wollte
Ihnen nur Bescheid geben, daß ich diesem kostspieligen Dingsda
auf die Spur gekommen bin.«

»Was ist es genau?«

»Das kann ich nicht sagen. Niemand hier hat die leiseste
Ahnung.«

»Das müssen Sie mir erklären.«

»Der Betrag ist tatsächlich dem Energiedepartement zugewiesen worden. Aber dann wurde er sofort an eine andere Regierungsstelle abgezweigt.«

»An welche?«

»Die Nationalbehörde für Unterwasser- und Marineforschung.«

Mercier erwiderte nichts. Er schwieg, überlegte.

»Sind Sie noch da, Alan?«

»Ja, ich bitte um Verzeihung.«

»Wir waren also anscheinend nur der Mittelsmann«, fuhr Klein fort. »Ich hätte Ihnen gerne mehr gesagt, aber leider ist das alles, was ich gefunden habe.«

»Klingt ziemlich abwegig«, sagte Mercier. »Warum sollte das Energiedepartement ohne weiteres eine so große Summe Geld an eine Forschungsbehörde abgeben?«

»Kann ich nicht sagen. Soll ich meine Leute weitere Nachforschungen anstellen lassen?«

Mercier dachte nach. »Nein, vielleicht tue ich das lieber selbst. Eine Nachfrage aus neutraler Quelle wird weniger Aufsehen machen.«

»Ich beneide Sie nicht, wenn Sie es mit Sandecker zu tun kriegen.«

»Ach ja, der Direktor der NUMA. Ich bin ihm noch nie begegnet, aber wie ich höre, ist er ein sehr reizbarer Bursche.«

»Ich kenne ihn«, sagte Klein. »Ihre Beschreibung ist stark untertrieben. Wenn Sie dem das Fell an eine Scheunentür nageln, garantiere ich, daß halb Washington Ihnen einen Orden dafür gibt.«

»Er soll aber sehr tüchtig sein.«

»Er ist bestimmt kein Idiot. Er kümmert sich nicht viel um Politik, verkehrt aber immer in den richtigen Kreisen. Stets bereit, einem auf die Füße zu treten, wenn es um seine Arbeit geht. Von allen, die sich je mit ihm angelegt haben, ist noch keiner Sieger geblieben. Falls Sie ihm was anhaben wollen, werden Sie eine harte Nuß zu knacken haben.«

»Jeder ist unschuldig, bis er für schuldig befunden worden ist«, sagte Mercier.

»Er ist auch schwer zu erwischen. Geht fast nie ans Telefon und sitzt nur selten in seinem Büro herum.«

»Irgendwie werde ich ihn schon erreichen«, sagte Mercier zuversichtlich. »Danke für Ihre Hilfe.«

»Gern geschehen«, sagte Klein. »Und viel Glück. Ich habe das Gefühl, Sie werden es brauchen.«

22

Jeden Nachmittag um genau fünf Minuten vor vier verließ Admiral James Sandecker, der Generaldirektor der *National Underwater and Marine Agency,* sein Büro und fuhr mit dem Fahrstuhl zum zehnten Stock hinunter, um sich in die Nachrichtenzentrale zu begeben.

Er war von kleiner Gestalt, etwas über einen Meter fünfzig, mit einem sauber getrimmten roten Bart und dichtem Haar, das nur wenige weiße Strähnen aufwies, einundsechzig Jahre alt und ein Gesundheitsfanatiker. Um sich fit zu halten, nahm er täglich Vitamin- und Knoblauchpillen ein, legte die fast zehn Kilometer von seiner Wohnung bis zum hohen Glasgebäude des Hauptquartiers der NUMA jeden Morgen im Laufschritt zurück.

Er trat in den riesigen und aufs modernste ausgerüsteten Saal der Nachrichtenzentrale, in dem fünfundvierzig Ingenieure und Techniker beschäftigt waren. Sechs Satelliten, die ständig die Erde umkreisten, verbanden die Agentur mit Wetterwarten, ozeanographischen Forschungsexpeditionen und hundert anderen Marineprojekten auf allen Weltmeeren.

Der Leiter der Zentrale blickte auf, als Sandecker eintrat. Er war mit den Gewohnheiten des Admirals bestens vertraut.

»Projektionsraum B, wenn ich bitten darf, Herr Admiral.«

Sandecker nickte kurz und begab sich in ein Zimmer, das wie ein kleines Kino aussah. Er ließ sich in einen weichen Sessel sinken und wartete geduldig, bis ein Bild auf der Leinwand erschien.

Ein großer, schlaksiger Mann starrte aus dreitausend Meilen Entfernung mit durchdringendem Blick vom Bildschirm. Sein

Haar war schwarz, und sein grinsendes Gesicht sah wie ein verwitterter Fels aus.

Dirk Pitt saß zurückgelehnt auf einem Stuhl und hatte die Füße respektlos auf eine elektrische Konsole gelegt. Er hielt ein angebissenes Sandwich in der Hand und winkte.

»Verzeihung, Herr Admiral, aber Sie haben mich gerade beim Essen erwischt.«

»Sie haben sich nie um Formalitäten gekümmert«, brummte Sandecker wohlwollend. »Warum wollen Sie jetzt anfangen?«

»In dieser schwimmenden Kiste ist es kälter als am Arsch eines Eisbären. Wir verbrennen eine Tonne Kalorien, um uns einigermaßen warm zu halten.«

»Die *Kriechwanze* ist kein Vergnügungsdampfer.«

Pitt legte das Sandwich beiseite. »Mag sein, aber die Mannschaft würde es zu schätzen wissen, wenn man sich für die nächste Fahrt ein etwas besseres Heizungssystem ausdächte.«

»Wie tief sind Sie?«

Pitt blickte auf die Konsole. »Zweihundertneunzehn Meter. Wassertemperatur zwei Grad unter Null. Nicht gerade die idealen Bedingungen für ein Wasserpolospiel.«

»Irgendwelche Probleme?«

»Keine«, antwortete Pitt, immer noch grinsend. »Die *Kriechwanze* benimmt sich wie eine perfekte Dame.«

»Die Zeit wird knapp«, sagte Sandecker gleichmütig. »Ich erwarte jeden Augenblick einen Anruf vom neuen Präsidenten, der gerne wissen möchte, woran wir sind.«

»Die Mannschaft und ich machen weiter, solange der Treibstoff reicht, Herr Admiral. Mehr kann ich nicht versprechen.«

»Irgendwelche Mineralien gefunden?«

»Wir sind auf alle möglichen Vorkommen gestoßen. Eisen, Uranium, Thorium, Gold und Mangan. Fast alles, außer dem, was wir ursprünglich suchten.«

»Und wie sieht es vom geologischen Standpunkt aus?«

»Festigungshinweise, jedoch nichts, was wie Sattelformationen, Wölbungen oder Salzdome aussieht.«

»Ich setze meine Hoffnungen auf einen stratigraphischen Kessel. Dort sind die größten Energiespeicherungen.«

»Die *Kriechwanze* kann keine wasserdichte Sandbank hervorzaubern, Herr Admiral. Höchstens eine finden.«

»Ich möchte zwar nicht vom Thema abkommen, aber behalten Sie den Rückspiegel scharf im Auge. Ich kann Sie nicht loskaufen, falls man Sie auf der falschen Straßenseite erwischt.«

»Ich wollte Sie gerade fragen, was Unbefugte hindert, sich in meine Bildfunksendungen einzuschalten.«

»Da stehen die Chancen eins zu vierzig.«

»Wie bitte?«

»Das Satellitennetz der NUMA steht in direkter Verbindung mit vierzig anderen Stationen. Sie alle empfangen und übertragen gleichzeitig Ihre Sendungen. Die Zeitlücke beträgt weniger als eine Millisekunde. Jeder, der sich auf diese Frequenz eingeschaltet hat, empfängt Ihr Bild und Ihre Stimme aus vierzig verschiedenen Sendern rund um die Erde. Niemand kann jedoch feststellen, von wo das Original kommt.«

»Ich denke, ich werde mit dieser Chance leben können.«

»Ich überlasse Sie wieder Ihrem Sandwich.«

Falls Pitt Pessimismus verspürte, ließ er es sich nicht anmerken. Er machte ein zuversichtliches Gesicht und winkte. »Nur den Mut nicht verlieren, Herr Admiral. Das Gesetz der Wahrscheinlichkeit ist auf unserer Seite.«

Sandecker sah Pitts Gesicht von der Leinwand verschwinden. Dann erhob er sich aus seinem Sessel und verließ den Projektionsraum. Er ging zwei Treppen höher zur Computerabteilung und passierte die Sicherheitskontrolle. In einem Glasverschlag, wo das Summen der Maschinen nicht mehr vernehmbar war, saß ein Mann im weißen Kittel über einem Stapel von Computertexten. Er blickte über die Ränder seiner Brille, als der Admiral auf ihn zutrat.

»Guten Tag, Doktor«, grüßte Sandecker.

Dr. Ramon King antwortete, indem er seinen Bleistift in die Luft streckte. Er hatte ein blasses, schmales, trübseliges Gesicht mit hervorstehendem Kinn und buschigen Augenbrauen – ein Gesicht, das nichts widerspiegelte und nur selten den Ausdruck änderte.

Dr. King konnte es sich leisten, griesgrämig zu sein. Er war das schöpferische Genie, das hinter der Entwicklung der *Kriechwanze* stand.

»Läuft alles glatt?« fragte Sandecker, um das Gespräch in Gang zu bringen.

»Die Untersuchung verläuft planmäßig«, antwortete King. »Genau wie gestern, vorgestern und in den letzten zwei Wochen. Wenn unser Baby Probleme bekommt, werden Sie als erster benachrichtigt.«

»Gute Nachrichten wären mir lieber als überhaupt keine Nachrichten.«

King schob seine Papiere beiseite und wandte sich Sandecker zu. »Sie verlangen nicht nur den Mond, sondern auch noch die Sterne dazu. Warum muß diese riskante Expedition fortgesetzt werden? Die *Kriechwanze* hat sich als ein Erfolg erwiesen. Sie ist tiefer vorgedrungen, als wir erwarten durften. Lassen Sie doch endlich die Vorbehalte fallen und geben Sie ihre Existenz allgemein bekannt.«

»Nein!« bellte Sandecker zurück. »Nicht, solange ich nicht dazu gezwungen bin.«

»Was wollen Sie eigentlich beweisen?« fragte King mit leicht verärgerter Stimme.

»Ich will beweisen, daß sie mehr als eine hochgespielte Wünschelrute ist.«

King rückte seine Brille zurecht und beugte sich wieder über die Computertexte. »Ich bin keine Spielernatur, Herr Admiral. Aber da Sie sich nun schon die ganze Verantwortung auf die Schultern geladen haben, bin ich bereit, bis zum Schluß mitzumachen, obgleich ich genau weiß, daß ich mit Bestimmtheit als Mittäter auf der schwarzen Liste des Justizdepartements landen werde.« Er hielt inne und blickte Sandecker prüfend an. »Ich habe ein rechtmäßiges Interesse an der *Kriechwanze*. Und deshalb wünsche ich ihr nur allen möglichen Erfolg. Aber falls die Sache faul wird und man die Leute da draußen im Ozean wie die Diebe ertappt, dann können Sie und ich bestenfalls noch hoffen, mit Teer beschmiert und in die Antarktis verbannt zu werden. Was schlimmstenfalls passieren könnte, wage ich mir gar nicht auszudenken.«

23

Die Sportgemeinde von Washington fand Sandeckers Laufübungen höchst abartig. Hatte man je einen Jogger gesehen, der stets mit einer dicken Zigarre im Mund über die Gehsteige trabte?

Er lief gerade wieder einmal paffend und keuchend in die Richtung des NUMA-Gebäudes, als ein rundlicher Mann in einem zerknüllten Anzug, der auf der Bank einer Bushaltestelle saß, von seiner Zeitung aufblickte.

»Admiral Sandecker, kann ich Sie einen Augenblick sprechen?«

Sandecker drehte sich aus purer Neugier um, erkannte jedoch nicht den Sicherheitsratgeber des Präsidenten, und lief weiter. »Rufen Sie mich an«, rief er ihm leicht japsend zu. »Ich kann mein Training nicht unterbrechen.«

»Bitte, Herr Admiral, ich bin Alan Mercier.«

Sandecker blieb stehen, kniff die Augen zu. »Mercier?«

Mercier faltete die Zeitung zusammen und stand auf. »Verzeihen Sie bitte, daß ich Sie bei Ihrer morgendlichen Übung störe, aber man sagte mir, daß Sie sehr schwer für ein Gespräch zu erreichen sind.«

»Ihr Büro ist dem meinen überstellt. Sie hätten mich einfach ins Weiße Haus beordern können.«

»Es liegt mir nun einmal nicht, protokollarisch vorzugehen«, erwiderte Mercier. »Ein informelles Treffen wie dieses hat seine Vorteile.«

»Sie wollen Ihrer Beute sozusagen vor dem Bau auflauern«, sagte Sandecker, während er Mercier einzuschätzen versuchte. »Eine hinterhältige Taktik. Ich wende sie selbst gelegentlich an.«

»Den Gerüchten nach sind Sie ein Meister der hinterhältigen Taktik.«

Sandecker starrte ihn einen Augenblick lang an. Dann brach er in Gelächter aus, zog ein Feuerzeug aus der Tasche seines

107

Trainingsanzugs und zündete sich den Zigarrenstummel an. »Ich weiß, wann ich geschlagen bin. Sie haben mir bestimmt nicht aufgelauert, um meine Brieftasche zu stehlen, Mr. Mercier. Was wollen Sie von mir?«

»Nun gut, könnten Sie mir etwas über die Kriechwanze erzählen?«

»Kriechwanze?« Der Admiral zuckte leicht mit dem Kopf, was bei jedem anderen Menschen als ein Zeichen von Überraschung gedeutet werden würde. »Ein faszinierendes Instrument. Ich nehme an, Sie wissen, wozu es dient.«

»Warum sagen Sie es mir nicht?«

Sandecker zuckte die Schulter. »Man könnte es als eine Art von Wasserwünschelrute bezeichnen.«

»Wasserwünschelruten kosten nicht sechshundertundachtzig Millionen Dollar an Steuergeldern.«

»Was wollen Sie genau wissen?«

»Existiert dieses sonderbare Instrument?«

»Das Projekt Kriechwanze ist eine Realität, und eine verdammt erfolgreiche noch dazu.«

»Sind Sie bereit, eine Erklärung über seine Funktionen und Verwendung abzugeben und eine Abrechnung über die Entwicklungskosten vorzulegen?«

»Wann?«

»So bald wie möglich.«

»Geben Sie mir zwei Wochen, und ich lege Ihnen die Kriechwanze sauber verpackt in den Schoß.«

Mercier ließ sich nichts vormachen. »Zwei Tage.«

»Ich weiß, was Sie denken«, sagte Sandecker ernsthaft. »Aber ich verspreche Ihnen, daß Sie keinen Skandal zu befürchten haben, beileibe nicht. Vertrauen Sie mir wenigstens für eine Woche. Früher schaffe ich es einfach nicht.«

»Ich fange an, mich wie ein Komplize in einem Täuscherspiel zu fühlen.«

»Bitte, eine Woche.«

Mercier blickte Sandecker in die Augen. Mein Gott, sagte er sich, der Mann bettelt mich tatsächlich an. Das hatte er nicht erwartet. Er nickte seinem Fahrer zu, der den Wagen an der Ecke geparkt hatte.

»Na schön, Admiral, Sie haben eine Woche.«

108

»Sie sind ein harter Geschäftsmann«, sagte Sandecker mit einem schiefen Lächeln.

Dann drehte er sich um und joggte auf das Gebäude der NUMA zu.

Mercier blickte dem kleinen Mann nach, bis er verschwunden war.

Er fühlte die entnervende Gewißheit in sich aufsteigen, hereingelegt worden zu sein.

24

Sandecker hatte einen erschöpfenden Tag hinter sich. Nach der unerwarteten Begegnung mit Mercier schlug er sich bis acht Uhr abends mit einem Kongreßausschuß für Budgetfragen herum, verteidigte verbissen die Ziele und Leistungen der NUMA, erbat und forderte in einigen Fällen zusätzliche Beträge für die Forschungsprojekte seiner Behörde. Das war eine bürokratische Aufgabe, die er besonders haßte.

Nach einem leichten Abendessen im Army and Navy Club kehrte er in seine Wohnung im Watergate zurück und goß sich ein Glas Buttermilch ein.

Er zog sich die Schuhe aus und begann sich ein wenig zu entspannen, als das Telefon klingelte. Er hätte es einfach klingeln lassen, wenn er sich nicht umgewandt hätte, um zu sehen, über welche Leitung der Anruf kam. Das rote Licht der direkten Verbindung mit der NUMA blinkte unheilvoll.

»Sandecker.«

»Hier ist Ramon King, Herr Admiral. Wir haben ein Problem mit der *Kriechwanze*.«

»Eine Funktionsstörung?«

»Nein, das wäre nicht so schlimm«, erwiderte King. »Unser Radarsystem hat einen Störenfried entdeckt.«

»Nähert er sich unserem Schiff?«

»Nein.«

109

»Es könnte eins unserer U-Boote sein, das dort zufällig vorbeikommt«, meinte Sandecker optimistisch.

King schien besorgt. »Der Kontakt hält einen parallelen Kurs
ein, in etwa tausend Meter Entfernung, und scheint die *Kriechwanze* zu beschatten.«

»Das gefällt mir nicht.«

»Ich werde die Lage besser übersehen können, wenn die Computer uns genauere Hinweise über den unbekannten Eindringling geben.«

Sandecker schwieg, nippte an seiner Buttermilch, dachte nach.
Schließlich sagte er: »Rufen Sie bei der Sicherheitsabteilung an,
und verlangen Sie Al Giordino. Er soll sich damit befassen.«

King zögerte. »Ist Giordino auf dem laufenden? Weiß er
von . . .?«

»Er weiß Bescheid«, versicherte Sandecker. »Ich habe ihn persönlich von Anfang an in das Projekt eingeweiht, für den Fall,
daß er für Pitt einspringen müßte. Machen Sie schnell. Ich bin in
fünfzehn Minuten da.«

Der Admiral legte auf. Seine schlimmste Befürchtung war
Wirklichkeit geworden. Er starrte auf die weiße Flüssigkeit in
seinem Glas, versuchte sich das geheimnisvolle Schiff vorzustellen, das der wehrlosen *Kriechwanze* nachpirschte.

Dann stellte er sein Glas hin und eilte aus der Tür, ohne zu
merken, daß er keine Schuhe anhatte.

Tief unter der Oberfläche des Labradorbeckens, nicht weit von
der nördlichen Spitze Neufundlands, stand Pitt unbeweglich und
schweigend vor dem elektronischen Ablesegerät und blickte auf
den Bildschirm, wo das bisher noch nicht identifizierte Unter-see-
boot sich am äußersten Rand des Anzeigebereichs der *Kriechwanze* entlangbewegte. Er beugte sich vor, als eine Datenzeile
aufblitzte. Aber gleich darauf verlöschte sie wieder, weil der
Kontakt unterbrochen war.

Bill Lasky, der Radaroperateur, wandte sich Pitt zu und schüttelte den Kopf. »Tut mir leid, Dirk, aber unser Besucher ist sehr
schüchtern. Er will einfach nicht stillsitzen, um sich aufnehmen
zu lassen.«

Pitt legte Lasky die Hand auf die Schulter. »Versuche es noch mal. Früher oder später muß er in unseren Sichtbereich kommen.«

Er bewegte sich lautlos auf dem Gummiteppich des Kontrollraums, inmitten des Gewirrs komplizierter elektronischer Geräte, ließ eine Leiter zum unteren Deck hinunter und kletterte in eine Kabine hinab, die nicht größer war als zwei miteinander verbundene Telefonzellen.

Pitt setzte sich auf den Rand einer Klapppritsche, breitete eine Blaupause auf einem kleinen Schreibtisch aus und sah sich den Querschnitt der *Kriechwanze* an.

Mißgestaltetes Tauchfahrzeug war der nicht gerade schmeichelhafte Ausdruck, der ihm in den Sinn gekommen war, als er zum ersten Mal dieses höchstentwickelte Forschungsschiff der Welt erblickt hatte. Es war mit nichts zu vergleichen, was sich je in den Tiefen des Meeres bewegt hatte.

Die kompakte Form der *Kriechwanze* wirkte irgendwie lächerlich. Die Beschreibungen, die ihr am nächsten kamen, waren: Die innere Fläche einer vertikal aufgestellten Flugzeugtragfläche, oder der Kommandoturm eines Unterseebootes, das seinen Rumpf verloren hat. Kurz gesagt: es war eine längliche Metallfläche, die sich in aufrechter Lage fortbewegte.

Nicht ohne Grund hatte man der *Kriechwanze* eine so unorthodoxe Form gegeben. Die Gestaltung war sogar ein beträchtlicher Fortschritt in der Unterseeboottechnologie. Bisher hatte man das ganze mechanische und elektronische System dem räumlich begrenzten Rumpf des herkömmlichen, zigarrenförmigen U-Boots angepaßt. Die Aluminiumverkleidung der *Kriechwanze* dagegen war um die darin verpackten Instrumente herumgebaut.

Für die dreiköpfige Besatzung war nur wenig Komfort vorgesehen. Menschen wurden eigentlich auch nur für dringliche Fälle oder Reparaturen gebraucht. Sonst lief alles automatisch, und das Schiff wurde von einem Computergehirn im Hauptquartier der NUMA in Washington, aus einer Distanz von fast dreitausend Meilen, gesteuert.

»Wie wär's mit ein bißchen Medizin, um die Spinnweben zu vertreiben?«

Pitt blickte auf. Sam Quayle, der Elektroniker der Expedition, sah ihn mit seinen trübseligen Bluthundaugen an, in den Händen

111

zwei Plastikbecher und eine Schnapsflasche, die schon fast leer war.

»Du solltest dich schämen«, sagte Pitt grinsend. »Du weißt doch, daß alkoholische Getränke auf den Forschungsschiffen der NUMA streng verboten sind.«

»Nicht meine Schuld«, erwiderte Quayle mit gespielter Unschuld. »Ich habe dieses Teufelsgesöff, oder was davon noch übrig ist, in meiner Koje gefunden. Ein Arbeiter muß die Flasche dort liegengelassen haben.«

»Seltsam«, sagte Pitt.

Quayle blickte ihn fragend an. »Wieso?«

»Diese Zufälle.« Pitt griff unter sein Kissen, zog eine Flasche Bell's Scotch heraus und hielt sie hoch. Sie war noch halb voll. »In meiner Koje hat auch ein Arbeiter eine liegengelassen.«

Quayle lächelte und reichte Pitt die Becher. »Wenn es dir nichts ausmacht, spare ich mir mein Zeug für einen Schlangenbiß auf.«

Pitt schenkte ein und reichte Quayle den Becher. Dann lehnte er sich in seine Pritsche zurück. »Was hältst du davon, Sam?«

»Von unserem ausweichenden Besucher?«

»Genau«, antwortete Pitt. »Was hält ihn davon ab, herüberzukommen und sich uns vorzunehmen? Warum das Katz-und-Maus-Spiel?«

Quayle nahm einen herzhaften Schluck und zuckte die Schulter. »Wahrscheinlich ist der Computer des U-Boots nicht auf die Umrisse der *Kriechwanze* programmiert und kann sie nicht auf das Suchgerät projizieren. Ich nehme an, der Kapitän erkundigt sich zuerst einmal bei seinem Hauptquartier über etwaige Vorkommnisse in seinem Streifengebiet, bevor er uns an den Straßenrand zwingt und einen Strafzettel verpaßt.« Quayle trank aus und blickte sehnsuchtsvoll auf die Flasche. »Kann ich noch einen haben?«

»Bediene dich.«

Quayle schenkte sich großzügig ein. »Ich würde mich wohler fühlen, wenn wir wenigstens wüßten, wer die Kerle sind.«

»Sie kommen einfach nicht in unseren Sichtbereich. Es ist mir unbegreiflich, wie sie eine so genaue Distanz einhalten können. Mit ihrem ständigen Auf- und Untertauchen scheinen sie uns auf den Arm nehmen zu wollen.«

»Das ist kein Wunder«, sagte Quayle und verzog das Gesicht, als der Scotch ihm in der Kehle kratzte. »Ihre Transducer messen unsere Ausstrahlungen. Sie wissen auf den Meter genau, wo unsere Signale aufhören.«

Pitt setzte sich auf, kniff die Augen zusammen. »Nimm einmal an . . . nimm nur einmal an . . . ?«

Er sprach nicht zu Ende. Er sprang auf, rannte auf die Leiter zu, stieg in den Kontrollraum. Quayle nahm noch einen Schluck und folgte. Er ließ sich jedoch Zeit.

»Irgend etwas Neues?« fragte Pitt.

Lasky schüttelte den Kopf. »Immer noch das gleiche Versteckspiel.«

»Vielleicht können wir sie näher heranlocken. Und sowie sie in unserem Bereich sind, streckst du alle nur möglichen Fühler nach ihnen aus.«

»Glaubst du wirklich, du kannst ein Atomunterseeboot mit einer erstklassig geschulten Mannschaft dazu bringen, auf so einen Kindergartentrick hereinzufallen?« fragte Quayle ungläubig.

»Warum nicht?« Pitt grinste verschmitzt. »Ich wette meine Schlangenmedizin gegen die deine, daß sie darauf reinfallen.«

Quayle machte ein Gesicht wie jemand, der gerade einem Bewohner der Wüste Gobi ein Grundstück mit Badestrand verkauft hat. »Abgemacht.«

Während der nächsten Stunde verlief alles wie gewöhnlich. Die Männer lasen ihre Instrumente ab und prüften die Ausrüstung. Dann blickte Pitt auf seine Uhr und gab Lasky ein Zeichen.

»Alles bereit?«

»Alles bereit«, meldete Lasky.

»Okay, jetzt nagle mir den Kerl fest!«

Das Datengerät vor ihnen erwachte zum Leben, und die Sichtanzeige erschien auf dem Bildschirm.

Kontakt: 3480 Meter.

Kurs: Eins-Null-Acht.

Geschwindigkeit: Zehn Knoten.

»Er hat angebissen!« rief Quayle aufgeregt. »Wir haben ihn!«

Gesamtlänge: 76 Meter.

Breite (ungefähr): 10,7 Meter.

113

Wahrscheinliche Unterwasserverdrängung: 3650 Tonnen.
Antrieb: Ein wassergekühlter Kernreaktor.
Modell: Hunter-Killer.
Klasse: Amberjack.
Flagge: USA.

»Einer von den unseren«, sagte Lasky mit offensichtlicher Erleichterung.

»Wenigstens sind wir unter Freunden«, murmelte Quayle.

Pitt blickte gespannt auf den Bildschirm. »Wir sind noch nicht aus dem Wald.«

»Unser Schnüffelfreund hat seinen Kurs auf Null-Sieben-Sechs gewechselt. Geschwindigkeit zunehmend«, las Lasky laut vom Bildschirm ab. »Er entfernt sich von uns.«

»Wenn ich es nicht besser wüßte«, sagte Quayle nachdenklich, »würde ich sagen, er setzt zum Angriff an.«

Pitt blickte auf. »Erkläre.«

»Vor einigen Jahren arbeitete ich in einem Konstruktionsteam, das Unterwasserwaffensysteme für die Marine entwickelte. Dort habe ich gelernt, daß ein Hunter-Killer-U-Boot sich mit erhöhter Geschwindigkeit vom Ziel entfernt, bevor es einen Torpedo abschießt.«

»Etwa wie der Westernheld, der seinen Sechsschußrevolver über die Schulter auf den Bösewicht abfeuert, während er in vollem Galopp die Stadt verläßt.«

»Der Vergleich ist nicht schlecht«, räumte Quayle ein. »Der moderne Torpedo ist vollgestopft mit Ultraschall-, Wärmesucher- und magnetischen Sensoren. Einmal abgeschossen, verfolgt er sein Ziel mit teuflischer Beharrlichkeit. Falls er auf Anhieb das Ziel verfehlt, kreist er herum und sucht, bis er Kontakt findet. Deshalb entfernt sich das Mutterschiff frühzeitig, in der Annahme, daß das Ziel über Waffen der gleichen Art verfügt, und bringt sich in Sicherheit.«

Pitt machte ein besorgtes Gesicht. »Wie weit ist es bis zum Meeresgrund?«

»Zweihundertdreißig Meter«, antwortete Lasky.

»Und die Bodenbeschaffenheit?«

»Ziemlich schlecht. Felsvorsprünge bis über fünfzehn Meter hoch.«

Pitt ging an einen kleinen Kartentisch und sah sich die Vermessungsskizze des Meeresbodens an. Dann sagte er: »Stell die Vorrangschaltung ein und bringe uns hinunter.«

Lasky blickte ihn fragend an. »Die NUMA-Kontrolle wird Stunk machen, wenn wir ihr einfach die Zügel abschneiden.«

»Wir sind hier, und Washington ist dreitausend Meilen weg. Ich halte es für das beste, wenn wir die Steuerung übernehmen, bis wir wissen, was auf uns zukommt.«

Quayle wurde unruhig. »Du glaubst doch nicht ernsthaft, daß es zu einem Angriff kommt?«

»Solange auch nur ein Prozent Wahrscheinlichkeit dafür spricht, gehe ich kein Risiko ein.« Pitt nickte Lasky zu. »Bring uns runter. Und hoffen wir, daß wir uns in den Klüften des Meeresbodens verstecken können.«

»Ich brauche aber den Sonar, um einen Anprall an die Felsvorsprünge zu vermeiden.«

»Laß ihn auf das U-Boot eingestellt«, befahl Pitt. »Benutze Licht und die Fernsehmonitoren. Wir müssen es mit bloßem Auge schaffen.«

»Das ist Wahnsinn«, sagte Quayle.

»Glaubst du vielleicht, die Russen würden zögern, uns gehörig in den Arsch zu treten, falls wir in die Nähe der sibirischen Küste kämen?«

»Ach, du heilige Mutter Gottes!« stöhnte Lasky auf.

Pitt und Quayle starrten wie versteinert auf die grünen Buchstaben, die auf dem Bildschirm aufglühten.

Notlage: KRITISCH.

Neuer Kontakt: Kurs Eins-Neun-Drei.

Geschwindigkeit: Siebzig Knoten.

Status: Kollision unmittelbar bevorstehend.

Zeit bis Kontakt: Eine Minute, elf Sekunden.

»Sie haben es tatsächlich getan«, flüsterte Lasky mit dem Gesicht eines Mannes, der sein eigenes Grab gesehen hat. »Sie haben einen Torpedo auf uns abgefeuert.«

Giordino konnte das sich anbahnende Unheil fast riechen, und er sah es in den Augen Dr. Kings und Admiral Sandeckers, als er in den Computerraum stürzte.

Aber die beiden nahmen von dem kleinen, dunkelhäutigen

Italiener keine Notiz. Sie waren voll und ganz auf das riesige elektronische Bildgerät konzentriert, das eine ganze Wand einnahm. Giordino warf nur einen kurzen Blick darauf und wußte sofort, welche Katastrophe sich da anbahnte.

»Schalten Sie sofort auf Rückwärtsgang«, sagte er mit ruhiger Stimme.

»Ich kann es nicht.« King streckte die Hände hilflos in die Luft. »Sie haben auf Vorrangkontrolle umgeschaltet.«

»Dann sagen Sie es ihnen!« Giordinos Ton wurde plötzlich scharf.

»Geht auch nicht.« Sandeckers Worte kamen schleppend. »Die Sprechübertragung über den Verbindungssatelliten funktioniert nicht mehr.«

»Stellen Sie den Kontakt durch die Computer her.«

»Ach ja«, murmelte King, und ein schwacher Hoffnungsschimmer leuchtete in seinen Augen auf. »Ich verfüge ja noch über ihre Dateneingabe.«

Giordino beobachtete den Bildschirm, zählte die verbleibenden Sekunden des Torpedolaufes, während King in ein Übertragungsgerät sprach, das die Meldung an die *Kriechwanze* weiterleitete.

»Pitt ist Ihnen zuvorgekommen.« Sandecker nickte dem Bildschirm zu. Sie alle fühlten sich vorübergehend erleichtert, als sie sahen, daß sich die Vorwärtsgeschwindigkeit des Tauchfahrzeugs verminderte.

»Noch zehn Sekunden«, sagte Giordino.

Sandecker griff nach einem Telefon und schrie in den Hörer: »Verbinden Sie mich sofort mit Admiral Joe Kemper, dem Chef des Marineeinsatzes!«

»Drei Sekunden . . . zwei . . . eine . . .«

Alles schwieg, niemand wagte ein Wort zu sagen, der erste zu sein, der vielleicht das aussprechen würde, was man als Nachruf für die *Kriechwanze* und ihre Besatzung werten konnte. Der Bildschirm blieb dunkel. Dann blinkte die Schrift wieder auf.

»Vorbeigeschossen!« King stöhnte auf. »Der Torpedo ist achtern vorbeigegangen, in einer Entfernung von neunzig Metern.«

»Die magnetischen Sensoren reagieren nicht auf den Aluminiumrumpf der *Wanze*«, erklärte Sandecker.

Giordino mußte über Pitts Antwort lächeln.

Erste Runde. Punktvorsprung.
Irgendwelche Glanzideen für die zweite Runde?

»Der Torpedo macht eine Kreiswendung für den nächsten Versuch«, sagte King.

»Wie ist denn die Laufrichtung?«

»Scheint sich flach zu bewegen.«

»Sagen Sie ihnen, sie sollen die *Kriechwanze* seitwärts drehen, sie in Horizontallage bringen, mit dem Kiel dem Torpedo entgegen. Das vermindert die Anprallfläche.«

Sandecker erreichte schließlich einen Mitarbeiter Kempers, einen Korvettenkapitän, der ihm ausrichtete, der Chef schlafe gerade und dürfe nicht gestört werden.

»Jetzt hören Sie mir mal gut zu, mein Söhnchen«, sagte Sandecker in seinem berühmten Einschüchterungston. »Ich bin Admiral James Sandecker von der NUMA, und es handelt sich um einen Dringlichkeitsfall. Ich möchte Ihnen sehr raten, Joe ans Telefon zu rufen, wenn Sie nicht demnächst zur Wetterwarte auf dem Mount Everest versetzt werden wollen. Beeilen Sie sich gefälligst!«

Einige Augenblicke später ließ sich Admiral Kempers gähnende Stimme vernehmen. »Jim? Was, zum Teufel, ist denn los?«

»Eins deiner U-Boote hat eben eins meiner Forschungsschiffe angegriffen. Das ist los.«

Kemper reagierte, als wenn man ihn angeschossen hätte. »Wo?«

»Zehn Meilen vor den Button-Inseln im Becken von Labrador.«

»Das sind kanadische Gewässer.«

»Ich habe keine Zeit für lange Erklärungen«, sagte Sandecker. »Du mußt deinem U-Boot befehlen, den Torpedo zu sprengen, bevor es zu einer Tragödie kommt.«

»Bleib am Apparat«, sagte Kemper. »Ich melde mich sofort wieder.«

»Fünf Sekunden«, verkündete Giordino.

»Der Kreis hat sich verengt«, bemerkte King.

»Drei Sekunden . . . zwei . . . eine . . .!«

Die nächste Sekunde schien endlos. Dann rief King aus: »Wieder daneben. Aber dieses Mal nur zehn Meter oben vorbei.«

»Wie nahe sind sie dem Meeresboden?« fragte Giordino.

117

»Fünfunddreißig Meter. Pitt versucht wahrscheinlich, sich hinter ein paar Felsvorsprüngen zu verbergen. Es sieht hoffnungslos aus. Falls der Torpedo sie beim nächsten Mal nicht trifft, kann er ihnen immerhin ein Loch in den Rumpf reißen, wenn er explodiert.«

Sandecker packte den Hörer fester, als Kemper sich wieder meldete. »Ich habe mit dem Chef der Arktischen Verteidigungszone gesprochen. Er funkt eine vorrangige Meldung an den U-Boot-Kommandanten. Hoffentlich kommt sie nicht zu spät.«

»Du bist nicht der einzige, der das hofft.«

»Die Sache tut mir leid, Jim. Die U. S. Navy pflegt im allgemeinen nicht erst zu schießen und dann die Fragen zu stellen. Aber so nahe vor der nordamerikanischen Küste gibt es keine Schonzeit für nicht zu identifizierende Unterseefahrzeuge. Was hat dein Schiff da überhaupt zu suchen?«

»Ihr seid nicht die einzigen, die Geheimaufträge durchführen«, sagte Sandecker. »Danke für deine Hilfe.« Er hängte auf und blickte auf den Bildschirm.

Der Torpedo spurte durch die Meerestiefen, und sein elektronisches Gehirn war auf Mord eingestellt. Sein Sprengkopf war nur noch fünfzehn Sekunden von der *Kriechwanze* entfernt.

»Runter mit euch«, rief King dem Bildschirm zu. »Zwölf Meter bis zum Meeresgrund. Mein Gott, sie schaffen es nicht!«

Giordino zermarterte sich den Kopf nach neuen Lösungen, fand jedoch keine mehr. Die Katastrophe schien jetzt unvermeidlich. Wenn der Torpedo nicht in den nächsten Sekunden zerstört wurde, war die *Kriechwanze* mit ihrer Besatzung für immer in der See begraben.

Giordinos Mund war trocken wie eine Sandgrube. Dieses Mal vermochte er nicht mehr die Sekunden zu zählen. In Augenblicken höchster Not bemerkt man manchmal Dinge, an die man sonst nie denken würde. So fragte Giordino sich, warum es ihm bisher noch nicht aufgefallen war, daß Sandecker keine Schuhe trug.

»Dieses Mal wird er treffen«, sagte King. Es war die einfache Feststellung einer Tatsache, nicht mehr. Sein Gesicht hatte allen Ausdruck verloren, und er war leichenblaß, als er sich die Hände vor die Augen hielt, um den Bildschirm nicht mehr zu sehen.

Kein Laut kam über die Computer, als der Torpedo explodierte. Kein Donner, kein metallisches Kreischen, nichts war zu hören. Die Computer hatten kein Ohr für die erstickenden Schreie der sterbenden Männer in den schwarzen, eisigen Meerestiefen.

Nacheinander schalteten sich die seelenlosen Maschinen aus. Die Lichter verlöschten, die Datenstationen schwiegen.

Für sie existierte die *Kriechwanze* nicht mehr.

25

Mercier fühlte keine Begeisterung für das, was er tun mußte. Er mochte James Sandecker, schätzte seine Offenheit, seine Forschheit und sein Organisationstalent. Aber er konnte nicht anders, als eine sofortige Untersuchung über den Verlust der *Kriechwanze* einzuleiten. Er konnte es sich nicht erlauben, abzuwarten und das Risiko einer Sicherheitsverletzung einzugehen; ein gefundenes Fressen für die Nachrichtenmedien, die sich wie die Aasgeier darauf stürzen würden. Er mußte rasch planen, wie er den Admiral und das Weiße Haus aus diesem Schlamassel herausbringen konnte, ohne daß es zu einem Skandal kam.

Sein Sekretär meldete über die Sprechanlage: »Admiral Sandecker ist hier, Sir.«

»Bringen Sie ihn herein.«

Mercier erwartete, einen von Schlaflosigkeit abgezehrten Mann zu sehen, einen von der Tragödie zutiefst betroffenen, einen gebrochenen. Aber da hatte er sich geirrt.

Sandecker trat in voller Galauniform mit goldenen Tressen und Bändern in das Zimmer. Eine eben angezündete Zigarre saß fest in seinem Mundwinkel, und seine Augen hatten den gewöhnlichen, leicht spöttischen Blick. Falls man ihn unter die Lupe nehmen sollte, war er offensichtlich entschlossen, Stil und Haltung zu bewahren.

»Bitte nehmen Sie noch Platz, Herr Admiral«, sagte Mercier,

119

sich erhebend. »Der Sicherheitsrat versammelt sich in ein paar Minuten.«

»Sie meinen den Inquisitionsrat«, sagte Sandecker.

»Aber nein. Der Präsident möchte sich nur über die bisherige Entwicklung der *Kriechwanze* informieren und die Ereignisse der letzten sechsunddreißig Stunden aus der angemessenen Perspektive beurteilen.«

»Sie verschwenden keine Zeit. Es sind kaum acht Stunden her, seit meine Leute ermordet worden sind.«

»Das ist aber ein bißchen hart.«

»Wie wollen Sie es sonst nennen?«

»Ich bin keine Jury«, sagte Mercier ruhig. »Ich möchte Ihnen mein aufrichtiges Bedauern aussprechen, daß das Projekt erfolglos verlaufen ist.«

»Ich bin bereit, alle Schuld auf mich zu nehmen.«

»Wir suchen keinen Sündenbock und sind nur an den Tatsachen interessiert, die Sie bisher so beharrlich verschwiegen haben.«

»Ich hatte meine Gründe.«

»Die würden wir uns gerne anhören.«

Es piepste in der Sprechanlage.

»Ja?«

»Sie werden erwartet.«

»Sofort.« Mercier zeigte auf die Tür. »Gehen wir?«

Sie traten in das Kabinettszimmer des Weißen Hauses. Ein blauer Teppich und dazupassende Vorhänge, und an der Nordwand hing ein Porträt Harry Trumans über dem Kamin. Der Präsident saß an der Mitte eines riesigen Tisches aus Mahagoni, mit dem Rücken zur Terrasse des Rosengartens. Ihm direkt gegenüber machte sich der Vizepräsident einige Notizen auf seinen Block. Admiral Kemper war erschienen, wie auch der Sekretär für Energiefragen, Dr. Ronald Klein, der Staatssekretär Douglas Oates und des Direktor des CIA, Martin Brogan.

Der Präsident erhob sich und begrüßte Sandecker mit warmer Herzlichkeit. »Es ist mir ein Vergnügen, Herr Admiral. Bitte nehmen Sie Platz, und machen Sie sich es bequem. Ich nehme an, Sie kennen alle hier Anwesenden.«

Sandecker nickte und nahm einen freien Stuhl am Ende des Tischs. Er saß allein und in einiger Entfernung von den anderen.

»Also«, begann der Präsident, »wie wäre es, wenn Sie uns erzählten, was es mit Ihrer geheimnisvollen *Kriechwanze* auf sich hat?«

Dirk Pitts Sekretärin Zerri Pochinsky trat mit einer Tasse Kaffee und einem Sandwich auf einem Tablett in den Computerraum. Ihre Augen waren feucht. Sie konnte sich nur schwer mit der Nachricht vom Tode ihres Chefs abfinden. Der Schock, jemanden verloren zu haben, der ihr so nahegestanden hatte, war noch nicht überwunden. Das würde später kommen, wenn sie Zeit hatte, allein zu sein.

Giordino saß, das Knie auf die Hände gestützt, auf seinem Stuhl und starrte geistesabwesend auf die Reihe der verstummten Computer.

Sie setzte sich zu ihm. »Ihr Lieblingssandwich«, sagte sie leise. »Pastrami auf Weißbrot.«

Giordino blickte kopfschüttelnd auf das Sandwich, trank jedoch den Kaffee.

»Sie sollten nach Hause gehen und ein bißchen schlafen«, sagte Zerri. »Sie können hier nichts mehr tun.«

Giordino sprach wie in Trance. »Pitt und ich haben einen langen Weg zurückgelegt.«

»Ja, ich weiß.«

»Wir haben auf der High-School zusammen Fußball gespielt. Er war der gerissenste und unberechenbarste Abwehrspieler der Liga.«

»Sie vergessen, daß ich anwesend war, als Sie Ihre Erinnerungen austauschten. Ich könnte es Ihnen fast wörtlich wiederholen.«

Giordino blickte sie an und lächelte. »Waren wir so schlimm?«

Zerri lächelte durch ihre Tränen zurück. »Ihr wart wirklich schlimm.«

Eine Gruppe von Computertechnikern kam herein. Ihr Chef wandte sich an Giordino. »Ich muß Sie leider unterbrechen, aber ich habe Befehl, das Projekt abzubrechen und die Geräte in eine andere Abteilung zu bringen.«

»Um alle Spuren zu verwischen?«

»Wie bitte, Sir?«

»Haben Sie es mit Dr. King geklärt?«

Der Mann nickte feierlich. »Vor zwei Stunden. Kurz bevor er das Gebäude verließ.«

»Gehen wir lieber auch«, sagte Zerri. »Kommen Sie. Ich fahre Sie nach Hause.«

Giordino erhob sich folgsam und rieb sich die schmerzenden Augen. Er öffnete die Tür, ließ Zerri vorangehen. Er schickte sich an, ihr zu folgen, blieb aber plötzlich auf der Schwelle stehen.

Um ein Haar hätte er es verpaßt. Er konnte später nie erklären, was ihn dazu bewogen hatte, sich noch einmal umzuschauen.

Das Kontrollämpchen blinkte so kurz auf, daß er es nicht bemerkt hätte, wenn seine Augen nicht im richtigen Moment genau darauf geblickt hätten. Er schrie den Techniker an, der gerade den Kontakt ausschaltete.

»Stellen Sie das Ding sofort wieder an!«

»Wozu?« fragte der Techniker.

»Verdammt noch mal, tun Sie, was ich Ihnen sage!«

Ein Blick auf Giordinos wütendes Gesicht genügte dem Mann. Er gehorchte. Plötzlich verlor der Raum alle Dimensionen. Alle schreckten zurück, als ob ein Gespenst vor ihnen erschienen sei. Alle, außer Giordino. Er stand reglos, und seine Lippen weiteten sich zu einem überraschten und freudigen Lächeln.

»Stellen wir das einmal klar«, sagte der Präsident mit zweifelnder Miene. »Sie behaupten, daß Ihre *Kriechwanze* durch zehn Meilen soliden Gesteins sehen kann?«

»Und außerdem einundfünfzig verschiedene Mineralien und Spuren von Metallvorkommen identifiziert«, erwiderte Sandecker, ohne mit der Wimper zu zucken. »Jawohl, Herr Präsident, genau das habe ich behauptet.«

»Ich hätte das nicht für möglich gehalten«, sagte der CIA-Direktor Brogan. »Elektromagnetische Geräte sind zwar mit beschränktem Erfolg angewandt worden, um die elektrische Widerstandskraft unterirdischer Mineralien zu messen, aber bestimmt nie in dieser Größenordnung.«

»Wie konnte ein Projekt von solcher Wichtigkeit ohne das Wissen des Präsidenten oder des Kongresses ausgeführt und entwickelt werden?« fragte der Vizepräsident.

»Der ehemalige Präsident wußte es«, erklärte Sandecker. »Er hatte eine Vorliebe für futuristische Konzepte. Wie Ihnen sicher inzwischen bekannt ist, gründete er eine geheime Datenbank namens Meta Section. Die Wissenschaftler der Meta Section haben dann die *Kriechwanze* entworfen. Dann wurden die mit allen Sicherheitsmaßnahmen umgebenen Pläne an die NUMA gegeben. Der Präsident stellte das Geld zur Verfügung, und wir bauten sie.«

»Und sie funktioniert wirklich?« wollte der Präsident wissen.

»Erwiesenermaßen«, antwortete Sandecker. »Unsere ersten Testfahrten haben zur Entdeckung von wirtschaftlich verwertbaren Vorkommen von Gold, Mangan, Chrom, Aluminium und mindestens zehn anderer Elemente, einschließlich Uranium, geführt.«

Die Männer um den Tisch reagierten verschieden. Der Präsident blickte Sandecker seltsam an. Admiral Kemper machte ein ausdrucksloses Gesicht. Die übrigen zeigten offenes Mißtrauen.

»Wollen Sie damit andeuten, Sie könnten sowohl das Ausmaß der Vorkommnisse als auch ihren Wert vorausbestimmen?« fragte Douglas Oates zweifelnd.

»Einige Sekunden nach Feststellung des Elementes oder der Mineralien berechnet der Computer der *Kriechwanze* das genaue Ausmaß des Vorkommens, die etwaigen Ausbeutungskosten und ihre Rentabilität und natürlich die genauen Koordinaten des Ortes.«

Waren Sandeckers Zuhörer bisher skeptisch erschienen, so sahen sie jetzt ganz offen ungläubig aus. Energiesekretär Klein stellte die Frage, die alle bewegte.

»Wie funktioniert dieses Ding?«

»Nach dem gleichen Prinzip wie Radar oder die Tiefenlotröhren der Meeresforschung, mit der Ausnahme, daß die *Kriechwanze* einen scharf ausgerichteten, konzentrierten Energieimpuls direkt in die Erde überträgt. Dieser hochenergetische Strahl, einem Radiosender vergleichbar, der verschiedenartige Töne ausstrahlt, überträgt wiederum Signalfrequenzen, die den geologischen Formationen, denen er begegnet, entsprechen. Meine Ingenieure nennen es eine Tastmodulation. Es ist, wie wenn man über einen Canyon ruft. Wenn die Stimme an die Felswand prallt, schlägt ein genaues Echo zurück. Aber wenn die Stimme

123

zuerst durch Bäume oder Laub dringen muß, kommt das Echo verschwommen zurück.«

»Ich verstehe noch immer nicht, wie das Ding Mineralien identifizieren kann«, sagte der ziemlich verwirrte Klein.

»Jedes Mineral, jedes Element der Erde reagiert auf seine eigene Frequenz. Kupfer reagiert auf etwa zweitausend Hertz. Eisen auf zweitausendzweihundert. Zink auf viertausend. Schlamm, Fels und Sand haben auch ihre individuellen Frequenzen, die Auskunft über ihre Beschaffenheit geben. Auf dem Computerbildschirm sieht die Ablese wie ein bunter Querschnitt durch die Erdkruste aus, weil die verschiedenen Formationen farbverschlüsselt sind.«

»Und Sie messen die Tiefe des Vorkommens durch die Zeitverzögerung des Signals«, bemerkte Admiral Kemper.

»Ganz recht.«

»Man sollte doch meinen, daß das Signal schwächer und entstellter wird, je tiefer es dringt«, sagte Mercier.

»Das tut es auch«, gab Sandecker zu. »Der Strahl verliert an Energie, während er durch die verschiedenen Erdschichten dringt. Aber inzwischen haben wir gelernt, die Abweichungen und Schwächungen zu berücksichtigen. Wir nennen es Dichtigkeitsspureneinstellung.«

Der Präsident rückte unruhig auf seinem Stuhl herum. »Es klingt alles sehr unwirklich.«

»Es ist aber Wirklichkeit«, sagte Sandecker. »Meine Herren, es läuft einfach darauf hinaus, daß eine Flotte von zehn *Kriechwanzen* innerhalb von fünf Jahren jede geologische Formation unter dem Meeresgrund registrieren und analysieren könnte.«

Während einiger Augenblicke herrschte Schweigen. Dann murmelte Oates benommen: »Mein Gott, die Möglichkeiten sind ganz unfaßbar.«

CIA-Direktor Brogan lehnte sich über den Tisch. »Besteht die Gefahr, daß die Russen hinter etwas Ähnlichem her sind?«

Sandecker schüttelte den Kopf. »Das glaube ich nicht. Bis vor ein paar Monaten besaßen wir noch nicht die Technologie, den hochenergetischen Strahl zu entwickeln. Selbst mit einem Schnellprogramm brauchten die Russen ein Jahrzehnt, bis sie uns einholen.«

»Ich habe noch eine Frage, deren Beantwortung mir wichtig

124

erscheint«, sagte Mercier. »Warum das Labradorbecken? Warum haben Sie die *Kriechwanze* nicht in unseren Hoheitsgewässern getestet?«

»Ich hielt es für besser, die Versuche fern vom Schiffsverkehr durchzuführen.«

»Aber warum so nahe der kanadischen Küste?«

»Die *Kriechwanze* ist auf Ölvorkommen gestoßen.«

»Öl?«

»Ja, die Spur schien zur Hudson-Meeresenge nördlich von Neufundland zu führen. Ich erteilte der *Kriechwanze* Befehl, den ursprünglich vorgeschriebenen Kurs zu wechseln und der Spur bis in die kanadischen Gewässer zu folgen. Ich trage allein die Verantwortung für den Verlust eines meiner besten Freunde, seiner Mannschaft und des Forschungsschiffs. Die Schuld trifft niemanden sonst.«

Ein Sekretär trat leise ein und bot Kaffee an. Als er zu Sandecker kam, legte er ihm einen Zettel auf den Tisch. Darauf stand:

»MUSS SIE DRINGEND SPRECHEN.
GIORDINO.«

»Darf ich um eine kurze Unterbrechung bitten«, sagte Sandecker. »Einer meiner Leute ist draußen mit neuen Informationen über die Tragödie.«

Der Präsident nickte verständnisvoll und zeigte zur Tür. »Natürlich. Bitten Sie ihn, hereinzukommen.«

Giordino wurde in das Kabinettszimmer geführt, und sein Gesicht strahlte wie ein Leuchtturm.

»Die *Kriechwanze* und alle an Bord sind durchgekommen!« platzte er ohne Vorrede heraus.

»Was ist geschehen?« fragte Sandecker.

»Der Torpedo schlug in einen Felsvorsprung fünfzig Meter von unserem Tauchschiff entfernt ein. Die Erschütterung führte zu Kurzschlüssen in der Sendeanlage. Pitt und seine Leute haben vor etwa einer Stunde die Reparaturen durchgeführt und dann die Verbindung wieder aufgenommen.«

»Niemand wurde verletzt?« fragte Admiral Kemper. »Der Rumpf ist unbeschädigt?«

»Beulen und Schürfungen«, antwortete Giordino im Telegrammstil. »Ein Finger gebrochen. Kein Leck gemeldet.«

»Gott sei Dank, sie sind in Sicherheit«, sagte der Präsident mit plötzlich heiterer Miene.

Giordino konnte nicht länger kühle Haltung bewahren. »Das Beste habe ich noch gar nicht erwähnt.«

Sandecker blickte ihn fragend an. »Das Beste?«

»Kurz nachdem die Computer wieder in Betrieb waren, spielten die Analysatoren verrückt. Ich gratuliere, Herr Admiral. Die *Kriechwanze* ist auf den Urvater aller stratigraphischen Kessel gestoßen.«

Sandecker richtete sich auf. »Soll das heißen, sie haben Öl gefunden?«

»Nach den ersten Hinweisen handelt es sich um ein Feld von fast fünfundneunzig Meilen Länge und einer Dreiviertelmeile Breite. Der Inhalt übersteigt die kühnsten Vorstellungen. Die nutzbare Fläche enthält auf vierzig Acre und dreißig Zentimeter Höhe zweitausend Barrel, und die Reserve könnte acht Milliarden Barrel Öl einbringen.« Alle am Tisch waren sprachlos.

Giordino öffnete seinen Attachékoffer und übergab Sandecker einen Stapel Papiere. »Hier haben Sie die vorläufigen Zahlen, Berechnungen und Projektionen, einschließlich des Kostenvoranschlags für die Bohrungs- und Förderungsarbeiten. Dr. King erhält einen genaueren Bericht, sobald die *Kriechwanze* das Gebiet vollständig untersucht hat.«

»Wo genau ist dieses Ölfeld?« fragte Klein.

Giordino rollte eine Karte auf und legte sie vor dem Präsidenten auf den Tisch und zeichnete den Kurs der *Kriechwanze* mit einem Bleistift nach.

»Nachdem sie mit knapper Not heil davongekommen war, hat die Mannschaft der *Kriechwanze* Fluchtmaßnahmen ergriffen. Sie wußten ja nicht, daß der Angriff des U-Bootes zurückgepfiffen wurde. Sie bewegten sich in einem nordwestlichen Bogen aus dem Labradorkessel heraus, hielten sich kurz über dem Meeresgrund durch die Enge von Gray südlich der Button-Inseln und von dort in die Bucht von Ungava. Hier war es.« Giordino hielt inne und kreuzte den Ort auf der Karte an. »Hier haben sie das Ölvorkommen entdeckt.«

Die Begeisterung verschwand im Nu aus den Augen des Präsidenten. »Dann war es also nicht in der Nähe der Küste von Neufundland?«

»Nein, Sir. Die Grenze von Neufundland endet auf einer Landzunge an der Enge von Gray. Das Ölvorkommen liegt in den Gewässern von Quebec.«

Der Präsident schaute nachdenklich drein. Er warf Mercier einen vielsagenden Blick zu.

»Von allen Orten in der nördlichen Hemisphäre«, sagte der Präsident mit fast flüsternder Stimme, »mußte es ausgerechnet Quebec sein.«

Dritter Teil

DER NORDAMERIKANISCHE VERTRAG

26

APRIL 1989,
WASHINGTON, D. C.

Pitt steckte Heidis Notizen über den Nordamerikanischen Vertrag in eine Aktenmappe und nickte, als die Flugstewardeß sich vergewisserte, daß sein Sitzgurt festgeschnallt war und seine Rückenlehne aufrecht stand. Er rieb sich die Schläfen und versuchte vergeblich, die Kopfschmerzen loszuwerden, die ihn seit dem Umsteigen in St. Johns in Neufundland quälten.

Jetzt, da die anstrengenden Seeabenteuer der *Kriechwanze* vorüber waren, befand sich das kleine Forschungsfahrzeug an Bord des Mutterschiffs und wurde für Reparaturen und Umbauten nach Boston gebracht. Bill Lasky und Sam Quayle waren sofort zu einer Woche Urlaub zu ihren Familien aufgebrochen. Pitt beneidete sie. Er konnte sich eine Ruhepause nicht leisten. Sandekker hatte ihn in das Hauptquartier der NUMA zurückbeordert, wo ein ausführlicher Bericht von ihm erwartet wurde.

Kurz vor sieben setzte das Flugzeug auf der Landepiste des Washington National Airport auf. Pitt blieb sitzen, während die anderen Passagiere sich eilig in die Gänge drängten. Er nahm sich Zeit, stieg als einer der letzten aus, denn er wußte genau, daß er auch bei größter Langsamkeit immer noch zu früh bei der Gepäckausgabe ankommen würde.

Er fand seinen Wagen, einen roten AC Ford Cobra, Baujahr 1966, in der VIP-Abteilung des Parkplatzes, wo seine Sekretärin ihn abgestellt hatte. Ein Zettel war an das Lenkrad geklemmt.

»Lieber Chef, willkommen daheim. Ich konnte leider nicht bleiben, um Sie zu begrüßen, ich habe eine Verabredung. Schlafen Sie sich gut aus. Ich habe dem Admiral gesagt, daß Ihr Flugzeug erst morgen abend ankommt. Genießen Sie den freien Tag.   *Zerri*

P.S. Hatte fast vergessen, wie sich so ein alter großer Schlitten fährt. Ein Riesenspaß, aber er frißt entsetzlich viel Benzin.«

Pitt lächelte, zog den Starter und lauschte mit Vergnügen dem obszönen Aufdröhnen des 4,2-Liter-Motors. Während die Maschine warmlief, las er noch einmal den Zettel durch.

Zerri Pochinsky war ein lebhaftes Mädchen mit einem ansteckenden Lächeln, schalkhaften und warmen braunen Augen. Sie war dreißig, hatte nicht geheiratet, was Pitt rätselhaft erschien, besaß eine füllige Figur und langes blondes Haar, das ihr bis über die Schultern fiel. Er hatte mehr als einmal Lust verspürt, mit ihr anzubändeln. Gelegenheiten dazu hatten sich oft genug ergeben. Aber er wußte aus eigener Erfahrung, daß es immer ein böses Ende nimmt, wenn man sich mit seiner Angestellten in eine Liebesaffäre einläßt.

So verjagte er diese erotischen Gedanken und fuhr davon. Das alternde zweisitzige Cabriolet schoß aus dem Parkplatz heraus und bog mit quietschenden Reifen auf den Airport Highway ein. Er fuhr nicht der Hauptstadt zu, sondern in südlicher Richtung am Potomac entlang. Mühelos überholte er eine Schlange von Miniwagen, die sich im abendlichen Stoßverkehr dicht hintereinanderbewegten.

Bei einer kleinen Stadt namens Hague verließ er den Highway und nahm die schmale Straße, die nach Coles Point führt. Als der Fluß in sein Blickfeld kam, fuhr er langsam und las die Namen der Briefkästen am Straßenrand. Seine Scheinwerfer erfaßten eine ältere Frau, die einen irischen Setter an der Leine führte.

Pitt hielt an, kurbelte das rechte Fenster herunter. »Bitte um Verzeihung, können Sie mir sagen, wo das Haus von Mr. Essex ist?«

Sie blickte Pitt müde an und zeigte hinter den Wagen. »Das Essex-Haus liegt eine halbe Meile zurück. Das Tor mit den eisernen Löwen.«

»Ach ja, ich erinnere mich, es gesehen zu haben.«

Bevor er wenden konnte, beugte sich die Frau ins offene Fenster. »Sie werden ihn nicht antreffen. Mr. Essex ist vor vier oder fünf Wochen abgereist.«

»Wissen Sie, wann er zurückkommt?« fragte Pitt.

»Wer kann das schon sagen?« Sie zuckte die Schultern. »Er

schließt oft das Haus um diese Jahreszeit, um nach Palm Springs zu gehen. Mein Sohn kümmert sich dann um seine Austerntei-che. Mr. Essex kommt und geht, wie es ihm gefällt, und warum soll er nicht, wo er doch ganz alleine ist? Man sieht nur, daß er lange weg ist, wenn sein Briefkasten übervoll ist.«

Unter allen Leuten, die er hätte fragen können, war Pitt aus-gerechnet an die klatschsüchtige Nachbarin geraten. »Vielen Dank«, sagte er. »Sie haben mir sehr geholfen.«

Das zerfurchte Gesicht der Frau verwandelte sich plötzlich in eine Maske der Liebenswürdigkeit, und ihre Stimme wurde ho-nigsüß. »Falls Sie eine Nachricht für ihn haben, können Sie sie mir geben. Ich sehe zu, daß er sie bekommt. Ich hole ja sowieso seine Post und seine Zeitungen ab.«

Pitt schaute sie an. »Er hat seine Zeitung nicht abbestellt?«

Sie schüttelte den Kopf. »Er ist der wahre zerstreute Professor. Als mein Junge gestern an den Teichen arbeitete, sah er Rauch aus dem Kamin des Essexschen Hauses aufsteigen. Stellen Sie sich vor, da verreist er und läßt die Heizung im Hause an! Eine reine Verschwendung, wenn man die Energieknappheit be-denkt.«

»Sie sagten, Mr. Essex lebe allein?«

»Hat seine Frau vor zehn Jahren verloren«, antwortete sie be-flissen. »Seine drei Kinder sind in alle Welt verstreut. Schreiben dem armen Mann fast nie.«

Pitt dankte ihr nochmals und kurbelte die Scheibe wieder hoch, bevor die Frau weiterschwatzen konnte. Er brauchte nicht in den Rückspiegel zu schauen, um zu wissen, daß sie ihn beob-achtete, als er in die Essexsche Toreinfahrt einbog.

Er fuhr zwischen den Bäumen hindurch, parkte den Cobra vor dem Haus, schaltete den Motor ab, ließ jedoch die Scheinwerfer an. So saß er eine Weile, lauschte in die Nacht, hörte eine Sirene auf dem anderen Flußufer in Maryland. Die Luft war klar und frisch. Lichter flimmerten auf dem Wasser wie Weihnachtsker-zen.

Das Haus war dunkel und still.

Pitt stieg aus und ging um die Garage. Er hob die Tür in ihren gutgeölten Angeln und warf einen Blick auf die beiden Wagen, deren Chromkühler und Lack im Scheinwerferlicht des Cobras glänzten. Der eine war ein kleiner, benzinsparender Kompaktwagen mit einem Fordmotor. Der andere war ein älterer Cadillac Brougham, eines der letzten großen Modelle. Auf beiden lag eine dünne Staubschicht.

Das Innere des Cadillacs war makellos, und der Tachometer zeigte nur 6400 Meilen an. Beide Wagen sahen wie neu aus, sogar die Unterseiten der Kotflügel waren von allem Schmutz gesäubert. Pitt hatte begonnen, in Essex' Welt einzudringen. Nach der liebevollen Pflege zu urteilen, die der ehemalige Gesandte seinen Autos angedeihen ließ, war er ein sehr genauer und ordentlicher Mann.

Pitt schloß die Garagentür und wandte sich dem Hause zu. Der Sohn der Frau hatte recht gehabt. Kleine weiße Wolken drangen aus dem Kamin auf dem Dach und verloren sich im Nachthimmel. Er trat auf die Außenveranda, fand den Klingelknopf und drückte ihn. Keine Antwort, keine Bewegung hinter den Fenstern mit den geöffneten Vorhängen. Dann versuchte er die Tür. Sie öffnete sich.

Pitt war überrascht. Eine unverschlossene Tür paßte nicht in das Bild, und auch nicht der scheußliche und faulige Gestank, der ihm über die Schwelle in die Nase drang.

Er trat ein, ließ die Tür hinter sich offen. Dann tastete er nach einem Lichtschalter und knipste ihn an. Das Vestibül war leer, wie auch das anschließende Speisezimmer. Er bewegte sich rasch durch das Haus, begann bei den oberen Schlafzimmern. Der schreckliche Gestank schien allgegenwärtig zu sein, ließ sich nicht auf einen bestimmten Ort zurückführen. Er ging wieder nach unten, sah sich den Salon und die Küche an, warf einen kurzen Blick auf die Möbel, bevor er weiterging. Fast hätte er das Arbeitszimmer verpaßt, weil er die geschlossene Tür für einen Schrank hielt.

John Essex saß in einem Polstersessel, mit offenhängendem Mund, den Kopf zur Seite gebeugt, die Brille grotesk an einem verwitterten Ohr hängend. Seine einst leuchtenden blauen Augen waren eingefallen und in den Schädel gesunken. Die Verwesung war erschreckend rasch eingetreten, weil der Thermostat im Zimmer auf dreiundzwanzig Grad Celsius eingestellt war. So hatte er hier einen Monat lang gesessen, seltsamerweise unentdeckt, gestorben – wie der Gerichtsmediziner feststellen würde – an einem Bluterguß in der Herzschlagader.

134

Pitt konnte die Zeichen lesen. Während der ersten zwei Wochen hatte der Körper sich grün verfärbt, war aufgedunsen, hatte die Knöpfe am Hemd aufgerissen. Nachdem dann die innere Flüssigkeit ausgelaufen und verdampft war, war die Leiche zusammengeschrumpft und ausgetrocknet, wobei die Haut die Konsistenz gegerbten Leders angenommen hatte.

Schweißtropfen rannen Pitt über die Stirn. Die muffige Hitze des Zimmers und der Gestank bereiteten ihm Übelkeit. Er hielt sich ein Taschentuch vor die Nase, kämpfte gegen einen Brechreiz an und kniete sich vor die Leiche John Essex'.

Ein Buch lag auf seinem Schoß, und eine klauenhafte Hand hatte sich auf dem gravierten Deckel verkrampft. Pitt lief es kalt über den Rücken. Er hatte schon oft Tote von nahem gesehen, und seine Reaktion war immer die gleiche gewesen: Ein Gefühl des Ekels, das langsam der erschreckenden Erkenntnis wich, daß auch er eines Tages so aussehen würde wie dieser verfaulende Mann im Sessel.

Zögernd, als ob er befürchtete, Essex könnte zum Leben erwachen, löste er das Buch aus der Hand. Dann knipste er eine Schreibtischlampe an und blätterte in den Seiten. Es sah wie eine Art von persönlichem Tagebuch aus. Pitt schlug die Titelseite auf. Die Worte schienen sich aus dem vergilbten Papier zu erheben.

Persönliche Beobachtungen
von
Richard C. Essex
April 1914

Pitt setzte sich an den Schreibtisch und begann zu lesen. Nach etwa einer Stunde hielt er inne, blickte auf die Überreste John Essex', und sein Ausdruck von Ekel war dem des Mitleids gewichen.

»Du armer alter Narr«, sagte er mit traurigem Gesicht.

Dann schaltete er das Licht aus und ging, ließ den ehemaligen amerikanischen Gesandten in England wieder allein in seinem dunklen Zimmer.

27

Die Luft war von Schießpulvergeruch geschwängert, als Pitt sich hinter eine Reihe begeisterter Schützen auf einem Schießplatz außerhalb von Fredericksburg in Virginia stellte. Vor ihm saß ein kahlköpfiger Mann über eine Bank gebeugt und blickte gespannt durch das Eisenvisier eines Flintenlaufs von ein Meter fünfzehn Länge.

Joe Epstein, Kolumnist bei der *Baltimore Sun* während der Arbeitsstunden und fanatischer Schrotflintenschütze am Wochenende, drückte sanft auf den Abzug. Der Schuß knallte scharf, gefolgt von einer kleinen schwarzen Rauchwolke. Epstein prüfte das Ergebnis mit einem Fernrohr, schüttete dann eine neue Ladung Schießpulver in den langen Lauf.

»Die Indianer hätten dich längst erwischt, bevor du dieses Museumsstück wieder geladen hast«, bemerkte Pitt grinsend.

Epsteins Augen leuchteten auf. »Ich werde dir mal zeigen, daß ich vier Schüsse in der Minute abfeuern kann, wenn ich mich beeile.« Er stopfte etwas Kissenfutter in den Lauf, schob eine kleine Bleikugel nach. »Ich habe versucht, dich anzurufen.«

»Ich war unterwegs«, antwortete Pitt kurz. Er nickte zu der Flinte hin. »Was ist das für ein Ding?«

»Ein Steinschloßgewehr. Brown Bess, Kaliber fünfundsiebzig. Wurde während unseres Unabhängigkeitskrieges von den britischen Soldaten benutzt.« Er reichte Pitt die Waffe. »Willst du's mal versuchen?«

Pitt setzte sich auf die Bank und visierte das hundert Meter entfernte Ziel an. »Hast du etwas in Erfahrung bringen können?«

»Kleine Bruchstücke auf Mikrofilm im Zeitungsarchiv.« Epstein schüttete etwas Schießpulver in die Zündpfanne der Flinte. »Der Trick ist, daß du nicht zucken darfst, wenn die Lunte das Pulver in der Pfanne zündet.«

Pitt zog den Hebel zurück. Dann zielte er und drückte auf den

136

Abzug. Die Zündung blitzte fast in seinen Augen auf, und einen Augenblick später explodierte die Ladung im Lauf, wobei der Rückschlag so stark war, daß er ihm beinahe die Schulter ausrenkte.

Epstein blickte durch das Fernrohr. »Zwanzig Zentimeter, halb rechts oben über dem Nullpunkt. Nicht schlecht für einen Stadtfatzken.« Eine Stimme aus dem Lautsprecher verkündete die Einstellung des Feuers, und die Schützen legten ihre Waffen nieder, gingen über den Rasen, um die Zielscheiben auszuwechseln. »Komm mit, und ich erzähle dir, was ich gefunden habe.«

Pitt nickte schweigend und folgte Epstein zu den Zielscheiben.

»Du hast mir zwei Namen angegeben: Richard Essex und Harvey Shields. Essex war Unterstaatssekretär. Shields war sein britischer Gegenpart, stellvertretender Sekretär des Foreign Office. Zwei richtige Arbeitspferde und Karrierebeamte. Über beide kam sehr wenig in die Öffentlichkeit. Sie arbeiteten hinter den Kulissen. Allem Anschein nach waren sie Schattenfiguren.«

»Das ist doch nur die Glasur vom Kuchen, Joe. Da muß noch mehr sein.«

»Nicht viel. Soweit ich es herausbringen konnte, sind sie einander nie begegnet, wenigstens nicht offiziell.«

»Ich habe ein Foto von ihnen, wie sie beide aus dem Weißen Haus kommen.« Epstein zuckte die Schulter. »Meine vierhundertste falsche Schlußfolgerung des Jahres.«

»Was wurde aus Shields?«

»Er ertrank auf der *Empress of Ireland.*«

»Über die *Empress* weiß ich Bescheid. Ein Passagierschiff der Überseelinie, das im St. Lawrence unterging, nachdem es mit einem norwegischen Kohlenfrachter zusammengestoßen war. Über tausend Menschen kamen um.«

Epstein nickte. »Ich hatte nie davon gehört, bis ich Shields Nachruf las. Es war eine der größten Schiffskatastrophen in jener Zeit.«

»Seltsam. Die *Empress*, die *Titanic* und die *Lusitania* sind alle in Abständen von je drei Jahren untergegangen.«

»Jedenfalls wurde Shields Leiche nie geborgen. Die Familie veranstaltete einen Gedenkgottesdienst in einem Dorf in Wales, dessen Namen kein Mensch aussprechen kann. Das ist alles, was ich dir über Harvey Shields sagen kann.«

137

Sie kamen an die Zielscheiben, und Epstein sah sich die Einschüsse an. »Alles um etwa fünfzehn Zentimeter vorbei«, bemerkte er. »Ganz schön für einen alten Vorderlader.«

»Eine Kugel vom Kaliber fünfundsiebzig macht wirklich ein scheußliches Loch«, sagte Pitt mit einem Blick auf die zerfetzte Zielscheibe.

»Stell dir mal vor, wenn so was ins Fleisch geht.«

»Lieber nicht.«

Epstein wechselte die Scheibe aus, und sie gingen zur Schußlinie zurück.

»Und was ist mit Essex?« fragte Pitt.

»Was kann ich dir da noch erzählen? Du weißt doch bereits alles.«

»Wie er starb, zunächst einmal.«

»Eine Eisenbahnkatastrophe«, antwortete Epstein. »Brückeneinsturz über dem Hudson River. Hundert Tote. Essex war einer von ihnen.«

Pitt dachte einen Augenblick nach. »Irgendwo in den alten Akten des Countys, wo der Unfall sich ereignete, müßte doch eine Liste der Sachen sein, die man bei der Leiche fand.«

»Sehr unwahrscheinlich.«

»Warum sagst du das?«

»Hier berühren wir eine höchst interessante Parallele zwischen Essex und Shields.« Er hielt inne und blickte Pitt an. »Beide kamen am gleichen Tag um, am achtundzwanzigsten Mai neunzehnhundertvierzehn, und keine der beiden Leichen wurde je geborgen.«

»Großartig.« Pitt seufzte. »Ich hatte zwar nicht erwartet, daß es Informationen regnen würde . . . aber daß kein einziger Tropfen fällt . . .«

»Das war damals immer so.«

»Immerhin scheint es seltsam, daß Essex und Shields fast zur gleichen Zeit umgekommen sind. Kann da nicht eine Verschwörung im Spiel gewesen sein?«

Epstein schüttelte den Kopf. »Das bezweifle ich. Es sind schon merkwürdigere Dinge passiert. Außerdem, warum sollte man ein Schiff versenken und tausend Menschen umbringen, wo es doch einfacher gewesen wäre, Shields irgendwo in der Mitte des Ozeans über Bord zu werfen?«

»Da hast du natürlich recht.«

»Willst du mir nicht sagen, worum es hier eigentlich geht?«

»Ich bin mir selbst noch gar nicht sicher, wo das alles hinführen wird.«

»Hoffentlich läßt du es mich wissen, falls es sich für die Zeitung eignet.«

»Es ist noch zu früh, es an die Öffentlichkeit zu bringen. Vielleicht ist es nichts.«

»Ich kenne dich zu lange, Dirk. Du beschäftigst dich nicht mit etwas, was nichts ergibt.«

»Sagen wir einfach, ich interessiere mich für historische Rätsel.«

»In dem Fall hätte ich noch eins für dich.«

»Erzähle.«

»Der Fluß unter der Brücke wurde einen ganzen Monat lang durchsucht. Man hat trotz aller Bemühungen nicht eine einzige Leiche gefunden.«

Pitt blieb stehen und starrte Epstein an. »Das nehme ich dir nicht ab. Es ist völlig ausgeschlossen, daß nicht einige Leichen flußabwärts geschwemmt wurden und irgendwo am Ufer an Land trieben.«

»Ich habe dir nur die Hälfte erzählt«, sagte Epstein mit pfiffiger Miene. »Den Zug hat man auch nicht gefunden.«

»Donnerwetter!«

»Aus beruflicher Neugier habe ich alles über den *Manhattan Limited* – so hieß der Zug – nachgelesen. Wochenlang nach der Tragödie wurden Taucher ausgeschickt, und sie fanden nichts. Die Lokomotive und alle Wagen wurden als im Schwemmsand versunken abgeschrieben. Die Direktoren der *New York & Quebec Northern Railroad* haben ein Vermögen ausgegeben, um auch nur eine Spur ihres Elitezugs zu entdecken. Alles war vergebens, und sie haben es schließlich aufgegeben. Kurze Zeit später wurde die Strecke von der *New York Central* übernommen.«

»Und das war das Ende der Geschichte.«

»Nicht ganz«, sagte Epstein. »Es wird behauptet, daß der *Manhattan Limited* immer noch Geisterfahrten macht.«

»Willst du mich auf den Arm nehmen?«

»Ehrenwort. Einwohner im Hudson River Valley schwören, einen Geisterzug gesehen zu haben, der von der Küste kommt, die Steigung zur alten Brücke hinaufdonnert und dann verschwindet. Natürlich sieht man diese Erscheinung nur nachts.«

»Natürlich«, erwiderte Pitt sarkastisch. »Du hast den Vollmond und das Heulen der bösen Feen vergessen.«

Epstein lachte. »Ich dachte, dir würde die Gruselgeschichte gefallen.«

»Hast du Abschriften von alledem?«

»Klar. Du wirst sie sicher haben wollen. Da sind fünf Pfund Material über den Untergang der *Empress* und die Untersuchung nach der Eisenbahnkatastrophe im Hudson River. Ich habe auch die Namen und Adressen einiger Leute notiert, deren Hobby es ist, Schiffs- und Eisenbahnunglücken früherer Zeiten nachzugehen. Es ist alles säuberlich in einem Umschlag verpackt, der in meinem Wagen liegt.« Epstein wies auf den Parkplatz des Schießstands. »Ich hole es dir.«

»Ich weiß es zu schätzen, daß du dir all die Zeit und Mühe genommen hast«, sagte Pitt.

Epstein blickte ihn lange an. »Eine Frage, Dirk, das schuldest du mir.«

»Ja, das schulde ich dir«, stimmte Pitt zu.

»Tust du das für die NUMA oder für dich selbst?«

»Eine rein persönliche Angelegenheit.«

»Ich verstehe.« Epstein schaute zu Boden und stieß mit dem Fuß einen Stein beiseite. »Wußtest du, daß ein Nachkomme von Richard Essex kürzlich tot aufgefunden wurde?«

»John Essex? Ja, das weiß ich.«

»Einer unserer Reporter ist der Geschichte nachgegangen.« Epstein hielt inne und nickte in die Richtung, wo Pitts Cobra stand. »Ein Mann, der dir ziemlich ähnlich sein muß, einen roten Sportwagen fuhr und sich nach dem Essexschen Hause erkundigte, wurde von einer Nachbarin gesehen, eine Stunde bevor ein anonymer Telefonanruf die Polizei über Essex' Tod informierte.«

»Reiner Zufall.« Pitt zuckte die Schulter.

»Reiner Zufall? Daß ich nicht lache! Was, zum Teufel, hast du eigentlich vor?«

Pitt ging schweigend ein paar Schritte weiter, machte ein grimmiges Gesicht. Dann lächelte er leicht.

»Glaube mir, mein Freund, wenn ich dir sage, daß du es besser nicht weißt.«

140

28

Graham Humberlys Haus lag auf einem Hügel in Palos Verdes, einem Luxusvillenvorort von Los Angeles. Die Architektur war eine Mischung von Moderne und spanisch-kalifornischem Stil mit roh gestrichenen Wänden und Decken, massiven Stützbalken und einem roten Ziegeldach.

Ein großer Springbrunnen sprudelte auf der Hauptterrasse inmitten eines runden Schwimmbeckens. Von dort bot sich ein Rundblick über einen riesigen Teppich von Stadtlichtern im Osten; die Rückseite des Hauses wies nach Westen, auf den Pazifik und Catalina Island hinaus.

Die Musik eines Mariachi-Orchesters und hundertfaches Stimmengewirr tönten Shaw entgegen, als er Humberlys Haus betrat. Barmänner mixten fieberhaft große Mengen von Tequila Margaritas, während die Kellner einer Stadtküche den schier endlosen Buffettisch mit pikanten mexikanischen Speisen versorgten.

Ein kleiner Mann mit einem für seine Schultern zu großen Kopf kam auf ihn zu. Er trug eine schwarze Smokingjacke, auf deren Rücken ein chinesischer Drache aufgestickt war.

»Hallo, ich bin Graham Humberly«, sagte er mit strahlendem Lächeln. »Sie sind herzlich willkommen auf unserer Party.«

»Brian Shaw.«

Das Lächeln blieb strahlend. »Ach ja, Mr. Shaw. Verzeihen Sie mir, daß ich Sie nicht gleich erkannt habe, aber unsere gemeinsamen Freunde hatten mir kein Foto geschickt.«

»Ihr Haus beeindruckt mich sehr. In England gibt es so etwas nicht.«

»Ich danke Ihnen. Aber dafür ist meine Frau zuständig. Ich hätte etwas mehr Provinzielles vorgezogen. Zum Glück hat ihr Geschmack den meinen übertroffen.«

Seinem Akzent nach, so vermutete Shaw, stammte Humberly aus Cornwall. »Ist Korvettenkapitän Milligan anwesend?«

Humberly nahm ihn beim Arm und führte ihn beiseite. »Ja, sie ist hier«, sagte er leise. »Ich mußte sämtliche Offiziere des Schiffs einladen, um sicher zu sein, daß sie kommen würde. Folgen Sie mir, und ich werde Sie vorstellen.«

»Ich bin kein Gesellschaftsmensch«, sagte Shaw. »Zeigen Sie sie mir, und dann übernehme ich alles andere selbst.«

»Wie Sie wollen.« Humberly warf einen Blick in die Menge. Dann nickte er in die Richtung der Bar. »Die große, anziehende junge Dame mit dem blonden Haar und dem blauen Kleid.«

Shaw erkannte sie leicht in dem bewundernden Kreis weißuniformierter Marineoffiziere. Sie schien Mitte Dreißig zu sein und strahlte eine Wärme aus, die den meisten Frauen fehlte. Sie nahm die ihr entgegengebrachte Aufmerksamkeit ganz natürlich und ohne jede Zиererei hin. Auf den ersten Blick gefiel sie Shaw.

»Vielleicht kann ich Ihnen den Weg ebnen und sie von der Gruppe wegführen«, schlug Humberly vor.

»Machen Sie sich nicht die Mühe«, erwiderte Shaw. »Da fällt mit gerade ein: Hätten Sie einen Wagen, den ich mir ausleihen könnte?«

»Ich habe eine ganze Flotte. Was haben Sie im Sinn? Eine Limousine mit Chauffeur?«

»Etwas Flotteres.«

Humberly überlegte einen Augenblick. »Wäre ein Rolls-Royce Corniche Cabriolet angemessen?«

»Paßt mir ausgezeichnet.«

»Sie finden ihn in der Auffahrt. Ein roter Wagen. Die Schlüssel stecken.«

»Vielen Dank.«

»Gern geschehen. Weidmannsheil.«

Humberly kehrte zu seinen Gastgeberpflichten zurück. Shaw ging auf die Bar zu, bahnte sich mit den Schultern seinen Weg zu Heidi Milligan. Ein junger blonder Leutnant warf ihm einen wütenden Blick zu.

»Für einen Opa sind Sie ziemlich aufdringlich, was?«

Shaw ignorierte ihn und lächelte Heidi zu. »Kapitän Milligan, ich bin Admiral Brian Shaw. Kann ich Sie einen Augenblick sprechen ... allein?«

Heidi blickte ihn an, versuchte, ihn irgendwo unterzubringen. Dann gab sie es auf und nickte. »Natürlich, Herr Admiral.«

142

Der blonde Leutnant sah aus, als hätte er eben entdeckt, daß ihm die Hose offen stand. »Ich bitte um Verzeihung, Sir. Aber ich wußte nicht . . .«

Shaw schenkte ihm ein Lächeln. »Mein Junge, vergessen Sie nie, daß es sich lohnt, den Feind rechtzeitig zu erkennen.«

»Ihr Stil gefällt mir, Herr Admiral«, rief Heidi ihm durch den brausenden Fahrtwind zu.

Shaw trat das Gaspedal um einen weiteren Zentimeter herunter, und der Rolls schoß in nördlicher Richtung den San Diego Freeway entlang. Er hatte kein besonderes Ziel im Auge gehabt, als er mit Heidi die Party verließ. Dreißig Jahre waren vergangen, seit er Los Angeles zum letzten Mal gesehen hatte. So fuhr er einfach los, richtete sich nur nach den Straßenschildern, ohne zu wissen, wohin sie ihn führen würden.

Er warf ihr einen Seitenblick zu. Ihre Augen waren weit geöffnet und leuchteten in freudiger Erregung. Er fühlte ihre Hand auf seinem Arm.

»Fahren Sie lieber etwas langsamer«, rief sie ihm zu, »sonst bekommen Sie es noch mit der Polizei zu tun.«

Das konnte er nun wirklich nicht gebrauchen. Shaw verminderte den Druck auf das Gaspedal und fuhr im vorgeschriebenen Tempo. Er stellte das UKW-Radio ein, und ein Straußwalzer ertönte aus dem Lautsprecher. Er wollte den Sender wechseln, aber sie berührte seine Hand.

»Nein, lassen Sie es.« Sie lehnte sich in den Sitz zurück und blickte hinauf zu den Sternen. »Wo fahren wir hin?«

»Ein alter schottischer Trick.« Er lachte. »Man muß eine Frau an einen möglichst entfernten Ort entführen . . . damit sie sich für einen interessiert, wenn sie nach Hause will.«

»Das zieht bei mir nicht.« Jetzt lachte auch sie. »Ich bin bereits dreitausend Meilen von zu Hause weg.«

»Und ohne Uniform.«

»Marinevorschrift: Weibliche Offiziere dürfen sich in Zivil kleiden, wenn sie bei gesellschaftlichen Anlässen erscheinen.«

»Ein dreifaches Hoch auf die American Navy.«

Sie blickte ihn nachdenklich an. »Ich habe noch nie einen Admiral gekannt, der einen Rolls-Royce fährt.«

Er lächelte. »Sie finden Dutzende alter britischer Seebären, die sich nie in einem anderen Wagen sehen lassen würden.«

»Ein dreifaches Hoch auf die britische Navy.«

»Aber ganz im Ernst, ich habe ein paar gute Geldanlagen gemacht, als ich ein Marinedepot in Ceylon kommandierte.«

»Was tun Sie eigentlich jetzt, da Sie im Ruhestand sind?«

»Ich schreibe meist. Geschichtliche Themen. *Nelson bei der Schlacht am Nil, Die Admiralität im Ersten Weltkrieg*, und derlei Dinge. Nicht gerade der Stoff, aus dem man Bestseller macht, aber es bringt ein gewisses Prestige ein.«

Sie blickte ihn seltsam an. »Das kann doch nicht wahr sein.«

»Wie bitte?«

»Sie schreiben tatsächlich über Marinegeschichte?«

»Natürlich«, sagte er mit Unschuldsmiene. »Warum sollte ich lügen?«

»Unglaublich«, sagte Heidi. »Ich nämlich auch, aber ich habe noch nichts veröffentlicht.«

»Das ist aber wirklich nicht zu glauben.« Shaw tat sein Bestes, überrascht auszusehen. Dann griff er nach ihrer Hand und drückte sie leicht. »Wann müssen Sie auf Ihrem Schiff zurück sein?«

Er fühlte, wie sie etwas erzitterte. »Das hat keine Eile.«

Er sah ein großes grünes Schild mit weißer Schrift, als sie vorüberfuhren. »Sind Sie schon einmal in Santa Barbara gewesen?«

»Nein«, sagte sie fast flüsternd. »Aber es soll sehr schön sein.«

Am Morgen war es Heidi, die das Frühstück beim Zimmerdienst bestellte. Als sie den Kaffee eingoß, fühlte sie eine wohlige Wärme in sich aufsteigen. Mit einem Mann ins Bett zu gehen, den sie erst ein paar Stunden zuvor kennengelernt hatte, war etwas ganz Neues und sehr Erregendes für sie. Ein ganz seltsames Gefühl.

Sie konnte sich mühelos an ihre bisherigen Männer erinnern, den schüchternen Seekadetten in Annapolis, ihren ehemaligen Mann, Admiral Walter Bass, Dirk Pitt, und jetzt Shaw . . . Sie sah sie alle klar vor sich, als wären sie zur Inspektion angetreten. Nur fünf, kaum genug für eine Armee, nicht einmal eine kleine Gefechtseinheit.

144

Wie kommt es, fragte sie sich, daß eine Frau, je älter sie wird, um so stärker bedauert, nicht mit mehr Männern geschlafen zu haben? Sie begann, sich über sich selbst zu ärgern. In ihren jungen Jahren war sie zu vorsichtig gewesen, hatte Angst gehabt, zu unternehmungslustig zu erscheinen, hatte nicht vermocht, sich gehenzulassen und eine vorübergehende Liebesaffäre zu genießen.

Wie dumm von mir, sagte sie sich. Denn sie war sicher, im Liebesakt mehr körperliches Vergnügen zu empfinden als jeder Mann. Ihre Ekstase war etwas, das von innen in ihr aufstieg. Die Männer, die sie kannte, hatten es immer nur äußerlich empfunden. Sie schienen sich mehr auf ihre Phantasie zu verlassen und waren oft hinterher enttäuscht. Ihnen bedeutete Sex nicht mehr als ein Kinobesuch. Eine Frau verlangt viel mehr . . . zu viel.

»Du siehst heute früh sehr nachdenklich aus«, sagte Shaw. Er strich ihr Haar hoch und küßte sie in den Nacken. »Reuegefühle im kalten Licht der Morgendämmerung?«

»Eher ein Schwelgen in lieber Erinnerung.«

»Wann gehst du auf See?«

»Übermorgen.«

»Dann bleibt uns ja noch Zeit.«

Sie schüttelte den Kopf. »Ich habe Dienst, bis wir abfahren.«

Shaw trat an die Fenstertür des Hotelzimmers und blickte hinaus. Er konnte fast nichts sehen, denn die Küste von Santa Barbara war in einen Mantel von Nebel gehüllt.

»Eine verdammte Schande«, sagte er betrübt. »Wir haben soviel gemeinsam.«

Sie kam zu ihm, schlang ihren Arm um seine Hüfte. »Was hattest du vor? Liebe in der Nacht und Geschichtsforschung am Tag?«

Er lachte. »Die Amerikaner und ihr Humor. Allerdings keine schlechte Idee. Wir könnten vielleicht einander ergänzen. Worüber schreibst du im Augenblick?«

»An meiner Doktorarbeit. Die Navy unter der Regierung Präsident Wilsons.«

»Klingt furchtbar langweilig.«

»Ist es auch.« Heidi schwieg, machte ein nachdenkliches Gesicht. Dann sagte sie: »Hast du je vom Nordamerikanischen Vertrag gehört?«

Da war es. Kein Überreden, keine Intrigen, keine Gewalt-anwendung: sie war einfach damit herausgeplatzt.

Shaw antwortete nicht sofort. Er überlegte sich jedes Wort.

»Ja, ich erinnere mich, davon gehört zu haben.«

Heidi blickte ihn mit halboffenem Mund an, wollte etwas sagen, brachte kein Wort hervor.

»Du machst ein komisches Gesicht.«

»Du kennst den Vertrag?« fragte sie erstaunt. »Du hast tat-sächlich etwas darüber gelesen?«

»Den genauen Text kenne ich nicht. Ich habe sogar vergessen, um was es sich handelte. Soweit ich mich erinnere, hatte er keine große Bedeutung. Du kannst in fast jedem Archiv in London Material darüber finden.« Shaw hatte es in beiläufigem Ton gesagt. Er zündete sich eine Zigarette an. »Gehört der Vertrag zu deiner These?«

»Nein. Ich bin ganz zufällig auf eine kurze Erwähnung gesto-ßen. Dann habe ich die Sache aus reiner Neugierde weiterver-folgt, konnte jedoch nichts finden, was auch nur seine Existenz beweisen würde.«

»Ich will dir gerne eine Fotokopie machen und sie dir schicken.«

»Laß nur. Es genügt mir, zu wissen, daß es nicht ein Produkt meiner übereifrigen Phantasie war. Außerdem habe ich meine Notizen jemandem in Washington geschickt.«

»Dann sende ich die Kopie dorthin«. Er bemühte sich, die Ungeduld in seiner Stimme zu beherrschen. »Wie ist der Name und die Adresse?«

»Dirk Pitt. Du kannst ihn bei der *National Underwater and Marine Agency* erreichen.«

Shaw hatte das, wofür er gekommen war. Ein eifriger Agent hätte Heidi sofort auf ihr Schiff zurückgebracht und wäre dann in das erste Flugzeug nach Washington gestiegen.

Aber Shaw hatte sich nie in diesem Sinne als einen eifrigen Agenten betrachtet. Es gab Zeiten, wo es sich nicht lohnte, und das war hier der Fall.

Er küßte Heidi auf den Mund.

»Das wäre die Forschung für heute. Jetzt gehen wir wieder ins Bett.«

Und das taten sie.

29

Eine frühe Nachmittagsbrise blies ständig aus Nordosten. Ein kalter Wind, der einem Nadelstiche versetzte, bis alles Gefühl in der Haut erstarb. Die Temperatur betrug drei Grad Celsius, aber Pitt, der dem Wind ausgesetzt am Ufer des St.-Lawrence-Stroms stand, schienen es eher zehn Grad unter Null zu sein.

Die Gerüche der Docks in der kleinen Bucht, einige Meilen von Rimouski entfernt, einer Stadt in der Provinz Quebec, schlugen ihm entgegen, und seine Nase unterschied die verschiedenen Duftnoten von Teer, Rost und Dieselöl. Er schritt über die morschen Planken, bis er zu einem Steg kam, an dessen Ende ein Boot im öligen Wasser dümpelte. Ein nüchtern aussehendes Ding von etwa fünfzehn Metern, mit breiten Glattdecks, Doppelschrauben und Dieselmotoren. Keinerlei Chromverzierungen, und der Rumpf war von schwarzer Farbe. Ein funktionell gebautes Schiff, ideal zum Fischen, Tauchen oder für die Überwachung von Ölverschmutzung geeignet. Der obere Schiffsteil war makellos, ein sicheres Zeichen für einen liebevollen Besitzer.

Ein Mann trat aus dem Steuerhaus. Er trug eine Wollmütze, die nur zum Teil sein dichtes, rabenschwarzes Haar bedeckte. Das Gesicht war wetterhart. Die Augen blickten traurig, aber wachsam auf, als Pitt zögernd das Achterdeck betrat.

»Mein Name ist Dirk Pitt. Ich suche Jules Le Mat.«

Ein kurzes Schweigen. Dann verzog sich der Mund des Mannes zu einem Lächeln. »Willkommen, Monsieur Pitt. Bitte treten Sie näher.«

»Ein schönes Boot haben Sie da.«

»Ist vielleicht keine Schönheit, aber kräftig und treu.« Seine Hand drückte zu wie ein Schraubstock. »Sie haben sich einen feinen Tag für Ihren Besuch gewählt. Der St. Lawrence wird uns helfen. Kein Nebel und nur leichter Wellengang. Wenn Sie mir behilflich sein wollen, können wir gleich losfahren.«

147

Le Mat ging hinunter und startete die Dieselmotoren, während Pitt die Bug- und Achterleinen von den Stegklampen löste und auf dem Deck aufrollte. Das grüne Wasser der Bucht glitt fast ohne Kräusel am Rumpf vorbei, verfärbte sich langsam in ein unwirkliches Blau, als sie in die Hauptströmung kamen. Weit entfernt erhoben sich schneebedeckte Hügel hinter dem gegenüberliegenden Ufer. Sie kreuzten den Kurs eines Fischerboots, das mit seinem wöchentlichen Fang heimkehrte, und dessen Kapitän winkend auf das Tuten von Le Mats Signalhorn antwortete. Achtern ragten die Türme der malerischen Kathedrale von Rimouski auf.

Der Wind wurde trotz der Märzsonne noch eisiger, je mehr sie sich vom Ufer entfernten, und Pitt suchte Unterschlupf in der Kajüte.

»Eine Tasse Tee?« fragte Le Mat.

»Gute Idee«, sagte Pitt lächelnd.

»Die Kanne steht in der Kombüse.« Le Mat sprach, ohne sich umzudrehen, die Hände locker auf dem Steuerrad liegend, den Blick nach vorne gerichtet. »Bitte bedienen Sie sich. Ich muß nach Treibeis ausschauen. Um diese Jahreszeit ist es dichter als Fliegen auf dem Mist.«

Pitt goß sich eine Tasse dampfenden Tees ein. Er setzte sich auf einen hohen Drehstuhl und blickte auf den Fluß hinaus. Le Mat hatte recht. Das Wasser war voller Eisschollen von der Größe des Bootes.

»Wie war es in der Nacht, als die *Empress of Ireland* unterging?« fragte er, um das Schweigen zu brechen.

»Klarer Himmel«, antwortete Le Mat. »Der Fluß war ruhig, das Wasser um den Gefrierpunkt, kein nennenswerter Wind. Ein paar Nebelfetzen, wie es im Frühjahr üblich ist, wenn südliche warme Luft über das kalte Wasser zieht.«

»War die *Empress* ein gutes Schiff?«

»Eins der besten.« Le Mat fand diese Frage naiv, beantwortete sie jedoch ernsthaft. »Wurde nach dem besten Standard der damaligen Zeit für ihre Besitzer, die *Canadian Pacific Railway*, gebaut. Sie und ihr Schwesterschiff, die *Empress of Britain*, waren erstklassige Transatlantikdampfer von vierzehntausend Tonnen und einer Länge von hundertfünfundsechzig Metern. Die Einrichtung war vielleicht nicht ganz so elegant wie die der

Olympic oder der *Mauritania,* aber sie hatten sich einen guten Ruf erworben und boten ihren Passagieren auf den Überseefahrten allen Luxus.«

»Wie ich mich erinnere, war die *Empress* von Quebec nach Liverpool unterwegs, als sie ihre letzte Reise machte.«

»Gegen vier Uhr dreißig nachmittags hat sie die Anker gelichtet. Neun Stunden später lag sie mit eingeschlagener Steuerbordseite auf dem Flußgrund. Der Nebel hatte wieder einmal sein Opfer gefordert.«

»Und ein Kohlenfrachter namens *Storstad.*«

Le Mat lächelte. »Sie haben Ihre Schularbeiten gemacht, Mr. Pitt. Es ist immer noch ein Rätsel, wie es zur Kollision zwischen der *Empress* und der *Storstad* kam. Die Wachen hatten einander auf acht Meilen gesichtet. Als sie nur noch zwei Meilen voneinander entfernt waren, hat sich eine dichte Nebelbank dazwischengeschoben. Kapitän Kendall von der *Empress* hat die Maschinen auf Rückwärtsgang geschaltet und sein Schiff gestoppt. Das war ein Fehler. Er hätte den Kurs weiter einhalten sollen. Die Leute im Steuerhaus der *Storstad* wurden verwirrt, als die *Empress* im Nebel verschwand. Sie glaubten, das Passagierschiff nähere sich ihnen von Backbord, während es in Wirklichkeit mit gestoppten Maschinen auf der Steuerbordseite trieb. Der erste Maat der *Storstad* befahl dem Steuermann Kurs nach rechts, und damit war die *Empress of Ireland* mit ihren Passagieren zum Tode verurteilt.«

Le Mat hielt inne und zeigte auf eine Eisscholle von fast viertausend Quadratmetern Ausmaß. »Wir hatten einen besonders kalten Winter dieses Jahr. Der Fluß ist zweihundertfünfzig Kilometer stromaufwärts noch völlig eingefroren.«

Pitt schwieg, nippte an seinem Tee.

»Die *Storstad*«, fuhr Le Mat fort, »mit ihrer Ladung von elftausend Tonnen Kohle bohrte sich mitschiffs in die *Empress,* riß ein Loch von sieben Meter Höhe und viereinhalb Meter Breite in den Rumpf. Innerhalb von vierzehn Minuten sank die *Empress* und nahm mehr als eintausend Menschen mit.«

»Seltsam, wie rasch das Schiff vergessen wurde«, sagte Pitt nachdenklich.

»Ja, wenn Sie jemanden in den Staaten oder in Europa nach der *Empress* fragen, wird man Ihnen sagen, man habe nie davon gehört. Es ist fast ein Verbrechen, daß das Schiff so in Vergessenheit geriet.«

»Sie haben es nicht vergessen.«

»Und die Provinz Quebec auch nicht«, sagte Le Mat und zeigte nach Osten. »Dort hinter Pointe au Père oder Vaterpunkt, wie Sie auf Englisch sagen würden, liegen achtundachtzig nicht-identifizierte Opfer der Tragödie auf einem kleinen Friedhof, der immer noch unter der Obhut der *Canadian Pacific Railroad* steht.« Ein kummervoller Ausdruck trat in Le Mats Augen. Er sprach von der Tragödie, als hätte sie sich erst gestern ereignet. »Auch die Heilsarmee erinnert sich. Von den hunderteinundsiebzig Salutisten, die zu einem Kongreß nach London fahren wollten, haben nur sechsundzwanzig überlebt. Die Heilsarmee hält an jedem Jahrestag der Katastrophe einen Gedenkgottesdienst auf dem Mount-Pleasant-Friedhof in Toronto ab.«

»Mir wurde erzählt, Sie haben sich die *Empress* zu einer Lebensaufgabe gemacht.«

»Ich hege eine tiefe Leidenschaft für die *Empress*. Es ist wie eine große Liebe, die manche Männer überwältigt, wenn sie das Gemälde einer Frau sehen, die schon längst tot war, als sie geboren wurden.«

»Ich ziehe die Wirklichkeit der Phantasie vor«, sagte Pitt.

»Manchmal ist die Phantasie lohnender«, erwiederte Le Mat mit verträumtem Gesicht. Plötzlich wurde er hellwach, schwang das Steuer herum, um einer Eisscholle auszuweichen. »Zwischen Juni und September, wenn das Wetter warm ist, tauche ich zwanzig- bis dreißigmal, um mir das Wrack anzuschauen.«

»In welchem Zustand ist die *Empress?*«

»Die natürlichen Zerfallserscheinungen. Allerdings nicht so schlimm, wie Sie denken könnten, nach den fünfundsiebzig Jahren. Wahrscheinlich deshalb, weil das Süßwasser des Flusses die Salzhaltigkeit des östlichen Meeres stark vermindert. Der Rumpf liegt auf der Steuerbordseite in einem Winkel von fünfundvierzig Grad. Einige der oberen Schotten sind eingebrochen, aber sonst ist das Schiff noch in ganz gutem Zustand.«

»Wie tief liegt es?«

»Etwa fünfzig Meter. Ein bißchen tief, um mit einem Preßlufttank zu tauchen, aber ich schaffe es.« Le Mat stellte den Motor ab und ließ das Boot mit der Strömung treiben. Dann wandte er sich Pitt zu. »Nun sagen Sie mir, Mr. Pitt, welches Interesse Sie an der *Empress* haben. Warum sind Sie zu mir gekommen?«

»Ich suche Informationen über einen Passagier namens Harvey Shields, der mit dem Schiff untergegangen ist. Und man sagte mir, daß niemand besser über die *Empress* Bescheid weiß, als Jules Le Mat.«

Le Mat überlegte eine Weile, und dann sagte er: »Ja, ich erinnere mich, daß ein Harvey Shields unter den Opfern war. Von den Überlebenden wurde er nie erwähnt. Ich muß annehmen, daß er einer der fast siebenhundert Menschen ist, die da unten begraben liegen.«

»Vielleicht wurde seine Leiche geborgen und nicht identifiziert, wie jene, die auf dem Friedhof von Pointe au Père beerdigt wurden.«

Le Mat schüttelte den Kopf. »Das waren meist Drittklaßpassagiere. Shields war ein britischer Diplomat, eine wichtige Persönlichkeit. Seine Leiche hätte man erkannt.«

Pitt stellte seine Teetasse auf den Tisch. »Dann endet meine Suche hier.«

»Nein, Mr. Pitt«, sagte Le Mat. »Nicht hier.«

Pitt blickte ihn schweigend an.

»Dort unten«, fuhr Le Mat fort und zeigte zu Boden. »Die *Empress of Ireland* liegt unter uns.« Er nickte aus dem Kajütenfenster. »Dort schwimmt ihre Boje.«

Pitt sah sie, etwa fünfzehn Meter von der Backbordseite entfernt, sie war orangefarben und wiegte sich sanft auf der eisigen Wasseroberfläche. Ihr Seil erstreckte sich durch die dunklen Fluten bis zu dem Wrack am Flußboden.

30

Pitt bog mit seinem gemieteten Mini von der Autobahn ab und nahm die schmale gepflasterte Straße, die am Hudson entlangführte. Es war kurz nach Sonnenuntergang. Er kam an einem

Gedenkstein für irgendeinen Kriegsschauplatz der Revolution vorbei, war versucht, anzuhalten und sich die Beine zu vertreten, entschloß sich jedoch dann, weiterzufahren, um sein Ziel vor der Dunkelheit zu erreichen. Die Flußlandschaft war herrlich im Abendlicht, und auf den Feldern, die sich bis zum Ufer erstreckten, leuchtete eine spätwinterliche Schneedecke.

Pitt hielt an einer kleinen Tankstelle unterhalb der Stadt Coxsackie. Der Tankwart, ein älterer Mann in verblichenem Overall, blieb in seinem Büro, die Füße auf einen Metallschemel gestützt, vor einem Holzofen. Pitt bediente sich selbst und trat dann ein. Der Tankwart blickte an ihm vorbei auf die Pumpe.

»Macht genau zwanzig Dollar«, sagte er.

Pitt gab ihm das Geld. »Wie weit ist es noch bis nach Wacketshire?«

Er blickte Pitt argwöhnisch und forschend an. »Wacketshire? Das heißt seit Jahren nicht mehr so. Um Ihnen die Wahrheit zu sagen, existiert diese Stadt gar nicht mehr.«

»Eine Geisterstadt im Staate New York? Ich dachte, das gibt es nur in der Wüste im Südwesten des Landes.«

»Es ist kein Witz, Mister. Als die Eisenbahnlinie im Jahre neunundvierzig umgelegt wurde, hat Wacketshire den Geist aufgegeben. Die meisten Gebäude wurden niedergebrannt. Nur noch irgendein Bildhauer soll dort leben.«

»Ist von der alten Gleislagerung noch etwas übriggeblieben?« fragte Pitt.

»Das meiste ist weg.« Der alte Mann machte ein trauriges Gesicht. »Verdammte Schande.« Dann zuckte er die Schultern. »Wenigstens kommen die stinkenden Dieselloks hier nicht vorbei. Auf der alten Linie fuhr man noch mit Dampfantrieb.«

»Vielleicht kommt der Dampf einmal wieder.«

»Nicht in meinem Leben.« Der Tankwart betrachtete Pitt mit wachsender Aufmerksamkeit. »Wie kommt es, daß Sie sich für eine aufgegebene Bahnstrecke interessieren?«

»Ich bin ein Eisenbahnnarr«, log Pit ohne zu zögern. »Ich interessiere mich besonders für die klassischen Bahnen. Im Augenblick stelle ich Nachforschungen über den *Manhattan Limited* der New-York- und Quebec-Linie an.«

»Das ist der, der über der Deauville Bridge eingestürzt ist. Wissen Sie, daß da hundert Leute umgekommen sind?«

»Ja, ich weiß.«

Der alte Mann starrte aus dem Fenster. »Der *Manhattan Limited* ist etwas Besonderes«, sagte er. »Man erkennt ihn immer, wenn er vorbeikommt. Hat seinen eigenen Klang.«

Pitt glaubte, nicht richtig gehört zu haben. Der Tankwart sprach in der Gegenwartsform.

»Sie meinen sicher einen anderen Zug.«

»Nein, Sir. Ich habe den alten *Manhattan Limited* gesehen, wie er über die Schienen raste, mit seiner pfeifenden Lokomotive und den großen Scheinwerfern. Genau wie in der Nacht, als er in den Fluß stürzte.« Der Alte sprach von dem Geisterzug, als ob er über das Wetter redete.

Es war fast dunkel, als Pitt seinen Wagen an einer kleinen Ausweichstelle der Straße parkte. Ein kalter Wind wehte von Norden. Pitt zog den Reißverschluß seiner alten Lederjacke bis zum Hals zu, stellte den Kragen auf. Er streifte sich eine wollene Skimütze über, stieg aus dem Wagen, verschloß die Tür.

Der westliche Himmel färbte sich purpurblau, als Pitt zum Fluß stapfte. Seine Stiefel knirschten auf dem gefrorenen Schnee. Er hatte seine Handschuhe vergessen, aber er wollte keine Zeit verlieren, solange er noch etwas Tageslicht hatte.

Nach einer Viertelmeile gelangte er an eine Gruppe von Hikkorybäumen und niedrigem Gebüsch. Er bahnte sich seinen Weg um das frostige Geäst, aus dem seltsame Eiskristalle zu wachsen schienen, und kam an eine Ufererhöhung. Der Abhang war steil, und er mußte die Hände benutzen, um auf dem glitschigen Boden nach oben zu klettern.

Endlich stand er auf dem ehemaligen Gleisunterbau. Er war stellenweise aufgerissen und mit Unkraut überwachsen, das mit seinen toten Spitzen aus dem Schnee hervorragte.

Im Dämmerlicht nahm Pitt die Spuren der Vergangenheit auf. Ein paar morsche Querschwellen, hie und da eine rostige Schraube. Die Telegrafenmasten standen noch, bis in die Ferne aufgereiht, wie schlachtmüde Soldaten. Die verwitterten Querbalken hatten der Zeit standgehalten.

Pitt ging die leichte Biegung entlang, die zu der ehemaligen Brückenauffahrt führte. Sein Atem bildete kleine, rasch sich

153

verflüchtigende Wolken. Ein Kaninchen sprang vor ihm auf und hüpfte den Hang hinunter.

Die Nacht brach herein. Er warf keinen Schatten mehr, als er stehenblieb und auf den eisigen Fluß fünfundvierzig Meter unter sich blickte. Das Steinfundament der Deauville-Hudson-Brücke schien ins Nichts zu führen.

Zwei einsame Strebepfeiler erhoben sich wie verlorene Wachtposten aus dem Wasser. Keine Spur mehr von dem hundertfünfzig Meter langen Überbau, den sie einst gestützt hatten. Man hatte die Strecke weiter südlich verlegt, wo sie den Fluß auf einer neuen und solider gebauten Brücke überquerte.

So stand Pitt eine lange Weile, versuchte sich vorzustellen, was in jener schicksalhaften Nacht geschehen war, stellte sich vor, wie das rote Licht des letzten Wagens immer kleiner wurde, während der Zug über die Brücke donnerte, hörte das Kreischen des Metalls und den klatschenden Aufprall in dem tiefen Wasser.

Seine Träumereien wurden von einem Geräusch unterbrochen, das wie ein hohes Heulen aus der Ferne zu ihm drang.

Er wandte sich um und lauschte. Zuerst hörte er nur das Rauschen des Windes. Dann kam es wieder von irgendwo im Norden, echote und hallte wider von den Klippen längs des Hudsons, den nackten Baumstämmen, den dunklen Hügeln des Tals.

Es war das Pfeifen einer Lokomotive.

Er sah ein schwaches, anschwellendes gelbes Glühen, das immer näher kam. Bald vernahm er weitere Geräusche, ein knirschendes Klappern und das Zischen von Dampf. Vögel, aufgeschreckt von dem plötzlichen Lärm, flatterten in den schwarzen Himmel auf.

Pitt vermochte nicht zu fassen, daß es Wirklichkeit sein könnte, was er dem Anschein nach sah. Es war unmöglich, daß ein Zug über die nichtexistenten Schienen des verwahrlosten Bahndamms raste. Er stand da, fühlte die Kälte nicht mehr, suchte nach einer Erklärung, traute seinen Sinnen nicht, aber das schrille Pfeifen wurde immer lauter und das Licht heller.

Während zehn, vielleicht zwanzig Sekunden war Pitt wie versteinert. Er begann das Wirklichkeitsbewußtsein zu verlieren, Panik befiel ihn.

Wieder gellte der schrille Pfiff durch die dunkle Nacht, als die Schreckensvision um die Kurve raste, den Hang zur eingestürzten Brücke empordonnerte, das grelle Scheinwerferlicht ihm die Augen blendete.

Erstarrt und benommen sah Pitt, was nach menschlichem Ermessen nur eine höllische Erscheinung sein konnte. Dann meldete sich sein Selbsterhaltungstrieb, und er blickte sich nach einem Fluchtweg um. Die steilen Hänge des Bahndamms führten ins Schwarze; hinter ihm war der Fluß.

Es gab kein Entkommen.

Die gespenstische Lokomotive kam immer näher, und jetzt hörte er auch ihre Glocke.

Dann verwandelte sich seine Angst plötzlich in Wut. Wut über seine Hilflosigkeit und sein zu langsames Reaktionsvermögen. Der Augenblick, in dem er seinen Entschluß faßte, schien wie eine Ewigkeit. Es gab nur noch einen Ausweg, und für den entschied er sich. Wie ein Läufer beim Startschuß rannte er geradewegs auf den Zug zu.

31

Das blendende Licht verlosch plötzlich, und der Lärm verklang in der Nacht.

Pitt blieb stehen, rührte sich nicht, verstand überhaupt nichts mehr, bemühte sich, seine Augen wieder an die Dunkelheit zu gewöhnen. Er neigte den Kopf, lauschte. Kein Geräusch war zu hören, nur das Rauschen des Nordwinds. Er wurde sich seiner halberfrorenen Hände bewußt, und sein Herz pochte laut.

Zwei volle Minuten verstrichen, und nichts geschah. Pitt ging langsam den Bahndamm hinunter, blieb alle paar Minuten stehen, blickte auf den Schnee. Außer seinen Fußspuren in der entgegengesetzten Richtung sah er nichts.

Verwirrt lief er eine halbe Meile weiter, stapfte müde durch den Schnee, erwartete und zweifelte zugleich, eine Spur des Gespensterzuges zu entdecken. Nichts war zu sehen. Es war, als hätte es den Zug nie gegeben.

155

Er stolperte über einen harten Gegenstand und stürzte. Während er über seine Ungeschicklichkeit fluchte, fuhr er mit beiden Händen über den Boden, um sich aufzustützen, und bekam zwei parallel laufende kalte Metallstränge zu fassen.

Mein Gott, es sind Schienen.

Er rappelte sich auf die Beine und ging weiter. Nach einer scharfen Kurve sah er den blauen Flimmerschein eines Fernsehapparates im Fenster eines Hauses. Die Gleise schienen an der Eingangstür vorbeizulaufen.

Ein Hund bellte, und gleich darauf fiel ein Lichtschein aus der geöffneten Tür. Pitt verbarg sich im Dunkel. Ein riesiger zottiger Schäferhund sprang über die Schwellen, schnupperte in der kalten Luft, hielt sich nicht lange auf, hob das Hinterbein und machte sein Geschäft, um dann gleich wieder ins warme Haus zu laufen. Die Tür schloß sich wieder.

Als Pitt näher kam, erblickte er eine riesige schwarze Form auf einem Nebengleis. Es war eine Lokomotive mit Tender und einem angekoppelten Packwagen. Behutsam kletterte er in die Kabine und berührte den Feuerofen. Das Metall war eiskalt. Pitt fühlte Rost auf den Fingern – der Ofen war seit langem nicht mehr geheizt worden.

Er ging über die Schienen zum Haus und klopfte an die Tür.

Der Hund bellte pflichtgemäß eine Weile, und dann trat ein Mann in einem zerknitterten Bademantel auf die Schwelle. Er hatte das Licht im Rücken, und sein Gesicht war im Schatten. Er war fast so breit wie die Tür und bewegte sich wie ein Ringkämpfer.

»Was wünschen Sie?« fragte er mit tiefer Baßstimme.

»Entschuldigen Sie bitte die Störung«, antwortete Pitt mit freundlichem Lächeln, »dürfte ich kurz mit Ihnen sprechen?«

Der Mann musterte Pitt von oben bis unten, nickte dann. »Gern. Kommen Sie nur herein.«

»Mein Name ist Pitt. Dirk Pitt.«

»Ansel Magee.«

Der Name sagte Pitt etwas, aber bevor er sich richtig entsinnen konnte, drehte Magee sich um und rief ins Haus: »Annie, wir haben Besuch.«

Eine Frau kam aus der Küche. Sie war groß und hielt sich etwas gebeugt. Ihre Figur war bleistiftdünn, das genaue Gegenteil von Magee. Pitt fand, sie könnte einmal ein Mannequin gewesen sein. Ihr Haar war aschblond und sehr gepflegt. Sie trug ein enganliegendes Hauskleid mit einer dazupassenden Schürze.

»Das ist Annie, meine Frau.« Magee machte die entsprechende Geste mit der Hand. »Und das ist Mr. Pitt.«

»Es ist mir ein Vergnügen«, sagte Annie mit Wärme. »Sie sehen aus, als könnten Sie eine Tasse Kaffee vertragen.«

»Herzlich gerne«, sagte Pitt. »Schwarz, wenn ich bitten darf.« Ihre Augen weiteten sich. »Wußten Sie, daß Ihre Hände bluten?«

Pitt schaute auf die Schürfungen an seinen Handflächen. »Ich habe mich wohl verletzt, als ich draußen über die Schienen fiel. Aber in der Kälte habe ich es gar nicht bemerkt.«

»Setzen Sie sich ans Feuer«, sagte Annie und führte ihn zu einem runden Sofa. »Inzwischen kümmere ich mich um alles.« Sie eilte in die Küche, füllte eine Schüssel mit warmem Wasser, und dann holte sie ein Antiseptikum aus dem Badezimmer.

»Ich hole den Kaffee«, sagte Magee.

Der Schäferhund blieb und starrte Pitt an. Jedenfalls schien es ihm so, denn die Augen des Hundes waren unter dicken Haarsträhnen verborgen.

Pitt blickte sich im Wohnzimmer um.

Die Möbel waren modern und schienen von guter Qualität zu sein. Jedes Stück, einschließlich der Lampen und zahlreicher Kunstgegenstände, war elegant in rot- oder weißgestrichenes Kunstharz eingefaßt. Das Zimmer war eine wohnliche Kunstgalerie.

Magee kehrte mit einer Tasse dampfenden Kaffees zurück.

Jetzt erkannte Pitt das gütige, etwas gnomenhafte Gesicht. »Sie sind Ansel Magee, der Bildhauer.«

»Einige Kunstkritiker würden mir diesen Titel allerdings nicht zugestehen.« Magee lachte herzhaft.

»Sie sind bescheiden«, sagte Pitt. »Ich habe einmal Schlange gestanden, um mir Ihre Ausstellung in der National Art Gallery in Washington anzusehen.«

»Sind Sie ein Kenner der modernen Kunst, Mr. Pitt?«

»Ich könnte mich nicht einmal als einen Dilettanten bezeichnen. Meine Liebhaberei beschränkt sich auf alte Mechanik. Ich sammle alte Wagen und Flugzeuge.«

Das entsprach der Wahrheit. »Und ich habe auch eine Leidenschaft für Dampflokomotiven.« Das war wieder einmal erlogen.

»Dann haben wir ein gemeinsames Interessengebiet«, sagte Magee. »Auch ich bin ein alter Eisenbahnnarr.« Er stellte den Fernseher ab.

»Ich habe Ihre Privatlok bewundert.«

»Eine Atlantic, Typ vier-vier-zwei.« Magee sprach, als ob er aus einem Buch zitierte. »Hergestellt in den Baldwin-Werken im Jahre neunzehnhundertundsechs. Fuhr den *Overland Limited* von Chicago nach Council Bluffs, Iowa. War zu ihrer Zeit eine der schnellsten.«

»Wann war sie zum letzten Mal in Betrieb?«

»Ich habe sie im vorletzten Sommer angeheizt, nachdem ich auf einer Strecke von einer halben Meile Schienen hatte legen lassen. Fuhr die Nachbarn und ihre Kinder in meinem Privatzug hin und her. Nach meinem Herzanfall mußte ich es aufgeben. Seitdem steht sie untätig herum.«

Annie kehrte zurück. »Ich konnte leider nur eine alte Flasche Jodtinktur auftreiben. Es wird ein bißchen brennen.«

Es brannte nicht, denn Pitt hatte kein Gefühl in den Händen. Er sah ihr schweigend zu, während sie ihm Verbände anlegte. Dann setzte sie sich zurück und betrachtete ihre Arbeit.

»Nicht sehr kunstgerecht, aber es wird wohl ausreichen, bis Sie zu Hause sind.«

»Ich finde es ausgezeichnet«, sagte Pitt.

Magee setzte sich in einen tulpenförmigen Sessel. »Nun denn, Mr. Pitt, was wollten Sie von mir?«

Pitt kam gleich zur Sache. »Ich sammle Informationen über den *Manhattan Limited.*«

»Ich verstehe«, sagte Magee, aber es war klar, daß er es nicht verstand. »Ich nehme an, Ihr Interesse bezieht sich mehr auf seine letzte Fahrt und weniger auf seine Geschichte.«

»Ja«, gab Pitt zu. »Es gibt da einige Aspekte, bezüglich der Katastrophe, die sich bisher niemand erklären konnte. Ich habe mir die alten Zeitungsberichte angesehen, aber sie werfen mehr Fragen auf, als sie beantworten.«

Magee blickte ihn argwöhnisch an. »Sind Sie ein Reporter?«

Pitt schüttelte den Kopf. »Ich bin Forschungsleiter bei der *National Underwater and Marine Agency.*«

»Sie arbeiten für die Regierung?«

»Onkel Sam bezahlt mir mein Gehalt, jawohl. Aber meine Neugierde bezüglich der Katastrophe der Deauville-Hudson-Brücke ist rein persönlich.«

»Neugierde? Scheint mir eher Besessenheit zu sein. Was treibt denn sonst einen Mann bei diesem kalten Wetter und mitten in der Nacht in die öde Landschaft?«

»Mein Zeitplan ist leider sehr eng«, erklärte Pitt geduldig. »Ich muß morgen früh wieder in Washington sein. Es war meine einzige Chance, mir die Brücke anzusehen. Außerdem war es noch Tageslicht, als ich ankam.«

Magee schien sich zu beruhigen. »Sie müssen mir meine eindringlichen Fragen verzeihen, Mr. Pitt, aber Sie sind der einzige Fremde, der mich in meinem Versteck aufgesucht hat. Außer ein paar engen Freunden und Geschäftspartnern glauben die Leute, ich sei eine Art Sonderling, der in einem verfallenen Lagerschuppen auf der East Side von New York fieberhaft seine seltsamen Formen gießt. Eine Täuschung, die ihren guten Grund hat. Die ungestörte Einsamkeit ist mir viel wert. Wenn ich mich mit einem ständigen Strom von Besuchern, Kritikern und Zeitungsleuten beschäftigen müßte, käme ich überhaupt nicht mehr zum Arbeiten. Hier in der Abgelegenheit des Hudson Valley kann ich in Ruhe schöpferisch tätig sein.«

»Noch etwas Kaffee?« fragte Annie. Mit weiblichem Instinkt hatte sie den richtigen Augenblick gewählt, um ihren Mann zu unterbrechen.

»Wenn ich bitten darf«, antwortete Pitt.

»Wie wäre es mit einem Stück Apfeltorte?«

»Großartig. Ich habe seit dem Frühstück nichts gegessen.«

»Ich mache Ihnen etwas zurecht.«

»Nein, danke, ein Stück Apfeltorte genügt.«

Sobald sie gegangen war, nahm Magee das Gespräch wieder auf. »Ich hoffe, Sie verstehen, worauf ich hinauswill, Mr. Pitt.«

»Ich habe keinen Grund, Ihre Privatsphäre preiszugeben.«

»Dann will ich mich darauf verlassen.«

Das Gefühl kehrte in Pitts Hände zurück, und sie schmerzten höllisch. Annie Magee brachte ihm die Apfeltorte, und er verschlang sie gierig wie ein Landarbeiter.

»Um auf Ihr Eisenbahnhobby zurückzukommen«, sagte Pitt,

während er aß, »da Sie die Brücke stets vor Augen haben, wissen Sie sicher mehr über die Katastrophe, als in den alten Berichten steht.«

Magee starrte lange ins Feuer, begann dann mit zögernder Stimme: »Sie haben natürlich recht. Ich bin den seltsamen Vorgängen nachgegangen, die mit der Tragödie des *Manhattan Limited* in Verbindung gebracht werden. Zum größten Teil war es Legendenforschung. Ich hatte das Glück, mich mit Sam Harding unterhalten zu können, dem Bahnhofsvorsteher, der in jener Nacht Dienst hatte. Das war einige Monate, bevor er in einem Altersheim in Germantown starb. Er war achtundachtzig. Ein Gedächtnis wie eine Computerbank. Mein Gott, es war wie ein Gespräch mit der Geschichte. Ich konnte die Ereignisse der unheilvollen Nacht fast vor Augen sehen.«

»Ein Überfall genau in dem Augenblick, als der Zug durchkam«, sagte Pitt. »Der Räuber verbot dem Bahnbeamten, den Zug mit einem Lichtsignal zu stoppen und somit hundert Menschenleben zu retten. Hört sich wie ein Roman an.«

»Kein Roman, Mr. Pitt. Es spielte sich genauso ab, wie Harding es der Polizei und den Zeitungsreportern beschrieb. Der Telegrafist Hiram Meechum hatte eine Revolverkugel in der Hüfte, was die Wahrheit der Geschichte wohl beweist.«

»Der Bericht ist mir bekannt.«

»Dann wissen Sie ja auch, daß der Räuber nie gefaßt wurde. Harding und Meechum haben ihn eindeutig identifiziert als Clement Massey, oder den feschen Doyle, wie er in der Presse genannt wurde. Ein geckenhafter Typ, der einige sehr raffinierte Dinger gedreht hat.«

»Seltsam, daß er plötzlich verschwunden ist.«

»Die Zeiten waren anders vor dem Ersten Weltkrieg. Die Polizei war noch nicht so gut organisiert wie heute. Doyle war kein Idiot. Ein paar Jahre hinter Gittern wegen Räuberei ist eine Sache, aber es macht einen wesentlichen Unterschied, wenn man indirekt für den Tod von hundert Männern, Frauen und Kindern verantwortlich ist. Falls man ihn geschnappt hätte, wäre ihm der Galgen sicher gewesen.«

Pitt aß sein letztes Stück Torte und lehnte sich in das Sofa zurück. »Und wie erklärt man sich, daß der Zug nie gefunden wurde?«

160

Magee schüttelte den Kopf. »Wahrscheinlich versank er im Treibsand. Vor einigen Jahren hat man eine Meile stromabwärts einen alten Lokomotivscheinwerfer gefunden. Es wird allgemein angenommen, daß er vom *Manhattan Limited* stammt. Meiner Meinung nach ist es nur eine Zeitfrage, bis das Flußbett sich verschiebt und die Trümmer freigibt.«

»Noch etwas Torte, Mr. Pitt?« fragte Annie.

»Die Versuchung ist groß, aber lieber nicht«, sagte Pitt und erhob sich. »Ich muß jetzt gehen. In ein paar Stunden geht mein Flug vom Kennedy Airport. Ich danke Ihnen für Ihre Gastfreundschaft.«

»Bevor Sie gehen«, sagte Magee, »möchte ich Ihnen noch etwas zeigen.«

Der Bildhauer wuchtete sich aus seinem Sessel und ging auf eine Tür in der Mitte der gegenüberliegenden Wand zu. Er öffnete sie und verschwand in einem dunklen Raum. Einen Augenblick später kam er wieder heraus und hielt eine flackernde Öllampe in der Hand.

»Hier hinein«, sagte er und zeigte den Weg.

Pitt trat ein, nahm zuerst den modrigen Geruch von altem Holz, Leder und Öldampf wahr, dann schattenhafte Umrisse, die sich im schwachen Lampenlicht hervorzuheben begannen.

Der Raum war ein mit alten Gegenständen möbliertes Büro. Ein gußeiserner Ofen, dessen Rohr zum Dach ging, stand mitten im Zimmer. In einer Ecke erkannte Pitt einen Safe, dessen Tür mit dem Bild eines durch die Prärie fahrenden Planwagens geschmückt war.

Zwei Pulte an der Fensterwand. Das eine mit Rollfach, darüber ein altmodisches Telefon, das andere lang und flach mit einem großen Fächerregal. Auf der Seite, vor einem mit Leder überzogenen Kippstuhl, ein Telegrafenschlüssel, dessen Drähte durch die Decke gingen.

An den Wänden eine Seth-Thomas-Uhr, ein Plakat des Reisezirkus Parker und Schmidt, ein gerahmtes Bild eines vollbusigen Mädchens, das ein Tablett mit Bierflaschen kredenzte, eine Reklame der Ruppert-Brauerei der 94. Straße in New York City, und ein Kalender der Versicherungsgesellschaft Feeney & Co. mit dem Datum Mai 1914.

»Sam Hardings Büro«, verkündete Magee mit Stolz. »Ich habe

es genauso wiederhergestellt, wie es in der Nacht des Raubüberfalls war.«

»Dann ist Ihr Haus . . .«

»Der ehemalige Bahnhof von Wacketshire«, erklärte Magee. »Der Bauer, von dem ich das Haus erwarb, benutzte es als Stall für seine Kühe. Annie und ich haben das Gebäude wieder instand gesetzt. Schade, daß Sie es nicht bei Tageslicht gesehen haben. Die Architektur ist recht originell. Schmuckvolle Verzierungen um das Dach herum, anmutige Linien. Wurde um achtzehnhundertachtzig erbaut.«

»Sie haben eine bemerkenswerte Arbeit geleistet«, beglückwünschte ihn Pitt.

»Ja, den meisten alten Bahnhöfen ist es nicht so gut ergangen«, sagte Magee. »Wir haben ein paar Veränderungen vorgenommen. Was früher der Güterschuppen war, sind jetzt unsere Schlafzimmer, und unser Wohnzimmer ist der ehemalige Wartesaal.«

»Ist die Einrichtung original?« fragte Pitt und berührte den Telegrafenschlüssel.

»Im großen und ganzen, ja. Hardings Pult war hier, als wir das Haus kauften. Den Ofen fanden wir auf einem Müllhaufen, und Annie rettete den Geldschrank aus einem Eisenwarenladen in Selkirk. Aber das wertvollste Stück ist das hier.«

Magee nahm einen ledernen Staubüberzug ab, unter dem sich ein Schachbrett verbarg. Die handgeschnitzten Figuren aus Birke und Ebenholz waren abgenutzt und brüchig. »Hiram Meechums Schachspiel«, erklärte Magee. »Seine Witwe schenkte es mir. Der Kugeleinschlag von Masseys Pistole wurde nie ausgebessert.«

Pitt betrachtete es schweigend. Dann ging er ans Fenster und blickte ins Dunkel hinaus.

»Man spürt fast ihre Gegenwart«, sagte er schließlich.

»Ich sitze hier oft allein und versuche, mir die schicksalhafte Nacht vorzustellen.«

»Sehen Sie den *Manhattan Limited*, wie er vorbeidonnert?«

»Manchmal«, sagte Magee verträumt. »Wenn ich meiner Phantasie freien Lauf lasse . . .« Er hielt inne und blickte Pitt argwöhnisch an. »Eine seltsame Frage. Wie kommen Sie darauf?«

»Der Geisterzug«, antwortete Pitt. »Man behauptet, er macht immer noch seine Gespensterfahrten.«

162

»Das Hudson Valley ist ein wahrer Nährboden für Mythen«, entgegnete Magee verächtlich. »Es gibt sogar Leute, die den Reiter ohne Kopf gesehen haben wollen. Was als pure Flunkerei beginnt, wird zu einem Gerücht. Dann wird es mit den Jahren ausgeschmückt, vom Volksglauben übertrieben und wächst sich zu einer Legende aus, die nichts mit der Wirklichkeit zu tun hat. Das Gerede vom Geisterzug begann ein paar Jahre nach der Brückenkatastrophe. Wie der Geist eines Geköpften, der ständig ruhelos wandert und seinen fehlenden Kopf sucht, so wird der *Manhattan Limited*, im Glauben der Leute, nie in das große Depot im Himmel einrollen, bis er nicht endlich den Fluß überquert hat.«

Pitt lachte. »Mr. Magee, Sie sind ein unverbesserlicher Skeptiker.«

»Das will ich nicht leugnen.«

Pitt blickte auf seine Uhr und sagte: »Ich muß jetzt wirklich gehen.«

Magee führte ihn hinaus, und sie schüttelten sich die Hände auf dem ehemaligen Bahnsteig.

»Es war ein phantastischer Abend«, sagte Pitt. »Ich danke Ihnen und Ihrer Frau für die Gastfreundschaft.«

»Es war ein Vergnügen. Besuchen Sie uns einmal wieder. Ich unterhalte mich gerne über Eisenbahnen.«

Pitt zögerte. »Da ist noch eins, was Sie vielleicht nicht vergessen sollten.«

»Und das wäre?«

»Eine komische Sache mit Legenden«, sagte Pitt und blickte Magee in die Augen. »Sie haben gewöhnlich einen wahren Kern.«

Im Licht wirkte das gütige Gesicht nur besorgt und nachdenklich, nicht mehr. Dann zuckte Magee gleichgültig die Schultern und schloß die Tür.

32

Danielle Sarveux begrüßte Jules Guerrier herzlich. Der Premierminister von Quebec war mit seinem Sekretär und Henry Villon
im Krankenhaus erschienen.

Guerrier küßte Danielle auf beide Wangen. Er war Ende Siebzig, groß und schlank, mit ungekämmtem Silberhaar und einem
dicken, buschigen Bart. Er hätte leicht einem Maler als Moses
Modell stehen können. Als Premierminister von Quebec war er
auch der Führer der französischsprachigen Quebec-Partei.

»Wie wunderbar, Sie wieder einmal zu sehen, Jules«, sagte
Danielle.

»Der Anblick einer schönen Frau tut meinen alten Augen
gut«, erwiderte er galant.

»Charles freut sich auf Ihren Besuch.«

»Wie geht es ihm?«

»Die Ärzte meinen, es gehe ihm gut. Aber der Heilungsprozeß
wird noch lange Zeit brauchen.«

Sarveux lag mit dem Rücken auf einen Berg von Kissen gestützt. Sein Bett stand an einem Fenster mit Ausblick auf das
Parlamentsgebäude. Eine Schwester nahm Hüte und Mäntel ab,
und dann setzten sie sich um das Bett herum auf einen Stuhl und
ein Sofa. Danielle schenkte eine Runde Cognac ein.

»Meinen Besuchern darf ich Getränke anbieten«, sagte Sarveux, »aber leider verträgt sich der Alkohol nicht mit meinen
Medikamenten, und ich kann mich Ihnen nicht anschließen.«

»Auf Ihre rasche Genesung«, sagte Guerrier, sein Glas erhebend.

»Auf baldige Genesung«, wiederholten die anderen.

Guerrier stellte sein Glas auf den Tisch. »Ich fühle mich
geehrt, daß Sie mich hierher baten, Charles.«

Sarveux blickte ihn besorgt an. »Ich habe eben gehört, daß Sie
eine Volksabstimmung für totale Unabhängigkeit einberufen.«

Guerrier zuckte lässig die Schultern. »Die Zeit für einen end-gültigen Bruch der Konföderation ist schon längst überfällig.«

»Der Meinung bin ich auch, und ich beabsichtige, meine volle Zustimmung zu geben.«

Sarveux' Erklärung schlug wie ein Fallbeil ein.

Guerrier war sichtlich erschüttert. »Sie werden unser Vor-haben dieses Mal nicht bekämpfen?«

»Nein, ich möchte es ein für allemal hinter mir haben.«

»Charles, ich kenne Sie zu lange, um nicht anzunehmen, daß sich hinter Ihrer plötzlichen Gutwilligkeit eine weitere Absicht verbirgt.«

»Sie mißverstehen mich, Jules. Ich kusche nicht, um zu einem neuen Sprung anzusetzen. Wenn Quebec auf eigenen Füßen stehen will, soll es das nur tun. Ihre Abstimmung, Ihre Gesetzes-vorlagen, Ihre unaufhörlichen Verhandlungen ... das ist jetzt vorbei. Kanada hat genug gelitten. Die Konföderation braucht Quebec nicht mehr. Wir werden ohne euch überleben.«

»Und wir ohne euch.«

Sarveux lächelte sarkastisch. »Wir werden sehen, wie ihr es schafft, aus dem Nichts zu beginnen.«

»Genau das werden wir tun«, sagte Guerrier. »Das Parlament von Quebec wird aufgelöst und eine neue Regierung einberufen. Nach dem Muster der französischen Republik. Wir werden unsere eigenen Gesetze verfassen, unsere eigenen Steuern ein-treiben, offizielle Beziehungen mit dem Ausland anknüpfen. Na-türlich werden wir eine gemeinsame Währung und andere wirt-schaftliche Verbindungen mit den englischsprechenden Provin-zen aufrechterhalten.«

»Sie werden nicht den Kuchen essen und auch noch das Geld dafür einkassieren.« Sarveux' Stimme wurde hart. »Quebec muß sein eigenes Geld drucken, und alle Handelsabkommen müssen neu verhandelt werden. Außerdem werden Zollsperren an un-seren gemeinsamen Grenzen errichtet. Alle kanadischen Institu-tionen und Regierungsstellen werden den Boden von Quebec verlassen.«

Guerrier machte ein wütendes Gesicht. »Das sind sehr harte Maßnahmen.«

»Hat Quebec einmal den politischen Freiheiten, dem Wohl-stand und der Zukunft eines vereinten Kanadas den Rücken gekehrt, so muß die Trennung bedingungslos und ganz vollzogen werden.«

Guerrier erhob sich langsam. »Von einem französischen Landsmann hätte ich mehr mitfühlendes Verständnis erwartet.«

»Meine französischen Landsleute haben fünfzig unschuldige Menschen gemordet, als sie ein Attentat auf mich verübten. Schätzen Sie sich glücklich, Jules, daß ich Ihrer Partei nicht die Schuld daran zuschiebe. Die Empörung und der Rückschlag würden Ihrer Sache nicht gutzumachenden Schaden zufügen.«

»Sie haben mein Ehrenwort, daß die Quebec-Partei mit dem Flugzeugabsturz nichts zu tun hat.«

»Und die Terroristen der FQS?«

»Ich habe die Tätigkeit der FQS nie gutgeheißen«, verteidigte sich Guerrier.

»Aber Sie haben auch nichts getan, um sie aufzuhalten.«

»Diese Gespensterbande? Man weiß ja nicht einmal, wer ihr Führer ist.«

»Und was geschieht, wenn er sich nach der Unabhängigkeit offen zeigt?«

»Wenn Quebec einmal frei ist, hat die FQS keine Existenzgrundlage mehr. Er und seine Organisation können dann nur noch dahinwelken.«

»Sie vergessen, mein lieber Jules, daß terroristische Bewegungen die schlechte Gewohnheit haben, legitim zu werden und Oppositionsparteien zu gründen.«

»Die FQS wird von der neuen Regierung nicht geduldet werden.«

»Falls Sie an der Spitze stehen«, fügte Sarveux hinzu.

»Das sollte doch wohl zu erwarten sein«, sagte Guerrier ohne eine Spur von Selbstüberschätzung. »Wen hat denn sonst das Volk dazu bestimmt, eine ruhmreiche neue Nation zu schaffen?«

»Ich wünsche Ihnen Glück«, sagte Sarveux skeptisch. Diesem Guerrier kann man seinen Eifer nicht ausreden, sagte er sich. Die Franzosen sind Träumer. Sie sehnen sich nach der Zeit zurück, als die Königsflagge mit der Lilie überall in der Welt wehte. Der edle Versuch wird fehlschlagen, bevor er beginnt. »Als Premierminister werde ich Ihnen nicht im Wege stehen. Aber ich warne Sie, Jules. Keine radikalen Umwälzungen oder politische Unruhen, die das übrige Kanada in Mitleidenschaft ziehen.«

»Charles, ich versichere Ihnen, daß die Geburt friedlich verlaufen wird«, beteuerte Guerrier.

Das sollte sich leider als ein leeres Versprechen erweisen.

Villon war wütend. Danielle kannte die Zeichen. Er kam heraus
und setzte sich mit ihr auf eine Bank vor dem Krankenhaus. Sie
fröstelte schweigend in der kalten Frühlingsluft, wartete auf den
Ausbruch, der jetzt kommen mußte.

»Der Schweinehund!« begann er schließlich. »Der hinterlistige
Schweinehund hat Guerrier Quebec kampflos überlassen.«

»Ich kann es immer noch nicht glauben«, sagte sie.

»Du wußtest es, du mußt gewußt haben, was Charles vor-
hatte.«

»Er hat mir nichts gesagt, nicht die leiseste Andeutung
gemacht . . .«

»Warum?« unterbrach er sie mit wutgerötetem Gesicht,
»warum hat er sich plötzlich entschlossen, diese Kehrtwendung
zu machen und nicht mehr auf einem vereinten Kanada zu
bestehen?«

Danielle schwieg. Sie hatte instinktiv Angst vor seinem Zorn.

»Er hat uns den Teppich unter den Füßen weggezogen, bevor
wir unsere Stellung festigen konnten. Wenn meine Partner im
Kreml das hören, werden sie ihren Verpflichtungen nicht mehr
nachkommen.«

»Was kann Charles denn möglicherweise gewinnen? Es ist
doch politischer Selbstmord.«

»Er spielt den schlauen Fuchs«, sagte Villon. »Unter der Füh-
rung eines senilen alten Trottels wie Guerrier wird Quebec nicht
mehr als ein von der Gnade Ottawas abhängiger Marionetten-
staat sein, der von Gefälligkeiten, langfristigen Darlehen und
Handelskrediten lebt. Quebec wird als Staat noch schlimmer
dran sein, als unter provinzieller Verwaltung.«

Sie blickte ihn an. »Es muß nicht so sein.«

»Was soll das heißen?«

Sie packte seinen Arm. »Begrabe die FQS. Stelle dich der
Öffentlichkeit und trete in der Wahl gegen Guerrier an.«

»Ich bin nicht stark genug, um es mit Jules aufnehmen zu
können.«

»Die Franzosen brauchen einen jüngeren und aggressiven Führer«, fuhr sie fort. »Der Henri Villon, den ich kenne, würde sich nie dem englischen Kanada oder den Vereinigten Staaten beugen.«

»Dein Mann hat mir den Weg dazu abgeschnitten. Ohne Zeit, eine richtige Organisation aufzubauen, schaffe ich es nie.«

»Und wenn Jules Guerrier sterben würde?«

Villon lachte zum ersten Mal. »Das ist nicht sehr wahrscheinlich. Jules mag alle erdenklichen Krankheiten haben, aber er ist kräftig genug, uns alle zu überleben.«

Danielles Gesicht wurde hart. »Jules muß sterben, um Quebec zu retten.«

Das war klar ausgedrückt. Villon versank in Gedanken. »Bei den anderen war es nicht das gleiche. Es handelte sich um Fremde, und ihr Tod war politische Notwendigkeit. Jules ist ein loyaler Franzose. Er steht länger im Kampf als wir alle«, sagte er schließlich.

»In Anbetracht dessen, was wir gewinnen, ist der Preis nicht zu hoch.«

»Der Preis ist immer zu hoch«, sagte er. »In letzter Zeit frage ich mich oft, wer der letzte Überlebende sein wird, wenn alles vorüber ist.«

33

Gly trat vor den Spiegel, der über dem fleckigen Waschbecken hing, und bearbeitete sein Gesicht.

Er zog eine weiße Schaumgummiprothese über seine eingeschlagene Nase, verlängerte die Spitze und erhöhte das Nasenbein. Er befestigte den künstlichen Zuwachs mit Klebstoff, färbte ihn mit einer besonderen Schminke, legte etwas Puder auf, um den Glanz zu entfernen.

Die Augenbrauen hatte er sich ausgezupft. Jetzt legte er zwei Doppelklebestreifen darauf, bepflanzte sie mit buschigem Kräuselhaar, das er mit einer Pinzette zurechtzupfte. Die neuen Brauen waren höher gewölbt und wirkten sehr natürlich.

Er hielt inne, trat einen Schritt zurück und verglich das Resultat mit den unten am Spiegel aufgeklebten Fotos; sichtlich zufrieden mit seiner Arbeit, strich er ein wenig dunklere Schminke vom Kinn den Kiefer entlang bis unter jedes Ohr. Als nächstes noch einen Tupfen Erdfarbe unter das Kinn. Mit dieser kunstvollen Bemalung gab er seiner ovalen unteren Gesichtshälfte ein kantigeres Aussehen.

Den Mund machte er mit einem Lippenstift zurecht, zog dann einen etwas dunkleren Strich unter die Unterlippe, damit sie dicker und hervorstehender wirkte.

Jetzt kamen die Kontaktlinsen. Das war der Teil der Prozedur, den er haßte. Die braunen Augen gegen graue auszuwechseln, das kam ihm vor, als vertausche er seine Seele. Als die Linsen aufgelegt waren, besaß er keine Ähnlichkeit mehr mit Foss Gly.

Die letzte Note war die braune Perücke. Er setzte sie sich wie eine Krone mit beiden Händen auf seinen kahlen Schädel.

Dann trat er wieder zurück, betrachtete sich von vorn und im Profil, beleuchtete sich dabei mit einer kleinen Lampe aus verschiedenen Winkeln. Die Maskierung war fast vollkommen, so vollkommen wie nur möglich, wenn man die primitiven Bedingungen, das düstere Badezimmer und das lausige Hotel, in dem er wohnte, in Betracht zog.

Der Nachtportier war nicht an seinem Pult, als er durch die Halle ging. Zwei Seitenstraßen und eine Gasse weiter saß er am Steuer eines Mercedes. Er hatte ihn auf dem Parkplatz einer Bank gestohlen und die Nummernschilder ausgewechselt.

Er fuhr durch die Altstadt von Quebec City, scharf an den Bordsteinen der engen Straßen vorbei, hupte einen Fußgänger an, der sich erst aus dem Wege machte, nachdem er Gly feindselig gemustert hatte.

Es war wenige Minuten nach neun, und die Lichter von Quebec spiegelten sich auf dem Eis des St. Lawrence. Gly fuhr unterhalb des berühmten Chateau Frontenac Hotels vorbei und bog in die Schnellstraße am Flußufer ein. Im raschen Verkehr war er bald am Battlefields Park auf den Plains of Abraham, wo die britische Armee 1759 die Franzosen besiegt und Kanada für das Empire gewonnen hatte.

Er erreichte das vornehme Wohnviertel von Sillery. Große, festungsähnliche Steinhäuser, in denen die reichen und gesellschaftlich anerkannten Berühmtheiten der Provinz lebten. Gly schätzte eine solche Sicherheit nicht. Ihm erschienen die Häuser wie Grüften, deren Bewohner nicht wußten, daß sie schon lange tot waren.

Er hielt vor einem schweren Eisentor und meldete sich in einer Sprechanlage. Er erhielt keine Antwort. Das Tor schwang auf, und er bog in eine runde Auffahrt ein, die zu einem imposanten Granitgebäude, umgeben von großen Rasenflächen, führte. Er parkte den Wagen vor dem Eingangstor und klingelte. Der Chauffeur und Leibwächter Jules Guerriers verbeugte sich und führte Gly in die Halle.

»Guten Abend, Monsieur Villon, das ist aber ein unerwartetes Vergnügen.«

Gly war zufrieden. Seine Gesichtsveränderung hatte den ersten Test bestanden. »Ich war bei Freunden in Quebec zu Besuch und wollte noch einmal vorbeikommen, um Monsieur Guerrier meine Aufwartung zu machen. Wie ich höre, fühlt er sich nicht wohl.«

»Ein Grippeanfall«, sagte der Chauffeur und nahm Gly den Mantel ab. »Das Schlimmste ist vorüber. Die Temperatur ist heruntergegangen, aber es wird noch eine Weile dauern, bis er wieder fit ist.«

»Vielleicht ist ihm nicht danach, so späten Besuch zu empfangen. Ich kann ja morgen noch einmal vorbeikommen.«

»Nein, ich bitte Sie. Der Herr Premierminister schaut sich das Fernsehen an. Ich weiß, daß er sich freuen wird, Sie zu sehen. Ich führe Sie auf sein Zimmer.«

Gly winkte ab. »Ist nicht nötig. Ich kenne den Weg.«

Er ging die große runde Treppe bis zum ersten Stock hinauf. Oben blieb er stehen, um sich zu orientieren. Er hatte sich den Plan des gesamten Hauses eingeprägt, insbesondere alle Ausgänge, die ihm gegebenenfalls einen Fluchtweg bieten konnten. Guerriers Schlafzimmer war, wie er wußte, die dritte Tür rechts. Er trat leise ein, ohne anzuklopfen.

Jules Guerrier lag in einem großen Polstersessel, die Füße mit den Pantoffeln auf einer Ottomane, und schaute sich ein Fernsehprogramm an. Er trug einen seidenen Schlafrock mit persi-

170

schem Muster. Er hatte Gly nicht kommen gehört, und er saß mit dem Rücken zur Tür. Gly schlich sich lautlos über den Teppich zum Bett. Er nahm ein großes Kissen und trat von hinten an Guerrier heran. Er hob das Kissen, wollte es Guerrier vor das Gesicht drücken, aber dann zögerte er.

Er muß mich sehen, sagte sich Gly. Diese Befriedigung brauchte er. Er mußte sich beweisen, daß er wirklich Henri Villon werden konnte. Guerrier schien seine Gegenwart zu spüren. Er drehte sich langsam um, blickte Gly an, und seine Augen weiteten sich, nicht aus Angst, sondern vor Erstaunen.

»Henri?«

»Ja, Jules.«

»Du kannst doch nicht hier sein«, sagte Guerrier verblüfft.

Gly ging um den Fernsehapparat herum, stellte sich dem Premierminister gegenüber. »Aber ich bin hier, Jules. Ich bin hier im Fernseher.«

Und so war es auch.

Das Bild Henri Villons erstrahlte auf dem Bildschirm. Er hielt eine Ansprache bei der Eröffnung des neuen Bühnenkunstzentrums in Ottawa. Danielle Sarveux saß hinter ihm, und neben ihr Villons Frau.

Guerrier verstand überhaupt nichts mehr. Was er da sah, überstieg sein Begriffsvermögen. Es war eine Direktübertragung, daran gab es keinen Zweifel. Er hatte sogar eine Einladung erhalten und erinnerte sich genau an den geplanten Ablauf der Zeremonie. Villons Ansprache war für jetzt angesetzt. Er starrte Gly mit offenem Munde an.

»Wie ist das möglich . . .?«

Gly antwortete nicht. Er sprang auf den Sessel zu und preßte Guerrier das Kissen ins Gesicht. Der Schreckensschrei erstickte zu einem gedämpften tierischen Laut. Dem Premierminister fehlte die Kraft zu diesem ungleichen Kampf. Seine Hände faßten Glys dicke Handknöchel und machten einen schwachen Versuch, sie wegzuziehen. Ein brennender Schmerz durchdrang seine Lungen wie ein Feuerball.

Dreißig Sekunden später lösten die Hände ihren Griff, fielen und hingen leblos über die Sessellehne. Der Körper sackte zusammen, aber Gly ließ nicht nach, drückte noch drei volle Minuten lang.

Dann schaltete er den Fernseher aus, beugte sich nieder, hielt das Ohr an Guerriers Brust. Kein Lebenszeichen mehr. Der Premierminister von Quebec war tot.

Gly ging rasch durch das Zimmer, blickte in den Flur hinaus. Leer. Er kehrte zu Guerrier zurück, nahm das Kissen, warf es wieder aufs Bett. Den Schlafrock zog er ihm sehr behutsam aus, achtete darauf, daß der Stoff nicht riß, legte ihn dann über die Rückenlehne des Sessels. Er stellte zufrieden fest, daß der Premierminister sich nicht benäßt hatte. Jetzt kamen die Pantoffeln. Er warf sie lässig vor das Bett.

Gly fühlte keinen Ekel, nicht die leiseste Spur eines Widerwillens, als er die Leiche auf das Bett legte. Dann sperrte er ihr den Mund auf, um eine Untersuchung vorzunehmen.

Falls ein Gerichtsmediziner Verdacht schöpfen sollte, daß Guerrier erstickt worden sei, würde er sich zuallererst die Zunge ansehen. Guerrier hatte sich gut verhalten; keine Bißwunden auf der Zunge.

Allerdings wies die Mundhöhle einige kleine Schürfwunden auf. Gly zog eine kleine Schminkschachtel aus der Tasche und wählte einen weichen rosa Fettstift. Er konnte die Entfärbungen nicht völlig beseitigen, aber er konnte sie mit dem umliegenden Gewebe verschmelzen. Die Blässe um das Innere der Lippen färbte er ein wenig dunkler, um einen weiteren Hinweis auf Erstickung zu beseitigen.

Die Augen starrten blicklos, und Gly drückte sie zu. Er massierte das verkrampfte Gesicht, bis es einen entspannten, fast friedlichen Ausdruck annahm. Dann legte er die Leiche in Schlafposition und zog die Bettdecke darüber.

Ein kleiner, nagender Zweifel beschäftigte ihn immer noch, als er das Schlafzimmer verließ. Es war der Zweifel eines Vollkommenheitsfanatikers, der auch nicht die geringste Einzelheit außer acht lassen will. Er kam gerade die Treppe herunter, als er den Leibwächter mit einem Tablett aus dem Anrichtezimmer treten sah.

Gly blieb stehen. Plötzlich fiel ihm ein, was er vergessen hatte. Guerriers Zähne waren in zu gutem Zustand, um echt zu sein. Er hatte ein Gebiß.

Er duckte sich, bevor ihn der Leibwächter gesehen hatte, und eilte ins Schlafzimmer zurück. Fünf Sekunden später hielt er das

Gebiß in der Hand. Aber wo verwahrte es der alte Mann bis zum Morgen? Bestimmt in irgendeiner Reinigungslösung. Auf dem Nachttisch stand nur eine Uhr. Über dem Waschtisch im Badezimmer fand er eine Plastikschüssel mit einer blauen Flüssigkeit. Er hatte keine Zeit, den Inhalt zu untersuchen, und legte das Gebiß hinein.

Gly öffnete die Schlafzimmertür, als der Leibwächter gerade von der anderen Seite an die Klinke faßte.

»Oh, Monsieur Villon, ich dachte mir, Sie und der Herr Premierminister möchten vielleicht eine Tasse Tee trinken.«

Gly nickte über die Schulter der Gestalt auf dem Bett zu. »Jules beklagte sich über Müdigkeit. Ich glaube, er ist sofort eingeschlafen, als er sich hingelegt hat.«

Der Leibwächter glaubte ihm aufs Wort. »Möchten Sie eine Tasse, bevor Sie gehen, Sir?«

Gly schloß die Tür. »Nein, danke. Ich muß jetzt fort.«

Sie gingen zusammen in die Halle hinunter. Der Leibwächter stellte das Tablett mit dem Tee ab und half Gly in den Mantel. An der Tür blieb Gly noch einmal stehen, um ganz sicher zu sein, daß Guerriers Mann den Mercedes sah.

Er sagte gute Nacht und startete den Wagen. Das Tor öffnete sich, und er bog in die menschenleere Straße ein. Acht Häuserblocks weiter parkte er am Randstein zwischen zwei großen Villen. Er verschloß die Türen und trat die Zündschlüssel mit den Hacken in den lehmigen Boden.

Ein Mercedes, der in einem vornehmen Viertel steht, wird ganz bestimmt niemandem auffallen, sagte er sich. Bewohner dieser Art von Häusern reden nur selten mit ihren Nachbarn. Jeder würde wahrscheinlich glauben, der Wagen gehöre Leuten, die nebenan auf Besuch sind. Hier konnte der Wagen tagelang unbemerkt stehen.

Um zehn Minuten nach zehn saß Gly in einem Bus und fuhr nach Quebec zurück. Das exotische Gift war immer noch in seiner Tasche. Eine narrensichere Mordmethode, deren sich der kommunistische Geheimdienst bediente. Kein Pathologe konnte es mit Gewißheit in einer Leiche nachweisen.

Der Entschluß, das Kissen zu benutzen, war einem plötzlichen Einfall entsprungen. Damit bestätigte sich Gly einmal wieder seine Cleverness.

173

Die meisten Mörder folgen einer bestimmten Methode, die sie sich im Laufe ihrer Tätigkeit angeeignet haben, und sie ziehen eine bestimmte Waffe vor. Glys Methode bestand darin, daß er keine hatte. Jeder Mord wurde auf seine besondere Art ausgeführt, unterschied sich von den bisherigen. Er hinterließ keine Spuren, die in die Vergangenheit führten.

Gly fühlte sich freudig erregt. Die erste Hürde hatte er geschafft. Jetzt blieb ihm noch eine. Die heikelste und schwierigste.

34

Danielle lag im Bett und blickte auf den Rauch ihrer Zigarette, der zur Decke aufstieg. Sie war sich nur vage des warmen kleinen Schlafzimmers in dem abgelegenen Haus außerhalb von Ottawa, der einbrechenden Dunkelheit, des kräftigen und glatten Körpers neben ihr bewußt.

Sie setzte sich hoch und schaute auf ihre Uhr. Das Zwischenspiel war vorüber, und sie bedauerte, daß es nicht ewig so weitergehen konnte. Aber die Pflicht rief, und sie war gezwungen, in die Wirklichkeit zurückzukehren.

»Mußt du schon gehen?« fragte er und räkelte sich neben ihr.

Sie nickte. »Ich muß wieder die liebevolle Ehefrau spielen und meinen Mann im Krankenhaus besuchen.«

»Ich beneide dich nicht. Krankenhäuser sind Alpträume in Weiß.«

»Ich habe mich inzwischen daran gewöhnt.«

»Wie geht es Charles?«

»Die Ärzte sagen, er könne in ein paar Wochen heimkehren.«

»Zu was heimkehren?« sagte er verächtlich. »Das Land ist führerlos. Wenn morgen Wahlen stattfänden, würde er bestimmt verlieren.«

»Das wäre nur vorteilhaft für uns.« Sie stieg aus dem Bett und begann sich anzukleiden. »Jetzt, da Jules Guerrier aus dem Wege ist, bietet sich dir die beste Gelegenheit, aus dem Kabinett auszutreten und in aller Öffentlichkeit deine Kanditatur für die Präsidentschaft von Quebec zu verkünden.«

»Ich muß mir meine Rede überlegen. Wenn ich mich als Retter des Landes anbieten will, kann ich es mir nicht leisten, bezichtigt zu werden, wie eine Ratte das sinkende Schiff zu verlassen.«

Sie setzte sich neben ihn. Der schwache Geruch seiner Männlichkeit erregte sie aufs neue.

»Du warst heute nachmittag so anders, Henri.«

Sein Gesicht wirkte fast besorgt. »Wieso denn?«

»Du warst viel brutaler, als du mich liebtest. Fast grausam.«

»Ich dachte, dir würde die Abwechslung gefallen.«

»Sie hat mir auch gefallen.« Sie lächelte und küßte ihn. »Sogar, als du in mir warst, fühltest du dich anders an.«

»Das ist mir rätselhaft«, sagte er beiläufig.

»Mir auch, aber ich liebte es.«

Sie stand zögernd auf, zog sich Mantel und Handschuhe an. Er lag da und beobachtete sie.

Sie blieb noch einmal stehen, blickte ihn forschend an. »Du hast mir nie erzählt, wie du es fertigbrachtest, Jules Guerriers Tod natürlich erscheinen zu lassen.«

Seine Augen wurden kalt. »Es gibt Dinge, die dich nichts angehen.«

Sie sah aus, als hätte er sie geohrfeigt. »Wir hatten bisher nie Geheimnisse voreinander.«

»Aber jetzt haben wir welche«, sagte er ungerührt.

Sie wußte nicht, wie sie auf seine plötzliche Kälte reagieren sollte. So hatte sie ihn noch nie gesehen, und es verwirrte sie.

»Du bist verärgert. Habe ich irgend etwas Falsches gesagt?«

Er warf ihr einen gleichgültigen Blick zu und zuckte die Schultern. »Ich hätte mehr von dir erwartet, Danielle.«

»Mehr?«

»Du hast mir nichts über Charles erzählt, was ich nicht auch in den Zeitungen hätte lesen können.«

Sie blickte ihn fragend an. »Was möchtest du denn wissen?«

»Seine Hintergedanken. Gespräche mit anderen Kabinettsministern. Seine Absichten gegenüber Quebec nach der Trennung. Ob er an einen Rücktritt denkt. Verdammt noch mal, ich brauche Informationen, und du lieferst mir nichts.«

Sie hob die Hände. »Charles ist nicht mehr der gleiche wie früher. Seit dem Flugzeugabsturz ist er verschlossen. Er vertraut sich mir nicht mehr an.«

Er blickte finster drein. »Dann bist du von jetzt ab für mich wertlos.«

Sie wandte sich von ihm ab. Wut und Empörung stiegen in ihr auf.

»Du brauchst mich nicht mehr anzurufen«, fuhr er eisig fort, »es sei denn, du hast mir etwas Wichtiges zu sagen. Für deine langweiligen Sexspiele gehe ich kein Risiko mehr ein.«

Danielle rannte zur Tür, drehte sich noch einmal um. »Du Schweinehund!« rief sie ihm schluchzend zu.

Wie seltsam, sagte sie sich, daß ich bisher nicht gesehen habe, was für ein Ungeheuer er ist. Sie unterdrückte einen Schauder, wischte sich die Tränen mit dem Handrücken fort und lief davon.

Sein Gelächter folgte ihr bis in den Wagen und klang ihr noch in den Ohren, während sie zum Krankenhaus fuhr.

Sie konnte ja nicht wissen, warum der Mann im Schlafzimmer sich vor Lachen krümmte. Es war Foss Gly, und er freute sich riesig, seine letzte Prüfung mit Auszeichnung bestanden zu haben.

35

Der Chef des Präsidialbüros nickte gleichgültig und blieb an seinem Schreibtisch sitzen, als Pitt in sein Büro geführt wurde. Er blickte auf, ohne zu lächeln. »Nehmen Sie Platz, Mr. Pitt. Der Präsident wird Sie in ein paar Minuten empfangen.«

Keine Begrüßung, kein Händeschütteln. Also stellte Pitt seine Aktentasche auf den Teppich und setzte sich auf eine Couch am Fenster.

Der Bürochef, ein junger Endzwanziger mit dem hochtrabenden Namen Harrison Moon IV, führte in rascher Folge drei Telefongespräche und blätterte geschäftig einige Papiere auf seinem Schreibtisch durch. Endlich ließ er sich herab, mit Pitt zu reden.

»Mr. Pitt, Sie sind sich hoffentlich darüber im klaren, daß Ihr Besuch höchst regelwidrig ist. Der Präsident hat keine Zeit für Plaudereien mit drittgradigen Beamten. Wenn Ihr Vater, Senator George Pitt, nicht ausdrücklich darum gebeten hätte, wären Sie nie weiter als bis zur Eingangstür gekommen.«

Pitt blickte den blöden Wichtigtuer mit Unschuldsmiene an. »Donnerwetter, da fühle ich mich aber sehr gebauchpinselt.«

Das Gesicht des Mannes verfinsterte sich. »Bringen Sie dem Hause des Präsidenten gefälligst etwas mehr Respekt entgegen.«

»Wie soll ich von einem Präsidenten beeindruckt sein«, erwiderte Pitt mit spöttischem Lächeln, »der Arschlöcher wie Sie beschäftigt?«

Harrison Moon IV zuckte zusammen, als habe ihn der Schlag getroffen. »Wie unterstehen Sie sich . . .!«

Im gleichen Augenblick trat der Sekretär des Präsidenten in sein Büro. »Mr. Pitt, der Präsident wird Sie jetzt empfangen.«

»Nein!« schrie Moon und sprang wütend auf. »Die Audienz ist abgesagt!«

Pitt packte Moon an den Rockaufschlägen und zog ihn halb über den Schreibtisch. »Nehmen Sie meinen Rat, Junge, und lassen Sie sich Ihre Arbeit nicht zu Kopfe steigen.« Dann stieß er Moon in seinen Drehstuhl zurück. Offenbar war Pitt ein bißchen zu forsch gewesen, denn der Stuhl kippte um, und Moon fiel zu Boden.

Pitt lächelte dem verblüfften Sekretär freundlich zu und sagte: »Sie brauchen mir nicht den Weg zu zeigen. Ich kenne mich im Hause aus.«

Im Gegensatz zu seinem Bürochef begrüßte der Präsident Pitt mit Höflichkeit und streckte ihm die Hand entgegen. »Ich habe viel von Ihren Leistungen bei den Bergungsobjekten der *Titanic* und der *Vixen* gelesen, und ich war besonders von Ihren Verdiensten um das Unternehmen *Kriechwanze* beeindruckt. Es ist mir eine Ehre, Sie endlich kennenzulernen.«

»Ganz meinerseits.«

»Wollen Sie nicht bitte Platz nehmen?«

177

»Dazu werde ich vielleicht nicht die Zeit haben«, sagte Pitt.

»Wie bitte?« Der Präsident blickte ihn fragend an.

»Ihr Büroleiter war unhöflich und hat mich verdammt schäbig behandelt, und da habe ich ihn ein Arschloch genannt und bin etwas roh mit ihm umgegangen.«

»Ist das Ihr Ernst?«

»Jawohl, Sir. Ich nehme an, der Geheimdienst wird jede Sekunde hier hereinstürzen und mich aus dem Hause schleppen.«

Der Präsident ging an seinen Schreibtisch und drückte auf einen Knopf der Sprechanlage. »Maggie, ich möchte unter keinem Vorwand gestört werden, bis ich mich wieder melde.«

Pitt fühlte sich erleichtert, als der Präsident das Gesicht zu einem breiten Lächeln verzog. »Harrison übertreibt manchmal seine Wichtigkeit. Vielleicht haben Sie ihm eine schon längst überfällige Lektion erteilt.«

»Ich werde mich beim Hinausgehen entschuldigen.«

»Nicht nötig.« Der Präsident setzte sich in einen hochlehnigen Stuhl am Kaffeetisch Pitt gegenüber. »Ihr Vater ist ein alter Freund von mir. Wir wurden beide im selben Jahr in den Kongreß gewählt. Er sagte mir am Telefon, Sie seien auf eine Entdeckung gestoßen, die, wie er es darstellte, geradezu geistesverwirrend ist.«

Pitt lachte. »Das ist eine von Papas Redensarten. Aber in diesem Falle hat er hundertprozentig recht.«

»Dann erzählen Sie mal, was Sie haben.«

Pitt öffnete die Aktentasche und legte Papiere auf den Tisch. »Ich muß Sie leider mit ein bißchen Geschichtsunterricht langweilen, Herr Präsident, aber es ist unumgänglich, daß ich zuerst die Grundlagen erkläre.«

»Ich höre.«

»Anfang neunzehnhundertvierzehn«, begann Pitt, »gab es bei den Engländern keine Zweifel mehr, daß ein Krieg mit dem kaiserlichen Deutschland unmittelbar bevorstand. Im März hatte Winston Churchill, der damals der Erste Lord der Admiralität war, bereits vierzig Handelsschiffe mit Waffen ausgerüstet. Das Kriegsdepartment sagte die Eröffnung der Feindseligkeiten für den September, nach der Einbringung der Ernte in Europa, voraus. Feldmarschall Lord Kitchener, der Kriegsminister, war sich darüber klar, daß der kommende Konflikt ungeheure

Mengen an Menschen und Material erforderte, und stellte zu seinem Entsetzen fest, daß die vorhandene Rüstung mit ihren Reserven nur für eine Kampagne von drei Monaten ausreichte. Zu jener Zeit führte das Vereinigte Königreich sehr weitgehende Sozialreformen durch, die bereits beträchtliche Steuererhöhungen nötig gemacht hatten. Man brauchte kein Prophet zu sein, um vorauszusagen, daß die emporschießenden Rüstungskosten, die Schuldzinsen, der Aufwand an Wohlfahrts- und Pensionsgeldern die Wirtschaft ruinieren würden.«

»So hat England bis auf die allerletzten Schatzreserven zurückgegriffen, als es in den Ersten Weltkrieg eintrat«, sagte der Präsident.

»Nicht ganz«, erwiderte Pitt. »Kurz bevor die Deutschen in Belgien einmarschierten, hat unsere Regierung den Engländern einhundertundfünfzig Millionen Dollar geliehen. Zumindest sind sie als Darlehen in die Akten eingegangen. In Wirklichkeit jedoch war es eine Vorauszahlung.«

»Da kann ich Ihnen leider nicht folgen.«

»Premierminister Herbert Asquith und König George V. trafen sich am zweiten Mai zu einer Geheimsitzung und fanden eine Lösung, die ihnen die Verzweiflung diktierte. Richard Essex, der Unterstaatssekretär unter William Jennings Bryan, und Harvey Shields, der stellvertretende Sekretär des britischen Foreign Office, arbeiteten dann ein Abkommen aus, das für kurze Zeit als der Nordamerikanische Vertrag bekannt wurde.«

»Und was war der Kern dieses Vertrages?« fragte der Präsident.

Während etwa zehn Sekunden herrschte absolutes Schweigen. Pitt zögerte, räusperte sich dann:

»Großbritannien hat Kanada für die Summe von einer Milliarde Dollar an die Vereinigten Staaten verkauft.«

Der Präsident war völlig verblüfft, konnte nicht glauben, was er da gehört hatte.

»Sagen Sie das noch einmal«, bat er.

»Wir haben Kanada für eine Milliarde Dollar gekauft.«

»Das ist absurd.«

»Aber wahr«, sagte Pitt. »Vor dem Ausbruch des Krieges zogen viele Parlamentsabgeordnete die Loyalität und Unterstützungsbereitschaft der Kolonien und Dominions ernsthaft in

Zweifel. Sowohl Liberale als Konservative vertraten ganz offen die Meinung, daß Kanada nur eine Bürde für das Empire sei.«

»Können Sie mir Beweise vorlegen?« fragte der Präsident mit skeptischer Miene.

Pitt gab ihm die Kopie des Briefes von Wilson. »Das hat Woodrow Wilson am vierten Juni an Premierminister Asquith geschrieben. Sie werden feststellen, daß eine Zeile verwischt ist. Ich habe einen spektrographischen Test vorgenommen und fand die fehlenden Worte: ›Zumal meine Landsleute sehr auf Besitz bedacht sind und sich nie und nimmer damit abfinden würden, daß ihr Traum, unseren großen Nachbarn im Norden und unser geliebtes Land vereint zu sehen, bereits beschlossen, jedoch noch nicht verwirklicht worden ist.‹«

Der Präsident schaute den Brief einige Minuten an, legte ihn dann auf den Tisch zurück. »Was haben Sie sonst noch?«

Pitt reichte ihm kommentarlos das Foto von Bryan, Essex und Shields beim Verlassen des Weißen Hauses mit dem Vertrag. Dann spielte er seine Trumpfkarte aus.

»Das ist das Schreibtischtagebuch von Richard Essex für den Monat Mai. Der gesamte Verlauf der Konferenzen, die zum Nordamerikanischen Vertrag führten, ist bis in die kleinste Einzelheit aufgezeichnet. Die letzte Eintragung ist vom zweiundzwanzigsten Mai neunzehnhundertvierzehn datiert, dem Tage, an dem Essex nach Kanada fuhr, um die Verträge zu unterzeichnen.«

»Verträge? Gab es mehrere?«

»Drei Abschriften, eine für jedes betroffene Land. Zuerst haben Asquith und König George unterschrieben. Dann hat Shields die Dokumente nach Washington gebracht, wo Wilson und Bryan am zwanzigsten Mai ihre Unterschriften hinzufügten. Zwei Tage später begaben sich Essex und Shields gemeinsam per Eisenbahn nach Ottawa, wo der kanadische Premierminister Sir Robert Borden als letzter unterschrieb!«

»Wie kommt es dann, daß der offizielle Zusammenschluß Kanadas mit den Staaten nicht stattfand?«

»Eine Reihe unglücklicher Umstände«, erklärte Pitt. »Harvey Shields ertrank mit tausend anderen Menschen auf dem Transatlantikschiff *Empress of Ireland*, nachdem es mit einem Kohlenfrachter zusammengestoßen und im St.-Lawrence-Strom gesunken war. Seine Leiche und die britische Kopie des Vertrages wurden nie gefunden.«

»Aber wenigstens ist doch Essex mit der amerikanischen Kopie nach Washington gelangt.«

Pitt schüttelte den Kopf. »Der Zug, in dem Essex reiste, stürzte von einer Brücke in den Hudson. Dieses Unglück wurde zu einem klassischen Rätselfall, weil man weder die Mannschaft und die Passagiere, noch auch nur die geringste Spur des Zuges fand.«

»Dann bleibt immer noch die kanadische Kopie.«

»Da verliert sich die Fährte«, sagte Pitt. »Alles übrige sind Vermutungen. Es soll zu einer Rebellion in Asquiths Kabinett gekommen sein. Die Minister, und Churchill gehörte zweifellos dazu, müssen empört gewesen sein, als sie erfuhren, daß der Premierminister und der König hinter ihrem Rücken versucht hatten, das größte Dominion an Amerika zu verkaufen.«

»Die Kanadier sind bestimmt auch nicht von diesem Geschäft begeistert gewesen.«

»Da zwei Abschriften des Vertrages verschwunden waren, sollte es Sir Robert Borden – übrigens ein treuer Engländer – nicht schwergefallen sein, die dritte zu vernichten, so daß Wilson keine Beweise hatte, mit denen er einen amerikanischen Anspruch geltend machen konnte.«

»Es scheint mir einfach unmöglich, daß offizielle Akten, die sich auf derart weitreichende Verhandlungen beziehen, so zweckdienlich verschwinden können«, sagte der Präsident.

»Wilson schreibt in seinem Brief, er habe seinen Sekretär beauftragt, alle Hinweise auf den Vertrag zu vernichten. Ich kann natürlich nicht für das Foreign Office reden, aber es sollte anzunehmen sein, daß sie Sammler sind. Es entspricht nicht der britischen Tradition, Dokumente wegzuwerfen oder zu verbrennen. Die Papiere liegen wahrscheinlich unter einer dicken Staubschicht in irgendeinem viktorianischen Lagerhaus begraben.«

Der Präsident erhob sich und begann, auf und ab zu gehen. »Schade, daß ich mir den Wortlaut des Vertrages nicht ansehen kann.«

»Sie können es.« Pit lächelte. »Essex hat eine Abschrift in sein Tagebuch geheftet.«

»Darf ich sie behalten?«

181

»Selbstverständlich.«

»Wie sind Sie an dieses Tagebuch gelangt?«

»Es befand sich im Besitz seines Enkels«, antwortete Pitt ohne Umschweife.

»John Essex?«

»Ja.«

»Warum hat er es all die Jahre geheimgehalten?«

»Wahrscheinlich weil er befürchtete, die Enthüllung würde einen internationalen Aufruhr hervorrufen.«

»Da mag er recht gehabt haben. Falls die Presse damit herauskäme, wären die Folgen beiderseits der Grenze nicht vorauszusehen. Wilson hatte recht. Die Amerikaner sind sehr auf Besitz bedacht. Sie könnten eine Übernahme Kanadas fordern. Und Gott allein weiß, wie der Kongreß darauf reagieren würde.«

»Die Sache hat allerdings einen Haken«, sagte Pitt.

Der Präsident blieb stehen. »Und der wäre?«

»Es liegen keine Beweise vor, daß die Zahlung erfolgt ist. Der ursprüngliche Vorschuß wurde in ein Darlehen umgewandelt. Selbst wenn ein Exemplar des Vertrages auftauchen sollte, würden die Engländer es mit Recht für null und nichtig erklären, weil sie nie entschädigt wurden.«

»Ja«, sagte der Präsident zögernd, »bei Nichtbezahlung wäre der Vertrag hinfällig.«

Er trat ans Fenster, blickte auf den winterlich braunen Rasen hinaus, schwieg eine Weile, dachte angestrengt nach. Schließlich drehte er sich um und wandte sich Pitt zu. .

»Wer außer Ihnen hat Kenntnis von dem Vertrag?«

»Korvettenkapitän Heidi Milligan, die die ersten Nachforschungen unternahm, nachdem sie auf Wilsons Brief gestoßen war, der Historiker, der die Fotos entdeckte, mein Vater und natürlich Admiral Sandecker. Da er mein unmittelbarer Vorgesetzter ist, hielt ich es für fair, ihn von meiner Tätigkeit zu unterrichten.«

»Niemand sonst?«

Pitt schüttelte den Kopf »Sonst fällt mir niemand ein.«

»Lassen wir es dabei, ja?«

«Wie Sie wünschen, Herr Präsident.«

»Ich bin Ihnen zutiefst dankbar, daß Sie mich auf diese Sache aufmerksam gemacht haben, Mr. Pitt.«

»Soll ich sie weiterverfolgen?«

»Nein, ich halte es für das Beste, wenn wir den Vertrag vorläufig wieder in seinen Sarg zurücklegen. Wir wollen uns unsere Beziehungen zu England und Kanada nicht verderben. Tun wir es einfach mit dem Sprichwort ab: Was ich nicht weiß, macht mich nicht heiß.«

»John Essex hätte Ihnen da zugestimmt.«

»Und Sie, Mr. Pitt? Würden Sie mir auch zustimmen?«

Pitt schloß seine Aktenmappe und stand auf. »Ich bin Marineingenieur, Herr Präsident. Von der Politik halte ich mich am liebsten fern.«

»Sehr weise von Ihnen«, sagte der Präsident mit verständnisvollem Lächeln. »Sehr weise von Ihnen.«

Fünf Sekunden, nachdem die Tür sich hinter Pitt geschlossen hatte, drückte der Präsident auf den Knopf seiner Sprechanlage.

»Maggie, verbinden Sie mich mit Douglas Oates über den Holographen.«

Er setzte sich an seinen Schreibtisch und wartete.

Kurz nach seinem Einzug ins Weiße Haus hatte er eine holographische Sprechanlage in seinem Büro einrichten lassen. Es bereitete ihm ein fast kindliches Vergnügen, die Gesichter, Körperbewegungen und äußerlichen Reaktionen seiner Kabinettsmitglieder zu beobachten, während er meilenweit entfernt mit ihnen sprach.

Das dreidimensionale Bild eines Mannes mit gewelltem rötlich-braunem Haar in einem konservativen, gestreiften grauen Anzug erschien mitten im Ovalzimmer. Er saß in einem Ledersessel.

Staatssekretär Douglas Oates nickte und lächelte. »Guten Morgen, Herr Präsident. Wie steht die Schlacht?«

»Douglas, wieviel Geld haben die Vereinigten Staaten seit neunzehnhundertvierzehn an England gegeben?«

Oates starrte ihn fragend an. »Gegeben?«

»Ja, Sie wissen schon, abgeschriebene Kriegsanleihen, wirtschaftliche Hilfe, Beiträge und was auch immer.«

Oates zuckte die Schultern. »Eine ziemlich beträchtliche Summe, würde ich meinen.«

»Über eine Milliarde Dollar?«

»Ohne weiteres«, erwiderte Oates. »Warum fragen Sie?«

Der Präsident ging darüber hinweg. »Stellen Sie einen Kurier bereit. Ich habe etwas sehr Interessantes für meinen Freund in Ottawa.«

»Zusätzliche Daten bezüglich des Ölvorkommens?« wollte Oates wissen.

»Viel besser als das. Wir haben gerade eine Karte zugespielt bekommen, die das ganze kanadische Problem lösen könnte.«

»Wir brauchen alles Glück, das wir kriegen können.«

»Sie könnten es eine blaue Ente nennen.«

»Blaue Ente?«

Der Präsident machte ein Gesicht wie eine Katze, die eine Maus unter ihren Pfoten hat.

»Das perfekte Manöver«, sagte er, »um die Aufmerksamkeit der Engländer von der wirklichen Verschwörung abzulenken.«

36

Der Präsident ging zum Swimmingpool des Weißen Hauses und stieg die Leiter empor, als Mercier und Klein aus dem Umkleidezimmer kamen. »Hoffentlich bringt das morgendliche Schwimmen eure Zeitpläne nicht durcheinander.«

»Nicht im geringsten, Herr Präsident«, sagte Mercier. »Ein bißchen Übung kann nie schaden.«

Klein blickte sich in der Schwimmhalle um. »Das ist also der berühmte Swimmingpool. Angeblich wurde er zum letzten Mal von John Kennedy benutzt.«

»Ja«, erwiderte der Präsident. »Nixon hatte ihn zudecken lassen und Pressekonferenzen hier abgehalten. Was mich anbetrifft, so schwimme ich lieber, als mich einer Horde von Reportern zu stellen.«

Mercier grinste. »Was würde die Presse von Washington wohl dazu sagen?«

»Das bleibt strikt unter uns.« Der Präsident lachte. »Wollen wir mal in diese neue Wanne tauchen? Die Arbeiter sind erst gestern mit der Installation fertig geworden.«

Sie versammelten sich in einer kleinen Rundung am flachen Ende des Pools. Der Präsident drehte die Umlaufpumpen an und stellte die Temperatur auf vierzig Grad. Während das Wasser sich erhitzte, fühlte sich Mercier wie in einem Brühkessel. So muß es den Hummern ergehen, sagte er sich.

Der Präsident entspannte sich und ergriff das Wort. »Wir können ebensogut auch hier unsere Geschäfte abwickeln. Vielleicht sagen Sie mir zuerst einmal, wo wir mit Kanada in bezug auf die Energielage stehen.«

»Es sieht nicht gut aus«, sagte Mercier. »Unser Nachrichtendienst hat in Erfahrung gebracht, daß es ein Minister namens Henri Villon war, der den Blackout von James Bay aus befahl.«

»Villon.« Der Name schien dem Präsidenten schlecht zu schmecken. »Ist das nicht dieser doppelzüngige Kerl, der jedesmal, wenn er einen Reporter in die Zange kriegt, die Vereinigten Staaten beschimpft?«

»Der ist es«, erwiderte Mercier. »Man munkelt, er wolle sich als Kandidat für die Präsidentschaft der neuen Republik Quebec stellen.«

»Jetzt, da Guerrier tot ist, hat er sogar Chancen, das Rennen zu machen«, fügte Klein hinzu.

Der Präsident runzelte die Stirn. »Ich kann mir nichts Schlimmeres vorstellen, als daß Villon uns die Preise und Lieferungsbedingungen für James Bay und das von der NUMA entdeckte Ölvorkommen diktiert.«

»Es ist verdammt gefährlich«, murrte Mercier. Er wandte sich an Klein. »Sind die Reserven so groß, wie Admiral Sandecker voraussagt?«

»Er hat untertrieben«, antwortete Klein. »Meine Experten sind den Computerdaten der NUMA nachgegangen, und es scheint, daß es eher zehn Milliarden Barrel als acht sind.«

»Wie ist es möglich, daß die kanadischen Ölgesellschaften nicht darauf gestoßen sind?«

»Ein stratigraphisches Becken ist schwerer zu finden als alle anderen Ölvorkommen«, erklärte Klein. »Kohlenwasserstoffverbindungen in dieser geologischen Lage lassen sich weder mit

185

seismischer Ausrüstung, Gravitationswaagen, noch mit erdmagnetischen Instrumenten feststellen. Das einzige sichere Mittel sind Bohrungen aufs Geratewohl. Die Kanadier haben zwei Meilen vom Fund der *Kriechwanze* entfernt gebohrt und sind leer ausgegangen. Die genaue Position ist auf den Ölkarten mit dem Symbol für ein trockenes Loch aufgezeichnet. Deshalb sind weitere Forschungsteams nicht mehr in die Gegend gekommen.«

Mercier wedelte sich den aufsteigenden Dampf aus den Augen. »Wir scheinen Quebec zu einem sehr reichen Land gemacht zu haben.«

»Vorausgesetzt, daß wir es ihnen sagen«, entgegnete der Präsident.

Klein blickte ihn an. »Warum sollen wir es geheimhalten? Es ist doch nur eine Zeitfrage, bis sie von selbst auf das Feld stoßen. Wenn wir ihnen den Weg zeigen und bei der Entwicklung mithelfen, wird uns die Regierung von Quebec aus Dankbarkeit das Rohöl zu einem vernünftigen Preis verkaufen.«

»Falscher Optimismus«, sagte Mercier. »Man braucht sich nur zu erinnern, was im Iran und den OPEC-Staaten geschah. Machen wir uns nichts vor, die halbe Welt sieht in den Vereinigten Staaten eine leichte Beute, wenn es ums Preistreiben geht.«

Der Präsident warf den Kopf zurück und schloß die Augen. »Nehmen wir einmal an, wir besäßen ein Stück Papier, auf dem geschrieben steht, daß Kanada den Vereinigten Staaten gehört.«

Mercier und Klein schwiegen verblüfft und fragten sich, was der Präsident im Sinn hatte. Endlich nahm Mercier das Wort.

»Ich kann mir ein solches Dokument nicht vorstellen.«

»Ich auch nicht«, sagte Klein.

»War auch nur ein Wunschtraum«, sagte der Präsident abwinkend. »Denken wir nicht mehr daran. Wir haben uns mit nüchterneren Problemen zu befassen.«

Mercier blickte ins Wasser. »Die größte Gefahr für unsere nationale Sicherheit ist ein geteiltes Kanada. Wir müssen alles nur mögliche tun, um Premierminister Sarveux zu helfen, damit Quebec sich nicht unabhängig macht.«

»Das klingt an sich recht vernünftig«, sagte der Präsident. »Aber ich werde Sie bitten, nichts dergleichen zu unternehmen.«

»Wie bitte, Sir?«

»Arbeiten Sie gemeinsam mit State Department und CIA

ein Programm auf höchster Geheimstufe aus, und sorgen Sie dafür, daß die Unabhängigkeit Quebecs sich verwirklicht.«

Mercier sah aus, als hätte ein Haifisch ihn gebissen. »Ich weiß nicht, ob Sie sich darüber klar sind, daß . . .«

»Mein Entschluß ist endgültig«, unterbrach ihn der Präsident. »Ich bitte Sie als Freund, meinen Anweisungen zu folgen.«

»Darf ich fragen, warum?«

Die Augen des Präsidenten nahmen einen seltsamen Glanz an, und Mercier lief es kalt über den Rücken, als er die ungewohnte Härte in der Stimme seines Vorgesetzten vernahm.

»Vertrauen Sie mir, wenn ich sage, daß ein geteiltes Kanada im besten Interesse Nordamerikas ist.«

Klein knöpfte sich seinen Regenmantel zu, als er vor dem Südportal des Weißen Hauses seinen Wagen erwartete. Der bedrohlich graue Himmel trug noch zu seiner schlechten Stimmung bei.

»Ich muß mich wirklich fragen, ob der Präsident ebenso verrückt ist wie Henri Villon«, sagte er.

«Sie mißverstehen sie beide«, erwiderte Mercier. »Verschlagen vielleicht, aber keiner von ihnen ist verrückt.«

»Seltsam, dieses Märchen eines mit den Vereinigten Staaten zusammengeschlossenen Kanadas.«

»Das war wirklich nicht zu fassen. Was, zum Teufel, mag er nur im Sinn gehabt haben?«

»Sie sind schließlich der Sicherheitsberater. Falls jemand es weiß, sind Sie es.«

»Sie haben es doch gehört. Er verbirgt etwas vor mir.«

»Und was geschieht nun?«

»Wir warten«, antwortete Mercier mit tonloser Stimme. »Wir warten, bis ich herausgefunden habe, was der Präsident für eine Karte im Ärmel hat.«

37

»Zugeschlagen!«

Die Stimme des Versteigerers dröhnte wie ein Gewehrschuß durch die aufgestellten Lautsprecher. Dann ertönte das übliche Gemurmel in der Menge, während man sich auf dem Programm den erzielten Preis für ein Ford-Coupé, Baujahr 1946, der erstaunlich hoch war, notierte.

»Der nächste Wagen bitte.«

Ein perlweißer Mercedes-Benz 540 K, Modell 1939, mit einer Freestone & Webb-Karosserie, fuhr langsam auf die Bühne des Coliseums von Richmond, Virginia. Etwa dreitausend Menschen murmelten Beifall, als die Strahlen der Deckenscheinwerfer den auf Hochglanz polierten Lack des eleganten Autos aufleuchten ließen. Bieter scharten sich um den Wagen; einige auf Händen und Knien, um sich die Aufhängung und das Chassis anzusehen, andere prüften jede Einzelheit der Sitzpolster und Inneneinrichtung, während wieder andere mit Kennerblick unter die Kühlerhaube schauten.

Dirk Pitt saß in der dritten Reihe und las noch einmal die Programmfolge durch. Der Mercedes war Nummer vierzehn der jährlichen Auktion für klassische Oldtimer-Automobile in Richmond.

»Ein wahrhaft herrliches und exotisches Automobil«, verkündete der Versteigerer. »Ein Oldtimer der Spitzenklasse. Richtpreis vierhunderttausend. Wer bietet?«

Die Versteigerungsangestellten gingen in der Menge herum und regten zum Bieten an. Plötzlich erhob sich eine Hand. »Hundertfünfzig!«

Der Versteigerer leierte sein unverständliches Zeug herunter, und jetzt kamen aus allen Ecken die Angebote der Oldtimer-Liebhaber. Das Limit von zweihunderttausend war schnell erreicht und überboten.

188

Pitt war so in die Auktion vertieft, daß er den elegant gekleideten jungen Mann, der sich neben ihn setzte, gar nicht bemerkte.

»Mr. Pitt?«

Pitt drehte sich gelassen um. Er sah in das Babygesicht Harrison Moons IV.

»Komisch«, sagte Pitt ohne Überraschung. »Ich hätte nicht geglaubt, daß Sie sich für alte Wagen interessieren.«

»Ich interessiere mich eigentlich nur für Sie.«

Pitt schaute ihn amüsiert an. »Falls Sie schwul sind, verlieren Sie Ihre Zeit.«

Moon machte ein dummes Gesicht, blickte sich um, wollte sich versichern, daß niemand diese Bemerkung gehört hatte. Aber alle waren zu sehr mit der Auktion beschäftigt. »Ich bin hier offiziell im Auftrag der Regierung. Kann ich Sie irgendwo unter vier Augen sprechen?«

»Geben Sie mir fünf Minuten«, sagte Pitt. »Beim nächsten Wagen möchte ich mitbieten.«

»Mr. Pitt, ich muß Sie doch sehr bitten«, sagte Moon und bemühte sich, Autorität zu zeigen. »Was ich mit Ihnen zu besprechen habe ist wichtiger als diese alberne Geldverschwendung für veralteten Schrott.«

»Ich habe ein Angebot von hundertachtzigtausend«, brüllte der Versteigerer. »Wer bietet dreihundert mehr?«

»Sie können es immerhin nicht billig nennen«, sagte Pitt ruhig. »Dieser Wagen ist ein mechanisches Kunstwerk und eine Investition, die zwanzig bis dreißig Prozent im Jahr einbringt. Ihre Enkelkinder werden ihn nicht für weniger als zwei Millionen Dollar bekommen.«

»Ich bin nicht hier, um über die Rentabilität von Antiquitäten zu diskutieren. Gehen wir?«

»Kommt nicht in Frage.«

»Vielleicht werden Sie weniger starrköpfig sein, wenn ich Ihnen sage, daß ich im Auftrag des Präsidenten gekommen bin.«

Pitt wurde eisig. »Und wenn schon! Warum bildet sich jeder Knülch aus dem Weißen Hause ein, alle Welt einschüchtern zu können? Gehen Sie zum Präsidenten zurück und sagen Sie ihm, Sie hätten versagt. Sie können ihm auch mitteilen, er soll mir, falls er etwas wünsche, in Zukunft einen Botenjungen schicken, der etwas mehr Format hat.«

Moons Gesicht wurde bleich. Es verlief überhaupt nichts plangemäß. Ganz und gar nicht.

»Ich . . . ich kann das nicht«, stammelte er.

»Schade.«

Der Auktionator hob seinen Hammer. »Zum ersten . . . zum zweiten für dreihundertsechzigtausend.« Er hielt inne, blickte ins Publikum. »Da niemand mehr bietet . . . geht dieser Wagen an Mr. Robert Esbenson aus Denver, Colorado.«

Moon mußte sich geschlagen geben. Er nahm den einzigen noch offenen Ausweg. »Also schön, Mr. Pitt, dann nach Ihren Spielregeln.«

Der Mercedes wurde hinausgefahren, und ein viertüriges cremefarbenes Cabriolet nahm seinen Platz ein. Die Augen des Versteigerers glänzten, als er es zu beschreiben begann.

»Und jetzt, meine Damen und Herren, die Nummer fünfzehn auf unserem Programm. Ein Jensen, Baujahr 1950, britischer Herstellung. Ein sehr seltenes Modell. Das einzige Exemplar mit dieser besonders angefertigten Karosserie. Ein wahres Prachtstück. Können wir das Angebot mit dem Zielpreis von fünfzigtausend eröffnen?«

Der erste Interessent bot fünfundzwanzigtausend. Pitt saß schweigend, während der Preis emporkletterte.

Moon blickte ihn forschend an. »Wollen Sie nicht bieten?«

»Alles zu seiner Zeit.«

Eine elegant gekleidete Endvierzigerin winkte mit ihrer Bieterkarte. Der Auktionator nickte ihr lächelnd zu. »Die charmante Mrs. O'Leery aus Chicago bietet neunundzwanzigtausend.«

»Kennt er all die Leute?« fragte Moon mit einem Funken von Interesse.

»Die Sammler sind eine kleine Clique«, erwiderte Pitt. »Die meisten finden sich immer bei den gleichen Versteigerungen ein.«

Bei zweiundvierzigtausend verlangsamten sich die Angebote. Der Versteigerer sah, daß der Höhepunkt gekommen war. »Kommen Sie, meine Damen und Herren, dieser Wagen ist viel mehr wert.«

Pitt hob seine Karte.

»Ich danke Ihnen, Sir. Jetzt habe ich dreiundvierzigtausend. Möchte jemand auf vierundvierzigtausend erhöhen?«

Mrs. O'Leery, die ein Haute-Couture-Kostüm mit doppelreihiger Wolljacke, einem enganliegenden braunen Flanellrock und eine Bluse mit tiefem Ausschnitt trug, meldete sich wieder.

Bevor der Versteigerer ihr Angebot bekanntgeben konnte, hob Pitt erneut die Karte in die Luft. »Jetzt weiß sie, daß sie darum kämpfen muß«, sagte er zu Moon.

»Vierundvierzig, und nun fünfundvierzig. Wer erhöht auf sechsundvierzig!«

Das Bieten setzte aus. Mrs. O'Leery beriet sich mit einem jüngeren Mann, der neben ihr saß. Sie erschien selten auf zwei folgenden Versteigerungen in derselben Begleitung. Sie hatte sich aus eigener Kraft ein beträchtliches Vermögen mit dem Verkauf von Kosmetika erworben. Ihre Sammlung bestand aus fast hundert Wagen und war eine der schönsten der Welt. Als der Versteigerungsbeamte zu ihr trat, schüttelte sie den Kopf, drehte sich um und zwinkerte Pitt zu.

»Das Zwinkern war aber gar nicht freundlich«, bemerkte Moon.

»Sie sollten es einmal mit einer älteren Frau versuchen«, belehrte ihn Pitt. »Die wissen alles über Männer.«

Ein hübsches Mädchen kam Pitts Gang herunter und bat ihn, den Kaufvertrag zu unterschreiben.

»Jetzt?« fragte Moon hoffnungsvoll.

»Wie sind Sie hierher gekommen?«

»Meine Freundin brachte mich aus Arlington herunter.«

Pitt erhob sich. »Während Sie sie suchen, gehe ich ins Büro und erledige die Bezahlung. Dann kann sie uns folgen.«

»Uns folgen?«

»Sie wollten unter vier Augen mit mir sprechen, Mr. Moon. Und deshalb tue ich Ihnen jetzt einen Gefallen und fahre Sie in einem richtigen Auto nach Arlington zurück.«

Der Jensen rollte über den Highway nach Washington. Pitt blickte nach den Verkehrsstreifen aus und hielt sich bei einer Geschwindigkeit von hundert Stundenkilometern.

Moon knöpfte den Mantel bis zum Hals zu und sah elend aus. »Hat dieses Museumsstück denn keine Heizung?«

Pitt hatte das Eindringen der kalten Luft unter dem Verdeck nicht bemerkt. Er drehte an einem Knopf auf dem Armaturenbrett, und bald schlug ihnen warme Luft entgegen.

»Okay, Moon, wir sind allein. Was haben Sie mir zu sagen?«

»Der Präsident möchte, daß Sie Tauchexpeditionen im St. Lawrence und im Hudson leiten.«

Pitt blickte von der Straße weg und starrte Moon an. »Soll das ein Witz sein?«

»Es ist völliger Ernst. Seiner Meinung nach sind Sie am besten qualifiziert, um nach den verschwundenen Exemplaren des Nordamerikanischen Vertrags zu suchen.«

»Sie wissen davon?«

»Ja, zehn Minuten, nachdem Sie sein Büro verließen, hat er mich in sein Vertrauen gezogen. Ich soll während Ihrer Suche als Verbindungsmann fungieren.«

Pitt verlangsamte das Tempo bis zur vorschriftsmäßigen Geschwindigkeit und schwieg eine Weile. Dann sagte er: »Ich glaube nicht, daß er weiß, was er tut.«

»Ich versichere Ihnen, daß der Präsident jeden Gesichtspunkt berücksichtigt hat.«

»Er verlangt das Unmögliche und erwartet ein Wunder.« Pitt machte ein skeptisches Gesicht, seine Stimme blieb ruhig. »Es ist völlig ausgeschlossen, daß ein Papier, nachdem es ein Dreivierteljahrhundert im Wasser gelegen hat, noch erkennbar ist.«

»Ich gebe zu, daß das Projekt nicht gerade vielversprechend ist«, gestand Moon. »Und doch, falls auch nur eine millionstel Chance besteht, daß ein Exemplar des Vertrages existiert, so darf nach Meinung des Präsidenten keine Mühe unterlassen werden, es zu finden.«

Pitt blickte auf die Straße, die sich jetzt durch die Landschaft von Virginia hinzog. »Nehmen wir einmal an, wir hätten Glück und legten ihm den Nordamerikanischen Vertrag in den Schoß. Was dann?«

»Das kann ich nicht sagen.«

»Sie können es nicht, oder Sie wollen es nicht?«

»Ich bin nur ein Sonderbeauftragter des Präsidenten ... ein Botenjunge, wie Sie es ziemlich unhöflich ausdrückten. Ich tue, was mir gesagt wird. Ich habe Befehl, Ihnen auf jede Weise behilflich zu sein und dafür zu sorgen, daß Ihren Wünschen in bezug auf Geldmittel und Ausrüstung entsprochen wird. Was geschieht, wenn oder falls Sie ein lesbares Dokument gefunden haben, geht mich nichts an, und Sie bestimmt auch nicht.«

»Sagen Sie mal, Moon«, Pitt lächelte schwach, »haben Sie je das Buch *Wie man Freunde gewinnt und Menschen beeinflußt* gelesen?«

»Nie davon gehört.«

»Das überrascht mich nicht.« Pitt fuhr an das Heck eines elektrischen Miniwagens heran, der die Straße nicht freigeben wollte, und gab ihm ein Lichtzeichen. Der andere Fahrer schwenkte endlich nach rechts ab. »Und wenn ich mich weigere?«

Moon zuckte unmerklich zusammen. »Der Herr Präsident würde sehr enttäuscht sein.«

»Ich fühle mich geschmeichelt.« Pit fuhr gedankenverloren weiter. Dann nickte er. »Na schön, ich werde mein Bestes tun. Ich nehme an, wir sollen gleich beginnen.«

Moon nickte erleichtert.

»Punkt eins auf Ihrer Liste«, sagte Pitt. »Ich brauche eine Mannschaft und Ausrüstung von der NUMA. Und was am wichtigsten ist, Admiral Sandecker muß über dieses Projekt informiert werden. Ich werde nicht hinter seinem Rücken arbeiten.«

»Damit bringen Sie mich in das, was man, gelinde gesagt, als eine ›heikle Lage‹ bezeichnet. Je weniger Leute davon wissen, desto geringer sind die Chancen, daß es den Kanadiern zu Ohren kommt.«

»Sandecker muß informiert werden«, wiederholte Pitt entschlossen.

»Also gut, ich werde eine Sitzung einberufen und ihn mit dem Unternehmen bekannt machen.«

»Nicht gut genug. Ich möchte, daß der Präsident den Admiral kurz unterrichtet. Das verdient er.«

Moon machte ein Gesicht, als hätte man ihm die Brieftasche gestohlen. Er blickte vor sich auf die Straße, als er antwortete: »Okay, betrachten Sie es als getan.«

»Punkt zwei«, fuhr Pitt fort. »Wir brauchen einen Profi, um die geschichtlichen Nachforschungen anzustellen.«

»Wir haben einige Experten in Washington, die schon im Auftrag der Regierung gearbeitet haben. Ich schicke Ihnen alle Angaben.«

»Ich hatte an eine Frau gedacht.«

»Aus einem besonderen Grund?«

»Korvettenkapitän Heidi Milligan hat die ersten Nachfor-

193

schungen angestellt. Sie kennt sich in den Archiven aus, und mit ihr brauchen wir unseren Club nicht zu vergrößern.«

»Klingt vernünftig«, sagte Moon nachdenklich, »nur ist sie irgendwo im Pazifik.«

»Rufen Sie den Chef der zuständigen Marineeinheit an, und lassen Sie sie zurückholen, vorausgesetzt natürlich, daß Sie es auf Ihre Kappe nehmen.«

»Ich nehme es auf meine Kappe«, erwiderte Moon kühl.

»Punkt drei. Eins der Vertragsexemplare ging mit der *Empress of Ireland* unter, die in kanadischen Gewässern liegt. Es gibt keine Möglichkeit, die Tauchaktion geheimzuhalten. Gemäß den bestehenden Gesetzen sind wir verpflichtet, die Regierung Kanadas, die *Canadian Pacific Railroad* als Besitzerin des Schiffes und die Versicherungsgesellschaft, die den Schadenersatzansprüchen nachkam, von den Funden zu unterrichten.«

Moon machte ein verschmitztes Gesicht. »In dieser Beziehung bin ich Ihnen voraus. Die nötige Papierarbeit ist bereits in Gang gesetzt. Offiziell leiten Sie ein archäologisches Team auf der Suche nach Kunstgegenständen, die für amerikanische und kanadische Marinemuseen bestimmt sind. Es sollte Ihnen möglich sein, im Laufe des Unternehmens genügend alten Kram zu bergen, um keinerlei Verdacht zu erregen.«

»Punkt vier«, sagte Pitt. »Das Geld.«

»Man wird Ihnen alle Geldmittel zur Verfügung stellen, die Sie für die Durchführung Ihrer Arbeit brauchen.«

Pitt zögerte, bevor er wieder sprach, lauschte auf das regelmäßige Summen des 130-PS-Motors seines Jensen. Die Sonne war hinter den Baumwipfeln untergegangen, und er schaltete die Scheinwerfer ein.

»Ich garantiere für nichts«, sagte er schließlich.

»Selbstverständlich.«

»Wie bleiben wir in Verbindung?«

Moon zog einen Kugelschreiber aus seiner Jacke und schrieb auf die Rückseite des Auktionsprogramms. »Ich bin rund um die Uhr über diese Nummer erreichbar. Wir werden uns nicht mehr persönlich begegnen, außer in unerwarteten Dringlichkeitsfällen.« Er hielt inne, blickte Pitt an, hätte ihn gern etwas mehr durchschaut. Aber Pitt ließ sich nicht durchschauen. »Noch irgendwelche Fragen?«

194

»Nein.« Pitt war in Gedanken versunken. »Keine weiteren Fragen.«

Hundert Fragen schwirrten Pitt durch den Kopf, aber keine, die Moon hätte beantworten können.

Er versuchte sich vorzustellen, was er unter den Fluten des Hudson und des St. Lawrence finden würde, aber es gelang ihm nicht. Und dann begann er sich zu fragen, was hinter dem Wahnsinnsplan steckte, der ihn ins Ungewisse trieb.

38

»Wir müssen uns jetzt entscheiden.«

Sandecker blickte auf die vergrößerten hydrographischen Karten, die die Wand des Konferenzzimmers der NUMA bedeckten. Er stieß mit dem Handknöchel auf die, die einen Teil des Hudson darstellte.

»Nehmen wir uns zuerst den *Manhattan Limited* vor?« Er hielt inne, wies dann auf die Karte nebenan. »Oder die *Empress of Ireland*?« Er wandte sich wieder den vier Leuten am langen Tisch zu. »Wem sollen wir den Vorrang geben?«

Heidi Milligan, deren Gesicht noch die Müdigkeit vom langen Flug aus Honolulu zeigte, wollte etwas sagen, hielt sich aber zurück.

»Die Damen zuerst«, sagte Al Giordino grinsend.

»Ich bin nicht qualifiziert, um eine Meinung über eine Unterwasserbergung zu äußern«, begann sie zögernd. »Aber ich glaube, daß das Schiff die bessere Chance bietet, ein lesbares Exemplar des Vertrags zu finden.«

»Möchten Sie uns Ihre Gründe darlegen?« fragte Sandecker.

»Vor der Zeit der Flugreisen«, erklärte Heidi, »war es üblich, die für Übersee bestimmten diplomatischen Dokumente in mehrere Schichten von Wachstuch zu packen und zu versiegeln, um sie vor Wasserschäden zu schützen. Ich erinnere mich an einen Fall, wo wichtige Papiere völlig intakt bei einem Kurier des Britischen Foreign Office gefunden wurden, dessen Leiche sechs Tage nach dem Untergang der *Lusitania* an Land geschwemmt wurde.«

Sandecker lächelte und nickte ihr befriedigt zu. Es gefiel ihm, sie in seiner Gruppe zu haben. »Ich danke Ihnen, Kapitän. Sie haben uns wieder ein bißchen Hoffnung gegeben.«

Giordino gähnte. Er hatte die ganze Nacht mit Pitt über dem Projekt gebüffelt und konnte sich nur noch mit Mühe wachhalten. »Vielleicht hat Richard Essex sein Exemplar des Vertrages ebenfalls in Wachstuch eingewickelt.«

Heidi schüttelte den Kopf. »Er hat es bestimmt in einem ledernen Reisekoffer getragen.«

»Dort wird es wohl kaum überlebt haben«, bemerkte Sandecker.

»Ich stimme trotzdem für den Zug«, sagte Giordino. »Die *Empress* liegt etwa fünfzig Meter tief – also unterhalb der Sicherheitszone für freies Tauchen. Der Zug dagegen kann höchstens zwölf Meter tief sein. Und nach sieben Jahrzehnten ist das Schiff bestimmt vom Salzwasser des Golfes von St. Lawrence zerfressen. Der Zug hat sich im Süßwasser besser erhalten.«

Sandecker wandte sich einem kleinen Mann zu, dessen eulenhafte Augen durch eine große Hornbrille starrten. »Rudi, wie sehen Sie es?«

Rudi Gunn, der NUMA-Direktor für militärische Einsätze, blickte von seinem bekritzelten Notizblock auf und kratzte sich die Nase. Gunn überließ nichts dem Zufall. Er vertraute nur harten Tatsachen, nie vagen Spekulationen.

»Ich ziehe das Schiff vor«, sagte er ruhig und gelassen. »Der einzige Vorteil des *Manhattan Limited* ist seine Lage auf amerikanischem Gebiet. Die Strömung des Hudson hat jedoch eine Geschwindigkeit von dreieinhalb Knoten. Viel zu stark, um ein wirksames Tauchen zu erlauben. Und, wie Al bemerkte, besteht dazu noch die Gefahr, daß die Lokomotive und die Wagen im Schlamm vergraben sind. Das müßte alles erst ausgebaggert werden, und davon verspreche ich mir nicht viel.«

»Die Bergung eines Schiffs im offenen Gewässer ist viel komplizierter und zeitraubender als das Heraufziehen eines Pullmanwagens aus seichtem Grund«, entgegnete Giordino.

»Mag sein«, gab Rudi Gunn zu. »Aber wir wissen, wo die *Em-*

press of Ireland liegt, und das Grab des *Manhattan Limited* ist nie gefunden worden.«

»Züge lösen sich nicht einfach in nichts auf. Wir haben es mit einem begrenzten Gebiet von weniger als einer Quadratmeile zu tun. Mit einem Protomagnetometer sollten wir die Stelle in wenigen Stunden gefunden haben.«

»Sie reden, als ob die Lokomotive und die Wagen noch immer angekoppelt wären. Nach dem Sturz von der Brücke liegen sie wahrscheinlich überall in dem Flußbett verstreut. Wir könnten Wochen verschwenden und den falschen Wagen ausbuddeln. Da sind mir die Chancen zu gering. Die Sache ist zu unsicher.«

Giordino gab sich nicht geschlagen. »Und wie stehen Ihrer Meinung nach die Chancen, ein kleines Paket in einem Vierzehntausendtonnenschiff zu finden?«

»Wir kennen die Chancen nicht.« Dirk Pitt nahm zum ersten Mal das Wort. Er saß am Ende des Tischs, hatte die Hände hinter seinem Kopf verschränkt. »Ich schlage vor, wir versuchen es gleichzeitig an beiden Orten.«

Alle schwiegen. Giordino nippte an seinem Kaffee, dachte über Pitts Worte nach. Gunn blickte fragend durch seine dicken Brillengläser.

»Können wir uns die Komplikationen leisten, die ein solcher Doppeleinsatz mit sich bringt?«

»Fragen Sie lieber, ob wir uns die Zeit leisten können«, antwortete Pitt.

»Haben wir einen Termin?« erkundigte sich Giordino.

»Nein, wir sind an keinen Zeitplan gebunden«, sagte Sandecker. Er entfernte sich von den Karten und setzte sich auf eine Ecke des Tischs. »Aber der Präsident hat mir unmißverständlich erklärt, daß er ein Exemplar des Nordamerikanischen Vertrags, falls es existiert, verdammt schnell haben will.« Der Admiral schüttelte den Kopf. »Ich weiß allerdings weder, warum dieses nasse, fünfundsiebzig Jahre alte Stück Papier der Regierung so wichtig ist, noch warum es damit eine solche Eile hat, denn der Luxus, mir darüber Gedanken zu machen, wurde mir nicht gewährt. Dirk hat recht. Wir haben keine Zeit, die Projekte in aller Ruhe nacheinander durchzuführen.«

Giordino warf Pitt einen Blick zu und seufzte. »Na schön, dann schlagen wir halt zwei Fliegen mit einer Klappe.«

»Mit zwei Klappen«, berichtigte ihn Pitt. »Während eine Bergungsexpedition sich im Rumpf des Schiffs voranarbeitet, sucht ein zweites Team im Hudson nach dem *Manhattan Limited* oder, genauer gesagt, nach dem Sonderwagen der Regierung, in dem Richard Essex reiste.«

»Wie lange brauchen wir, um die Sache in Gang zu setzen?« fragte Sandecker.

Pitt blickte vor sich hin, überlegte. »Achtundvierzig Stunden, um eine Mannschaft und Ausrüstung zusammenzustellen, vierundzwanzig, um ein Schiff zu beladen und der Aufgabe entsprechend einzurichten. Dann sollten wir bei günstigem Wetter in fünf Tagen über dem Wrack der *Empress* ankern können.«

»Und der *Manhattan Limited*?«

»Ich kann bis morgen ein Boot mit Magnetometer, Flächenecholot und Schichtenprofilmesser bereitstellen«, erbot sich Giordino.

Sandecker hielt die Zeitangaben für ziemlich optimistisch, aber er ließ es sich nicht anmerken. Seine Leute waren schließlich die besten in diesem Geschäft, und sie hatten ihn selten enttäuscht. Er stand auf und nickte Giordino zu.

»Al, Sie übernehmen die Suche nach dem *Manhattan Limited*. Rudi, Sie leiten die Bergungsexpedition der *Empress of Ireland*.« Er wandte sich an Pitt. »Dirk, Sie sind der Direktor der kombinierten Unternehmen.«

»Und wo soll *ich* mit der Arbeit beginnen?« fragte Heidi.

»Beim Schiff. Die Blaupausen der Reederei, die Pläne der verschiedenen Decks, die genaue Lage der Kabine Harvey Shields. Alle nur möglichen Daten, die uns zu den Verträgen führen können.«

Heidi nickte. »Die öffentliche Untersuchung über das Schiffsunglück wurde in Quebec abgehalten. Ich werde mir zuerst einmal die entsprechenden Protokolle ansehen. Ihre Sekretärin kann mich für den nächsten Flug buchen lassen. Ich bin bereit.«

Sie sah geistig und körperlich erschöpft aus, aber Sandecker stand zu sehr unter Zeitdruck, um ihr galanterweise ein paar Stunden Schlaf anzubieten. Er schwieg eine Weile, blickte die entschlossenen Gesichter an.

»Gut«, sagte er ungerührt. »Tun wir es.«

198

39

General Morris Simms fühlte sich seltsam fehl am Platze, als er in der Verkleidung eines Anglers mit einer Rute aus Rohr und einem Flechtkorb den ausgetretenen Pfad zum Blackwater-Fluß in der Nähe des Dorfes Seward's End in Essex hinunterging. Am Ufer, unter einer malerischen Steinbrücke, blieb er stehen und nickte grüßend einem Mann zu, der auf einem Klappstuhl saß und geduldig die Bewegungen seines auf dem Wasser hüpfenden Schwimmers beobachtete.

»Guten Morgen, Herr Premierminister.«

»Guten Morgen, Herr General.«

»Tut mir furchtbar leid, Sie an Ihrem freien Tag zu stören.«

»Ach was«, sagte der Premierminister. »Die verdammten Burschen beißen sowieso nicht an.« Er wies mit dem Kopf zum Klapptisch, auf dem eine Flasche Wein und, wie es Simms schien, eine Schinken- und Kalbspastete standen. »Sie finden Gläser und Teller im Korb. Nehmen Sie etwas Sherry und Pastete.«

»Danke, Sir, ich bin so frei.«

»Was haben Sie auf dem Herzen?«

»Den Nordamerikanischen Vertrag, Sir.« Er hielt inne, goß sich den Sherry ein. »Unser Mann in den Staaten berichtet, daß die Amerikaner eine Großaktion starten, um ihn zu finden.«

»Haben sie eine Chance?«

»Das ist sehr zu bezweifeln.« Simms hob die Flasche. »Noch etwas Sherry?«

»Ja, bitte.«

Simms schenkte ein. »Zuerst glaubte ich, sie wollten nur ein paar Nachforschungen anstellen. Nichts Besonderes, nur ein kleiner Versuch, um sich zu überzeugen, daß es aussichtslos wäre, ein brauchbares Dokument zu finden. Jetzt jedoch sieht es ganz so aus, als machten sie sich allen Ernstes daran.«

»Gefällt mir nicht«, brummte der Premierminister. »Das bedeutet meiner Meinung nach, daß sie im Falle eines Erfolgs beabsichtigen, den Vertrag zu realisieren.«

»Das war auch mein Gedanke«, stimmte Simms ihm zu.

»Ich kann mir das Commonwealth ohne Kanada nicht vorstellen«, sagte der Premierminister. »Das gesamte Gerüst unserer Überseehandelsorganisation würde einstürzen. Unsere Wirtschaft ist schon jetzt in einer schlimmen Lage. Der Verlust Kanadas wäre eine Katastrophe.«

»Tatsächlich?«

»Es ist nicht auszudenken.« Der Premierminister starrte auf das Wasser, während er sprach. »Wenn nämlich Kanada geht, würden Australien und Neuseeland in den nächsten drei Jahren folgen. Und ich brauche Ihnen nicht zu sagen, wie es dann um das Vereinigte Königreich bestellt wäre.«

Die Ungeheuerlichkeit der Prophezeiung des Premierministers überstieg Simms Begriffsvermögen. England ohne sein Empire war unvorstellbar. Und doch wußte er, wenn auch mit Betrübnis, daß der britische Gleichmut sich schließlich auch daran gewöhnen würde.

Der Schwimmer hüpfte ein paarmal rasch, blieb dann wieder still. Der Premierminister nippte nachdenklich an seinem Sherry. Er war ein klobiger, schwerfälliger Mann, dessen Augen nie blinzelten und dessen Mund sich zu einem ständigen Lächeln verzogen hatte.

»Unter welchen Instruktionen arbeiten Ihre Leute?« fragte er.

»Sie sollen die Tätigkeiten der Amerikaner nur beobachten und darüber berichten.«

»Sind sie sich der Drohung bewußt, die dieser Vertrag für uns darstellt?«

»Nein, Sir.«

»Dann sollten Sie es ihnen lieber sagen. Sie müssen sich der Gefahr für unser Land bewußt werden. Wie stehen die Dinge sonst?«

»Unter dem Deckmantel einer Expedition der *National Underwater and Marine Agency* hat der Präsident eine intensive Suchaktion auf der *Empress of Ireland* befohlen.«

»Diese Angelegenheit muß im Keim erstickt werden. Wir dürfen sie nicht auf die *Empress* lassen.«

Simms räusperte sich. »Und durch . . . durch welche Maßnahmen, Sir?«

»Es ist höchste Zeit, daß wir den Kanadiern sagen, was die Amerikaner im Schilde führen. Wir bieten ihnen unsere volle Mitarbeit im Rahmen des Commonwealth-Gesetzes an und fordern sie auf, der NUMA die Erlaubnis für irgendwelche Tätigkeiten auf dem St. Lawrence zu entziehen, und, falls der Präsident auf seinem Wahnsinnsunternehmen besteht, das Wrack zu sprengen und das britische Exemplar des Vertrages ein für allemal zu vernichten.«

»Und das amerikanische Exemplar, das mit dem Zug verschwunden ist? Wir können sie doch nicht gut von ihrem eigenen Fluß vertreiben.«

Der Premierminister warf Simms einen sauren Blick zu. »Dann werden Sie sich etwas Drastischeres einfallen lassen, nicht wahr?«

Vierter Teil

DIE
EMPRESS OF IRELAND

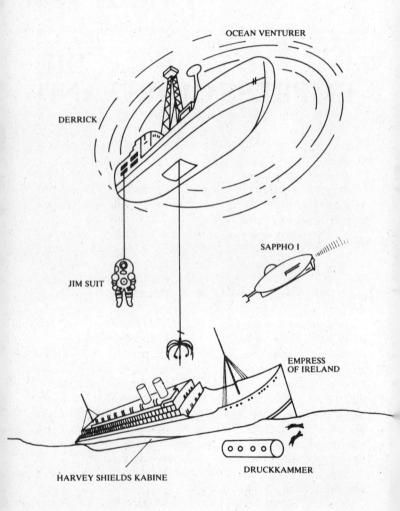

40

MAI 1989,
OTTAWA, KANADA

Villon schloß den Aktendeckel und schüttelte den Kopf.

»Quatsch.«

»Ich versichere Ihnen«, sagte Brian Shaw, »daß es kein Quatsch ist.«

»Und was soll das alles bedeuten?«

»Genau das, was Sie im Bericht gelesen haben.« Shaw blickte Villon in die Augen. »Die Amerikaner suchen einen Vertrag, mit dem sie beweisen können, daß Kanada ihnen gehört.«

»Bis jetzt habe ich noch nie von einem solchen Vertrag gehört.«

»Nur sehr wenige wissen davon.« Shaw zündete sich eine Zigarette an. »Unmittelbar nachdem die Dokumente verlorengegangen waren, hat man bis auf wenige Ausnahmen alle Hinweise auf die Verhandlungen heimlich beseitigt.«

»Und welche Beweise haben Sie, daß die Amerikaner wirklich dabei sind, sich dieses Vertrags zu bemächtigen?«

»Ich folgte einem Faden durch ein Labyrinth. Er führte mich zu einem Mann namens Dirk Pitt, der eine hohe Stellung in der *National Underwater and Marine Agency* einnimmt. Ich habe ihn durch das Gesandtschaftspersonal genau beobachten lassen. Sie haben herausgefunden, daß er zwei Expeditionen leitet: Eine an der Stelle des Hudson, wo Essex mit dem Zug verunglückt ist, und die andere auf der *Empress of Ireland*. Ich kann Ihnen versichern, Mr. Villon, daß er nicht auf einer Schnitzeljagd ist.«

Villon saß einen Augenblick still. Dann lehnte er sich nach vorn. »Wie kann ich Ihnen helfen?«

»Zunächst einmal könnten Sie Pitt und seine Mannschaft vom St. Lawrence verweisen.«

Villon schüttelte den Kopf. »Das kann ich nicht. Die Genehmigung für die Bergungsaktion wurde offiziell erteilt. Es ist nicht vorauszusehen, welche Maßnahmen die Amerikaner ergreifen würden, falls wir plötzlich die Genehmigung rückgängig machten. Sie könnten leicht zurückschlagen und uns die Fischereirechte in ihren Gewässern entziehen.«

»General Simms hat diese Möglichkeit berücksichtigt und ist für eine andere Lösung.« Shaw hielt einen Augenblick inne. »Er schlägt vor, daß wir das Wrack der *Empress* sprengen.«

»Wie wollen Sie das tun, ohne daß es zu einem häßlichen Zwischenfall kommt?«

»Ich müßte natürlich vor Pitt an Ort und Stelle sein.«

Villon lehnte sich zurück, unterzog die von Shaw gelieferten Informationen einer kühlen Analyse und überlegte, wie er die Lage zu seinem Nutzen auswerten konnte. Er ließ seine Augen durch das Zimmer schweifen, blickte lange auf ein Bild an der Wand, auf dem ein Segelschiff in voller Fahrt abgebildet war. Endlich nickte er.

»Ich werde Ihnen jede Hilfe zukommen lassen.«

»Ich danke Ihnen«, erwiderte Shaw. »Ich brauche fünf Mann, ein Boot und die nötigen Taucherausrüstungen.«

»Sie brauchen aber auch einen guten Mann, der Ihnen mit Rat und Tat zur Seite steht.«

»Haben Sie jemanden im Sinn?«

»Jawohl«, sagte Villon. »Ich werde ihn bitten, sich mit Ihnen in Verbindung zu setzen. Er ist ein *Mounty* und für diese Art von Arbeit gut geschult. Sein Name ist Gly, Inspektor Foss Gly.«

41

Das Unternehmen, den *Manhattan Limited* zu orten, schien von Anfang an unter einem schlechten Stern zu stehen. Giordino war wütend und enttäuscht, denn sein Zeitplan hatte sich bereits um vier Tage verzögert.

Nach eiligem Verladen der Mannschaft und der Ausrüstung kämpfte sich das achtzehn Meter lange Forschungsschiff *De Soto,* ein von den Ingenieuren der NUMA für die Binnenschifffahrt entworfenes schnelles Spezialboot, stromaufwärts und stieß dabei auf unvorhergesehene Schwierigkeiten.

Der Steuermann hielt ein wachsames Auge auf die Kanalbojen und begegnete einigen Privatjachten. Seine Hauptsorge galt jedoch dem fallenden Barometer und den dicken Regentropfen, die an die Fenster des Steuerhauses klatschten. Diese Anzeichen wiesen auf einen bevorstehenden Sturm hin.

Bei Einbruch der Dunkelheit begannen die Flußwellen über das Vorderdeck der *De Soto* zu schlagen. Plötzlich heulte der Wind über die steile Uferverschanzung, erhöhte seine Geschwindigkeit von fünfunddreißig Stundenkilometern bis auf fast hundert. Er schob das leichte Boot aus der Hauptströmung. Bevor der Steuermann es unter Anstrengung all seiner Kräfte wieder auf seinen Kurs zurückbringen konnte, war es in seichtes Wasser geraten und holte sich ein Leck unter der Backbordseite, als es einen versunkenen Baumstamm rammte.

Während der nächsten Stunden befehligte Giordino seine Mannschaft mit der Härte eines Kapitäns der *Bounty.* Der Sonaroperateur behauptete später, die heftigen Worte des Italieners seien ihm wie eine Peitsche um die Ohren gesaust. Es war ein meisterhafter Auftritt. Das Loch wurde zugestopft, bis es nur noch ganz dünn rieselte; aber vorher war das Wasser bis weit über den Schiffsboden gestiegen und hatte das untere Deck knöchelhoch überspült.

Die durch das Wasser zwei Tonnen schwerer gewordene *De Soto* ließ sich nur noch mühsam steuern. Giordino nahm in seiner Wut keine Notiz davon, gab Vollgas, ließ die Motoren auf Höchsttouren laufen, so daß das reparierte Leck infolge der Geschwindigkeit über die Wasserlinie kam und das Schiff stromabwärts nach New York zurückkehren konnte.

Zwei Tage gingen verloren, während das Boot im Trockendock lag und repariert wurde. Als sie sich dann wieder auf den Weg machten, stellten sie fest, daß das Magnetometer nicht funktionierte, und sie mußten ein neues aus San Francisco kommen lassen. Das hatte sie zwei weitere Tage gekostet.

Endlich gelangte dann die *De Soto* im Lichte des Vollmondes

207

an den massiven Steinunterbau, der einst die Hudson-Deauville-Brücke gestützt hatte. Giordino steckte seinen Kopf durch das offene Steuerhausfenster.

»Was lesen Sie auf dem Fadenmesser?«

Glen Chase, der schweigsame, fast kahlköpfige Kapitän, warf einen Blick auf die rote Zahlenskala. »Etwa zwanzig Fuß. Sieht sicher genug aus, um hier bis zum Morgen parken zu können.«

Giordino schüttelte den Kopf über Chases Landrattensprache. Der Kapitän weigerte sich hartnäckig, Seemannsausdrücke zu gebrauchen. Für ihn war Backbord links und Steuerbord rechts, denn seiner Meinung nach paßte die alte Tradition nicht mehr in die neue Zeit.

Der Anker wurde geworfen und das Boot mit Seilen an einem Baum am Ufer und den rostigen Überresten eines Brücken-pfeilers im Fluß festgemacht. Die Motoren wurden abgestellt und die Behelfsstromversorgung eingeschaltet. Chase blickte zur Brückenruine hinauf.

»Muß früher mal ein ganz schönes Ding gewesen sein.«

»Als sie gebaut wurde, stand sie an fünfter Stelle der längsten Brücken der Welt«, sagte Giordino.

»Warum ist sie Ihrer Meinung nach eingestürzt?«

Giordino zuckte die Schulter. »Der Untersuchungsbericht führte zu keinen genauen Ergebnissen. Man nimmt allgemein an, starke Winde und Blitzeinschläge hätten den Unterbau beschä-digt.«

Chase nickte zum Fluß hinunter. »Glauben Sie, er liegt da unten?«

»Der Zug?« Giordino starrte auf das im Mondlicht flimmernde Wasser. »Der liegt da bestimmt. 1914 fand man die Trümmer nicht, weil die Bergungsmannschaft damals nur Taucher mit Kupferhelmen und in unbequemen Leinenanzügen zur Verfü-gung hatte, die nichts sehen konnten, und ein paar Greifbagger mit kleinen Booten. Ihre Ausrüstung war ungenügend, und sie haben an der falschen Stelle gesucht.«

Chase nahm seine Mütze ab und kratzte sich am Kopf. »In ein paar Tagen werden wir ja sehen.«

»Schon vorher, wenn wir Glück haben.«

»Wie wär's mit einem Bier?« Chase lächelte. »Einen Optimi-sten lade ich immer gern ein.«

»Gute Idee«, sagte Giordino.

Chase stieg eine Wendeltreppe hinunter, die zur Kombüse führte. Aus dem Speiseraum hörte man das Lachen und die Gespräche der Mannschaft, die gerade versuchte, mit Hilfe einer Schalenantenne am Fernseher die Signale eines vorüberziehenden Satelliten zu empfangen.

Giordino spürte ein plötzliches Fröstein und Gänsehaut auf seinen behaarten Armen, und er griff nach einer Windjacke. Als er den Reißverschluß hochzog, zögerte er und horchte.

Chase erschien und reichte ihm eine Dose Bier. »Gläser habe ich nicht geholt.«

Giordino hob die Hand und gebot ihm Schweigen.

»Haben Sie das gehört?«

Chase runzelte die Stirn. »Was gehört?«

»Da.«

Chase neigte den Kopf, blickte den angespannt lauschenden Giordino an.

»Eine Zugpfeife«, sagte er gleichgültig.

»Sind Sie sicher?«

Chase nickte. »Ich höre es deutlich. Kann nur das Pfeifen einer Lokomotive sein.«

»Finden Sie das nicht merkwürdig?« fragte Giordino.

»Warum sollte ich?«

»Diesellokomotiven haben Lufthupen. Nur die alten Dampflokomotiven pfeifen, und die letzte wurde vor dreißig Jahren aus dem Verkehr gezogen.«

»Könnte irgendeine Kindereisenbahn in einem Vergnügungspark irgendwo flußaufwärts sein«, meinte Chase. »Solche Geräusche dringen meilenweit über das Wasser.«

»Das glaube ich nicht«, sagte Giordino, der seinen Kopf wie eine Radarantenne hin und her bewegte. »Es wird lauter . . . lauter, und es kommt näher.«

Chase ging ins Steuerhaus, holte eine Landkarte und eine Taschenlampe. Er breitete die Karte auf der Reling aus und beleuchtete sie.

»Schauen Sie, hier«, sagte er und zeigte auf die kleinen blauen Striche. »Die Haupteisenbahnstrecke läuft etwa dreißig Kilometer von hier durch das Binnenland.«

»Und der nächste Schienenstrang?«

»Fünfzehn, vielleicht zwanzig Kilometer von hier.«

»Dieses Geräusch ist aber höchstens einen Kilometer von hier entfernt«, sagte Giordino.

Giordino schaute in die Richtung des Pfeifens. Der volle Mond warf ein klares Licht über die Landschaft. Er erkannte einzelne Bäume auf drei Kilometer Entfernung. Das Geräusch kam vom westlichen Flußufer über ihnen. Aber nichts bewegte sich, man sah nur die Lichter einiger ferner Bauernhäuser.

Ein Aufkreischen.

Neue Geräusche. Das Rattern schweren Stahls, das kehlige, zischende rhythmische Ausstoßen von Dampf drang durch die Nacht. Giordino stand wie versteinert da und wartete.

»Es wendet sich ... es wendet sich uns zu.« Chase sprach heiser, glaubte fast seinen eigenen Worten nicht. »Mein Gott, es kommt von den Trümmern der Brücke.«

Die beiden starrten die Brückenpfeiler empor, hielten den Atem an, konnten nicht begreifen, was da geschah. Plötzlich explodierte der ohrenbetäubende Lärm des unsichtbaren Zuges im Dunkel über ihnen. Giordino duckte sich instinktiv. Chase stand regungslos, sein Gesicht wurde leichenblaß, die Augen waren weit aufgerissen.

Und dann, ebenso plötzlich, Stille – unheilvolle, tödliche Stille.

Keiner der beiden sprach, keiner bewegte sich. Wie angewurzelt standen sie auf dem Deck, wie zwei Wachsfiguren ohne Herz und Lunge. Langsam kam Giordino wieder zu Sinnen, nahm Chase die Taschenlampe aus der schlaffen Hand. Er strahlte den oberen Teil des Pfeilers an.

Nichts war zu sehen, nur zerfallenes Gestein und undurchdringliche Schatten.

42

Die *Ocean Venturer* ankerte über dem Wrack der *Empress of Ireland*. In den frühen Morgenstunden war ein leichter Regen gefallen, und der weiße Rumpf der *Venturer* glitzerte orangefarben in der aufgehenden Sonne. Im Gegensatz dazu wirkte die zerkratzte und abgebröckelte blaue Farbe des alten Fischerboots, das zweihundert Meter von ihnen seine Netze auswarf, matt und dunkel. Den Fischern erschien die *Ocean Venturer*, die sich vom heller werdenden Horizont abhob, wie das Werk eines Künstlers mit leicht abwegigem Humor.

Die Rumpflinien waren zwar ästhetisch und modern, der Bug anmutig gerundet, das Hauptdeck lief harmonisch in einer Bogenlinie zum ovalen Heck aus; nichts auch von den scharfen Kanten und Ecken, die man auf vielen Schiffen findet. Selbst die eiförmige Kommandobrücke saß auf einem gerundeten Unterbau. Aber damit endete die Schönheit. In der Mitte der *Ocean Venturer* ragte, einer übergroßen häßlichen Nase gleich, ein Mastkran empor, der einem jener Bohrtürme glich, die man auf neuen Ölfeldern errichtet.

Dieser wenn auch nicht schöne, so doch sehr praktische Mastkran machte es möglich, Geräte und Gegenstände durch den Rumpf auf den Flußboden zu befördern oder schwere Gegenstände, wie Wrackteile, direkt in die Laderäume des Schiffs zu bringen. Die *Ocean Venturer* war die ideale Plattform für die Suche nach dem Vertrag.

Pitt stand auf dem Achterdeck, zog sich eine portugiesische Fischermütze fest über den Kopf, als die Blattschrauben eines NUMA-Helikopters die Luft um ihn herumpeitschten. Der Pilot blieb eine Weile im Schwebeflug, um die Windströmungen zu testen. Dann senkte er den Hubschrauber langsam, bis die Kufen sich fest auf die Markierungen des Decks gesetzt hatten.

Pitt trat gebeugt vor, öffnete die Tür. Heidi Milligan in einem leuchtend blauen Fallschirmspringeranzug glitt heraus. Pitt half ihr herunter und trug den Koffer, den der Pilot ihm gereicht hatte.

»Bei Ihrer nächsten Taxifahrt«, schrie Pitt ihm durch das Heulen der Turbinen zu, »bringen Sie uns eine Kiste Erdnußbutter mit.«

Der Pilot grüßte mit der Hand und schrie zurück: »Wird gemacht.«

Pitt führte Heidi über das Deck, während der Hubschrauber wieder aufstieg und sich nach Süden wandte. Sie blickte ihn lächelnd an.

»Gehört es zu den Pflichten des Planungsdirektors, den Gepäckträger zu spielen?«

Pitt lachte. »Das ist der Dank für meine Höflichkeit.«

Einige Minuten später, nachdem er ihr die Kabine gezeigt hatte, kam sie mit einem Stapel Papiere in den Speiseraum und setzte sich zu ihm.

»Wie war deine Reise?«

»Recht ergiebig«, antwortete sie. »Und wie geht es bei dir?«

»Wir sind gestern nachmittag hier angekommen, achtzehn Stunden dem Zeitplan voraus, und jetzt liegt die *Ocean Venturer* über dem Wrack.«

»Was hast du als nächstes vor?«

»Ein kleines unbemanntes und ferngesteuertes Unterseeboot mit Kameras wird die ganze *Empress* aufnehmen. Dann werden die Videodaten auf unsere Bildschirme übertragen, geprüft und analysiert.«

»In welchem Winkel liegt das Schiff?«

»Fünfundvierzig Grad Steuerbord.«

Heidi runzelte die Stirn. »Pech.«

»Warum?«

Sie begann, die Papiere über den Tisch auszubreiten. Einige waren ziemlich groß und mußten aufgefaltet werden.

»Bevor ich diese Frage beantworte, zeige ich dir hier eine Kopie der Passagierliste der *Empress* auf ihrer letzten Fahrt. Zuerst glaubte ich, in eine Sackgasse geraten zu sein, als ich Harvey Shields Namen nicht unter den Passagieren der ersten Klasse finden konnte. Dann fiel mir ein, daß er vielleicht in der zweiten Klasse gereist war, um nicht aufzufallen. Die meisten

212

Überseeschiffe verfügten über Luxuskabinen auf den Decks der zweiten Klasse für wohlhabende und geizige Exzentriker oder hohe Regierungsbeamte, die Publizität vermeiden wollen. Und dort habe ich ihn gefunden. Oberdeck D, Kabine sechsundvierzig.«

»Gute Arbeit. Du hast die Nadel im Heuhaufen gefunden. Jetzt brauchen wir nicht mehr das ganze Schiff auseinanderzunehmen.«

»Soweit die guten Nachrichten«, sagte Heidi. »Und jetzt die schlechten.«

»Laß hören.«

»Die *Storstad*, der norwegische Kohlenfrachter, der die *Empress* versenkte, stieß mittschiffs ein, direkt zwischen den Schornsteinen, und bohrte ein Loch von über viereinhalb Meter Breite und fast fünfzehn Metern Höhe. Der Bug des Frachters drang unterhalb der Wasserlinie bis in die Kesselräume ein und zerstörte dabei einen Teil der darüberliegenden Zweitklaßkabinen.«

»Soll das heißen, daß die *Storstad* auch Shields Kabine zerstörte?«

»Wir müssen uns darauf gefaßt machen.« Heidi breitete einen Plan der *Empress of Ireland* aus und zeigte mit der Bleistiftspitze auf eine kleine, mit einem Kreis bezeichnete Stelle. »Nummer sechsundvierzig war eine Außenkabine auf der Steuerbordseite. Sie war entweder verdammt nahe oder mitten im Kollisionsbereich.«

»Das könnte erklären, warum Shields Leiche nie gefunden wurde.«

»Wahrscheinlich ist er im Schlaf zerquetscht worden.«

»Was meintest du mit ›Pech‹, als ich dir den Winkel des Wracks angab?«

»Bei fünfundvierzig Grad Steuerbord müßte Kabine sechsundvierzig im Flußbett liegen«, antwortete Heidi. »Demnach läge der Innenraum im Schlamm vergraben.«

»Was uns auf den ersten Punkt zurückbringt. Der Schlamm könnte die Hülle des Dokuments geschützt haben, aber uns die Suche vielleicht unmöglich machen.«

Heidi beobachtete Pitt schweigend, während er langsam mit den Fingern auf die Tischplatte trommelte und die vor ihm lie-

213

genden Daten zu verwerten suchte. Seine grünen Augen hatten einen verlorenen Ausdruck.

Sie beugte sich vor und nahm seine Hand. »An was denkst du?«

»An die *Empress of Ireland*«, sagte Pitt mit ruhiger Stimme. »Das Schiff, das die Welt vergaß. Das Grab von tausend Menschen. Gott allein weiß, was wir finden, wenn wir einmal drin sind.«

43

»Hoffentlich nehmen Sie es mir nicht übel, daß ich mich so kurzfristig bei Ihnen angemeldet habe«, sagte der Präsident, als er aus dem Fahrstuhl trat.

»Nicht im geringsten«, erwiderte Sandecker. »Wir haben alles aufgebaut. Bitte folgen Sie mir.«

Der Präsident gab seinen Geheimdienstleuten ein Zeichen, beim Fahrstuhl auf ihn zu warten, folgte dann dem Admiral über einen langen, mit Teppichen belegten Flur bis zu einer großen Tür aus Zedernholz. Sandecker öffnete sie und trat beiseite.

»Nach Ihnen, Herr Präsident.«

Der Raum war rund, und die Wände waren mit dunkelrotem Stoff tapeziert. Es gab keine Fenster, und das einzige Möbelstück war ein nierenförmiger Tisch in der Mitte des Zimmers. Seine Oberfläche wurde von der Decke aus mit blauem und grünem Scheinwerferlicht angestrahlt. Der Präsident trat näher und blickte auf einen neunzig Zentimeter langen Gegenstand, der auf einem Bett von feinem Sand lag.

»So sieht es also aus«, sagte er in ehrfürchtigem Ton.

»Das Grab der *Empress of Ireland*«, erklärte Sandecker. »Unser Miniaturmodellbauer hat nach Videoaufzeichnungen gearbeitet, die uns von der *Ocean Venturer* übermittelt wurden.«

»Und das ist das Bergungsschiff?« fragte der Präsident und zeigte auf ein weiteres Modell, das auf einer durchsichtigen Plastikplatte sechzig Zentimeter über der *Empress* hing.

214

»Ja, die Proportionen sind genau eingehalten. Die Distanz zwischen ihnen entspricht der Tiefe von der Oberfläche bis zum Boden des Flußbettes.«

Der Präsident betrachtete das Modell der *Empress* einige Sekunden lang. Dann schüttelte er skeptisch den Kopf. »Der Vertrag ist so klein und das Schiff so groß. Wo fangen Sie mit der Suche an?«

»Unsere Dokumentaristin hat dieses Problem gelöst«, sagte Sandecker. »Sie konnte Harvey Shields Kabine genau orten.« Er zeigte auf eine Stelle mittschiffs der nach unten gekehrten Steuerbordseite. »Sie liegt etwa hier. Leider besteht die Möglichkeit, daß die Kabine bei der Kollision mit dem Kohlenfrachter zerstört worden ist.«

»Wie gelangen Sie dort hin?«

»Nachdem die Mannschaft das Schiffsinnere mit einem unbemannten und ferngesteuerten Unterwasserfahrzeug durchsucht hat«, erwiderte Sandecker, »werden die Bergungsarbeiten auf dem Rettungsbootdeck beginnen und von da aus bis zur Einbruchstelle unterhalb vordringen.«

»Sie scheinen es sich schwerzumachen«, sagte der Präsident. »Versuchen Sie, von außen in den unteren Rumpf zu gelangen.«

»Das ist leicht gesagt... Soweit wir es ausmachen können, liegt Shields Kabine unter Tonnen von Schlamm. Sie können mir glauben, Herr Präsident, das Durchbaggern im Flußschlamm ist ein gefährliches, kräftezehrendes und zeitraubendes Unternehmen. Wenn die Leute vom Inneren des Schiffs aus vordringen, haben sie eine feste Plattform, von der aus sie arbeiten können, und vor allem ist es ihnen möglich, sich bei jeder Phase an den Plänen der Reederei zu orientieren.«

»Sie haben mich überzeugt«, sagte der Präsident.

Sandecker fuhr fort: »Wir arbeiten uns mittels vier verschiedener Systeme bis in die Eingeweide des Schiffs vor. Das eine ist der große Mastkran, den Sie hier auf der *Ocean Venturer* sehen. Er kann Lasten bis zu fünfzig Tonnen heben und wird die schweren Trümmerstücke entfernen. Das zweite ist ein Zweimann-unterseeboot mit mechanischen Waffen, das uns als Allzweckeinheit zu unserem Schutze dient.«

Der Präsident nahm eine kleine Miniatur vom Tisch und sah sie sich an. »Ich nehme an, das ist das U-Boot?«

215

Sandecker nickte. »Die *Sappho I.* Es war eine unserer vier Bergungseinheiten, die im letzten Jahr bei dem Unternehmen *Titanic* eingesetzt wurden.«

»Ich wollte Sie nicht unterbrechen. Bitte fahren Sie fort.«

»Das dritte System ist der Grundpfeiler des ganzen Unternehmens«, erklärte Sandecker. Er nahm eine kleine Figur vom Tisch, die wie ein aufziehbarer Eisbär mit runden Augen und einem großen Kopf aussah. »Das ist ein artikulierter Tiefseetaucheranzug mit atmosphärischem Drucksystem, gewöhnlich JIM-Anzug genannt. Er ist aus Magnesium und Fiberglas hergestellt, und ein Mann kann darin stundenlang in enormen Tiefen arbeiten, während der Druck beständig bleibt. Mit zwei dieser Ausrüstungen können sechs Mann rund um die Uhr auf dem Wrack arbeiten.«

»Sieht aber sehr schwerfällig aus.«

»In der Luft wiegt so ein Ding mit Taucher elfhundert Pfund. Unter Wasser nur etwa sechzig. Und es ist erstaunlich manövrierfähig. Man kann damit auf dem Meeresboden herumwandern, wie man es etwa im Wüstensand tun würde.«

Der Präsident nahm Sandecker die Figur aus der Hand und bewegte die winzigen Arm- und Beingelenke. »Das Tauchen mit Aqualunge ist also überholt.«

»Nicht ganz«, antwortete Sandecker. »Ein Taucher mit dreidimensionaler Bewegungsfähigkeit ist immer noch die Schlüsselfigur bei jedem Bergungsunternehmen. Das vierte und letzte System nennen wir Sättigungstauchen.« Er zeigte auf ein Modell in der Form eines zylindrischen Tanks. »Ein Taucherteam wird in dieser Druckkammer leben und ein Gemisch von Helium und Sauerstoff einatmen. Das vermeidet die narkotische Wirkung des Einatmens von Stickstoff unter Druck. Die Kammer gestattet den Leuten, während langer Zeit unter Wasser zu arbeiten, ohne Gefahr zu laufen, daß die Lungengase sich im Blutkreislauf auflösen, Blasen bilden und zu Komplikationen führen. Und sie brauchen auch keine Dekompression, bis die Arbeit beendet ist.«

Der Präsident schwieg. Beruflich und erziehungsmäßig war er ein Anwalt, ein genauer Mann mit analytischem Geist – aber diese wissenschaftliche Sprache war zuviel für ihn. Er wollte sich vor dem Admiral keine Blöße geben und wählte seine Worte vorsichtig.

»Ihre Leute beabsichtigen doch gewiß nicht, sich buchstäblich durch diesen Berg von Stahl zu buddeln.«

»Nein, da gibt es eine bessere Methode.«

»Sprengstoff vielleicht?«

»Zu riskant.« Sandecker blieb sehr sachlich. »Der Stahl des Wracks war fünfundsiebzig Jahre lang den korrosiven Elementen ausgesetzt. Dadurch wurde er porös und hat den größten Teil seiner Spannungskraft eingebüßt. Eine Sprengladung von zu großer Kraft oder an der falschen Stelle könnte das ganze Schiff einstürzen lassen. Nein, wir schneiden uns unseren Weg.«

»Mit Azetylenschneidbrennern vermutlich.«

»Nein, mit Pyroxon.«

»Nie davon gehört.«

»Eine geschmeidige Brennstoffsubstanz, die für vorbestimmte Zeitabschnitte unglaublich hohe Temperaturen erreicht. Das Pyroxon wird an die zu durchschneidende Metallfläche gelegt und durch ein elektronisches Signal zum Zünden gebracht. Bei dreitausend Grad Celsius schmelzt es jeden Widerstand fort, sogar Felsblöcke.«

»Das kann man sich nur schwer vorstellen.«

»Hätten Sie sonst noch irgendwelche Fragen?«

Der Präsident winkte ab. »Nein, ich bin vollauf befriedigt. Sie und Ihre Leute leisten bemerkenswerte Arbeit.«

»Falls wir Ihnen den Vertrag nicht bringen, so wissen Sie, daß wir alles getan haben, was technisch möglich war.«

»Sie scheinen sich keine großen Hoffnungen zu machen.«

»Offen gesagt, Herr Präsident, halte ich unsere Chancen für äußerst gering.«

»Glauben Sie, wir werden den Vertrag eher im *Manhattan Limited* finden?«

»Darüber kann ich mich erst äußern, wenn wir den Zug gefunden haben.«

»Wenigstens weiß ich, wie Sie darüber denken«, sagte der Präsident lächelnd.

Sandecker machte plötzlich ein wölfisches Gesicht. »Sir, ich habe eine Frage.«

»Schießen Sie los.«

»Darf ich mich gehorsamst erkundigen, worauf, zum Teufel, das alles hinaussoll?«

217

Jetzt machte auch der Präsident ein wölfisches Gesicht. »Fragen dürfen Sie, Herr Admiral, aber ich werde Ihnen nur eine Antwort darauf geben: Es handelt sich um einen verrückten Plan«, sagte er mit unheilvoll blitzenden Augen. »Der verrückteste Plan, den sich je ein Präsident der Vereinigten Staaten ausgedacht hat.«

44

Die Stille in den grünen Tiefen des St.-Lawrence-Flusses wurde von einem seltsam schwirrenden Geräusch unterbrochen. Dann senkte sich ein bläulich schimmernder Schaft in das kalte Wasser, wurde immer größer, bildete schließlich ein großes Viereck. Ein Schwarm neugieriger Fische, angezogen von dem leuchtenden Glühen, schwamm in weiten Kreisen darum herum, schien sich nicht um die verschwommenen Schatten zu kümmern, die über ihnen hingen.

Im großen Schacht der *Ocean Venturer* legte ein Team von Ingenieuren die letzte Hand an ein ferngesteuertes Unterwasserfahrzeug, das an einem Kabel von einem kleinen Kran hing. Während der eine die Lichteinheiten für die drei Kameras einstellte, schloß ein anderer die batteriebetriebene Stromversorgung an.

Die RSV hatte die Form eines in die Länge gezogenen Tropfens. Sie war nur neunzig Zentimeter lang, bei einem Durchmesser von fünfundzwanzig Zentimetern, und ihre glatte Titanverkleidung wies keinerlei Vorsprünge auf. Eine kleine Wasserstrahlpumpe mit verstellbaren Druckvorrichtungen betätigte den Antrieb und die Steuerung.

Heidi stand am Rand der Schachtöffnung und blickte auf die Fische unter sich.

»Ein komisches Gefühl«, sagte sie. »Man steht mitten im Schiff, schaut ins Wasser hinunter und fragt sich, warum man nicht untergeht.«

»Weil Sie vier Fuß über der Oberfläche stehen«, antwortete Rudi Gunn grinsend. »Solange der Fluß nicht unter die Wasserlinie dringen kann, schwimmen wir oben.«

Einer der Ingenieure winkte. »Alles fix und fertig.«

»Keine Nabelschnur für die elektronische Kontrolle?« fragte Heidi.

»Baby reagiert bis zu drei Meilen unter Wasser auf Klangimpulse«, erklärte Gunn kurz.

»Ihr nennt es Baby?«

»Weil es gewöhnlich naß ist«, sagte Pitt lachend.

»Ach, die Männer und ihr kindischer Humor.« Sie schüttelte den Kopf.

Pitt wandte sich dem Schacht zu. »Taucher rein«, befahl er.

Ein Mann in thermischer Taucherausrüstung setzte sich die Gesichtsmaske auf und sprang von der Seite hinunter. Er führte die RSV, als sie den Schacht heruntergelassen wurde, und verließ sie erst, als sie unter den Kiel der *Venturer* gelangt war.

»Jetzt gehen wir in den Kontrollraum und schauen uns an, was es da unten gibt«, sagte Pitt.

Wenige Minuten später blickten sie auf drei horizontal montierte Bildschirme. Auf der gegenüberliegenden Seite des Raumes saßen einige Techniker über Zähler und Instrumente gebeugt und machten sich Notizen. An einer dritten Wand begannen die Computer, die Daten der Übertragungen aufzuzeichnen.

Ein jovialer dicker Mann mit welligem rotem Haar und vielen Sommersprossen grinste breit, als Pitt ihn Heidi vorstellte.

»Doug Hoker, Heidi Milligan.« Pitt erwähnte Heidis militärischen Rang nicht. »Doug spielt bei Baby die Mama.«

Hoker erhob sich halb aus seinem Stuhl vor dem langen Pult und schüttelte ihr die Hand. »Es freut mich immer, ein schönes Publikum zu haben.«

Sie lächelte. »Diese Premiere wollte ich nicht verpassen.«

Hoker kehrte zu seinem Pult zurück und war wieder ganz bei der Sache. »Achtzig Fuß vorbei«, rief er, die rechte Hand auf einem Hebel. »Wassertemperatur zwei Grad unter Null.«

»Laß Baby vom Heck aus kreisen«, sagte Pitt.

»Wird gemacht.«

Bei 165 Fuß erschien der Flußgrund auf den Farbbildschirmen. Ein eintöniges, verwaschenes Braun ohne Leben, ausgenommen hie und da ein Krebstier oder verstreute Tangbüschel. Die Sichtweite unter dem hochintensiven Licht der RSV betrug kaum mehr als zehn Fuß.

Allmählich zeichnete sich ein dunkler Schatten auf dem Bildschirm ab, vergrößerte sich immer mehr, bis die großen Bolzen klar sichtbar wurden.

»Gute Orientierungsgabe«, sagte Pitt zu Hoker. »Du bist direkt aufs Ruder gestoßen.«

»Da kommt noch etwas«, verkündete Gunn. »Sieht wie die Schiffsschraube aus.«

Die vier riesigen Bronzeschaufeln, die das Vierzehntausendtonnenschiff so oft von Liverpool nach Quebec getrieben hatten, bewegten sich im Trauermarschtempo unter den Kameraaugen der RSV.

»Etwa sechs Meter von Spitze zu Spitze«, schätzte Pitt. »Muß mindestens dreißig Tonnen wiegen.«

»Die *Empress* war ein Doppelschraubenschiff«, bemerkte Heidi leise. »Die auf der Backbordseite wurde neunzehnhundertachtundsechzig geborgen.«

Pitt wandte sich Hoker zu. »Komm um fünfzig Fuß hoch und dann am Steuerborddeck entlang.«

Tief unter ihnen gehorchte das kleine U-Boot den Befehlsimpulsen, schwamm über die Heckreling, knapp am Fahnenmast vorbei, wo einst die Flagge des Heimathafens der *Empress* geweht hatte.

»Der Achtermast ist runter«, sagte Pitt mit eintöniger Stimme. »Die Vertakelung scheint weg zu sein.«

Dann kam das Schiffsdeck in Sicht. Einige der Schwenkkräne hingen leer, aber andere trugen immer noch die Rettungsboote in ihren Haken. Die Ventilatoren hoben sich gespenstisch ab, die Farbe war schon längst abgebröckelt; die beiden Schornsteine waren spurlos verschwunden, wahrscheinlich vor Jahrzehnten in den Schlamm versunken.

Während einiger Minuten sprach niemand ein Wort. Es war ihnen, als blickten sie in die Vergangenheit zurück, sahen die entsetzten Menschen, die sich zu Hunderten auf den Decks drängten, Männer, Frauen und Kinder, die verzweifelt und hilflos auf dem untergehenden Schiff ertranken.

Heidis Herz begann zu pochen. Die Szene hatte etwas Unheimliches. Der Seetang auf dem verrosteten Rumpf des Schiffes bewegte sich gespenstisch in der Strömung. Sie erschauerte unwillkürlich, und ihre Hände zitterten.

Pitt brach das Schweigen. »Steuere sie hinein.«

Hoker fuhr sich mit seinem Taschentuch über den Nacken.

»Die beiden Oberdecks sind eingestürzt«, sagte er flüsternd. »Wir kommen nicht hinein.«

Pitt breitete den Schiffsplan auf dem Kartentisch aus und zog einen Strich mit dem Finger. »Bringe sie aufs untere Promenadendeck. Der Eingang zum Salon der ersten Klasse sollte frei sein.«

»Wird Baby tatsächlich in das Innere des Schiffs dringen?« fragte Heidi.

»Dafür wurde es gebaut«, erwiderte Pitt.

»All die toten Menschen da drinnen. Das ist doch fast wie Friedhofsschändung.«

»Seit fünfzig Jahren sind Taucher auf der *Empress* gewesen«, tröstete Gunn sie. »Das Museum in Rimouski ist voller Gegenstände, die man aus dem Wrack geholt hat. Außerdem müssen wir unbedingt sehen, woran wir sind, bevor wir uns da durchschweißen.«

»Ich habe eine Stelle gefunden«, unterbrach Hoker.

»Sei vorsichtig«, ermahnte ihn Pitt. »Die Deckenbalken haben sich wahrscheinlich gelöst und versperren die Durchgänge.«

Während der nächsten Sekunden waren nur im Wasser treibende Holzstücke auf dem Bildschirm zu sehen. Dann strahlte die RSV eine fächerförmige Treppe an. Das Geländer auf seinen brüchigen Stützen war noch zu erkennen. Die Perserteppiche, die einst den unteren Absatz geschmückt hatten, hatten sich längst im Nichts aufgelöst, wie auch die Sessel und Sofas.

»Ich glaube, ich komme durch den hinteren Gang durch«, sagte Hoker. »Tue es«, befahl Pitt.

Die RSV bahnte sich ihren Weg durch den am Boden liegenden Schutt, und die Kabinentüren huschten in einer gespenstischen Prozession an ihren Kameras vorüber. Zehn Meter weiter war der Gang frei, und sie drang in eine Kabine ein. Der Luxus, für den das unheilvolle Schiff einst berühmt gewesen war, hatte sich in klägliches Gerümpel verwandelt. Die großen Betten und die schmucken Schränke waren zerfressen und zerfallen.

Die Reise in die Vergangenheit verlief mit quälender Langsamkeit. Die RSV brauchte fast zwei Stunden, um in die Salons auf der anderen Seite zu gelangen.

»Wo sind wir jetzt?« fragte Gunn.

Pitt blickte wieder auf den Schiffsplan. »Wir sollten kurz vor dem Eingang zum großen Speisesaal sein.«

»Ja, da ist er.« Heidi zeigte auf den Bildschirm. »Die große Tür rechts.«

Pitt blickte Gunn an. »Es lohnt sich, da hineinzuschauen. Nach dem Plan liegt Shields Kabine auf dem Deck direkt darunter.«

Die Scheinwerfer der RSV beleuchteten einen riesigen Raum, warfen geisterhafte Schatten hinter die Säulen, die die Überreste der Stuckdecke über den Eßnischen stützten. Nur die ovalen Spiegel an den Wänden, deren Flächen von Schlamm bedeckt waren, zeugten noch stumm von der Pracht längst vergessener Tafelfreuden.

Plötzlich bewegte sich etwas unter den Lichtstrahlen.

»Was, zum Teufel, ist das?« rief Gunn aus.

Wie gebannt starrten alle im Kontrollraum auf das wolkenförmige Etwas, das dem Blickfeld der Kameras zuschwebte.

Einen langen Augenblick schien es reglos zu verweilen, die äußeren Ränder unscharf und flimmernd. Dann zeichnete sich eine menschliche Form ab, wie in ein milchiges Laken gehüllt, schwamm auf die RSV zu, eine unbestimmte, körperlose Form, wie zwei übereinanderliegende und überbelichtete Negative eines Films.

Heidi verstummte, und das Blut erstarrte in ihren Adern. Hoker saß wie versteinert an seinem Tisch, machte ein fassungsloses Gesicht. Nur Gunn neigte den Kopf zur Seite und betrachtete die Erscheinung mit dem klinisch kritischen Blick eines Chirurgen, der sich eine Röntgenaufnahme ansieht.

»In meinen wildesten Träumen«, sagte er mit heiserer Stimme, »hätte ich mir nie vorgestellt, daß ich je ein Gespenst sehen würde.«

Gunns scheinbare Beherrschtheit täuschte Pitt nicht. Er konnte sehen, daß der kleine Mann einem Schockzustand nahe war. »Dreh' Baby um«, sagte er ruhig zu Hoker.

Hoker kämpfte mit einer Furcht, die er nie zuvor gekannt hatte, gewann dann wieder einigermaßen die Beherrschung und bediente das Kontrollgerät. Zuerst wich die wogende Form in den Hintergrund, und dann begann sie wieder größer zu werden.

»Oh, mein Gott, es folgt uns«, flüsterte Heidi.

Die verblüfften Gesichter in der Runde hatten alle den gleichen Ausdruck. Sie standen wie gelähmt, blickten gebannt auf die Bildschirme.

»Um Himmels willen, was tut es da?« stöhnte Gunn.

Niemand antwortete, niemand im Kontrollraum war der Sprache fähig. Niemand, außer Pitt.

»Drehe Baby um und lenke es da heraus. Schnell!« befahl er.

Hoker zwang sich, den Blick von der geisterhaften Erscheinung abzuwenden und schaltete den Strom auf volle Kraft.

Das kleine Beobachtungsfahrzeug war nicht für Geschwindigkeit gebaut. Sein Triebwerk schaffte allerhöchstens drei Knoten. Es begann eine Rechtswendung. Die Kameras wandten sich von der sich schlängelnden Bedrohung ab, schwebten an den offenen Luken vorüber, in die das gefilterte Licht der Oberfläche drang, zeigten dann wieder die toten Spiegel. Die volle Kehrtwendung schien endlose Zeit in Anspruch zu nehmen.

Und sie kam zu spät.

Ein zweites durchsichtiges Gespenst erschien auf der Schwelle der Tür zum Salon, streckte die schattenhaften Arme aus, winkte.

45

»Verdammt!« fluchte Pitt. »Noch eins!«

»Was soll ich tun?« Hokers Stimme war flehend, verzweifelt.

Es ist gewiß keine Übertreibung, daß nun die ungeteilte Aufmerksamkeit aller im Kontrollraum auf Pitt gerichtet war. Sie waren tief beeindruckt von seiner eisigen Konzentration. Allmählich begriffen sie jetzt, warum Admiral Sandecker ihn so sehr schätzte. Hatte es je den richtigen Mann am richtigen Platz gegeben, so war es Dirk Pitt, der auf dem Deck eines Bergungsschiffes stand, entschlossen, dem Übernatürlichen die Stirn zu bieten.

Was in seinem Kopf vorging, konnte niemand erraten. Man sah ihm an, daß die kühle Betrachtung der Wut gewichen war.

Wenn die Parole »Greife an oder verrecke« bei dem Geisterzug gewirkt hatte, so überlegte Pitt, war nichts zu verlieren, wenn er das Spiel wiederholte. Er nickte Hoker zu.

»Ramm das Scheusal!«

Die Stimmung schlug plötzlich um. Alle schöpften Kraft aus Pitts Entschlossenheit. Die Angst verflog, wich dem Wunsch, sich von dem Spuk zu befreien.

Die RSV nahm Kurs und schoß auf das Gespenst in der Tür zu. Zuerst schien es keinen Widerstand zu geben. Die verschwommene Form schwebte zurück, aber dann näherte sie sich wieder und hüllte das Schiff in sein Laken. Die Kameraobjektive verschleierten sich, und die Bildschirme zeigten nur noch vage Schatten.

»Unsere Gäste scheinen doch Substanz zu haben«, sagte Pitt im Konversationston.

»Baby gehorcht den Impulsen nicht mehr«, rief Hoker aus. »Das Kontrollsystem reagiert, als wäre es in gekochten Grießbrei gebettet.«

»Versuch das Triebwerk umzuschalten.«

»Geht nicht.« Hoker schüttelte den Kopf. »Was diese Dinger auch sein mögen, sie halten es irgendwie fest.«

Pitt trat an das Kontrollpult und blickte Hoker über die Schulter. »Warum wackelt die Nadel des Richtungsanzeigers?«

»Es ist, als ob sie mit Baby kämpfen«, antwortete Hoker. »Als ob sie versuchen, es irgendwo hinzuzerren, will mir scheinen.«

Pitt packte ihn an der Schulter. »Schalte alles aus, außer den Kameras.«

»Und das Licht?«

»Das auch. Lassen wir diese plumpen Gespenster in dem Glauben, daß sie Babys Energiequelle beschädigt haben.«

Die Bildschirme verloschen, zeigten nur noch schwarze Flächen. Sie sahen kalt und tot aus, aber gelegentlich war eine leise, unbestimmte Bewegung zu sehen. Wäre ein Fremder in den Kontrollraum getreten, so hätte er alle Anwesenden für geistesgestört gehalten. Eine Gruppe von Menschen, die wie gebannt auf dunkle Fernsehbildschirme starrt, ist etwas, was sich nur ein Psychiater erträumen kann.

Aus zehn Minuten wurden zwanzig, und aus zwanzig wurden dreißig. Keine Veränderung. Spannung lag in der Luft. Immer noch nichts. Dann, ganz allmählich, so allmählich, daß keiner es zuerst bemerkte, wurden die Bildschirme wieder hell.

»Was hältst du davon?« fragte Pitt Hoker.

»Kann ich nicht sagen. Ohne Strom kann ich die Systeme nicht ablesen.«

»Schalte die Instrumente ganz kurz ein, nur lange genug, daß die Computer die Daten angeben können.«

»Du meinst Mikrosekunden?«

»Falls dir das möglich ist.«

Hoker tippte behende mit dem Zeigefinger auf den Knopf des Datensystems, als er den Strom einschaltete. Die Signale wurden von der RSV aufgenommen und in die Computer zurückgesendet, die sie wiederum auf das Digitalsystem des Kontrollpults übertrugen, bevor der Stromhebel auf AUS zurücksprang.

»Position vierhundert Meter, Kurs null-zwanzig-sieben Grad. Tiefe dreizehn Meter.«

»Sie kommt herauf«, sagte Gunn.

»Muß etwa eine Viertelmeile von unserem Steuerbordheck auftauchen«, bestätigte Hoker.

»Man kann jetzt die Farbe sehen«, sagte Heidi. »Ein Dunkelgrün, das zu einem Tiefblau wird.«

Der Dunst vor den Kameralinsen begann zu flimmern. Dann zeigten die Videoschirme ein blendendes Orange. Menschliche Formen wurden sichtbar, verschwommen wie hinter einem beschlagenen Fenster.

»Wir haben Sonne«, erklärte Hoker. »Baby ist an der Oberfläche.«

Ohne ein Wort rannte Pitt die Treppe zur Kommandobrücke hinauf, griff nach einem Feldstecher, der am Steuerruder hing, und blickte über den Fluß.

Der Himmel war wolkenlos, und die späte Morgensonne spiegelte sich im Wasser. Eine leichte Brise wehte vom Meer herein, und stromaufwärts bildeten sich leichte Kräuselwellen. Die einzigen Schiffe in Sicht waren ein von Quebec kommender Tanker und eine Flotte von Fischerbooten im Nordosten, die fächerartig in verschiedene Richtungen fuhren.

Gunn trat hinter Pitt. »Etwas gesehen?«

225

»Nein, ich kam zu spät«, sagte Pitt kurz. »Baby ist weg.«

»Weg?«

»Gekidnappt ist vielleicht das passendere Wort. Baby ist wahrscheinlich an Bord eines der Fischerboote da draußen.« Er hielt inne und reichte Gunn das Fernglas. »Ich tippe auf den alten blauen Dampfer, es könnte aber auch der rote mit dem gelben Steuerhaus sein. Sie haben ihre Netze so gehängt, daß uns alle Sicht auf die andere Seite ihrer Decks verbaut ist.«

Gunn blickte eine Weile schweigend über das Wasser. Dann legte er das Fernglas nieder. »Baby ist ein Ausrüstungsgegenstand im Werte von zweihunderttausend Dollar«, sagte er ärgerlich. »Wir müssen etwas unternehmen.«

»Nur sehen es die Kanadier bestimmt nicht gern, wenn ein ausländisches Schiff Boote in ihren Territorialgewässern kapert. Außerdem dürfen wir kein Aufsehen erregen. Ein mißliebiger Zwischenfall wegen eines Ausrüstungsgegenstandes, der mit dem Geld der Steuerzahler jederzeit ersetzt werden kann, wäre wirklich das letzte, was der Präsident im Augenblick braucht.«

»Aber es scheint mir einfach ungerecht«, murrte Gunn.

»An gerechte Empörung ist jetzt nicht zu denken«, sagte Pitt. »Wir haben nur ein Problem: Wer und warum? Waren es nur diebische Sporttaucher, oder hatten sie bestimmte Absichten?«

»Das könnten uns die Kameras verraten«, sagte Gunn.

»Das könnten sie schon«, sagte Pitt leicht lächelnd. »Vorausgesetzt, daß die Kidnapper Baby nicht den Stecker aus der Dose gezogen haben.«

Im Kontrollraum herrschte eine seltsame Atmosphäre, als sie zurückkehrten. Heidi saß zitternd in einem Sessel, mit bleichem Gesicht und starren Augen. Ein Computertechniker hatte ihr ein Glas Cognac gebracht und redete ihr zu, es zu trinken. Sie sah aus, als hätte sie an diesem Tage ihr drittes Gespenst gesehen.

Hoker und drei andere Ingenieure standen über ein Schaltbrett gebeugt, dessen Kontrollichter erloschen waren, bemühten sich vergeblich an den Hebeln und Knöpfen. Pitt sah sofort, daß alle Verbindungen mit der RSV abgebrochen waren.

Hoker blickte auf, als er Pitt sah. »Ich habe dir etwas Interessantes zu zeigen.«

Pitt nickte in Heidis Richtung. »Was ist mit ihr los?«

»Sie hat etwas gesehen, das ihr den Atem verschlug.«

»Auf den Bildschirmen?«

»Kurz bevor die Verbindung abbrach«, erklärte Hoker. »Schau es dir an, du kannst es auf dem Videoband sehen.«

Pitt wartete gespannt. Gunn kam, trat zu ihm, starrte ebenfalls. Die Bildschirme leuchteten langsam auf, und sie sahen noch einmal, wie die RSV ins Sonnenlicht auftauchte. Das Blenden nahm ab, blitzte noch mehrere Male auf.

»Das ist, als Baby aus dem Wasser gehoben wurde«, bemerkte Pitt.

»Ja«, nickte Hoker. »Jetzt schau dir die nächste Sequenz an.«

Eine Reihe von Verzerrungsstrichen lief quer über die Bildschirme, und dann verlosch der linke plötzlich.

»Diese Stümper«, klagte Hoker. »Keine Ahnung, wie man mit so einem empfindlichen Ding umzugehen hat. Sie haben Baby auf die Backbordkamera fallen lassen und die Farbbildwiedergaberöhre kaputtgemacht.«

In diesem Augenblick wurde das Laken zurückgezogen und kam ins Blickfeld. Das Material war leicht zu erkennen.

»Plastik«, rief Gunn aus. »Eine dünne, undurchsichtige Plastikfolie.«

»Das erklärt das Protoplasma«, sagte Pitt. »Da habt ihr eure Gespenster.«

Zwei Gestalten in Gummitauchanzügen knieten sich nieder und schienen sich die RSV genau anzusehen.

»Schade, daß man ihre Gesichter nicht unter den Masken erkennt«, sagte Gunn.

»Eins wirst du gleich sehen«, sagte Hoker. »Paß auf.«

Ein Paar Beine in Schaftstiefeln und Drillichhose trat ins Blickfeld der Kamera. Ihr Besitzer blieb hinter den Tauchern stehen, bückte sich, blickte direkt ins Objektiv.

Er trug einen britischen Militärpullover mit Lederbesatz auf den Schultern und an den Ellbogen. Eine Wollmütze saß ihm etwas quer über dem Kopf, ließ graues Haar an den Schläfen erkennen. Ein Mittfünfziger, schätzte Pitt, oder auch ein Mittsechziger. Ein Tpy, der älter sein könnte als er aussah.

Das Gesicht hatte einen leicht grausamen Zug von Selbstsicherheit, wie ihn Männer haben, die mit Gefahren vertraut

227

sind. Die dunklen Augen erinnerten an die eines Heckenschützen, der gerade sein Opfer ins Visier nimmt.

Plötzlich veränderte sich der Ausdruck, wurde wütend und böse. Der Mund verzog sich, als er unhörbare Worte ausstieß und sich rasch aus dem Blickfeld entfernte.

»Ich bin kein Lippenleser«, sagte Pitt, »aber es sah aus, als ob er sagte: ›Ihr Idioten‹.«

Dann sahen sie noch, wie etwas, das eine Zeltleinwand sein konnte, über die RSV geworfen wurde, und auf den Bildschirmen war es wieder dunkel.

»Das ist alles«, sagte Hoker. »Eine Minute später müssen sie den Sendestromkreis zerstört haben, und da war der Kontakt tot.«

Heidi erhob sich aus ihrem Stuhl, trat vor wie in einem Trancezustand. Sie wies auf die verloschenen Bildschirme, und ihre Lippen zitterten.

»Ich kenne ihn«, sagte sie mit kaum vernehmbarer Stimme. »Der Mann im Bild . . . ich weiß, wer er ist.«

46

Dr. Otis Coli schob eine du-Maurier-Zigarette in seine goldene Filterzigarettenspitze, steckte sie sich zwischen die Zähne und zündete sie an. Dann blickte er wieder durch die offene Abdeckplatte in das elektronische Herz der RSV.

»Verdammt schlau, diese Amerikaner«, sagte er sichtlich beeindruckt. »Ich habe in wissenschaftlichen Zeitschriften darüber gelesen, aber heute sehe ich es zum ersten Mal aus der Nähe.«

Coli, der Direktor des *Quebec Institute of Marine Engineering,* war von Henri Villon zu Rate gezogen worden. Ein gorillahafter Mann mit breiter Brust und einem runden Gesicht, mit massiger Stirn. Sein weißes Haar hing ihm über den Kragen, und sein Schnurrbart unter der schmalen, gewölbten Nase sah aus, als hätte man ihn mit einer Schafschere gestutzt.

Brian Shaw stand neben Coli und blickte besorgt drein. »Was halten Sie davon?«

»Ein beachtenswertes Stück Technologie«, sagte Coli im Ton eines Mannes, der ein Aktfoto bewundert. »Die optischen Daten werden umgewertet und durch Ultrakurzwellen zum Mutterschiff übertragen, wo sie von den Computern codiert und vergrößert werden. Das daraus resultierende Bild erscheint dann mit verblüffender Klarheit in der magnetischen Wiedergabe.«

»Na schön, wozu dann die ganze Aufregung?« brummte Foss Gly. Er hockte gelangweilt auf einer rostigen Deckwinde des blauen Fischdampfers.

Shaw bemühte sich, seine Wut im Zaum zu halten. »Wozu die ganze Aufregung? Weil diese Kameras Bilder übertrugen, als Sie das Ding an Bord brachten. Jetzt wissen die Leute der NUMA nicht nur, daß sie beobachtet werden, sondern sie haben sogar unsere Gesichter auf Videoband aufgenommen.«

»Was schert uns das?«

»Der Planleiter pfeift wahrscheinlich jetzt einen Hubschrauber herbei«, erwiderte Shaw. »Vor dem Abend ist das Aufnahmeband in Washington. Und morgen um diese Zeit haben sie uns identifiziert.«

»Sie vielleicht«, sagte Gly hämisch grinsend.

»Mein Partner und ich, wir haben unsere Masken anbehalten. Erinnern Sie sich nicht mehr?«

»Der Schaden ist nun einmal da. Jetzt wissen die Amerikaner, daß wir keine ortsansässigen Taucher sind, die das Wrack plündern wollten. Sie wissen, mit wem sie es zu tun haben und werden alle Vorsichtsmaßregeln treffen.«

Gly zuckte die Schultern und zog den Reißverschluß seines Taucheranzuges auf. »Wenn dieser mechanische Fisch uns nicht unterbrochen hätte, wären die Sprengladungen gelegt, der Schiffsrumpf explodiert, und dann hätten sie kaum noch was zum Bergen gehabt.«

»Unser Pech«, sagte Shaw. »Wie weit seid ihr gekommen?«

»Wir hatten gerade erst angefangen, als wir die Lichter von achtern kommen sahen.«

»Wo ist der Sprengstoff?«

»Immer noch auf dem Vorderdeck des Wracks, wo wir ihn verstaut hatten.«

229

»Welche Mengen?«

Gly überlegte. »Harris und ich haben je sechsmal einen Container von zweihundert Pfund hinunterbefördert.«

»Das macht zwölfhundert Kilo«, rechnete Shaw aus. Er wandte sich an Coli. »Wie wäre es, wenn wir das hochgehen ließen?«

»Jetzt?«

»Jetzt.«

»Gewichtsmäßig ist das Trisynol dreimal so stark wie TNT.« Coli hielt inne, blickte hinüber zur *Venturer*. »Die Druckwellen der Explosion würden dem NUMA-Schiff den Rücken brechen.«

»Und die *Empress of Ireland*?«

»Zerstörung des Bugs und der vorderen Deckaufbauten, was die Hauptwirkung betrifft. Weiter hinten könnten sich ein paar Schotte verbeulen und ein paar Decks einstürzen.«

»Aber der mittlere Teil des Wracks würde intakt bleiben.«

»Sehr richtig«, nickte Coli. »Das einzige Resultat wäre der Tod vieler unschuldiger Menschen.«

»Das wäre wenig sinnvoll«, sagte Shaw nachdenklich.

»Na schön. Und was tun wir nun?« fragte Gly.

»Für den Augenblick werden wir leise treten«, antwortete Shaw. »Warten und beobachten, und uns ein anderes Schiff suchen. Die Amerikaner sind bestimmt schon auf dieses hier aus.«

Gly blickte verächtlich. »Was Besseres fällt Ihnen nicht ein?«

»Mir genügt es. Was würden Sie denn vorschlagen?«

»Ich sage: Sprengen wir die Kerle in die Luft, und machen wir Schluß«, erwiderte Gly kalt. »Falls Sie nicht die Nerven dazu haben, alter Mann – ich habe sie.«

»Das reicht mir jetzt!« Shaw blickte Gly scharf an. »Wir führen keinen Krieg gegen die Amerikaner, und meine Instruktionen enthalten nichts, was einen Mord billigen würde. Nur ein perverser Idiot tötet sinnlos und mutwillig. Also keine weiteren Diskussionen, Inspektor Gly.«

Gly nickte nur und sagte nichts. Er brauchte keine Worte zu verschwenden. Shaw wußte ja nicht – und niemand wußte es –, daß er einen Sprengzünder mit Funkauslösung in einen der Trisynolcontainer eingebaut hatte.

Er brauchte nur auf einen Knopf zu drücken und konnte jederzeit die ganze Ladung zur Explosion bringen.

230

47

Mercier aß mit dem Präsidenten im Familienspeisezimmer des Weißen Hauses zu Mittag. Er war seinem Chef dankbar, daß der, im Gegensatz zu seinen Amtsvorgängern, schon vor fünf Uhr Cocktails servieren ließ. Der zweite Rob Roy schmeckte sogar noch besser als der erste, obgleich er eigentlich nicht zu dem Salisbury Steak paßte.

»Nach den letzten Geheimdienstberichten haben die Russen eine weitere Division an der indischen Grenze aufgestellt. Das macht insgesamt zehn, genug, um jederzeit einzumarschieren.«

Der Präsident verschlang eine gekochte Kartoffel. »Die Knaben im Kreml haben sich schon einmal die Finger verbrannt, als sie in Afghanistan und Pakistan einbrachen. Und jetzt müssen sie sich noch mit einem großen Mohammedaneraufstand herumschlagen, der bis ins russische Mutterland vorgedrungen ist. Ich wünschte, sie würden in Indien einmarschieren. Das ist mehr, als wir erhoffen könnten.«

»Dann brauchten wir nur zuzuschauen und uns militärisch nicht einzumischen.«

»Ach, natürlich würden wir mit unseren Säbeln rasseln und feurige Reden in den Vereinten Nationen über dieses neue Beispiel kommunistischer Aggressionspolitik halten. Wir schicken ein paar Flugzeugträger in den Indischen Ozean, verhängen eine neue Handelssperre . . .«

»Mit anderen Worten, die gleiche Reaktion wie immer. Abwarten und zuschauen.«

»Die Sowjets graben sich ihr eigenes Grab«, sagte der Präsident. »In ein Land einzumarschieren, wo siebenhundert Millionen Menschen in Armut leben, das ist, als wenn General Motors ein großes Wohltätigkeitsunternehmen einkaufte. Glauben Sie mir, die Russen würden bei ihrem Sieg nur verlieren.«

Mercier war nicht der Meinung des Präsidenten, wenn er sich

231

auch eingestehen mußte, daß sein Chef wahrscheinlich recht hatte. Er ließ das Thema fallen und wandte sich näherliegenden Dingen zu.

»Nächste Woche findet in Quebec die Abstimmung für die totale Unabhängigkeit statt. Nachdem sie in den Jahren achtzig und sechsundachtzig nicht durchgekommen ist, schaut es ganz so aus, als ob sie beim dritten Mal Glück haben werden.«

Der Präsident aß seine Erbsen mit gleichgültiger Miene. »Falls die Franzosen sich einbilden, volle Souveränität führe sie geradewegs ins Schlaraffenland, wird es ein böses Erwachen geben.«

Mercier streckte einen Fühler aus. »Wir könnten es verhindern, wenn wir unsere Macht zeigen.«

»Sie geben es wohl nie auf, Alan?«

»Die Flitterwochen sind vorbei, Herr Präsident. Es ist nur noch eine Zeitfrage, bis die Opposition im Kongreß und die Nachrichtenmedien Sie als einen unentschlossenen Führer brandmarken. Genau das Gegenteil von dem, was Sie während der Wahlkampagne versprochen haben.«

»Weil ich es im Mittleren Osten nicht zum Krieg kommen lasse und keine Truppen nach Kanada schicke?«

»Es gibt auch andere, weniger drastische Maßnahmen, mit denen man seine Entschlossenheit zeigen kann.«

»Es lohnt sich nicht, wegen eines versiegenden Ölfelds das Leben auch nur eines Amerikaners aufs Spiel zu setzen. Was Kanada betrifft, so wird sich alles von selbst ergeben.«

»Herr Präsident, warum wollen Sie ein geteiltes Kanada sehen?«

Der Chef musterte Mercier kühl. »Das glauben Sie? Daß ich unser Nachbarland zerrissen und im Chaos sehen will?«

»Was soll ich denn sonst glauben?«

»Glauben Sie an mich, Alan.« Der Ausdruck des Präsidenten wurde warm und herzlich. »An das, was ich tun werde.«

»Wie kann ich das?« fragte Mercier verwirrt. »Wenn ich keine Ahnung habe.«

»Die Antwort ist sehr einfach«, antwortete der Präsident mit leicht betrübter Stimme. »Ich spiele ein verzweifeltes Spiel, um die gefährlich kranken Vereinigten Staaten zu retten.«

Es mußten schlechte Nachrichten sein. Der Präsident sah es Harrison Moons saurer Miene an. Er legte den Entwurf seiner Rede beiseite und lehnte sich in seinen Sessel zurück.

»Sie scheinen ein Problem zu haben, Harrison.«

Moon legte einen Aktenordner auf den Tisch. »Die Engländer haben sich leider in das Spiel eingeschaltet.«

Der Präsident schlug den Ordner auf, blickte auf die Glanzaufnahme eines Mannes, der in die Kamera starrte.

»Das wurde eben von der *Ocean Venturer* eingeflogen«, erklärte Moon. »Ein Unterwasserfahrzeug machte eine Beobachtungsfahrt im Schiffswrack und wurde von zwei unbekannten Tauchern entwendet. Kurz vor der Unterbrechung des Kommunikationssystems erschien dieses Gesicht auf den Bildschirmen.«

»Wer ist er?«

»In den letzten fünfundzwanzig Jahren lebte er unter dem Namen Brian Shaw. Wie Sie aus dem Bericht ersehen können, ist er ein ehemaliger britischer Geheimagent. Seine Geschichte ist eine recht interessante Lektüre. Er hat sich in den fünfziger und frühen sechziger Jahren einigen Ruhm erworben. Dann wurde er zu bekannt und konnte nicht mehr eingesetzt werden. An jeder Straßenecke wartete ein sowjetischer Agent der Killereinheit des SMERSH auf ihn, um ihn umzulegen. Seine Deckung war geplatzt, wie es in der Geheimdienstsprache heißt. So mußte er aus dem Verkehr gezogen werden. Sein Geheimdienst ließ ihn offiziell beim Einsatz in Westindien sterben.«

»Wie konnten Sie ihn so schnell identifizieren?«

»Korvettenkapitän Milligan ist an Bord der *Ocean Venturer*. Sie hat ihn auf den Bildschirmen erkannt. Der CIA hat dann seine wahre Identität in seinen Akten ermittelt.«

»Sie kennt Shaw?« fragte der Präsident ungläubig.

Moon nickte. »Sie traf ihn vor einem Monat auf einer Party in Los Angeles.«

»War sie nicht auf See?«

»Da hatten wir einen Fehler gemacht. Es ist nämlich niemand darauf gekommen, daß ihr Schiff Befehl hatte, drei Tage in Long Beach für Überholungsarbeiten zu ankern. Und es wurde uns auch nicht mitgeteilt, daß sie Erlaubnis hatte, an Land zu gehen.«

»Dieses Treffen war doch nicht zufällig? War das geplant?«

»Scheint so. Das FBI wurde auf Shaw aufmerksam, als er aus England ankam. Das ist so üblich, wenn Gesandtschaftsbeamte Besucher empfangen. Shaw wurde zu einem Flugzeug nach Los Angeles begleitet. Dort fand die Party bei Graham Humberly statt, einem wohlbekannten Mitglied des Jet-sets, der ein Gehalt vom britischen Intelligence Service bezieht.«

»Und so hat Korvettenkapitän Milligan ihre Kenntnis von dem Vertrag ausgeplaudert.«

Moon zuckte die Schulter. »Sie hatte keine Anweisung, den Mund zu halten.«

»Aber wie sind die Engländer darauf gekommen, daß wir von dem Vertrag wußten?«

»Das wissen wir nicht«, gestand Moon.

Der Präsident las den Bericht über Shaw durch. »Seltsam, daß die Engländer diese wichtige Angelegenheit einem fast siebzig-jährigen Mann anvertraut haben.«

»Auf den ersten Blick scheint MI 6 unserem Vertrag keine vor-rangige Bedeutung beigemessen zu haben. Aber wenn man es sich überlegt, könnte Shaw die allerbeste Wahl für diese Aufgabe sein. Hätte Korvettenkapitän Milligan sein Gesicht nicht er-kannt, so wäre es uns nie eingefallen, ihn mit dem britischen Ge-heimdienst in Verbindung zu bringen.«

»Die Zeiten haben sich geändert, seit Shaw aktiv war. Er ist bei dieser Sache nicht mehr ganz in seinem Element.«

»Darauf würde ich nicht wetten«, sagte Moon. »Der Mann ist mit allen Wassern gewaschen. Er ist uns Schritt für Schritt ge-folgt.«

Der Präsident saß eine Weile sehr still. »Es scheint also, daß unser so sorgfältig gehütetes Geheimnis entdeckt worden ist.«

»Jawohl, Sir.« Moon nickte betrübt. »Es ist nur noch eine Frage von Tagen, vielleicht von Stunden, bis die *Ocean Venturer* aufgefordert wird, das Gebiet des St. Lawrence zu verlassen. Die Engländer können sich das Risiko, daß wir den Vertrag finden, nicht leisten.«

»Dann schreiben wir die *Empress of Ireland* als ein aussichts-loses Unternehmen ab.«

»Es sei denn . . .« Moon sprach, als ob er laut nachdächte. »Es sei denn, Dirk Pitt findet den Vertrag in der kurzen Zeit, die ihm noch bleibt.«

48

Pitt stand über die Bildschirme gebeugt und verfolgte die Arbeiten des Bergungsteams im Rumpf des Schiffswracks. Die beiden Taucher in ihren JIM-Anzügen bewegten sich wie Mondmenschen im Zeitlupentempo und fügten behutsam das Pyroxon in die oberen Decksaufbauten ein. Sie hatten es verhältnismäßig bequem in ihrer Gelenkausrüstung mit dem Druckausgleichsystem, das freies Atmen erlaubte, während die Froschmänner um sie herum unter einem Druck von fünfzehn Kilo per Quadratzentimeter standen. Pitt wandte sich Doug Hoker zu, der mit der Feineinstellung eines Bildschirms beschäftigt war.

»Wo ist das Unterseeboot?«

Hoker las die Sonaraufzeichnung ab. »Die *Sappho I* kreuzt zwanzig Meter vor der Backbordbugseite der *Empress*. Ich habe die Mannschaft angewiesen, in einem Umkreis von einer Viertelmeile das Wrack im Auge zu behalten, bis wir bereit sind, Trümmer auszuräumen.«

»Gute Idee«, sagte Pitt. »Hat man Unbefugte gesichtet?«

»Nein.«

»Dieses Mal sind wir wenigstens vorbereitet.«

Hoker hob zweifelnd die Hand. »Ein ideales Überwachungssystem kann ich leider nicht bieten. Die Sicht ist lausig, und die Kameras sind in ihrer Reichweite beschränkt.«

»Und wie ist es mit dem Flächenecholot?«

»Die Meßgeräte loten bis auf dreihundert Meter in einem Umkreis von dreihundertsechzig Grad, aber auch das ist keine Garantie. Ein Mann ist eine sehr kleine Zielscheibe.«

»Treiben sich Schiffe in der Gegend herum?«

»Vor zehn Minuten kam ein Öltanker vorbei«, antwortete Hoker. »Und etwas, was wie ein Schleppdampfer aussieht, kommt von stromaufwärts mit einem Kahn im Tau auf uns zu.«

»Fährt wahrscheinlich weiter in den Golf hinaus, um seine

Last abzuladen«, vermutete Pitt. »Es kann nicht schaden, wenn wir ihn im Auge behalten.«

»Zum Brennen bereit«, verkündete Rudi Gunn, der, mit Kopfhörern und einem Mikrofon ausgerüstet, auf die Bildschirme blickte.

»Okay, sag den Tauchern, sie sollen verschwinden«, befahl Pit.

Heidi trat in den Kontrollraum. Sie trug einen beigefarbenen Fallschirmspringeranzug aus Manchestercord und brachte ein Tablett mit zehn Tassen heißen Kaffees. Sie bediente die Techniker und Ingenieure, Pitt als letzten.

»Habe ich etwas verpaßt?« fragte sie.

»Du kommst gerade zur rechten Zeit. Wir machen unsere erste Brennbohrung. Halt die Daumen, daß alles gutgeht und wir die richtige Menge von Pyroxon an die richtige Stelle gelegt haben.«

»Was geschieht, wenn es nicht so ist?«

»Dann haben wir nichts erreicht. Zu viel an der falschen Stelle, und die Hälfte der Schiffsseite bricht ein, was uns Tage kosten würde, die wir einfach nicht haben. Du könntest uns mit einer Abbruchmannschaft vergleichen, die ein Gebäude Stockwerk für Stockwerk niederreißt. Der Sprengstoff muß an strategischen Punkten eingesetzt werden, damit die innere Struktur innerhalb einer vorberechneten Zone einstürzt.«

»Blitzzünder angesetzt, Zeituhr tickt«, meldete Gunn.

Pitt griff Heidis Frage voraus. »Ein Blitzzünder ist ein elektronisches Gerät mit Zeitzähler, der das Pyroxon zur Explosion bringt.«

»Taucher in Deckung, und wir zählen«, sagte Gunn. »Zehn Sekunden.«

Alle im Kontrollraum blickten gespannt auf die Bildschirme. Der Countdown schleppte sich hin, während sie gespannt auf das Ereignis warteten. Dann brach Gunns Stimme das lastende Schweigen.

»Wir brennen.«

Ein blendendes Leuchten überschwemmte die Steuerbordoberseite der *Empress of Ireland*. Zwei weißglühende Streifen schlängelten sich aus der gleichen Quelle, schossen um das Deck und die Schotten, trafen wieder zusammen und bildeten einen weiten Kreis. Über dem feurigen Bogen zischte eine riesige Dampfwolke der Oberfläche zu.

Jetzt begann die Schiffsmitte einzusacken. Sie hing fast eine Minute da, schien nicht nachgeben zu wollen. Dann schmolz das Pyroxon den letzten Pfeiler, das alte Stahlgerüst stürzte lautlos nach innen, verschwand im unteren Deck, ließ eine Öffnung von sechs Meter Umfang zurück. Der geschmolzene Rand des Kreises wurde rot und dann grau, verhärtete sich wieder im kalten Wasser.

»Sieht gut aus!« sagte Gunn aufgeregt.

Hoker warf sein Notizbrett in die Luft und schrie Hurra. Dann lachten sie alle und klatschten Beifall. Die erste Brennbohrung, die entscheidende, war ein durchschlagender Erfolg.

»Laß die Greifzange hinunter«, befahl Pitt mit scharfer Stimme. »Verlieren wir keine Minute, und schaffen wir die Trümmer raus.«

»Ich habe einen Kontakt.«

Fast niemand mehr hatte auf die Bildschirme geschaut. Nur der zottelhaarige Mann am Empfänger des Flächenecholots hatte den Blick von der Meßdatenaufzeichnung nicht abgewandt.

Mit einem Satz stand Pitt hinter ihm. »Können Sie es identifizieren?«

»Nein, Sir. Die Entfernung ist zu groß, um Einzelheiten zu erkennen. Sah aus, als sei etwas aus dem Kahn gefallen, der auf der Backbordseite vorüberfuhr.«

»Fiel es in einem Gleitwinkel heraus?«

Der Mann schüttelte den Kopf. »Ging senkrecht herunter.«

»Sieht nicht nach einem Taucher aus«, sagte Pitt. »Die Crew hat wahrscheinlich eine Fuhre Schrott oder dergleichen über Bord geworfen.«

»Soll ich dranbleiben?«

»Ja, und schauen Sie, ob Sie eine Bewegung erkennen.« Pitt wandte sich an Gunn. »Wer ist auf dem Unterseeboot?«

Gunn mußte erst nachdenken. »Sid Klinger und Marv Powers.«

»Der Sonar hat einen komischen Kontakt. Sag ihnen, sie sollen mal in die Richtung schwenken.«

Gunn blickte ihn an. »Du meinst, wir bekommen wieder Besuch?«

»Die Lesung ergibt nichts Genaues.« Pitt zuckte die Schultern. »Aber man kann nie wissen.«

237

Sobald Foss Gly sich von dem Kahn heruntergelassen hatte, schwamm er direkt auf den Grund zu. Es war nicht gerade einfach, zusätzliche Sauerstofftanks mit herunterzuschleppen, aber er brauchte sie für den Rückweg und die notwendigen Dekompressionsphasen, bevor er wieder auftauchen konnte. Unten angelangt, bewegte er sich geduckt am Flußbett entlang. Er hatte kaum fünfzig Meter zurückgelegt, als er in der schwarzen Leere ein leises Summen vernahm. Er blieb reglos und horchte.

Gly konnte zunächst nicht ausmachen, woher das Geräusch kam. Aber dann sah er einen matten gelben Schimmer, der sich über ihn und zu seiner Rechten ausbreitete. Das bemannte Unterseeboot der *Ocean Venturer* war ihm auf der Spur.

Es gab kein Versteck auf dem flachen und kahlen Flußbett, keine Felsbrocken, kein Tanggestrüpp, das ihn schützen könnte. Hatte der hochintensive Lichtstrahl des U-Boots ihn einmal erfaßt, so gab es keinen Ausweg mehr für ihn. Er ließ die Preßluftflaschen fallen, drückte sich mit dem Körper in den Schlamm, stellte sich vor, wie die Crew sich bemühte, ihn in diesem Dunkel zu finden. Er hielt den Atem an, damit nicht Luftblasen ihn verrieten.

Das U-Boot schwamm an ihm vorbei und entfernte sich. Gly nahm einen tiefen Atemzug, jubelte aber keinesfalls. Er wußte, daß das Schiff wenden und wieder nach ihm ausschauen würde.

Dann fiel ihm ein, warum man ihn nicht gesehen hatte. Der Schlamm hatte sich über ihn gelegt und ihn völlig zugedeckt. Er buddelte sich mit seinen Flossen heraus und sah mit Erleichterung, wie das Licht des U-Bootes sich in einer dicken Schmutzwolke verlor. Er griff wieder in den Schlamm, wirbelte ihn auf. Innerhalb von Sekunden war er total verhüllt. Er knipste sein Taucherlicht an, aber der schwimmende Dreck absorbierte den Strahl. Er war so gut wie blind, aber dafür waren es die Männer im U-Boot auch.

Er griff um sich herum, bis seine Hände die Preßluftflaschen berührten. Dann blickte er auf das Leuchtzifferblatt seines Armbandkompasses und schwamm in die Richtung der *Empress*.

»Klinger meldet sich von der *Sappho*«, sagte Gunn.

Pitt kam zu ihm. »Laß mich mit ihm sprechen.«

Gunn nahm sich die Kopfhörer ab und reichte sie ihm. Pitt legte sie sich an und sprach in das kleine Mikrofon.

»Klinger, hier ist Pitt. Was habt ihr gefunden?«

»Eine Art von Störung im Flußbett«, kam Klingers Stimme zurück.

»Konnten Sie die Ursache ausmachen?«

»Nein. Was immer es war, es muß im Schlamm versunken sein.«

Pitt blickte zum Flächenecholot. »Irgendwelche Kontakte?«

Der Operateur schüttelte den Kopf. »Außer einigen Schlammwolken diesseits des U-Bootes ist alles klar.«

»Sollen wir zurückkehren und bei der Bergung helfen?« fragte Klinger.

Pitt schwieg eine Weile. Er hatte das Gefühl, daß man ein undefinierbares Etwas außer acht gelassen hatte. Aber die kalte Logik lehrte ihn, daß der menschliche Verstand weit weniger unfehlbar als eine Maschine war. Wenn die Instrumente nichts aufgespürt hatten, dann gab es auch höchstwahrscheinlich nichts, was aufzuspüren wäre. So entschloß sich Pitt trotz seiner nagenden Zweifel, Klingers Vorschlag anzunehmen.

»Klinger.«

»Ich höre.«

»Kommt zurück, aber nehmt euch Zeit und schlagt einen langsamen Zickzackkurs ein.«

»Verstanden. Wir werden scharf Ausschau halten. Ende.«

Pitt gab Gunn den Hörer zurück. »Wie sieht es aus?«

»Prächtig«, antwortete Gunn. »Überzeuge dich selbst.«

Das Aufräumen der Galerie ging in raschem Tempo vorwärts, so rasch wenigstens, wie es unter dem Druck des Tiefenwassers möglich war. Das Taucherteam aus der Druckkammer schaffte die kleineren Trümmerstücke fort, ebnete sich seinen Weg mit Acetylenbrennern und hydraulischen Bohrern. Zwei von ihnen stützten die schwankenden Schotte mit Aluminiumpfeilern, um sie am Umstürzen zu hindern.

Die Männer in den JIM-Anzügen führten die vom Mastkran der *Ocean Venturer* hängende Greifzange an die schwersten Trümmerstücke. Während der eine das Kabel in den günstigsten Winkel brachte, bediente der andere die riesigen Zangen mit einem kleinen Handsteuergerät. Wenn sie sahen, daß sie einen guten Bissen beisammen hatten, ließen sie die Zange zuschnappen, und dann war es Aufgabe des Mannes an der Kranwinde oben auf dem Schiff, die Ladung behutsam aus der sogenannten Gruppe nach oben zu befördern.

»Bei diesem Tempo«, sagte Gunn, »sind wir in vier Tagen in Shields Kabine.«

»Vier Tage?« Pitt wiederholte langsam die Worte. »Gott allein weiß, ob wir dann noch hier sind.« Plötzlich blickte er starr auf die Bildschirme.

Gunn fragte besorgt: »Ist schon wieder was los?«

»Wie viele Taucher arbeiten in dieser Schicht von der Druckkammer aus?«

»Jeweils vier«, antwortete Gunn. »Warum fragst du?«

»Weil ich fünf sehe.«

49

Gly verfluchte sich, ein so verrücktes Risiko eingegangen zu sein. Aber als er unter dem rostigen Rettungsboot lag, war es ihm nicht möglich, die Tätigkeit unten im Loch, wo die Bergungsmannschaft arbeitete, in allen Einzelheiten zu verfolgen. Die Idee, sich unter sie zu mischen, war zwar denkbar einfach, aber gefährlich.

Allerdings unterschied sich seine Taucherausrüstung nicht wesentlich von der der anderen. Die Preßluftflaschen auf seinem Rücken entsprachen zwar einem älteren Modell, aber die Farbe war die gleiche. Wem würde in dieser Finsternis schon ein fast gleichaussehender Eindringling auffallen?

Er schwamm hinunter, näherte sich von der Seite, stieß mit seiner Flosse an einen festen Gegenstand: Ein stählerner Ladelukenverschluß, der sich gelöst hatte und auf dem Deck lag. Bevor er weiterdenken konnte, glitt ein Taucher der Mannschaft auf ihn zu und zeigte auf die Lukentür. Gly nickte sofort, und dann hievten die beiden die schwere Stahlplatte über die Reling.

Hier waren die Gefahren nicht unsichtbar, und Gly mußte sehr vorsichtig sein. Er paßte sich den anderen an, als wäre er

240

schon immer dabei gewesen. Je offener er sich zeigte, desto weniger fiel er auf.

Sie waren viel weiter, als er sich vorgestellt hatte. Die NUMA-Leute drangen wie Grubenarbeiter vor, schienen genau zu wissen, wo die Hauptader lag, und bohrten sich ihren Schacht dementsprechend. Seiner Berechnung nach schafften sie alle drei Stunden eine Tonne Schutt fort.

Er stieß sich mit den Füßen über die Höhlung, um sie ungefähr auszumessen. Die beiden nächsten Fragen waren, wie tief sie vordringen und wie lange sie dazu brauchen würden.

Plötzlich hatte er das unbestimmte Gefühl, daß irgend etwas nicht war, wie es sein sollte. Dem Anschein nach hatte sich zwar nichts geändert, die Bergungsmannschaft schien zu sehr mit ihrer Arbeit beschäftigt, um ihn zu bemerken, und doch ließ ihn dieses Gefühl nicht los.

Gly bewegte sich den Schatten zu, schwebte regungslos, atmete flach und sparsam. Er lauschte den verstärkten Unterwassergeräuschen und beobachtete die flinken Bewegungen der Männer in den JIM-Anzügen. Sein sechster Sinn sagte ihm, daß es an der Zeit sei, zu verschwinden.

Aber es war zu spät.

Was vorhin noch unbestimmt gewesen war, zeigte sich jetzt mit unverkennbarer Klarheit. Die anderen Taucher sahen geschäftig aus, taten jedoch nichts. Die Greifzange war nach der letzten Ladung nicht mehr heruntergekommen. Die Taucher aus der Druckkammer schwammen zwar um die Trümmerstücke herum, schafften sie jedoch nicht mehr fort.

Langsam und in wachsamer Zusammenarbeit formten sie allmählich einen Bogen um Gly. Dann dämmerte es ihm. Seine Anwesenheit war vom Mutterschiff aus bemerkt worden. Er hatte die Fernsehkameras an den Scheinwerfern nicht gesehen, weil das blendende Licht sie verbarg, und es war ihm bis jetzt nicht eingefallen, daß die Bergungsmannschaft mittels einer Funkzentrale und Miniaturempfängern in ihren Helmen Anweisungen erhalten konnte.

Er wich zurück, bis er an ein Schott stieß. Die JIM-Männer verstellten ihm den Weg nach vorn, während die anderen Taucher sich an den Flanken hielten, so daß ihm keine Fluchtmöglichkeit blieb. Sie starrten ihm jetzt alle entgegen.

Gly ließ ein großes Klappmesser aufspringen, duckte sich, hielt es mit der Klinge nach oben, wie die Rowdies in den Straßenschlachten es tun. Es war eine reine Reflexhandlung. Die anderen Taucher hatten ebenfalls Messer mit scharfen Chromstahlklingen an ihre Beine geschnallt. Und die Greifklammern der JIM-Anzüge besaßen eine unmenschliche Kraft, die ihm sehr schmerzhafte Wunden zufügen könnten.

Sie standen reglos um ihn herum, wie Statuen auf einem Friedhof. Dann zog einer der Taucher eine Plastiktafel aus seinem Beschwerungsgürtel und schrieb etwas mit einem gelben Fettstift darauf. Er steckte den Fettstift wieder ein und hielt Gly die Tafel vor die Nase.

Der Text war kurz und bündig:

»HAU AB.«

Gly war verblüfft.

Das war nicht das, was er erwartet hatte. Ohne es sich zweimal sagen zu lassen, beugte er die Knie, ließ sich aufwärts schießen, schwamm in raschen Stößen über die Köpfe der NUMA-Leute hinweg. Sie machten nicht den leisesten Versuch, ihn aufzuhalten, blickten ihm nur nach, wie er in der Finsternis verschwand.

»Du hast ihn davonkommen lassen«, sagte Gunn mit ruhiger Stimme.

»Ja, ich habe ihn davonkommen lassen.«

»Glaubst du, daß es klug war?«

Pitt antwortete nicht sofort. Seine durchdringenden grünen Augen verengten sich, und sein Lächeln war eigentlich kein Lächeln. Der Ausdruck war fast bedrohlich, wie der eines Löwen, der im Hinterhalt seiner Beute auflauert.

»Du hast das Messer gesehen«, sagte Pitt schließlich.

»Er hatte keine Chance. Unsere Jungens hätten ihn den Fischen zum Fraß vorgeworfen.«

»Der Mann ist ein Killer.« Es war nur eine Feststellung, sonst nichts.

»Wir können ihn immer noch schnappen, wenn er auftaucht«, drängte Gunn. »Dann ist er wehrlos.«

»Nein.«

»Hast du irgend etwas Besonderes im Sinn?«

»Klar«, sagte Pitt. »Wir nehmen einen kleinen Fisch und fangen uns einen großen damit.«

»Das ist es also?« Gunn war nicht überzeugt. »Du willst warten, bis er sich mit seinen Kumpels trifft, eine Truppe zusammenstellen, die ganze Bande umzingeln und dann den Behörden ausliefern.«

»Soweit wir wissen, sind sie die Behörden.«

Nun war Gunn völlig verwirrt. »Also, was hast du vor?«

»Unser Besucher kam nur, um auszukundschaften. Das nächste Mal bringt er vielleicht ein paar Freunde mit und wird wirklich bösartig. Wir müssen Zeit gewinnen. Es lohnt sich bestimmt, ihn erst einmal laufenzulassen.«

Gunn verzog den Mund und nickte. »Einverstanden, aber dann sollten wir uns sehr beeilen. Dieser Kerl steigt auf das nächste Boot, das hier vorbeikommt.«

»Nur keine Hast«, sagte Pitt gelassen. »Er braucht mindestens eine halbe Stunde, um den Druckunterschied auszugleichen. Wahrscheinlich hat er einen Satz Reservepreßluftflaschen irgendwo auf dem Flußgrund.«

Gunn hatte noch eine Frage. »Du hast gesagt, der Mann sei ein Killer. Woraus schließt du das?«

»Er war zu rasch mit dem Messer, zu sehr erpicht, es zu benutzen. Wer mit einem Killerinstinkt geboren ist, zögert nie.«

»Wir haben es also mit Leuten zu tun, die eine Killerlizenz haben«, sagte Gunn nachdenklich. »Das kann ja noch nett werden.«

50

Zwischen den beiden menschenleeren Docks und den langgestreckten Lagerschuppen war es still und öde im Hafenbecken von Rimouski, und kein Windhauch regte sich zu dieser Stunde vor der Morgendämmerung.

Es war noch zu früh für die Dockarbeiter, die Möwen und die

Diesellokomotiven, die die Schiffsladungen ins nahe gelegene Industriegelände fuhren.

An einem der Docks lag der Schleppdampfer, der vor ein paar Stunden einen leeren Kahn an der *Ocean Venturer* vorbeigezogen hatte. Er war voller roter Rostflecke, und die Spuren dreißigjähriger harter Arbeit zeichneten sich deutlich am ganzen Schiff ab. Ein Lichtstrahl drang aus den Bullaugen der Kapitänskajüte direkt unter dem Steuerhaus und spiegelte sich matt auf der dunklen Wasserfläche.

Shaw blickte auf seine Uhr und drückte auf den Knopf eines kleinen Geräts, das wie ein Taschenrechner aussah. Er schloß die Augen, dachte eine Weile nach, und dann betätigte er eine Reihe anderer Knöpfe.

Nichts ist mehr wie früher, überlegte er, als ein Agent sich in einer Bodenkammer verstecken und leise in das Mikrofon eines Funkgeräts flüstern mußte. Jetzt übertrug ein Digitalsystem die Signale über einen Satelliten direkt auf einen Computer in London, wo die Nachricht entschlüsselt und durch Lichtleitfaser an den Bestimmungsort geschickt wurde.

Als er fertig war, legte er das elektronische Gerät auf den Tisch zurück, stand auf und streckte sich. Seine Muskeln waren steif, und der Rücken tat ihm weh. Er griff in seinen Koffer und nahm die Flasche Canadian Club heraus, die er nach seiner Ankunft auf dem Flughafen von Rimouski gekauft hatte.

Die Kanadier nannten es Whisky, aber für ihn unterschied es sich kaum vom amerikanischen Bourbon. Es schien ihm primitiv, das Zeug warm zu trinken – nur die Schotten trinken ihren Whisky ohne Eis. Aber auf einem alten Schleppdampfer mußte man auf diesen Luxus verzichten.

Er setzte sich und zündete sich eine seiner speziell für ihn angefertigten Zigaretten an. Wenigstens etwas war vom Glanz der Vergangenheit zurückgeblieben. Jetzt brauchte er nur noch eine liebevolle Gefährtin. Wenn er allein mit einer Flasche war und sein Leben überdachte, bedauerte er, nicht geheiratet zu haben.

Seine Träumereien wurden unterbrochen, als das kleine Gerät auf dem Tisch leise piepste. Dann schob sich ein winziger Papierstreifen, kaum einen halben Zentimeter breit, aus dem Schlitz. Wieder ein Wunder der fortgeschrittenen Technik. Es amüsierte ihn stets aufs neue.

Er setzte seine Lesebrille auf – ein weiterer Fluch des Alters – und begann, den Text auf dem Papierstreifen zu lesen. Die volle Länge der Meldung betrug fast einen halben Meter. Dann nahm er seine Brille wieder ab, schaltete den Senderempfänger aus und steckte ihn in seine Tasche zurück.

»Die neuesten Nachrichten aus dem guten alten England?«

Shaw blickte auf und sah Foss Gly in der Tür stehen.

Gly machte keine Miene, einzutreten. Er starrte Shaw nur forschend an, und er glich einem Schakal, der in die Luft schnupperte.

»Es war nur die Bestätigung meines Berichts über Ihre Beobachtungen«, antwortete Shaw beiläufig. Er wickelte den Papierstreifen verspielt um seinen Zeigefinger.

Gly hatte den Taucheranzug abgelegt und trug jetzt verwaschene Jeans und einen dicken Rollkragenpullover. »Ich habe immer noch das Zittern. Kann ich mir einen Schluck von Ihrem Schnaps nehmen?«

»Bedienen Sie sich.«

Gly leerte ein halbes Wasserglas Canadian Club in zwei Schlucken. Er erinnerte Shaw an einen großen Zirkusbären, den er einmal ein ganzes Faß Bier hinunterschlürfen gesehen hatte.

Gly stieß einen langen Seufzer aus. »Fühle mich fast wieder wie ein Mensch.«

»Meiner Schätzung nach sind Sie für die Dekompressionsphase nur fünf Minuten unten geblieben. Irgendwelche Nachwirkungen?«

Gly schien noch einmal nach der Flasche greifen zu wollen. »Ein leichtes Kribbelgefühl, sonst nichts . . .« Mit einer blitzartigen Bewegung fuhr seine Hand über den Tisch und packte Shaws Arm in stählerner Umklammerung. »Diese Meldung betrifft doch nicht zufällig mich, Alterchen?«

Shaw zuckte zusammen, als die Fingernägel sich in sein Handgelenk bohrten. Er stützte sich auf die Füße, wollte sich mit dem Körper zurückwerfen. Aber Gly war seinen Gedanken voraus.

»Keine Mätzchen, Opa, oder ich breche dir die Knochen.«

Shaw gab nach. Nicht aus Angst. Aus Wut, überrascht worden zu sein.

»Sie überschätzen sich, Inspektor Gly. Warum sollte der britische Geheimdienst sich mit Ihnen abgeben?«

245

»Dann bitte ich aber um Entschuldigung«, höhnte Gly, ohne den Griff zu lockern. »Ich bin nun einmal argwöhnisch. Lügner machen mich nervös.«

»Eine plumpe Beschuldigung von einem plumpen Geist«, sagte Shaw, der wieder seine Beherrschung gewann. »Kein Wunder, wenn man die Quelle kennt.«

Glys Lippen verzogen sich. »Schlaue Worte, Oberspion. Gestehen Sie lieber, daß diese Meldung gar nicht von Ihrem Chef in London kam.«

»Und wenn ich Ihnen sage, daß Sie sich irren?«

»Das nützt nichts. Ich hatte ein kleines Gespräch mit Dr. Coli in dem Boot. Leiden Sie an Gedächtnisschwäche und haben vergessen, daß er Ihnen half, den Bericht auf das kleine Ding zu tippen? Und daß Sie noch einen Zusatz hinzufügten, nachdem Coli gegangen war? Eine Bitte um Informationen über Foss Gly. Sie wissen es, und ich weiß es. Die Antwort ist da in Ihrer Hand.«

Die Falle war zugeschnappt, und Shaw saß drinnen. Er verfluchte seine Unvorsichtigkeit. Es gab keinen Zweifel, daß der scheußliche Kerl ihn ohne Zögern umbringen würde. Er konnte nur noch hoffen, Zeit zu gewinnen und Gly abzulenken. Er versuchte es aufs Geratewohl.

»Mr. Villon erwähnte nebenbei, Sie könnten sich als unzuverlässig erweisen. Ich hätte ihn beim Wort nehmen sollen.«

Das wütend erstaunte Gesicht ließ Shaw erkennen, daß er auf einen Nerv gestoßen war. Er bohrte weiter.

»Ich glaube, er hat sogar den Ausdruck ›Psychopath‹ benutzt.«

Die Reaktion war nicht so, wie er erwartet hatte. Ganz und gar nicht.

Statt vor Wut zu explodieren, machte Gly ein Gesicht, als ob ihm ein Licht aufgegangen sei. Er ließ Shaws Arm los und setzte sich zurück. »Da hat mir dieses hinterfotzige Schwein also einen Dolchstoß in den Rücken versetzt«, murmelte Gly. »Ich hätte mir gleich sagen sollen, daß er mich eines Tages verschaukeln würde.« Er hielt inne und blickte Shaw seltsam an. »Jetzt wird mir alles klar. Warum immer gerade ich die Dreckarbeit unter Wasser machen mußte. Irgendwann sollten Sie dafür sorgen, daß ich bei einem bedauerlichen Unfall ertrinke.«

Shaw tappte völlig im dunkeln. Das ging überhaupt nicht in die beabsichtigte Richtung. Er hatte keine Ahnung, wovon Gly

246

redete. Es blieb ihm keine andere Wahl, als das Spiel weiter zu treiben. Sehr behutsam zog er die Papierrolle von seinem Finger, schob sie auf den Tisch und beobachtete Gly. Dieser warf nur einen kurzen Blick darauf, aber es war genug.

»Ich verstehe nicht, warum Sie Ihr Leben für eine Regierung und für einen Mann riskieren, der Sie tot sehen möchte.«

»Vielleicht bin ich an den Gewinnen der Firma beteiligt.«

»Humor steht Ihnen nicht, Herr Schwindelinspektor.«

»Was hat Villon Ihnen über mich erzählt?«

»Er ist nicht auf Einzelheiten eingegangen«, sagte Shaw, drückte seine Zigarette in einem Aschenbecher aus und nahm zur Kenntnis, daß Glys Augen jeder seiner Bewegungen folgten. »Er hat nur angedeutet, ich würde Kanada einen Gefallen tun, wenn ich Sie beseitigte. Offen gesagt bin ich nicht darauf erpicht, die Rolle eines gedungenen Mörders zu spielen, besonders nicht ohne zu wissen, warum Sie den Tod verdienen.«

»Was hat Sie umgestimmt?«

»Sie.« Shaw hatte Glys Interesse geweckt, wußte jedoch immer noch nicht, wohin das alles führen sollte. »Ich habe Sie mir genauer angesehen. Ihr französisches Kanadisch ist perfekt. Aber Ihr Englisch hat mich stutzig gemacht. Nicht etwa der Akzent, aber die Ausdrucksweise. Ihre Redensarten sind reinstes Amerikanisch. Deshalb forderte ich in London einen Bericht über Sie an. Die Antwort liegt hier auf dem Tisch. Sie verdienen wirklich den Tod, Mr. Gly. Kein Mensch verdient ihn mehr.«

Gly grinste bedrohlich, seine Zähne blitzten gelblich im Kabinenlicht auf. »Glauben Sie, Sie seien Manns genug, um es mit mir aufzunehmen, Opa?«

Shaw klammerte sich mit beiden Händen an die Tischecke und fragte sich, wie Gly ihn zu töten beabsichtigte. Eine Pistole mit Schalldämpfer? Vielleicht ein Messer? Er mußte es leise tun, denn sonst würden Coli und die Mannschaft des Schleppdampfers sofort hereinstürzen. Gly saß mit verschränkten Armen vor ihm. Er sah gelassen aus, zu gelassen.

»Ich brauche mir die Mühe nicht mehr zu machen. Mr. Villon hat es sich anders überlegt. Er wird Sie an die Polizei ausliefern.«

Shaw hatte einen Fehler gemacht. Er sah es an Glys Gesicht.

»War ein netter kleiner Versuch, Opa, aber er ist danebengegangen. Villon kann es sich nicht leisten, mich am Leben zu

247

lassen. Ich könnte ihn bis zur nächsten Eiszeit hinter Gitter bringen.«

»Das wollte ich nur gehört haben«, sagte Shaw mit gespielter Gleichgültigkeit. »Der Bericht betrifft Villon, nicht Sie.« Er zeigte auf die Tischplatte. »Lesen Sie ihn selbst.«

Gly blickte auf das Papier.

Shaw warf sich mit aller Kraft gegen den Tisch, machte eine Drehwendung und rammte Gly die Kante in den Pullover oberhalb der Gürtellinie.

Ein grunzender Laut war die einzige Reaktion. Gly hielt dem Anprall stand, rührte sich kaum vom Fleck. Jeder andere wäre mit einem Schmerzensschrei an die gegenüberliegende Wand geprallt. Er krallte seine riesige Faust um ein Tischbein und hob das schwere Eichenmöbel mühelos bis an die Decke.

Shaw traute seinen Augen nicht. Dieses Ding mußte mindestens achtzig Kilo schwer sein.

Gly ließ den Tisch langsam herabsinken und schob ihn beiseite wie ein Kind, das seine Puppe in den Babywagen legt, und dann erhob er sich. Shaw nahm seinen Stuhl, schleuderte ihn ihm heftig entgegen; aber Gly fing ihn in der Luft auf, stellte ihn ab, schob ihn an den Tisch.

Keine Wut, kein wildes Aufleuchten war in Glys Augen zu sehen, als er den vor ihm stehenden Shaw kalt musterte.

»Ich habe einen Revolver«, sagte Shaw, mit Mühe seine Stimme beherrschend.

»Ich weiß«, erwiderte Gly mit einem bösen Grinsen. »Eine schäbige, altmodische, fünfundzwanzigkalibrige Beretta. Steckt in einem Stiefel neben Ihrer Pritsche. Ist auch immer noch da. Habe nachgesehen, bevor ich hereinkam.«

Jetzt wußte Shaw, daß er nicht mit einer Kugel im Leib oder einem Messerstich enden würde. Gly war entschlossen, es mit bloßen Händen zu tun.

Shaw kämpfte gegen ein Gefühl der Übelkeit an, holte zu einem Karatetritt aus. Er hätte ebensogut nach einem Baumstamm treten können. Gly schnellte zur Seite, fing den Tritt mit der Hüfte ab. Dann trat er vor, nahm sich nicht einmal die Mühe, in Deckung zu bleiben. Er hatte den ausdruckslosen Blick des Schlächters, der sich einem Ochsen nähert.

Shaw wich zurück, bis er mit dem Rücken an die Wand stieß,

blickte sich verzweifelt nach einer Waffe um, nach einer Lampe oder einem schweren Buch, nach irgend etwas, das er werfen, womit er diese hundert Kilo Muskeln aufhalten konnte. Aber Schleppdampferkajüten sind sehr nüchtern eingerichtet, und außer einem an die Wand geklebten Bild war nichts in Reichweite.

Shaw preßte die Handflächen zusammen, versetzte Gly einen scharfen Hieb auf den Nacken. Es war ihm, als hätte er auf Beton geschlagen, und er stöhnte vor Schmerzen auf.

Gly schien völlig unversehrt, zog Shaw mit einem seiner Arme rücklings zu sich heran, drückte ihm den anderen vor die Brust. Dann verstärkte er den Druck, bis Shaws Rückgrat sich zu verbiegen begann.

»Jetzt ist es aus mit dir, du alter Scheißbrite.«

Shaw biß die Zähne zusammen, fühlte einen unerträglichen Schmerz in sich aufsteigen. Die Luft wurde ihm aus den Lungen gedrückt, das Pochen seines Herzens drang ihm in den Kopf, die Kajüte tanzte und verschwamm vor seinen Augen. Ein letzter Schrei zwängte sich bis in seine Kehle, erstarb. Dann war nur noch der wilde Schmerz in seinem Rücken. Der Tod allein konnte ihn davon befreien.

Irgendwo in der Ferne, es schien Meilen entfernt, hörte er ein lautes Krachen, und er glaubte, es sei alles vorüber. Der Druck ließ plötzlich nach, und die Schmerzen wurden um einige Grad erträglicher. Dann sackte er zusammen und fiel zu Boden.

Shaw fragte sich, was nun geschehen würde. Ein langer Marsch durch einen dunklen Tunnel und dann blendendes Licht? Er war etwas enttäuscht, daß er keine Musik hörte. Er begann, seine Empfindungen zu sortieren. Es fiel ihm auf, daß er immer noch Schmerz verspüren konnte. Die Rippen taten verdammt weh, und sein Rückgrat fühlte sich an, als ob es brannte. Versuchsweise öffnete er die Augen. Er brauchte eine Weile, bis sie etwas zu erkennen vermochten.

Das erste, was er sah, war ein Paar Cowboystiefel.

Er blinzelte, aber sie waren immer noch da. Kalbsleder mit aufgesticktem Muster an den Seiten, erhöhte Absätze, emporgerichtete Spitzen. Er drehte den Kopf und blickte in ein wetterhartes Gesicht mit Augen, die zu lächeln schienen.

»Wer sind Sie?« stammelte er.

»Pitt. Dirk Pitt.«

»Komisch, Sie sehen gar nicht wie der Teufel aus.« Shaw hatte nie gezweifelt, daß er einmal in der Hölle landen würde.

Jetzt lächelten auch die Lippen. »Einige Leute sind da anderer Meinung.« Pitt kniete sich nieder und griff Shaw unter die Arme. »Kommen Sie, Opa, ich helfe Ihnen auf.«

»Mein Gott«, murmelte Shaw gereizt, »wenn nur die Leute aufhören würden, mich Opa zu nennen!«

51

Gly lag wie ein Toter. Die Arme locker gespreizt, die Beine verschränkt und leicht angezogen. Irgendwie ähnelte er einem geplatzten Luftballon.

»Wie haben Sie das geschafft?« fragte Shaw verblüfft.

Pitt hielt einen großen Schraubenschlüssel in der Hand. »Mit dem Ding kann man Bolzen drehen, aber auch Schädel einschlagen.«

»Ist er tot?«

»Das bezweifle ich. Um den umzulegen, braucht man eine Kanone.«

Shaw verschnaufte sich und massierte seine schmerzenden Hände. »Ich danke Ihnen für Ihr rechtzeitiges Eingreifen, Mr. . . . äh . . .«

»Der Name ist Pitt, Mr. Shaw. Lassen Sie das Rätselspiel. Wir wissen alles voneinander.«

Shaw mußte zuerst umschalten. Durch einen Glücksfall war er mit knapper Not einem Gegner entkommen, und schon stand er einem anderen gegenüber.

»Sie sind ein ziemliches Risiko eingegangen, Mr. Pitt. Meine Mannschaft könnte jede Sekunde durch diese Tür hereinkommen.«

»Falls hier jemand hereinkommt«, erwiderte Pitt gelassen, »wird es meine Mannschaft sein. Während Sie hier mit diesem

250

Muskelmann einen Walzer aufs Parkett legten, haben wir Ihre Mannschaft im Maschinenraum in sicheren Gewahrsam gebracht.«

»Mein Kompliment«, sagte Shaw. »Sie treten leise und tragen einen großen Schraubenschlüssel bei sich.«

Pitt schob das Werkzeug in die Seitentasche seiner Windjacke und setzte sich. »Die Leute waren sehr gefügig. Aber das sind die meisten, wenn sie in den Lauf eines automatischen Gewehrs schauen.«

Schmerzwellen schossen durch Shaws Rücken. Er preßte die Lippen zusammen, und sein Gesicht wurde bleich. Er versuchte, den Körper zu bewegen, aber das machte es nur noch schlimmer.

Pitt beobachtete ihn. »Sie sollten einen Orthopäden aufsuchen, nachdem Sie MI 6 über die jüngsten Geschehnisse unterrichtet haben.«

»Danke für Ihren Rat«, murmelte Shaw. »Woher wissen Sie das alles?«

»Sie wurden schlagartig zu einer Berühmtheit, als Sie in die Kameras unseres Beobachtungsfahrzeuges schauten. Heidi Milligan hat Ihr Gesicht erkannt, und der CIA ist Ihrer Vergangenheit nachgegangen.«

Shaws Augen wurden schmal. »Korvettenkapitän Milligan ist an Bord Ihres Schiffes?«

»Sie hat mir erzählt, Sie seien alte Freunde. Ein hübsches Mädchen und äußerst gescheit noch dazu. Sie leitet unsere historischen Nachforschungen.«

»Ich verstehe«, sagte Shaw. »Sie hat Ihnen den Weg für die Bergungsarbeiten vorgezeichnet.«

»Falls Sie damit sagen wollen, daß Heidi herausgefunden hat, wo Harvey Shields Kabine liegt, ja.«

Shaw war immer wieder über die Offenheit der Amerikaner verblüfft. Pitt wiederum ärgerte sich stets aufs neue über die britische Geheimniskrämerei.

»Warum sind Sie hier, Mr. Pitt?«

»Ich hielt die Zeit für gekommen, Sie zu warnen. Lassen Sie die Finger weg.«

»Die Finger weg?«

»Kein Gesetz verbietet Ihnen, uns von einem Zuschauerplatz aus zu beobachten, Mr. Shaw. Aber halten Sie Ihre Leute aus

251

unserem Bergungsgebiet raus. Der letzte versuchte, den bösen Mann zu spielen.«

»Sie meinen sicher Mr. Gly.«

Pitt blickte auf den leblosen Körper hinunter. »Das hätte ich mir denken sollen.«

»Es gab einmal eine Zeit, da hätte ich es mit ihm aufnehmen können«, sagte Shaw wehmütig.

Pitts Lächeln brachte Wärme in den Raum. »Ich hoffe nur, auch noch in so guter Form wie Sie zu sein, wenn ich sechsundsechzig bin.«

»Gut erraten.«

»Gewicht einhundertsiebzig Pfund; Größe ein Meter dreiundachtzig, Rechtshänder, zahlreiche Narben. Nichts erraten, Mr. Shaw. Ich habe eine Abschrift Ihres Lebenslaufs. Sie haben viel Interessantes erlebt.«

»Vielleicht, aber Ihre Leistungen übertreffen die meinen bei weitem.« Shaw lächelte zum ersten Mal. »Ich habe nämlich auch eine Akte über Sie.«

Pitt schaute auf seine Uhr. »Ich muß auf die *Ocean Venturer* zurück. Es war mir ein Vergnügen, Sie kennenzulernen.«

»Ich bringe Sie zu Ihrem Boot. Es ist das mindeste, das ich für einen Mann tun kann, der mir das Leben gerettet hat.«

Zwei Männer standen draußen auf dem Deck Wache. Sie sahen wie riesige Eisbären aus. Der eine war völlig verdutzt, als er Shaw erblickte.

»Alles klar, Sir?«

Pitt nickte. »Alles klar. Sind wir abfahrtbereit?«

»Alle an Bord, bis auf uns.«

»Geht voraus. Ich komme.«

Die beiden Männer warfen Shaw einen letzten argwöhnischen Blick zu und kletterten dann in eine Barkasse, die neben dem Schleppdampfer angelegt hatte.

Pitt drehte sich noch einmal um. »Grüßen Sie General Simms von mir.«

Shaw konnte Pitt seine Hochachtung nicht verweigern. »Gibt es etwas, das Sie noch nicht wissen?«

»Eine ganze Menge.« Pitt grinste verschmitzt. »Zum Beispiel habe ich mir noch nie die Zeit genommen, Backgammon zu lernen.«

Mein Gott, sagte sich Shaw, dieser Mann ist wirklich erstaunlich. Aber er war zu sehr Profi, um nicht den eiskalten Scharfsinn zu erkennen, der sich hinter der freundlichen Wärme verbarg. »Es wäre mir ein Vergnügen, es Ihnen eines Tages beizubringen. Ich bin ziemlich gut in diesem Spiel.«

»Ich freue mich darauf.«

Pitt streckte ihm die Hand entgegen.

In all den Jahren seiner Spionagetätigkeit war es für Shaw das erste Mal, daß er einem Gegner die Hand schüttelte. Er blickte Pitt lange an.

»Verzeihen Sie mir, daß ich Ihnen kein Glück wünsche, Mr. Pitt, aber Sie dürfen auf keinen Fall den Vertrag finden. Ihre Seite hat alles zu gewinnen. Meine hat alles zu verlieren. Das müssen Sie verstehen.«

»Wir wissen beide, wie das Spiel steht.«

»Ich würde es sehr bedauern, Sie töten zu müssen.«

»Das würde mir auch nicht gefallen.« Pitt kletterte über die Reling, hielt inne, winkte Shaw zu. »Hals- und Beinbruch.« Und dann war er verschwunden.

Shaw stand noch eine Weile und blickte dem kleinen Boot nach, bis es sich in der Dunkelheit verlor. Dann ging er müde zum Maschinenraum hinunter und befreite Dr. Coli und die Crew des Schleppdampfers.

Als er in seine Kajüte zurückkehrte, war Foss Gly nicht mehr da.

52

Fast tausend Menschen drängten sich vor der Residenz des Premierministers, klatschten Beifall, schwangen handbemalte Transparente und Schilder mit Begrüßungsworten auf Englisch und Französisch und beglückwünschten ihn zu seiner Entlassung aus dem Krankenhaus. Die Ärzte hatten ihn zu überreden versucht, einen Krankenwagen mit Bahre zu benutzen, aber er hatte sich hartnäckig ihrem Rat widersetzt und kam in der offiziellen Limousine, makellos in einen neuen Anzug gekleidet, die narbenbedeckten Hände in einem Paar übergroßer Glacéhandschuhe verborgen.

Einer seiner Ratgeber hatte ihm vorgeschlagen, die Verbände öffentlich zur Schau zu stellen, um sich zusätzliche Sympathien zu gewinnen. Aber Sarveux wollte nichts davon wissen. Billige politische Tricks waren nicht seine Art.

Die Schmerzen in seiner Hüfte waren unerträglich, und jedesmal, wenn er die Arme bewegen wollte, taten ihm die wunden Stellen so weh, daß er fast ohnmächtig wurde. Zu seinem Trost waren die Menschenmenge und die Reporter zu weit entfernt, um die Schweißtropfen auf seinem Gesicht zu sehen, als er mit zusammengepreßten Lippen lächelte und den jubelnden Menschen zuwinkte.

Der Wagen fuhr durch das Tor und hielt vor der Freitreppe an. Danielle eilte die Stufen hinunter und riß den Schlag auf.

»Willkommen daheim, Charles . . .«

Die Worte blieben ihr in der Kehle stecken, als sie das bleiche und gequälte Gesicht sah. »Hilf mir hinein«, flüsterte er.

»Laß mich einen *Mounty* holen . . .«

»Nein«, schnitt er ihr das Wort ab. »Ich will nicht für einen Krüppel gehalten werden.«

Er rückte auf dem Sitz, stützte sich auf die Beine, beugte sich halb aus dem Wagen hinaus. Er brauchte einen Augenblick, um sich gegen den quälenden Schmerz zu wappnen, legte dann einen Arm auf Danielles Schulter und richtete sich langsam auf.

Sie brach fast unter seinem Gewicht zusammen und mußte alle Kräfte aufbieten, um ihn zu stützen. Es war ihr, als fühlte sie die Ausstrahlung seiner Schmerzen, während sie ihn mit Mühe die Stufen emporführte. An der Tür drehte er sich um, schenkte der auf der Straße stehenden Gruppe von Reportern sein berühmtes Charles-Sarveux-Lächeln und machte das Siegeszeichen mit dem Daumen aufwärts.

Kaum hatte sich die Tür hinter ihm geschlossen, da versagte sein eiserner Wille, und er sackte zusammen. Ein *Mounty* stieß Danielle rasch beiseite und griff ihm unter die Arme. Ein Arzt und zwei Krankenschwestern erschienen plötzlich und trugen ihn die Treppe zu seinem Zimmer hinauf.

»Es war ein Wahnsinn, den Helden zu spielen«, rügte der Arzt Sarveux, nachdem er ihn ins Bett gebracht hatte. »Ihr Knochenbruch ist noch längst nicht geheilt. Sie hätten sich schweren Schaden zufügen und Ihre Genesung ernsthaft in Frage stellen können.«

»Ein kleines Risiko, um den Leuten zu zeigen, daß ihr Führer kein hilfloser Krüppel ist.« Sarveux lächelte schwach.

Danielle setzte sich auf den Bettrand. »Du hast deinen Willen gehabt, Charles, aber jetzt solltest du dich ausruhen.«

Er küßte ihre Hand. »Ich muß dich um Verzeihung bitten, Danielle.«

Sie blicke ihn verwirrt an. »Um Verzeihung bitten?«

»Ja«, sagte er leise, so daß die anderen im Zimmer ihn nicht hörten. »Ich hatte dich unterschätzt. Du warst für mich immer nur ein reiches Kind, dessen einziger Lebenszweck es war, schön zu sein und Aschenputtelträumen nachzugehen. Das war ein Irrtum.«

»Ich verstehe nicht recht, was du sagen willst . . .«, erwiderte sie zögernd.

»In meiner Abwesenheit bist du an meine Stelle getreten und hast die Zügel der Regierung mit Würde und Entschlossenheit in die Hand genommen«, sagte er mit Aufrichtigkeit. »Du hast eindeutig bewiesen, daß Danielle Sarveux wirklich die First Lady ist.«

Sie fühlte sich plötzlich sehr traurig. In mancher Beziehung war er sehr scharfsichtig, in anderer wiederum furchtbar naiv. Erst jetzt begann er, ihre Fähigkeiten zu schätzen. Und dabei sah er nicht, daß sie seine Feindin war, daß sie ihn täuschte, daß sie ihn betrog.

Wenn er mich erst einmal richtig kennenlernt, sagte sie sich, wird es zu spät sein.

Sarveux saß in seinem Schlafrock auf dem Sofa und schaute sich ein Fernsehprogramm an, als Henri Villon später an diesem Abend in sein Zimmer trat. Auf dem Bildschirm war ein von einer jubelnden Menge umringter Nachrichtenkommentator in der Mitte der Quebec Street zu sehen.

»Danke, daß du gekommen bist, Henri.«

Villon blickte auf den Fernseher. »Es ist soweit«, sagte er ruhig. »Das Referendum für die volle Unabhängigkeit ist durchgekommen. Quebec ist ein souveräner Staat.«

»Und jetzt beginnt das Chaos«, sagte Sarveux. Er drückte auf den Abstellknopf, und der Bildschirm wurde dunkel. Dann wandte er sich Villon zu und bat ihn, Platz zu nehmen. »Wie siehst du es?«

»Ich bin überzeugt, daß der Übergang glatt verlaufen wird.«

»Du bist zu optimistisch. Bis zu den allgemeinen Wahlen für eine neue Regierung wird das Parlament von Quebec in Aufruhr sein, und das ist die Gelegenheit, auf die die FQS gewartet hat, um aus der Kloake aufzusteigen und die Macht an sich zu reißen.« Er schüttelte den Kopf. »Jules Guerriers Tod hätte nicht zu einer schlimmeren Zeit kommen können. Ihm und mir wäre es vielleicht gelungen, den Weg zu ebnen. Jetzt weiß ich es nicht mehr.«

»Meinst du nicht, daß Jules ersetzt werden kann?«

»Durch wen? Dich vielleicht?«

Villons Augen wurden hart. »Niemand ist besser dazu befähigt. Ich habe wesentlich zum Erfolg der Abstimmung beigetragen. Ich besitze das Vertrauen der Gewerkschaften und der Finanzkreise. Ich bin ein geachteter Parteiführer, und vor allem bin ich ein Franzose, der im restlichen Kanada hohes Ansehen genießt. Quebec braucht mich, Charles. Ich werde mich um die Präsidentschaft bewerben und die Wahlen gewinnen.«

»Henri Villon wird also Quebec aus der Wildnis führen«, sagte Sarveux spöttisch.

»Die französische Kultur ist heute lebendiger denn je. Es ist meine heilige Pflicht, sie zu fördern.«

»Hör auf, die Lilienflagge zu schwenken, Henri. Das steht dir nicht.«

»Ich bin meinem Heimatland zutiefst verbunden.«

»Du bist nur Henri Villon zutiefst verbunden.«

»Schätzt du mich so gering ein?« fragte Villon eingeschnappt.

Sarveux blickte ihm in die Augen. »Ich habe dich einmal hoch eingeschätzt. Aber dann sah ich, wie blinder Ehrgeiz einen Idealisten in einen hinterhältigen Intriganten verwandelte.«

Villon funkelte wütend zurück. »Das solltest du mir näher erklären.«

»Zuerst einmal, was fiel dir eigentlich ein, einem Drittel der Vereinigten Staaten von James Bay aus den Strom abzustellen?«

Villons Gesicht wurde ausdruckslos. »Ich hielt es für notwendig. Die Amerikaner mußten gewarnt werden, sich nicht in französische Angelegenheiten einzumischen.«

»Woher hattest du diese Wahnsinnsidee?«

Villon blickte ihn verwirrt an. »Von dir natürlich.«

Sarveux war verblüfft.

Villon begann zu lachen. »Erinnerst du dich wirklich nicht mehr daran?«

»An was?«

»Im Krankenhaus, nach dem Flugzeugunfall, warst du noch von der Narkose benommen. Du phantasiertest, Kanada sei in großer Gefahr, falls die falschen Leute den schwachen Punkt im Kontrollsystem von James Bay entdeckten. Du warst ziemlich vage, aber dann batest du Danielle, mir zu sagen, ich sollte mich mit Max Roubaix beraten, dem längst gestorbenen Massenmörder.«

Sarveux saß stumm und mit unerforschlichem Gesicht.

»Ein verdammt schlau gestelltes Rätsel«, fuhr Villon fort, »wenn man bedenkt, daß es einem wirren Gehirn entsprang. Ich brauchte eine Weile, bis ich mir die Beziehung zwischen Roubaix' Würgeschnur und dem Abschnüren einer wichtigen Energiequelle zusammenreimte. Dafür habe ich dir zu danken, Charles. Du hast mir, ohne es zu wissen, gezeigt, wie man die Amerikaner mit einem einzigen elektrischen Schalthebel nach seiner Pfeife tanzen lassen kann.«

Sarveaux schwieg, dann sah er Villon an und sagte: »Nicht ohne es zu wissen.«

Villon verstand ihn nicht. »Wie bitte?«

»Danielle hörte nicht das Gefasel eines im Fieber phantasierenden Mannes. Ich hatte zwar starke Schmerzen, war jedoch bei klarem Verstand, als ich ihr sagte, du solltest Max Roubaix um Rat fragen.«

»Was soll das, Charles? Irgendein kindisches Spiel?«

Sarveux ignorierte ihn. »Ein sehr alter und lieber Freund sagte, du würdest mein Vertrauen und das des kanadischen Volkes verraten. Ich konnte mir nicht vorstellen, daß du ein Verräter bist, Henri. Aber ich mußte mich überzeugen. Du hast den Köder geschluckt und die Vereinigten Staaten mit Energieerpressung bedroht. Es war ein schwerer Fehler von dir, dir eine benachbarte Supermacht zum Feind zu machen.«

Villons Mund verzog sich zu einem häßlichen Grinsen. »Du bildest dir also ein, du wüßtest etwas. Zum Teufel mit dir, und zum Teufel mit den Vereinigten Staaten. Solange Quebec den St. Lawrence und das Kraftwerk von James Bay unter seiner Kontrolle hat, werden wir es sein, die zur Abwechslung ihnen und dem westlichen Kanada unsere Bedingungen diktieren. Amerika hat sich mit seinen selbstgerechten und frommen Predigten zum Clown der Welt gemacht. Sie verschanzen sich hinter ihrer blöden Moral und kümmern sich nur um ihre Geschäftsgewinne und Bankkonten. Amerika ist eine sterbende Macht, und es wird nicht mehr lange dauern, bis sein ganzes Wirtschaftssystem in einer Inflation zusammenbricht. Falls sie es wagen sollten, Quebec mit Sanktionen zu drohen, schalten wir ihnen einfach den Strom ab.«

»Mutige Reden«, sagte Sarveux. »Aber wie viele andere wirst du bald feststellen, daß es sich nicht auszahlt, die Entschlossenheit der Amerikaner zu unterschätzen. Wenn man sie an die Wand drückt, haben sie nämlich die Gewohnheit, sehr energisch zurückzuschlagen.«

»Der Mut ist ihnen schon längst ausgegangen«, sagte Villon verächtlich.

»Du bist ein Narr.« Sarveux fühlte, wie es ihm kalt über den Rücken lief. »Im Interesse Kanadas werde ich dir die Maske vom Gesicht reißen und dich vernichten.«

»Du könntest nicht einmal einen Ladenjungen vernichten«, höhnte Villon. »Du hast nicht den geringsten Beweis gegen mich. Nein, Charles, bald werden dich die englischsprachigen Scheißkanadier aus dem Amt werfen, und ich werde dafür sorgen, daß du nicht nach Quebec kommst. Es ist an der Zeit, daß du dir endlich darüber klar wirst, ein Mann ohne Land zu sein.« Villon stand auf, zog einen versiegelten Umschlag aus seiner Brusttasche und warf ihn Sarveux in den Schoß. »Meine Demission aus dem Ministerrat.«

»Angenommen«, sagte Sarveux mit grimmiger Endgültigkeit.

Villon konnte sich eine letzte Beschimpfung nicht verkneifen. »Du bist eine klägliche Figur, Charles. Vielleicht hast du es noch nicht begriffen, aber du hast überhaupt nichts mehr ... nicht einmal deine kostbare Danielle.«

In der Tür drehte sich Villon noch einmal um, erwartete, einen verzweifelten und geschlagenen Sarveux zu sehen, dessen Träume und Hoffnungen unwiederbringlich vernichtet waren.

Statt dessen sah er einen Mann, der auf unerklärliche Art lächelte.

Villon ging direkt in sein Büro im Parlamentsgebäude und begann seinen Schreibtisch auszuräumen. Er sah keinen Grund, bis zum Morgen zu warten und einer Menge Leute, die er weder schätzte noch mochte, die Hand zu schütteln.

Sein Mitarbeiter klopfte an und trat ein. »Es sind mehrere Nachrichten für Sie hinterlassen worden ...«

Villon winkte ab. »Interessiert mich nicht. Seit einer Stunde bin ich nicht mehr Innenminister.«

»Der Anruf von Mr. Brian Shaw klang sehr dringend. Auch General Simms hat versucht, Sie persönlich zu erreichen.«

»Ach ja, die Sache mit dem Nordamerikanischen Vertrag«, sagte Villon, ohne aufzuschauen. »Wahrscheinlich betteln sie um mehr Leute und Ausrüstung.«

»Es handelt sich um eine Aufforderung, das amerikanische Schiff durch Einheiten unserer Marine zum Verlassen des Wracks der *Empress of Ireland* zu nötigen.«

»Füllen Sie die notwendigen Papiere aus, und unterschreiben Sie in meinem Namen. Dann setzen Sie sich mit dem kommandierenden Offizier des St.-Lawrence-Gebiets in Verbindung und veranlassen Sie ihn, den Befehl auszuführen.«

Der Mann machte kehrt und ging auf die Tür zu.

»Warten Sie!« Villons französischer Eifer stieg plötzlich in ihm auf. »Noch eins. Teilen Sie General Simms und Mr. Shaw mit, daß der souveräne Staat Quebec keine weiteren britischen Einmischungen auf seinem Gebiet duldet, und daß sie sofort ihre Überwachungstätigkeit einzustellen haben. Und dann lassen Sie unserem Söldnerfreund Mr. Gly eine Nachricht zukommen. Sagen sie ihm nur, er könne eine fette Prämie einkassieren, wenn er dem NUMA-Schiff einen zündenden Abschiedsempfang bereitet. Er wird es schon verstehen.«

259

53

Sie kamen spät am folgenden Morgen mit wehenden Flaggen. Die halbe Mannschaft stand an Deck und starrte auf die *Ocean Venturer*. Das Stampfen der Motoren verlangsamte sich, als der kanadische Zerstörer zweihundert Meter südlich und längs von ihnen stoppte. Der Funker kam zu Pitt und Heidi auf die Kommandobrücke. »Meldung vom Kapitän des Zerstörers H.M.C.S. *Huron*. Er bittet um Erlaubnis, an Bord zu kommen.«

»Nett und höflich«, stellte Pitt fest. »Er bittet sogar um Erlaubnis.«

»Was hat er wohl im Sinn?« fragte Heidi.

»Ich weiß genau, was er im Sinn hat«, antwortete Pitt. Dann zum Funker: »Richten Sie dem Kapitän meine Grüße aus. Dem Ersuchen wird stattgegeben, aber nur, wenn er uns die Ehre erweist, zum Mittagessen zu bleiben.«

»Ich frage mich, was für ein Typ er ist«, sagte Heidi.

»Nur eine Frau kann sich darüber Sorgen machen.« Pitt lachte. »Wahrscheinlich ein geschniegelter Offizier, kühl, präzise und sehr amtlich, der sich im Morsecode ausdrückt.«

»Du bist ja nur neidisch.« Heidi lächelte.

»Warte nur.« Pitt grinste zurück. »Ich wette, er pfeift sogar die Nationalhymne, wenn er das Fallreep emporsteigt.«

Korvettenkapitän Raymond Weeks tat nichts dergleichen. Er war ein jovial aussehender Mann mit graublauen Augen und einem freundlichen Gesicht. Er hatte eine angenehme Stimme, die aus der Tiefe seines Bauches zu dringen schien. Mit einem entsprechenden Kostüm wäre er der ideale Weihnachtsmann in einem Warenhaus gewesen.

Er sprang behende über die Reling und ging geradewegs auf Pitt zu, der sich etwas seitlich vom Begrüßungskomitee hielt.

»Mr. Pitt, ich bin Ray Weeks. Es ist mir eine Ehre. Ich habe mit großem Interesse Ihre Arbeiten bei der Bergung der *Titanic* verfolgt. Sie können mich als einen Ihrer Fans betrachten.«

Pitt war von soviel Charme entwaffnet und brachte nur ein verlegenes »Freut mich sehr« hervor.

Heidi versetzte ihm einen Rippenstoß. »Geschniegelt, kühl und präzise?«

Weeks sagte: »Wie bitte?«

»Nichts«, erwiderte Heidi fröhlich. »Nur ein Witz unter uns.«

Pitt faßte sich und machte die Vorstellungen. Reine Zeitverschwendung, seiner Meinung nach. Weeks war offensichtlich sehr gut informiert. Er schien alles über jeden zu wissen. Rudi Gunn brachte er ein archäologisches Forschungsunternehmen der Marine in Erinnerung, das dieser fast vergessen hatte, obwohl er dafür verantwortlich gewesen war. Besonders zuvorkommend war Weeks Heidi gegenüber.

»Wenn alle meine Offizierskollegen wie Sie aussähen, Korvettenkapitän Milligan, würde ich nie in den Ruhestand treten.«

»Die Schmeichelei verdient eine Belohnung«, sagte Pitt. »Vielleicht kann ich Heidi überreden, Ihnen unser Schiff zu zeigen.«

»Das wäre mir ein Vergnügen.« Weeks' Gesicht wurde ernst. »Sie werden vielleicht nicht mehr so gastfreundlich sein, wenn Sie den Zweck meines Besuches erfahren.«

»Sie sind gekommen, um uns zu sagen, daß das Spiel wegen politischen Regens abgesagt ist.«

»Sehr treffend ausgedrückt.« Weeks zuckte die Schulter. »Es tut mir leid, aber ich habe meine Befehle.«

»Wieviel Zeit haben wir, um unsere Leute und unsere Ausrüstung heraufzuholen?«

»Wie lange brauchen Sie?«

»Vierundzwanzig Stunden.«

Weeks war kein Narr. Er wußte zu gut über Bergungsarbeiten Bescheid, um nicht zu merken, daß Pitt ihm etwas vorzumachen versuchte. »Ich kann Ihnen acht Stunden geben.«

»Um die Druckkammer zu heben, benötigen wir mindestens zwölf.«

»Sie würden einen guten Händler in einem türkischen Basar abgeben, Mr. Pitt.« Weeks lächelte wieder. »Zehn Stunden sollten ausreichen.«

»Vorausgesetzt, Sie fangen nach dem Mittagessen mit dem Zählen an.«

Weeks streckte die Hände in die Luft. »Mein Gott, Sie geben wohl nie auf. Na schön, nach dem Mittagessen angefangen.«

»Da wir uns jetzt einig sind, Kapitän Weeks«, sagte Heidi, »können wir nun unseren Rundgang machen.«

Weeks folgte Heidi mit zwei seiner Offiziere die Treppe zur Plattform im inneren Schacht hinunter. Pitt und Gunn drehten sich um und schlenderten langsam zum Kontrollraum.

»Warum all das Getue für einen Kerl, der uns rausschmeißt?« fragte Gunn gereizt.

»Ich habe ihm zehn Stunden abgeluchst«, sagte Pitt mit leiser Stimme. »Und ich werde um jede Minute kämpfen, um die Arbeiten im Wrack fortsetzen zu können.«

Gunn blieb stehen und blickte ihn an. »Willst du damit sagen, daß du das Unternehmen nicht aufgibst?«

»Was denn sonst?« erwiderte Pitt allen Ernstes.

»Du bist verrückt.« Gunn schüttelte den Kopf. »Wir brauchen mindestens zwei Tage, um bis in Shields Kabine durchzustoßen. So lange kannst du es unmöglich hinauszögern.«

Pitt lächelte verschmitzt. »Vielleicht nicht, aber ich werde es versuchen.«

Durch den schweren Schleier des Schlafes hindurch fühlte Moon, wie jemand ihn wachrüttelte. Seit die *Ocean Venturer* über der *Empress of Ireland* geankert hatte, war er rund um die Uhr in seinem Büro geblieben. Normale Schlafzeiten wurden nicht mehr eingehalten, und nur gelegentlich nickte er kurz auf seinem Stuhl ein. Als er endlich die Augen öffnete, blickte er in das grimmige Gesicht des Nachrichtenabteilungsleiters des Weißen Hauses.

Er gähnte und setzte sich auf. »Was ist los?«

Der Abteilungsleiter reichte ihm ein Stück Papier. »Lesen Sie das, und weinen Sie.«

Moon las den Text durch. Dann blickte er auf. »Wo ist der Präsident?«

»Er spricht draußen im Rosengarten zu einer Gruppe von mexikanisch-amerikanischen Arbeiterführern.«

Moon schlüpfte in seine Schuhe, rannte in die Halle hinunter, zog sich unterwegs den Mantel an und richtete seine Krawatte. Der Präsident hatte gerade seinen Besuchern die Hände geschüttelt und war auf dem Wege ins Ovale Büro, als Moon ihn einholte.

»Schon wieder schlechte Nachrichten?« fragte der Präsident.

Moon nickte und zeigte auf das Blatt Papier. »Die letzte Meldung von Pitt.«

»Lesen Sie sie mir vor, während Sie mich in mein Büro begleiten.«

»Er meldet: ›Wurde von der kanadischen Marine vom St. Lawrence verwiesen. Erhielt eine Gnadenfrist von zehn Stunden, um Koffer zu packen. Der Zerstörer wartet . . .!‹«

»Ist das alles?«

»Nein, Sir.«

»Dann lesen Sie weiter.«

Moon fuhr fort: »›Beabsichtige, Ausweisungsbefehl nicht zu befolgen. Bergungsarbeiten werden fortgesetzt. Treffen Vorbereitungen, Enterer zurückzuweisen. Pitt.‹«

Der Präsident blieb stehen. »Was war das?«

»Wie bitte, Sir?«

»Der letzte Teil, lesen Sie das noch einmal.«

»›Treffen Vorbereitungen, Enterer zurückzuweisen.‹«

Der Präsident schüttelte verwundert den Kopf. »Großer Gott, der Befehl, Enterer zurückzuweisen, wurde seit über hundert Jahren nicht mehr erteilt.«

»Soweit ich Pitt kenne, meint er es ernst.«

Der Präsident blickte nachdenklich drein.

»Die Engländer und Kanadier haben uns also die Tür vor der Nase zugeschlagen!«

»So sieht es leider aus«, sagte Moon. »Soll ich Verbindung aufnehmen und Pitt befehlen, die Bergungsarbeiten abzubrechen? Jede andere Handlungsweise könnte militärische Auswirkungen nach sich ziehen.«

»Wir bewegen uns zwar auf Messers Schneide, aber die gute alte Tapferkeit verdient ihren Lohn!«

Moon unterdrückte eine plötzliche Angst. »Sie deuten doch nicht etwa an, daß wir Pitt den Rücken decken?«

»Natürlich«, sagte der Präsident. »Es ist höchste Zeit, daß auch wir ein bißchen Mut beweisen.«

263

54

Sie standen zärtlich beisammen, als wäre es zum ersten Mal, beobachteten den im Osten aufgehenden Neumond und die flußabwärts fahrenden Schiffe. Über ihnen flimmerten die beiden roten Lichter – das Erkennungszeichen eines über einem Wrack geankerten Schiffs –, in deren Schimmer sie noch gerade ihre Gesichter erkennen konnten.

»Ich hätte nie geglaubt, daß es einmal dazu kommen würde«, sagte Heidi leise.

»Dein Fund hat Wellen geschlagen«, erwiderte Pitt, »und sie haben sich immer weiter ausgebreitet.«

Sie lehnte sich an ihn. »Seltsam, wie die Entdeckung eines alten zerknitterten Briefs in einem Universitätsarchiv so viele Menschenleben betroffen hat. Wenn ich es nur dabei belassen hätte«, flüsterte sie.

Pitt legte ihr den Arm um die Hüften. »Es hat keinen Sinn, einem ›Wenn‹ nachzutrauern. Das führt zu nichts.«

Heidi blickte über das Wasser zum kanadischen Zerstörer. Die Decks und der schachtförmige Oberbau waren hell erleuchtet, und sie hörte das Summen der Generatoren. Sie fröstelte, als ein Nebelfetzen über die Wasseroberfläche kroch.

»Und was geschieht, wenn wir Kapitän Weeks' Frist nicht einhalten?«

Pitt hielt seine Uhr gegen das schwache Licht des Mastes. »Das werden wir in zwanzig Minuten erfahren.«

»Ich fühle mich so beschämt.«

Pitt schaute sie an. »Was soll das sein? Waschzeit für die Seele?«

»Das Schiff wäre nicht dort, wenn ich Brian Shaw nicht alles brühwarm erzählt hätte.«

»Schon wieder ein ›Wenn‹.«

»Aber ich habe mit ihm geschlafen. Das macht es noch schlimmer. Falls jemand verletzt wird ... kann ich ...« Die Worte waren ihr entschlüpft, und sie schwieg, als Pitt sie fester hielt.

So standen sie eine Weile, bis ein leises, höfliches Hüsteln sie wieder in die Wirklichkeit zurückbrachte. Rudi Gunn war oben auf der Kommandobrücke.

»Du solltest lieber heraufkommen, Dirk. Weeks wird allmählich sauer. Fragt ständig, warum wir nicht endlich aufbrechen. Mir fallen keine Entschuldigungen mehr ein.«

»Hast du ihm gesagt, bei uns sei die Beulenpest und eine Meuterei ausgebrochen?«

»Keine Zeit für Witze«, sagte Gunn ärgerlich. »Wir haben auch einen Kontakt auf dem Radar. Ein Schiff kommt aus der Hauptströmung auf uns zu. Ich fürchte, unser Mittagsgast hat Verstärkung angefordert.«

Weeks starrte durch die Fenster der Kommandobrücke in den aufkommenden Nebel. Er hielt eine Tasse in der Hand, der Kaffee war schon kalt geworden. Seine angeborene Gutmütigkeit wurde auf eine harte Probe gestellt, als das NUMA-Schiff so gleichgültig auf seine Anfragen reagierte. Er wandte sich an seinen Ersten Offizier, der sich über das Radargerät beugte.

»Was ist es nun Ihrer Meinung nach?«

»Ein großes Schiff, das ist alles. Wahrscheinlich ein Tanker oder ein Containerschiff. Können Sie die Lichter sehen?«

»Nur als sie über den Horizont kamen. Der Nebel hat sie verhüllt.«

»Der Fluch des St. Lawrence. Immer dieser plötzlich auftauchende Nebel.«

Weeks richtete seinen Feldstecher auf die *Ocean Venturer*, deren Lichter jedoch bereits im dichten Nebel verschwanden. Nur noch ein paar Minuten, und die *Venturer* war dann völlig außer Sicht.

Der Erste Offizier richtete sich auf und rieb sich die Augen. »Wenn ich es nicht besser wüßte, würde ich sagen, das Ziel bewegt sich im Kollisionskurs auf uns zu.«

Weeks griff nach einem Mikrofon. »Funkraum, hier ist der Kapitän. Schalten Sie mich auf die Notruffrequenz ein.«

»Der Kontakt verlangsamt sich«, meldete der Erste Offizier.

265

Weeks wartete, bis er das Knistern im Lautsprecher hörte, Dann sprach er ins Mikrofon.

»An das Schiff im Stromaufwärtskurs, Ortung null-eins-sieben Grad von Pointe-au-Père. Hier ist H.M.C.S. *Huron*. Bitte um Antwort. Ende.«

Nichts. Nur das Nebengeräusch.

Er rief zwei weitere Male, aber immer noch kam keine Antwort.

»Geschwindigkeit jetzt drei Knoten, Kurs unverändert. Abstand zwölfhundert Meter.«

Weeks befahl einem Matrosen, das Binnenwassernebelsignal für ein geankertes Schiff zu senden. Vier Stöße des Horns der *Huron* schallten über das schwarze Wasser: einmal kurz, zweimal lang, einmal kurz.

Die Antwort war ein langanhaltendes Kreischen, das durch den Nebel drang.

Weeks trat an die Tür, blickte angespannt in die Nacht hinaus. Der immer näher kommende Eindringling blieb unsichtbar.

»Er scheint sich zwischen uns und die *Ocean Venturer* zu schieben«, meldete der Erste Offizier.

»Warum, zum Teufel, antworten sie nicht? Warum weichen uns diese Idioten nicht aus?«

»Vielleicht sollten wir ihnen mal ein bißchen bange machen.«

Weeks nickte. »Ja, das könnte nützen.« Er drückte auf den Sendeknopf des Mikrofons und sprach: »An das Schiff an meiner Backbordheckseite. Hier ist H.M.C.S. Zerstörer *Huron*. Falls ihr euch nicht sofort zu erkennen gebt, eröffnen wir das Feuer und schießen euch aus dem Wasser.«

Etwa fünf Sekunden vergingen. Dann erklang eine Stimme mit unverkennbar texanischem Akzent im Lautsprecher.

»Hier ist Lenkwaffenkreuzer U.S.S. *Phoenix*. Wenn Sie schießen wollen, dann nur mal los, Kumpel.«

55

Den Landwirten im Hudson River Valley kamen die starken Regengüsse vielleicht gelegen, doch für die Mannschaft der *De Soto* trugen sie nur noch mehr zu der bereits herrschenden schlechten Stimmung bei. Die Suche nach dem *Manhattan Limited* hatte nichts ergeben, nur die verbogenen und rostigen Trümmer der Hudson-Deauville-Brücke lagen auf dem Flußbett wie die verstreuten Überreste eines Dinosauriers herum.

Stunde um Stunde saßen die Männer über ihre Instrumente gebeugt, steuerten fünf- oder sechsmal über die gleichen Stellen, versuchten irgend etwas zu entdecken, was sie vielleicht übersehen hatten. Schon dreimal hatten sich die Sonden am Heck des Bootes in den Brückentrümmern verfangen, und die Taucher brauchten Stunden, um sie wieder freizumachen.

Giordino blickte verbissen auf die Gradnetzkarten, auf die er die bisherigen Resultate der Flächenecholotierung eingezeichnet hatte. Schließich wandte er sich an Glen Chase.

»Wir wissen nicht, wo es ist, aber wir wissen verdammt wohl, wo es nicht ist. Ich hoffe nur, daß das Taucherteam mehr Glück hat.« Er schaute auf die große Messinguhr an der Wand des Steuerhauses. »Sie sollten jetzt heraufkommen.«

Chase blätterte Heidis historischen Bericht über das Wrack des *Manhattan* durch, den sie ihnen aus Kanada geschickt hatte. Die letzten beiden Seiten las er schweigend und aufmerksam.

»Wäre es nicht möglich, daß der Zug Jahre später geborgen wurde, als die Nachricht nicht mehr aktuell war und die Presse es nicht der Mühe wert fand, darüber zu berichten?«

»Das glaube ich nicht«, erwiderte Giordino. »Das Unglück war ein zu aufregendes Ereignis, als daß man eine erfolgreiche Bergung stillschweigend übergangen hätte.«

»Ist etwas Wahres an den Behauptungen einzelner Taucher, daß sie die Lokomotive entdeckt hätten?«

»Nichts Nachweisbares. Einer hat sogar geschworen, er habe in der Kabine gesessen und die Glocke gezogen. Ein anderer erzählte, er sei durch einen Pullmanwagen voller Skelette geschwommen. Für jedes ungelöste Rätsel gibt es irgendeinen Spinner, der die Lösung gefunden haben will.«

Eine Gestalt im triefenden Taucheranzug erschien in der Tür und trat ins Steuerhaus. Nicholas Riley, Cheftaucher des Unternehmens, sank erschöpft aufs Deck, lehnte sich mit dem Rücken an die Wand und stieß einen lauten Seufzer aus.

»Diese Dreiknotenströmung kann einen umbringen«, sagte er müde.

»Irgend etwas gefunden?« fragte Giordino mit Ungeduld.

»Ein wahrer Schuttabladeplatz«, antwortete Riley. »Überall liegen Brückentrümmer herum. Einige Gitterstücke sind so zerfetzt, als seien sie gesprengt worden.«

»Das wird hier im Bericht erklärt«, sagte Chase. »Das Pionierkorps der Armee hat neunzehnhundertsiebzehn den Brückenbau gesprengt, weil er eine Gefahr für den Schiffsverkehr war.«

»Irgendeine Spur von dem Zug?« bohrte Giordino weiter.

»Nicht einmal ein Rad.« Riley schneuzte sich. »Der Flußboden ist mit sehr feinem Sand bedeckt. Eine kleine Münze könnte darin versinken.«

»Wie dick ist die Sandschicht, bis man auf Felsen stößt?«

»Nach unserem Lasertest elf Meter zehn«, antwortete Chase.

»Das reicht für einen Zug und noch sechs Meter Sand obendrauf«, sagte Riley.

Giordinos Augen wurden schmal. »Falls Genies mit Rosen und Idioten mit Stinktieren belohnt werden würden, hätte ich mir zehn Stinktiere verdient.«

»Vielleicht auch nur sieben«, spöttelte Chase. »Warum die Selbstkasteiung?«

»Ich war zu dumm, um die Lösung des Rätsels zu sehen. Warum hat die Lesung des Protonmagnetometers nichts Genaues ergeben? Warum können die Untergrundmeßgeräte keinen Zug unter der Sandschicht erkennen?«

»Vielleicht sagen Sie es uns?« fragte Riley.

»Jeder nimmt als selbstverständlich an, daß die schadhafte Brücke unter dem Gewicht des Zuges einbrach, und daß sie zusammen in die Tiefe stürzten«, erklärte Giordino erregt. »Aber

268

könnte der Zug nicht zuerst durch die Mittelspanne gestürzt sein, und danach die gesamte Brücke, so daß sie ihn unter sich begrub?«

Riley blickte Chase an. »Ich glaube, da hat er etwas. Das Gewicht der ganzen Stahlmasse könnte sehr wohl den Zug tief in den weichen Sand gedrückt haben.«

»Diese Theorie würde auch erklären, warum unsere Meßgeräte versagt haben«, stimmte Chase ihm zu. »Die Trümmermasse der Brückenstruktur ließ die Lotsignale nicht bis zu der unter ihr liegenden Schicht durchdringen.«

Giordino wandte sich an Riley. »Irgendeine Möglichkeit, einen Tunnel unter die Trümmer zu graben?«

»Ausgeschlossen«, brummte Riley. »Nicht in diesem Treibsand. Außerdem ist die Strömung zu stark, und die Taucher könnten nicht viel ausrichten.«

»Wir brauchen einen Lastkahn mit Kran und Bagger, um die Brückentrümmer heraufzuschaffen, falls wir an den Zug gelangen wollen«, sagte Giordino.

Riley rappelte sich mühsam auf die Beine. »Na schön, ich werde meine Leute ein paar Fotos machen lassen, damit wir wissen, wo wir den Kran ansetzen sollen.«

Giordino nahm seine Mütze ab und fuhr sich mit dem Ärmel über die Stirn. »Komisch, was sich letzten Endes so alles ergibt. Da hatte ich mir gedacht, wir würden es hier leicht haben, während Pitt den kürzeren gezogen hat.«

»Gott weiß, was die für Probleme im St. Lawrence haben«, sagte Chase. »Ich möchte nicht mit ihnen tauschen.«

»Ach, ich weiß nicht«, sagte Giordino achselzuckend. »Wie ich Pitt kenne, sitzt er wahrscheinlich auf einem Liegestuhl neben einer schönen Frau, trinkt einen kühlen Mai Tai und genießt die kanadische Sonne.«

56

Ein seltsamer Dunst, ein wirbelnder rötlicher Dunst schirmte alles Licht ab und schwamm Pitt vor den Augen. Immer wieder bemühte er sich verzweifelt, an die andere Seite zu gelangen, streckte die Hände vor sich aus wie ein Blinder.

Er hatte keine Zeit gehabt, sich auf den Schock vorzubereiten, keine Zeit, zu verstehen, keine Zeit, sich zu wundern. Er wischte sich das Blut von der Stirn, betastete eine Schnittwunde von zehn Zentimeter Länge, die glücklicherweise nicht sehr tief war.

Er rappelte sich auf die Beine, starrte fassungslos auf die um ihn herumliegenden Menschen.

Rudi Gunn war leichenblaß und blickte zu Pitt auf. Seine Augen waren ausdruckslos. Er stützte sich schwankend auf Hände und Knie und stammelte leise vor sich hin.

»O Gott! O Gott! Was ist passiert?«

»Ich weiß es nicht«, antwortete Pitt mit einer Stimme, die er selbst fast nicht wiedererkannte. »Ich weiß es nicht.«

Shaw stand an der Küste wie gelähmt, preßte die Lippen zusammen, bis sein Mund nur noch ein schmaler Schlitz war, das Gesicht in blinder und bitterer Wut verzerrt, einer Wut, die er in seinem Schuldempfinden auf sich selbst richtete.

Er hatte sich über Villons Ausweisungsbefehl einfach hinweggesetzt und sein Zelt an der östlichen Spitze von Pointe-au-Père aufgeschlagen, zweieinhalb Meilen vom Bergungsort entfernt. Mit einem britischen Armeefernrohr, Modell S-66, dessen Schärfe ihm gestattete, eine Zeitungsüberschrift auf fünf Meilen Distanz zu lesen, hatte er sich angeschickt, die kleine Flotte von Schiffen über der *Empress of Ireland* zu beobachten.

Barkassen fuhren in regelmäßigen Abständen zwischen den beiden Kriegsschiffen hin und her, und Shaw malte sich vergnügt die erhitzten Verhandlungen zwischen den amerikanischen und kanadischen Offizieren aus.

Die *Ocean Venturer* schien still und tot. Niemand bewegte sich auf den Decks, aber er sah sehr klar, daß der Derrick immer noch betätigt wurde, daß der Kran immer noch schlammbedeckte Trümmerstücke des Wracks heraufwuchtete.

Shaw machte eine kurze Pause und aß eine Tafel Schokolade, die ihm als Frühstück diente. Er bemerkte ein kleines Boot mit Außenbordmotor, das in rasender Geschwindigkeit den Fluß heruntergeschossen kam.

Neugierig geworden, nahm er das Fernrohr zur Hand.

Mit seiner goldenen Metallfarbe und dem roten Streifen, der zum Heck hin breiter wurde, wirkte es wie ein Pfeil im blendenden Sonnenlicht. Shaw wartete, bis das Flimmern nachließ, und dann stellte er die Linse auf den Fahrer ein. Der Mann hinter der Windschutzscheibe trug eine Taucherbrille, aber Shaw erkannte die flache Nase, das kalte, harte Gesicht.

Es war Foss Gly.

Shaw starrte fasziniert, als das Gleitboot einen langen Bogen um die drei Schiffe beschrieb, hie und da aus dem Wasser hüpfte, die Schrauben sehen ließ, dann wieder hart auf die Wellen aufschlug.

Es war schwierig, die Bewegungen des springenden Bootes zu verfolgen. Aber dann sah Shaw es ganz deutlich, als es plötzlich den Kurs wechselte und das Cockpit in seinem Blickwinkel lag.

Gly hielt das Steuer mit der rechten Hand, während die linke einen kleinen Kasten umspannte. Ein dünner Stiel glitzerte in der Sonne, der nur eine Antenne sein konnte.

»Nein!« brüllte er in den Wind, als er die Absicht Glys erkannte. »Nein, du verdammtes Schwein, nein!«

Plötzlich wurde die Morgenstille von einem rollenden Donner unterbrochen, der von weit her zu kommen schien, dann mit entsetzlicher Schnelle aufstieg, riesige Mengen Wasser emporschleuderte, die *Ocean Venturer* in eine zischende Dampfwolke hüllte, als die Sprengladungen im Bug der *Empress* explodierten.

Das Forschungsschiff schien sich über das Wasser zu erheben, hing Sekunden in der Luft, fiel auf die Steuerbordseite zurück, tiefer und tiefer, bis es unter der aufspritzenden Wasserflut versank.

Selbst an der Küste spürte man die Gewalt der Explosion. Shaw rückte den Dreifuß des Fernrohrs wieder zurecht und starrte benommen über das Wasser.

Die aufsprühende Wolke breitete sich weiter über die Masten der *Huron* und der *Phoenix* aus, ergoß sich dann wie ein Sturzbach über die Oberbauten der beiden Schiffe. Auf den Decks stand kein einziger Mann mehr. Sie lagen alle flach am Boden oder waren von der Springflut über Bord geschwemmt worden.

Als Shaw das Fernrohr wieder auf Gly richtete, raste das Gleitboot flußabwärts, Quebec zu. Grimmigen Gesichts, wütend über seine Hilflosigkeit, blickte Shaw verzweifelt dem am Horizont verschwindenden Punkt nach, als Gly abermals unbehelligt davonkam. Er wandte sich wieder der *Ocean Venturer* zu.

Kein Lebenszeichen war zu sehen. Das Heck hing beängstigend tief, der Rumpf war stark zur Steuerbordseite geneigt. Der große Kran schwankte bedenklich, drehte sich, hing einen Augenblick in der Luft, kippte dann krachend über die Seite, hinterließ einen unglaublichen Haufen von Trümmern und Kabeltauen auf den Decks. Wie viele Menschen mochten darunter oder im Schiffsinneren umgekommen sein?

Shaw konnte den Anblick nicht länger ertragen. Er nahm das Fernrohr und ging schweren Schrittes landeinwärts, während das tiefe Donnern der Explosion ihm immer noch in den Ohren dröhnte.

57

Aus einem unerklärlichen Grund war die *Ocean Venturer* nicht untergegangen.

Vielleicht hatte der doppelwandige Rumpf, der Fahrten durch schweres Treibeis ermöglichte, das Schiff gerettet. Viele der äußeren Verkleidungsplatten waren eingedrückt, die Schweißstellen aufgebrochen, der Kiel war verbogen. Aber das Schiff hatte überlebt.

Pitt hatte den Derrick über Bord gehen sehen. Er stand benommen am eingeschlagenen Fenster des Kontrollraums, hielt sich am Türrahmen fest, und dann bewegte er sich taumelnd auf Hokers Instrumentenpult zu, hielt sich mit Mühe im Gleichgewicht. Das Deck lag in einem Winkel von dreißig Grad.

Sein erster Gedanke galt der bösen Ahnung, daß das Schiff tödlich getroffen war. Gleich darauf fiel ihm mit Entsetzen ein, was die Explosion den Tauchern im Wrack angetan haben mußte. Er kämpfte gegen den Nebel und den dumpfen Schmerz in seinem Kopf an, bis er wieder klar denken konnte. Er überlegte sich Schritt für Schritt, was zu tun war. Dann machte er sich an die Arbeit.

Zuerst griff er nach dem Telefon und rief den Chefmaschinisten an. Fast eine Minute verging, und dann meldete sich eine schwache Stimme. »Maschinenraum.«

»Metz, sind Sie es?«

»Sie müssen lauter sprechen, ich höre nichts.«

Es dämmerte Pitt, daß das Dröhnen der Explosion den Männern im Schiffsinneren die Ohren betäubt haben mußte. Er brüllte in die Sprechmuschel.

»Metz, hier ist Pitt!«

»Okay, das ist schon besser«, antwortete Metz mit eintöniger Stimme. »Was, zum Teufel, ist eigentlich los?«

»Ich kann nur vermuten, daß es eine Explosion von unten war.«

»Verdammt, ich dachte schon, die Kanadier hätten einen Torpedo auf uns abgeschossen.«

»Berichten Sie über den Schaden.«

»Hier unten ist es wie in einem Duschbad. Von überall strömt Wasser herein. Mit den Pumpen werden wir das kaum bewältigen. Das ist alles, was ich im Augenblick sagen kann. Ich müßte noch die Rumpfverkleidung nachprüfen.«

»Verletzungen?«

»Wir flogen durcheinander wie betrunkene Turner. Ich glaube, Jackson hat sich ein Knie gebrochen, und Gilmore hat einen Schädelbruch. Sonst nur noch ein paar eingedrückte Trommelfelle und eine Menge Schürfungen.«

»Rufen Sie mich alle fünf Minuten an«, befahl Pitt. »Und vor allem, lassen Sie die Generatoren laufen.«

273

»Brauchen Sie mir nicht zu sagen. Wenn die aussetzen, ist Feierabend.«

»Sehr richtig.«

Pitt legte den Hörer auf, blickte sich besorgt nach Heidi um. Gunn kniete über ihr, hielt ihren Kopf in den Armen. Sie lag zusammengekrümmt am Kartentisch, kaum bei Bewußtsein, starrte mit leerem Blick auf ihr linkes Bein, das in einem seltsamen Winkel lag.

»Komisch«, flüsterte sie. »Es tut überhaupt nicht weh.«

Der Schmerz wird noch kommen, sagte sich Pitt. Ihr Gesicht war kreidebleich von dem Schock. Er nahm ihre Hand. »Bleib nur still liegen, bis wir eine Bahre holen.«

Er wollte mehr sagen, sie trösten, aber er hatte keine Zeit. Zögernd wandte er sich ab, als er Hokers Stimme hörte.

»Die Verbindung ist kaputt.« Hoker erholte sich mit Mühe, las seinen gestürzten Stuhl vom Boden auf, starrte benommen auf seine Konsole mit den dunklen Bildschirmen.

»Dann repariere das verdammte Ding!« fuhr Pitt ihn an. »Wir müssen wissen, was mit unserer Tauchermannschaft los ist.«

Er nahm ein Kopfhörgerät und schaltete sich in alle Stationen der *Ocean Venturer* ein. Auf und unter den Decks begannen die Ingenieure und Techniker der NUMA, sich zusammenzureißen und schufteten wie die Irren, um ihr Schiff zu retten. Die schwerer Verletzten wurden zum Krankenzimmer gebracht, aber es waren bald so viele, daß man sie reihenweise draußen in den Flur legte. Wer nichts Wichtigeres zu tun hatte, schaffte die Trümmer des Derricks über Bord oder verschweißte die Spalten in der Rumpfverkleidung. Eine Gruppe von Tauchern wurde eiligst versammelt, um hinuntergeschickt zu werden.

Jetzt trafen ständig Meldungen ein. Ein noch ziemlich benommen aussehender Funker wandte sich ihm zu. »Eine Meldung vom Kapitän der *Phoenix*. Er möchte wissen, ob wir Hilfe brauchen.«

»Natürlich brauchen wir Hilfe, verdammt noch mal!« brüllte Pitt. »Sagen Sie ihm, er soll sein Schiff längsseits bringen. Wir brauchen jede verfügbare Pumpe und alle Schadenbehebungstechniker, die er entbehren kann.«

Er fuhr sich mit einem nassen Handtuch über die Stirn, wartete gespannt auf die Antwort.

»Die Meldung lautet: Haltet die Festung«, sagte der Funker aufgeregt. »Die *Phoenix* wird längsseits Steuerbord anlegen.« Dann, wenige Sekunden später. »Kapitän Weeks von der *Huron* fragt, ob wir das Schiff verlassen.«

»Das könnte ihm gefallen«, brummte Pitt. »Dann wäre sein Problem gelöst.«

»Er wartet auf Antwort.«

»Sagen Sie ihm, wir verlassen das Schiff, wenn es auf Grund geht. Und dann wiederholen Sie, daß wir Männer und Pumpen brauchen.«

»Pitt?« Metz hatte sich eingeschaltet.

»Schießen Sie los.«

»Es sieht aus, als habe das Heck den schlimmsten Teil abbekommen. Von mittschiffs bis zum Bug ist der Rumpf dicht und trocken. Aber nach hinten zu hat es mehr Risse als ein Puzzlespiel. Ich fürchte, wir sind erledigt.«

»Wie lange können Sie uns über Wasser halten?«

»Beim jetzigen Steigen des Wasserspiegels dauert es höchstens zwanzig bis fünfundzwanzig Minuten, bis er die Generatoren erreicht hat und Kurzschluß macht. Dann fallen die Pumpen aus. Danach vielleicht noch zehn Minuten.«

»Hilfe ist unterwegs. Öffnen Sie die seitlichen Ladetüren, damit die Bergungstechniker und die Pumpen von den Kriegsschiffen hereingeschafft werden können.«

»Die sollten sich aber beeilen, denn sonst sind wir nicht mehr da, um eine Begrüßungsparty zu veranstalten.«

Der Funker machte ein Zeichen, und Pitt ging über das schräge Deck auf ihn zu.

»Ich habe die Verbindung mit der *Sappho I* wieder aufgenommen«, sagte er. »Ich schalte auf das Telefon um.«

»*Sappho I*, hier ist Pitt, bitte antworten Sie.«

»Hier ist Klinger auf der *Sappho I*, soweit sie noch vorhanden ist.«

»Wie sieht es aus?«

»Wir liegen etwa hundertfünfzig Meter südöstlich vom Wrack, und unser Bug ist im Schlamm vergraben. Der Rumpf hat der Erschütterung standgehalten, aber eine unserer Sichtluken ist eingebrochen, und das Wasser dringt ein.«

»Funktioniert euer Lebenserhaltungssystem noch?«

»Ja. Das Problem ist nur, daß wir fünfzehn Stunden, bevor unsere Sauerstoffreserven verbraucht sind, ertrinken werden.«

»Könnt ihr vom Boot aus auftauchen?«

»Ich schon«, antwortete Klinger. »Ich habe nur einen Zahn eingebüßt. Aber Marv Powers ist schlimm dran. Beide Arme gebrochen und eine böse Schädelverletzung. Der könnte es nie schaffen.«

Pitt schloß kurz die Augen. Es behagte ihm nicht, mit Menschenleben zu spielen, zu entscheiden, wer zuerst oder zuletzt gerettet werden sollte. Als er wieder aufblickte, hatte er sich entschieden.

»Sie müssen noch eine Weile aushalten, Klinger. Wir kommen zu Ihnen, sobald wir können. Melden Sie sich alle zehn Minuten.«

Pitt trat aufs Deck hinaus und blickte hinunter. Vier Taucher verschwanden gerade in den Fluten.

»Ich habe ein Bild«, rief Hoker triumphierend, als einer der Bildschirme aufleuchtete.

Sie sahen den ausgebohrten Schacht durch das Kameraauge des oberen Promenadendecks. Die Stützpfeiler waren eingestürzt, und die Decks darunter ebenfalls. Keine Spur der beiden JIM-Anzüge oder der Taucher aus der Druckkammer.

Nur ein Krater mit Rändern aus grotesk verbogenem Stahl. Pitt hatte das Gefühl, in ein offenes Grab zu schauen.

»Gott helfe ihnen«, stammelte Hoker. »Sie müssen alle tot sein.«

58

Siebzig Meilen entfernt saß Kapitän Toshio Yubari, ein wetterharter Mann in der Blüte seiner vierzig Jahre, auf der Kommandobrücke und beobachtete aufmerksam den Bootsverkehr auf dem Fluß. Die Flut ebbte gerade ins Meer zurück, und das fast zweihundert Meter lange Containerschiff *Honjo Maru* lief fünfzehn Knoten. Yubari hatte beschlossen, erst dann auf zwanzig Knoten zu gehen, nachdem das Schiff Cap Breton passiert hatte.

Die *Honjo Maru* hatte 400 neue elektrische Miniwagen aus Kobe in Japan nach Quebec befördert und für die Rückfahrt eine Ladung Papier aufgenommen. Die riesigen Rollen, die jetzt die Container füllten, waren im Verhältnis viel schwerer als die kleinen Wagen, und der Schiffsrumpf lag tief im Wasser.

Der erste Maat Shigaharu Sakai trat aus dem Steuerhaus und stellte sich neben den Kapitän. Er unterdrückte ein Gähnen und rieb sich die geröteten Augen.

»Wieder mal eine tolle Nacht an Land verbracht?« fragte Yubari lächelnd. Sakai murmelte eine unverständliche Antwort und wechselte das Thema.

»Ein Glück, daß wir nicht an einem Sonntag abgelegt haben«, sagte er und nickte einer Reihe Segelboote zu, die eine Meile backbord vor ihnen eine Regatta auszutragen schienen.

»Ja, an den Wochenenden soll der Verkehr hier so stark sein, daß man den Fluß fast zu Fuß über die Jachten überqueren kann.«

»Soll ich Sie ablösen, Kapitän, während Sie eine Mittagsmahlzeit genießen?«

»Danke«, erwiderte Yubari, den Blick unverwandt nach vorn gerichtet, »aber ich will lieber hierbleiben, bis wir im Golf sind. Sie könnten allerdings den Steward bitten, mir eine Schale Nudeln mit Ente und ein Bier zu bringen.«

Sakai wollte sich gerade entfernen, blieb jedoch plötzlich stehen und zeigte auf den Fluß. »Da kommt einer, der entweder sehr mutig oder sehr leichtsinnig ist.«

Yubari hatte bereits das Rennboot gesehen und war fasziniert von der Geschwindigkeit. »Der fährt bestimmt seine neunzig Knoten.«

»Wenn er eins dieser Segelboote rammt, macht er Kleinholz daraus.«

Yubari sprang auf. »Der Idiot saust direkt auf sie zu.«

Das Gleitboot schoß in die zusammengedrängten kleinen Segeljachten wie ein Kojote durch eine Hühnerschar. Die Segler wendeten verzweifelt ihre Boote in alle Richtungen, verloren den Wind, ließen die Segel hängen und ungezügelt flattern.

277

Das Unvermeidliche geschah, als das Schnellboot den Bug einer Jacht streifte, das Bugspriet losriß und dabei die Windschutzscheibe einbüßte. Dann war es wieder frei und verließ die kleine zerstreute und in seinem Kielwasser schaukelnde Flotte.

Yubari und Sakai beobachteten fassungslos das Gleitboot, als es einen Bogen machte und Kurs auf die *Honjo Maru* nahm. Das kleine Boot war jetzt so nahe, daß sie im Cockpit die über das Steuer gebeugte Gestalt erkannten. Anscheinend war der Fahrer verletzt worden, als das Bugspriet der Jacht die Windschutzscheibe weggerissen hatte.

Es blieb keine Zeit mehr, Befehle auszurufen oder Warnsignale zu geben. Yubari und Sakai konnten nichts weiter tun, als machtlos zuzuschauen, wie Fußgänger an einer Straßenecke, die einen Unfall kommen sehen und ihn nicht verhindern können.

Sie duckten sich instinktiv, als das Schnellboot in die Backbordseite der *Honjo Maru* stieß und gleich darauf in einer blendenden Benzinflamme explodierte. Der Motor schoß hoch in die Luft, überschlug sich und stürzte auf das Vorderdeck. Feurige Splitter prasselten auf das Schiff wie Schrapnellstücke einer Bombe. Ein paar Fenster des Steuerhauses zersplitterten. Einige Sekunden lang ergoß sich ein Trümmerregen über das Schiff und den Fluß.

Wie durch ein Wunder wurde niemand an Bord verletzt. Yubari befahl, die Motoren zu stoppen. Ein Rettungsboot wurde heruntergelassen, um nach dem Rennbootfahrer zu suchen.

Alles, was man von ihm fand, waren eine versengte Lederjacke und eine zerbrochene Taucherbrille aus Plastik.

59

Im Laufe des Nachmittags begann die Stimmung auf der *Ocean Venturer* in einen vorsichtigen Optimismus umzuschlagen. Die *Phoenix* und die *Huron* stellten Mannschaften und Material zur Verfügung, und bald konnten Hilfspumpen eingesetzt werden, die das in die unteren Decks eindringende Wasser stoppten. Die Überreste des Derricks wurden losgeschweißt, und der Neigungswinkel betrug nur noch neunzehn Grad.

Die meisten Schwerverletzten, einschließlich Heidi, wurden in die geräumigere Lazarettstation an Bord der *Phoenix* transportiert. Pitt begegnete ihr auf dem Deck, als man sie auf einer Bahre heraufbrachte.

»Es war nicht gerade eine Vergnügungsfahrt«, sagte er und schob ihr eine blonde Locke aus dem Gesicht.

»Ich hätte es um alles in der Welt nicht verpassen wollen«, antwortete sie, tapfer lächelnd.

Er beugte sich über sie und gab ihr einen Kuß. »Ich besuche dich bei der ersten Gelegenheit.«

Dann drehte er sich um und stieg die Leiter zum Kontrollraum empor. Rudi Gunn kam ihm in der Tür entgegen.

»Ein JIM-Anzug wurde flußabwärts treiben gesehen«, sagte er. »Die *Phoenix* holt ihn mit einer Barkasse.«

»Haben wir etwas von der Bergungsmannschaft gehört?«

»Der Teamführer Art Dunning hat sich vor einer Minute gemeldet. Sie haben die Druckkammer noch nicht gefunden, aber er sagte, die Explosion müsse vom Bug der *Empress* gekommen sein. Die Frage ist nur, wo der Sprengstoff herkommt.«

»Er war da, bevor wir ankamen«, sagte Pitt nachdenklich.

»Oder er wurde später gelegt.«

»Eine so große Ladung kann unmöglich durch unsere Sicherheitskette geschmuggelt worden sein.«

»Shaws Gorilla hat schon einmal das System durchbrochen.«

»Einmal vielleicht, aber das genügt nicht, um eine solche Ladung herzuschaffen. Sie müssen das Zeug im Bug der *Empress* verwahrt und dann auf eine Gelegenheit gewartet haben, es über das ganze Schiff zu verteilen, um den größtmöglichen Schaden anzurichten.«

»Sie wollten das Wrack sprengen und den Vertrag vernichten, bevor wir auf der Bildfläche erschienen?«

»Aber wir sind früher gekommen und haben ihnen den Zeitplan vermasselt. Deshalb haben sie das kleine U-Boot geklaut. Sie hatten Angst, es könnte das Sprengstoffversteck aufstöbern.«

»Aber war Shaw so verzweifelt, daß er es zu einem Massenmord kommen ließ?«

279

»Das verstehe ich eben nicht«, gestand Pitt. »Irgendwie machte er mir nicht den Eindruck, ein blutrünstiger Typ zu sein.«

Pitt blickte sich um und sah den Chefmaschinisten Metz langsam in den Kontrollraum treten. Er sah aus, als würde er jeden Moment zusammenbrechen. Sein Gesicht war müde und eingefallen, die Kleidung von den Stiefeln bis zur Mütze pitschenaß, und er stank nach Dieselöl.

»Wissen Sie was?« Er versuchte zu lächeln. »Die gute alte *Venturer* wird es doch noch schaffen. Sie ist zwar nicht gerade flott, aber bei Gott, sie wird uns heimbringen.«

Das war die beste Nachricht, die Pitt seit der Explosion vernommen hatte. »Ihr habt den Wassereinbruch gestoppt?«

Metz nickte. »Seit einer Stunde sind wir um zwanzig Zentimeter runter. Sobald Sie ein paar Taucher freimachen können, lasse ich die schlimmsten Lecks von außen her zumachen.«

»Die *Huron*«, sagte Pitt besorgt. »Können Sie ohne die Pumpen von der *Huron* auskommen?«

»Ich glaube schon«, antwortete Metz. »Mit unserer Ausrüstung und der von der *Phoenix* sollten wir es schaffen.«

Pitt verschwendete keine Zeit. Er brüllte in das Mikrofon seines Kopfhörapparates.

»Klinger!«

Es dauerte ein paar Sekunden, bis die Antwort kam. Die Stimme war schleppend. »Hallo, hier spricht Kapitän Nemo von der *Nautilus*. Ende.«

»Wer sind Sie?«

»Der Mann aus *Zwanzig Millionen Meilen unter dem Meer*. Das kennen Sie doch. Toller Film. Sah ihn als Kind in Seattle. Die beste Szene war der Kampf mit dem Riesentintenfisch.«

Pitt brauchte eine Weile, bis er erfaßte, was los war. »Klinger!« schrie er, und alle im Kontrollraum drehten sich nach ihm um. »Ihr Kohlendioxydspiegel ist zu hoch! Verstehen Sie mich? Kontrollieren Sie Ihre Skrubbereinheit. Wiederholen Sie. Kontrollieren Sie Ihre Skrubbereinheit.«

»Nun sieh mal einer an!« erwiderte Klinger belustigt. »Auf dem Zeiger steht, wir atmen zehn Prozent CO_2 ein.«

»Verdammt noch mal, Klinger, so hören Sie doch! Sie müssen auf null Komma fünf Prozent herunterkommen. Sie leiden an Anoxie.«

280

»Der Skrubber ist an. Was sagen Sie dazu?«

Pitt atmete erleichtert auf. »Halten Sie noch ein Weilchen durch und betätigen Sie Ihren Unterwasserschallgeber für die Ortung. Die *Huron* wird euch raufholen.«

»Wird gemacht«, lallte Klinger.

»Wie steht es mit dem Leck?«

»Zwei bis drei Stunden, dann sind die Batterien überschwemmt.«

»Erhöhen Sie die Sauerstoffzufuhr. Verstanden? Die Sauerstoffzufuhr. Wir sehen uns beim Abendessen.«

Er wandte sich an Gunn, aber der kleine Mann war ihm bereits zuvorgekommen. Er stand in der Tür.

»Ich werde die Bergung der *Sappho I* von der *Huron* aus leiten«, sagte er und verschwand.

Pitt schaute durch die offenen Fenster und sah, wie ein kleiner Kran den JIM-Anzug aus dem Wasser hob, während eine Barkasse der *Phoenix* wartete. Die Haube wurde aufgeschraubt und abgenommen. Drei Männer von der *Phoenix* zogen eine schlaffe Gestalt heraus und legten sie aufs Deck. Einer von ihnen blickte zu Pitt auf und hob den Daumen.

»Er lebt!« riefen sie alle.

Zwei Mann im U-Boot und ein JIM-Taucher gerettet, und das Schiff immer noch auf dem Wasser, rechnete Pitt zusammen. Wenn das Glück nur anhält.

Dunning und seine Crew fanden die Druckkabine fast zweihundert Meter von der ursprünglichen Ankerstelle entfernt. Die Luke zur äußeren Kammer war verklemmt, und sie brauchten ein paar Brecheisen, um sie zu öffnen. Dann waren alle Blicke auf Dunning gerichtet, denn keiner aus dem Team wollte als erster hinein.

Dunning schwamm hinein, bis er mit dem Kopf in die Druckluft stieß. Er kletterte auf ein kleines Brett, nahm die Preßluftflasche ab, zögerte, kroch dann in die Hauptkammer. Das elektrische Kabel zur *Ocean Venturer* war gerissen, und zuerst sah er nur schwarze Finsternis. Er schaltete sein Taucherlicht ein, ließ den Strahl an den Wänden entlangwandern.

Alle in der Kammer waren tot. Sie lagen aufeinander wie

Holzscheite. Ihre Haut hatte sich lila verfärbt, und das Blut aus hundert offenen Wunden bildete eine große Pfütze auf dem Boden. In der Kälte war es bereits geronnen. Dunning sah an den kleinen Rinnsalen aus Ohren und Mündern, daß die Männer bei der Explosion sofort umgekommen waren; und während die Kammer durch die Gewalt in wilden Stößen durch das Flußbett geschleudert wurde, waren die Leichen zermalmt worden.

Dunning saß da, erbrach sich, zitterte am ganzen Körper vor der Übelkeit, die ihm der Leichengeruch einflößte. Fünf lange Minuten vergingen, bevor er fähig war, sich bei der *Ocean Venturer* zu melden und zusammenhängende Worte zu finden.

Pitt hörte ihn an, schloß die Augen, lehnte sich schwer gegen die Wand. Er fühlte keine Wut, nur tiefe Trauer. Hoker blickte ihn an und wußte sofort, daß sich etwas Schreckliches abgespielt hatte. »Die Taucher?«

»Es war Dunning«, sagte Pitt, den Blick ins Leere gerichtet. »Die Männer in der Kammer ... alle tot. Von der Explosion. Zwei fehlen. Wenn sie draußen waren, ist keine Hoffnung. Er sagt, sie werden die Leichen heraufbringen.«

Hoker fand keine Worte. Er sah schrecklich alt und verloren aus, als er langsam an sein Bildschirmpult zurückkehrte. Pitt fühlte sich plötzlich zu erschöpft, um weiterzumachen. Es war eine Verschwendung, das ganze Unternehmen war eine klägliche Verschwendung. Sie hatten nichts erreicht und zehn gute Männer eingebüßt.

Zuerst hörte er die schwache Stimme in seinem Kopfhörgerät gar nicht. Endlich drang sie ihm ins Bewußtsein. Wer immer ihn da zu erreichen versuchte, mußte weit weg sein.

»Hier ist Pitt. Was ist los?«

Die Antwort war verschwommen und unklar.

»Sie müssen lauter sprechen, ich höre Sie nicht. Versuchen Sie höhere Lautstärke einzuschalten.«

»Ist es jetzt besser?« dröhnte eine Stimme im Kopfhörer.

»Ja, jetzt höre ich Sie. Wer ist dort?«

»Collins.« Die nächsten Worte waren verzerrt. » ... bemühte mich, telefonische Verbindung aufzunehmen, seit ich wieder zu mir kam. Keine Ahnung, was passiert ist. Plötzlich brach die Hölle los. Erst jetzt gelang es mir, die Verbindung wiederherzustellen.«

Der Name Collins war Pitt nicht bekannt. In den kurzen Tagen an Bord der *Ocean Venturer* hatte er sich so viele Namen und Gesichter merken müssen. »Was ist Ihr Problem?« fragte Pitt ungeduldig, denn er war bereits mit anderen Dingen beschäftigt.

Eine lange Pause. »Sagen wir, ich sitze in der Falle.« Die Stimme klang verzweifelt sarkastisch. »Und falls es Ihnen nichts ausmacht, würde ich es sehr schätzen, wenn man mir aus der Scheiße hilft.«

Pitt tippte Hoker auf die Schulter. »Wer ist Collins, und was tut er?«

»Das weißt du nicht?«

»Wenn ich es wüßte, würde ich nicht fragen«, brummte Pitt. »Er behauptet, er säße in der Falle und brauche Hilfe.«

Hoker blickte ihn ungläubig an. »Collins ist einer der JIM-Taucher. Er war unten während der Explosion.«

»Ach du lieber Gott«, stammelte Pitt. »Er muß mich für den größten Idioten halten.« Er rief ins Mikrofon: »Collins, wie befinden Sie sich, und wo genau sind Sie?«

»Der Anzug ist intakt. Ein paar Beulen und Kratzer, sonst nichts. Das Lebenserhaltungssystem gibt mir noch zwanzig Stunden, vorausgesetzt, ich mache keine Tanzübungen.« Pitt schmunzelte über Collin's Humor, bedauerte, daß er den Mann nicht besser kannte. »Wo ich bin? Ich will verdammt sein, wenn ich das genau weiß. Ich stecke bis zum Hals im Schlamm, und mein Visier ist völlig verdreckt. Ich kann kaum die Arme bewegen.«

Pitt blickte Hoker an, der ausdruckslos zu ihm zurückstarrte. »Hat er eine Möglichkeit, die Hebeleine abzuwerfen, das Gewicht zu vermindern und wie sein Partner im freien Aufstieg aufzutauchen?« fragte Hoker.

Pitt schüttelte den Kopf. »Er ist halb im Schlamm vergraben.«

»Im Schlamm, hast du gesagt?«

Pitt nickte.

»Dann muß er durchgebrochen und auf das Deck der zweiten Klasse gestürzt sein.«

Pitt hatte auch an diese Möglichkeit gedacht, aber er wagte es nicht, eine solche Hoffnung auszusprechen. »Ich werde ihn fragen«, sagte er beherrscht. »Collins? Sind Sie noch da?«

»Ich bin inzwischen nicht spazierengegangen.«

»Können Sie irgendwie feststellen, ob Sie zufällig auf unser Ziel gestoßen sind?«

»Keine Ahnung«, antwortete Collins. »Gleich nach dem großen Knall ist bei mir der Vorhang gefallen. Alles ging ziemlich durcheinander. Erst jetzt fängt die Sicht an, ein bißchen klarer zu werden.«

»Schauen Sie sich um. Beschreiben Sie, was Sie sehen.«

Pitt wartete ungeduldig auf eine Antwort, trommelte mit den Fingern auf einen Computer. Er warf einen kurzen Blick auf die *Huron*, deren Kran auf dem Achterdeck gerade ausschwang, um die *Sappho I* heraufzuholen. Plötzlich knisterte es in seinem Kopfhörer, und er lauschte gespannt.

»Pitt?«

»Ich höre.«

Collins sprach auf einmal sehr ernst. »Ich glaube, ich bin da, wo der Bug der *Storstad* die *Empress* getroffen hat. Der Schaden um mich herum ist alt . . . eine Menge Rost und Vegetation . . .« Er brach ab, ohne den Satz zu beenden. Nach einer Weile kam er wieder, und seine Stimme zitterte leicht. »Ich sehe Knochen. Zwei, nein drei Skelette. Halb unter den Trümmern begraben. Mein Gott, es ist mir, als stünde ich in einer Katakombe.«

Pitt versuchte sich vorzustellen, was Collins sah, wie er selbst reagiert hätte, wenn er an seiner Stelle wäre. »Fahren Sie fort. Was ist da sonst noch?«

»Die Überreste der armen Teufel, wer immer sie waren, sind über mir. Ich kann fast hinlangen und ihre Köpfe streicheln.«

»Sie meinen ihre Schädel.«

»Ja. Einer ist kleiner, könnte ein Kind sein. Die anderen sind Erwachsene. Einen möchte ich gerne mit nach Hause nehmen.«

Das klang so schaurig, daß Pitt sich fragte, ob Collins nicht wahnsinnig geworden war. »Warum? Damit Sie Hamlet spielen können?«

»Gott bewahre«, antwortete Collins entrüstet. »Aber in den Kiefern stecken Goldzähne, die mindestens viertausend Dollar wert sind.«

Pitt ging ein Licht auf, und er versuchte, sich an ein Foto zu erinnern. »Collins, hören Sie mir gut zu. Im Oberkiefer . . . sind da zwei große, vorstehende Schneidezähne, die von Goldkronen umgeben sind?«

Collins antwortete nicht sofort, und die Verzögerung machte Pitt fast wahnsinnig. Er wußte nicht, daß Collins zu verblüfft war, um ein Wort hervorzubringen.

»Unglaublich ... einfach unglaublich«, murmelte Collins völlig verstört in das Mikrofon. »Sie haben das Gebiß des Mannes genau beschrieben.«

Die Offenbarung kam so plötzlich, so schlagartig, daß Pitt einen Augenblick lang sprachlos war. Sein Herz pochte wild, als er sich bewußt wurde, daß sie das Grab Harvey Shields gefunden hatten.

60

Sarveux wartete, bis der Sekretär die Tür wieder geschlossen hatte, und dann sagte er: »Ich habe Ihren Bericht gelesen, und die Sache ist mir äußerst peinlich.«

Shaw antwortete nicht, denn eine Antwort wurde nicht erwartet. Er blickte den Premierminister über den Schreibtisch an. In Wirklichkeit sah er viel älter aus als auf den Fotos. Am meisten beeindruckten ihn die traurigen Augen und die Handschuhe. Er hatte zwar von Sarveux' Verletzungen gehört, aber es sah trotzdem seltsam aus, wie ein Mann seine Schreibtischarbeiten mit Handschuhen verrichtete.

»Sie haben sehr, sehr schwerwiegende Beschuldigungen gegen Mr. Villon erhoben, ohne irgendwelche Beweise zu erbringen, die sie stützen.«

»Ich bin nicht der Anwalt des Teufels, Herr Premierminister. Ich habe nur die Tatsachen dargelegt, wie ich sie kenne.«

»Warum kommen Sie damit zu mir?«

»Ich hielt es für angebracht, Sie darüber zu informieren. Das war auch General Simms Ansicht.«

»Ich verstehe.« Sarveux schwieg eine Weile. »Sind Sie sicher, daß dieser Foss Gly für Villon arbeitete?«

»Das steht ganz außer Zweifel.«

285

Sarveux sank in seinen Stuhl zurück. »Sie hätten mir einen größeren Gefallen getan, wenn Sie der Sache nicht nachgegangen wären.«

Shaw machte ein verdutztes Gesicht. »Wie bitte, Sir?«

»Henri Villon ist nicht mehr Mitglied meiner Regierung. Und dieser Gly ist, wie Sie selbst sagen, tot.«

Shaw antwortete nicht sofort, und Sarveux fuhr sogleich fort. »Ihre Theorie des gedungenen Mörders ist vage und sehr obskur, um das mindeste zu sagen. Sie beruht nur auf Hörensagen und Gesprächen. Es liegen nicht genug Indizien vor, um auch nur eine Voruntersuchung einzuleiten.«

Shaw blickte Sarveux fest an. »General Simms ist der Meinung, eine etwas gründlichere Untersuchung könnte leicht ergeben, daß der Schurke Gly für Ihren Flugzeugabsturz und den kürzlich erfolgten Tod des Premierministers Guerrier verantwortlich war.«

»Ja, der Mann war zweifellos fähig . . .« Sarveux brach mitten im Satz ab. Seine Augen weiteten sich, und sein Gesicht war angespannt. Er beugte sich über den Schreibtisch.

»Was war das? Was haben Sie eben angedeutet?« Seine Stimme war verblüfft.

»Henri Villon hatte ein Motiv, Ihnen und Guerrier den Tod zu wünschen, und er . . . jedenfalls ist es für mich erwiesen . . . bediente sich eines gedungenen Mörders.«

»Was Sie und General Simms da andeuten, ist widerlich«, sagte Sarveux empört. »Kanadische Minister pflegen nicht einander umzubringen, um in ein höheres Amt zu gelangen.«

Shaw sah ein, daß jede weitere Diskussion sich erübrigte. »Ich bedaure, Sie nicht genauer informieren zu können.«

»Das bedaure ich auch«, sagte Sarveux mit spürbarer Kälte. »Ich halte es nicht für ausgeschlossen, daß Sie oder einer Ihrer Leute gepfuscht und das Unglück der Amerikaner auf dem St. Lawrence verursacht haben. Und jetzt versuchen Sie, jemand anderem die Verantwortung zuzuschieben.«

Shaw fühlte Wut in sich aufsteigen. »Ich versichere Ihnen, Herr Premierminister, daß das nicht der Fall ist.«

Sarveux war unbeeindruckt. »Vermutungen sind keine Grundlage für Staatsangelegenheiten, Mr. Shaw. Bitte danken Sie General Simms und sagen Sie ihm, die Sache sei für mich erledigt.

Sie können ihm auch mitteilen, daß ich keinen Grund sehe, mich weiterhin für den Nordamerikanischen Vertrag zu interessieren.«

Shaw war sprachlos. »Aber, Sir, wenn die Amerikaner ein Exemplar des Vertrages finden, können sie . . .«

»Sie werden keins finden«, unterbrach ihn Sarveux. »Das Gespräch ist beendet, Mr. Shaw.«

Shaw ballte die Fäuste, stand auf und verließ wortlos das Zimmer.

Sowie er die Tür hinter sich geschlossen hatte, griff Sarveux zum Telefon.

Vierzig Minuten später trat Oberkommissar Harold Finn von den *Mounties* in das Büro.

Er war ein unscheinbarer kleiner Mann in einem zerknitterten Anzug, von so unauffälligem Aussehen, daß er leicht in jeder Menge untertauchen konnte. Sein schwarzes Haar war in der Mitte gescheitelt und kontrastierte mit seinen buschigen weißen Augenbrauen.

»Verzeihen Sie, daß ich Sie so kurzfristig kommen ließ«, begrüßte ihn Sarveux.

»Kein Problem«, sagte Finn gleichmütig, nahm einen Stuhl und begann, in seiner Aktenmappe zu kramen.

Sarveux verschwendete keine Zeit. »Was haben Sie gefunden?«

Finn nahm seine Lesebrille, hielt sie sich vor die Augen, blätterte einige Akten durch. »Ich habe den Autopsiebericht und das Verhörprotokoll von Jean Boucher.«

»Ist das der Mann, der Guerriers Leiche fand?«

»Ja, Guerriers Leibwächter und Chauffeur. Er fand ihn tot vor, als er ihm am Morgen das Frühstück brachte. Der Gerichtsmediziner meint, der Tod müsse am Vorabend zwischen neun und zehn Uhr erfolgt sein. Eine genaue Todesursache konnte nicht festgestellt werden.«

»Liegen denn keine Vermutungen vor?«

»Da bietet sich Verschiedenes an«, sagte Finn, »aber nichts Eindeutiges. Jules Guerrier stand mit einem Fuß im Grabe. Gemäß dem Gerichtsmediziner, der die Autopsie machte, litt er an einem Emphysem, an Gallensteinen und Arteriosklerose –

287

letzteres ist die wahrscheinliche Todesursache – an rheumatischer Arthritis und einem Krebsgeschwür an der Vorsteherdrüse.« Finn blickte auf und lächelte. »Ein Wunder, daß der Mann überhaupt so lange lebte.«

»Also ist Jules eines natürlichen Todes gestorben.«

»Er hatte alle Ursache dazu.«

»Und was ist mit diesem Jean Boucher?«

Finn las aus dem Bericht. »Stammt aus guter Familie. Gute Erziehung. Keine Vorstrafen, keine Hinweise auf Sympathien zu radikalen politischen Bewegungen. Verheiratet, zwei Töchter, ebenfalls verheiratet und in ehrbarem Ruf stehend. Boucher trat im Mai zweiundsechzig bei Guerrier in den Dienst. Soweit wir es beurteilen können, war er dem Premierminister treu ergeben.«

»Deutet irgend etwas auf üble Machenschaften hin?«

»Offen gesagt, nein«, antwortete Finn. »Aber der Tod einer so bekannten Persönlichkeit erfordert eine sehr genaue Untersuchung, damit es später nicht zu Beanstandungen kommt. Dieser Fall wäre eine reine Routineangelegenheit gewesen, wenn Boucher uns nicht einen Knüppel zwischen die Räder geworfen hätte.«

»Inwiefern?«

»Er schwört, Henri Villon habe Guerrier an dem fraglichen Abend besucht und sei der letzte Mann gewesen, der den Premierminister am Leben gesehen habe.«

Sarveux blickte verblüfft auf. »Das ist ausgeschlossen. Villon hielt die Eröffnungsrede im Bühnenkunstzentrum in Ottawa. Er wurde von Tausenden gesehen.«

»Von Millionen«, sagte Finn. »Die Zeremonie wurde im Fernsehen übertragen.«

»Könnte Boucher Jules ermordet und sich dann dieses Märchen als Alibi ausgedacht haben?«

»Das glaube ich nicht. Wir haben nicht den leisesten Beweis, daß Guerrier ermordet wurde. Die Autopsie ist klar. Boucher braucht kein Alibi.«

»Aber aus welchem Grunde behauptet er, daß Villon in Quebec war? Wozu?«

»Wir wissen es nicht, aber er ist felsenfest davon überzeugt.«

»Der Mann hatte offenbar Halluzinationen«, sagte Sarveux.

Finn beugte sich aus seinem Stuhl vor. »Er ist geistig völlig gesund, Mr. Sarveux. Da liegt ja gerade der Haken. Boucher verlangte einen Lügendetektortest und ließ sich unter Hypnose setzen.« Finn machte einen tiefen Atemzug. »Wir haben seiner Bitte nachgegeben, und das Ergebnis zeigte eindeutig, daß ein Bluff ausgeschlossen war. Boucher hat die Wahrheit gesagt.«

Sarveux starrte ihn sprachlos an.

»Ich würde gerne sagen, daß die *Mounties* auf alles eine Antwort haben, aber in diesem Fall haben wir keine«, gestand Finn. »Unsere Laborleute haben das gesamte Haus durchsucht. Mit einer Ausnahme fanden sie nur Fingerabdrücke von Guerrier, Boucher, dem Zimmermädchen und der Köchin. Leider waren alle Abdrücke auf der Türklinke des Schlafzimmers verwischt.«

»Sie erwähnten eine Ausnahme.«

»Wir fanden den Abdruck eines rechten Zeigefingers auf dem Klingelknopf der Eingangstür, den wir noch nicht identifizieren konnten.«

»Das beweist gar nichts«, sagte Sarveux. »Es könnte ein Lieferant gewesen sein, oder ein Postbote oder sogar einer Ihrer Leute.«

Finn lächelte. »Wäre das der Fall gewesen, so hätte der Computer unserer ID-Abteilung es in weniger als zwei Sekunden ermittelt. Nein, es ist jemand, über den wir keine Akte haben.« Er hielt inne und blickte in seinen Bericht. »Zufälligerweise wissen wir ungefähr, wann unbekannte Personen an der Tür geklingelt haben. Guerriers Sekretärin, eine Mrs. Molly Saban, brachte ihm eine Schüssel Hühnersuppe, die gegen Grippe gut sein soll. Sie kam um etwa acht Uhr dreißig an, drückte auf die Klingel, übergab Boucher die Suppe und ging dann wieder. Sie trug Handschuhe, und dadurch hinterließ der nächste nackte Finger einen besonders klaren Abdruck.«

»Hühnersuppe«, sagte Sarveux kopfschüttelnd. »Die ewige Allerweltskur.«

»Dank Mrs. Saban wissen wir, daß jemand nach acht Uhr dreißig an jenem Abend bei Guerrier klingelte.«

»Wenn wir Boucher glauben sollen, wie konnte Villon gleichzeitig an zwei Orten sein?«

»Keine Ahnung.«

»Ist die Untersuchung offiziell abgeschlossen?«

Finn nickte. »Eine Weiterführung hätte wenig ergeben.«

289

»Ich möchte, daß Sie sie wieder aufnehmen.«

Finn zuckte mit den Augenbrauen. »Wie bitte, Sir?«

»An Bouchers Geschichte könnte doch etwas dran sein«, sagte Sarveux. Er schob Finn den Bericht Shaws zu. »Das habe ich eben von einem Agenten des britischen Geheimdiensts bekommen. Er vermutet, daß eine Beziehung zwischen Henri Villon und einem bekannten Mörder besteht. Gehen Sie einmal der Sache nach. Außerdem möchte ich, daß Ihre Leute eine zweite Autopsie vornehmen.«

Finn runzelte die Stirn. »Ein Antrag auf Exhumierung könnte heikle Folgen nach sich ziehen.«

»Ein Antrag wird nicht gestellt«, sagte Sarveux barsch.

»Ich verstehe, Herr Premierminister.« Finn hatte sofort begriffen. »Die Sache wird unter strengster Geheimhaltung durchgeführt. Ich werde mich persönlich darum kümmern.«

Finn steckte die Berichte in seine Aktenmappe zurück und erhob sich.

»Da ist noch eins«, sagte Sarveux.

»Jawohl, Herr Premierminister?«

»Seit wann wußten Sie, daß meine Frau mit Villon ein Verhältnis hatte?«

Finns gewöhnlich undurchdringliches Gesicht nahm einen schmerzlichen Ausdruck an. »Nun, Sir . . . äh . . . vor fast zwei Jahren wurde ich darauf aufmerksam gemacht.«

»Und Sie sind nicht zu mir gekommen?«

»Solange kein Grund vorliegt, landesverräterische Umtriebe vorauszusetzen, halten wir *Mounties* uns an die Regel: Keine Einmischung in das Privatleben kanadischer Staatsbürger.«

Dann fügte er hinzu: »Das schließt natürlich auch den Herrn Premierminister und die Abgeordneten des Parlaments ein.«

»Sehr vernünftig«, sagte Sarveux resigniert. »Ich danke Ihnen, Herr Oberkommissar. Das wäre alles . . . im Augenblick.«

61

Morgengrauen lastete über dem St. Lawrence.

Zwei der Schwerverletzten waren gestorben, hatten die Zahl der Toten auf zwölf erhöht. Einer der vermißten Taucher wurde sechs Meilen flußabwärts an das Ufer geschwemmt. Den anderen fand man nicht.

Benommen vor Erschöpfung und in tiefer Trauer stand die Crew der *Ocean Venturer* schweigend an der Reling, als die Toten feierlich für die letzte Reise auf die *Phoenix* übergeführt wurden.

Nachdem Collins mit einer fast leeren Sauerstoffreserveflasche in seinem JIM-Anzug an Bord gebracht worden war, stellte Pitt alle weitere Tätigkeit auf dem Wrack ein. Metz meldete, daß der Maschinenraum einigermaßen trocken und die *Ocean Venturer* so weit wieder hergestellt sei, denn der Neigungswinkel betrug nur noch zehn Grad. Die Bergungsspezialisten der Kriegsschiffe wurden entlassen und die langen Schläuche ihrer Hilfspumpen zurückgeschafft. Das Forschungsschiff konnte jetzt mit eigener Kraft, wenn auch nur mit einem Motor, die Heimfahrt antreten. Der zweite Motor war an Ort und Stelle nicht zu reparieren.

Pitt ging in den Schacht hinunter und zog sich einen Taucheranzug an. Er schnürte seinen Gewichtsgürtel zu und schloß die Preßluftflaschen an, als Gunn auf ihn zutrat.

»Du willst noch einmal auf das Wrack«, sagte er feststellend.

»Nach allem, was geschehen ist, wäre es ein Verbrechen, unverrichteterdinge abzuziehen. Ich hole den Vertrag.«

»Hältst du es für klug, allein zu tauchen? Warum nimmst du nicht Dunning und seine Leute mit?«

»Sie sind momentan nicht in der erforderlichen Verfassung«, sagte Pitt. »Sie haben sich bereits beim Heraufschaffen der Leichen übernommen und viel zuviel Stickstoff in ihren Lungen angesammelt.«

Gunn wußte, daß es aussichtslos war, den starrköpfigen Pitt zu überreden. Er gab seinen mißlungenen Versuch auf, zuckte die Schultern und verzog das Gesicht.

»Es ist schließlich dein Begräbnis.«

Pitt grinste. »Ich danke dir für den fröhlichen Abschiedsgruß.«

»Ich werde die Bildschirme im Auge behalten«, sagte Gunn. »Und falls du den bösen Buben spielst und vor Feierabend nicht zurück bist, komme ich persönlich mit ein paar Preßluftflaschen hinunter, um dir über die Druckausgleichsphase zu helfen.«

Pitt nickte wortlosen Dank. Der stets geduldige, ruhige und bescheidene Gunn war eine wahre Lebensversicherung, er achtete auf die geringsten Einzelheiten, die anderen entgangen wären. Ihn brauchte man nie um etwas zu bitten. Er plante alles mit weiser Voraussicht und tat dann ganz einfach, was zu tun war.

Pitt setzte die Gesichtsmaske auf, winkte Gunn einen kurzen Gruß zu und tauchte in den schwarzen Schlund.

Etwa sechs Meter tiefer rollte er sich auf den Rücken und blickte zum Schacht der *Ocean Venturer* hinauf, die wie ein großes dunkles Luftschiff über ihm schwebte. Bei zwölf Meter verschwammen die Umrisse im Schmutzwasser und verschwanden. Die Welt des Himmels und der Wolken schien Lichtjahre entfernt.

Das Wasser war schlammig, undurchsichtig und von mattgrüner Farbe. Als der zunehmende Druck seinen Körper belastete, stieg in Pitt das Verlangen auf, umzukehren und sich irgendwo in die Sonne zu legen, lange zu schlafen und die ganze Sache aufzugeben. Er schüttelte die Versuchung ab und knipste sein Taucherlicht an, als das grüne Wasser schwarz wurde.

Und dann tauchte das riesige Schiff aus dem Dunkel der Tiefe hervor.

Eine bedrückende Stille lag über den Trümmern der *Empress of Ireland.* Ein Geisterschiff auf der Reise ins Nichts.

Pitt schwamm über das steilschräge Rettungsbootsdeck, an den Bullaugen und den gespenstisch wirkenden Kabinen vorbei. Er gelangte an den Rand des gebohrten Schachts und zögerte. Das Wasser war hier bedeutend kälter. Er blickte den aus seinem Atmungsregulator aufsteigenden Blasen nach, und als er sie mit seiner Stablampe beleuchtete, glitzerten sie wie Meerschaum an einem Strand im Vollmondlicht.

Langsam ließ er sich in die Öffnung gleiten. Fünfzehn Meter tiefer landete er im Grundschlamm. Jetzt war er in der eingestürzten Gruft, wo Harvey Shields begraben lag.

Ein eisiger Schauer lief ihm über den Rücken, aber es war nicht das kalte Wasser – sein thermischer Anzug hielt ihn ziemlich warm –, es waren die Gespenster seiner Phantasie. Er sah die von Collins beschriebenen Knochen. Aber im Gegensatz zu den weißgebleichten und montierten Skeletten in den Hörsälen der medizinischen Fakultäten waren diese hier dunkelbraun und auseinandergefallen.

Ein Berg von Unrat türmte sich vor der kleinen Öffnung des verbogenen Stahltürrahmens auf, und der größere der beiden Schädel war mit Schlamm bedeckt. Pitt glitt näher heran und begann, mit den Händen zu wühlen.

Er faßte einen weichen, kreisförmigen Gegenstand. Er zog ihn heraus, und eine Wolke von Staubteilchen und Splittern drang ihm an die Gesichtsmaske. Der Gegenstand war ein alter Rettungsring.

Er zwängte sich durch die Öffnung und wühlte weiter. Die Lampe nützte ihm kaum noch. Der Strahl wurde von dem aufwirbelnden Schlamm aufgesogen.

Er fand einen verrosteten Rasierapparat und gleich daneben die dazugehörige Seifenschüssel, dann einen guterhaltenen Schuh und eine kleine Medizinflasche, deren Pfropfen immer noch hielt und deren Inhalt intakt war.

Mit der Ausdauer eines Archäologen, der sich durch die Schichten der Zeiten gräbt, erforschte Pitt das Trümmerfeld mit den Fingern. Er fühlte nicht die Kälte, die in seinen thermischen Anzug drang. Achtlos war er an scharfe Metallkanten gestoßen, die die Schutzhülle bis auf seine Haut durchschnitten. Dunstartige Blutspuren stiegen aus mehreren Schnittwunden auf seinem Rücken und den Beinen empor.

Sein Herz pochte schneller, als er sich am Ziel seiner Suche glaubte. Der Handgriff eines Koffers ragte aus dem Schlamm. Er umspannte ihn mit seiner Hand und hob ihn sanft an. Es war der völlig vom Rost zerfressene Rahmen eines großen Koffers. Enttäuscht ließ er ihn fallen und suchte erneut.

Ein Stück weiter erblickte er einen anderen Handgriff, und dieser war kleiner. Er hielt inne und schaute auf seine Taucheruhr. Er hatte noch fünf Minuten. Gunn wartete wahrscheinlich bereits. Er machte einen tiefen Atemzug und hob den Koffer langsam aus dem Schmutz.

Pitt starrte auf die Überreste eines Handköfferchens. Der Lederbezug war zwar verschimmelt, aber nicht eingerissen. Er wagte kaum zu hoffen und öffnete den Verschluß.

Im Koffer lag ein schlammverkrustetes Paket. Pitt wußte instinktiv, daß er den Nordamerikanischen Vertrag in Händen hielt.

62

Dr. Abner McGovern saß an seinem Schreibtisch, starrte versonnen auf die Leiche, die auf dem Chromstahltisch ausgestreckt lag, und kaute an einem Sandwich mit gekochtem Ei und Mayonnaise.

McGovern war ratlos. Der leblose Körper Jules Guerriers verweigerte jede Aussage. Die meisten Tests waren vier- oder fünfmal wiederholt worden. Er und seine Assistenten hatten alle nur möglichen Analysen vorgenommen, die Daten des Polizeilabors studiert, die von dem Gerichtsmediziner in Quebec gemachten Angaben endlosen Nachprüfungen unterzogen. Aber die genaue Todesursache war immer noch ein Rätsel.

McGovern gehörte zu jenen starrköpfigen Menschen, die nie aufgeben, die eine ganze Nacht wachbleiben, um einen Roman zu Ende zu lesen oder die letzten Stücke eines Puzzles einzufügen. Auch jetzt gab es für ihn kein Nachgeben. Ein Leben endet nicht einfach ohne Grund.

Guerrier war zwar in einem körperlich kläglichen Zustand gewesen, hatte jedoch über eine gewaltige Widerstandskraft verfügt. Mit einem solchen Lebenswillen konnte er unmöglich wie ein ausgeknipstes Licht erloschen sein. Ein Zusammenbrechen der körperlichen Funktionen genügte in diesem Falle nicht. Irgend etwas mußte den Tod verursacht haben.

Alle Gifttests waren gemacht worden, sogar die exotischsten. Und immer waren die Ergebnisse negativ. Es gab auch nicht die leiseste Spur des Einstichs einer Injektionsnadel unter dem Haar oder den Fingernägeln, zwischen den Fingern oder den Zehen, innerhalb der Körperöffnungen.

Die Möglichkeit eines Erstickungstodes kam McGovern allerdings immer wieder in den Sinn. Das Ausatmen bei Sauerstoffmangel hinterläßt immerhin einige Spuren.

In den vierzig Jahren seiner Amtszeit als Pathologe bei den *Mounties* konnte er sich nur an wenige Fälle erinnern, wo ein Mord durch Ersticken vorlag.

Er streifte sich ein neues Paar Handschuhe über die Finger und trat an den »Steifen«, wie er den Leichnam nannte. Zum dritten Mal an diesem Nachmittag unterzog er das Mundinnere einer eingehenden Betrachtung. Alles war, wie es sein sollte. Keine Schürfungen, keine Blässe hinter den Lippen.

Schon wieder eine Sackgasse.

Er kehrte an seinen Schreibtisch zurück, ließ sich in seinen Stuhl sinken, die Hände locker im Schoß, den Blick leer auf den Fliesenboden gerichtet. Plötzlich bemerkte er eine leichte Verfärbung auf dem Daumen des einen Handschuhs. Er rieb ihn auf einem Stück Papier, wo er einen fettigen rosa Flecken hinterließ.

Sofort beugte er sich wieder über Guerrier, rieb behutsam das Innere der Lippen und das äußere Zahnfleisch mit einem Handtuch ab. Dann schaute er es sich durch die Lupe an.

»Verdammt schlau«, murmelte er der Leiche zu. »Wirklich verdammt schlau.«

Sarveux fühlte sich furchtbar müde. Sein Entschluß, sich nicht in die Unabhängigkeit Quebecs einzumischen, hatte einen Sturm der Entrüstung in seiner eigenen Partei und bei den englischsprachigen Loyalisten im Westen ausgelöst. Die Parlamentsabgeordneten der maritimen Provinzen waren besonders über seinen Bruch mit der nationalen Einheit empört. Ihre Wut war übrigens sehr verständlich, denn der neue Staat Quebec schnitt sie vom restlichen Kanada ab.

Er saß in seinem Arbeitszimmer, nippte an einem Drink und versuchte, sich über die Ereignisse des Tages hinwegzusetzen, als das Telefon klingelte. Seine Sekretärin meldete, Oberkommissar Finn wünsche ihn zu sprechen.

Er seufzte und wartete auf die Verbindung.

»Mr. Sarveux?«

»Am Apparat.«

»Es war Mord.« Finn sagte es ohne Umschweife.

»Haben Sie Beweise?«

»Es ist ganz eindeutig erwiesen.«

Sarveux griff den Hörer fester. *Mein Gott*, sagte er sich, *hört es denn niemals auf?*

»Wie?«

»Premierminister Guerrier wurde erstickt. Der Mörder war verdammt schlau. Er benutzte Theaterschminke, um die Spuren zu verdecken. Als wir dann wußten, was wir zu suchen hatten, fanden wir Gebißspuren auf einem Kopfkissenüberzug.«

»Nehmen Sie Boucher noch mal ins Verhör.«

»Nicht nötig«, sagte Finn. »Der Bericht vom britischen Geheimdienst kam uns sehr gelegen. Der Fingerabdruck auf der Türklinke entspricht dem rechten Zeigefinger Foss Glys.«

Sarveux schloß die Augen. Nur die Perspektive nicht verlieren, redete er sich zu; ich muß klare Sicht behalten. »Wie ist es möglich, daß Boucher Gly für Villon hielt?«

»Kann ich nicht sagen. Allerdings weist das Foto im Bericht eine leichte Ähnlichkeit auf. Daß er Theaterschminke bei Guerrier benutzte, könnte ein Hinweis sein. Wenn Gly unsere Pathologen hinters Licht führen kann, ist er vielleicht auch ein Meister der Verkleidung und in der Lage, Villon aufs Haar zu gleichen.«

»Sie reden von Gly, als ob er noch lebte.«

»Das tue ich gewöhnlich, bis ich die Leiche sehe«, erwiderte Finn. »Soll ich die Untersuchung weiterführen?«

»Ja, aber ich möchte, daß die Sache ganz unter uns bleibt«, sagte Sarveux. »Können Sie sich auf Ihre Leute verlassen?«

»Absolut«, antwortete Finn.

»Halten Sie Villon unter strikter Überwachung und legen Sie Guerrier in sein Grab zurück.«

»Werde mich darum kümmern.«

»Und noch etwas, Herr Oberkommissar.«

»Jawohl, Sir?«

»Von jetzt an berichten Sie mir persönlich. Telefonverbindungen können angezapft werden.«

»Verstanden. Ich melde mich bald wieder. Auf Wiedersehen, Herr Premierminister.«

Nachdem Finn aufgehängt hatte, hielt Sarveux den Hörer noch eine Weile in der Hand. *Wäre es möglich, daß Henri Villon und der geheime Führer der FQS ein und derselbe sind?* fragte er sich. *Und Foss Gly. Warum sollte er sich als Villon ausgeben?*

Es dauerte eine Stunde, bis er die Antwort fand, und plötzlich war er nicht mehr müde.

63

Der schmucke Jet in den aquamarinblauen Farben der NUMA senkte sich heulend der Landungspiste zu, rollte und stoppte sechs Meter vor Sandecker und Moon. Die Tür des Passagierabteils ging auf, und Pitt kletterte heraus. Er trug einen großen Aluminiumbehälter in beiden Händen.

In Sandeckers Augen spiegelten sich tiefe Besorgnis, als er das eingefallene Gesicht und die müden Bewegungen des Mannes sah, der so lange der Erschöpfung standgehalten hatte. Er trat vor und legte Pitt den Arm um die Schulter, während Moon den Behälter an sich nahm. »Sie sehen schrecklich aus. Wann haben Sie zum letzten Mal geschlafen?«

Pitt blickte ihn mit verglasten Augen an. »Ich habe die Spur verloren. Was haben wir heute für einen Tag?«

»Freitag.«

»Ich weiß nicht genau . . . es muß wohl Montag gewesen sein.«

»Großer Gott, das ist ja vier Tage her.«

Ein Wagen fuhr vor, und Moon verstaute den Behälter im Kofferraum. Die drei setzten sich in den Fond, und Pitt döste sofort ein. Es schien ihm, er habe eben erst die Augen geschlossen, als Sandecker ihn wachrüttelte. Das Auto hielt vor dem Eingang des Laboratoriums im Arlington College für Archäologie.

Ein Mann in weißem Kittel trat in Begleitung zweier uniformierter Wachleute aus der Tür. Er war um die sechzig, ging leicht gebückt und hatte ein Gesicht wie Dr. Jekyll, der sich eben in Mr. Hyde verwandelt hat.

»Dr. Melvin Galasso«, sagte er mit einem kurzen Kopfnicken. »Haben Sie den Untersuchungsgegenstand gebracht?«

Pitt wies auf den Aluminiumbehälter, den Moon aus dem Kofferraum holte. »Da drinnen.«

»Hoffentlich haben Sie ihn nicht trocknen lassen. Es ist nämlich wichtig, daß die äußere Hülle biegbar ist.«

»Der Koffer und das Wachstuchpaket liegen immer noch im Wasser aus dem St. Lawrence.«

»Wie haben Sie es gefunden?«

»Bis zum Handgriff im Schlamm vergraben.«

Galasso nickte zufrieden. Dann wandte er sich zur Tür des Laboratoriums.

»So, meine Herren«, sagte er über die Schulter. »Jetzt wollen wir mal sehen, was Sie da haben.«

Dr. Galasso war vielleicht etwas schroff in seinen Manieren, aber dafür hatte er viel Geduld. Er brauchte fast zwei Stunden, um das Paket aus dem Koffer zu nehmen, und er beschrieb jede Einzelheit der Prozedur, als ob er eine Vorlesung hielte.

»Der Grundschlamm war das rettende Element«, erklärte er. »Wie Sie sehen, ist das Leder gut erhalten und immer noch ziemlich flexibel.«

Er benutzte ein Seziermesser und schnitt mit pedantischer Genauigkeit ein rechteckiges Loch in die Seite des Koffers, tat es mit äußerster Vorsicht, um den Inhalt nicht zu beschädigen. Dann schnitt er eine Plastikfolie zurecht, bis sie etwas größer als das Paket war, und führte sie in die Öffnung ein.

»Es war klug von Ihnen, die Hülle nicht zu berühren, Mr. Pitt«, fuhr er fort. »Hätten Sie versucht, sie aus dem Koffer zu heben, so wäre das Material auseinandergefallen.«

»Hält das Wachstuch denn nicht dem Wasser stand?« fragte Moon.

Galasso warf ihm einen strafenden Blick zu. »Wasser ist eine auflösende Flüssigkeit. Bei genügend langer Zeit kann es selbst ein Kriegsschiff auflösen. Wachstuch ist nur ein meist einseitig mit einer chemischen Schutzschicht versehenes Gewebe. Folglich ist es nicht haltbar.«

Galasso machte sich wieder an die Arbeit.

Nachdem er sich überzeugt hatte, daß die Plastikfolie unter dem Paket lag, begann er, es millimeterweise herauszuziehen, bis schließlich der tropfende und formlose Gegenstand zum ersten Mal seit fünfundsiebzig Jahren offen und der Luft ausgesetzt vor ihnen lag.

Sie standen in gespanntem Schweigen. Selbst Galasso schien beeindruckt zu sein, denn er hatte nichts zu sagen. Moon begann zu zittern und stützte sich mit den Händen auf einen Spültisch. Sandecker zupfte sich den Bart, während Pitt seine vierte Tasse schwarzen Kaffee trank.

Wortlos schickte sich Galasso an, die Hülle aufzuschälen. Zuerst betupfte er sie sanft mit einem Papierhandtuch, bis die Oberfläche trocken war. Dann betrachtete er sie von allen Seiten wie ein Diamantenschneider, der einen Stein von fünfzig Karat zerlegen will, prüfte ihre Festigkeit an verschiedenen Stellen mit einem kleinen Markierungsstift.

Endlich fing er mit der Enthüllung an. Entnervend langsam und bedächtig wickelte er die brüchige Verkleidung auf. Nach schier einer Ewigkeit gelangte er an die letzte Schicht. Er hielt inne, wischte sich den Schweiß von der Stirn und rieb sich die Finger. Dann war er wieder bereit.

»Der Augenblick der Wahrheit«, verkündete er feierlich.

Moon griff zum Telefon und wählte die direkte Verbindung mit dem Präsidenten. Sandecker trat näher und blickte gespannt über Galassos Schulter. Pitts Gesicht war ausdruckslos, kalt und seltsam distanziert.

Das dünne, zerbrechliche Gewebe wurde behutsam angehoben und zurückgelegt.

Sie hatten das Unmögliche gewagt, und ihre einzige Belohnung war Enttäuschung, gefolgt von bitterer Niedergeschlagenheit.

Das Wasser des Flusses war in das Innere des Wachstuchs gedrungen und hatte das britische Exemplar des Nordamerikanischen Vertrags in eine breiige, verwaschene Masse verwandelt.

Fünfter Teil

DER MANHATTAN LIMITED

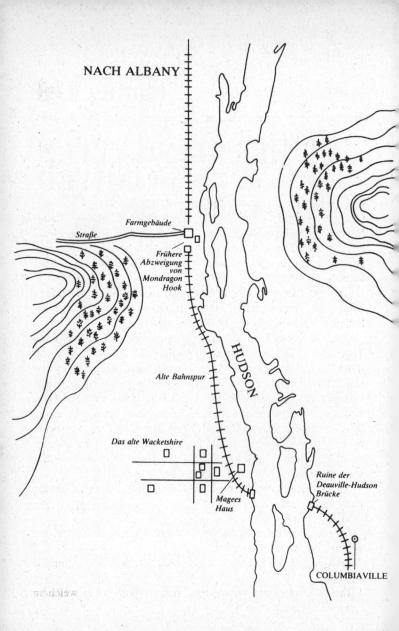

64

MAI 1989,
QUEBEC, KANADA

Das Donnern der Jetmotoren ließ nach, als die Boeing 757 sich von der Startpiste des Flughafens von Quebec erhoben hatte. Nachdem das Rauchverbotsignal erloschen war, lockerte Heidi ihren Sitzgurt, streckte ihr vom Knöchel bis zum Schenkel eingegipstes Bein in eine bequemere Lage und schaute aus dem Fenster.

Unter ihr flimmerte der St. Lawrence wie ein langes Schleifenband in der Sonne und fiel dann zurück, als das Flugzeug nach Süden in die Richtung von New York abdrehte.

Ihre Gedanken kehrten zu den Ereignissen der vergangenen Tage zurück. Der Schock und der Schmerz nach der Explosion unter der *Ocean Venturer*. Die rücksichtsvolle Aufmerksamkeit des Chirurgen und der Matrosen an Bord der *Phoenix* – ihr Gipsverband war voller Zeichnungen und Unterschriften. Die Ärzte und Krankenschwestern in Rimouski, wo man ihre ausgerenkte Schulter behandelt und herzlich über ihre kläglichen Versuche, französisch zu sprechen, gelacht hatte. Sie alle waren jetzt fern wie die Gestalten aus einem Traum, und sie fühlte sich traurig, weil sie sie nie mehr wiedersehen würde.

Sie hatte nicht den Mann bemerkt, der sich neben sie gesetzt hatte, bis er ihren Arm berührte.

»Hallo, Heidi.«

Sie blickte in Brian Shaws Gesicht und war zu fassungslos, um ein einziges Wort hervorzubringen.

»Ich weiß, was du denkst«, sagte er leise, »aber ich muß mit dir sprechen.«

Ihre Überraschung verwandelte sich in Wut. »Aus welchem Loch bist du gekrochen?«

Er sah die Zornesröte in ihrem Gesicht. »Ich kann nicht leugnen, daß es eine kalt berechnete Verführung war. Und das tut mir sehr leid.«

»Ach ja, die heilige Pflicht«, sagte sie verächtlich. »Man geht mit einer Frau ins Bett, quetscht Informationen aus ihr heraus, die man dann benutzt, um zwölf unschuldige Menschen zu ermorden. Für mich sind Sie ein stinkendes Schwein, Mr. Shaw.«

Er schwieg eine Weile. Amerikanerinnen haben eine ganz eigene Art, sich auszudrücken, stellte er fest. Ganz anders als die Engländerinnen. »Eine bedauerliche und völlig sinnlose Tragödie«, sagte er. »Ich wollte dir und besonders auch Dirk Pitt nur versichern, daß ich für diese Ereignisse nicht verantwortlich war.«

»Du lügst nicht zum ersten Mal. Warum sollte ich dir glauben?«

»Pitt wird mir glauben, wenn du ihm sagst, es sei Foss Gly gewesen, der die Sprengladung explodieren ließ.«

»Foss Gly?«

»Pitt kennt den Namen.«

Sie blickte ihn skeptisch an. »Du hättest dich auch am Telefon rechtfertigen können. Warum bist du eigentlich hier? Um weitere Informationen aus mir herauszupumpen? Um zu erfahren, ob wir das Vertragsexemplar auf der *Empress of Ireland* gefunden haben?«

»Ihr habt den Vertrag nicht gefunden«, sagte er mit Bestimmtheit.

»Das sagst du aufs Geratewohl.«

»Ich weiß, daß Pitt von Washington nach New York geflogen ist, und daß die Suche im Hudson weitergeführt wird. Das ist mir Beweis genug.«

»Du hast mir noch nicht gesagt, was du von mir willst«, ermahnte sie ihn.

Er blickte ihr fest in die Augen. »Du sollst deinem Präsidenten eine Botschaft von meinem Premierminister überbringen.«

Sie funkelte ihn an. »Du bist tatsächlich verrückt.«

»Nicht im geringsten. Offiziell weiß die Regierung Ihrer Majestät angeblich nicht, was deine Regierung im Schilde führt, und da wäre es verfrüht, direkte Verhandlungen einzuleiten. In einer so heiklen Lage können es sich zwei befreundete Nationen nicht leisten, die Diplomatie einzuschalten, und daher müssen alle Mitteilungen auf Umwegen an ihre Empfänger gelangen. Das ist nicht ungewöhnlich. Die Russen tun es besonders gern.«

»Aber ich kann doch nicht einfach den Präsidenten anrufen«, sagte sie bestürzt.

»Nicht nötig. Du brauchst dich nur an Alan Mercier zu wenden. Er wird es weiterleiten.«

»Der Sicherheitsberater?«

Shaw nickte. »Den meine ich.«

Heidi blickte unschlüssig drein. »Was soll ich ihm sagen?«

»Du sollst ihm nur sagen, daß England nicht wegen eines Stück Papiers gewillt ist, einen Staat seines Commonwealths aufzugeben. Und wir werden uns einem Vordringen über die Grenzen dieses Staates mit allen militärischen Mitteln widersetzen.«

»Soll das heißen, ihr wollt es mit Amerika auf einen Krieg ankommen lassen . . .«

»Ihr würdet natürlich gewinnen, aber es wäre das Ende des Atlantischen Bündnisses. Der Premierminister hofft, daß dein Land nicht einen so hohen Preis für Kanada bezahlen will.«

»Das ist doch lächerlich«, sagte sie. »Warum sollten wir Kanada übernehmen wollen?«

»Meinst du? Aus welchem anderen Grunde bemüht ihr euch so verzweifelt, ein Exemplar des Vertrags zu finden?«

»Es muß andere Gründe geben.«

»Vielleicht . . .« Er zögerte, nahm ihre Hand in die seine. »Aber irgendwie glaube ich nicht daran.«

65

»Der Zug liegt also unter der eingestürzten Brücke begraben«, sagte Pitt.

Glen Chase nickte. »Alles weist in diese Richtung.«

»Es ist die einzige Möglichkeit«, fügte Giordino hinzu.

Pitt beugte sich über die Reling des Bergungskahns. Er sah

den langen schrägen Arm des Krans umschwingen und eine triefende Masse rostiger Brückenbalken in den Laderaum befördern. Dann schwang er wieder herum und tauchte seine Pratze in den Fluß zurück.

»Auf diese Weise verlieren wir eine Woche, bis wir den Flußgrund untersuchen können.«

»Die Trümmer müssen aber zuerst aus dem Wege geschafft werden«, sagte Giordino.

Pitt wandte sich Chase zu. »Lassen Sie einen Ihrer Leute mit einem Schneidbrenner einige Verbindungsstücke des ursprünglichen Brückenoberbaus herauslösen. Ich möchte Sie in einem chemischen Laboratorium untersuchen lassen.«

»Was erhoffen Sie sich davon?« fragte Chase.

»Vielleicht einen Hinweis, warum die Brücke einstürzte«, erwiderte Pitt.

Ein Mann mit Schutzhelm hielt einen tragbaren Lautsprecher hoch und brüllte über den Lärm des Dieselmotors der Kranwinde hinweg: »Mr. Pitt, Telefon.«

Pitt entschuldigte sich und trat in den Befehlsraum des Bergungskahns. Moon war am Apparat.

»Irgend etwas Neues?«

»Nichts«, antwortete Pitt.

Eine Weile Schweigen. »Der Präsident muß bis Montag das Exemplar des Vertrags haben.«

Pitt war bestürzt. »In knapp fünf Tagen?«

»Falls Sie bis Montag um dreizehn Uhr nichts gefunden haben, wird die ganze Suchaktion eingestellt.«

Pitt preßte die Lippen zusammen. »Verdammt noch mal, Moon! Für ein Projekt von diesen Ausmaßen können Sie mir nicht einen derartigen Termin setzen.«

»Tut mir leid, aber so ist es nun einmal.«

»Warum diese kurze Frist?«

»Ich kann Ihnen nur sagen, daß die Lage es erfordert.«

Pitt umklammerte den Hörer so fest, daß seine Finger weiß wurden. Er fand keine Worte.

»Sind Sie noch da?« fragte Moon.

»Ja, ich bin da.«

»Der Präsident möchte wissen, welche Fortschritte Sie bisher gemacht haben.«

»Wie soll ich das wissen?«

»Bitte keine Ausreden«, sagte Moon gereizt.

»Alles hängt davon ab, ob wir den Zug und das Abteil, in dem Essex saß, finden.«

»Und das wäre schätzungsweise wann?«

»Die Archäologen haben dafür eine alte Redensart«, sagte Pitt. »Man findet nichts, was nicht gefunden werden will.«

»Der Präsident erwartet bestimmt etwas mehr Optimismus. Was soll ich ihm sagen? Wie stehen die Chancen, daß er den Vertrag bis Montag in Händen hat?«

Pitts Stimme klang eisig. »Sagen Sie dem Präsidenten, er brauche sich keine Hoffnungen zu machen.«

Pitt kam gegen Mitternacht im Analytischen Laboratorium der Heiser-Stiftung in Brooklyn an. Er parkte den offenen Lieferwagen rückwärts an ein Verladedock und stellte den Motor ab. Dr. Walter McComb, der Chefchemiker, und zwei seiner Assistenten erwarteten ihn. Pitt sagte: »Vielen Dank, daß Sie so lange aufgeblieben sind.«

McComb war fünfzehn Jahre älter und etwa dreißig Kilo schwerer als Pitt. Er hob eins der schweren Brückenteile mühelos aus dem Wagen und zuckte die Schulter. »Einen Auftrag vom Weißen Haus hatte ich noch nie. Wie konnte ich da nein sagen?«

Die vier Männer trugen die ganze Ladung in die Ecke eines kleinen Lagerschuppens. Dort schnitten die Laborleute einige Einzelstücke mit elektrisch betriebenen Molybdänstahlsägen aus, tauchten sie in eine Lösung, säuberten sie, und dann begannen die eigentlichen Untersuchungen.

Es war vier Uhr morgens, als McComb mit seinen Assistenten zu Pitt in den Aufenthaltsraum für die Angestellten trat.

»Ich glaube, wir haben etwas Interessantes für Sie«, sagte er grinsend.

»Wie interessant?« fragte Pitt.

»Wir haben das Rätsel des Einsturzes der Deauville-Hudson-Brücke gelöst.« McComb führte Pitt in ein Zimmer voller komplizierter chemischer Apparaturen. Er reichte ihm ein Vergrößerungsglas und wies auf zwei Gegenstände auf dem Tisch. »Überzeugen Sie sich selbst.«

307

Pitt tat, wie ihm geheißen, blickte dann fragend auf. »Was soll ich mir anschauen?«

»Metall, das unter starkem Druck zerspringt, hinterläßt Bruchlinien. Sie sind deutlich auf dem Gegenstand links zu erkennen.«

Pitt blickte noch einmal hin. »Ja, ich sehe es.«

»Sie werden bemerken, daß der von der Brücke stammende Gegenstand zu Ihrer Linken keine Bruchlinien aufweist. Die Deformation ist zu stark, als natürliche Ursachen dafür in Frage kämen. Wir haben Proben davon mit einem Spiegelrasterelektronenmikroskop untersucht, welches uns die charakteristischen Elektronen jedes vorhandenen Elements zeigt. Das Resultat ergab das Vorhandensein von Eisensulfidrückständen.«

»Und was bedeutet das?«

»Das bedeutet, daß die Deauville-Hudson-Brücke auf äußerst geschickte und systematische Weise gesprengt worden ist.«

66

»Einfach scheußlich«, rief Preston Beatty in makabrem Vergnügen aus. »Es ist schon schlimm genug, einen Menschen zu schlachten, aber ihn dann noch zum Abendessen zu servieren . . .«

»Möchten Sie noch ein Bier?« fragte Pitt.

»Gern.« Beatty trank sein Glas aus. »Faszinierende Leute, diese Hattie und Nathan Pilcher. Sie hatten wirklich die perfekte Lösung gefunden, um das Corpus delicti verschwinden zu lassen.« Die Bar war trotz der frühen Abendstunde fast voller Menschen. »Diese Taverne liegt auf den gleichen Grundfesten, wo Pilchers Wirtshaus stand. Die Bewohner von Poughkeepsie steckten es 1823 in Brand, als sie erfuhren, was für greuliche Taten sich in dem Haus abgespielt hatten.«

Pitt winkte eine Serviererin herbei. »Sie sagen also, die Pilchers hätten ihre Schlafgäste über Nacht ausgeraubt und sie dann auf die Speisekarte gesetzt.«

308

»Ja, genauso war es.« Beatty war offensichtlich in seinem Element. Er erzählte mit wahrer Freude. »Natürlich blieb die Anzahl der Opfer unbekannt. Man hat ein paar Knochen ausgegraben. Aber es ist anzunehmen, daß die Pilchers fünfzehn bis zwanzig unschuldige Reisende in den fünf Jahren ihrer Tätigkeit gekocht haben.«

Professor Beatty galt als führende Autorität, was die Aufklärung rätselhafter Verbrechen betraf. Seine Bücher erreichten hohe Auflagen in Kanada und den Vereinigten Staaten und waren gelegentlich bis in die Bestsellerlisten gelangt. Er saß behäbig in seiner Nische, trug einen grauen Vollbart und blinzelte Pitt mit seinen grünblauen Augen an. Pitt schätzte sein Alter auf Ende Vierzig. Mit seinem harten und zerfurchten Gesicht und dem angegrauten Haar hätte man ihn eher für einen Seeräuber als für einen Schriftsteller gehalten.

»Das Unglaublichste jedoch ist«, fuhr Beatty fort, »wie man den Mördern auf die Schliche kam.«

»Ein Feinschmeckerjournalist hat ihnen eine schlechte Note gegeben«, schlug Pitt vor.

»Sie sind der Wahrheit näher, als Sie glauben.« Beatty lachte. »Eines Abends blieb ein ehemaliger Schiffskapitän über Nacht. Er war in Begleitung eines melanesischen Dieners, den er vor vielen Jahren auf den Salomon-Inseln auf sein Schiff genommen hatte. Zum Unglück für die Pilchers war dieser Melanesier früher einmal Menschenfresser gewesen, und seine feinen Geschmacksnerven sagten ihm sofort, aus welchem Fleisch sein Gulasch beschaffen war.«

»Nicht gerade appetitlich«, sagte Pitt. »Und was geschah mit den Pilchers? Wurden sie hingerichtet?«

»Nein, sie flohen aus der Untersuchungshaft und wurden nie mehr gesehen.«

Das Bier kam, und Beatty hielt inne, während Pitt die Rechnung unterschrieb.

»Ich bin hier und in Kanada alten Verbrechensberichten nachgegangen und suchte nach einer Verbindung zwischen ihrem Modus operandi und späteren ungelösten Mordfällen, aber wie Jack the Ripper haben sie keine weiteren Spuren hinterlassen.«

»Und wie Clement Massey«, sagte Pitt, um endlich zur Sache zu kommen.

»Ach ja, Clement Massey, auch der fesche Doyle genannt.«
Beatty sprach, als erinnerte er sich an einen lieben Verwandten.
»Ein Räuber, der seiner Zeit um Jahre voraus war. Von ihm
könnte heute noch mancher lernen.«

»War er so gut?«

»Massey hatte Stil und war unglaublich geschickt. Er plante
seine Dinger immer so, daß sie wie die Arbeit einer rivalisieren-
den Bande aussahen. Soweit mir bekannt ist, hat er sechs Banküberfälle und drei Eisenbahnräubereien auf dem Gewissen, für
die jemand anders beschuldigt wurde.«

»Was wissen Sie über seinen Hintergrund?«

»Er kam aus einer wohlhabenden Familie in Boston. Ab-
schlußprüfung in Harvard, mit höchstem Lob. Blühende An-
waltspraxis in Providence mit Kundschaft aus den besten Kreisen. Heiratete die Tochter einer der ersten Familien, die ihm fünf
Kinder schenkte. Wurde zweimal in den Senat von Massachusetts gewählt.«

»Warum verübte er dann Banküberfälle?« fragte Pitt ungläubig.

»Einfach aus Spaß«, erwiderte Beatty. »Es hat sich sogar her-
ausgestellt, daß er jeden Penny des geraubten Geldes für wohl-
tätige Zwecke stiftete.«

»Wie kommt es, daß er nie von den Zeitungen und den alten
Boulevardblättern verherrlicht wurde?«

»Er war längst von der Szene verschwunden, als man diese
Verbrechen mit ihm in Verbindung brachte«, antwortete Beatty.
»Und das geschah erst, nachdem ein findiger Zeitungsreporter
den Beweis erbracht hatte, daß Clement Massey und der fesche
Doyle identisch waren. Natürlich sorgten seine einflußreichen
Freunde und Kollegen dafür, daß der Skandal rasch erstickt
wurde. Für einen Prozeß hätten die Beweise ohnehin nicht aus-
gereicht.«

»Schwer zu glauben, daß Massey bei keinem seiner Überfälle
je erkannt wurde.«

»Er zeigte sich höchst selten.« Beatty lachte. »Wie ein General,
der aus der Etappe die Schlacht leitet, blieb er meist im Hintergrund. All seine Raubzüge fanden außerhalb der Staatsgrenze
statt, und nicht einmal seine eigene Bande kannte seine wahre
Identität. Tatsächlich wurde er einmal erkannt, als er persönlich

an einem seiner Überfälle teilnahm, aber die Aussage des Zeugen wurde vom Untersuchungsbeamten als unglaubwürdig abgelehnt. Denn wer hätte geglaubt, daß ein angesehener Senator sich als Bandit betätigt?«

»Seltsam, daß Massey keine Maske trug.«

»Das erklärt sich aus seiner Psyche«, sagte Beatty. »Wahrscheinlich begeisterte er sich an der Erregung, die man verspürt, wenn man sein Glück auf die äußerste Probe stellt. Ein Doppelleben ist für manche Menschen *die* große Herausforderung. Und doch wünschen sie sich im Unterbewußtsein, geschnappt zu werden. Wie ein Ehemann, der seine Frau betrügt, und mit Lippenstift verschmierte Taschentücher in den Wäschekorb wirft.«

»Aber warum dann der Überfall im Bahnhof von Wacketshire? Warum riskierte Massey alles für lumpige achtzehn Dollar?«

»Ich habe schon manche schlaflose Nacht über diesem Rätsel verbracht.« Beatty blickte auf den Tisch und drehte sein Glas in der Hand. »Massey hat sonst nie etwas unternommen, was ihm nicht mindestens fünfundzwanzig Riesen einbrachte.«

»Und gleich darauf ist er verschwunden.«

»Ich würde auch verschwinden, wenn ich den Tod von hundert Menschen verursacht hätte.« Beatty nahm einen langen Schluck Bier. »Weil er dem Bahnhofsvorsteher nicht erlaubte, den Zug anzuhalten, und damit zuließ, daß Frauen und Kinder im kalten Fluß ertranken, ging er in die Annalen des Verbrechens als Massenmörder ein und nicht als ein Robin Hood.«

»Wie erklären Sie es sich?«

»Er wollte den Zug ausrauben«, erwiderte Beatty, ohne zu zögern. »Aber irgend etwas ging schief. Es gab ein schweres Gewitter in jener Nacht. Der Zug hatte Verspätung. Vielleicht hat es mit seinem Zeitplan nicht geklappt. Ich weiß nicht. Irgendwas ist ihm dazwischengekommen.«

»Was war denn in dem Zug, das sich zu rauben lohnte?« fragte Pitt.

»Zwei Millionen in Goldmünzen.«

Pitt blickte auf. »Ich habe nichts von einem Goldtransport im *Manhattan Limited* gelesen.«

»St. Gaudens Zwanzig-Dollar-Goldstücke, 1914 in Philadelphia geprägt. Für verschiedene Banken in New York bestimmt.

Massey mußte es irgendwie erfahren haben. Die Eisenbahnbehörden hielten es für schlau, den Wagen mit dem Gold über eine lange Nebenstrecke zu befördern, anstatt ihn direkt über die Hauptroute zu schicken. Angeblich wurde der Wagen in Albany an den *Manhattan Limited* gekoppelt. Das läßt sich natürlich nicht mehr beweisen. Der Verlust, falls es je einen solchen gegeben hat, wurde nie gemeldet. Die Herren Bankiers hielten es wahrscheinlich wegen ihres Images für besser, die Sache zu vertuschen.«

»Das könnte erklären, warum die Eisenbahngesellschaft sich fast bis zur Pleite verausgabte, um den Zug zu bergen.«

»Vielleicht.« Beatty verlor sich eine Weile in der Vergangenheit. Dann sagte er: »Von allen Verbrechen, die ich in den Polizeiarchiven der ganzen Welt untersucht habe, ist mir Masseys Pfennigdiebstahl in Wacketshire das größte Rätsel.«

»Es riecht mir, als gäbe es da noch einen anderen Grund.«

»Wieso?«

»Heute früh fand ein Labor Rückstände von Eisensulfid auf Trümmerstücken der Deauville-Hudson-Brücke.«

Beattys Augen wurden schmal. »Eisensulfid wird in Schwarzpulver verwendet.«

»Richtig. Es sieht aus, als habe Clement Massey die Brücke gesprengt.«

Beatty war einigermaßen verblüfft. »Aber warum? Was war sein Motiv?«

»Die Antwort erfahren wir, wenn wir den *Manhattan Limited* gefunden haben«, sagte Pitt.

Pitt fuhr versonnen zur *De Soto* zurück. Ein Gedanke, den er zuerst beiseite geschoben hatte, drängte sich ihm immer wieder auf. Er wollte ihn sich aus dem Kopf schlagen, aber es gelang ihm nicht.

Er hielt bei einer Telefonzelle auf dem Parkplatz eines Supermarktes und wählte eine Nummer in Washington. Eine barsche Stimme meldete sich.

»Sandecker.«

Pitt brauchte nicht erst seinen Namen zu nennen. »Tun Sie mir einen Gefallen.«

312

»Schießen Sie los.«

»Ich brauche einen Hubschrauber!«

»Einen was?«

»Einen Hubschrauber. Ich muß ihn bis morgen mittag haben.«

»Und wozu?«

Pitt tat einen tiefen Atemzug und sagte es ihm.

67

Villon steuerte den Privatjet leicht nach links, um einer nachmittäglichen Kumuluswolke auszuweichen. Danielle schaute aus dem Copilotenfenster und sah einen Teppich kanadischer Föhren vorübergleiten.

»Ist es nicht herrlich?« sagte sie.

»In einem Linienflugzeug sieht man die Landschaft nicht«, erwiderte Villon. »Sie fliegen zu hoch, und man ist gleich über den Wolken.«

Danielle trug einen tiefblauen Pullover und einen dazu passenden gestrickten Baumwollrock, der sich über ihre Knie schob. Ihr Gesicht nahm manchmal einen kalten und berechnenden Ausdruck an, der jedoch nicht die innerliche weibliche Wärme, die sie ausstrahlte, verbergen konnte.

»Dein neues Flugzeug ist auch herrlich.«

»Ein Geschenk von meinen wohlbestallten Anhängern. Die Papiere lauten natürlich nicht auf meinen Namen, aber es steht mir jederzeit zur Verfügung.«

Sie schwiegen eine Weile, und Villon nahm Kurs über den Laurentides-Park. Blaue Seen leuchteten überall unter ihnen wie kleine Diamanten in einer Smaragdfassung. Sie erkannten kleine Fischerboote, die auf Forellenfang aus waren.

Danielle sagte schließlich: »Ich freue mich, daß du mich eingeladen hast. Wir haben uns lange nicht mehr gesehen.«

»Es waren ja nur ein paar Wochen«, sagte er, ohne sie anzusehen. »Ich war mit meiner Wahlkampagne beschäftigt.«

313

»Ich dachte schon . . . du wolltest mich nicht mehr wiedersehen.«

»Wie kommst du auf diese Idee?«

»Das letzte Mal in dem Landhaus . . .«

»Was war denn da?« fragte er unschuldig.

»Du warst nicht gerade herzlich.«

Er versuchte sich zu erinnern. Aber da ihm nichts einfiel,
schrieb er es weiblicher Überempfindlichkeit zu. »Tut mir leid,
ich muß den Kopf voll anderer Dinge gehabt haben.«

Er steuerte das Flugzeug in einen weit ausholenden Bogen und
stellte dann den Autopiloten ein. Er lächelte. »Komm, ich werde
es wiedergutmachen.«

Er nahm ihre Hand und führte sie aus dem Cockpit.

Die Passagierkabine erstreckte sich über sechs Meter bis zum
Waschraum. Drei Sessel und ein Sofa, ein dicker Bodenteppich,
eine gutausgerüstete Bar und ein Eßtisch. Er öffnete die Tür zu
einem Schlafraum und wies auf ein breites Bett.

»Das ideale Liebesnest«, sagte er. »Intim, abgeschlossen und
geschützt vor neugierigen Blicken.«

Das Sonnenlicht drang durch die Fenster und breitete sich über
die Laken aus. Danielle setzte sich auf, als Villon ihr einen Drink
aus der Passagierkabine brachte.

»Gibt es kein Gesetz gegen so etwas?« fragte sie.

»Gegen Sex in fünfzehnhundert Meter Höhe?«

»Nein.« Sie nippte an ihrer Bloody Mary. »Aber gegen das Im-
Kreis-Herumfliegen, ohne daß jemand im Cockpit sitzt.«

»Willst du mich anzeigen?«

Sie streckte sich verführerisch auf dem Bett aus. »Ich kann mir
die Schlagzeilen vorstellen:

›NEUER PRÄSIDENT VON QUEBEC
IN FLIEGENDEM FREUDENHAUS ERWISCHT‹.«

Er lachte. »Ich bin noch nicht Präsident.«

»Du wirst es nach den Wahlen sein.«

»Die sind erst in sechs Monaten. Bis dahin kann noch viel passieren.«

»Nach den Meinungsumfragen bist du es so gut wie sicher.«

»Und was sagt Charles?«

»Er erwähnt dich überhaupt nicht mehr.«

Villon setzte sich auf das Bett und strich ihr sanft mit den Fingern über den Bauch. »Jetzt, da das Parlament ihm das Vertrauen entzogen hat, ist all seine Macht verflogen. Warum verläßt du ihn nicht? Das würde die Sache wesentlich vereinfachen.«

»Es ist besser, ich bleibe noch eine Weile bei ihm. So kann ich immer noch viel erfahren, was für Quebec wichtig ist.«

»Da wir gerade beim Thema sind: Über etwas bin ich wirklich besorgt.«

Sie runzelte die Stirn. »Was ist es?«

»Der Präsident der Vereinigten Staaten wendet sich nächste Woche an das Parlament. Ich möchte wissen, was er zu sagen beabsichtigt. Hast du irgend etwas gehört?«

Sie nahm seine Hand und führte sie tiefer. »Charles hat gestern darüber gesprochen. Mach' dir keine Sorgen. Er sagte, der Präsident wolle dafür plädieren, daß Quebec ordnungsgemäß seinen Unabhängigkeitsstatus erlangt.«

»Ich wußte es«, sagte Villon lächelnd. »Die Amerikaner geben endlich nach.« Danielle begann die Beherrschung zu verlieren und zog ihn an sich.

»Hoffentlich hast du die Benzintanks auffüllen lassen, bevor wir Ottawa verließen«, murmelte sie mit wollüstiger Stimme.

»Wir haben genug für drei weitere Flugstunden«, sagte er, und dann beugte er sich über sie.

»Ein Irrtum ist ausgeschlossen?« fragte Sarveux in den Hörer.

»Völlig ausgeschlossen«, antwortete Oberkommissar Finn. »Meine Leute sahen sie in Mr. Villons Flugzeug steigen. Wir haben das Radar der Air Force auf sie angesetzt. Seit ein Uhr kreisen sie über dem Laurentides-Park.«

»Ihr Mann ist sicher, daß es Henri Villon war?«

»Jawohl, Sir, ganz ohne Zweifel«, versicherte ihm Finn.

»Danke, Herr Oberkommissar.«

»Nichts zu danken, Herr Premierminister. Ich bleibe am Ball.«

Sarveux legte den Hörer auf, hielt einen Augenblick inne, um sich zu fassen. Dann rief er in die Sprechanlage: »Sie können ihn jetzt hereinschicken.«

Sarveux' Gesicht war aufs äußerste gespannt. Es war ein solcher Schock, daß er seinen Augen und seinem Verstand nicht traute. Die Beine gehorchten ihm nicht mehr, und er brachte nicht die Kraft auf, sich hinter seinem Schreibtisch zu erheben. Der Besucher kam durch das Zimmer auf ihn zu und blickte auf ihn herab.

»Ich danke dir, daß du mich empfängst, Charles.«

Der gleiche kalte Gesichtsausdruck, die gleiche Stimme, die er so gut kannte. Sarveux bemühte sich verzweifelt, die äußere Ruhe zu bewahren, aber er fühlte sich plötzlich schwach und benommen.

Der Mann, der da vor ihm stand, war der leibhaftige Villon, völlig beherrscht, lässig und distanziert wie immer.

»Ich dachte ... ich dachte, du seist ... du seist in Quebec bei deiner Wahlkampagne«, stammelte Sarveux.

»Ich nahm mir die Zeit und bin nach Ottawa gekommen, weil ich hoffte, wir könnten einen Waffenstillstand schließen.«

»Der Abgrund, der uns trennt, ist zu tief«, sagte Sarveux, der langsam die Fassung wiedergewann.

»Kanada und Quebec müssen lernen, von nun an ohne weitere Reibungen zusammenzuleben«, sagte Villon. »Das gleiche gilt für dich und mich.«

»Vernunftgründen will ich mich nicht verschließen.« Sarveux' Stimme hatte einen unmerklich härteren Klang. »Setz dich, Henri, und sage mir, was du auf dem Herzen hast.«

68

Alan Mercier las den Inhalt einer Akte mit dem Zeichen STRENG GEHEIM durch und fing noch einmal von vorne an. Er war verblüfft. Immer wieder blätterte er die Seiten zurück, bemühte sich, einen klaren Kopf zu behalten, fand es jedoch immer schwieriger, das, was seine Augen sahen, zu begreifen. Er glich einem Mann, der eine tickende Bombe in den Händen hält.

Der Präsident saß ihm gegenüber, wartete geduldig, scheinbar entspannt. Es war sehr still; das einzige Geräusch war ein gelegentliches Knistern im Kamin. Zwei Tabletts mit Speisen standen auf dem großen Kaffeetisch, der die beiden Männer trennte. Mercier war zu benommen, um zu essen, aber der Präsident verschlang hungrig das späte Abendessen.

Endlich klappte Mercier die Akte zu und nahm feierlich seine Brille ab. Er dachte einen Augenblick nach, dann blickte er auf.

»Eine Frage. Ist diese verrückte Geschichte Wirklichkeit?«

»Bis zum letzten Punkt des letzten Absatzes.«

»Ein bemerkenswertes Konzept.« Mercier seufzte. »Das muß ich zugeben.«

»Ganz meine Meinung.«

»Ich finde es nur unglaublich, daß in all den Jahren nichts davon durchgesickert ist.«

»Nicht weiter erstaunlich, wenn man bedenkt, daß nur zwei Personen davon wußten.«

»Doug Oates im State Department war eingeweiht.«

»Aber erst nach meinem Amtsantritt. Als ich die Macht hatte, die Räder in Bewegung zu setzen, war es natürlich mein erster Schritt, das State Department mit einzuweihen.«

»Aber nicht die Nationale Sicherheit«, sagte Mercier leicht pikiert.

»Nehmen Sie es nicht persönlich, Alan. Den inneren Kreis konnte ich nur allmählich erweitern.«

»Und jetzt bin ich an der Reihe.«

Der Präsident nickte. »Ich möchte, daß Sie und Ihre Leute mit einflußreichen Kanadiern Verbindung aufnehmen, die die Dinge im gleichen Licht wie ich sehen.«

Mercier tupfte seine schweißbedeckte Stirn mit einem Taschentuch ab. »Großer Gott. Falls diese Sache zurückschlägt, und Sie gleich darauf den nationalen Notstand erklären . . .?« Er ließ den Satz in der Luft hängen.

»Dazu kommt es nicht«, sagte der Präsident entschlossen.

»Sie haben sich vielleicht übernommen.«

»Bedenken Sie die Möglichkeiten, falls es auch nur im Prinzip Zustimmung findet.«

»Den ersten Hinweis werden wir ja am Montag haben, wenn Sie es vor dem kanadischen Parlament zur Sprache bringen.«

317

»Ja, dann ist es an die Öffentlichkeit gelangt.«

Mercier legte den Ordner auf den Tisch. »Eins muß ich Ihnen lassen, Herr Präsident. Als Sie einfach still dasaßen und sich weigerten, gegen die Unabhängigkeit Quebecs zu intervenieren, glaubte ich, Sie hätten völlig versagt. Jetzt beginne ich, die Methode hinter dem Wahnsinn zu sehen.«

»Es ist nur die erste Tür«, philosophierte der Präsident, »und sie öffnet uns einen langen Gang.«

»Verlassen Sie sich nicht zu sehr auf den Fund des Nordamerikanischen Vertrags?«

»Da mögen Sie recht haben.« Der Präsident blickte aus dem Fenster. »Aber falls bis Montag ein Wunder auf dem Hudson geschieht, haben wir das Privileg, eine neue Nationalflagge zu entwerfen.«

69

Der von Pitt angeforderte Hubschrauber gehörte zu jenem Typ, mit dem man schwere Lasten auf hohe Gebäude oder über Flüsse und Berge transportiert. Sein schmaler Rumpf war etwa dreißig Meter lang, und die Landungskufen hingen wie steife Beine an ihm herunter.

Den Männern am Bergungsort erschien er wie ein riesiges Insekt aus einem japanischen Science-fiction-Film. Sie blickten ihm fasziniert zu, als er in dreißig Meter Höhe langsam und ratternd über den Fluß schwebte.

Der keilförmige Gegenstand, der an einem Kabel aus dem Helikopter hing, machte den Anblick noch seltsamer. Außer Pitt und Giordino hatte bisher noch keiner der NUMA-Mannschaft die *Kriechwanze* gesehen.

Pitt leitete die Abladeoperation durch Funk, wies den Piloten an, die Last neben der *De Soto* abzusetzen. Der Hubschrauber ging einige Minuten lang in Schwebestellung, bis die *Kriechwanze* nicht mehr pendelte. Dann wurden die beiden Lastkabel heruntergedreht und das Forschungsschiff in den Fluß gesetzt. Als die Kabel sich lockerten, neigte sich der Kran der *De Soto* zur Seite, und Taucher kletterten die Leiter des vertikalen Rumpfs empor. Die Kabelhaken wurden aus den Hebeschlaufen gelöst, und der nun befreite Hubschrauber erhob sich, beschrieb einen Halbkreis und nahm Kurs flußabwärts.

Alle standen an der Reling, starrten auf die *Kriechwanze,* fragten sich, wozu sie diente. Plötzlich öffnete sich eine Luke, ein Kopf erschien und ein Paar Augen mit schweren Lidern blickte die verblüfften Zuschauer an.

»Wo, zum Teufel, steckt Pitt?« rief der Mann.

»Hier!« brüllte Pitt zurück.

»Rate mal, was ich gefunden habe.«

»Bestimmt eine Flasche Schlangenmedizin in deiner Koje.«

»Woher weißt du das?« Sam Quayle lachte.

»Ist Lasky bei dir?«

»Unten. Er stellt die Ballastkontrolle für seichtes Wasser ein.«

»War es nicht sehr gewagt, die ganze Strecke von Boston bis hier in diesem Ding zu fliegen?«

»Vielleicht, aber wir gewannen Zeit und haben während des Flugs das elektronische System in Gang gesetzt.«

»Wie lange braucht ihr noch, bis ihr tauchen könnt?«

»Gib uns eine Stunde.«

Chase trat zu Giordino. »Was ist denn das für eine technische Perversion?« fragte er.

»Wenn du eine Ahnung hättest, was das Ding gekostet hat, würdest du ihm mehr Ehrfurcht entgegenbringen«, antwortete Giordino lächelnd.

Drei Stunden später kroch die *Kriechwanze,* den Oberteil zweieinhalb Meter über dem Wasserspiegel, langsam durch das Flußbett. In ihrem Inneren herrschte atemlose Spannung, als sie sich gefährlich den scharfkantigen Brückentrümmern näherte.

Pitt hielt den Blick unverwandt auf die Bildschirme gerichtet, während Bill Lasky das kleine Schiff gegen den Strom manövrierte. Hinter ihnen beobachtete Quayle die Computersystemausgabe, um etwaige Ergebnisse abzulesen.

»Hast du einen Kontakt?« fragte Pitt zum vierten Mal.

»Alles negativ«, antwortete Quayle. »Ich habe die Strahlung erweitert und erfasse jetzt eine Breite von zwanzig Metern auf einer Tiefe von hundert in den Gesteinsschichten, aber ich stoße nur auf Felsen.«

»Wir sind zu weit flußaufwärts.« Pitt wandte sich an Lasky. »Bringe Sie noch einmal herum.«

»In einem neuen Winkel«, bestätigte Lasky und hantierte an seinem Kontrollpult.

Fünf weitere Male bahnte sich die *Kriechwanze* ihren Weg durch die versunkenen Trümmer. Sie hatten bereits zwei Kratzer abbekommen, und Pitt wußte nur zu gut, daß man ihn, falls die Hülle aufriß, für den Verlust des Sechshundertmillionendollarschiffs verantwortlich machen würde.

Quayle schien unempfindlich gegenüber den Gefahren. Er war wütend, daß sein Instrument stumm blieb. Es ärgerte ihn besonders, weil er glaubte, daran schuld zu sein.

»Muß eine Funktionsstörung sein«, brummte er. »Ich hätte schon längst auf etwas stoßen müssen.«

»Kannst du feststellen, woran es liegt?« fragte Pitt.

»Nein, verdammt noch mal!« schnappte Quayle zurück. »Alle Systeme funktionieren normal. Ich muß mich verrechnet haben, als ich die Computer neu programmierte.«

Die Hoffnungen auf eine rasche Entdeckung verflogen. Und dann, als sie nochmals wendeten, drückte die Strömung gegen die Steuerbordseite der *Kriechwanze* und trieb sie mit dem Kiel in eine Schlammbank. Lasky kämpfte fast eine Stunde mit den Kontrollhebeln, bis sie wieder freikamen.

Pitt gab die Koordinaten für einen neuen Kurs an, als Giordinos Stimme im Lautsprecher der Meldeanlage ertönte.

»*De Soto* ruft *Kriechwanze*. Hört ihr mich?«

»Ich höre«, sagte Pitt gereizt.

»Ihr seid ziemlich still geworden.«

»Wir haben nichts zu berichten«, antwortete Pitt.

»Ihr solltet lieber den Laden schließen. Ein schwerer Sturm ist im Anzug. Chase möchte gern unser elektronisches Wunder in Sicherheit bringen, bevor es losgeht.«

Es widerstrebte Pitt, aber es war sinnlos, weiterzumachen. Die Zeit war abgelaufen. Selbst wenn sie den Zug in den nächsten Stunden finden würden, blieb es höchst zweifelhaft, ob die Ber-

320

gungsmannschaft den Wagen, in dem Essex gereist war, finden und heraufschaffen konnte, bevor der Präsident seine Rede vor dem Parlament hielt.

»Na schön«, sagte Pitt. »Macht euch zum Empfang bereit. Wir geben es auf.«

Giordino stand auf der Kommandobrücke und nickte den dunklen Wolken, die sich über dem Schiff ballten, zu. »Dieses Unternehmen stand von Anfang an unter einem bösen Stern«, murmelte er betrübt. »Als ob wir nicht schon genug Probleme hätten . . . jetzt kommt auch noch das Wetter dazu.«

»Irgend jemand da oben mag uns nicht«, sagte Chase und zeigte zum Himmel.

»Du beschuldigst den lieben Gott, du Heide?« scherzte Giordino.

»Nein«, erwiderte Chase mit ernstem Gesicht. »Aber das Gespenst.«

Pitt drehte sich um. »Das Gespenst?«

»Eine unnennbare Erscheinung hier in der Gegend«, sagte Chase. »Niemand will zugeben, sie gesehen zu haben.«

»Du vielleicht«, sagte Giordino grinsend. »Ich habe das Ding nur gehört.«

»Das Licht war heller als die Hölle, als es gestern nacht den Damm zur Brücke heraufraste. Der Strahl beleuchtete das halbe östliche Ufer. Das kannst du unmöglich übersehen haben.«

»Moment mal«, unterbrach ihn Pitt. »Redet ihr vom Geisterzug?«

Giordino starrte ihn an. »Du wußtest davon?«

»Weiß das nicht jeder?« fragte Pitt mit gespieltem Ernst. »Es geht die Mär, daß der fluchbeladene Zug noch immer versucht, die Deauville-Hudson-Brücke zu überqueren.«

»Glauben Sie wirklich daran?« fragte Chase neugierig.

»Ich glaube, daß irgend etwas auf dem alten Bahndamm seinen nächtlichen Spuk treibt. Es war sogar verdammt nahe dran, mich zu überfahren.«

»Wann?«

»Vor ein paar Monaten, als ich hierher kam, um mich zu orientieren.«

321

Giordino schüttelte den Kopf. »Wir sind wenigstens nicht die einzigen, die in die Klapsmühle kommen.«

»Wie oft hat das Gespenst euch besucht?«

Giordino warf Chase einen Blick zu. »Zwei-, nein, dreimal.«

»Und du sagst, in manchen Nächten hast du nur Geräusche gehört und keine Lichter gesehen?«

»Die ersten beiden Male hörten wir nur die Pfiffe und das Fauchen einer Dampflokomotive«, erklärte Chase. »Beim dritten Mal hatten wir dann die ganze Vorstellung. Den Lärm und dazu ein blendendes Leuchten.«

»Das Leuchten habe ich auch gesehen«, sagte Pitt nachdenklich. »Wie waren die Wetterverhältnisse?«

Chase überlegte einen Augenblick. »Soweit ich mich erinnere, war es klar und finster, als das Licht erschien.«

»Stimmt«, fügte Giordino hinzu. »Bei hellem Mondlicht hörte man nur den Lärm.«

»Dann hätten wir bereits etwas«, sagte Pitt. »Als ich es sah, schien auch kein Mond.«

»All das Gerede über Gespenster bringt uns auch nicht weiter«, sagte Giordino. »Ich schlage vor, wir kehren wieder in die Wirklichkeit zurück und überlegen uns, wie wir in den nächsten . . .« – er blickte auf seine Uhr – »vierundsiebzig Stunden unter die Brückentrümmer gelangen können.«

»Ich habe einen anderen Vorschlag«, sagte Pitt.

»Und der wäre?«

»Von hier abzuhauen.«

Giordino war bereit zu lächeln, falls Pitt einen Witz machte. Aber Pitt hatte keinen Witz gemacht.

»Was wirst du dem Präsidenten sagen?«

Pitt machte ein seltsam abwesendes Gesicht. »Dem Präsidenten?« wiederholte er gelassen. »Ich werde ihm sagen, wir hätten eine Menge kostbarer Zeit und Geld auf ein Hirngespinst verschwendet.«

»Worauf willst du hinaus?«

»Der *Manhattan Limited*«, antwortete Pitt, »liegt nicht auf dem Grund des Hudson. Er hat nie dort gelegen.«

70

Die untergehende Sonne verschwand plötzlich hinter den Wolken. Der Himmel wurde finster und bedrohlich. Pitt und Giordino standen auf dem alten Bahndamm und lauschten auf das tiefe Dröhnen des sich nähernden Sturms. Ein Blitz zuckte, der Donner folgte, und dann fiel der Regen.

Der Wind fuhr mit teuflischem Geheul durch die Bäume. Die feuchte Luft war drückend und mit Elektrizität geladen. Bald war es finster, und man sah nur noch schwarze Umrisse, über die hier und da ein weißer Schimmer zuckte. Windböen peitschten ihnen kalte Regentropfen ins Gesicht.

Pitt schlug den Kragen seines Regenmantels hoch, stemmte die Schultern gegen den Sturm. »Wie kannst du sicher sein, daß es dieses Mal kommt?« rief ihm Giordino durch den Wind zu.

»Die Bedingungen sind die gleichen wie in der Nacht, als der Zug verschwand«, rief Pitt zurück. »Ich rechne mit dem melodramatischen Zeitgefühl des Gespenstes.«

»Ich gebe ihm noch eine Stunde«, sagte der sich elend fühlende Chase. »Und dann gehe ich aufs Boot zurück und genehmige mir einen herzhaften Schluck Jack Daniel's Bourbon.«

Pitt nahm ihn beim Arm. »Komm, gehen wir den Bahndamm ein Stück hinunter.«

Giordino folgte ihnen widerwillig. Fast unaufhörlich blitzte es, und vom Ufer aus sah die *De Soto* jetzt auch wie ein Gespenst aus. Einen kurzen Augenblick leuchtete sie hell auf, und dann war sie wieder nur noch ein schwarzer Umriß. Das einzige Lebenszeichen war das weiße Licht auf dem Mast.

Nach etwa einer halben Meile blieb Pitt stehen, neigte den Kopf, lauschte. »Ich glaube, ich höre etwas.«

Giordino hielt sich die Hände hinter die Ohren. Er wartete, bis der Donner verhallt war, und dann hörte er es auch: Den klagenden Pfiff einer Dampflokomotive.

»Ihr habt es gerufen«, sagte Chase. »Pünktlich wie die Uhr.«

Sie schwiegen, als das Geräusch näher kam, und dann hörten sie das Klingeln einer Glocke und das Zischen des Dampfs. Ein Donnerschlag übertönte es vorübergehend. Chase erzählte später, er habe genau gefühlt, wie die Zeit plötzlich stillstand.

Im gleichen Augenblick fegte ein Licht um die Kurve, richtete seinen Strahl auf sie, zitternd und schwankend von den Bewegungen des Zugs. Sie standen da, sahen ganz deutlich den gelben Widerschein auf ihren Gesichtern.

Sie starrten wie gebannt, konnten es nicht glauben, obgleich sie wußten, daß ihre Phantasie ihnen keinen Streich spielte. Giordino wollte etwas zu Pitt sagen und sah mit Erstaunen, daß er lächelte, ganz unbesorgt in das blendende Licht schaute.

»Keine Bewegung«, sagte Pitt mit unglaublicher Ruhe. »Dreht euch um, schließt die Augen, bedeckt sie mit den Händen, damit ihr nicht geblendet werdet.«

Der Instinkt sagte ihnen genau das Gegenteil. Am liebsten wären sie davongerannt oder hätten sich wenigstens flach auf den Boden geworfen. Nur Pitts feste Worte gaben ihnen Mut.

»Ruhig ... ganz ruhig. Öffnet die Augen, wenn ich ›Jetzt‹ rufe.«

Ihre Nerven waren zum Zerreißen gespannt.

Giordino machte sich auf den Anprall gefaßt, der ihn in Stücke reißen würde. Er hatte sich damit abgefunden, daß er sterben mußte.

Der ohrenbetäubende Lärm war kaum noch zu ertragen. Sie hatten das Gefühl, in einen Schacht geschleudert worden zu sein, aus dem es kein Entrinnen mehr gab.

Und dann, wie durch einen Zauber, raste das Unmögliche über sie hinweg.

»Jetzt!« rief Pitt ihnen zu.

Sie ließen die Hände fallen, starrten, und ihre Augen waren noch auf das Dunkel eingestellt.

Das Licht glitt den verlassenen Bahndamm hinunter, gefolgt vom Geräusch der Lokomotive. Sie sahen ganz klar ein schwarzes Viereck, das sich etwa drei Meter über dem Boden abhob, immer kleiner wurde, als es die Steigung zur Brücke heraufschwebte, dann verlosch und mit dem ratternden Lärm im Sturm verschwand.

»Was, zum Teufel, war das?« stammelte Chase.

»Ein alter Lokomotivscheinwerfer und ein Lautsprecher«, antwortete Pitt.

»Was du nicht sagst«, brummte Giordino skeptisch. »Und wie schwebt es dann mitten in der Luft?«

»An einem Draht, der an den alten Telegrafenmasten hängt.«

»Zu schade, daß es immer eine logische Erklärung gibt«, sagte Chase, traurig den Kopf schüttelnd. »Wieder mal eine schöne Legende zerstört.«

Pitt zeigte zum Himmel. »Paß auf. Die Legende dürfte jetzt gleich zurückkommen.«

Sie stellten sich um den nächsten Telegrafenmast und blickten ins Dunkel hinauf. Eine Minute später erschien ein Schatten und glitt lautlos durch die Luft über ihnen vorbei. Dann verschmolz er mit der Nacht und verschwand.

»Da bleibt mir wirklich die Spucke weg«, gestand Giordino.

»Wo kam das Ding denn her?« fragte Chase.

Pitt antwortete nicht sofort. Ein plötzlich einschlagender Blitz erhellte sein Gesicht, und es sah nachdenklich aus.

Schließlich sagte er: »Wollt ihr wissen, was ich denke?«

»Ja, was denn?«

»Ich denke, wir sollten jetzt eine Tasse Kaffee trinken und eine Scheibe heißen Apfelstrudel essen.«

Als sie an Ansel Magees Tür klopften, sahen sie wie ertrunkene Ratten aus. Der riesige Bildhauer hieß sie herzlich willkommen und nahm ihnen ihre nassen Mäntel ab. Während Pitt die Vorstellung übernahm, eilte Annie Magee erwartungsgemäß in die Küche, um Kaffee und Kuchen zu holen. Nur war es dieses Mal Kirschstrudel.

»Was hat Sie in diese scheußliche Nacht hinausgetrieben, meine Herren?« fragte Magee.

»Wir waren auf Gespensterjagd«, antwortete Pitt.

Magees Augen wurden schmal. »Glück gehabt?«

»Können wir uns in Ihrem Bahnhofsbüro unterhalten?«

Magee nickte freundlich. »Natürlich. Kommen Sie.«

Man brauchte ihn nicht lange zu bitten, und schon erzählte er Chase und Giordino die Geschichte des Büros und jener, die hier

325

einst gewirkt hatten. Während er redete, schürte er ein Feuer im Eisenofen. Pitt saß schweigend an Sam Hardings altem Rollfachpult. Den Vortrag kannte er bereits, und er war mit seinen Gedanken anderswo.

Magee zeigte gerade die Einschußstelle auf Hiram Meechams Schachbrett, als Annie die Tassen und Teller auf einem Tablett hereinbrachte.

Nachdem das letzte Stück Kuchen gegessen war, warf Magee Pitt einen Blick zu. »Sie haben mir noch gar nicht erzählt, ob sie einem Gespenst begegnet sind.«

»Nein«, erwiderte Pitt. »Keinem Gespenst. Aber dafür einem schlauen Schwindel, der den Geisterzug ganz perfekt vortäuscht.«

Magees breite Schultern sanken ein, und er schüttelte den Kopf. »Ich habe schon immer gewußt, daß mir jemand eines Tages auf die Schliche kommt. Die Ortsbewohner sind prompt darauf hereingefallen. Es hat ihnen sogar gefallen. Es erfüllt sie mit Stolz, ihren eigenen Geisterzug zu haben. Sie protzen gern damit, um Touristen zu beeindrucken.«

»Wann sind Sie darauf gekommen?« fragte Annie.

»An dem Abend, als ich an Ihre Tür klopfte. Ich stand vorher auf der Brücke, als Sie das Gespenst einmal wieder auf die Reise schickten. Ganz kurz vor mir ist die Lampe ausgegangen und der Lärm auch.«

»Dann haben Sie gesehen, wie es funktionierte?«

»Nein, ich war vom Licht geblendet. Als meine Augen sich wieder an die Dunkelheit gewöhnt hatten, war es längst wieder weg. Hat mich damals ganz höllisch erschreckt. Mein Instinkt riet mir, den Boden abzusuchen. Aber meine Verwirrung wurde nur noch größer, als ich keine Spuren im Schnee fand. Nur bin ich von Natur aus sehr neugierig. Ich fragte mich, warum die alte Gleisunterlagerung bis auf die letzte Querschwelle aufgerissen und zerstört war, während die Telegrafenmasten immer noch standen. Eisenbahnbehörden sind äußerst knauserig. Sie hinterlassen nicht gerne verwendbares Material, wenn sie eine Strecke stillegen. So folgte ich den Masten, bis ich an den letzten kam. Und der steht an der Tür eines Schuppens neben Ihrem privaten Schienenstrang. Ich bemerkte auch, daß der Scheinwerfer an Ihrer Lokomotive fehlte.«

»Das muß ich Ihnen schon lassen, Mr. Pitt«, sagte Magee. »Sie sind der erste, der die Wahrheit entdeckt hat.«

»Wie funktioniert dieses Ding?« fragte Giordino.

»Nach dem gleichen Prinzip wie ein Skilift«, erklärte Magee. »Der Scheinwerfer und eine Gruppe von vier Lautsprechern hängen an einem Draht, der an den Querbalken der Telegrafenmasten entlangläuft. Wenn das Licht mit der Klangvorrichtung an den Rand der alten Brücke gelangt, werden die Batterien durch eine Fernsteuerung ausgeschaltet, und dann macht das Ganze eine Wendung von hundertachtzig Grad und kehrt zum Schuppen zurück.«

»Warum hörten wir in manchen Nächten nur das Geräusch und sahen kein Licht?« fragte Chase.

»Der Lokomotivscheinwerfer ist ziemlich groß«, antwortete Magee. »Er ist zu leicht zu erkennen. Deshalb nehme ich ihn in Mondnächten ab und lasse nur das Klangsystem laufen.«

Giordino lächelte breit. »Ich muß gestehen, daß Chase und ich bereit waren, uns zur Religion zu bekehren, als das Ding uns zum ersten Mal besuchte.«

»Hoffentlich habe ich Ihnen keine Unannehmlichkeiten bereitet.«

»Nicht im geringsten. Es war ein beliebtes Gesprächsthema.«

»Ich stand mit Annie fast jeden Tag am Ufer und schaute Ihren Bergungsarbeiten zu. Es sieht mir ganz so aus, als hätten Sie Probleme. Sind schon irgendwelche Teile des *Manhattan Limited* heraufgeholt worden?«

»Nicht einmal eine Schraube«, sagte Pitt. »Wir brechen das Unternehmen ab.«

»Das ist aber schade.« Magee sagte es ganz ehrlich. »Ich hatte gehofft, Sie würden Erfolg haben. Vielleicht soll der Zug nie gefunden werden.«

»Auf jeden Fall nicht im Fluß.«

»Möchte jemand noch Kaffee?« Annie reichte die Kanne herum.

»Ich nehme gern noch eine Tasse«, sagte Pitt.

»Sie sagten eben . . .«, wollte Magee wissen.

»Besitzen Sie einen dieser kleinen Motorwagen, den die Eisenbahner für kleine Gleisreparaturen benutzen?« fragte Pitt und wechselte das Thema.

327

»Ich habe eine achtzigjährige Draisine mit Handbetrieb.«

»Darf ich sie mir mit Ihrer Geisterzugausrüstung ausleihen?«

»Wann brauchen sie es?«

»Jetzt.«

»In einer so stürmischen Nacht?«

»Ganz besonders in einer so stürmischen Nacht.«

71

Giordino stellte sich an den ihm zugewiesenen Platz auf dem alten Bahnsteig neben den Gleisen. Er hielt eine große Stablampe in der Hand. Die Windstärke war auf zwanzig Stundenkilometer gesunken, und der Schuppen, vor dem er sich aufhielt, schützte ihn vor dem peitschenden Regen.

Chase war weniger glücklich. Er stand zusammengekauert auf der Draisine, eine Viertelmeile gleisaufwärts. Zum vielleicht zehnten Mal trocknete er die Batterieanschlüsse ab und prüfte die Drähte des Lokomotivscheinwerfers und der Lautsprecher, die notdürftig vorne auf der Draisine befestigt waren.

Pitt trat an die Tür und gab ein Handzeichen. Giordino nickte ihm zu, sprang auf den Schienenstrang und blinkte mit seiner Stablampe in die Finsternis.

»Hat verdammt lange gedauert«, brummte Chase vor sich hin, schaltete die Batterien ein und begann die Handhebel auf und nieder zu drücken.

Der Strahl des Scheinwerfers ließ die nassen Schienen aufleuchten, und der schrille Pfiff verlor sich in einem Windstoß. Pitt zögerte, berechnete noch einmal die Distanz und Geschwindigkeit der Draisine. Nachdem er sich überzeugt hatte, daß Chase sich planmäßig näherte, trat er in das Büro zurück, wo jetzt angenehme Wärme herrschte.

»Es ist soweit«, sagte er kurz.

»Was erhoffen Sie sich mit der Rekonstruierung des Raubüberfalls?« fragte Magee.

»Das wird sich in einigen Minuten herausstellen«, antwortete Pitt ausweichend.

»Ich finde es furchtbar aufregend«, bemerkte Annie.

»Annie, Sie übernehmen die Rolle des Telegrafisten Hiram Meecham, während ich den Bahnhofsvorsteher Sam Harding spiele«, erklärte Pitt. »Mr Magee, da Sie am besten Bescheid wissen, überlasse ich es Ihnen, Clement Massey zu mimen und uns Schritt für Schritt durch die Ereignisse zu führen.«

»Ich werde es versuchen«, sagte Magee. »Aber es ist unmöglich, die genauen Gespräche und Bewegungen wie vor fünfundsiebzig Jahren zu wiederholen.«

»Wir brauchen keine Galavorstellung.« Pitt grinste. »Ein einfaches Durchspielen genügt.«

Magee zuckte die Schulter. »Na schön ... also: Meecham saß vor dem Schachbrett am Tisch. Harding hatte eben einen Anruf vom Meldeamt in Albany erhalten und stand in der Nähe des Telefons, als Massey eintrat.«

Er ging an die Tür, drehte sich um, streckte den Arm aus, als hielte er einen Revolver in der Hand. Der Lärm der Lokomotive kam näher, und dazwischen hörte man den Donner. Er lauschte ein paar Sekunden, und dann nickte er.

»Ein Überfall, meine Herren«, sagte er.

Annie blickte Pitt an, wußte nicht, was sie sagen sollte.

»Nach der ersten Überraschung«, sagte Pitt, »müssen die Eisenbahner Einwände gemacht haben.«

»Ja, als ich mit Sam Harding darüber sprach, erzählte er, sie hätten Massey zu überzeugen versucht, daß kein Geld im Safe war, aber er wollte nicht hören. Er bestand darauf, daß einer den Geldschrank öffnete.«

»Sie zögerten«, vermutete Pitt.

»Zuerst ja«, sagte Magee, und seine Stimme klang hohl. »Dann willigte Harding ein, aber nur falls er vorher den Zug stoppen könnte. Massey ging nicht darauf ein, behauptete, es sei nur ein Trick. Er wurde ungeduldig und feuerte eine Kugel in Meechams Schachbrett.

Annie zögerte. Dann ließ sie ihrer Phantasie freien Lauf, stieß das Schachbrett vom Tisch und verstreute die Figuren auf dem Fußboden. »Harding bettelte, versuchte zu erklären, daß die Brücke eingestürzt war. Massey blieb unerbittlich.«

329

Der Strahl des Scheinwerfers blitzte durch das Fenster. Pitt bemerkte, daß Magee sich in die Vergangenheit zurückversetzt fühlte.

»Was geschah dann?« fragte Pitt.

»Meecham griff nach einer Laterne, machte einen Versuch, auf den Bahnsteig zu gelangen und den Zug zu stoppen, Massey schoß ihn in die Hüfte.«

Pitt drehte sich um. »Annie, darf ich bitten?«

Annie erhob sich, machte ein paar Schritte zur Tür, ließ sich rücklings zu Boden sinken.

Die Draisine war nur noch hundert Meter entfernt. Pitt konnte im Licht des Scheinwerfers das Datum auf dem Wandkalender sehen.

»Und die Tür?« rief er. »War sie auf oder zu?«

Magee überlegte.

»Los, schnell!« trieb Pitt ihn an.

»Massey hatte sie mit dem Fuß zugestoßen.«

Pitt stieß die Tür zu. »Und dann?«

»Öffnet den verdammten Safe! Ja, das waren, laut Harding, Masseys genaue Worte.«

Pitt eilte herüber und kniete sich vor den eisernen Safe.

Fünf Sekunden später rollte die von dem schwitzenden Chase vorwärtsgepumpte Draisine draußen vorbei, und das Geräusch der Lautsprecher hallte gespenstisch durch das alte Holzgebäude. Giordino schwang seine Stablampe in einem weiten Kreisbogen vor den Fenstern, so daß es aussah, als fahre ein erleuchteter Zug vorbei. Es fehlte nur noch das stählerne Rattern der Wagenräder auf den Schienen.

Magee fühlte einen kalten Schauder, der ihm bis unter die Kopfhaut drang. Er hatte das Gefühl, eine Vergangenheit zu erleben, die er nie wirklich gekannt hatte.

Annie erhob sich vom Boden und schlang ihm die Arme um die Hüften. Sie blickte ihn seltsam durchdringend an.

»Es war so wirklich«, murmelte Magee. »So verdammt wirklich.«

»Weil wir die Szene genauso wiederholt haben, wie sie sich neunzehnhundertvierzehn abspielte«, sagte Pitt.

Magee starrte Pitt an. »Aber damals war es der wirkliche *Manhattan Limited*.«

Pitt schüttelte den Kopf. »Den gab es damals auch nicht.«

»Da irren Sie sich. Harding und Meecham sahen ihn.«

»Es war ein Trick«, sagte Pitt ruhig.

»Ausgeschlossen . . .« Magee unterbrach sich, blickte verständnislos drein. »Das kann doch nicht sein . . . sie waren erfahrene Eisenbahner . . . sie wären nicht auf einen Trick hereingefallen.«

»Meecham lag verwundet auf dem Boden. Die Tür war geschlossen. Harding kniete vor dem Safe, mit dem Rücken zum Bahnsteig. Alles, was sie sahen, waren Lichter. Alles, was sie hörten, waren Geräusche. Geräusche einer alten Grammophonaufnahme eines vorüberfahrenden Zugs.«

»Aber die Brücke . . . sie stürzte unter dem Gewicht des Zuges ein. Das konnte keine Täuschung sein.«

»Massey sprengte die Brücke stückweise. Er wußte, daß ein großer Knall die ganze Gegend alarmiert hätte. Deshalb brachte er kleine Ladungen Schwarzpulver an Schlüsselpunkten der Struktur zur Explosion, jeweils wenn es gleichzeitig stark donnerte, bis die Mittelspanne schließlich nachgab und in den Fluß stürzte.«

Magee war sprachlos.

»Der Raubüberfall im Bahnhof war nur ein Ablenkungsmanöver. Massey hatte eine größere Beute im Sinn als lumpige achtzehn Dollar. Er hatte es auf einen Goldtransport im Werte von zwei Millionen Dollar abgesehen, der an den *Manhattan Limited* gekoppelt war.«

»Warum dann all die Mühe?« fragte Magee zweifelnd. »Er konnte doch einfach den Zug stoppen, ihn ausrauben und mit dem Gold verschwinden.«

»So hätte Hollywood es vielleicht gefilmt«, sagte Pitt. »Aber im wahren Leben ist es nie so einfach. Es handelte sich um Zwanzigdollargoldmünzen vom Typ St. Gaudens. Jede von ihnen wog etwa dreißig Gramm. Eine simple Rechnung ergibt hunderttausend Münzen für zwei Millionen Dollar. Jetzt runden Sie sechzehn Münzen zu einem Pfund ab, und dann kommen Sie auf ein Gesamtgewicht von über drei Tonnen. Das können nicht ein paar Leute ausladen und wegschleppen, bevor die Eisenbahnbehörden sich über die Verspätung beunruhigen und eine Suchmannschaft schicken.«

»Mag sein«, sagte Giordino. »Aber dann bleibt immer noch

die Frage, die wir uns alle stellen müssen: Falls der Zug hier nicht vorbeigekommen und in den Hudson gestürzt ist, wohin ist er denn sonst gefahren?«

»Ich glaube, daß Massey die Lokomotive übernommen hat, den Zug von der Hauptstrecke abzweigte und ihn dort versteckte, wo er bis heute ist.«

Hätte Pitt behauptet, ein Venusbewohner oder eine Wiedergeburt Napoleons zu sein, so wären seine Worte nicht mit größerem Unglauben aufgenommen worden. Magee machte ein skeptisches Gesicht. Nur Annie blickte nachdenklich drein.

»In gewisser Beziehung ist Mr. Pitts Theorie gar nicht so abwegig, wie sie auf Anhieb klingt«, sagte sie.

Magee starrte sie an, als sei sie kindisch geworden. »Und kein einziger Passagier oder Eisenbahner hätte überlebt, um die Geschichte zu erzählen? Kein Räuber hätte es auf dem Totenbett gestanden? Keine einzige Leiche wäre gefunden worden? Nicht die geringste Spur eines gesamten Eisenbahnzugs wäre in all den Jahren ans Licht gekommen? Nein, das ist ausgeschlossen.«

»Das wäre das größte Zauberkunststück aller Zeiten«, fügte Chase hinzu.

Pitt schien dem Gespräch nicht zuzuhören. Er wandte sich plötzlich an Magee. »Wie weit ist es von hier nach Albany?«

»Etwa vierzig Kilometer. Warum fragen Sie?«

»Der *Manhattan Limited* wurde zum letzten Mal gesehen, als er den Bahnhof von Albany verließ.«

»Aber Sie glauben doch nicht etwa . . .«

»Man glaubt, was man glauben will«, unterbrach ihn Pitt. »Die einen glauben an Mythen, Gespenster, Religion und das Übernatürliche. Ich glaube, daß es sich um eine ganz harte und materielle Tatsache handelt. Der Zug lag ganz einfach während eines Dreivierteljahrhunderts an einem Ort versteckt, wo niemand ihn gesucht hat.«

Magee seufzte. »Und was haben Sie vor?«

Pitt schien überrascht von dieser Frage. »Ich werde jeden Zentimeter des verlassenen Bahndamms von hier bis nach Albany genau untersuchen«, sagte er entschlossen, »bis ich die Überreste einer alten Schienenspur finde, die ins Nichts führt.«

72

Das Telefon klingelte um Viertel nach elf Uhr abends. Sandecker legte seine Bettlektüre beiseite und nahm den Hörer ab.

»Sandecker.«

»Schon wieder Pitt.«

Der Admiral setzte sich auf. »Von wo rufen Sie mich um diese Zeit an?«

»Aus Albany. Es ist etwas dazwischengekommen.«

»Schon wieder ein Problem mit den Bergungsarbeiten?«

»Die habe ich abgeblasen.«

Sandecker tat einen tiefen Atemzug. »Und warum, wenn ich fragen darf?«

»Wir haben am falschen Ort gesucht.«

»Ach du lieber Gott«, stöhnte er. »Dann sind wir erledigt. Verdammt noch mal, sind Sie sich ganz sicher?«

»Absolut sicher.«

»Moment mal.«

Sandecker nahm eine Zigarre von seinem Nachttisch und zündete sie an. Obgleich das Handelsembargo mit Kuba 1985 aufgehoben worden war, zog er der Havanna immer noch die mildere Sorte der Honduras vor. Solange er eine gute Zigarre rauchte, war die Welt für ihn noch einigermaßen in Ordnung. Er stieß eine blaue Wolke aus und meldete sich wieder.

»Dirk?«

»Bin noch da.«

»Was, zum Teufel, soll ich dem Präsidenten sagen?«

Schweigen. Dann sprach Pitt langsam und deutlich. »Sagen Sie ihm, die Chancen, die bisher eins zu einer Million standen, stehen jetzt eins zu tausend.«

»Sie haben etwas gefunden?«

»Das habe ich nicht gesagt.«

»Und worauf stützen Sie Ihre Behauptung?«

»Nur auf ein inneres Gefühl.«

»Was brauchen Sie von mir?«

»Setzen Sie sich bitte mit Heidi Milligan in Verbindung. Sie wohnt im Gramercy Park Hotel in New York. Bitten Sie sie, die alten Eisenbahnarchive durchzukämmen und nach Karten der *New York & Quebec Northern Railroad* zu suchen, auf denen alle Strecken und Nebengleise zwischen Albany und der Deauville-Hudson-Brücke für die Zeit zwischen achtzehnhundertachtzig und neunzehnhundertvierzehn eingezeichnet sind.«

»Wird gemacht. Haben Sie die Nummer?«

»Die müssen Sie sich bei der Auskunft besorgen.«

Sandecker paffte an seiner Zigarre. »Wie sieht es mit Montag aus?«

»Schwer zu sagen. Derartige Dinge brauchen ihre Zeit.«

»Der Präsident braucht das Vertragsexemplar.«

»Warum?«

»Das wissen Sie nicht?«

»Moon wurde stumm, als ich ihn fragte.«

»Der Präsident wendet sich an das Unterhaus und den Senat des kanadischen Parlaments. Er will in seiner Rede für einen Zusammenschluß unserer beiden Länder plädieren. Alan Mercier hat mich heute früh eingeweiht. Seit Quebec unabhängig geworden ist, haben die am Meer gelegenen Provinzen erwogen, in den Staatenbund einzutreten. Der Präsident hofft, auch die westlichen Provinzen für den Plan zu gewinnen. Und dazu braucht er ein unterschriebenes Exemplar des Nordamerikanischen Vertrages. Nicht als Zwang oder Drohung, sondern nur um den Übergang zu vereinfachen und allen Einmischungen oder Einwänden Englands einen Riegel vorzuschieben. Sein Versuch, ein vereinigtes Nordamerika zu schaffen, ist in die greifbare Nähe von achtundfünfzig Stunden gerückt. Ist Ihnen jetzt alles klar?«

»Ja«, sagte Pitt mürrisch. »Jetzt ist mir alles klar. Und da Sie schon mal dabei sind, danken Sie dem Präsidenten und seiner kleinen Gruppe dafür, daß sie es mich in allerletzter Minute wissen ließen.«

»Hätte es etwas an Ihrer Arbeit geändert?«

»Nein, wahrscheinlich nicht.«

»Wo kann Heidi Sie erreichen?«

»Ich lasse die *De Soto* weiterhin als Kommandoposten an der

Brücke ankern. Von dort aus können alle Anrufe beantwortet oder umgeleitet werden.«

Mehr war nicht zu sagen, und Sandecker verabschiedete sich. »Viel Glück.«

»Danke«, antwortete Pitt.

Sandecker hatte Heidis Nummer in weniger als einer Minute. Er wählte direkt und wartete auf die Verbindung.

»Gramercy Park Hotel, guten Abend«, meldete sich eine verschlafene Frauenstimme.

»Kapitän Milligans Zimmer, bitte.«

Eine Pause. »Jawohl, Zimmer 367. Ich verbinde.«

»Hallo?« Es war ein Mann.

»Spreche ich mit Kapitän Milligans Zimmer?« fragte Sandecker ungeduldig.

»Nein, Sir, ich bin der stellvertretende Direktor des Hotels. Die Frau Kapitän ist heute abend ausgegangen.«

»Wissen Sie, wann sie zurückkommt?«

»Nein, Sir, sie ist beim Weggehen nicht am Empfang vorbeigekommen.«

»Sie scheinen ein fotografisches Gedächtnis zu haben«, sagte Sandecker argwöhnisch.

»Wie bitte?«

»Erkennen Sie alle Ihre Gäste, wenn sie durch die Halle kommen?«

»Wenn sie attraktiv und ein Meter achtzig groß sind und einen Gipsverband am Bein tragen, ja.«

»Ich verstehe.«

»Kann ich ihr etwas ausrichten?«

Sandecker überlegte. »Nein, danke. Ich rufe später noch einmal an.«

»Einen Augenblick, Sir. Ich glaube, sie ist während unseres Gesprächs hereingekommen und hat eben den Fahrstuhl betreten. Wenn Sie bitte am Apparat bleiben wollen, lasse ich Sie sofort mit dem Zimmer verbinden.«

Im Zimmer 367 legte Brian Shaw den Hörer auf den Tisch und ging ins Badezimmer. Heidi lag in der Wanne, bis an den Hals mit Schaum bedeckt, und ihr eingegipstes Bein ragte aus dem Wasser heraus. Sie hatte ihr Haar mit einer Duschkappe bedeckt und hielt lässig ein leeres Glas in der Hand.

»Die schaumgeborene Venus.« Shaw lachte. »Ich hätte gern ein Bild davon.«

»Ich komme nicht an den Champagner heran«, sagte sie und zeigte auf ein Magnum Taittinger Brut, das auf dem Waschtisch stand. Er nickte und füllte ihr Glas. Dann goß er ihr den Rest des eisgekühlten Champagners über die Brüste.

Sie schrie und versuchte, ihn naß zu spritzen, aber er war hinter der Tür in Deckung gegangen. »Das werde ich dir heimzahlen«, rief sie ihm zu.

»Bevor du mir den Krieg erklärst, wirst du am Telefon verlangt.«

»Wer ist es?«

»Habe nicht gefragt. Wahrscheinlich ein alter Bock wie ich.« Er nickte dem Wandtelefon zwischen der Wanne und der Kommode zu. »Du kannst von hier aus sprechen. Ich hänge im Zimmer auf.«

Sowie sie sich meldete, drückte Shaw auf den Verbindungsknopf und hielt das Ohr am Hörer. Als Heidi und Sandecker ihr Gespräch beendet hatten, wartete er, daß sie aufhängte. Aber sie tat es nicht.

Schlaues Mädchen, sagte er sich. Sie traut mir nicht.

Nach zehn Sekunden legte sie endlich den Hörer in die Schale zurück. Gleich darauf verlangte er unten das Amt.

»Ja, bitte?«

»Könnten Sie in einer Minute Zimmer dreihundertundsiebenundsechzig anrufen und Brian Shaw verlangen? Aber sagen Sie bitte nicht, wer Sie sind.«

»Ist das alles?«

»Wenn Shaw sich meldet, stellen Sie die Verbindung einfach ab.«

»Wie Sie wünschen, Sir.«

Shaw ging ins Badezimmer zurück und blieb an der Tür stehen. »Schließen wir wieder Frieden?«

Heidi lächelte. »Was würdest du sagen, wenn ich das mit dir machte?«

»Es wäre nicht das gleiche. Ich bin nicht wie du gebaut.«

»Jetzt werde ich nach Champagner riechen.«

»Klingt köstlich.«

Das Telefon im Zimmer klingelte.

»Wahrscheinlich für dich«, sagte er gleichgültig.

Sie griff zum Hörer im Badezimmer und meldete sich. Dann legte sie die Hand auf die Sprechmuschel. »Es ist für Brian Shaw. Vielleicht sprichst du lieber vom Schlafzimmer aus.«

»Ich habe keine Geheimnisse«, sagte er, verschmitzt grinsend.

Er murmelte ein paar Worte in den Hörer, hängte auf, machte ein ärgerliches Gesicht.

»Verdammt! Es war das Konsulat. Ich soll dort jemanden treffen.«

»Zu dieser späten Stunde?« fragte sie.

Er beugte sich über die Wanne und küßte ihre Zehen, die aus dem Gipsverband herausschauten. »Ich bleibe nicht lange. In zwei Stunden bin ich zurück.«

Der Kurator des Eisenbahnmuseums von Long Island war ein älterer Buchhalter im Ruhestand, der sich sein Eisenbahnhobby zum Lebenszweck gemacht hatte. Er schlurfte gähnend durch den Ausstellungsraum, murrte verdrossen über die Zumutung, mitten in der Nacht aufstehen zu sollen, um einen Agenten des FBI hereinzulassen.

Er trat an eine alte Glastür, auf deren Scheibe ein auf einem Berg stehender Elch zu sehen war, der auf eine mit Diamanten übersäte Dampflokomotive in einer Kurve hinunterblickte. Er machte sich lange mit seinem großen Schlüsselbund zu schaffen, bis er den richtigen Schlüssel fand. Dann schloß er auf, öffnete und knipste das Licht an.

Bevor er Shaw einließ, hielt er ihn mit dem Arm an. »Sind Sie sicher, daß Sie ein FBI-Mann sind?«

Shaw seufzte nur über die dumme Frage und zeigte ihm zum dritten Mal seinen gefälschten Ausweis. Er wartete geduldig, bis der Kurator den kleingedruckten Text durchgelesen hatte.

»Ich versichere Ihnen, Mr. Rheinhold . . .«

»Rheingold. Wie das Bier.«

»Es tut mir wirklich leid, Ihnen die Unannehmlichkeiten zu bereiten, aber es ist nun einmal dringlich.«

Rheingold blickte zu ihm auf. »Können Sie mir sagen, um was es sich handelt?«

»Leider nicht.«

»Ein Amtrak-Skandal. Ich wette, Sie untersuchen einen Amtrak-Skandal.«

»Kann ich Ihnen nicht sagen.«

»Vielleicht ein Raubüberfall. Muß ziemlich vertraulich sein. In den Sechsuhrnachrichten habe ich nichts gehört.«

»Darf ich jetzt bitten«, sagte Shaw ungeduldig. »Ich bin ein bißchen in Eile.«

»Na schön, war ja nur eine Frage«, sagte Rheingold enttäuscht.

Er führte ihn durch einen Gang mit hohen Gestellen voller gebundener Ordner mit Eisenbahnberichten, zumeist aus längst vergangenen Zeiten. Am Ende eines Regals mit großen Mappen blieb er stehen, blickte durch die unteren Gläser seiner Bifokalbrille und las laut die Titel vor.

»Sehen wir mal, Gleisstreckenlagepläne der *New Haven & Hartford*, der *Lake Shore & Michigan Southern,* der *Boston & Albany* . . . aha, da ist es: *New York & Quebec Northern.*«

Er nahm die Mappe heraus, legte sie auf einen Tisch, löste die Schnüre auf dem Deckel. »War damals eine der größten. Über zweitausend Meilen an Schienenstrecken. Ihr Paradepferd war der *Manhattan Limited*-Expreß. Sind Sie an einem besonderen Streckenabschnitt interessiert?«

»Vielen Dank, ich finde es schon«, sagte Shaw.

»Möchten Sie eine Tasse Kaffee? Ich kann Ihnen oben im Büro einen machen. Dauert nur ein paar Minuten.«

»Sie sind ein zivilisierter Mann, Mr. Rheingold. Kaffee wäre eine gute Idee.«

Rheingold nickte und ging durch den Gang zurück. An der Tür drehte er sich noch einmal um. Shaw saß am Tisch und beugte sich aufmerksam über die vergilbten Eisenbahnkarten.

Als er den Kaffee brachte, lag die Mappe ordentlich verschnürt wieder in ihrer Nische im Regal.

»Mr. Shaw?«

Keine Antwort. Das Bibliothekszimmer war leer.

73

Pitt fühlte sich erregt und entschlossen, sogar begeistert.

Die Gewißheit, eine Tür geöffnet zu haben, die Generationen vor ihm übersehen hatten, wirkte auf ihn wie ein Aufputschmittel. Zuversichtlich, wie er es seit langem nicht mehr gewesen war, stand er auf einer kleinen Wiese und wartete auf die Landung des zweimotorigen Jets.

Unter normalen Umständen wäre ein solches Unterfangen unmöglich gewesen, denn der Boden war mit alten Baumstümpfen und ausgetrockneten Gräben übersät. Die längste flache Strecke betrug kaum fünfzehn Meter und endete an einer moosbewachsenen Felswand. Pitt hatte einen Hubschrauber erwartet und begann sich ernsthaft zu fragen, ob der Pilot lebensmüde war oder das falsche Flugzeug gewählt hatte.

Dann sah er fasziniert, wie die Tragflächen und Motoren sich langsam in die Vertikale richteten, während der Rumpf und das Heck horizontal blieben. Als sie in einem Winkel von neunzig Grad standen, ging das Flugzeug in Schwebestellung und begann dann, sich auf den unebenen Boden zu senken.

Sowie das Fahrgestell das Gras berührte, trat Pitt hervor und öffnete die Tür des Cockpits. Ein jungenhaftes Gesicht mit Sommersprossen und rotem Haar grinste ihm fröhlich entgegen.

»Morgen. Sind Sie Pitt?«

»Ja.«

»Steigen Sie ein.«

Pitt stieg ein, schloß die Tür, setzte sich in den Copilotensitz. »Ist das ein VTOL?«

»Jawohl«, antwortete der Pilot. »*Vertical takeoff and landing*, ein Scinletti 440, in Italien hergestellt. Hübscher kleiner Flieger, manchmal ein bißchen knifflig. Aber wenn ich ihm Verdi vorsinge, ist er brav und artig.«

»Benutzen Sie keinen Hubschrauber?«

»Vibriert zu sehr. Außerdem eignet sich ein Hochgeschwindigkeitsflugzeug am besten für Vertikalfotografie.« Er hielt inne. »Ich heiße übrigens Jack Westler.« Er bot ihm nicht die Hand, schaltete auf Vollgas, und die Scinletti stieg wieder auf.

In etwa sechzig Meter Höhe drehte sich Pitt in seinem Sitz um und sah, wie die Tragflächen wieder in die Horizontale gingen. Sie flogen mit erhöhter Geschwindigkeit.

»Welches Gebiet sollen wir aufnehmen?« fragte Westler.

»Die alte Eisenbahnspur entlang dem westlichen Hudson-Ufer bis nach Albany.«

»Nicht mehr viel davon übrig.«

»Kennen Sie die Gegend?«

»Ich habe mein ganzes Leben im Hudson River Valley verbracht. Schon mal vom Geisterzug gehört?«

»Verschonen Sie mich damit«, antwortete Pitt müde.

»Wie Sie wollen.« Westler ließ das Thema fallen. »Wo soll denn der Film beginnen?«

»Fangen wir bei Magees Haus an.« Pitt warf einen Blick in die hintere Kabine. Keinerlei Ausrüstung zu sehen. »Da wir von Filmen sprechen, wo sind eigentlich die Kamera und der Kameramann?«

»Sie meinen die Kameras, Plural. Wir benutzen zwei, und die Linsen sind in verschiedenen Winkeln eingestellt, um Reliefwirkung zu erzielen. Sie befinden sich unter dem Rumpf. Ich bediene sie hier vom Cockpit aus.«

»In welcher Höhe werden Sie fliegen?«

»Kommt ganz auf die Fokallinsen an. Die Höhe wird mathematisch und optisch vom Computer berechnet. Unsere sind auf eine Höhe von dreitausend Meter eingestellt.«

Von hier oben war der Blick auf das Tal überwältigend. Die Landschaft breitete sich frisch und grün bis zum Horizont aus, gekrönt von weißen Frühlingswolken. Aus fünfzehnhundert Meter Höhe wirkte der Fluß wie eine durch die Hügel kriechende Riesenschlange, und die Strominseln sahen wie Schrittsteine in einem kleinen Bach aus. Weinberge, Obstgärten, Wiesen und Weiden.

Als der Höhenmesser dreitausend Meter anzeigte, schwenkte Westler in einem Bogen leicht nach Nordwesten ab. Die *De Soto* war nur noch ein Spielzeugschiffchen.

»Die Kameras laufen«, verkündete Westler.

»Sie reden, als ob sie einen Film drehten«, sagte Pitt.

»Fast. Jedes Bild überschneidet sich mit dem nächsten um sechzig Prozent. Auf diese Weise erscheint dann jeder besondere Gegenstand zweimal in leicht verschobenen Winkeln und Lichtschatten. So erkennt man Dinge, die vom Boden aus unsichtbar sind, wie die Überreste menschlichen Wirkens vor Hunderten oder Tausenden von Jahren.«

Pitt sah jetzt die Bahnspur ganz deutlich. Plötzlich verschwand sie in einem Alfalfafeld. Er zeigte nach unten.

»Wenn nun aber das Zielobjekt völlig ausradiert ist?«

Westler blickte durch die Scheibe und nickte. »Okay, das will ich Ihnen erklären. Wenn das Land auf dem uns interessierenden Gebiet landwirtschaftlich bebaut ist, zeigt die Vegetation einen ganz feinen Farbunterschied, der den fremden Elementen in der ursprünglichen Bodenbeschaffenheit entspricht. Der Unterschied mag mit menschlichem Auge nicht zu erkennen sein, aber die Kameraoptik und die erhöhte Farbempfindlichkeit des Films kennzeichnen diese Stellen mit überwirklicher Schärfe.«

Es schien Pitt, sie seien kaum gestartet, da näherten sie sich bereits den Ausläufern der Hauptstadt des Staates New York. Er sah die Überseefrachter im Hafen von Albany. Unzählige Schienenstränge erstreckten sich wie Spinnennetze von den großen Lagerhäusern aus in alle Richtungen. Hier verschwand die alte Bahnspur im Gewirr der modernen Entwicklung.

»Machen wir noch eine Runde«, sagte Pitt.

»Wir wenden«, bestätigte Westler.

Fünf weitere Male überflogen sie die einstige Strecke der *New York & Quebec Northern,* aber die blasse und zerbrechliche Linie in der Landschaft zog sich immer noch einsam hin, zeigte keine erkennbaren Abzweigungen.

Falls die Kameras nicht etwas aufgespürt hatten, was seinen Blicken verborgen geblieben war, blieb Heidi Milligan seine einzige Hoffnung, den *Manhattan Limited* zu finden.

Die Karten aus der Mappe im Eisenbahnmuseum waren spurlos verschwunden, und Heidi wußte ohne jeden Zweifel, wer sie gestohlen hatte.

Shaw war spät in jener Nacht in das Hotel zurückgekehrt, und sie hatten sich bis in die frühen Morgenstunden geliebt. Aber als sie erwachte, war er fort. Zu spät fiel ihr ein, daß er ihr Gespräch mit Admiral Sandecker belauscht hatte.

Mehr als einmal während der Liebesnacht hatte sie an Pitt gedacht. Mit ihm war es ganz anders gewesen. Pitts Stil war verzehrend und wild und zwang sie, mit wilder Intensität zu reagieren. Mit ihm im Bett war es ein Wettkampf, ein Turnier, das sie nie gewinnen konnte. Pitt hatte sie wie eine Ertrunkene in einem nebelhaften Erschöpfungszustand zurückgelassen. Es verletzte ihr unabhängiges Selbstgefühl, und ihr Verstand weigerte sich, seine Überlegenheit anzuerkennen, und doch hungerte ihr Körper in sündhafter Ergebenheit nach ihm.

Mit Shaw war es ein Akt der Zärtlichkeit, fast gegenseitiger Rücksicht, und sie konnte ihre Reaktionen beherrschen. Zusammen nährten sie einander, getrennt waren sie wie zwei Gladiatoren, stets darauf aus, beim anderen eine schwache Stelle zu entdecken, um ihn zu besiegen. Pitt ließ sie verausgabt und mit dem Gefühl zurück, benutzt worden zu sein. Shaw benutzte sie auch, nur zu einem anderen Zweck, aber seltsamerweise schien es ihr nichts auszumachen. Sie sehnte sich immer wieder nach ihm zurück, wie nach jemandem, der von einer sturmbewegten Reise heimkehrt.

Sie lehnte sich im Stuhl der Bibliothek des Museums zurück und schloß die Augen. Shaw bildete sich ein, sie in eine Sackgasse getrieben zu haben, indem er die Karten entwendet hatte. Aber es gab noch andere Quellen, andere Archive, Privatsammlungen und historische Gesellschaften. Shaw wußte, daß sie sich nicht die zeitraubenden Reisen leisten konnte, um das alles nachzuprüfen. So mußte sie sich einen anderen Weg ausdenken. Shaw wußte nämlich nicht und war auch mit all seinen Listen nicht darauf gekommen, daß sie durchaus noch nicht das Spiel verloren hatte.

»Okay, Mr. Schlaumeier«, murmelte sie den stillen Regalen zu, »jetzt werde ich es dir einmal zeigen.«

Sie rief den gähnenden Kurator, der immer noch über die rücksichtslosen FBI-Agenten murrte.

»Ich möchte die alten Depeschenberichte und Logbücher einsehen.«

342

Er nickte freundlich. »Wir haben katalo ısıerte Exemplare des alten Depeschenmaterials. Natürlich nicht alles. Das könnte man hier gar nicht unterbringen. Sagen Sie mir nur, was Sie wollen, und ich will es gern für Sie heraussuchen.« Heidi sagte es ihm, und um die Mittagszeit hatte sie gefunden, was sie suchte.

74

Heidi kam um vier Uhr nachmittags auf dem Flughafen von Albany an. Giordino erwartete sie. Sie verweigerte das Angebot eines Rollstuhls und ging mit ihren Krücken zum Wagen.

»Wie stehen die Dinge?« erkundigte sie sich, als Giordino sich in den Verkehr einschleuste und nach Süden fuhr.

»Es sieht nicht ermutigend aus. Pitt grübelte über den Luftaufnahmen, als ich das Boot verließ. Er hat nichts gefunden.«

»Ich glaube, ich habe etwas entdeckt.«

»Ein bißchen Glück könnten wir zur Abwechslung verdammt gut gebrauchen«, murmelte Giordino.

»Das klingt aber nicht gerade begeistert.«

»Mein Enthusiasmus ist schon längst verpufft.«

»Sieht es so schlimm aus?«

»Überlegen Sie doch mal. Der Präsident wendet sich morgen nachmittag an das kanadische Parlament. Wir sind erledigt. Völlig ausgeschlossen, bis dahin ein Exemplar des Vertrags zu finden. Falls ein solches überhaupt existiert, was ich bezweifle.«

»Und was glaubt Pitt?« fragte sie. »Meint er immer noch, der Zug sei nicht im Flußbett, sondern anderswo?«

»Er ist überzeugt, daß er nie bis zur Brücke kam.«

»Und was halten Sie davon?«

Giordino blickte ausdruckslos auf die Straße. Dann lächelte er. »Ich finde, daß es reine Zeitverschwendung ist, sich mit Pitt zu streiten.«

»Warum? Ist er so starrköpfig?«

»Nein«, antwortete Giordino. »Aber er hat gewöhnlich recht.«

Pitt hatte stundenlang mit einer Lupe über den vergrößerten Fotos gesessen und sich jede Einzelheit eingeprägt.

Die die Weiden vom Waldland trennenden Zäune, die Autos und Häuser, ein rotgelber Luftballon, der der grünen Landschaft einen bunten Farbtupfen verlieh – das alles war in erstaunlicher Schärfe zu sehen. Hier und da war sogar auf dem von Unkraut überwachsenen Bahndamm eine Querschwelle zu erkennen.

Immer wieder folgte er der fast geraden Linie zwischen der zerstörten Brücke und den Industrievorstädten von Albany, prüfte die geringsten Einzelheiten, suchte nach irgendeinem Hinweis auf eine verlassene Nebenspur.

Das Geheimnis blieb gewahrt.

Schließlich gab er es auf, lehnte sich in seinen Stuhl zurück und ruhte die Augen aus, als Heidi und Giordino in das Kartenzimmer der *De Soto* traten. Pitt erhob sich müde und küßte sie.

»Wie geht's dem Bein?« fragte er.

»Es heilt. Danke für die Nachfrage.«

Sie halfen ihr auf einen Stuhl. Giordino nahm ihre Krücken und stellte sie an die Wand. Dann gab er ihr die Aktenmappe.

»Al erzählte mir, du habest eine Niete gezogen«, sagte sie.

Pitt nickte. »Sieht so aus.«

»Ich habe noch mehr schlechte Nachrichten für dich.«

Er schwieg und wartete.

»Brian Shaw weiß alles«, sagte sie.

Pitt sah ihre Verlegenheit. »Alles? Das wäre aber eine ganze Menge.«

Sie schüttelte traurig den Kopf. »Er hat die Karten der alten Eisenbahnlinie aus dem Museum gestohlen, bevor ich sie mir ansehen konnte.«

»Das wird ihm verdammt wenig nützen, solange er ihren Wert nicht kennt.«

»Ich glaube, er hat es erraten«, sagte Heidi leise.

Pitt blickte sie nachdenklich an. Es hatte keinen Zweck, sie ins Verhör zu nehmen. Der Schaden war nun einmal da. Wie es Shaw gelang, an den Schlüssel des Rätsels zu kommen, spielte jetzt keine Rolle mehr. Komischerweise verspürte er sogar ein bißchen Eifersucht und fragte sich, was Heidi an diesem so viel älteren Mann fand.

»Dann muß er in der Gegend sein.«

»Wahrscheinlich schnüffelt er bereits hier in der Landschaft herum«, fügte Giordino hinzu.

Pitt warf Heidi einen Blick zu. »Die Karten könnten sich für ihn als wertlos erweisen. Auf den Luftbildern ist nicht die Spur einer Abzweigung zu sehen.«

Sie nahm ihre Aktentasche in den Schoß und öffnete sie. »Aber es gab eine Abzweigung«, sagte sie. »Sie führte zu einem Ort namens Mondragon Hook Junction von der Hauptstrecke ab.«

Plötzlich war die Atmosphäre gespannt.

»Wo ist das?« fragte Pitt.

»Ohne eine alte Karte kann ich es nicht genau zeigen.«

Giordino blätterte rasch einige Geländekarten durch. »Hier ist nichts, aber die Angaben gehen ja auch nur bis auf neunzehnhundertfünfundsechzig zurück.«

»Wie hast du dieses Mondragon Hook entdeckt?« fragte Pitt.

»Ganz einfach. Ich fragte mich, wo ich eine Lokomotive und sieben Pullmanwagen verstecken würde, so daß niemand sie je finden kann. Die einzige Antwort war: Unter der Erde. Ich begann also, zeitlich zurückzugehen und las mir die alten Depeschenberichte aus Albany von vor neunzehnhundertvierzehn durch. Ich hatte bald Glück und fand acht verschiedene Lorenzüge, die Kalkstein transportierten.«

»Kalkstein?«

»Ja, und eben gerade von Mondragon Hook aus, von wo sie zu einer Zementfabrik in New Jersey fuhren.«

»Wann war das?«

»Gegen achtzehnhundertneunzig.«

Giordino war skeptisch. »Dieses Mondragon Hook könnte sehr weit von hier gewesen sein.«

»Es lag mit Bestimmtheit unterhalb von Albany«, sagte Heidi.

»Wie kannst du das wissen?«

»Weil in den Listen der *New York & Quebec Northern* keine Güterzüge mit Kalkstein vermerkt sind, die durch Albany kamen. Aber ich fand einen Vermerk in einer Depesche vom Güterbahnhof in Germantown, wo die Lokomotiven gewechselt wurden.«

»Germantown«, sagte Pitt. »Das liegt vierundzwanzig Kilometer flußabwärts.«

»Mein nächster Schritt war, mir die alten geologischen Karten anzusehen«, fuhr Heidi fort. Sie nahm eine aus ihrer Aktentasche und breitete sie auf dem Tisch aus. »Der einzige unterirdische Steinbruch zwischen Albany und Germantown lag hier.« Sie kreuzte die Stelle mit einem Bleistift an. »Etwa zehn Kilometer nördlich der Deauville-Hudson-Brücke und einige Kilometer westlich.«

Pitt nahm seine Lupe und suchte den Ort auf dem Luftbild. »Hier, etwas östlich des alten Steinbruchs, ist eine Milchfarm. Das Haus und die Scheune haben alle Spuren der Abzweigung verwischt.«

»Ja, ich sehe es.« Heidi war ganz aufgeregt. »Und dort ist eine gepflasterte Straße, die zum New York State Thruway führt.«

»Kein Wunder, daß du die Spur verloren hast«, sagte Giordino. »Die Asphaltstraße liegt genau darüber.«

»Wenn du genau hinschaust«, sagte Pitt, »erkennst du ein Stück des alten Schienenballasts, wo er sich um hundert Meter von der Straße entfernt und am Fuße eines steilen Hügels endet.«

Heidi nahm die Lupe. »Erstaunlich, wie klar alles wird, wenn man weiß, wonach man ausschaut.«

»Sind Sie zufällig an Informationen über den Steinbruch gelangt?« fragte Giordino.

»Das war verhältnismäßig einfach«, erwiderte Heidi. »Das Gelände und das Vorfahrtsrecht auf der Schienenstrecke gehörten dem Grubenunternehmen Forbes, das den Steinbruch von achtzehnhundertzweiundachtzig bis neunzehnhundertzehn ausbeutete, als es eine Überschwemmung gab. Dann wurden alle Arbeiten eingestellt und die Ländereien an die benachbarten Bauern verkauft.«

»Ich möchte zwar kein Spielverderber sein«, sagte Giordino, »aber wäre es nicht möglich, daß der Steinbruch eine offene Grube war?«

Heidi blickte ihn verständnisvoll an. »Ich sehe, was Sie meinen. Wenn die Firma Forbes den Kalkstein nicht aus dem Innern des Berges gefördert hat, gäbe es keinen Platz, um einen Zug zu verstecken.« Sie sah sich noch einmal das Foto an. »Es ist alles zu sehr überwachsen, um ganz sicher zu sein, aber das Gelände sieht unberührt aus.«

»Ich finde, wir sollten es mal versuchen«, sagte Pitt.

»Ich auch«, stimmte Giordino zu. »Ich fahre euch hin.«

»Nein, ich gehe allein. Rufe inzwischen Moon an und lasse Verstärkung kommen – einen Zug Marineinfanterie, falls Shaw eine Truppe bei sich hat. Und sag ihm auch, er soll uns einen guten Bergingenieur schicken. Trommle alle Opas in der Gegend zusammen, die sich vielleicht an seltsame Vorgänge im Steinbruch erinnern. Und Heidi, falls dir danach ist, hole die örtlichen Zeitungsfritzen aus den Betten und lies dir in den Archiven alle Nachrichten durch, die nach dem Einsturz der Deauville-Hudson-Brücke in die Lokalberichte geraten sind. Ich sehe mir inzwischen den Steinbruch an.

»Viel Zeit bleibt uns nicht«, sagte Giordino entmutigt. »Der Präsident hält seine Rede in neunzehn Stunden.«

»Daran brauchst du mich nicht zu erinnern.« Pitt nahm seinen Mantel. »Im Augenblick bleibt uns nichts anderes übrig, als in den Berg zu kommen.«

75

Die Sonne war untergegangen, und ein Mondviertel beleuchtete die Landschaft. Die Luft war klar und scharf. Von seinem Aussichtspunkt über der alten Tunneleinfahrt zum Steinbruch überblickte Shaw die Dörfer und Bauernhäuser bis in weite Ferne. Ein hübsches und malerisches Land, stellte er fest.

Das Geräusch eines Motorflugzeugs unterbrach die ländliche Stille. Shaw blickte zum Himmel, sah jedoch nichts. Das Flugzeug flog ohne Positionslichter. Am Klang der Motoren hörte er, daß es in einer Höhe von etwa hundert Metern über dem Hügel kreiste. Hier und da verlöschte ein Stern ganz kurz, woraus Shaw schloß, daß Fallschirme herunterschwebten.

Fünfzehn Minuten später traten zwei Schatten hinter den Bäumen unten hervor und stiegen auf ihn zu. Der eine war Burton-Angus. Der andere war schwer und untersetzt. In der Dunkelheit hätte man ihn für einen rollenden Felsblock halten können. Sein Name war Eric Caldweiler, er hatte früher einmal als Aufseher in einem Kohlenbergwerk in Wales gearbeitet.

»Wie ist es gegangen?« fragte Shaw.

»Ein perfekter Sprung, würde ich sagen«, antwortete Burton-Angus. »Sie sind fast mitten auf meiner Signallampe gelandet. Der kommandierende Offizier ist ein Leutnant Macklin.«

Shaw mißachtete eine der Grundregeln bei nächtlichen Unternehmen und zündete sich eine Zigarette an. Die Amerikaner werden uns ohnehin früh genug entdecken, sagte er sich. »Habt ihr den Eingang zum Steinbruch gefunden?«

»Den können Sie vergessen«, sagte Caldweiler. »Der halbe Hügel ist abgerutscht.«

»Dann ist der Steinbruch verschüttet?«

»Jawohl, tiefer als der Whiskykeller eines Schotten. Die Oberschicht ist so dick, daß ich gar nicht daran denken mag.«

»Können wir uns durchgraben?« fragte Shaw.

Caldweiler schüttelte den Kopf. »Selbst mit einer großen Schleppkette würden wir zwei bis drei Tage brauchen.«

»Das geht nicht, die Amerikaner können jederzeit auftauchen.«

»Vielleicht kommen wir durch das Tunneltor hinein«, sagte Caldweiler, sich seine Pfeife stopfend. »Falls wir es im Dunkel finden.«

Shaw blickte auf. »Was für ein Tor?«

»Jede wirtschaftlich ausgebeutete Mine besitzt zwei zusätzliche Öffnungen: einen Fluchtweg, falls der Haupteingang beschädigt ist, und einen Lüftungsschacht.«

»Wo suchen wir zuerst?« fragte Shaw ungeduldig.

Caldweiler ließ sich nicht drängen. »Tja, überlegen wir mal. Meiner Schätzung nach ist das hier ein Tiefbau – ein Tunnel in der Hügelflanke. Von da aus folgte der Schacht wahrscheinlich schräg dem Kalksteinbett. Demnach müßte der Fluchtweg irgendwo am Fuße des Hügels liegen. Der Luftschacht ist höher und geht nach Norden.«

»Warum nach Norden?«

»Wegen der vorherrschenden Winde. Das war immer so, bevor es Umlaufventilatoren gab.«

»Dann nehmen wir den Luftschacht«, sagte Shaw. »Im Wald-

348

dickicht da oben ist die Öffnung bestimmt besser versteckt und weniger exponiert als der untere Fluchtweg.«

»Nur nicht schon wieder eine Bergsafari«, klagte Burton-Angus.

»Es wird Ihnen guttun«, sagte Shaw lächelnd. »Nach all den Gesandtschaftspartys können Sie ein bißchen Übung gebrauchen.« Er drückte die Zigarette mit dem Absatz aus. »Ich versammle inzwischen unsere Helfer.«

Shaw drehte sich um, ging auf ein dichtes Buschwerk nahe am Fuße des Hügels zu, etwa dreißig Meter von der alten Bahnspur entfernt. Plötzlich stolperte er über eine Baumwurzel, streckte die Arme aus und erwartete, auf den schlammigen Boden zu fallen. Aber statt dessen rollte er einen mit Unkraut bewachsenen Abhang hinunter und landete unsanft mit dem Rücken in einer Kiesmulde.

Dort lag er keuchend und nach Atem ringend, als eine Gestalt über ihm erschien, sich vom Sternenhimmel abhob, ihm den Lauf eines Gewehrs vor die Stirn hielt.

»Ich hoffe, Sie sind Mr. Shaw«, sagte eine höfliche Stimme.

»Ja, ich bin Shaw«, brachte er mit Mühe hervor.

»Das freut mich.« Das Gewehr wurde zurückgezogen. »Lassen Sie mich Ihnen aufhelfen, Sir.«

»Leutnant Macklin?«

»Nein, Sir, Sergeant Bentley.«

Bentley trug eine militärische schwarzgraue Tarnjacke, seine Hose steckte in Fallschirmjägerstiefeln. Eine dunkle Mütze saß ihm auf dem Kopf, Gesicht und Hände waren schwarz wie Tinte. Er hielt einen Stahlhelm mit Netz in der Hand.

Ein weiterer Mann trat aus dem Dunkel hervor.

»Was gibt es, Sergeant?«

»Mr. Shaw ist gestolpert.«

»Sind Sie Macklin?« fragte Shaw, der sich etwas verschnauft hatte.

Weiße Zähne blitzten auf. »Sehen Sie es nicht?«

»Mit dieser Negerschminke schaut ihr alle gleich aus.«

»Tut mir leid.«

»Haben Sie Ihre Leute beisammen?«

»Alle vierzehn Mann, gesund und frisch. Und bei einem Sprung in die Finsternis will das schon was heißen.«

349

»Ich möchte, daß ihr nach einem Schacht im Hügel sucht. Nach irgendeinem Zeichen einer Bohrung oder Erdvertiefung. Fangt am Fuße des Hügels an und arbeitet euch bis zum Gipfel auf der nördlichen Seite empor.«

Macklin wandte sich an Bentley. »Sergeant, versammeln Sie die Leute und lassen Sie die Gegend in je drei Meter Abstand absuchen.«

»Zu Befehl, Sir.« Bentley verschwand im Dickicht.

»Ich frage mich nur . . .« sagte Macklin beiläufig.

»Was?« fragte Shaw.

»Die Amerikaner. Wie werden sie reagieren, wenn sie einen Fallschirmjägertrupp der Royal Marines hier im Staate New York verschanzt vorfinden?«

»Schwer zu sagen. Die Amerikaner haben Sinn für Humor.«

»Der wird ihnen aber vergehen, wenn wir ein paar von ihnen erschießen müssen.«

»Wann war dies das letzte Mal?« murmelte Shaw gedankenverloren.

»Sie meinen, seit die Engländer in die Vereinigten Staaten eingefallen sind?«

»So ungefähr.«

»Ich glaube, das war achtzehnhundertvierzehn, als Sir Edward Parkenham auf New Orleans marschierte.«

»Den Krieg haben wir verloren.«

»Die Yanks waren böse, weil wir Washington niederbrannten.«

Plötzlich lauschten beide gespannt. Sie hörten das Aufheulen eines Wagenmotors, der heruntergeschaltet wurde. Dann wurden zwei Scheinwerfer sichtbar, als der Wagen von der Straße in die verlassene Bahnspur einbog. Shaw und Macklin duckten sich und spähten durch das Gras am Hügelhang.

Der Wagen holperte über den unebenen Boden und hielt, wo die Bahnspur unter dem Hügel verschwand. Der Motor verstummte, ein Mann stieg aus und trat vor die Scheinwerfer.

Shaw fragte sich, was er tun würde, wenn er Pitt wieder begegnete. Sollte er ihn töten? Er brauchte Macklin nur einen Befehl zuzuflüstern, brauchte nur die Hand zu heben und schon würden sich diese auf lautlosen Mord trainierten Männer auf Pitt stürzen und ihn mit ihren Messern erstechen.

Pitt stand eine lange Weile da, starrte zum Hügel hinauf, als ob er ihn herausforderte. Er las einen Stein auf und warf ihn an den Abhang. Dann drehte er sich um, setzte sich wieder ans Steuer, startete den Motor, fuhr in der entgegengesetzten Richtung davon.

Erst als die Schlußlichter nur noch winzige kleine Punkte waren, standen Shaw und Macklin auf.

»Ich dachte schon einen Augenblick, Sie würden mir befehlen, den Kerl umzulegen«, sagte Macklin.

»Der Gedanke war mir gekommen«, erwiderte Shaw. »Aber es hat keinen Sinn, in ein Hornissennest zu stoßen. Bei Tageslicht wird es noch heiß genug werden.«

»Wer war er wohl?«

»Er?« sagte Shaw langsam. »Er war der Feind.«

76

Es war gut, einen kurzen Augenblick des Zusammenseins zu genießen. Danielle sah blendend in ihrem weitausgeschnittenen grünen Kleid aus Chiffonseide mit Schattenmuster aus. Ihr Haar war in der Mitte gescheitelt und auf der einen Seite von einem Kamm mit vergoldetem Blumenschmuck zurückgehalten. Ein goldenes Spiralenhalsband zierte ihren Hals. Das flackernde Kerzenlicht spiegelte sich in ihren glänzenden Augen, als sie über den Tisch blickte.

Während das Mädchen die Teller abservierte, lehnte sich Sarveux herüber und küßte sanft ihre Hand.

»Mußt du wirklich gehen?«

»Leider ja«, sagte sie und schenkte ihm einen Cognac ein. »Meine neue Herbstgarderobe ist bei Vivonnes fertig, und ich bin morgen früh für die letzte Anprobe verabredet.«

»Warum mußt du immer nach Quebec fliegen? Gibt es denn keine Schneider in Ottawa?«

Danielle lachte und streichelte ihm das Haar.

»Ich ziehe die Modeschöpfer in Quebec den Schneiderinnen in Ottawa vor.«

»Wir haben nie einen Augenblick für uns allein.«

»Du bist eben ständig von deinen Regierungsgeschäften in Anspruch genommen.«

»Das kann ich nicht bestreiten. Aber wenn ich mir mal Zeit für dich nehme, bist du immer anderswo beschäftigt.«

»Ich bin die Frau des Premierministers«, sagte sie lächelnd. »Und ich kann mich meinen Pflichten nicht entziehen.«

»Geh' nicht«, sagte er tonlos.

»Du willst doch bestimmt nicht, daß ich bei unseren gesellschaftlichen Anlässen in abgetragenen Kleidern herumlaufe«, schmollte sie.

»Wo wirst du wohnen?«

»Wo ich immer wohne, wenn ich in Quebec City übernachte . . . bei Nanci Soult.«

»Es wäre mir lieber, wenn du am Abend nach Hause kämst.«

»Mach dir keine Sorgen, Charles.« Sie gab ihm einen lauwarmen Kuß auf die Wange. »Morgen nachmittag bin ich wieder da. Dann können wir uns unterhalten.«

»Ich liebe dich, Danielle«, sagte er sehr ruhig. »Mein teuerster Wunsch ist, mit dir alt zu werden. Ich möchte, daß du das weißt.«

Sie antwortete nicht, schloß die Tür hinter sich.

Das Haus in der Stadt war auf Nanci Soults Namen eingetragen, was Nanci nicht einmal wußte.

Sie war gebürtige Kanadierin und Autorin von Bestsellern und lebte in Irland, um den horrend hohen Steuern in ihrem inflationsgeplagten Heimatland zu entgehen. Sie besuchte nur selten ihre Verwandten und Freunde in Vancouver, und in Quebec war sie seit über zwanzig Jahren nicht gewesen.

Die Prozedur war immer gleich.

Sowie der offizielle Wagen Danielle vor dem Hause abgesetzt und ein *Mounty* vor dem Eingangstor Posten bezogen hatte, ging sie von Zimmer zu Zimmer, spülte die Toilette und stellte das UKW-Gerät auf einen Sender mit leichter Musik ein.

Nachdem sie so ihre Anwesenheit bezeugt hatte, öffnete sie

einen Kleiderschrank, durch dessen Rückwand eine Tür in das selten benutzte Treppenhaus des Nachbargebäudes führte.

Sie eilte die Stufen zu einer Einzelgarage hinunter, die auf eine Nebenstraße hinausging. Henri Villon wartete pünktlich in seinem Mercedes, und als sie eingestiegen war, küßte er sie.

Danielle entspannte sich. Er jedoch schien nervös zu sein. Er stieß sie leicht zurück, und sein Gesicht wurde hart.

»Hoffentlich ist es wichtig«, sagte er. »Es wird immer schwieriger, mir ein bißchen freie Zeit zu nehmen.«

»Und das ist derselbe Mann, der mich so rückhaltlos im Hause des Premierministers geliebt hat?«

»Damals war ich nicht dabei, mich zum Präsidenten von Quebec wählen zu lassen.«

Sie zog sich in ihre Ecke zurück und seufzte. Sie fühlte, daß die Erregung und Leidenschaft ihrer geheimen Stelldicheins verebbten. Sie hatte keine Illusionen mehr zu verlieren. Sie hatte sich nie eingebildet, daß es ewig so weitergehen würde. Jetzt blieb ihr nur noch, den Kummer zu begraben und eine herzliche, wenn auch nicht mehr intime Freundschaft zu retten.

»Wollen wir irgendwo hingehen?« fragte er, um sie aus ihren Träumereien zu wecken.

»Nein, fahren wir nur spazieren.«

Er drückte auf den Knopf des elektronischen Garagentoröffners und fuhr rückwärts in die Gasse hinaus. Der Verkehr war flüssig, als er zum Flußufer fuhr, wo eine Reihe von Wagen auf die Fähre wartete.

Sie schwiegen, bis Villon den Mercedes auf die Rampe gesteuert hatte, wo man einen Ausblick auf die Stadt und den St. Lawrence genoß.

»Wir haben eine Krise«, sagte Danielle schließlich.

»Du oder ich oder Quebec?«

»Alle drei.«

»Das klingt ja sehr besorgt.«

»Das ist auch meine Absicht.« Sie hielt inne. »Charles tritt von seinem Amt als Premierminister Kanadas zurück und bewirbt sich um die Präsidentschaft von Quebec.«

Er starrte sie an. »Sag das noch einmal.«

»Mein Mann wird sich als Kandidat für die Präsidentschaft von Quebec stellen.«

353

Villon schüttelte verzweifelt den Kopf. »Ich kann nicht glauben, daß er das vorhat. Der blödeste Quatsch, den ich je gehört habe. Warum? Ein so dummer Entschluß ergibt doch überhaupt keinen Sinn.«

»Ich glaube, er tut es aus Wut.«

»Haßt er mich so sehr?«

Sie blickte zu Boden. »Ich glaube, er hat wegen uns Verdacht geschöpft. Vielleicht weiß er es sogar. Er mag auf Rache aus sein.«

»Nicht Charles. Er reagiert nicht so kindisch.«

»Und ich bin immer so vorsichtig gewesen. Er hat mich bestimmt beschatten lassen. Wie wäre er sonst darauf gekommen?«

Villon warf den Kopf zurück und lachte. »Weil ich es ihm so gut wie gesagt habe.«

»Das hast du nicht getan!« Sie erstarrte.

»Zum Teufel mit dieser schleimigen Kröte. Soll er doch nur in seinem Selbstmitleid schmoren. Er hat nicht die geringste Chance, die Wahl zu gewinnen. Charles Sarveux hat nicht viele Freunde in der Quebec-Partei. Nur ich kann mit ihrer Unterstützung rechnen.«

Die Anlegestelle der Fähre war nur noch hundert Meter entfernt, als ein Mann aus dem fünften Wagen hinter Villons Mercedes ausstieg und sich den Passagieren anschloß, die von der Reling aus den Blick auf die Stadt genießen wollten.

Durch das Rückfenster sah er zwei Gestalten im Gespräch, und gedämpfte Stimmen drangen aus den herabgekurbelten Fenstern.

Lässig trat er neben den Mercedes, öffnete die hintere Tür, als ob ihm der Wagen gehörte, und setzte sich in den Fond.

»Madame Sarveux, Monsieur Villon, guten Abend.«

Danielle und Villon blickten zuerst verwirrt und dann entsetzt auf den Magnum-Revolver Kaliber 44, den eine riesige Hand langsam zwischen ihre Köpfe schob.

Villon hatte allen Grund, erstaunt zu sein.

Es war ihm, als blickte er in einen Spiegel.

Der Mann auf dem Rücksitz war sein genauer Doppelgänger, ein Zwilling. Er sah alle Einzelheiten des Gesichtes im Scheinwerferlicht der Landungsbrücke, das durch die Windschutzscheibe drang.

Danielle stöhnte auf, und sie wäre in hysterische Schreie ausgebrochen, wenn sie nicht gleichzeitig einen heftigen Schlag des Pistolenlaufs auf ihrer Wange verspürt hätte.

Das Blut rann ihr über die makellose, zarte Haut, und ihr Atem stockte bei dem plötzlichen Schmerz.

»Es macht mir nichts aus, eine Frau zu schlagen, also ersparen Sie sich jeden sinnlosen Widerstand.«

Die Stimme war der Villons genau nachgeahmt.

»Wer sind Sie?« fragte Villon. »Was wollen Sie?«

»Sieh einmal an, sogar mein Modell hat mich nicht erkannt.« Die Stimme hatte einen neuen Klang, der Villon erschauern ließ. »Ich bin Foss Gly, und ich werde euch beide umbringen.«

77

Ein leichter Nieselregen fiel, und Villon stellte den Scheibenwischer an. Der Pistolenlauf saß ihm mit unvermindertem Druck im Nacken, seit sie die Fähre verlassen hatten.

Danielle neben ihm hielt sich ein blutdurchtränktes Taschentuch an das Gesicht. Von Zeit zu Zeit gab sie einen dumpfen, kehligen Laut von sich. Sie war wie in einem Alptraum gefangen, benommen vor Angst und Schrecken.

Alle Fragen und Bitten verhallten in eisigem Schweigen. Gly machte nur den Mund auf, um Fahranweisungen zu geben. Sie fuhren jetzt durch eine ländliche Gegend, sahen nur hier und da die Lichter eines verlassenen Bauernhauses. Villon blieb keine andere Wahl, als zu gehorchen. Seine einzige Hoffnung war, einem Wagen oder vielleicht sogar einem Polizisten zu begegnen.

»Langsamer«, befahl Gly. »Nehmen Sie dort links die unbefestigte Straße.«

Villon bog vom Highway ab. Die Nebenstraße war neu und schien, nach den Spuren zu urteilen, von schweren Lastwagen benutzt zu sein. »Ich dachte, Sie wären tot«, sagte Villon, eine Reaktion erhoffend.

Gly antwortete nicht.

»Dieser britische Geheimagent Brian Shaw erzählte, Sie seien mit dem gestohlenen Schnellboot in einen japanischen Frachter gerast.«

»Hat er auch erzählt, daß man meine Leiche nie gefunden hat?«

Endlich hatte er Gly zum Reden gebracht. Immerhin ein Anfang.

»Ja, es gab eine Explosion . . .«

»Brauchte nur das Steuer zu blockieren, auf Vollgas einzustellen und etwa fünf Kilometer vor der Kollision abzuspringen. Bei dem starken Verkehr auf dem St. Lawrence war es dann nur noch eine Zeitfrage, bis das Boot irgendein Schiff rammte.«

»Warum wollten Sie genau wie ich aussehen?«

»Ist Ihnen das noch nicht klar? Nach Ihrem Tod werde ich Ihren Platz einnehmen. Nicht Sie, sondern ich werde der neue Präsident von Quebec sein.«

Villon war so verblüfft, daß es ihm eine Weile den Atem verschlug.

»Herrgott noch mal, das ist doch Wahnsinn!«

»Wahnsinn? Wohl kaum. Ich würde es eher Köpfchen nennen.«

»Mit einem so verrückten Plan werden Sie nie durchkommen.«

»Bis jetzt bin ich sehr gut damit durchgekommen.« Gly sprach ruhig, im Konversationston. »Wie hätte ich es denn sonst geschafft, in Jules Guerriers Haus zu kommen, mir von seinem Leibwächter die Tür öffnen zu lassen, in sein Zimmer zu gelangen und ihn zu ermorden? Ich habe an Ihrem Schreibtisch gesessen, die meisten Ihrer Freunde kennengelernt, mit Charles Sarveux über unsere politischen Differenzen diskutiert, im Unterhaus mit den Abgeordneten geplaudert. Verdammt noch mal, ich habe sogar mit Ihrer Frau und mit Ihrer Mätresse da neben Ihnen geschlafen.«

Villon war fassungslos. »Das ist nicht wahr . . . nicht wahr . . . nicht mit meiner Frau.«

»Doch, Henri, es ist wahr. Soll ich ein paar anatomische Einzelheiten beschreiben? Da wäre zunächst einmal . . .«

»Nein!« brüllte Villon. Er trat auf die Bremse und warf das Steuer nach rechts.

Das Glück war Villon nicht hold. Die Reifen fanden keinen Halt auf dem feuchten Boden, und die heftige Bremswirkung, die er erhofft hatte, blieb aus. Keine Erschütterung, kein wildes Durcheinander, nur ein träges Gleiten und Rutschen.

Gly hielt sich im Gleichgewicht, kam nur leicht vom Ziel ab und drückte auf den Abzug.

Die Kugel der Magnum 44 zerschmetterte Villons Schlüsselbein und ging dann durch die Windschutzscheibe.

Danielle stieß einen Schrei aus, und dann schluchzte sie hemmungslos in panischem Schrecken.

Der Wagen kam zu einem sanften Halt im nassen Gras neben der Straße. Villon ließ das Steuer los, warf den Kopf zurück, umklammerte die offene Wunde, biß mit schmerzverzerrtem Gesicht die Zähne zusammen.

Gly stieg aus und öffnete die Fahrertür. Er stieß Villon roh zu Danielle und setzte sich ans Steuer.

»Jetzt fahre ich«, zischte er. Er hielt Villon die Pistole in die Achselhöhle. »Mach keine Mätzchen.«

Es schien Danielle, als sei Villons halbe Schulter weggeschossen. Sie wandte sich ab und erbrach sich.

Gly machte eine Kehrtwendung und fuhr auf die Straße zurück. Achthundert Meter weiter erschien eine riesige, gelb angestrichene Schürfraupe im Scheinwerferlicht. Daneben eine drei Meter tiefe und fünf Meter breite Grube. Ein hoher Erdhaufen lag auf der gegenüberliegenden Seite. Als Gly an den Rand der Grube fuhr, sah Danielle ein großes Betonrohr, das sich über den Grund des Grabens erstreckte.

Sie kamen an einer Reihe von Lastwagen und Planiermaschinen vorbei. Das Ingenieurbüro, ein fast schrottreifer umgebauter Wohnwagen, stand dunkel und verlassen da. Die Arbeiter waren längst für die Nacht heimgekehrt.

Gly hielt an einer Stelle, wo die neue Kanalisationsleitung bereits zugedeckt war. Er schätzte zuerst den Neigungswinkel zum Rohr im Graben ab, gab Gas und fuhr den Mercedes hinunter.

Die vordere Stoßstange prallte an den Beton, und ein paar Funken sprühten auf. Das Wagenheck rutschte seitlich über die Rohrrundung, und jetzt strahlte das Scheinwerferlicht in einem leichten Winkel nach oben.

Gly zog zwei Paar Handschellen aus seiner Manteltasche. Mit

der einen schloß er Villons linke Hand an die Lenksäule. Mit der anderen wiederholte er die gleiche Prozedur mit Danielle.

»Was tun Sie?« fragte Danielle heiser flüsternd.

Er schaute sie an. Ihr schönes schwarzes Haar war durcheinander, das Gesicht von der blutigen Schnittwunde entstellt. Die Augen waren die eines vor Schreck gelähmten Rehs.

Er grinste höhnisch. »Ich sorge nur dafür, daß ihr beiden Turteltauben die Ewigkeit miteinander verbringt.«

»Hat doch keinen Sinn, sie zu ermorden«, brachte Villon stöhnend hervor. »Um Himmels willen, lassen Sie sie frei.«

»Tut mir leid«, sagte Gly gefühllos. »Sie gehört zum Geschäft.«

»Welches Geschäft?«

Keine Antwort. Gly schlug die Tür zu und kletterte den Hang hinauf. Als er oben war, verschwand er in der Finsternis. Einige Minuten später hörten sie das Anspringen eines schweren Dieselmotors.

Das Geräusch näherte sich, der Motor schien schwer zu arbeiten. Das kehlige Dröhnen war jetzt ganz nahe, und dann schob sich eine riesige silbrige Schaufel über den Grabenrand, kippte und schleuderte dreieinhalb Kubikmeter Erde und Schlamm auf das Dach des Wagens.

Danielle schrie auf.

»Oh, heilige Mutter Gottes . . . er wird uns lebend begraben . . . o nein, bitte, nein!«

Gly ignorierte das klägliche Flehen, ließ die Ladeschaufel zurückschwingen, setzte zur nächsten Fuhre an. Er kannte jeden Hebel und wußte genau, wie man sich ihrer bediente. Zwei Nächte lang hatte er geübt und einige Stellen des Grabens so fachmännisch zugedeckt, daß das Erdarbeiterteam nichts gemerkt hatte.

Danielle zerrte verzweifelt an der Kette ihrer Handschellen. Ihre Handgelenke waren blutig und zerschunden.

»Henri!« Ihr Schrei war jetzt nur noch ein röchelndes Wimmern. »Laß mich nicht so sterben, bitte nicht.«

Villon schien sie nicht zu hören. Für ihn war das Ende näher. Er wußte, daß ihm nur noch Sekunden blieben, bis er sich zu Tode geblutet hatte.

»Seltsam«, flüsterte er. »Seltsam, daß ich der letzte Mann bin, der für die Freiheit von Quebec stirbt. Wer hätte das je geglaubt . . .« Seine Stimme erstarb.

Der Wagen war fast vollständig bedeckt. Man sah nur noch die zerschlagene Windschutzscheibe, den Mercedesstern auf der Kühlerhaube und einen Scheinwerfer.

Eine Gestalt trat an den Rand des Grabens und stellte sich in das Licht. Es war nicht Foss Gly, sondern ein anderer Mann. Er blickte hinunter, das Gesicht von Gram verzerrt, und Tränen glitzerten auf seinen Wangen.

Einen kurzen Augenblick lang starrte Danielle ihn mit Entsetzen an. Sie wurde leichenblaß. Sie hob die Hand in einer flehenden Geste an die Scheibe, und dann spiegelte sich langsam Verständnis in ihren Augen, als ihre stummen Lippen die Worte »Verzeihe mir« hauchten.

Die Schaufel kippte aufs neue, warf ihre Ladung Erde ab, und der Wagen war nicht mehr zu sehen.

Endlich war der Graben völlig zugeschüttet, und der Motorlärm der Raupe verhallte in der Nacht.

Erst dann wandte sich Charles Sarveux traurig um und entfernte sich.

78

Der im Hügelland nordöstlich von Quebec City liegende Flugplatz von Lac St. Joseph gehörte zu jenen der Royal Canadian Air Force, die infolge von Budgetkürzungen geschlossen worden waren. Die drei Kilometer lange Piste war für die Zivilluftfahrt gesperrt, diente jedoch noch dem Militär zu Übungszwecken und Notlandungen.

Henri Villons Flugzeug stand vor einem rostigen Metallschuppen. Ein Treibstofflastwagen parkte daneben, und zwei Männer in Regenmänteln führten die Vorflugkontrolle durch. Charles Sarveux und Oberkommissar Finn standen schweigend im Büro des Schuppens vor dem schmutzigen Fenster und blickten hinaus. Der anfängliche Nieselregen war stärker geworden, und das Wasser tropfte aus vielen schadhaften Stellen durch das Schuppendach.

Foss Gly lag bequem ausgestreckt auf einer Wolldecke. Er hatte die Hände hinter dem Kopf verschränkt und nahm keine Notiz von dem Wasser, das neben ihm auf den Zementboden spritzte. Er wirkte recht selbstgefällig, fast herablassend, wie er da lässig an die Decke starrte.

Die Villon-Verkleidung war abgelegt, und er hatte wieder sein ursprüngliches Aussehen angenommen.

Draußen sprang der Pilot von der Tragfläche und kam auf den Schuppen zu. Er steckte den Kopf in die Bürotür.

»Wir sind bereit«, meldete er.

Gly setzte sich auf. »Was haben Sie gefunden?«

»Nichts. Wir haben alles nachgeprüft, sogar die Qualität des Treibstoffs und des Öls. Niemand hat daran herumgepfuscht. Alles ist in Ordnung.«

»Gut, starten Sie die Motoren.«

Der Pilot nickte und stapfte in den Regen zurück.

»Also, meine Herren«, sagte Gly, »dann will ich mich jetzt verabschieden.« Sarveux nickte Finn schweigend zu. Dieser stellte zwei große Koffer auf eine Werkbank und öffnete sie.

»Dreißig Millionen in gebrauchten kanadischen Dollarnoten«, sagte Finn mit ausdruckslosem Gesicht.

Gly zog eine Juwelierlupe aus seiner Tasche und prüfte ein paar Scheine genau. Nach fast zehn Minuten steckte er die Lupe in die Tasche zurück und schloß die Koffer.

»Es war tatsächlich kein Witz, als Sie sagten, die Scheine seien benutzt. Die meisten sind so abgegriffen, daß man kaum noch die Zahlen lesen kann.«

»Wir sind nur Ihren Anweisungen gefolgt«, erwiderte Finn. »Es war gar nicht so einfach, eine solche Menge abgenutzter Scheine in dieser kurzen Frist zu beschaffen. Sie werden jedoch feststellen, daß sie alle gültig sind.«

Gly trat zu Sarveux und streckte ihm die Hand entgegen. »Es war nett, mit Ihnen ins Geschäft zu kommen, Herr Premierminister.«

Sarveux ignorierte Glys Geste. »Ich bin nur froh, daß wir Ihren Betrug noch rechtzeitig entdeckt haben.«

Gly zog achselzuckend die ausgestreckte Hand zurück. »Wer kann das schon sagen? Ich wäre vielleicht ein verdammt guter Präsident geworden, wahrscheinlich ein besserer als Villon.«

»Zum Glück wurde nichts daraus«, sagte Sarveux. »Hätte Oberkommissar Finn nicht genau gewußt, wo Henri war, als Sie so unverschämt in mein Büro traten, dann wären Sie vielleicht nie geschnappt worden. Ich bedaure nur, Sie nicht dem Henker überantworten zu können.«

»Ein guter Grund, mich abzusichern«, sagte Gly verächtlich. »Ich habe ein Tagebuch meiner Tätigkeit im Auftrag der Free Quebec Society, Tonbandaufnahmen meiner Gespräche mit Villon, Videokassetten von Ihrer Frau in den wildesten Posen mit Ihrem Innenminister. Das Zeug für einen wirklich großen Skandal. Das alles gegen mein Leben halte ich für einen fairen Tausch.«

»Wann bekomme ich es?« fragte Sarveux.

»Ich schicke Ihnen die Angaben über das Versteck, sobald ich aus Ihrer Reichweite bin.«

»Welche Sicherheit habe ich? Wie kann ich mich darauf verlassen, daß Sie mich nicht erpressen werden?«

Gly grinste teuflisch. »Das ist Ihr Problem.«

»Sie sind ein Stück Dreck«, fuhr Sarveux ihn wütend an. »Der Abschaum der Erde.«

»Sind Sie denn besser?« schnappte Gly zurück. »Sie haben stumm und salbungsvoll zugeschaut, als ich Ihren politischen Rivalen und Ihre ungetreue Ehefrau im Schlamm erstickte. Und dann hatten Sie die Nerven, die Arbeit mit Regierungsgeldern zu bezahlen. Sie stinken noch mehr als ich, Sarveux. Und Sie haben ein gutes Geschäft gemacht. Also ersparen Sie sich Ihre Beschimpfungen und Predigten für den Spiegel.«

Sarveux zitterte vor Wut. »Verschwinden Sie ... verschwinden Sie aus Kanada.«

»Mit Vergnügen.«

Sarveux hatte sich wieder in der Gewalt. »Leben Sie wohl, Mr. Gly. Vielleicht sehen wir uns in der Hölle wieder.«

»Ist bereits geschehen«, gab Gly zurück.

Er nahm die Koffer, trug sie hinaus, stieg in das Flugzeug. Während der Pilot bis zum Ende der Piste rollte, entspannte Gly sich in der Kabine und goß sich einen Drink ein.

361

Nicht schlecht, sagte er sich. Dreißig Millionen Dollar und ein Jet. Ein stilvoller Abgang.

Die Sprechanlage summte, und er nahm den Hörer ab. Es war der Pilot.

»Wir sind startbereit. Wollen Sie mir bitte jetzt die Fluganweisungen geben?«

»Nehmen Sie Kurs nach Süden in die Vereinigten Staaten. Fliegen Sie tief und vermeiden Sie Radarkontakt. Hundert Meilen jenseits der Grenze gehen Sie auf Normalflughöhe und nehmen Kurs auf Montserrat.«

»Nie davon gehört.«

»Eine der Leeward-Inseln in den Kleinen Antillen, südöstlich von Puerto Rico. Wecken Sie mich, wenn wir da sind.«

»Träumen Sie süß, Chef.«

Gly räkelte sich in seinem Sitz, machte sich nicht die Mühe, den Gurt anzuschnallen. In diesem Augenblick fühlte er sich unsterblich. Er grinste zufrieden durch das Kabinenfenster, sah die beiden Gestalten, die sich vor dem Schuppen abhoben.

Sarveux war ein Idiot, sagte er sich. Wäre er an der Stelle des Premierministers gewesen, so hätte er eine Bombe im Flugzeug versteckt, es für einen Absturz sabotiert oder es von der Air Force abschießen lassen. Letzteres war immerhin noch eine Möglichkeit, wenn auch nur eine geringe.

Aber es gab keine Bombe, und alle Fluginstrumente von der Nase bis zum Heck waren einer genauen Nachprüfung unterzogen worden.

Er hatte es geschafft. Er war frei und auf dem Heimweg.

Als das Flugzeug in der Regennacht verschwand, wandte Sarveux sich Finn zu.

»Wie wird es geschehen?«

»Die automatische Kurssteuerung. Ist sie einmal eingeschaltet, so wird das Flugzeug langsam steigen. Die Höhenmesser sind so eingestellt, daß sie nicht über dreieinhalbtausend Meter anzeigen. Das Drucksystem und die Sauerstoffzufuhr werden sich nicht einschalten. Wenn der Pilot merkt, daß etwas nicht stimmt, wird es bereits zu spät sein.«

»Kann er die automatische Steuerung nicht abstellen?«

Finn schüttelte den Kopf. »Der Stromkreis wurde umgelegt. Er könnte das Gerät mit einer Axt zerschlagen, aber auch das würde ihm nichts nützen. Es wird ihm unmöglich sein, die Kontrolle über das Flugzeug wiederzugewinnen.«

»Sie werden also infolge Sauerstoffmangels das Bewußtsein verlieren.«

»Und schließlich über dem Ozean abstürzen, wenn ihnen der Treibstoff ausgegangen ist.«

»Und wenn sie auf dem Festland abstürzen?«

»Das Risiko ist einberechnet«, erklärte Finn. »In Anbetracht der Reichweite der Treibstoffreserve und der Vermutung, daß Gly sich so weit wie möglich von hier zu entfernen beabsichtigt, stehen die Chancen acht zu eins, daß sie ins Wasser stürzen.«

Sarveux blickte eine Weile nachdenklich drein. »Und der Bericht für die Presse?« fragte er schließlich.

»Liegt bereit und braucht nur noch gefunkt zu werden.«

Oberkommissar Finn spannte einen Regenschirm auf, und sie gingen zum Wagen des Premierministers. Pfützen bildeten sich auf der Abflugpiste. Einer von Finns Leuten schaltete das Licht im Schuppen und auf der Rollbahn ab.

Sarveux blickte noch einmal in den finsteren Himmel, als das letzte Summen der Jetmotoren im Regen unterging.

»Zu schade, daß Gly nie erfahren wird, wie er überlistet wurde. Ich glaube, es hätte ihm gefallen.«

Am nächsten Morgen wurde folgender Bericht an die internationalen Presseagenturen gefunkt:

> OTTAWA, 6/10 (Sonderbericht). Danielle Sarveux und Henri Villon stürzten heute früh mit einem Privatflugzeug zweihundert Meilen nordöstlich von Cayenne in Französisch-Guayana im Atlantischen Ozean ab. Die Gemahlin des kanadischen Premierministers und der Präsidentschaftskandidat des neuen unabhängigen Staates Quebec waren von Ottawa nach Quebec City unterwegs, und als ihre planmäßige Landung nicht erfolgte, wurde Alarm gegeben.
>
> Villon steuerte das Flugzeug, und Madame Sarveux war der einzige Passagier an Bord. Alle Funkkontakte blieben unbeantwortet.
>
> Da die kanadische Flugkontrolle nicht sofort vermutete, daß der zweistrahlige Albatross-Jet in die Vereinigten

Staaten geflogen war, vergingen Stunden bei einer fruchtlosen Suche im Raum zwischen Quebec und Ottawa. Erst als eine Concorde der Air France meldete, südlich von Bermuda ein Flugzeug in einer Höhe von über 16 000 Meter gesichtet zu haben (Villons Albatross war für eine Höhe von 2400 Meter zugelassen), begann man eine Verbindung herzustellen. U.S.-Marinejets wurden vom Flugzeugträger *Kitty Hawk* in der Nähe von Kuba zum Einsatz gebracht. Leutnant Arthur Hancock sichtete als erster die Albatross und meldete, einen reglosen Mann am Steuer gesehen zu haben. Er folgte dem Flugzeug, sah es schließlich in einer Spiralwendung heruntergehen und ins Meer stürzen.

»Über die Ursachen des Absturzes ist uns nichts Genaues bekannt«, äußerte Ian Stone, ein Sprecher der kanadischen Flugbehörde. »Es kann nur vermutet werden, daß Madame Sarveux und Mr. Villon infolge Sauerstoffmangels das Bewußtsein verloren, und daß das auf automatische Steuerung eingestellte Flugzeug auf über 3000 Meilen vom Kurs abgekommen war und, als der Treibstoff verbraucht war, abstürzte.« Die Suche nach dem Wrack verlief ergebnislos.

Premierminister Charles Sarveux blieb während der Tragödie in strikter Zurückgezogenheit und gab keine Erklärung ab.

79

Ein früher Morgennebel lag über dem Hudson Valley und beschränkte die Sicht auf fünfzig Meter. Auf der dem Eingang zum Steinbruch gegenüberliegenden Hügelseite hatte Pitt seinen Kommandoposten in einem Wohnwagen eingerichtet, den er sich von einem Obstfarmer in der Nähe ausgeliehen hatte. Komischerweise kannten weder er noch Shaw den genauen Standort des anderen, obgleich nur eine Meile dichtbewaldeten Hügellandes sie voneinander trennte.

Pitt fühlte sich benommen von zu viel Kaffee und zu wenig Schlaf. Er sehnte sich nach einem herzhaften Schluck Schnaps, aber er wußte, daß es ein Fehler sein würde. So einladend es ihm auch erschien, mußte er befürchten, daß die Wirkung sein klares Denken beeinträchtigen könnte, und das konnte er sich gerade jetzt auf keinen Fall leisten.

Er stand in der Tür des Wohnwagens und sah Nicholas Riley und dem Taucherteam der *De Soto* beim Ausladen ihres Materials zu, während Glen Chase und Al Giordino über einem schweren Eisengitter hockten, das in einen Felshang des Hügels eingebettet war. Es knallte, als sie einen Azetylenbrenner anzündeten, und Funken sprühten auf, als die blaue Flamme in das rostige Metall drang.

»Ich kann nicht garantieren, daß die Öffnung hinter dem Gitter der Fluchtschacht ist«, sagte Jery Lubin. »Aber es ist unsere beste Chance.«

Lubin war einige Stunden vorher aus Washington angekommen, und Admiral Sandecker hatte ihn gebracht. Er war Minenexperte bei der *Federal Resources Agency,* ein kleiner, humorvoller Mann mit einer Pfandleihernase und Bluthundaugen.

Pitt trat zu ihm. »Wir fanden es genau da, wo Sie es angegeben haben.«

»Kein Wunder«, sagte Lubin. »Jeder Bergwerksingenieur hätte das erraten können.«

»Jemand hat sich viel Arbeit gemacht, um den Schacht unzugänglich zu machen«, sagte Sandecker.

»Das war der Farmer, dem früher das Land gehörte.« Es war Heidi, die weiter oberhalb auf einer Kiste hockte.

»Wie haben Sie das erfahren?« fragte Lubin.

»Von einer freundlichen Chefredakteurin, die das Bett ihres Liebhabers verließ und mir die Archive der Ortszeitung öffnete. Die Geschichte ist etwa dreißig Jahre alt. Drei Scuba-Taucher ertranken im Schacht. Zwei der Leichen wurden nie gefunden. Der Farmer vergitterte darauf den Eingang, um weitere Unfälle zu verhüten.«

»Hast du irgend etwas über den Erdrutsch gefunden?« fragte Pitt.

»Die Suche war vergeblich. Alle Archive von vor neunzehnhundertsechsundvierzig wurden bei einem Brand zerstört.«

Sandecker zupfte sich nachdenklich den roten Bart. »Ich frage mich, wie weit diese armen Kerle kamen, bevor sie ertranken.«

»Wahrscheinlich gelangten sie bis in den Steinbruch und hatten nicht mehr genug Luft für den Rückweg«, vermutete Pitt.

Heidi sprach das aus, woran plötzlich alle dachten. »Dann müssen sie gesehen haben, was da unten ist.«

Sandecker blickte Pitt besorgt an. »Ich möchte nicht, daß Sie den gleichen Fehler machen.«

»Die Leute waren bestimmt untrainierte und schlecht ausgerüstete Wochenendtaucher.«

»Es wäre mir wohler, wenn es einen leichteren Weg gäbe.«

»Der Luftschacht ist eine Möglichkeit«, sagte Lubin.

»Natürlich!« rief Sandecker aus. »Jeder Tiefbau braucht eine Luftzufuhr.«

»Ich hatte es vorher nicht erwähnt, weil wir in diesem Nebel eine Ewigkeit danach suchen müßten. Außerdem wird die Luftzufuhr bei der Schließung einer Mine zugeschüttet und verdeckt. Wegen der Gefahr, daß eine Kuh oder ein Mensch, und besonders ein Kind, hineinstürzt und für immer verschwindet.«

Pitt lächelte plötzlich. »Ich habe das Gefühl, daß wir dort unseren Freund Brian Shaw antreffen werden.«

Lubin blickte ihn fragend an. »Wer ist denn das?«

»Ein Konkurrent«, sagte Pitt. »Er ist genauso versessen darauf wie wir, in das Innere des Hügels zu gelangen.«

Lubin zuckte die Schulter. »Dann beneide ich ihn nicht. Sich durch einen so engen Schacht durchzubuddeln, ist eine Hundearbeit.«

Die Engländer hätten Lubin nicht widersprochen.

Einer der Leute Leutnant Macklins war buchstäblich über die Erdnarbe des Luftschachts gestolpert und gestürzt. Seit Mitternacht hatten die Fallschirmjäger fieberhaft gearbeitet, um den mit Geröll verstopften Eingang freizumachen.

Es war eine Schufterei. Es war so eng, daß nur ein Mann graben konnte. Und ständig drohte das Ganze wieder einzufallen. In aller Eile hatten sie Eimer aus einem Obstgarten gestohlen, die sie mit Erde auffüllten und an Seilen heraufzogen. Der Mann am unteren Ende buddelte so rasch und schwer, wie er konnte. Bevor er an Erschöpfung zusammenbrach, wurde er schnell abgelöst. So ging es ohne Unterbrechung weiter.

»Wie tief sind wir?« fragte Shaw.

»Etwa zwölf Meter«, antwortete Caldweiler.

»Wieviel noch, bis wir unten sind?«

Der Waliser kratzte sich den Kopf. »Ich schätze, es sollten noch sechsunddreißig Meter sein. Ich weiß natürlich nicht, bis wohin der Schacht verstopft ist. Wir könnten jetzt gleich durchbrechen oder erst, nachdem wir uns bis zum letzten Zentimeter durchgekämpft haben.«

»Ich bin für jetzt gleich«, sagte Macklin. »Dieser Nebel wird uns nicht mehr lange Deckung geben.«

»Sind die Amerikaner schon aufgetaucht?«

»Wir hörten nur Fahrzeuge irgendwo hinter dem Hügel.«

Shaw zündete sich die letzte seiner besonders angefertigten Zigaretten an. »Ich hätte sie schon längst auf diesem Hügelhang erwartet.«

»Wir werden ihnen einen warmen Empfang bereiten«, sagte Macklin fast freudig.

»Angeblich sind die amerikanischen Gefängnisse überfüllt«, brummte Caldweiler. »Ich möchte den Rest meines Lebens nicht in einem davon verbringen.«

Shaw grinste. »Für einen Mann von Ihrer Erfahrung sollte es ein Kinderspiel sein, sich da rauszubuddeln.«

Caldweiler klopfte die Asche aus seiner Pfeife. »Spaß beiseite, aber ich frage mich wirklich, was ich hier eigentlich zu suchen habe, verdammt noch mal.«

»Sie haben sich wie wir alle freiwillig gemeldet«, sagte Macklin.

Shaw stieß eine Rauchwolke aus. »Wenn Sie lange genug leben, um nach England zurückzukehren, bekommen Sie einen Orden vom Premierminister persönlich.«

»Alles das für einen Fetzen Papier?«

»Dieser Fetzen Papier ist wichtiger, als Sie sich in Ihren kühnsten Träumen vorstellen können.«

367

Ein kleiner Konvoi von Transportpanzern hielt an. Ein Offizier im Kampfanzug sprang aus dem ersten Wagen und brüllte einen Befehl. Eine große Anzahl Marineinfanteristen mit automatischen Waffen versammelte sich und stellte sich in Trupps auf.

Der Offizier ging selbstbewußt auf den Admiral zu.

»Admiral Sandecker?«

Sandecker lächelte. »Zu Befehl.«

»Leutnant Sanchez.« Er grüßte stramm. »Drittes Aufklärungskorps der Marineinfanterie.«

»Freut mich.« Sandecker erwiderte den Gruß.

»Die Befehle waren unklar, was unseren Einsatz anbetrifft.«

»Wieviel Mann haben Sie?«

»Drei Trupps. Vierzig Mann, inklusive meiner Wenigkeit.«

»Gut. Ein Trupp riegelt das unmittelbare Gebiet hier ab. Die beiden anderen gehen auf Streife um den Hügel.«

»Zu Befehl, Herr Admiral.«

»Und noch eins, Leutnant. Wir wissen nicht, was uns erwartet. Sagen Sie Ihren Leuten, sie sollen sich möglichst still verhalten.«

Sandecker drehte sich um und ging auf den Fluchtschacht zu. Die letzte Gitterstange war entfernt worden. Das Taucherteam stand bereit. Ein bedrücktes Schweigen herrschte, und alle starrten in die schwarze Öffnung, als wäre sie der Eingang zur Hölle.

Pitt hatte einen Taucheranzug angezogen und befestigte gerade seine Preßluftflaschen. Als er sich vergewissert hatte, daß alles in Ordnung war, nickte er Riley und dem Taucherteam zu.

»Okay. Auf zur Nachtsuche.«

Sandecker blickte ihn an. »Nachtsuche?«

»Ein alter Taucherausdruck für die Erforschung von dunklen Höhlen unter Wasser.«

Sandecker machte ein besorgtes Gesicht. »Seien Sie vorsichtig und bleiben Sie heil . . .«

»Halten Sie mir die Daumen, daß ich den Vertrag da unten finde.«

»Beide Daumen. Den anderen, falls Shaw vor Ihnen nach unten gelangt.«

»Ach ja«, sagte Pitt mit einem schiefen Lächeln. »Das ist immerhin möglich.«

Dann trat er in die Öffnung und verschwand in der Finsternis.

80

Der alte Fluchtweg des Steinbruchs verlief schräg in das Innere des Hügels. Die Wände waren zwei Meter hoch und wiesen noch die Narben der Spitzhacken auf. Die Luft war feucht, und es roch wie in einem Mausoleum. Nach etwa zwanzig Metern machte der Schacht eine Biegung, und das Licht von draußen war nicht mehr zu sehen.

Die Taucherlampen wurden angeknipst, und Pitt, gefolgt von Riley und drei Männern, ging weiter voran. Ihre Schritte hallten in der Finsternis.

Sie kamen an einem leeren Lorenwagen vorbei, dessen verrostete kleine Eisenräder auf den engen Schienen ruhten. Hacken und Schaufeln standen ordentlich aneinandergereiht in einer ausgemeißelten Nische, als warteten sie darauf, daß schwielige Hände wieder nach ihnen griffen. Andere Gegenstände lagen herum: Eine zerbrochene Bergmannslampe, ein Vorschlaghammer und die vergilbten und verklebten Seiten eines Katalogs der Firma Montgomery Ward. Obenauf sah man die Reklame einer Klavierfabrik.

Schutt und Felsengeröll versperrte ihnen den Weg, und sie brauchten zwanzig Minuten, bis sie durchkamen. Alle blickten argwöhnisch auf die fauligen Stützbalken, die die ganze Last der Decke trugen. Während der Arbeit wurde kein Wort gesprochen. Die unausgesprochene Angst, bei einem Einsturz des Ganges begraben zu werden, bedrängte sie. Endlich passierten sie die letzte Schranke und waren am Tunnel, in dem zentimetertief Wasser stand.

Als sie bis zu den Knien im Wasser wateten, blieb Pitt stehen. »So kommen wir bald nicht mehr weiter«, sagte er. »Ich schlage vor, daß die Sicherungsmannschaft hier Station macht.«

Riley nickte. »Einverstanden.«

Die drei Taucher, die für den Notfall zurückbleiben sollten, begannen, die Preßluftreserven aufzustapeln und sie an ein aufgespultes, fluoreszierendes orangefarbenes Kabel anzuschließen. Die Strahlen ihrer Lampen tanzten wie Irrlichter an den Tunnelwänden, und ihre Stimmen klangen hohl und laut.

Pitt und Riley schlüpften aus ihren Stiefeln, zogen Schwimmflossen an, nahmen die Spule und drangen weiter vor. Wie ein dünner Lichtstrahl lief hinter ihnen das Rettungskabel.

Bald stand ihnen das Wasser bis an die Hüften. Sie setzten sich die Gesichtsmasken auf und nahmen die Mundstücke der Atemschläuche zwischen die Zähne. Dann tauchten sie.

Unter der Oberfläche war es kalt und unheimlich. Doch die Sicht war erstaunlich gut, und Pitt verspürte eine fast abergläubische Furcht, als er einen kleinen Salamander erblickte, dessen Augen zu völliger Blindheit degeneriert waren. Er wunderte sich, daß es in dieser gruftartigen Abgeschlossenheit überhaupt noch Leben gab.

Der Fluchtweg des Steinbruchs schien sich wie ein endloser Abgrund in die Tiefe zu erstrecken. Hier konnte man das Gruseln lernen, es war, als lauere die Macht eines bösen Fluchs in der Finsternis jenseits der Strahlen der Taucherlampen.

Nach zehn Minuten, wie Pitt mit einem Blick auf seine Taucheruhr feststellte, machten sie einen kurzen Halt. Der Tiefenmesser zeigte zweiunddreißig Meter an. Pitt warf Riley einen Blick zu, der auf seinen Druckmesser schaute und nickte. Dann schwammen sie weiter.

Der Schacht erweiterte sich zu einer Höhle, deren Wände eine schmutzig goldene Farbe hatten. Sie waren endlich in der Galerie der Kalksteingrube. Der Boden wurde eben, und Pitt stellte fest, daß das Wasser bis auf achtzehn Meter angestiegen war. Er richtete den Strahl seiner Lampe nach oben und erblickte etwas, das wie eine Quecksilberschicht aussah. Pitt schoß hinauf – und tauchte in einer Luftblase unter der Decke einer großen, gewölbten Höhle auf. Ein Dutzend Stalaktiten hing wie Eiszapfen herab, ihre Spitzen berührten fast die Wasseroberfläche. Zu spät tauchte Pitt wieder unter, um Riley zu warnen.

Riley konnte wegen der Oberflächenspiegelung nichts erkennen und stieß mit der Gesichtsmaske gegen die Spitze eines Stalaktiten. Das Glas zersprang. Sein Nasenbein wurde eingedrückt, die Augenlider zerschnitten.

Pitt bahnte sich seinen Weg durch das herabhängende Gestein und griff Riley unter die Arme.

»Was war das?« stammelte Riley. »Warum sind die Lichter aus?«

»Du bist mit dem falschen Ende an einen Stalaktiten gestoßen«, sagte Pitt. »Deine Lampe ist kaputt. Ich habe meine verloren.«

Riley schluckte die Lüge nicht. Er nahm einen Handschuh ab und befühlte sein Gesicht. »Ich bin blind«, sagte er ruhig.

»Ach woher.« Pitt nahm Riley die Maske ab und zog ihm sanft die größeren Splitter aus dem Gesicht. Die Haut des Taucherchefs war von der Kälte so betäubt, daß er keinen Schmerz verspürte.

»So ein Pech. Warum muß das gerade mir passieren?«

»Hör auf, dich zu beklagen. Ein paar Stiche, und deine Visage ist wieder wie neu.«

»Tut mir leid, daß ich's versaut habe. Das wär's wohl für heute.«

»Du kehrst zurück.«

»Und du nicht?«

»Nein, ich mache weiter.«

»Wie steht's mit deiner Luft.«

»Mehr als genügend.«

»Du kannst einem alten Profi nichts vormachen, Kumpel. Du hast kaum genug, um unsere Verstärkungsgruppe wieder zu erreichen. Wenn du weitermachst, ist deine Rückfahrkarte verfallen.« Pitt band die Sicherungsleine um einen Stalaktiten, dann legte er Rileys Hand darauf.

»Jetzt folge nur der gelben Pflasterstraße, und paß auf deinen Kopf auf.«

»Mach keine Witze. Was soll ich dem Admiral sagen? Er wird mich kastrieren, wenn er erfährt, daß ich dich hiergelassen habe.«

Pitt grinste. »Sag' ihm, ich wollte den Zug nicht verpassen.«

Korporal Richard Villapa fühlte sich in seinem Element, als er durch die feuchten Wälder des Staates New York stelzte. Als direkter Nachkomme der Chinook-Indianer der Nordwestküste hatte er einen großen Teil seiner Jugend auf der Jagd in den Wäldern des Staates Washington verbracht und sich die Fähigkeit angeeignet, ein Reh anzuschleichen, bevor es seine Anwesenheit bemerkte und fliehen konnte.

Seine Erfahrung kam ihm zugute, als er die menschlichen Spuren erkannte. Sie stammten seiner Vermutung nach von einem untersetzten Mann mit Kampfstiefeln Größe 41. Die Nebelfeuchtigkeit war noch nicht in die Spuren eingedrungen, woraus er folgerichtig schloß, daß sie nicht älter als eine halbe Stunde sein konnten.

Der Mann mußte aus einem Gebüsch gekommen, vor einem Baum stehengeblieben und dann zurückgekehrt sein. Villapa bemerkte schmunzelnd das winzige Dampfwölkchen am Baumstamm. Jemand war aus dem Gebüsch gekommen, hatte eine kleine Notdurft verrichtet und war dann wieder zurückgekehrt.

Er blickte sich um, aber niemand von seiner Streife war in Sicht. Sein Sergeant hatte ihn auf Auskundschaft geschickt, und die anderen waren ihm noch nicht nachgekommen.

Villapa kletterte geschickt in eine Astbeuge auf dem Baum und spähte in das Dickicht. Er erkannte die Umrisse eines Kopfes und Schultern, die sich über einen Baumstumpf beugten.

»He da«, rief er, »ich habe Sie gesehen. Hände hoch, und kommen Sie raus.«

Ein Kugelhagel, der in die Baumrinde unter ihm einschlug, war die Antwort.

»Ach du großer Gott!« stammelte er erstaunt. Niemand hatte ihm gesagt, daß man vielleicht auf ihn schießen würde.

Er nahm seine Waffe, zielte und jagte eine Garbe in das Dickkicht.

Die Schießerei auf dem Hügel hallte durch das ganze Tal. Leutnant Sanchez stellte das Walkie-talkie an. »Sergeant Ryan, hören Sie mich?«

Ryan antwortete sofort. »Ryan hier, zu Befehl, Sir.«

»Was, zum Teufel, ist da oben los?«

»Wir sind in ein Hornissennest gestoßen«, erwiderte Ryan nervös. »Der reinste Krieg. Ich habe bereits drei Verletzte.«

Sanchez war bestürzt. »Wer schießt auf euch?«

»Bestimmt keine Bauern mit Heugabeln. Wir haben es mit einer Elitetruppe zu tun.«

»Erklären Sie mir das.«

»Wir werden mit Sturmgewehren beschossen, und von Burschen, die verdammt gut wissen, wie man damit umgeht.«

»Jetzt haben wir sie auf dem Hals«, rief Shaw und duckte sich, als das Feuer über ihm die Blätter von den Bäumen riß. »Sie kommen von hinten auf uns zu.«

»Die Yankees sind keine Grünhörner«, brüllte Macklin zurück. »Sie nehmen sich nur noch ein bißchen Zeit, und dann machen sie Kleinholz aus uns.«

»Je länger sie warten, desto besser.« Shaw kroch zum Schacht, wo Caldweiler und drei andere immer noch eifrig buddelten, ohne von der Schießerei um sie herum die geringste Notiz zu nehmen.

»Wann kommen wir durch?«

»Sie werden es als erster erfahren«, brummte der Waliser. Er hievte gerade schwitzend einen Eimer mit einem großen Felsblock hoch. »Wir sind fast zwanzig Meter tief. Mehr kann ich Ihnen nicht sagen.«

Shaw duckte sich, als eine Kugel von dem Felsblock in Caldweilers Händen abprallte und ihm den linken Stiefelabsatz abschlug. »Gehen Sie lieber in Deckung, bis ich Sie rufe«, sagte Caldweiler so ungerührt, als spräche er vom Wetter.

Shaw hockte sich in eine kleine Erdvertiefung neben Burton-Angus, der sich köstlich zu amüsieren schien, als er das Feuer aus den umliegenden Wäldern erwiderte.

»Schon was getroffen?« fragte Shaw.

»Die verdammten Kerle zeigen sich nie«, sagte Burton-Angus. »Das haben sie in Vietnam gelernt.«

Er richtete sich auf den Knien auf und feuerte eine lange Salve in ein dichtes Buschwerk. Zur Antwort schlug ein Kugelregen in den Boden um ihn herum ein. Plötzlich zuckte er zusammen und fiel dann lautlos nieder.

Shaw beugte sich über ihn. Das Blut rann Burton-Angus aus drei Einschußlöchern in der Brust. Er blickte Shaw an, seine braunen Augen wurden trübe, das Gesicht bleich.

373

»Nicht zu fassen«, röchelte er. »Auf amerikanischem Boden erschossen. Wer hätte das geglaubt . . .« Seine Augen wurden starr, und er war tot.

Sergeant Bentley kroch durch die Büsche, sah es mit steinernem Gesicht. »Zu viele gute Leute sterben heute«, sagte er langsam. Dann blickte er vorsichtig über den Rand der Erdvertiefung. Die Schüsse, die Burton-Angus getötet hatten, kamen seiner Schätzung nach von einer Erhöhung. Dann sah er, wie sich dort oben in den Blättern etwas bewegte. Er stellte sein Gewehr auf Selbstladung ein, zielte und gab sechs Schüsse ab.

Mit grimmiger Befriedigung beobachtete er, wie ein Körper sich langsam aus dem Baum löste und auf den feuchten Boden fiel.

Korporal Richard Villapa sollte nie wieder ein Reh in seinen heimatlichen Wäldern anschleichen.

81

Kurz nachdem die Schießerei ausgebrochen war, forderte Admiral Sandecker mit einem Notfunkruf Ärzte und Krankenwagen aus dem nächsten Krankenhaus an. Er brauchte nicht lange zu warten. Bald hörte man die Sirenen aus der Ferne, und die ersten Leichtverletzten begannen sich am Hügelhang zu versammeln.

Heidi hinkte von Mann zu Mann, leistete Erste Hilfe, fand tröstende Worte, während sie mit ihren Tränen kämpfte. Das Schlimmste war, daß sie so furchtbar jung waren. Keiner von ihnen schien älter als zwanzig zu sein. Ihre Gesichter waren bleich von dem Schock. Sie hätten nie erwartet, in der Heimat zu bluten oder gar zu sterben und gegen einen Feind zu kämpfen, den sie nicht kannten.

Sie blickte auf, als Riley von zwei Leuten des Taucherteams aus dem Fluchtschacht geführt wurde. Sein Gesicht war voller Blut. Angst und Übelkeit stiegen in ihr auf, als sie keine Spur von Pitt sah.

Du lieber Gott, schoß es ihr durch den Kopf, *er ist tot.*

Sandecker und Giordino hatten es auch gesehen und eilten herbei.

»Wo ist Pitt?« fragte Sandecker.

»Immer noch irgendwo da unten«, stammelte Riley. »Er weigerte sich, umzukehren. Ich habe es versucht, Herr Admiral, Ehrenwort, ich habe versucht, es ihm auszureden, aber er wollte nicht hören.«

»Ich habe nichts anderes von ihm erwartet«, sagte Sandecker tonlos.

»Pitt ist kein Mann, der einfach stirbt.« Giordino sagte es mit Entschlossenheit.

»Ich sollte Ihnen etwas von ihm ausrichten, Admiral.«

»Was?«

»Er sagte, er wolle seinen Zug nicht verpassen.«

»Vielleicht ist er in den Hauptteil des Steinbruchs gelangt.« Giordinos Stimme klang plötzlich wieder hoffnungsvoll.

»Ausgeschlossen«, sagte Riley und machte allen Optimismus zunichte. »Die Luft muß ihm inzwischen ausgegangen sein. Er ist bestimmt ertrunken.«

Der Tod in der unterweltlichen Finsternis einer Höhle ist etwas Unvorstellbares. Die Idee ist zu fremd, zu schrecklich, als daß man sich eine Vorstellung davon machen könnte. Man weiß, daß manche verzweifelte Taucher sich die Finger bis auf die Knochen zerschunden haben, indem sie versuchten, sich einen Weg durch Felsgestein zu bahnen. Andere gaben es einfach auf, glaubten, in den Mutterleib zurückgekehrt zu sein.

Aber der Tod war das letzte, woran Pitt dachte. Er konzentrierte sich darauf, mit seiner Luft zu sparen und gegen Orientierungsverlust, das allgegenwärtige Gespenst der Grottentaucher, anzukämpfen.

Die Nadel auf seinem Druckmesser zitterte über dem letzten Strich vor dem Nullpunkt. Wieviel Zeit blieb ihm noch? Eine Minute, zwei oder vielleicht drei Minuten, bevor ihm die Luft ausging?

Seine Flosse hatte eine dichte Schlammwolke aufgewirbelt, die den Strahl seiner Lampe völlig verdunkelte. Er schwebte re-

375

gungslos, erkannte kaum noch die Richtung der aus seiner Gesichtsmaske dringenden Luftbläschen. Er folgte ihnen aufwärts, bis er wieder in klares Wasser kam, und dann begann er, mit dem Kopf nach unten, über die Decke der Höhle zu wandern. Es war ein seltsames Gefühl, fast als wäre die Schwerkraft aufgehoben.

Eine Gabelung nahm vor ihm in der Dunkelheit langsam Form an. Den Luxus einer wohlüberlegten, aber zeitraubenden Entscheidung konnte er sich nicht leisten. Er rollte sich um und stieß sich mit dem Fuß nach links. Plötzlich fiel der Strahl seiner Lampe auf einen zerrissenen und rostigen Taucheranzug im Schlamm. Er näherte sich ihm vorsichtig. Auf den ersten Blick sah es aus, als habe sein Besitzer ihn weggeworfen. Er ließ den Strahl die Beine hinauf und über die eingesunkene Brust gleiten, und dann richtete er ihn auf die immer noch am Helm befestigte Gesichtsmaske. Leere Augenhöhlen starrten ihn an.

Entsetzt entfernte er sich wieder rückwärts von dem grausigen Anblick. Dieser Taucher mußte versucht haben, einen Ausweg zu finden. Wahrscheinlich war dieser Gang eine Sackgasse. Die Gebeine des zweiten Tauchers waren sicher tief im Schlamm begraben.

An die Gabelung zurückgekehrt, blickte Pitt auf seinen Kompaß. Reine Zeitverschwendung. Es blieb ihm ja nur noch der Weg nach rechts. Die hinderliche Kabelspule hatte er längst weggeworfen. Seine Atemzeit war so gut wie abgelaufen.

Er versuchte, den Atem zurückzuhalten, die Luft zu sparen, aber er fühlte bereits den Druckverlust. Nur noch ein paar kostbare Atemzüge.

Sein Mund war sehr trocken. Er konnte nicht schlucken, und es wurde ihm sehr kalt. Er war zu lange im kalten Wasser gewesen und erkannte die ersten Zeichen der Unterkühlung. Eine seltsame Ruhe kam über ihn, als er tiefer in die Finsternis schwamm.

Pitt nahm den letzten Atemzug als unvermeidlich hin und entledigte sich der jetzt unnützen Preßluftflaschen, die er in den Schlamm versinken ließ. Er fühlte keinen Schmerz, als er mit dem Knie auf einen Steinhaufen stieß. Jetzt blieb ihm nur noch eine Minute. So lange würde die Luft in seinen Lungen noch ausreichen. Mit Widerwillen dachte er an die Taucher in der anderen Gabelung, und der Anblick des leeren Schädels kam ihm nicht aus dem Sinn.

Die Lungen schmerzten ihn, der Kopf schien in Flammen auf-
zugehen. Er schwamm weiter, wagte nicht aufzuhören, solange
sein Gehirn noch funktionierte.

Irgend etwas leuchtete in der Ferne auf. Es schien meilenweit
weg zu sein. Die ewige Finsternis kroch langsam auf ihn zu. Das
Herz pochte in seinen Ohren, und die Brust war wie eingedrückt.
Aller Sauerstoff war verbraucht.

Die letzten verzweifelten Sekunden tickten auf ihn zu. Seine
Nachtsuche war beendet.

82

Langsam und unerbittlich zog sich das Netz zu, so erbittert auch
Macklin und seine Leute kämpften. Die Toten und Verwundeten
mehrten sich, und der Boden war mit Patronen übersät.

Die Sonne hatte den Nebel aufgelöst. Sie sahen jetzt ihre Ziele
besser, aber das gleiche galt für die sie umzingelnden Männer.
Sie kämpften furchtlos, sie wußten von Anfang an, daß es für sie
keinen Fluchtweg gab. Aber für englische Soldaten war es nichts
Neues, fern der Heimat zu kämpfen.

Macklin humpelte auf Shaw zu. Er trug den linken Arm in
einer blutverschmierten Schlinge, und sein Fuß steckte in einem
dicken, verkrusteten Verband. »Ich fürchte, wir sind am Ende,
alter Knabe. Viel länger halten wir nicht mehr durch.«

»Ihr habt euch ruhmreich geschlagen«, sagte Shaw.

»Sie sind gute Jungen, und sie taten ihr Bestes«, sagte Macklin
mit müder Stimme. »Haben wir eine Chance, durch das verdammte Loch zu brechen?«

»Wenn ich Caldweiler wieder frage, wie es steht, wird er mir
wahrscheinlich mit seiner Schaufel den Schädel einschlagen.«

»Steckt doch 'ne Ladung Sprengstoff rein, damit endlich
Schluß ist.«

Shaw blickte ihn nachdenklich an. Dann kroch er zum Grabenrand. Die Männer, die die Eimer heraufbeförderten, sahen

aus, als würden sie jeden Augenblick vor Erschöpfung zusammenbrechen. Sie waren völlig durchschwitzt und atmeten keuchend.

»Wo ist Caldweiler?« fragte Shaw.

»Ist selber runtergegangen. Behauptet, er könne noch am schnellsten buddeln.«

Shaw lehnte sich über den Abgrund. Der Schacht hatte eine Biegung gemacht, und der Waliser war nicht zu sehen. Shaw brüllte seinen Namen.

Ein Haufen Schmutz in Form eines Mannes kam tief unten in Sicht. »Was ist denn jetzt schon wieder los, verdammt noch mal?«

»Unsere Zeit ist abgelaufen«, rief Shaw in den Schacht. »Können wir das Zeug nicht sprengen?«

»Zwecklos«, rief Caldweiler hinauf. »Die Wände werden einstürzen.«

»Wir müssen es versuchen.«

Caldweiler sank erschöpft in die Knie. »Na schön«, sagte er heiser. »Werfen Sie eine Sprengladung herunter. Ich werde es probieren.«

Eine Minute später ließ Sergant Bentley einen Sack mit Plastiksprengstoff hinab. Caldweiler führte die Ladungen behutsam in einige tiefe Löcher ein, schloß die Zünder an und gab ein Zeichen, daß man ihn heraufholte. Als er in Reichweite war, griff ihm Shaw unter die Arme und zog ihn aus dem Schachteingang.

Caldweiler blickte sich entsetzt um. Von Macklins Streitkraft waren nur noch vier Mann unverletzt, und sie feuerten immer noch wild in die Wälder.

Plötzlich erdröhnte der Boden unter ihnen, und eine Staubwolke flog aus dem Schacht auf. Caldweiler kletterte sofort wieder hinunter. Shaw hörte ihn husten, sah jedoch nichts im aufwirbelnden Staub.

»Haben die Wände gehalten?« brüllte Shaw.

Keine Antwort. Dann fühlte er einen Ruck am Seil und zog es mit aller Kraft herauf. Die Arme waren ihm wie gelähmt, als Caldweilers erdverkrusteter Kopf auftauchte.

Er keuchte und spuckte eine Weile, und dann brachte er schließlich hervor: »Wir sind drin. Wir sind durchgebrochen. Beeilen Sie sich, Mann, bevor Sie erschossen werden.«

Macklin trat zu ihnen. Er schüttelte Shaw die Hand. »Falls wir uns nicht mehr wiedersehen sollten, alles Gute.«

»Gleichfalls.«

Sergeant Bentley reichte ihm eine Stablampe. »Die werden Sie brauchen, Sir.«

Caldweiler hatte drei Seile aneinandergeknüpft. »Damit sollten Sie bis auf den Boden des Steinbruchs gelangen«, sagte er. »Und jetzt los.«

Shaw ließ sich in den Schacht hinunter. Er blickte noch einmal auf.

Der Staub von der Explosion hatte sich noch nicht gelegt, und die angstvollen Gesichter über sich sah er nicht mehr.

Leutnant Sanchez hockte mit seinen Leuten noch immer hinter Bäumen und Felsen und feuerte ohne Unterlaß in die dickichtbewachsene Senke. Von seinen Männern war einer tot, acht waren verletzt. Auch er hatte einen Schenkelschuß abbekommen. Er riß sich seine Kampfjacke vom Leib und wickelte sie um die Wunde.

»Das Feuer hat etwas nachgelassen«, bemerkte Sergeant Hooper, Kautabak spuckend.

»Ein Wunder, daß die da drinnen noch nicht alle tot sind«, sagte Sanchez.

»So kämpfen nur fanatische Terroristen.«

»Sie sind gut trainiert. Das muß ich ihnen lassen.« Er zögerte und lauschte. Dann kratzte er sich am Ohr und spähte zwischen zwei Felsblöcken durch. »Hören Sie!«

Hooper runzelte die Stirn. »Wie bitte?«

»Sie haben das Feuer eingestellt.«

»Könnte ein Trick sein.«

»Das glaube ich nicht«, sagte Sanchez. »Geben Sie Befehl, das Schießen einzustellen.«

Bald herrschte eine seltsame Stille in den Wäldern. Dann erhob sich langsam ein Mann aus dem Dickicht, das Gewehr über den Kopf erhoben.

»Was sagt man dazu?« stammelte Hooper. »In voller Kampfausrüstung.«

»Wahrscheinlich in einem Armyshop gekauft.«

379

Sanchez stand auf und zündete sich eine Zigarette an. »Ich gehe rein. Falls er sich auch nur in der Nase bohrt, legt ihn um.«

»Halten Sie sich seitlich, Sir, damit wir eine direkte Schußlinie haben.«

Sanchez nickte und ging voran. Etwa zwei Meter vor Sergeant Bentley blieb er stehen und schaute ihn prüfend an. Er bemerkte das schwarzgerußte Gesicht, den Netzhelm, das Uniformabzeichen eines Soldaten im Dienst. Das Gesicht drückte keine Spur von Angst aus. Der Mann lächelte sogar.

»Guten Morgen, Sir«, grüßte Bentley.

»Haben Sie hier das Kommando?«

»Nein, Sir. Wenn Sie bitte folgen wollen, führe ich Sie zu ihm.«

Sanchez hob sein Gewehr an. »Okay, nach Ihnen.«

Sie schritten durch das von Kugeln zerfetzte Gebüsch der Niederung zu. Sanchez sah die herumliegenden Toten und Verletzten, die blutgetränkte Erde. Die Verwundeten starrten ihn gleichgültig an. Drei Männer, die noch unversehrt zu sein schienen, salutierten stramm.

Sanchez war völlig verwirrt. Diese Männer entsprachen nicht seiner Vorstellung von Terroristen. Sie schienen Soldaten in Uniform zu sein, diszipliniert und kampfgeschult. Bentley führte ihn zu zwei Leuten, die neben einem tiefen Loch in der Erde lagen. Der eine sah aus, als habe er sich für eine Waschmittelreklame gerade im Schlamm gewälzt, und er beugte sich über den anderen, dem er einen blutverschmierten Stiefel vom Bein schnitt. Dieser blickte auf, als er Sanchez kommen sah, und salutierte lässig.

»Guten Morgen.«

Eine lustige Schar, sagte sich Sanchez. »Haben Sie hier das Kommando?«

»Jawohl«, erwiderte Macklin. »Mit wem habe ich die Ehre?«

»Leutnant Richard Sanchez, United States Marine Corps.«

»Dann sind wir ja im gleichen Geschäft. Ich bin Leutnant Digby Macklin von den Royal Marines Ihrer Majestät.«

Sanchez stand mit offenem Munde da. »Ich will verdammt sein«, murmelte er vor sich hin.

Was Shaw als erstes bemerkte, als er sich im Luftschacht hinunterließ, war der modrige Gestank, der ihm entgegenschlug. Nach zwanzig Metern konnte er sich mit den Füßen nicht mehr an die Wände stützen, klammerte sich an seinem Seil fest und richtete den Strahl der Stablampe nach unten in die Finsternis.

Shaw war in eine riesige Höhle gelangt, deren Höhe mindestens zwölf Meter betrug. Außer einem großen Schutthaufen in einer Ecke war sie leer. Das Seil endete dreieinhalb Meter über dem Boden. Er klemmte sich die Stablampe unter die Achsel, machte einen tiefen Atemzug und ließ das Seil los.

Er kam sich wie ein Stein vor, der in einen Brunnenschacht fällt; es war ein schreckliches Gefühl, das er nicht noch einmal zu erleben wünschte.

Er stöhnte auf, als er auf dem Boden landete. Anstatt auf die Füße zu fallen, schlug er mit der Seite auf, und sein ausgestreckter Vorderarm prallte an etwas Hartes. Ein schneidender Schmerz schoß in die Schulter und lähmte seinen Arm.

Shaw saß zwei oder drei Minuten lang, die Lippen vor Schmerz aufeinandergepreßt, in Selbstmitleid versunken. Schließlich riß er sich zusammen, denn es konnte nur noch Minuten dauern, bis die Amerikaner ihm folgen würden. Er setzte sich auf. Gott sei Dank funktionierte die Stablampe noch.

Er saß neben einem Schmalspurgleis, das von der Höhle in einen Tunnel führte.

Unbeholfen zog er sich mit seiner unverletzten Hand den Gürtel ab, band ihn zu einer Schlinge, rappelte sich auf die Beine und folgte den Schienen in den Tunnel.

Er ging zwischen den Gleisen, bemühte sich, nicht über die Schwellen zu stolpern. Etwa fünfzig Meter weiter verlief die Bahnspur in einer leichten Steigung. Nach einer Weile blieb er stehen und leuchtete voraus in die Dunkelheit.

Zwei riesige rote Augen eines Ungeheuers schienen ihn anzublicken.

Behutsam bewegte er sich weiter, stieß mit der Stiefelspitze an etwas Hartes, sah eine neue Schienenspur. Sie war viel breiter, sogar noch breiter als die der britischen Eisenbahnen, schien es ihm. Der Tunnel führte in eine weitere Höhle.

Aber es war keine gewöhnliche Höhle. Es war eine riesige Gruft voller Leichen.

Die roten Augen waren die beiden Schlußlaternen eines Eisenbahnwagens. Auf der Plattform hockten zwei Leichen, eigentlich eher zwei Mumien, voll angekleidet, die schwarzen Schädel blicklos in die ewige Finsternis starrend.

Shaws Haar sträubte sich, und er vergaß sogar den stechenden Schmerz in seinem Handknöchel. Pitt hatte recht gehabt. Der unterirdische Steinbruch hatte das Geheimnis des *Manhattan Limited* bewahrt.

Er blickte sich um, erwartete fast, eine in ein Laken gehüllte Gestalt mit einer Sense zu sehen, die ihm mit ihrem knochigen Finger zuwinkte. Er ging an dem Wagen vorbei, stellte überrascht fest, daß der Zug fast frei von Rost war. An den Eingangsstufen, wo der nächste Wagen angekoppelt war, lag wieder eine zusammengekauerte Gestalt, den Kopf an die Räder gelehnt.

Im Licht der Lampe wirkte die Haut dunkelbraun und wie Leder. Im Laufe der Jahre war der Körper ausgetrocknet, in der trockenen Luft des Steinbruchs mumifiziert. An der immer noch auf dem Kopf sitzenden Schirmmütze erkannte man den einstigen Schaffner.

Es gab noch viele andere in der letzten Pose erstarrte Gestalten um den Zug herum. Die meisten waren sitzend gestorben, einige lagen auf dem Boden ausgestreckt. Die Kleidung war erstaunlich gut erhalten, und Shaw konnte ohne Mühe die Frauen von den Männern unterscheiden.

Einige Leichen befanden sich unterhalb der offenen Tür des Gepäckwagens. Vor ihnen waren einige Holzkisten zum Teil in einem Lorenwagen aufgestapelt. Eine der Mumien lag vor einer aufgebrochenen Kiste und hielt einen verstaubten Gegenstand an ihre Brust. Shaw rieb die Schmutzschicht ab und stellte fest, daß es Gold war.

Mein Gott, sagte er sich, bei den heutigen Preisen müssen hier über dreihundert Millionen an Gold herumliegen.

So sehr es ihn auch reizte, die Schätze länger zu betrachten, wollte Shaw keine Zeit verlieren. Seine Kleider waren schweißnaß, und doch fühlte er sich wie in einem Eisschrank.

Der Lokführer war in seiner Kabine gestorben, und das große Eisenungeheuer war von einer dicken Staubschicht bedeckt, aber Shaw konnte noch gut die goldenen Ziffern 88 und den roten Streifen an der Flanke erkennen.

Zehn Meter vor dem Prellbock lag eine große Steinmasse, die den Haupteingang zum Bergwerk verschüttet hatte. Hier lagen noch mehr Leichen herum, und die von ihren verkrampften Knochenhänden umspannten Schaufeln und Spitzhacken deuteten an, daß sie bis zum letzten Atemzug verzweifelt gescharrt und gegraben hatten. Sie hatten tatsächlich einige Tonnen Gestein beiseite geschafft, aber es war ein nutzloses Unterfangen gewesen. Hundert Mann hätten Monate gebraucht, um sich durch diesen Schutt zu graben.

Wie war das alles geschehen? Shaw zitterte. Dieser Ort flößte Entsetzen ein. Welche Qualen mußten diese hilflos in einem kalten und finsteren unterirdischen Kerker eingeschlossenen Menschen erlitten haben, bis der Tod sie endlich erlöste!

Er ging um die Lokomotive und den Tender herum, stieg in den ersten Pullmanwagen, schritt durch den Korridor. Im ersten Abteil sah er eine Frau in einem der Betten; sie hatte die Arme um zwei kleine Kinder geschlungen. Shaw wandte sich ab und ging weiter.

Er kramte alle Handkoffer durch, in denen sich vielleicht der Nordamerikanische Vertrag befinden konnte. Die Suche zog sich endlos langsam hin. Allmählich ergriff ihn Panik. Die Stablampe wurde schwächer, die Batterien waren fast verbraucht.

Der siebente und letzte Pullmanwagen, auf dessen Plattform er zuerst die grauenhaften Passagiere erblickt hatte, trug an der Tür das Wappen des amerikanischen Adlers. Shaw fluchte. Hier hätte er beginnen sollen. Er legte die Hand auf die Klinke, zog die Tür auf, trat ein. Einen Augenblick verschlug ihm die Pracht dieses Sonderwagens fast den Atem. So etwas gibt es heute nicht mehr, sagte er sich.

Eine Gestalt mit steifem Hut, eine vergilbte Zeitung über dem Gesicht, lag halb ausgestreckt in einem Drehstuhl mit rotem Samtbezug. Zwei seiner Gefährten saßen zusammengesunken über einem Eßtisch aus Mahagoniholz, die Köpfe auf den Armen ruhend. Einer von ihnen trug, wie Shaw feststellen konnte, einen englischen Maßanzug, der andere einen Tropenanzug aus Kammgarn. Dieser zweite erregte Shaws Interesse, denn seine Hand klammerte sich an den Griff eines kleinen Reisekoffers.

Shaw löste den Koffer aus den steifen Fingern mit einer solchen Behutsamkeit, als hätte er Angst, den Besitzer zu wecken.

Plötzlich verweilte er regungslos. Im äußersten Blickwinkel nahm er eine unmerkliche Bewegung wahr. War es Einbildung? Die schwankenden Schatten an den Wänden hatten seine angegriffenen Nerven auf die Zerreißprobe gestellt. Wenn er sich auf seine Phantasie verließ, konnte alles mögliche in diesem schwachen Licht plötzlich zum Leben erwachen.

Dann blieb ihm das Herz stehen. Ein Kardiologe würde es für ausgeschlossen halten. Aber sein Herz stand still, als er wie gelähmt auf die Spiegelung im Fenster starrte.

Die Leiche mit dem steifen Hut im Drehstuhl hinter ihm richtete sich plötzlich auf. Dann zog die grauenhafte Gestalt die Zeitung von ihrem Gesicht und lächelte Shaw an.

83

»Sie werden das Gesuchte da drinnen nicht finden«, sagte Pitt und wies auf den Koffer.

Shaw konnte nicht leugnen, daß der Schreck ihn völlig verwirrt hatte. Er ließ sich in einen Stuhl sinken, wartete, bis sein Herz wieder schlug. Jetzt sah er, daß Pitt einen alten Mantel über einem schwarzen Taucheranzug trug. Als er sich endlich gefaßt hatte, sagte er: »Sie haben eine höchst seltsame Art, Ihre Anwesenheit zu bezeugen.«

Pitt knipste seine Taucherlampe an und wandte seine Aufmerksamkeit wieder lässig der alten Zeitung zu. »Ich wußte schon immer, daß ich achtzig Jahre zu spät auf die Welt gekommen bin. Hier wird ein gebrauchter Stutz Bearcat Speedster mit niedriger Kilometerzahl für nur sechshundertfünfundsiebzig Dollar zum Kauf angeboten.«

Shaw hatte in den letzten zwölf Stunden seine Gefühlsreaktionen bis auf die Neige verbraucht und war kaum in der Stimmung für solche Plaudereien. »Wie sind Sie hierhergekommen?«

Pitt blickte nicht von den Autoinseraten auf, als er antwortete. »Bin durch den Fluchtwegschacht geschwommen. Hatte keine

Luft mehr und wäre beinahe ertrunken. Zum Glück stieß ich in letzter Sekunde auf eine Luftblase unter einem eingestürzten, gewölbten Felsblock. Mit dem letzten Atemzug gelang es mir, durch einen Seitentunnel herauszukommen.«

Shaw zeigte auf das Innere des Wagens. »Was ist hier passiert?«

Pitt nickte den beiden Männern am Tisch zu. »Der Herr mit dem Reisekoffer ist oder vielmehr war Richard Essex, der Unterstaatssekretär. Der andere war Clement Massey. Neben Massey liegt ein Abschiedsbrief an seine Frau, in dem er die ganze Tragödie erzählt.

Shaw nahm den Brief und blickte auf die verblaßte Tintenschrift. »Dann war dieser Massey hier ein Eisenbahnräuber.«

»Ja, und er war auf einen Goldtransport aus.«

»Ich habe es gesehen. Da liegt genug, um die Bank von England zu kaufen.«

»Masseys Plan war für seine Zeit unglaublich kompliziert. Er und seine Leute stoppten den Zug mit Flaggensignalen an einer verlassenen Abzweigung namens Mondragon Hook. Dort zwangen sie den Lokführer, den *Manhattan Limited* über ein altes Nebengleis in den Steinbruch zu fahren, bevor auch nur einer der Reisenden etwas bemerkte.«

»Aus seinem Brief zu schließen, war das mehr, als er sich erhofft hatte.«

»In mehr als einer Beziehung«, stimmte ihm Pitt zu. »Das Überwältigen der Wachen verlief völlig reibungslos. Dieser Teil des Plans war gut vorbereitet. Nur waren die vier bewaffneten Sicherheitsbeamten, die Essex und den Vertrag nach Washington begleiteten, eine böse Überraschung. Nach der Schießerei waren die Beamten alle tot oder verwundet, und Massey hatte drei seiner Leute eingebüßt.«

»Er scheint es aber trotzdem nicht aufgegeben zu haben«, sagte Shaw, der weiterlas.

»Nein. Er fuhr – so muß man annehmen – mit einer dieser alten Draisinen zur Deauville-Hudson-Brücke und täuschte den Unfall vor; dann kehrte er in den Steinbruch zurück und versperrte die Einfahrt mit ein paar Schwarzpulverladungen. Jetzt hatte er Zeit, das Gold auszuladen und durch den Fluchtschacht zu entkommen.«

»Wie war das möglich, da doch alles überschwemmt war?«

»Der beste Plan hat halt manchmal seine Schwäche«, sagte Pitt. »Der Fluchtschacht liegt auf einem höheren Niveau als das tiefe Ende des Steinbruchs, wo die ursprüngliche Überschwemmung stattfand. Als Massey den *Manhattan Limited* entführte, war dieser Ausgang noch trocken. Aber als er die Einfahrt sprengte, öffneten die Schockwellen dem Wasser einen Weg. Es strömte in den Schacht, schnitt jede Fluchtmöglichkeit ab und verurteilte alle zu einem langsamen und grauenhaften Tod.«

»Die armen Teufel«, sagte Shaw. »Es muß Wochen gedauert haben, bis sie vor Kälte und Hunger starben.«

»Seltsam, daß Massey und Essex so einträchtig nebeneinander am Tisch starben«, sagte Pitt nachdenklich. »Wer weiß, welche gemeinsamen Interessen sie zum Schluß entdeckten.«

Shaw richtete seine Stablampe auf Pitt. »Sagen Sie mir, Mr. Pitt, sind Sie allein gekommen?«

»Ja. Mein Tauchpartner mußte umkehren.«

»Ich nehme an, Sie haben den Vertrag.«

Pitt blickte von der Zeitung auf, und seine grünen Augen waren undurchdringlich. »Die Annahme ist richtig.«

Shaw zog die Hand aus der Tasche, richtete die Beretta Kaliber 25 auf Pitt. »Tut mir leid, aber den müssen Sie mir jetzt geben.«

»Damit Sie ihn verbrennen können?«

Shaw nickte schweigend.

»Bedaure, Ihnen nicht dienen zu können«, sagte Pitt.

»Sie scheinen sich Ihrer Lage nicht voll bewußt zu sein.«

»Weil Sie eine Waffe haben?«

»Und Sie nicht«, sagte Shaw zuversichtlich.

Pitt zuckte die Schultern. »Ich gestehe, daß ich nicht daran gedacht habe.«

»Also den Vertrag bitte, Mr. Pitt.«

»Der Fund gehört dem Finder, Mr. Shaw.«

Shaw seufzte müde. »Ich schulde Ihnen mein Leben, und es wäre sehr undankbar von mir, Sie zu töten. Aber das Exemplar des Vertrags bedeutet meinem Land viel mehr als eine persönliche Schuld zwischen uns.«

»Ihr Exemplar wurde auf der *Empress of Ireland* vernichtet«, sagte Pitt langsam. »Dieses gehört den Vereinigten Staaten.«

»Mag sein, aber Kanada gehört Großbritannien. Und wir denken nicht daran, es aufzugeben.«

»Das Imperium dauert nicht ewig.«

»Indien, Ägypten und Burma, um nur einige zu nennen, waren nie wirklich in unserem Besitz«, sagte Shaw. »Aber Kanada wurde von Engländern besiedelt und aufgebaut.«

»Sie haben die Geschichte nicht richtig gelernt, Shaw. Die Franzosen waren zuerst da. Dann die Engländer. Nach ihnen kamen Deutsche, Polen, Skandinavier und sogar Amerikaner, die sich im Norden in den westlichen Provinzen ansiedelten. Ihre Regierung behielt die Macht nur, indem sie sich auf Leute stützt, welche in England geboren oder zumindest aufgewachsen sind. Das gleiche gilt für Ihre Commonwealth-Länder. Die örtliche Verwaltung und ein paar größere Behörden mögen zwar eingeborenen Beamten unterstehen, aber die Leute, die die wichtigen Entscheidungen treffen, werden aus London geschickt.«

»Ein System, das sich als sehr erfolgreich erwiesen hat.«

»Das jedoch schließlich an der Geographie und den Entfernungen zugrunde gehen wird«, sagte Pitt. »Keine Regierung kann auf die Dauer ihre Macht über Tausende von Meilen ausüben.«

»Falls Kanada das Commonwealth verläßt, könnten Australien oder Neuseeland oder sogar auch Schottland und Wales folgen. Ich kann mir nichts Schlimmeres vorstellen.«

»Wer weiß, wo die nationalen Grenzen in tausend Jahren liegen werden? Und wer schert sich darum?«

»Ich, Mr. Pitt. Geben Sie mir bitte den Vertrag.«

Pitt antwortete nicht, drehte den Kopf, lauschte. Ein fernes Stimmengeräusch hallte aus einem der Tunnel.

»Ihre Freunde sind mir durch den Luftschacht gefolgt«, sagte Shaw. »Die Zeit ist abgelaufen.«

»Wenn Sie mich töten, wird man Sie umbringen.«

»Verzeihen Sie mir, Mr. Pitt.« Der Lauf der Pistole war direkt zwischen Pitts Augen gerichtet.

Ein ohrenbetäubender Knall erschütterte die Stille der Höhlengruft. Es war nicht das scharfe Krachen der kleinkalibrigen Beretta, sondern das dröhnende Bellen einer 7,63 Mauser-Automatik. Shaws Kopf schnellte zur Seite, und dann sackte er schlaff in seinem Stuhl zusammen.

Pitt betrachtete das schwelende Loch in seiner Zeitung, stand auf, legte die Mauser auf den Tisch, streckte Shaw auf dem Boden aus. Er blickte auf, als Giordino wie ein wütender Stier durch die Tür stürzte, ein Kampfgewehr schußbereit in den Händen. Giordino blieb plötzlich stehen, starrte wie gebannt auf Pitts steifen Hut, dann sah er Shaw.

»Tot?«

»Meine Kugel hat seinen Schädel nur gestreift. Der alte Knabe ist zäh. Wenn er ein paar Stunden Kopfschmerzen und das Vernähen seiner Wunde hinter sich hat, greift er wahrscheinlich gleich wieder zur Pistole.«

»Wo hast du eine Waffe gefunden?«

»Ich habe sie mir von ihm ausgeliehen.« Pitt zeigte auf die Mumie, die einst Clement Massey war.

»Und der Vertrag?« fragte Giordino angstvoll.

Pitt zog ein großes Stück Papier zwischen den Seiten der Zeitung hervor und hielt es vor das Taucherlicht.

»Der Nordamerikanische Vertrag«, verkündete er. »Abgesehen von dem versengten Loch zwischen den Paragraphen ist er so lesbar wie am Tage, an dem er unterschrieben wurde.«

84

Der Präsident der Vereinigten Staaten ging nervös in einem Vorzimmer des Kanadischen Senats auf und ab, und sein Gesicht drückte tiefe Besorgnis aus. Alan Mercier und Harrison Moon traten ein und blieben schweigend stehen.

»Irgendeine Nachricht?« fragte der Präsident.

Mercier schüttelte den Kopf. »Nichts.«

Moon sah abgespannt und müde aus. »Admiral Sandecker meldete zuletzt, Pitt sei vermutlich im Steinbruch ertrunken.«

Der Präsident packte Mercier an der Schulter, wie jemand, dem die Kräfte schwinden. »Ich hatte kein Recht, das Unmögliche zu erwarten.«

»Das Spiel war den Einsatz wert«, sagte Mercier.

Der Präsident konnte ein Gefühl tiefen Unbehagens nicht ab-schütteln. »Jede Entschuldigung für unser Versagen hat einen üblen Beigeschmack.«

Staatssekretär Oates kam herein. »Der Premierminister und der Generalgouverneur sind im Sitzungssaal des Senats einge-troffen, Herr Präsident. Man wartet nur noch auf Sie.«

Der Präsident gab sich traurig geschlagen. »Meine Herren, die Zeit scheint abgelaufen zu sein . . . für uns und für die Vereinig-ten Staaten.«

Der Friedensturm im mittleren Block des Parlamentsgebäudes war deutlich durch die Windschutzscheibe der Scinletti VTOL zu sehen, als sie zur Landung auf dem Flughafen von Ottawa an-setzte.

»Falls wir nicht vom Flugverkehr behindert werden«, sagte Jack Westler, »sollten wir in fünf Minuten gelandet sein.«

»Vergessen Sie den Flughafen«, sagte Pitt. »Setzen Sie uns auf dem Rasen vor dem Parlament ab.«

Westler machte große Augen. »Das kann ich nicht tun. Das kostet mich meine Fluglizenz.«

»Ich werde es Ihnen leicht machen.« Pitt zog die alte Mauser aus Richard Essex' Reisetasche und hielt sie Westler ans Ohr. »Jetzt bringen Sie uns runter.«

»Wenn Sie schießen . . . stürzen wir ab«, stammelte der Pilot.

»Wer braucht Sie schon?« Pitt grinste kalt. »Ich habe mehr Flugstunden als Sie.«

Westler wurde bleich wie ein Laken und schickte sich zur Lan-dung an.

Eine Gruppe von Touristen, die einen berittenen *Mounty* foto-grafierten, blickte zum Himmel auf, als sie den Motorenlärm hörte, und stob dann wild auseinander. Pitt legte die Waffe auf den Sitz, stieß die Tür auf und sprang hinaus, bevor die Räder des Schwenkflügelflugzeugs den Boden berührten.

Er war in der Zuschauermenge verschwunden, ehe der er-staunte *Mounty* ihn anhalten konnte. Die Tür des hohen Frie-densturms wurde von Touristen und Spaziergängern belagert, die einen Blick auf den Präsidenten erhaschen wollten. Pitt drängte sich mit den Ellbogen durch, ignorierte die Zurufe der Wachen. In der großen Halle wußte er nicht, welche Richtung er einschlagen sollte. Zwei Dutzend Kabel schlängelten sich über den Fußboden.

Er folgte ihnen rennend, denn sie führten bestimmt zu den Videokameras, die die Rede des Präsidenten aufnehmen würden. Er hatte es fast bis zur Tür des Sitzungssaals geschafft, als ein riesiger *Mounty* in roter Galauniform ihm den Weg versperrte.

»He da, stehenbleiben, Mister!«

»Führen Sie mich zum Präsidenten, schnell!« forderte Pitt ihn auf. Kaum hatte er es gesagt, da fiel ihm ein, wie absurd diese Worte klingen mußten.

Der *Mounty* starrte Pitt ungläubig an.

Pitt hatte gerade Zeit gehabt, seinen Taucheranzug abzulegen und sich Giordinos Jacke zu leihen – zwei Nummern zu klein –, bevor er in Westlers Flugzeug stieg. Er trug immer noch die Taucherhosen, und er war barfuß.

Plötzlich packten zwei *Mounties* Pitt bei den Armen.

»Vorsicht, Jungens. Er hat vielleicht eine Bombe in diesem Koffer.«

»In dem Koffer ist nur ein Stück Papier«, beteuerte Pitt, fast wahnsinnig vor Wut.

»Bringen wir ihn lieber raus«, sagte der *Mounty,* der ihm den Koffer aus der Hand riß.

Pitt war noch nie so verzweifelt gewesen. »Um Himmels willen, so hört mich doch an . . .«

Sie schickten sich gerade an, ihn ziemlich unsanft herauszuschleppen, als ein Mann in korrektem blauem Anzug vorbeikam. Er warf Pitt einen raschen Blick zu, wandte sich an den *Mounty.*

»Haben Sie Schwierigkeiten?« fragte er und hielt ihm einen Ausweis des amerikanischen Geheimdienstes vor die Nase.

»Irgendein Radikaler, der in den Sitzungssaal will . . .«

Pitt riß sich los und trat vor. »Wenn Sie vom Geheimdienst sind, helfen Sie mir.« Er brüllte und merkte es nicht einmal.

»Nur keine Aufregung, Freundchen«, sagte der Mann im blauen Anzug und griff zum Revolverhalfter unter seiner Achsel.

»Ich habe ein wichtiges Dokument für den Präsidenten. Mein Name ist Pitt. Er erwartet mich. Sie müssen mich zu ihm führen.«

Die *Mounties* gingen wieder auf Pitt los, und dieses Mal mit wilden Augen. Der Geheimdienstagent gebot ihnen mit erhobener Hand Einhalt.

»Warten Sie!« Er blickte Pitt skeptisch an. »Ich könnte Sie nicht zum Präsidenten führen, selbst wenn ich es wollte.«

»Dann führen Sie mich zu Harrison Moon.« Pitt war am Ende seiner Geduld.

»Kennt Moon Sie?«

»Und ob er mich kennt!«

Mercier, Oates und Moon saßen im Vorzimmer des Senats und verfolgten die Rede des Präsidenten auf einem Bildschirm, als die Tür aufflog und eine Horde Geheimdienstleute, *Mounties* und Hauswachen mit Pitt hereinstürzten.

»Ich habe ihn!« rief Pitt.

Mercier sprang auf, war so verblüfft, daß er keine Worte fand.

»Wer ist dieser Mann?« fragte Oates.

»Mein Gott, es ist Pitt!« platzte Moon heraus.

»Das Exemplar des Vertrages ist da drin.« Pitt wies auf die alte Reisetasche.

Während Mercier Pitts Identität bestätigte und die Sicherheitsleute aus dem Zimmer wies, las Oates den Inhalt des Vertrages durch.

Schließlich blickte er zögernd auf. »Ist das echt? Besteht keine Möglichkeit einer Fälschung?«

Pitt ließ sich in einen Stuhl fallen, betastete sein geschwollenes Auge, das er einem *Mounty* verdankte, und begann sich ein wenig zu entspannen. »Seien Sie beruhigt, Herr Staatssekretär, die Ware ist garantiert echt.«

Mercier hatte die Tür geschlossen und blätterte nun rasch eine Abschrift der Rede des Präsidenten durch. »Er hat noch etwa zwei Minuten bis zu seinem Schlußwort.«

»Dann sollten wir ihm jetzt schnell die Nachricht bringen«, sagte Moon.

Mercier blickte auf den erschöpft in seinem Stuhl zusammengesunkenen Mann. »Ich finde, Mr. Pitt sollte diese Ehre haben. Er ist der Repräsentant jener, die dafür gestorben sind.«

Pitt setzte sich auf. »Ich? Ich kann mich doch nicht vor hundert Millionen Fernsehzuschauern zeigen und eine Rede des Präsi-

391

denten unterbrechen. Und in diesem Aufzug? Man wird mich für
einen Besoffenen halten.«

»Das verlangt niemand von Ihnen.« Mercier lächelte. »Ich
werde den Präsidenten unterbrechen und ihn in das Vorzimmer
bitten. Dann sind Sie an der Reihe.«

Die Führer der kanadischen Regierung im roten Sitzungssaal des
Senats trauten ihren Ohren nicht, als der Präsident der Vereinigten Staaten ihnen Verhandlungen für einen Zusammenschluß
der beiden Nationen vorschlug. Niemand hatte zuvor davon
gehört. Nur Sarveux blieb völlig ruhig und gelassen mit undurch-
schaubarem Gesicht.

Ein Raunen ging durch den Saal, als der Sicherheitsberater des
Präsidenten an das Rednerpult trat und ihm etwas ins Ohr flüsterte. Die Unterbrechung einer so wichtigen Rede war ein Bruch
der Gepflogenheiten und erregte natürlich großes Aufsehen.

»Bitte, entschuldigen Sie mich einen Augenblick«, sagte der
Präsident, wodurch die Spannung noch erhöht wurde. Er drehte
sich um und ging ins Vorzimmer.

In den Augen des Präsidenten sah Pitt wie ein aus der Hölle
Entkommener aus. Er ging auf ihn zu und umarmte ihn.

»Mr. Pitt, Sie ahnen nicht, wie glücklich ich bin, Sie zu sehen!«

»Verzeihen Sie die Verspätung«, war alles, was Pitt als Antwort
einfiel. Dann zwang er sich zu einem schiefen Lächeln und
reichte ihm das durchlöcherte Stück Papier. »Der Nordamerikanische Vertrag.«

Der Präsident las aufmerksam den Inhalt durch. Als er aufblickte, standen Tränen in seinen Augen. In einem selten Augenblick der Rührung murmelte er ein ersticktes »Danke« und entfernte sich wieder.

Mercier und Moon setzten sich vor den Fernsehschirm und
sahen, wie der Präsident an das Rednerpult zurückkehrte.

»Meine Herren, verzeihen Sie die Unterbrechung, aber ein
Dokument von großer historischer Bedeutung ist mir eben über-
reicht worden. Es handelt sich um den Nordamerikanischen Vertrag . . .«

Zehn Minuten später schloß der Präsident feierlich: ». . . und
so haben Kanada und die Vereinigten Staaten fünfundsiebzig

Jahre lang im Lichte dieser vertraglichen Abmachung als zwei separate Länder existiert, ohne zu wissen, daß sie bereits vereint waren...«

Mercier seufzte erleichtert auf. »Gott sei Dank hat er sie nicht vor den Kopf gestoßen und ihnen erzählt, daß sie uns gehören.«

»Die Zukunft wird uns nicht gewogen sein«, fuhr der Präsident fort, »wenn wir die ungeheuren Möglichkeiten, die unsere einstigen Führer uns vorgezeichnet haben, außer acht lassen. Wir dürfen nicht länger voneinander wie in der Vergangenheit getrennt bleiben. Wir dürfen uns nicht länger als englische Kanadier oder Angloamerikaner oder französische Kanadier oder mexikanische Amerikaner betrachten. Wir sollten endlich einsehen, daß wir alle Nordamerikaner sind. Denn wir haben nur eine Heimat: Nordamerika...«

Die Parlamentsabgeordneten und die Premierminister der Provinzen reagierten verschieden. Einige saßen in stiller Wut, andere wurden nachdenklich, andere wieder nickten zustimmend. Es war jedoch allen klar, daß der Präsident den Vertrag nicht als Druck- oder Zwangsmittel zu benutzen beabsichtigte. Obgleich sie genau wußten, daß er die Macht dazu hatte.

»Historisch sind wir eng miteinander verbunden, und unsere Völker gleichen sich in ihrem Lebensstil und ihren Ansichten. Der einzige fundamentale Unterschied zwischen uns sind unsere bisherigen Begriffe von Tradition... Wenn die Provinzen Kanadas getrennte Wege einschlagen, steht ihnen eine lange und beschwerliche Reise bevor, die letztendlich zum Konflikt mit anderen führen muß. Im Interesse aller darf das nicht geschehen. Deshalb rufe ich Sie auf, gemeinsam mit mir die mächtigste Nation der Erde aufzubauen... die Vereinigten Staaten von Kanada.«

Die Rede des Präsidenten wurde mit lauem und spärlichem Beifall aufgenommen. Die Zuhörer saßen benommen da, wußten nicht recht, was sie mit diesem Vorschlag anfangen sollten. Aber das Undenkbare war endlich in aller Offenheit ausgesprochen.

Mercier seufzte und stellte den Fernsehapparat ab. »Der Anfang ist gemacht«, sagte er leise.

Oates nickte. »Gott sei Dank kam der Vertrag rechtzeitig an, denn sonst wäre es zu einer politischen Katastrophe gekommen.«

Instinktiv wandten sich alle dem Manne zu, dem sie so viel Dank schuldeten. Aber Dirk Pitt war fest eingeschlafen.

85

Der Rolls-Royce des Premierministers hielt vor dem großen Jet mit dem Wappen des Präsidenten. Geheimdienstleute entstiegen den folgenden Wagen und verteilten sich diskret um die Einstiegsrampe.

Im Wagen klappte Sarveux das Tischchen aus Walnußholz in der Rückenlehne des Vordersitzes herunter, öffnete das dahinterliegende Fach, entnahm ihm eine Kristallkaraffe mit Seagrams Crown Royal Whiskey und füllte zwei Becher.

»Auf das Wohl unserer alten und engen Freundschaft, die sich in einem langen und mühevollen Fischzug bewährt hat.«

»Das kann man wohl sagen«, erwiderte der Präsident mit einem müden Seufzer. »Falls man je herausfände, wie wir beide im Laufe all der Jahre im geheimen zusammengearbeitet haben, um unseren Plan einer vereinten Nation zu fördern, würden wir wegen Hochverrats erschossen werden.«

Sarveux lächelte. »Aus dem Amt entlassen vielleicht, aber bestimmt nicht erschossen.«

Der Präsident nippte nachdenklich an seinem Whiskey. »Seltsam, wie ein zufälliges Gespräch zwischen einem jungen Parlamentsabgeordneten und einem frischgebackenen Senator am Kamin eines Jagdhauses vor so vielen Jahren den Lauf der Geschichte verändern konnte.«

»Zwei Männer, die den gleichen Traum verfolgten, trafen sich zur rechten Zeit am rechten Ort«, sagte Sarveux zurückblickend.

»Der Zusammenschluß der Vereinigten Staaten und Kanadas ist unvermeidlich. Wenn nicht in den nächsten zwei Jahren, dann in den nächsten zweihundert. Sie und ich haben einfach den Zeitplan beschleunigt.«

»Hoffentlich werden wir es nicht einmal zu bereuen haben.«

»Ein vereinter Kontinent von dieser Größe und mit einer Bevölkerung wie fast die gesamte Sowjetunion ist nichts, was man zu bereuen hat. Es könnte sich auch als die Rettung beider Länder erweisen.«

»Die Vereinigten Staaten von Kanada«, sagte Sarveux. »Das klingt gut.«

»Wie sehen Sie die Zukunft?«

»Die maritimen Provinzen – Neufundland, Nova Scotia und New Brunswick – sind jetzt durch die Unabhängigkeit Quebecs vom restlichen Kanada abgeschnitten. Sie werden es in ihrem Interesse finden, innerhalb der kommenden Monate ihren Eintritt in den Staatenbund zu beantragen. Manitoba und Saskatchewan werden folgen. Ihnen wird der Entschluß leichtfallen, denn sie waren schon immer eng mit euren nordwestlichen Farmstaaten verbunden. Als nächstes, schätze ich, wird British Columbia die Verhandlungen einleiten. Und da dann die wichtigsten Häfen des Atlantiks und Pazifiks übergegangen sind, werden die anderen Provinzen allmählich den Anschluß finden.«

»Und Quebec?«

»Die Franzosen werden vorübergehend über ihre Unabhängigkeit jubeln. Aber im kalten Licht der unvermeidlichen wirtschaftlichen Nöte, die sich daraus ergeben, werden sie schließlich einsehen, daß der Eintritt in den Staatenbund für sie ein gutes Geschäft ist.«

»Und England? Wie wird England reagieren?«

»Wie im Falle Indien, Südafrika und den anderen Kolonien. England wird sich widerwillig damit abfinden.«

»Und was sind Ihre Pläne, mein Freund?«

»Ich werde mich um die Präsidentschaft von Quebec bewerben«, antwortete Sarveux.

»Ich beneide Sie nicht. Es wird ein harter und schmutziger Kampf werden.«

»Ja, aber wenn ich gewinne, gewinnen wir. Dann ist Quebec der Vereinigung einen guten Schritt näher. Und vor allem werde ich in der Lage sein, für die Stromversorgung aus James Bay zu garantieren und dafür zu sorgen, daß ihr an den Gewinnen des von euch entdeckten Ölvorkommens in der Bucht von Ungava auf faire Weise beteiligt werdet.«

Der Präsident stellte seinen leeren Becher auf das Tischchen und blickte Sarveux an. »Es tut mir leid um Danielle. Der Entschluß, Sie über ihr Verhältnis mit Henri Villon zu informieren,

395

ist mir nicht leichtgefallen. Ich wußte nicht, wie Sie es aufnehmen und ob Sie es mir überhaupt glauben würden.«

»Ich glaubte Ihnen«, sagte Sarveux traurig. »Ich glaubte Ihnen, weil ich es wußte.«

»Hätte es nur einen anderen Weg gegeben . . .«

»Es hat keinen anderen Weg gegeben.«

Sie hatten einander nichts mehr zu sagen. Der Präsident öffnete die Wagentür. Sarveux hielt ihn am Arm zurück.

»Noch eine letzte Frage, die wir klären müssen«, sagte er.

»Schießen Sie los.«

»Der Nordamerikanische Vertrag. Falls alles andere nichts nützen sollte, werden Sie Kanada zwingen, den Vertrag zu erfüllen?«

»Ja«, antwortete der Präsident, und ein harter Glanz kam in seine Augen. »Jetzt gibt es kein Zurück. Falls ich es tun muß, werde ich nicht zögern, den Vertrag durchzusetzen.«

86

Es regnete, als Heidi in den Warteraum der TWA auf dem Kennedy-Flughafen humpelte. Ein typisch New Yorker Regenguß, der die Blätter von den Bäumen riß und den Verkehr zu einem Schneckentempo zwang. Sie trug ihre Uniform unter einem blauen Regenmantel, und ihr nasses Haar quoll unter einer weißen Marinemütze hervor. Sie stellte ihre große Schultertasche auf dem Teppich ab, drehte sich vorsichtig auf ihrem heilen Bein und ließ sich in einen leeren Stuhl sinken.

Nach den stürmischen Ereignissen der letzten Wochen empfand sie die Aussicht, in das Einerlei ihres Dienstes zurückzukehren, als recht deprimierend. Sie hatte Pitt nicht mehr gesehen, seit er Ottawa in aller Eile verlassen hatte, und die Marineinfanteristen, die Brian Shaw bewachten, hatten sie nicht zu ihm gelassen, bevor er bewußtlos in einem Krankenwagen in ein Militärhospital gebracht wurde. In der Aufregung war sie fast in Verges-

396

senheit geraten. Nur der Aufmerksamkeit Admiral Sandeckers hatte sie es zu verdanken, nach New York gefahren zu werden, um im Plaza Hotel einen wohlverdienten Schlaf zu genießen. Er hatte ihr auch für den nächsten Tag einen Flug in der ersten Klasse nach San Diego buchen lassen.

Sie blickte aus dem Fenster, sah die Pfützen auf der Piste, in denen sich die bunten Lichter spiegelten. Wäre sie allein gewesen, so hätte sie sich ihrem Selbstmitleid überlassen und sich gründlich ausgeweint. Sie sehnte sich so sehr nach Shaws Berührung. Er war in ihr Leben eingedrungen, und sie stellte wütend fest, daß sie ihn liebte. Sie fühlte keine Reue, nur Ärger, weil sie die Beherrschung verloren hatte.

Blind und taub gegenüber den Leuten um sie herum versuchte sie, ihre Gefühle und Erlebnisse der letzten Wochen aus ihrem Herzen zu verdrängen.

»Ich habe schon manch trauriges Geschöpf gesehen«, sagte eine bekannte Stimme neben ihr, »aber Sie, gnädige Frau, verdienen den ersten Preis.«

»Sieht man es mir so an?« fragte sie und war überrascht, wie ruhig ihre Stimme klang.

»Wie eine schwarze Wolke über einem Sonnenuntergang«, antwortete Pitt mit seinem spöttischen Lächeln. Er trug eine dunkelblaue Sportjacke, eine rote Hose und ein hellbraunes Flanellhemd. Er blickte sie über einen riesigen Blumenstrauß an. »Du hast doch nicht etwa geglaubt, ich würde dich einfach verschwinden lassen, ohne dir Lebewohl zu sagen?«

»Wenigstens jemand hat sich an mich erinnert.« Sie fühlte sich müde und verletzt und ausgestoßen. »Nimm es mir nicht übel, daß ich sauer bin. Heute abend bin ich in schlechter Stimmung.«

»Vielleicht wird dir das helfen.« Er legte ihr die Blumen in den Schoß. Der Strauß war so riesig, daß er ihr fast das Gesicht verdeckte.

»Sie sind herrlich«, sagte Heidi. »Ich glaube, ich werde jetzt weinen.«

»Bitte nicht.« Pitt lachte leise. »Ich wollte schon immer ein Blumengeschäft für ein schönes Mädchen leerkaufen. Wenn du mich jetzt in Verlegenheit bringst, werde ich es vielleicht nie wieder tun.«

Sie zog Pitt zu sich, küßte ihn auf die Wange, kämpfte mit den

Tränen. »Ich danke dir, Dirk. Du wirst immer mein liebster Freund sein.«

»Freund?« Er gab sich verletzt. »Mehr nicht?«

»Können wir je etwas anderes füreinander sein?«

»Nein ... wahrscheinlich nicht.« Sein Gesicht wurde sanft, und er nahm ihre Hand. »Komisch, wie zwei Leute, die so gut miteinander auskommen, in ihren Herzen keinen Platz für Liebe finden.«

»In meinem Fall war es wegen jemand anderem.«

»So sind nun einmal die Frauen«, sagte er. »Sie verlieben sich in den Kerl, der sie wie Dreck behandelt, und dann heiraten sie schließlich doch Hänschen Ehrlich.«

Sie vermied seinen Blick und starrte aus dem Fenster.

»Wir haben nie gelernt, unsere Gefühle abzuleugnen.«

»Und Shaw? Liebt er dich?«

»Ich bezweifle es.«

»Aber du liebst ihn?«

»Was Brian anbetrifft, so kann ich nicht mehr praktisch denken. Ja, ich liebe ihn für all das Gute, das ich für ihn empfinde. Wenn er mich wollte, würde ich sofort zu ihm eilen. Aber das wird nie geschehen.«

»Schon wieder dieses traurige Gesicht«, sagte Pitt. »Ich weigere mich, ein wimmerndes Frauenzimmer auf eine Flugreise zu schicken. Du läßt mir keine andere Wahl, als dich mit einem meiner Zaubertricks wieder aufzuheitern.«

Heidi lachte leise durch ihre Tränen. »Seit wann betätigst du dich als Zauberkünstler?«

Pitt machte ein gespielt betroffenes Gesicht. »Hast du noch nie von dem großen Magier Pitt gehört?«

»Nein.«

»Dann werde ich es dir mal zeigen. Schließe die Augen.«

»Soll das ein Witz sein?«

»Schließe die Augen und zähle langsam bis zehn.«

Heidi tat schließlich, wie ihr geheißen. Als sie die Augen öffnete, war Pitt fort, und Brian Shaw saß an seiner Stelle.

Jetzt ließ sie ihren Tränen freien Lauf, umarmte ihn schluchzend, weinte hemmungslos.

»Ich dachte, du wärest eingesperrt«, brachte sie mühsam hervor.

Shaw zog die Hände unter seinem auf dem Schoß gefalteten Regenmantel hervor und zeigte die Handschellen. »Pitt hat es arrangiert, daß ich kommen durfte.«

Sie berührte zärtlich den Verband unter seiner Tweedmütze. »Tut es noch sehr weh?«

»Eine Weile sah ich alles doppelt, aber jetzt ist es wieder fast normal«, antwortete er lächelnd.

Die Hosteß am Anmeldeschalter rief die Passagiere für Heidis Flug zum Einsteigen auf.

»Was wird mit dir geschehen?« fragte sie angstvoll.

»Ich werde wahrscheinlich ein paar Jahre in einer deiner Bundesstrafanstalten absitzen müssen.«

»Würdest du mich für rührselig halten, wenn ich dir sagte, daß ich dich liebe?«

»Würdest du mich für einen Lügner halten, wenn ich dir das gleiche sagte?«

»Nein«, sagte sie. Und sie fühlte sich erleichtert, weil sie wußte, daß er nicht log.

Shaw sagte: »Ich verspreche dir, daß wir eines Tages wieder zusammen sein werden.«

Das war natürlich ausgeschlossen. Es schmerzte sie tief in ihrer Brust. Sie zog sich fort von ihm. »Ich muß gehen«, flüsterte sie.

Er sah, was sie dachte, und verstand. Er half ihr auf, gab ihr die Krücken. Ein hilfreicher Steward kam herbei, nahm Heidi die Reisetasche und die Blumen ab.

»Lebe wohl, Heidi.«

Sie küßte ihn leicht auf die Lippen. »Lebe wohl.«

Nachdem Heidi durch die Einstiegstür verschwunden war, trat Pitt auf Shaw zu und stellte sich neben ihn.

»Ein so liebes Mädchen«, sagte er. »Es wäre eine Schande, sie zu verlieren.«

»Ein liebes Mädchen«, stimmte Shaw traurig zu.

»Wenn Sie sich nicht beeilen, wird sie ohne Sie abfliegen.«

Shaw blickte ihn an. »Was soll das heißen?«

Pitt schob Shaw einen Umschlag in die Brusttasche. »Ihre Bordkarte und das Flugbillett. Ich habe Ihnen den Platz neben ihr reserviert.«

»Aber ich stehe doch unter Arrest als feindlicher Agent«, sagte Shaw, der überhaupt nichts mehr verstand.

»Der Präsident schuldete mir eine Gefälligkeit«, erwiderte Pitt achselzuckend.

»Weiß er, was Sie tun?«

»Noch nicht.«

Shaw schüttelte den Kopf. »Sie handeln sich Ärger ein, wenn Sie mich in Freiheit setzen.«

»Es wäre nicht das erste Mal.« Pitt gab ihm die Hand. »Und vergessen Sie nicht Ihr Versprechen, mir das Backgammon beizubringen.«

Shaw reichte ihm beide Hände, hielt sie dann hoch, ließ die Handschellen sehen. »Äußerst unbequem, diese Dinger.«

»Für einen Geheimagenten sollte es ein Kinderspiel sein, das Schloß zu öffnen.«

Shaw machte eine Reihe von Bewegungen unter dem Regenmantel. Dann zeigte er die Schellen, hatte die Hände frei. »Ich bin ein bißchen eingerostet. Früher habe ich es viel schneller geschafft.«

»James Bond wäre stolz auf Sie gewesen«, sagte Pitt lächelnd.

»Bond?«

»Ja, Sie sollen ihm sehr nahegestanden haben.«

Shaw seufzte müde. »Den gibt es nur in Romanen.«

»Tatsächlich?«

Shaw zuckte die Schulter, und dann sah er Pitt lange an. »Warum tun Sie das nach all dem, was ich Heidi angetan habe?«

»Sie liebt Sie«, sagte Pitt ganz einfach.

»Und was haben Sie davon?«

»Nichts, was mein Bankkonto vergrößern könnte.«

»Also warum?«

»Weil ich gern ungewöhnliche Dinge tue.«

Bevor Shaw antworten konnte, hatte sich Pitt umgedreht und war in der Menge verschwunden.

Der Regen hatte aufgehört, und Pitt ließ das Verdeck des Cobras herunter. Er fuhr auf die Lichter von Washington zu, die sich gespenstisch von den niedrigen dunklen Wolken abhoben. Der Wind peitschte sein Haar, und er atmete tief den süßen Duft des nassen Grases der Felder neben dem Highway ein.

Pitt griff das Steuer fester, trat das Gaspedal durch und schaute auf die Nadel des Tachometers, die langsam in die rote Zone stieg.